KNAUR

Bei Knaur sind bereits
folgende Bücher der Autorin erschienen:
Der Skorpion
Der Zorn des Skorpions
Zwillingsbrut
Vipernbrut
S – Spur der Angst
T – Tödliche Spur
Pain
Danger
Shiver
Cry
Angels
Mercy
Desire
Dark Silence
Deadline
Ewig sollst du schlafen
Sanft will ich dich töten
Deathkiss

Über die Autorin:
Lisa Jackson zählt zu den amerikanischen Top-Autorinnen, deren Romane regelmäßig die Bestsellerlisten der *New York Times,* der *USA Today* und der *Publishers Weekly* erobern. Ihre Hochspannungsthriller wurden in 25 Länder verkauft. Auch in Deutschland hat sie erfolgreich den Sprung unter die Top 20 der *Spiegel*-Bestsellerliste geschafft. Lisa Jackson lebt in Oregon.
Mehr Infos über die Autorin und ihre Romane unter:
www.lisajackson.com

Lisa Jackson

Schneewolf

Thriller

Aus dem Amerikanischen
von Kristina Lake-Zapp

KNAUR

Die amerikanische Originalausgabe erschien 2013 unter dem Titel »Ready to Die« bei Kensington Publishing Corp., New York.

Besuchen Sie uns im Internet:
www.knaur.de

FSC
www.fsc.org
MIX
Papier aus verantwortungsvollen Quellen
FSC® C083411

Deutsche Erstausgabe Februar 2015
Knaur Taschenbuch

Redaktion: lüra – Klemt & Mues GbR, Wuppertal
Umschlaggestaltung: ZERO Werbeagentur, München
Umschlagabbildung: FinePic®, München
Satz: Adobe InDesign im Verlag
Druck und Bindung: CPI books GmbH, Leck
ISBN 978-3-426-51338-5

2 4 5 3 1

Kapitel eins

Tick. Tick. Tick.

Die Minuten verstrichen. Er verlor Zeit.

Verlor Tageslicht.

Die Sonne, die um diese Jahreszeit früh unterging, verschwand bereits hinter einem Hügelkamm, die letzten kalten Strahlen verwandelten sich in ein flammendes Rot, gedämpft von aufziehenden Wolken und den kahlen Zweigen der umstehenden Bäume.

Tick. Tick. Tick.

Minute um Minute. Sekunde um Sekunde viel zu schnell vorbei.

Tick. Tick. Tick.

Mit einer Routine, die er schon vor Jahren, schon vor seinem Militärdienst erworben hatte, legte er das Gewehr an. Er wusste genau, auf welche Stelle er zielen musste, um ein sauberes Resultat zu erzielen.

Nicht dass das Miststück den schnellen Tod verdiente, den er ihr zugedacht hatte. Viel lieber hätte er sie leiden sehen. Aber dafür blieb keine Zeit. Seine Geduld war am Ende, seine Haut prickelte bereits vor Erwartung.

Er kannte ihren Tagesablauf.

Ein letztes Mal spähte er durchs Visier, angespannt, wartete auf den richtigen Moment. Sein Atem bildete kleine weiße Wölkchen, trotz der kühlen Luft liefen ihm unter seiner Skimaske Schweißtropfen übers Gesicht.

Komm schon, komm schon, dachte er und verspürte einen Anflug von Panik. Was, wenn sie ausgerechnet heute mit ihren Gewohnheiten brach? Was, wenn sie aus irgendeinem Grund – wegen eines plötzlichen Telefonanrufs, eines überraschenden Besuchs oder einer Migräneattacke – ihr jährliches Ritual änderte? Was – Gott bewahre –, wenn das, was er seit über einem Jahr so sorgfältig geplant hatte, aufgrund einer bloßen Laune für die Katz war?

Nein. Das ist unmöglich. Bleib ruhig. Sei geduldig. Vertrau auf deine Instinkte. Lass deine Zweifel nicht die Oberhand gewinnen. Du weißt genau, was du zu tun hast!

Warum zum Teufel kam sie nicht endlich?

Langsam zählte er bis zehn, dann bis zwanzig, versuchte, seinen Herzschlag unter Kontrolle zu bringen, sich zu beruhigen, einen klaren Kopf zu bekommen. Zu seiner Rechten flatterte ein Vogel auf und landete ein Stück weit entfernt auf einem schneebedeckten Ast. Weißes Pulver rieselte zu Boden. Er warf einen raschen Blick über die Schulter, vergewisserte sich, dass er allein an diesem Ort war, an dem gleich ein Mord stattfinden würde – an einer wenig benutzten Langlaufstrecke, die vom See wegführte, hinein in die winterliche Natur.

Hier würde sie sterben.

Sein Finger spannte sich um den Abzug, aber nur ein kleines bisschen.

Tick. Tick. Tick.

Und dann sah er sie. Aus dem Augenwinkel. Eine großgewachsene, schlanke Gestalt, die elegant auf ihren Ski dahinglitt.

Gut.

Rotes Haar schaute unter ihrer Skimütze hervor und flatterte leicht, als sie beschleunigte, schneller, immer schneller fuhr. Waghalsig. Draufgängerisch. Man nannte sie »dickköpfig«,

»hartnäckig« und »unnachgiebig«. Wie sich ein Hund in seinen Knochen verbeißt, so verbiss sie sich in das, was sie erreichen wollte. Sie gab niemals auf, war stets bereit zu kämpfen. Nun, bald nicht mehr. Er leckte sich die trockenen Lippen. In seinem Kopf machte sich ein Summen bemerkbar, ein vertrautes Geräusch, das er immer dann vernahm, wenn er kurz davorstand, jemanden zu töten.
Nur noch ein paar Sekunden …
Die Nerven angespannt wie Drahtseile, wartete er, bis sie die dichten Bäume hinter sich gelassen hatte und auf eine Lichtung lief. Jetzt war die Schusslinie frei. Sie sah in seine Richtung, das Kinn vorgereckt, suchte den umliegenden Wald ab mit ihren durchdringenden Augen, deren Farbe er als eisblau erinnerte.
Als würde sie seine Anwesenheit spüren, bremste sie ab und blieb stehen. Kniff die Lider zu schmalen Schlitzen zusammen und scannte wachsam die Umgebung.
Er drückte ab.
Krach!
Mit einem ohrenbetäubenden Knall löste sich der Schuss. Der Rückschlag traf ihn hart gegen die Schulter.
Ihr Kopf schnellte zurück. Sie wirbelte herum, stürzte hintenüber. Ihre Ski durchschnitten die klare Winterluft wie außer Rand und Band geratene Fleischmesser.
Reglos blieb sie am Boden liegen.
»Bingo«, flüsterte er, ganz aus dem Häuschen darüber, dass er sie zu Fall gebracht hatte, eine der bekanntesten Frauen in ganz Grizzly Falls, über die die Medien nur allzu gern berichteten. »Eine weniger …«
Nun überschatteten die Wolken auch noch die letzten kalten Sonnenstrahlen, und die ersten Schneeflocken fielen vom Himmel. Er schnallte seine eigenen Bretter an, stieß sich mit

den Skistöcken ab und glitt durch den Schnee. Leichtfüßig, mit ausholenden Schritten schlängelte er sich durch die Bäume, ein Phantom, das seine ganz private Spur durch den Tiefschnee in den Bitterroot Mountains zog. Er hatte hier sein ganzes Leben verbracht und kannte diese Wildnis wie seine Westentasche. Er durchquerte eine steile Mulde, einen Bachlauf und glitt über eine kleine Fußgängerbrücke. Die Luft war nun, da es zu schneien begonnen hatte, knackig kalt, die immer dichter fallenden Flocken deckten seine Spuren zu. Er schreckte ein Kaninchen auf, das durch das vereiste Gestrüpp davonhoppelte und im weißen Winterwald verschwand.

Langsam senkte sich die Dämmerung herab. Er musste sich beeilen, bald schon war es stockdunkel.

Nach etwa zweieinhalb Meilen erreichte er endlich die Haltebucht an der Straße, an der er seinen Transporter abgestellt hatte. Insgesamt hatte er mehr als fünf Meilen zurückgelegt und war leicht außer Atem. Doch von Erschöpfung konnte nicht die Rede sein: Adrenalin peitschte durch sein Blut und brachte es zum Kochen, sein ganzer Körper wurde heiß bei der Vorstellung, was er gerade vollbracht hatte.

Wie lange hatte er auf diesen Augenblick gewartet!

Er schnallte die Ski ab und verstaute sie vorsichtig in seinem Van, zusammen mit dem Gewehr. Dann legte er seine weiße Oberbekleidung ab – Skimaske, Skijacke und Skihose in winterlichen Tarnfarben, gut isoliert gegen die beißende Kälte –, zog warme Thermounterwäsche, Jeans, ein Flanellhemd und eine gefütterte Jacke an und stülpte sich seinen Stetson auf den Kopf: sein übliches Outfit.

Nachdem er den Laderaum des Transporters fest verschlossen hatte, setzte er sich hinters Steuer. Mein Gott, war das kalt hier drinnen! Mit klammen Fingern ließ er den Motor an und stellte die Heizung auf die höchste Stufe. Der alte Ford erwachte dröhnend zum Leben, und schon bald bog er von der abgelegenen Landstraße auf die Hauptstraße ein, auf welcher der Verkehr heute wegen der Feiertage und des heraufziehenden Schneesturms weit weniger dicht war als gewöhnlich. Nur ein paar beherzte Seelen verbrachten Weihnachten an diesem abgeschiedenen Fleckchen Erde, wo Strom und fließendes Wasser nicht selten als Luxus galten. Die meisten Blockhütten – von »Häusern« konnte oft nicht die Rede sein – in dieser Gegend waren auf die nötigste Ausstattung reduziert und dienten hauptsächlich Jägern als Nachtlager. Die Ferien dagegen verbrachten hier nur sehr wenige Naturliebhaber.

Was absolut perfekt war.

Die Straße schlängelte sich bergauf zu der Blockhütte, die ihm als Unterschlupf diente. Schnee knirschte unter den Rädern des Transporters. Um ihn herum war alles finster, nur einmal kam ihm ein Fahrzeug entgegen, kurz bevor er in seine Zufahrt einbog, wo der Schnee bereits die Spuren zudeckte, die er bei seinem Aufbruch hinterlassen hatte. Ja, hier wäre er in Sicherheit. Hier würde niemand nach ihm suchen. Er würde diesen Transporter irgendwo abstellen und gegen seinen Jeep eintauschen, aber zunächst wollte er seinen Erfolg feiern. Nach etwa einer halben Meile umrundete er eine Felszunge, dann kam die Hütte in Sicht, ein A-Haus, das die meisten Mitglieder der Familie längst vergessen hatten. Als er vor zwei Stunden aufgebrochen war, war es noch hell gewesen, jetzt war alles dunkel. Er fuhr in die Garage, stellte den Motor ab und stieß die Luft aus.

Er hatte es geschafft.

Niemand hatte ihn bemerkt.

Niemand wüsste, was passiert war … noch nicht. Er schleppte seine Ausrüstung ins Haus, dann schloss er die Garagentür

und lauschte auf den Wind, der durch die Bäume heulte und im Canyon widerhallte.
Im Licht seiner Laterne, die er stets griffbereit in der Garage aufbewahrte, hängte er seine Ski an Halterungen neben der Tür. Er machte Feuer, reinigte sein Gewehr, während es in der Blockhütte langsam warm wurde, dann zog er sich aus und begann splitterfasernackt mit seinem Work-out. Er dehnte seine Muskeln, zählte stumm die Sekunden und arbeitete sich durch die Übungen, die er vor Jahren bei der Armee gelernt hatte. Diese selbstgewählte Askese war der Ausgleich für das gute Leben, das er führte, das Leben fernab von dieser kleinen Blockhütte. Es funktionierte – diese Routine hielt ihn in Form, und es verging kein Tag, an dem er davon abwich.
Wenn er mit den Übungen durch war, wusch er sich mit kaltem Wasser, so kalt, dass er scharf die Luft einzog, wenn es seine Haut berührte. Auch das war Teil seines Rituals, das ihn stets gemahnte, nicht zu verweichlichen, stets Bestleistungen zu erbringen und sich immer weiter anzutreiben. Er forderte Perfektion – für sich selbst genau wie für die anderen.
Während sein nasser Körper an der Luft trocknete, schenkte er sich ein Glas Whiskey ein und trat an den selbstgefertigten Schreibtisch, der an der Wand neben seinem Bett stand. Die Fotos lagen verstreut auf der Schreibtischoberfläche, allesamt Porträtaufnahmen, die Gesichter blickten direkt in die Kamera … *seine Kamera*, dachte er mit verstohlener Freude.
Er nahm das Foto der Frau zur Hand, die er soeben zum heiligen Petrus geschickt hatte. Sie sah schön aus. Ohne den beißenden Sarkasmus, der ihr Markenzeichen war, wäre sie eine umwerfende Frau gewesen.
Zu spät. Er warf sein Jagdmesser in die Luft und fing es geschickt wieder auf, dann bohrte er die Spitze grinsend zwischen die Augen seines Opfers. Schönheit war nun einmal

vergänglich. Er starrte auf das beschädigte Bild hinab, ließ die Eiswürfel in seinem Drink klirren und nahm einen großen Schluck.

»Miststück«, murmelte er mit zusammengebissenen Zähnen.

Er wandte seine Aufmerksamkeit den verbliebenen Aufnahmen zu und spürte, wie sich seine Eingeweide hasserfüllt zusammenzogen. Mein Gott, wie sehr er diese Personen verabscheute! Jede einzelne von ihnen. Sie würden bezahlen müssen, eine nach der anderen. Aber wer wäre der oder die Nächste?

Er trank einen weiteren Schluck, deutete mit der Messerspitze auf die erste, dann auf die weiteren und sagte: »Eene, meene, miste, es rappelt in der Kiste, eene, meene, meck …« Doch bevor er den Reim zu Ende auszählen und seine Wahl treffen konnte, blieben seine Augen an einem Gesicht hängen: ernst. Nachdenklich. In sich gekehrt. Ein Gesicht mit einem markanten Kinn und tiefliegenden Augen. Binnen einer Sekunde wusste er, wen er als Nächsten ins Visier nehmen würde.

Dan Grayson.

Sheriff Dan Grayson.

»Frohe Weihnachten«, sagte er zu dem Foto, gerade als draußen der Wind auffrischte und an den Läden des alten A-Hauses rüttelte. Sein neues Ziel im Sinn, trank er seinen Whiskey aus und spürte, wie er ihm warm die Kehle hinabrann. Tief im Herzen hatte er gewusst, dass Grayson als Nächster dran wäre.

Er hoffte nur, der Scheißkerl wäre bereit zu sterben.

Grayson knipste das Licht in seinem Büro aus und pfiff nach seinem Hund, einem schwarzen Labrador, der schon seit Jahren bei ihm war. »Na komm, mein Junge.« Ächzend kam Sturgis auf die Beine und folgte Grayson mit langsam wedelndem Schwanz hinaus auf den Gang des Sheriff-Büros von Pinewood County.

Im Großraumbüro mit seinen »Arbeitszellen« – mannshohen Trennwänden mit Schreibtischen und Computern dahinter, die für ein wenig Privatsphäre sorgen sollten – ging es heute Abend Gott sei Dank ruhig zu. Nur ein paar Freiwillige wie er, die nicht mit ihren Familien feierten, damit andere das Fest im Kreis ihrer Lieben verbringen konnten, schoben über Weihnachten Dienst.

»Sie machen Feierabend?«, fragte Detective Selena Alvarez. Sie saß an ihrem Schreibtisch, ihr Computermonitor leuchtete, neben ihrem Posteingangskorb kühlte eine Tasse Tee ab.

»Ja.« Er schaute auf die Uhr. Es war zehn Minuten nach Mitternacht, und ein paar der Kollegen, die sich entweder ebenfalls freiwillig gemeldet oder aber den kürzeren Strohhalm gezogen hatten, trafen zur nächsten Schicht ein. »Was ist mit Ihnen?«

»Hmm. Ich mache auch bald Schluss.« Sie warf einen Blick über die Schulter, und er bemerkte, wie ihr schwarzes Haar unter dem Licht der Neonröhren an der Decke glänzte. Clever und engagiert wie fast alle hier im Department, hatte Selena Alvarez wieder und wieder unter Beweis gestellt, was für eine herausragende Polizistin sie war, dennoch wusste er wenig mehr über sie als das, was in ihrem Lebenslauf stand.

Und dabei sollte er es belassen. Sie legte stets ein leicht gehetztes, verschlossenes Verhalten an den Tag, und schon mehr als einmal war er versucht gewesen, ein Stückchen tiefer zu graben, um herauszufinden, wie sie wohl so tickte. Doch dann hatte er es sich anders überlegt. Sie hatte Interesse für ihn bekundet, für ihn als Mann – das Knistern, die Chemie zwischen ihnen war ihm nicht entgangen. Es war ihm sehr schwergefallen, nicht darauf einzugehen, doch Beruf und Privates ließen sich nun einmal nicht vermischen, und er war noch nicht bereit, wieder eine feste Beziehung einzugehen, auch wenn seine letzte Scheidung schon mehrere Jahre zurücklag. Caras Betrug während ihrer Ehe hatte ihn tief getroffen. Seine zweite Ehe hatte dann nur ein knappes Jahr gehalten, weil er Cara nie ganz aus seinen Gedanken hatte verbannen können. Außerdem war die Gelegenheit, Alvarez betreffend, ohnehin längst verstrichen. Gut möglich, dass sie ihn einfach nur verehrt hatte, weil er ihr Vorgesetzter war, denn noch bevor er ihre Avancen erwidern konnte, war sie eine Beziehung mit einem anderen eingegangen. Was, wie er sehr wohl wusste, besser für sie alle war.

Trotzdem …

»Frohe Weihnachten«, wünschte er ihr und wandte sich zum Gehen.

»Ihnen auch.« Ihr Lächeln, das so selten war, dass man fast meinen konnte, es existiere gar nicht, ging ihm ans Herz. Mit einem Nicken wandte er sich ab. Den Hund auf den Fersen, schlug er seinen Kragen hoch, zog die Handschuhe an und schritt durch das Großraumbüro und einen langen Gang entlang, der mit blinkenden Lichtern und silbernen Schneeflocken dekoriert war – was sie ihrer übereifrigen Empfangssekretärin Joelle Fisher zu verdanken hatten, die das Weihnachtsfest ausgesprochen wichtig fand.

Grayson nahm kaum davon Notiz. Seine Gedanken waren noch bei Alvarez, die dort drüben, im Großraumbüro, allein an ihrem Schreibtisch hockte. Insgeheim fragte er sich, ob er einen Riesenfehler gemacht hatte, einen Fehler, der ihm sein ganzes Leben lang nachhängen würde. Sie wäre vor kurzem beinahe ums Leben gekommen, und er war unendlich dankbar, dass es sie noch gab.

Seine Schritte wurden langsamer, dann blieb er stehen und

blickte zurück durch den Gang. Vielleicht war dies der Moment, die unsichtbare Grenze zu überschreiten und in Erfahrung zu bringen, was sie wirklich dachte, ob sie ihn wirklich …

Er riss sich zusammen, drehte sich um und setzte seinen Weg entschlossen fort. »Dummkopf«, murmelte er, drückte die Tür auf und trat hinaus in die kalte Nacht von Grizzly Falls, Montana.

Abgesehen von ein paar Stunden bei seiner Ex-Schwägerin und seinen Nichten würde er Weihnachten allein verbringen, dachte er und schnitt eine Grimasse.

Es wäre nicht das erste Mal.

Und vermutlich auch nicht das letzte.

Kapitel zwei

»Wie ich schon sagte: Ich möchte, dass wir zwei zusammen sind. Für immer.«

Nate Santana, der vor dem Holzofen in seinem alten Blockhaus stand, griff in die Vordertasche seiner Jeans und zog eine kleine Samtschachtel heraus.

»O mein Gott.« Regan Pescoli starrte die kleine Schachtel an, als sei pures Gift darin. Sie trat sogar einen Schritt zurück, doch sie hielt ihn nicht davon ab, auf ein Knie zu gehen, die Schachtel zu öffnen und sie ihr auf seiner Handfläche entgegenzustrecken. Ein Diamantring funkelte auf weißem Satin. Tränen traten ihr in die Augen, brannten hinter ihren Lidern und erinnerten sie daran, was für ein rührseliger Trottel sie unter ihrer harten Schale doch war.

Ein Verlobungsring. Das darf doch nicht wahr sein.

»Du kannst doch nicht … ich meine, ich kann doch nicht … ach, Herrgott noch mal.«

»Regan Pescoli, willst du mich heiraten?«

Er hob den Blick, sah ihr tief in die Augen, und sie schmolz dahin. Schnee wirbelte gegen die Fenster, draußen braute sich ein Sturm zusammen, doch in diesem hundert Jahre alten Blockhaus gab es nur sie beide – und Santanas Husky, der auf einem kleinen Teppich in der Zimmerecke schlief. »Vielleicht hätte ich dich erst fragen sollen.«

»Du meinst, bevor du mir einen Antrag machst?«

»Ja.«

»Das wäre nett gewesen.« Sie gab sich alle Mühe, sich ihre Rührung nicht anmerken zu lassen.
»Du hast meine Frage nicht beantwortet.«
»Ich weiß, ich weiß ...« Sie biss sich auf die Zunge. Die simple Antwort hätte »Ja! Ja! Unbedingt!« lauten sollen, bevor sie die Arme um ihn schlang und vor Glück schluchzte, während er ihr den Ring an den Finger steckte, sie auf seine starken Arme hob und in sein kleines Schlafzimmer trug, wo sie sich die ganze Nacht über lieben würden.
Rasch drängte sie diese kitschige Vorstellung zurück. So einfach war ihr Leben nicht. Und das hier war kein Märchen. Sie war eine Frau, ein Detective, um genau zu sein, mit zwei fast erwachsenen Kindern aus zwei verschiedenen Ehen. Ihr erster Ehemann, Joe Strand, ebenfalls ein Cop, war bei einem Einsatz ums Leben gekommen. Sie waren schon auf dem College miteinander gegangen, und sie war schwanger geworden. Nach einer überstürzten Hochzeit war Jeremy auf die Welt gekommen, genauso gutaussehend und dickköpfig wie sein Vater. Ihre Ehe war nicht immer einfach gewesen. Ehemann Nummer zwei war Luke »Lucky« Pescoli, ein Fernfahrer, der so charmant war, wie er aussah. Bei ihm verbrachten die Kinder das diesjährige Weihnachtsfest. Die Ehe hatte nicht lange gehalten, aber das war die Sache wert gewesen: Immerhin hatte Lucky ihr Bianca beschert, ein hübsches, aufgewecktes – um nicht zu sagen, aufsässiges – Mädchen, das mit ihren sechzehn Jahren der Meinung zu sein schien, die Welt würde sich allein um sie drehen.
Zwei Fehlschläge.
Würde sie einen dritten einstecken können?
»Um Himmels willen, Santana«, stieß sie hervor, griff nach seiner Hand und zog ihn hoch. »Ich bin noch nicht bereit für solch einen Schritt. Das *weißt* du. Was zum Teufel denkst du dir dabei?«

»Ich denke, dass ich dich gern heiraten möchte, und deshalb mache ich dir einen Antrag.«
»Ja, das habe ich kapiert, aber …«
»Aber was?«, fragte er. Seine Augen funkelten. Lag das daran, dass sich die Lichterkette, die er an einem der Fenster angebracht hatte, darin spiegelte, oder hatte sie etwa recht mit ihrem Eindruck, dass er sich tatsächlich amüsierte über ihre bestürzt gestammelte Antwort?
»Wir haben das doch schon einmal besprochen. Ich dachte, du würdest es verstehen. Es ist nicht so, dass ich dich nicht liebe – du weißt, dass ich das tue –, aber ich und die Ehe … das hat noch nie funktioniert.«
»Weil du immer mit den falschen Typen zusammen warst.«
»Oder sie mit der falschen Frau«, entgegnete sie. Als sie sah, dass er ansetzte, ihr zu widersprechen, streckte sie eine Hand aus, um ihn davon abzuhalten. »Wie du weißt, bin ich davon überzeugt, dass es nicht nur an einer Person liegt, wenn eine Ehe scheitert. Dazu braucht es mindestens zwei. In einer Ehe müssen beide jede Menge Beziehungsarbeit leisten, und …« Sie ließ sich auf die alte Ottomane sinken, so dass nun sie diejenige war, die flehend zum anderen aufblickte. »Ehrlich, Santana, ich weiß einfach nicht, ob ich dazu bereit bin.«
»Könnte doch witzig werden.«
»Oder aber ein Desaster. Meine Kinder –«
»Werden sich an die Vorstellung gewöhnen. Du darfst dein Leben nicht allein ihnen widmen. Hier geht es um dich.«
»Ich weiß, aber …«
»Aber was?« Seine neckende Haltung schwand. »Entweder du willst mich heiraten oder nicht.«
»Ja, klar. Als wäre das so einfach.«
»Es ist so einfach, wie du es haben möchtest.« Er zog eine

dunkle Augenbraue in die Höhe, und sie spürte, wie ihr Herz schmolz. In seiner abgewetzten Jeans, dem dunklen T-Shirt und einem offenen Flanellhemd, die Ärmel bis zu den Ellbogen hochgeschoben, wirkte er bodenständig und männlich, ein Cowboy mit einer dunklen Vergangenheit, der sie vom ersten Augenblick an in seinen Bann gezogen hatte.

Ein Blick, und er konnte ihr Inneres nach außen kchren, das war schon immer so gewesen. Sie war eine starke, nüchterne Frau, der man nichts vormachen konnte, eine abgebrühte Polizistin, der man mehr als einmal vorgeworfen hatte, sturköpfig, wenn nicht gar störrisch zu sein. Auch gut. Sie machte nun mal nicht gern halbe Sachen.

Außer wenn es um Santana und eine mögliche Hochzeit mit ihm ging.

Sein Antrag hätte sie nicht so umhauen dürfen, immerhin hatte sie es schon lange kommen sehen: eine Kugel, der sie nicht ausweichen konnte. Sie wusste nicht, ob sie schon zu einem solchen Schritt bereit war, war sich nicht sicher, ob sie das jemals sein würde.

»Komm schon, Pescoli«, sagte er leicht gereizt. »Fällt es dir denn so schwer, ja zu sagen?«

Sie schüttelte den Kopf. »Nein, das wäre das Einfachste. Es geht mir um den Rest. Ob ich daran glaube, dass unsere Ehe funktioniert, dass wir einander lieben werden, bis dass der Tod uns scheidet, dass sich das Ganze nicht in eine Angelegenheit verwandelt, bei der es nur noch darum geht, miteinander abzurechnen.«

»Das wird nicht passieren«, beruhigte er sie, und für einen kurzen Moment glaubte sie ihm. »Nicht bei uns.«

»Der Überzeugung ist wohl jeder, der vor Gott oder dem Standesamt in den Stand der Ehe tritt.«

Er schwieg kurz, dann klappte er die Schmuckschachtel zu

und stellte sie auf den Tisch. »Heute ist Heiligabend. Du hast eine Woche, um dich zu entscheiden.«

»Du stellst mir ein Ultimatum?« Sie traute ihren Ohren kaum.

»Du bist wahrhaftig eine brillante Polizistin«, sagte er und grinste schief, während er sich vorbeugte, um im Feuer zu stochern. Ohne Handschuhe anzuziehen, warf er ein paar Kiefernscheite in die Flammen, dann trat er zurück und klopfte sich die Hände ab. Pescoli entging nicht, wie sich seine abgetragene Jeans über seinen Hinterbacken spannte, und als sie merkte, dass sie ins Träumen geriet, wurde sie noch wütender auf sich selbst.

»Ich lasse mich nicht in die Ecke drängen und zu einer Entscheidung zwingen.«

»Ich zwinge dich nicht.«

»Ach nein?«

»Na schön. Sieh es so, wie du willst.« Er zuckte die Achseln. Das Feuer hinter ihm knackte. »Ich werde dich nicht bedrängen. Im Gegenteil: Ich werde dir aus dem Weg gehen, und ich komme morgen auch nicht zu dir rüber. Dann kannst du Zeit mit deinen Kindern verbringen. An Neujahr aber erwarte ich, dass du mir mitteilst, ob du bereit für eine gemeinsame Zukunft mit mir bist, ob ihr, du und deine Kinder, mit mir in das neue Haus einziehen werdet oder ... oder nicht. Wenn du dich nicht binden kannst, halte ich es für besser, wenn wir an dieser Stelle einen konsequenten Schnitt machen.«

»Hmm.«

»Findest du nicht, wir sollten uns den Tatsachen stellen?«, fragte er mit eindringlicher Stimme.

»Und was ist, wenn ich finde, dass wir eine wunderbare Beziehung haben, und zwar so, wie sie ist? Sie ist vielleicht nicht unbedingt konventionell, das nicht ... aber sie funktioniert.

Keine Regeln. Du machst dein Ding, ich meins. Alle sind glücklich.«

Sein Blick strafte sie Lügen. »Du verstehst mich nicht. Ich möchte dich zu meiner Frau machen. Ich möchte, dass wir eine Familie werden. Möchte mehr als nur eine Affäre …«

Sie nickte, dachte daran, wie heiß diese Affäre gewesen war, dachte an die pure körperliche Lust zwischen ihnen, zumindest am Anfang.

»Du und ich, wir beide führen längst eine *Beziehung*, Regan«, sagte er und deutete mit dem Zeigefinger von sich auf sie. »Und zwar eine ganz wunderbare.«

Ihre Kehle wurde eng, und sie konnte nicht anders, als ihm zuzustimmen. »Du hast recht.« Nicht nur, dass sie mit ihm den besten Sex ihres Lebens hatte, er vermittelte ihr auch ein Gefühl der Zusammengehörigkeit, der Geborgenheit und des Vertrauens, so dass es ihr gelang, diesem Mann all ihre Seiten zu zeigen und sich dennoch von ihm geliebt zu fühlen, so wie auch sie ihn liebte – trotz seiner Fehler.

»Und nun möchte ich einfach, dass wir diese Beziehung auf die nächste Ebene stellen. Willst du das denn nicht?«

Der Raum schien plötzlich zu schrumpfen, bis nur noch sie beide da waren, die einzigen Menschen im ganzen Universum. *Lächerlich, Regan, du bist schließlich immer noch Mutter!* Langsam stieß sie die Luft aus, die sie unbewusst angehalten hatte, dann sagte sie: »Es geht nicht um Verlangen oder Begierde. Es ist auch nicht so, dass ich nicht davon träume, dass wir für immer zusammenbleiben. Ich sehe das einfach pragmatisch.«

Er brachte ein schiefes Lächeln zustande, genau jene Art Grinsen, die sie so unglaublich sexy fand.

»Es geht um Angst«, stellte er klar, fasste sie bei den Händen und zog sie hoch. »Um *deine* Angst.«

»Unsinn.«
»Du weißt, dass ich recht habe.«
Plötzlich fühlte sie sich den Tränen nahe. Wie albern. Sie war doch kein schwaches Weibchen! »Ich möchte nur nicht, dass du mich am Ende hasst.«
Er lachte leise und schlang die Arme um sie. »Glaubst du wirklich, dass das passieren könnte?«
»Ja.«
»Dann kennst du mich nicht wirklich, Liebling.« Noch bevor sie etwas erwidern konnte, zog er sie an sich und küsste sie auf die Stirn, strich sanft mit den Lippen über ihre weiche Haut. Sein Atem war warm, seine Arme stark, und sie verspürte den überwältigenden Drang, einfach hineinzusinken und sich ihren Gefühlen zu ergeben. »Es ist Weihnachten. Lass uns nicht streiten.«
»Sollte das möglich sein?«
»Vermutlich nicht.« Als sie den Blick hob, um ihm in die Augen zu sehen, entdeckte sie darin ein amüsiertes Aufblitzen, doch tief dahinter flackerte etwas anderes auf, etwas Tieferes, das er schnell wieder verbarg. Sie wusste, dass sie nicht nachgeben durfte, dass sie über seinen Antrag reden mussten, aber sie hatte es so satt zu argumentieren, und außerdem hätte das ohnehin zu nichts geführt. Er hatte recht: Es war Weihnachten.
Seine Lippen fanden die ihren, und er zog sie noch enger an sich.
»Warte …«, sagte sie, doch Nate beachtete sie nicht, trug sie ins Schlafzimmer und ließ sie ohne große Umstände aufs Bett gleiten. »Du bist ganz schön dreist, mein Lieber«, stellte sie fest und drohte ihm mit dem Zeigefinger, doch sie lächelte dabei.
»Darauf kannst du wetten.« Er sank auf die Matratze neben sie und öffnete den Reißverschluss ihrer Sweatshirt-Jacke.

»Du weißt, dass du ein echter Mistkerl bist, hab ich recht, Santana?«
»Jawohl. Und genau aus dem Grund liebst du mich.«
»Vermutlich.«
»Nicht vermutlich, das ist eine Tatsache, Detective.« Er zog sich Hemd und T-Shirt aus und warf beides in die Ecke. »Und genau das werde ich dir beweisen.«
Sie lachte. »Ist das nicht viel zu abgedroschen?«
»Ja, ich weiß.« Er liebkoste ihren Nacken, rollte sich auf sie, so dass sie Nase an Nase lagen, und sagte: »Ich muss einen Weg finden, dich zu überzeugen, dass du mich heiratest.«
»Viel Glück.«
»Soll das eine Herausforderung sein?«
»Was glaubst du denn?«
Seine Hände, groß und warm, schoben ihre Jacke beiseite, unter der sie nur einen dünnen BH trug. »Gut«, murmelte er. Sein Atem strich über ihre Brustspitzen, die sich erwartungsvoll aufrichteten. »Ich bin nämlich definitiv für eine Herausforderung bereit, Liebling.«
»Du bist ein schrecklicher Kerl«, sagte sie und hielt den Atem an, als sich sein Mund ihren Brustwarzen näherte.
»Von der allerschlimmsten Sorte«, flüsterte er, küsste einen ihrer Nippel und hob dann den Kopf, um sie anzuschauen. Seine Augen glitzerten im dämmrigen Licht.
Regan seufzte und kapitulierte, zumindest für dieses Mal.

»He, Alvarez! Gönn dir doch endlich mal etwas Ruhe!« Pete Watersheds Stimme hallte durch das fast leere Großraumbüro im Department des Sheriffs von Pinewood County. Er schlenderte an ihrem Arbeitsplatz vorbei, den Geruch nach Tabak hinter sich herziehend. Als er sah, dass auf ihrem Bildschirm die Opfer des jüngsten Serienmörders zu sehen waren, der

Grizzly Falls vor kurzem zu seinen ganz privaten Jagdgründen auserkoren hatte, blieb er stehen. Gerade mal zwei Wochen waren vergangen, seit er mit seinen grauenvollen Morden begonnen hatte. Zum Glück hatte sein Treiben ein jähes Ende gefunden, ein Ende, das für den »Eismumienmörder«, wie die Presse ihn nannte, den Tod bedeutet hatte.

»Weißt du eigentlich, wie spät es ist?«, fragte Watershed. Er war ein schlaksiger Streifenpolizist mit stets gerunzelter Stirn und einer Vorliebe für schwarzen Humor, und auch er hatte sich freiwillig für die Nachtschicht gemeldet. Selena mochte ihn nicht besonders, aber er war ein anständiger Deputy und bereit, seinen Heiligabend zu opfern, damit ein Kollege mit Familie den Abend zu Hause verbringen konnte.

»Nicht wirklich.«

»Ach? Hast du vor, den Rest von uns schlecht aussehen zu lassen, indem du dich wie eine Wahnsinnige abrackerst?« Er lachte und fing gleich darauf an zu husten – Resultat seiner Zwei-Schachteln-am-Tag-Sucht.

»Genau das habe ich vor: mein ultimativer Plan«, erklärte sie, und er lachte und hustete noch lauter. »Bei dir muss ich mich da zum Glück nicht sonderlich anstrengen.« Sie grinste schief.

»Das musste jetzt nicht sein.« Die Hustenattacke verebbte langsam.

»Wie dem auch sei: Ich pack's jetzt.« Alvarez nahm Schlüssel und Handtasche und schob ihren Stuhl zurück. Ihr Bein schmerzte leicht von der Verletzung, die sie bei der Begegnung mit dem Eismumienmörder davongetragen hatte, doch sie drängte den Schmerz zurück, und es gelang ihr, nicht einmal zusammenzuzucken. Obwohl sie es nur ungern zugab, hatte Watershed recht: Die Digitalanzeige auf ihrem Bildschirm verkündete ein Uhr sechzehn. Sie hätte das Büro schon vor Stunden verlassen sollen, aber sie hatte nicht nach Hause gehen wollen. Wieder einmal. Eine Angewohnheit, mit der sich nicht so leicht brechen ließ. Jahrelang war die Arbeit ihr Leben gewesen, und sie hatte nichts Falsches darin sehen können, ein Workaholic zu sein. Im Gegenteil: Es hatte ihr wunderbar gefallen, bis vor einem guten Monat Dylan O'Keefe in ihr Leben zurückgekehrt war. Seitdem waren sie ein Paar, und obwohl ihre Beziehung alles andere als glatt lief, war sie doch voller Hoffnung, dass sie sich zu etwas Dauerhaftem entwickeln würde. Heute Abend war O'Keefe bei seiner Familie in Helena, und sie war allein.

»Gut. So viele Überstunden kann sich das Department nämlich nicht leisten.«

Er meinte es ernst. Das Budget, das dem Büro des Sheriffs zustand, war bereits bis zum Anschlag ausgereizt. Anfang Dezember hatte es einen gewaltigen, scheinbar endlos dauernden Schneesturm gegeben, der unzählige Einsatzkräfte gefordert hatte. Straßen mussten gesperrt, Stromausfälle behoben, ältere und hilfsbedürftige Menschen evakuiert werden. Der Eismumienmörder hatte ein Übriges dazu beigetragen, auch noch die letzten Ressourcen des Departments anzuzapfen.

»Wenn du dir solche Sorgen um das Budget machst, wieso bist du dann noch hier?«

»Ich musste nur schnell einen Bericht schreiben.« Seine Augen verdunkelten sich, und er rieb sich die Bartstoppeln auf dem Kinn – Beweis für eine lange Schicht. »Unfall beim Horsebrier Ridge.« Kopfschüttelnd fügte er hinzu: »Der Junge war erst neunzehn.«

»Tot?« Alvarez fröstelte.

»Fast. Grauenvoll für seine Eltern – und das an Heiligabend.«

»Egal wann, es ist immer schrecklich«, sagte sie und dachte an ihren eigenen Sohn in Helena, einen Jungen, der bei einer Adoptivfamilie aufgewachsen war, weil sie ihn gleich nach seiner Geburt weggegeben hatte. Ihr Herz schmerzte bei dem Gedanken an Gabriel, ihren sechzehnjährigen Sohn, der gerade erst in ihr Leben zurückgekehrt war.

»Und warum bist du noch hier?«, erkundigte sich Watershed.

Alvarez schlüpfte in ihre Jacke und beschloss, seine Frage zu ignorieren. Die Antwort war viel zu persönlich. Da O'Keefe nicht vor morgen früh nach Grizzly Falls zurückkehrte, wollte sie ihr Reihenhaus meiden und damit all die Geister der vergangenen Weihnachtsfeste.

»Ich habe bloß versucht, ein paar lose Enden zu verknüpfen.«

»An Heiligabend?«

Achselzuckend schlang sie den Schal um den Hals und steckte die Schlüssel in ihre Jackentasche.

»Ich dachte, du wärst wegen deiner Verletzung eh in Teilzeit – begrenzte Stunden oder so was.« Er deutete auf ihr Bein.

Bei dem Gedanken an den Kampf mit dem Eismumienmörder, der sie beinahe das Leben gekostet hatte, fühlte sie, wie ihr ein Schauder den Rücken hinablief. Trotzdem zwang sie sich zu einem Lächeln und erwiderte: »Die Ärzte sagen, ich kann schon wieder arbeiten.«

»Und der Sheriff?«

»Grayson weiß davon.«

»Sicher.« Offensichtlich glaubte er ihr nicht, aber er hakte nicht weiter nach. »Okay, ich muss mich beeilen. Frohe Weihnachten, Alvarez. Genieß die Feiertage, zumindest das, was davon noch übrig ist.«

»Ich habe einen ganzen Tag frei, Watershed. Nein, noch knapp dreiundzwanzig Stunden, um genau zu sein.« Was ihr vorkam wie eine Ewigkeit. Sie wünschte sich jetzt schon, der Feiertag wäre vorbei.

Watershed bekam ihre letzte Bemerkung nicht mehr mit, er hastete bereits quer durch das Großraumbüro in Richtung Toiletten.

Für gewöhnlich herrschte im Department hektische Betriebsamkeit, alles war hell erleuchtet, Telefone klingelten, im Gang hallten Schritte, Officer und Zeugen sprachen miteinander, Computertastaturen klapperten, und ab und an ertönte lautes Gelächter, Geschrei oder das Klicken von Handschellen. Doch heute Abend war das Licht großteils gedämpft, nur ein paar Mitglieder des Teams schoben Dienst, und alles war gespenstisch ruhig.

»Stille Nacht«, murmelte Selena sarkastisch, schob ihre Pistole ins Holster und knipste das Licht an ihrem Arbeitsplatz aus.

Den Reißverschluss ihrer warmen Daunenjacke bis unters Kinn zugezogen, ging sie zur Hintertür. Hoffentlich begegnete sie niemandem, dem sie erklären müsste, was sie am Heiligen Abend so spät noch hier machte, warum sie eine solche Aversion, die Feiertage betreffend, hegte.

Die erste Hälfte ihres Lebens hatte sie in Woodburn, Oregon, verbracht, in einer großen spanischen Familie, und sie hatte jenes ganz besondere Kribbeln verspürt, mit dem Weihnachten einherging. Zusammen mit ihrer Großfamilie hatte sie die Mitternachtsmesse besucht, hatte tief den Duft der *tamales* eingeatmet, die ihre Großmutter gebacken hatte, hatte mit ihren Geschwistern die ausgelassene Vorfreude geteilt, wenn sie zusammen den Baum schmückten. Und dann erst der Weihnachtsmorgen – was für eine zauberhafte Zeit im Leben eines heranwachsenden Mädchens!

All das war ihr binnen eines einzigen Augenblicks genommen worden.

Ihr Magen wurde sauer, wenn sie an ihren Cousin dachte, der

sie vergewaltigt, ihr auf so brutale Art und Weise ihre Unschuld geraubt hatte.

»Du musst endlich darüber hinwegkommen«, flüsterte sie, während sie den leeren Aufenthaltsraum durchquerte, doch sie wusste, dass ihr das vermutlich niemals gelingen würde. Es gäbe niemals genug Psychologen, Antidepressiva oder tröstliche, aufbauende Gedanken, um diesen ganz speziellen Schmerz auszulöschen. Er wäre immer da, eine Narbe, die nur schwer verheilte.

Doch sie hatte gelernt, mit dem Schmerz umzugehen und sogar wieder zu lieben.

Vielleicht.

Im Gegensatz zu den nur spärlich beleuchteten Büros war der Aufenthaltsraum in grelles Licht getaucht. Die Neonröhren an der Decke gleißten, was durch die weißen Formica-Tische nur noch verstärkt wurde. Und natürlich waren an jedem freien Zentimeter Joelle Fishers weihnachtliche Dekorationen angebracht: Kleine silberne Schneeflocken hingen an dünnen Fäden von der Decke, rot-goldene Kränze und Girlanden schmückten Türen und Wände und warfen unheimliche Schatten.

Die Empfangssekretärin, ein zierliches, agiles Persönchen Anfang sechzig, war besessen von den Weihnachtsfeiertagen. Von allen Feiertagen, um genau zu sein. Mit großer Begeisterung zelebrierte sie einfach alle – angefangen beim Vierten Juli über den Tag des Baumes bis hin zum Gedenktag der US-Flagge am vierzehnten Juni. Es schien ihr ein besonderes Anliegen zu sein, jeden noch so obskuren Feiertag im Büro des Sheriffs von Pinewood County zu begehen, doch je mehr das Jahr dem Ende zuging, desto mehr war Joelle in ihrem Element. Nun begann die wahre Festsaison: Halloween, Thanksgiving und Weihnachten. *Bamm, bamm, bamm!* Schlag auf Schlag ging es so von Ende Oktober bis Anfang Januar – Joelles ganz persönliche Jubelsaison.

Ad nauseam.

Joelles Vorstellung einer angemessen festlichen Atmosphäre bestand darin, das Büro mit den aufwendigsten, auffälligsten und mitunter absurdesten Dekorationen in ein Indoor-Winterwunderland zu verwandeln. Alvarez dagegen war nicht davon überzeugt, dass das ganze Lametta und die zuckenden bunten Lichterketten Gottes Vorstellung von Weihnachten entsprach, aber was wusste sie schon? Es oblag ihr nicht, sich darüber aufzuregen oder gar zu beklagen, ganz anders als ihre Partnerin Regan Pescoli.

Auf einem Plastikteller in Form einer Schneeflocke lagen ein paar Kekse – Rentiergeweihe. Alvarez widerstand der Versuchung, zumal sie gerade erst zu ihrer gesunden, ausgewogenen Ernährungsweise zurückgekehrt und auch ihre sportlichen Übungen wiederaufgenommen hatte. Als sie die Hintertür öffnete, erinnerte sie der stechende Schmerz in ihrem Bein erneut an ihren verzweifelten Kampf gegen den Psychopathen. Wieder drängte sie den Schmerz zurück, ignorierte ihn und dachte stattdessen daran, wie sehr sich ihr Leben seitdem zum Positiven verändert hatte. Wenn sie sich ein wenig Mühe gab, konnte der Geist der Weihnacht vielleicht doch noch in ihr Herz Einzug halten.

Vielleicht.

Die Entscheidung musste erst noch fallen.

Kapitel drei

Pescoli drückte das Gaspedal durch.

Obwohl es schneite und die Straßen bestenfalls sporadisch geräumt waren, raste sie über die kurvenreiche Straße durch die engen, tiefen Täler hinauf in die Berge. Der Wald um sie herum war totenstill, abgesehen vom Dröhnen des Motors, die Kiefern und Hemlocktannen waren mit einer dicken Schicht Neuschnee bedeckt. Eine Postkartenidylle, die sie jedoch kaum wahrnahm. Sie war müde, hatte sich die ganze Nacht schlaflos im Bett herumgewälzt. Nachdem Santana und sie sich bis fast zwei Uhr morgens geliebt hatten, hatte sie versucht einzuschlafen, doch ihre Gedanken waren wie verrückt durch ihren Kopf gekreist und hatten sie wach gehalten. Sollte sie seinen Antrag annehmen? Wäre sie bereit, ihre Unabhängigkeit aufzugeben? Was würde aus ihren Kindern werden? Ihrem Job? Dem Leben, das sie sich nach ihrer Scheidung von Lucky mit so viel Mühe aufgebaut hatte?

Santana zu heiraten kam ihr vor wie etwas, was keiner großen Überlegung bedurfte, und hätte sie nicht zwei schwierige Ehen hinter sich, dann hätte sie sich diese Chance nicht entgehen lassen, wäre nur zu gern seine Ehefrau geworden. Sie hatte aber nun mal zwei schwierige Ehen hinter sich, und obwohl sie dazu tendierte, ja zu sagen, nervte es sie doch höllisch, auf ein Ultimatum festgenagelt worden zu sein.

Vor einer engen Kurve ging sie vom Gas und musste sich

selbst eingestehen, wie lächerlich ihre Argumente doch klangen. Er hatte jedes Recht, ihre Beziehung zu beenden, sollte sie den nächsten Schritt nicht mit ihm wagen wollen. Trotzdem ärgerte es sie, dass er sie so sehr bedrängte.

Sie stellte die Scheinwerfer auf eine höhere Stufe, damit sie den immer dichter fallenden Schnee schneller von der Windschutzscheibe fegten. Im Innern des Jeeps war es warm und gemütlich. Der Polizeifunk knisterte leise. Sie stellte das Radio an. Burl Ives sang »Have a Holly Jolly Christmas« – zum gefühlten dreimillionsten Mal seit Beginn der Weihnachtszeit. Hastig wählte sie einen anderen Sender, der die Nachrichten brachte.

Ihre Kinder würden heute Morgen von Lucky zurückkehren – nun, vielleicht auch erst am Nachmittag, da Jeremy Probleme hatte, seinen Hintern vor elf Uhr aus dem Bett zu hieven –, trotzdem blieb ihr nicht viel Zeit. Sie hasste die Tatsache, dass sie die beiden mit ihrem Ex-Mann teilen musste, vor allem während der Feiertage, aber das ließ sich nun mal nicht ändern. Luke, der ihr ein lausiger Ehemann gewesen war, war kaum besser als Stiefvater und Vater, obwohl sie inzwischen nicht mehr ganz so angefressen war, was seine neue Ehefrau betraf. Noch keine dreißig, hatte Michelle eine mörderische Figur und war trotz ihres Blondinengehabes um einiges cleverer, als sie sich anmerken ließ.

»Hm«, knurrte Pescoli, die wegen Santanas Antrag auf dem Weg zu ihrem Boss war. Vielleicht war es keine gute Idee, ihn am Weihnachtsmorgen aufzusuchen, aber Grayson war der Ansicht, dass es wichtig war, *jederzeit* für seine Angestellten da zu sein, ganz gleich ob tags oder nachts. Genau das hatte er erst letzte Woche betont, weshalb Pescoli ihn nun beim Wort nehmen wollte. Sie brauchte seinen Rat, und zwar dringend, da sie nur eine Woche Zeit hatte, ihre Entscheidung zu fällen. Vielleicht wäre es möglich, nach der Hochzeit Teilzeit zu arbeiten oder ihre Stundenzahl zumindest zu begrenzen. Jeremy war zwar inzwischen die meiste Zeit über aus dem Haus, aber Bianca besuchte noch die Highschool, und es wäre bestimmt besser für sie, wenn ihre Mutter öfter für sie da sein könnte. Wenn es etwas an ihrer Arbeit gab, was Pescoli nicht gefiel, dann waren es die vielen Überstunden, die sie von ihren Kindern fernhielten und auch ihren beiden vorherigen Ehen nicht unbedingt zuträglich gewesen waren.

Nicht, dass sie ihre Berufswahl bedauert hätte, das ganz bestimmt nicht. Sie liebte es, ein Detective zu sein, und sie war verdammt gut in ihrem Job. Als Alvarez vor kurzem nach ihrer Verletzung vorübergehend ausgeschieden war, um wieder ganz zu genesen, hatte sie mit Brett Gage zusammengearbeitet, ein kompetenter Bursche, wenngleich sie nicht ganz auf einer Wellenlänge lagen. Irgendwie waren die Dinge nicht so gelaufen, wie sie es sich vorstellte, aber jetzt, da Alvarez wieder da war, ging alles wieder wie geschmiert.

Vielleicht könnte sie einen Teil der Arbeit von zu Hause aus erledigen, überlegte sie, und wenn das nicht funktionierte, konnte sie immer noch darüber nachdenken, sich selbständig zu machen. O'Keefe, Alvarez' frisch entfachte Jugendliebe, war Privatdetektiv. Er hatte angedeutet, dass er einen Partner gebrauchen könnte, und die Vorstellung gefiel ihr. Zumindest teils, teils. Die bittere Wahrheit war die, dass sie ihren Job liebte – natürlich nicht ganz so sehr wie ihre Kinder, aber immerhin.

Was ist mit Santana? Liebst du ihn mehr als deine Arbeit für das Büro des Sheriffs von Pinewood County?

»Du vergleichst Äpfel mit Birnen«, sagte sie laut, gerade als der Wetterbericht angekündigt wurde. »Äpfel mit Birnen.«

Der Kaffee lief durch die Maschine und erfüllte seine Küche mit dem angenehmen Duft, auf den sich Grayson freute, sobald er morgens die Augen aufschlug. Er war ein Morgenmensch, immer schon gewesen, trotz all der Jahre, in denen er zur Schichtarbeit gezwungen gewesen war, vor allem während seiner Anfangszeit als Streifenpolizist. Seiner Frau hatte das gar nicht gefallen, doch damals hatte er jede Schicht angenommen und Caras diesbezügliche Beschwerden an sich abperlen lassen wie Wasser von einem Entenrücken.

Natürlich hatte seine Weigerung, bei der Arbeit kürzerzutreten, dazu beigetragen, das Ende seiner ohnehin auf wackligen Füßen stehenden Ehe einzuläuten.

Grayson schenkte sich eine Tasse Kaffee ein und blickte auf sein Handy, auf dem eine SMS von Regan Pescoli angezeigt wurde. Sie kündigte an, sie sei auf dem Weg hierher, da sie dringend mit ihm reden müsse. »Was hat das wohl zu bedeuten?«, sagte er zu seinem schwarzen Labrador. Sturgis, der eifrig Wasser aus seiner Schüssel neben der Hintertür schlapperte, warf schwanzwedelnd einen Blick über die Schulter.

Warum um alles in der Welt suchte ihn Pescoli am Morgen des ersten Weihnachtstages zu Hause auf? Vermutlich hatte sie keine guten Nachrichten im Gepäck. Obwohl Pescoli nicht gerade auf Traditionen stand, verbrachte sie an den Feiertagen stets so viel Zeit wie möglich mit ihren Kindern. Mit Sicherheit würde sie sich nicht auf den Weg zu ihm machen, wenn es nicht um etwas wirklich Wichtiges ginge. »Nun, das werden wir bald herausfinden«, sagte er zu seinem Hund und schaute aus dem Fenster über der Spüle.

Über Nacht war Neuschnee gefallen, etwa zehn Zentimeter, der Schicht auf dem Verandageländer nach zu urteilen. Er war hier oben weitestgehend isoliert in seinem Blockhaus mit den zwei Schlafzimmern, an dem er jahrelang in seiner Freizeit gewerkelt hatte. Er hatte ein zweites Badezimmer eingebaut, das erste renoviert und dachte jetzt darüber nach, die Küche zu erneuern. Aber das würde noch eine Weile dauern. Außerdem gefielen ihm die alten, leicht schrägen Holzarbeitsflächen und die soliden Schränke. Sie passten zu seinem Junggesellendasein.

Sturgis hob wieder den Kopf, Wasser tropfte von seiner Schnauze auf die Bodendielen. »Weißt du eigentlich, dass du ein Schlapperproblem hast?«

Wieder wedelte der alte Labrador mit dem Schwanz. Lächelnd kraulte Grayson seinen Hund hinter den Ohren und stellte seine halb ausgetrunkene Tasse Kaffee auf die zerschrammte Anrichte. »Frohe Weihnachten, Kumpel«, sagte er und richtete seine Gedanken auf den vor ihm liegenden Tag. Zum Abendessen war er bei seiner Ex-Schwägerin eingeladen. Hattie, einst verheiratet mit seinem Bruder Bart, hatte ihn stets in ihre Pläne für die Weihnachtsfeiertage mit einbezogen, und für gewöhnlich hatte er ihre Einladungen angenommen, auch wenn das immer etwas kompliziert war. *Äußerst* kompliziert, um genau zu sein. In ihrer Jugend war Hattie nämlich mit drei von den vier Grayson-Brüdern gegangen, auch mit Dan.

Sie hatte schließlich Bart geheiratet, Zwillinge – zwei Mädchen – von ihm bekommen, und als die Ehe in die Brüche ging, hatte sie die Ranch verlassen. Es folgte die Scheidung, und Bart, voller Verzweiflung, hatte sich in der Scheune erhängt.

Eine hässliche Sache, ganz zu schweigen von den anderen Querelen … Hattie war die jüngere Schwester von Cara, besser gesagt, Caras Halbschwester, mit der sie sich zerstritten hatte. Ja, die Dinge waren kompliziert, was Hattie anbetraf, so kompliziert, wie sie nur in einer Kleinstadt in der Größe von Grizzly Falls sein konnten.

Natürlich hatte sich Hattie schrecklich gefühlt wegen Barts Selbstmord, war sogar so weit gegangen zu behaupten, er hätte sich niemals umgebracht, das könne sie sich einfach nicht vorstellen. Doch die Beweise waren eindeutig, selbst Hattie konnte das nicht leugnen, wenngleich sie beschloss, diese Tatsache schlichtweg zu ignorieren. Wann immer die Familie Grayson zusammenkam, war Hattie anwesend. Sie wolle, dass die Mädchen die Familie ihres Vaters kannten, behauptete sie, was vielleicht sogar stimmte, doch Dans Brüder Cade und Big Zed waren nicht ganz davon überzeugt, dass ihre Beweggründe derart selbstlos waren. Beide behaupteten steif und fest, sie habe es lediglich auf die Ranch und das Familienerbe abgesehen.

»Mein Gott, Dan, wie kannst du nur so naiv sein?«, hatte Cade ihn bei seinem letzten Besuch auf der Ranch gefragt. »Du solltest es doch besser wissen! Schließlich bist du mit ihr gegangen.« Seine beiden Brüder und er hatten sich über das Gatter in der Nähe der Scheune gebeugt und den Rindern zugesehen, die sich unter dem Vordach versammelten. Ihr Fell war dicht und zottelig wegen des strengen Winters, ihr Atem beschlug in der eisigen Luft, wenn sie sich muhend um die Futtertröge drängten.

»Schnee von gestern«, hatte Dan erwidert. »Außerdem –«

»Jaja, ich weiß. Ich war ebenfalls mit ihr zusammen.« Cade runzelte die Stirn bei der Erinnerung an seine Zeit mit Hattie, während Big Zed, gute acht Zentimeter größer als seine Brüder und rund fünfundzwanzig Kilo schwerer, sie beide mit zusammengekniffenen Augen musterte. »Der Unterschied ist der, dass ich aus der Erfahrung gelernt habe!«

»Na ja«, sagte Big Zed. Der Älteste der Grayson-Brüder war

für gewöhnlich weitaus ruhiger und schweigsamer als Cade, der dafür bekannt war, schnell in die Luft zu gehen, oder Dan, der zwar nicht ganz so hitzköpfig war wie Cade, aber dennoch gern das letzte Wort hatte.

»Was soll das denn heißen?«, fragte Cade.

»Genau das, was ich gesagt habe. Du bist so halbwegs über sie hinweg. Aber eben nur halbwegs.«

»Unsinn, was weißt du denn schon?«, brauste Cade auf und trat vor einen Lehmklumpen, der aus dem Schnee herausragte. »Ich sage dir, Bruder« – er deutete mit seinem behandschuhten Finger auf Dan –, »du solltest besser vorsichtig sein.«

Natürlich hatte Dan den Rat seines Bruders in den Wind geschlagen. Hatties Motive waren ihm herzlich egal. Es ging ihm um die Zwillinge, McKenzie und Mallory. Die beiden Mädchen bedeuteten ihm viel. Er selbst war nie Vater geworden, und die beiden inzwischen acht Jahre alten Energiebündel waren ihm fest ans Herz gewachsen.

Deshalb hatte er Hatties Einladung zum Abendessen angenommen. Er hatte es sogar noch rechtzeitig geschafft, einen Spielzeugladen in Missoula zu plündern und seine Geschenke in grünem Geschenkpapier mit goldenen Schleifen zu verpacken und in rote Tüten zu stecken. Wie immer hatte er für jede von Barts Töchtern zudem einen Scheck in die angehängten Karten gelegt. Fürs College. Das war das mindeste, was er tun konnte.

Er hoffte nur, dass Hattie ihre Gefühle, Barts Suizid betreffend, diesmal für sich behielt, obwohl er das für reines Wunschdenken hielt. Erst vor zwei Wochen hatte sie das Thema wieder zur Sprache gebracht.

»Denk doch mal nach«, hatte sie zu ihm gesagt. »Glaubst du wirklich, dass sich dein Bruder erhängt hat? Das passt einfach nicht zu Bart!« Er hatte die Augen zusammengekniffen und einen Punkt in der Ferne fixiert. »Wenn jemand behauptet hätte, er wäre mit seinem Pferd hinauf auf den Cougar Ridge geritten und hätte sich seine Pistole an die Schläfe gesetzt … dann hätte ich ihm das womöglich sogar abgekauft. Unter Umständen. So bleibt für mich nach wie vor ein riesiges Fragezeichen.«

»Hattie, dein Mann hatte Depressionen.«

»Das haben viele Leute«, schleuderte sie ihm entgegen. Ihre Augen sprühten Funken. »Dafür gibt es Prozac!«

»Nun, Prozac passt auch nicht wirklich zu Bart«, entgegnete Dan, der wusste, dass sein Bruder kein Fan von Tabletten gewesen war. Doch sein Einwand führte zu nichts, das spürte Dan. Seine Ex-Schwägerin war mehr als zäh, wenn sie sich einmal in eine Sache verbissen hatte.

Stirnrunzelnd blickte er nun auf die Uhr. Pescoli, was immer sie so Wichtiges am Weihnachtsmorgen zu besprechen hatte, würde gleich hier sein, und das Feuer im Holzofen müsste dringend geschürt werden.

»Dann machen wir uns mal lieber ans Holzhacken«, sagte er zu dem Hund und trat in seine Stiefel, die er neben der Hintertür abgestellt hatte. Eine kalte Böe fegte hinein, als er die Tür öffnete. Sturgis sprang hinaus auf die Veranda und schoss wie der Blitz davon. Grayson setzte seinen Stetson auf und marschierte nach draußen. Seine Stiefel knirschten in den Schneewehen, die der Wind auf die Veranda getrieben hatte. Das Blockhaus lag wirklich am Ende der Welt, weit und breit gab es keine Nachbarn, keine Menschenseele. Aber er liebte diese Abgeschiedenheit, zog sie dem Leben auf der Ranch, zusammen mit seinen Brüdern, vor – ein einsamer Wolf im Schnee, und Schnee gab es hier in den Bergen von Montana zuhauf.

»Also gut«, murmelte er, als er den spärlichen Feuerholzstapel neben der Hintertür ins Auge fasste, »an die Arbeit.« Er würde ein paar Scheite hacken müssen.
Aber schließlich brachte ihn etwas sportliche Betätigung nicht um.

Tick. Tick. Tick.
Die Minuten verstrichen. Zu schnell. Er hatte nicht den ganzen Tag Zeit. Es war der Morgen des ersten Weihnachtstags. Er musste sich blicken lassen, um sich ein Alibi zu verschaffen, in die Kirche, unter die Leute gehen, wie alle anständigen Bürger an diesem Feiertag.
Dennoch harrte er aus.
Zusammengekauert an dem steilen Abhang über Graysons Blockhaus, beobachtete er den Rauch, der aus dem alten Kamin stieg, dem mehr als nur ein paar Steine fehlten, und wartete auf den richtigen Augenblick. Ungeduldig. Seine behandschuhten Hände strichen beinahe zärtlich über den Lauf seines Gewehrs, als er den Blick auf die mit Eisblumen überzogenen Fenster richtete, hinter denen er die verzerrte Silhouette des Sheriffs entdeckt hatte – doch nie lange genug, um wirklich zielen zu können.
Der Schnee fiel immer heftiger. Dicke Flocken trieben im Wind und versperrten ihm die Sicht. Dass es schneite, war ein echtes Hindernis, doch gleichzeitig bot ihm der dichte Schneevorhang Schutz.
Er widerstand dem Drang, auf seine Armbanduhr zu blicken. Die Morgendämmerung war längst angebrochen, langsam ging ihm die Zeit aus.
Dan Grayson wanderte hinter den Fenstern auf und ab. Verdammt, blieb der Kerl denn niemals stehen?
Na los, du Bastard, zeig dich!

Wie aufs Stichwort öffnete sich die Hintertür des Blockhauses, und Graysons schwarzer Labrador schoss hinaus auf die Veranda, dann sprang er die Stufen hinunter in den Schnee.

Der Magen des Killers verknotete sich vor Anspannung. Der Hund könnte ein Problem darstellen. Wenn er seine Witterung aufnahm und losbellte oder gar in seine Richtung rannte, wäre Grayson gewarnt. Er biss die Zähne zusammen und verbarg sich hinter dem verrottenden Baumstumpf, hinter dem er in Deckung gegangen war, dann richtete er sein Gewehr aus, spähte durchs Visier und wartete. Die Sekunden verstrichen.

Komm schon, komm schon …

Die Tür schlug zu, Schritte ertönten auf der Veranda.

Tick. Tick. Tick.

Er brauchte eine freie Sicht. Eine freie Schusslinie. Erst dann würde er abdrücken und Dan Grayson zu seinem Schöpfer schicken. Der Gedanke erwärmte seine Seele wie warmer Honig in Milch, süß, dick, beruhigend. Seine Rache wäre perfekt. Doch er durfte nicht voreilig sein. Sosehr er die Vorfreude auskostete, die sein Blut erhitzte, durfte er sich doch nicht darin verlieren. Noch nicht. Er versuchte, sein hämmerndes Herz unter Kontrolle zu bringen, um eine ruhige Hand zu bekommen. Erneut blickte er durchs Visier und zielte, sah, wie der große Mann die beiden Verandastufen hinabstieg, eine Axt in der Hand. Der Köter rannte schnüffelnd hin und her, doch bislang hatte er nicht bemerkt, dass sein Herrchen beobachtet wurde.

Braver Hund! Sei bloß weiterhin so dämlich!

Grayson überquerte die Auffahrt und ging zur anderen Seite der Garage, wo er große Holzklötze gestapelt hatte. Seine Fußspuren bildeten tiefe Löcher in dem frischen Schnee.

Ohne zu zögern, wählte er ein paar Klötze aus und spaltete sie zu ordentlichen Scheiten. Das Holz splitterte laut krachend, wenn die Axt niedersauste.
Er war versucht, abzudrücken, aber ein Baum stand im Weg, deshalb hielt er den Hahn gespannt. Unter seiner Skimaske bildeten sich Schweißtröpfchen auf seinen Augenbrauen, sobald er daran dachte, wie lange er auf ebendiesen Moment gewartet hatte, auf den Moment, in dem er Dan Grayson für immer beseitigen konnte.
Rache ist süß.
Krach! Ein weiterer Holzklotz splitterte. Dann noch einer.
Komm schon, komm schon. Wie viel Feuerholz brauchst du denn noch?
Endlich bückte sich Grayson, sammelte einen Armvoll Scheite zusammen und trat unter dem Garagenvordach hervor.
Er richtete den Blick auf sein Ziel, das sich jetzt wieder Richtung Haus in Bewegung setzte. Zielen … zielen … *Nimm ihn ins Visier …* Sein Finger krampfte sich um den Abzug.
Wuff! Wuff!
Aufgebrachtes Gebell hallte durchs Tal.
Der Hund! Wo zum Teufel war der verdammte Hund?
Ohne den Kopf zu bewegen, den Finger nach wie vor am Abzug, blickte er zur Seite. Aus dem Augenwinkel sah er etwas Schwarzes, das durch die Bäume stob.
Hau ab, verdammte Töle!
Mit bis zum Zerreißen gespannten Nerven erinnerte er sich daran, dass er sein Versteck gegen den Wind gewählt hatte, damit er nicht zu riechen wäre. Es war im Grunde unmöglich, dass der Hund –
»Sturgis!«, donnerte Graysons Stimme durch den Canyon, laut genug, um eine Lawine auszulösen.
Er erstarrte.

»Bei Fuß!«, befahl der Sheriff und spähte mit zusammengekniffenen Augen in die zunehmende Helligkeit.
Verflucht!
Sein Herz schlug inzwischen wie ein Presslufthammer.
Konzentrier dich, lass dich nicht ablenken. Du schaffst das …
Wieder fixierte er sein Ziel. Grayson drehte sich um sich selbst und suchte mit den Augen das umliegende Gehölz nach seinem Köter ab. Jetzt blickte er direkt in seine Richtung. *Perfekt.*
Er wollte eben abdrücken, als ein weiteres, warnendes Bellen ertönte.
Mist!
Grayson setzte sich in Bewegung und verschwand hinter einer Gruppe von Setzlingen. *Verfluchter Hurensohn!* Der Killer musste seine Mission zu Ende bringen und endlich zum Schuss kommen.
Ein vertrautes Summen füllte seinen Kopf, und er leckte sich die Lippen. Aus dem Augenwinkel sah er nun, dass der Hund ganz in seiner Nähe war.
»Sturgis, bei Fuß«, befahl Grayson noch einmal, dann fiel sein Blick auf den Baumstumpf, hinter dem sein Mörder kauerte.
Der Labrador erstarrte, die Nase in den Wind gehoben.
Stocksteif stand er da, die Ohren nach vorn gerichtet, und starrte ihn direkt an. Er gehorchte weder Grayson, noch knurrte oder bellte er. Beobachtete ihn einfach nur.
Das war nicht gut.
Gar nicht gut.
Er fröstelte unter seiner dicken Skimontur, als ihm klarwurde, dass er auch den Hund würde ausschalten müssen. Ob er wollte oder nicht.
Grayson blieb stehen. Legte den Kopf schief. Als hätte er plötzlich gespürt, dass etwas nicht stimmte.

Der Killer ignorierte den Hund. Konzentrierte sich wieder auf sein Vorhaben.

Tick. Tick. Tick.

Das Summen schwoll an zu einem lauten Dröhnen.

Jetzt!

Das Dröhnen war nun kaum noch zu ertragen.

Er veränderte die Position des Gewehrs, gerade so viel, um Grayson wieder ins Visier zu fassen.

Endlich hatte er eine freie Schusslinie. Noch nie war das Dröhnen in seinem Kopf derart übermächtig gewesen. Plötzlich wurde ihm klar, dass es gar nicht von innen kam, sondern von etwas Äußerem herrührte – einem sich bergauf kämpfenden Fahrzeug, kein gewöhnlicher Pkw, eher ein Pick-up oder ein Geländewagen, dessen lauter Motor die Stille der Winterlandschaft störte.

Ein Besucher?

In Graysons abgelegenem Blockhaus am Weihnachtsmorgen?

In der Nähe gab es keine andere Hütte.

Das Dröhnen drohte den Kopf des Mörders zum Platzen zu bringen.

Nein, nein, nein! Das gehört nicht zum Plan! Dieser Besucher könnte alles zum Scheitern bringen!

Tick. Tick. Tick.

Durch den dichten Schneevorhang sah er Grayson, das Feuerholz noch immer im Arm. Der Sheriff machte einen Schritt aufs Haus zu, dann blieb er stehen, als hätte nun auch er das herannahende Fahrzeug gehört.

Kümmere dich nicht darum! Ziele!

Er drückte ab.

Wumm! Der Rückstoß traf ihn hart an der Schulter.

Graysons Körper zuckte wie eine Marionette, sein Kopf schnellte nach hinten, die Arme wirbelten durch die Luft.

Feuerholz flog in alle Richtungen, fiel in den tiefen Schnee. Der Hut segelte von seinem Kopf, doch der Scheißkerl blieb auf den Beinen, das Gesicht abgewandt. Er schwankte, ging langsam in die Knie. Das reichte nicht!

Er zielte erneut. *Wumm!* Wieder zuckte Grayson, als wären unsichtbare Fäden an seinen Gliedmaßen befestigt, dann stürzte er zu Boden, die Vorderseite seines Körpers durch die Wucht des Einschusses nun halb dem Killer zugewandt. Blut färbte zunächst seine Jacke, dann die frische weiße Schneedecke tiefrot.

»Stirb, Bastard«, knurrte der Killer leise. In diesem Augenblick tauchten zwei Scheinwerfer im morgendlichen Dämmerlicht auf.

Verflucht!

Das Licht wurde greller, fiel auf die Außenwand des Blockhauses. Trotz des dichten Schneetreibens erkannte er, dass es sich um einen Jeep handelte. Der Fahrer drückte aufs Gas, als spürte er die Gefahr.

Er musste abhauen. Sofort. Nun galt es, keine Zeit zu verschwenden.

Der Hund stieß ein markerschütterndes Heulen aus. Frustriert richtete der Killer den Gewehrlauf auf das Tier, gerade als der Jeep rutschend vor dem Haus zum Stehen kam.

Keine Zeit.

Trotz der freien Schusslinie ließ er von seinem Vorhaben ab. Er würde sich verraten, wenn er auf den Köter feuerte. Wer immer in dem Jeep saß, würde in die Schussrichtung blicken und ihn entdecken. Das durfte er nicht riskieren.

Es sei denn, er schaltete den Jeepfahrer ebenfalls aus.

Die Beifahrertür wurde aufgestoßen. Eine Frau mit rotblondem Haar sprang heraus und duckte sich sofort.

Fast wäre sein Herz stehengeblieben, als er sie erkannte: *De-*

tective Regan Pescoli vom Büro des Sheriffs von Pinewood County und ein ausgemachtes Miststück.

Wer hätte das gedacht?

Einen kurzen Augenblick überlegte er, auch sie abzuknallen. Zwei auf einen Streich. Warum nicht?

Er zögerte, nahm sie ins Visier, doch er bekam keine freie Schusslinie. Außerdem war sie vermutlich bewaffnet. Jetzt blickte der Hund zurück von seinem reglosen Herrchen zu ihm und setzte sich in Bewegung – in Richtung des Baumstumpfs, hinter dem er sich versteckte. Nein, das Risiko konnte er nicht eingehen. Er durfte sich nicht erwischen lassen! Viel zu viel war noch zu erledigen, und er musste gründlich vorgehen, durfte sich keine Fehler erlauben. Alles musste nach Plan verlaufen.

Mit hämmerndem Herzen zog er sich hastig zurück in den Schutz des dichten Waldstücks etwas weiter oben. Unterwegs ließ er das Gewehr in seine Hülle gleiten, hängte es sich über die Schulter und tauchte dann seine Skistöcke in den tiefen Schnee, um blitzschnell davonzugleiten. Er würde sich nicht erwischen lassen, weder von der dämlichen Töle noch von dem Detective. Mit vorgebeugtem Oberkörper schoss er einen steilen Pfad hinunter, zwischen den Bäumen hindurch, sprang über hervorstehende Felsbrocken, während das schauderhafte Heulen von Graysons Hund durchs Tal hallte.

Der Köter würde ihn niemals einholen.

Wieder einer weniger.

Hoffentlich. Wenn seine Schüsse getroffen hatten, war Grayson inzwischen tot. Er verzog das Gesicht hinter seiner Skimaske zu einem fratzenhaften Grinsen.

Sayonara, Scheißkerl. Du hast bekommen, was du verdient hast.

Kapitel vier

Wumm!

Voller Entsetzen sah Pescoli, wie Graysons Körper zuckend herumwirbelte. Der Stetson flog ihm vom Kopf, Feuerholz, das er in den Armen gehalten hatte, stob in alle Richtungen durch die Luft und landete im tiefen Schnee.

»Nein!«

Wumm! Ein weiterer Schuss hallte durchs Tal. Diesmal ging der Sheriff zu Boden.

»Nein, nein! Um Himmels willen!«, schrie Pescoli entsetzt auf, trat auf die Bremse und brachte den Jeep schlitternd zum Stehen, hoffentlich so, dass er Grayson Deckung bot.

Geduckt kletterte sie über die Mittelkonsole, stieß die Beifahrertür auf und sprang neben Grayson in den Schnee, den Jeep im Leerlauf. Quietschend fegten die Scheibenwischer das unaufhörlich fallende weiße Pulver von der Windschutzscheibe. Automatisch tastete Regan mit einer Hand nach ihrem Handy und drückte die Neun-eins-eins, um Unterstützung anzufordern, während sie mit der anderen ihre Waffe aus dem Holster riss und die Umgebung scannte. Sie sah Graysons Hund wie eine schwarze Kugel durch den Schnee schießen. Die Notrufzentrale meldete sich, und sie brüllte »Officer verwundet!« ins Telefon. *Was zum Teufel war hier passiert?* Ihr Blick glitt ruckartig über das dichte Waldgebiet um sie herum, während sie ihre Personalien und die des Opfers angab. »Detective Regan Pescoli, ich bin bei Sheriff Dan Graysons

Blockhaus oben an der Spangler Lane«, sagte sie und ratterte den Namen der nächsten Querstraße herunter, die ganze Zeit über mit einem weiteren Schuss rechnend. All ihre Sinne waren in höchster Alarmbereitschaft, als sie neben Grayson in die Knie ging.

Mein Gott, er sah schlimm aus.

Ganz grau. Außerdem schien er kaum noch zu atmen.

Sie fragte sich, ob der Schütze noch in der Nähe war und womöglich gerade in diesem Augenblick seine Waffe erneut anlegte. Vielleicht hatte er auch längst die Flucht ergriffen, was wahrscheinlicher war, den Geräuschen nach zu urteilen, die Graysons Hund von sich gab, der wie ein Besessener hinter irgendetwas oder -jemandem – vermutlich dem Täter – hinterherjagte.

Schnapp ihn dir, Sturgis. Reiß den Mistkerl zu Boden und beiß ihm die Kehle durch.

Sie verdrängte diese brutalen Gedanken und wandte dem Sheriff ihre gesamte Aufmerksamkeit zu. Sein Gesicht war aschfahl, der Schnee um ihn herum färbte sich unheilvoll rot. »Mein Gott.« War er etwa tot? Reglos lag er vor ihr im Schnee, den Blick gen Himmel gerichtet, während Blut aus seinem Jackenkragen auf den eisigen Boden rann.

»Grayson? Können Sie mich hören?«, fragte sie laut. *Lieber Gott, bitte mach, dass er antwortet. Komm schon, Grayson, stirb nicht! Wag es ja nicht zu sterben … das darfst du nicht!* Sie steckte die Waffe ein, um eine Hand frei zu bekommen, dann tastete sie nach dem Puls an seinem Hals und hob das Telefon ans Ohr. »Ich kann seinen Puls fühlen«, sagte sie in den Hörer. Ihre Hoffnung stieg ein wenig. »Nicht gerade kräftig, aber immerhin.« Dann wandte sie sich wieder an den Sheriff. »Dan! Bleiben Sie bei mir! Können Sie mich hören? Sheriff!«

Wer beging eine solche Tat? Wer knallte einen so guten Mann wie Grayson einfach ab? *Da gibt es viel zu viele. Er ist ein Mann des Gesetzes. Eine wandelnde Zielscheibe.*

»Detective?«, fragte die weibliche Stimme von der Notrufzentrale.

»Ja, ich bin noch dran.«

»Können Sie Näheres über seinen Zustand sagen?«

»Natürlich nicht!« Dann riss sie sich zusammen. »Er ist am Leben, aber er ist schwer verletzt. Zwei Einschüsse. Kopf und Brust. Schicken Sie Hilfe! Sofort!« Mit der freien Hand zog sie den Reißverschluss seiner Jacke auf, spürte das warme, klebrige Blut ... so viel Blut! Die Wunde war unter seinem Hemd ... Allmächtiger. Rohes, klaffendes Fleisch.

»Hilfe«, flüsterte sie verzweifelt und schickte ein Stoßgebet zu einem Gott, an den sie doch kaum glaubte.

»Detective?«

»Ich bin noch dran. Es ist ernst. Brustwunde, vermutlich Herz oder Lunge, offenbar ist eine Arterie getroffen. Hoher Blutverlust. Die Kopfwunde ist auf der linken Seite, oberhalb der Schläfe ... vielleicht ein Durchschuss, das kann ich so nicht sagen. Hören Sie, wir haben nicht viel Zeit!«

»Officer und Sanitäter sind bereits unterwegs.«

»Sagen Sie ihnen, sie sollen sich beeilen!« Sie musste den Blutfluss stoppen und dann ... Tja, was dann? Sie schaltete in den Erste-Hilfe-Modus und zog ihre Jacke aus, nahm das Futter heraus und drückte es ihm mit der freien Hand auf die Brust.

»Verbinden Sie mich mit dem Notarzt«, sagte sie.

»Die Rettung ist in fünfzehn Minuten bei Ihnen.«

»Das ist dreißig Minuten zu spät!«, schrie sie frustriert. »Um Himmels willen, wir brauchen Hilfe, SOFORT!«

»Bleiben Sie ruhig, Detective. Hilfe ist unterwegs. Bitte bleiben Sie am Telefon und –«

»Selbstverständlich bleibe ich am Telefon, aber sagen Sie der Mannschaft, sie soll sich beeilen!« Sie war fast hysterisch vor Verzweiflung.

»Detective.«

»Ja, ich weiß!« Sie hörte selbst, wie panisch sie klang, und konzentrierte sich darauf, die provisorische Bandage fest auf Graysons Brust zu pressen. Der Stoff färbte sich dunkelrot. Langsam fasste sie sich ein wenig. Wenn sie ihm helfen wollte, musste sie einen kühlen Kopf bewahren.

Grayson holte rasselnd Luft.

Blut trat auf seine Lippen.

O nein! Bitte nicht! Sie blinzelte gegen die Tränen an, die ihr heiß in die Augen stiegen.

Trotzdem. Sie würde nicht zusammenbrechen. Nicht jetzt. Nicht, solange sie ihm noch helfen konnte.

»Halten Sie durch!«, drängte sie ihn, innerlich bebend. »Kommen Sie, Dan, bleiben Sie bei mir. Hören Sie mich? Sie müssen bei mir bleiben.« Doch ihre Stimme brach, als sie spürte, wie das Leben immer mehr aus ihm wich, ihr förmlich zwischen den Fingern zerrann. Wo zum Teufel blieb der Rettungswagen? Sie spitzte die Ohren, ob sie eine Sirene, einen Motor, irgendetwas hören konnte, das ihr sagte, dass Hilfe unterwegs war, doch sie vernahm nur das Heulen des Windes, der durch das abgeschiedene Tal toste.

Mein Gott, war das kalt. Und beängstigend.

Ihre Zähne klapperten. Sie durfte nicht aufgeben, genauso wenig wie er.

Ob er sie überhaupt wahrnahm? »Dan!«, rief sie wieder. »Sheriff! Bleiben Sie bei mir. Bitte! Halten Sie durch. Hilfe ist unterwegs!«

Die Stimme von der Notrufzentrale sagte: »Ich habe einen Notarzt in der Leitung, Sie können mit ihm sprechen.«

»Gut«, sagte sie, obwohl ihre Hoffnung, Dan würde überleben, immer rascher schwand. Grayson starrte sie an. Sein Gesicht zeigte keinerlei Emotionen. Keinen Schmerz. Kein Erkennen. Nichts. Tief im Innern fürchtete sie, dass es bereits zu spät war.

»Ich habe schlechte Neuigkeiten … der Sheriff … sieht so aus, als hätte ihm ein Heckenschütze aufgelauert … Glück, dass ich gerade ankam … Schusswunde in der Brust … noch am Leben, aber … kann es selbst kaum glauben …«
Unzusammenhängende Fetzen von dem Gespräch mit ihrer Partnerin gingen ihr durch den Kopf, als Alvarez zu Graysons Blockhaus fuhr, das jetzt ein Tatort war. Ihre Kehle war eng, ihre Finger umklammerten das Lenkrad ihres Subaru so fest, dass die Knöchel weiß hervortraten. Wer tat so etwas? Wer griff hinterhältig einen Mann an, der das Department mit Klugheit, Umsicht und Entschlossenheit führte, aber auch mit Freundlichkeit, Begeisterung und Verständnis?
»Ich kriege dich«, schwor sie, während sie den Outback hügelaufwärts lenkte. Vor Graysons privater Zufahrt bremste sie ab – zwei schneebedeckte Fahrspuren, die von der Straße abgingen. In der Nähe der Zufahrt parkten wild verstreut weitere Fahrzeuge, Streifenwagen, ein Zivilfahrzeug und ein Van von der Spurensicherung. Deputy Kayan Rule war bereits auf Posten, um den wenigen Verkehr umzuleiten und jeden der Eintreffenden in eine Liste einzutragen. Kayan war ein großgewachsener, kräftiger Schwarzer, der sich alle Mühe gab, sich den in ihm brodelnden Zorn nicht anmerken zu lassen. Für gewöhnlich war er ein Fels in der Brandung, mit seiner unerschütterlichen Ruhe, seinem scharfen Verstand und seinem trockenen Humor, doch heute schien das anders zu sein.

Alvarez wusste genau, was er empfand.
Sie parkte so nahe wie möglich, dann zog sie sich Handschuhe über und stieg aus dem Wagen. Als sie bei Rule ankam, sagte dieser: »Ich wünschte, ich müsste diesen Tag nicht erleben.«
»Ich weiß. Geht mir genauso«, erwiderte sie und trug sich in die Liste ein.
»Wer um alles auf der Welt tut so etwas? Und dann auch noch an Weihnachten?« Seine tiefe Stimme klang aufgebracht. Er presste die Lippen zusammen und ballte die Hand zur Faust.
Sie schüttelte den Kopf. Irgendwie hatte diese Situation etwas Surreales. »Wer immer der Mistkerl ist, ich werde ihn finden.«
»Wir«, korrigierte er, *»wir* werden ihn finden.«
»Richtig. Das werden wir.« Ihre Furcht nahm zu, als sie die Zufahrt entlangstapfte, wobei sie den Absperrungen auswich, die das Team der Spurensicherung vorgenommen hatte, dem es irgendwie gelungen war, schon vor ihr am Tatort einzutreffen. Sie kämpfte sich durch den in dicken Flocken fallenden Schnee, den ihr der Wind unerbittlich ins Gesicht blies, folgte den Fahrspuren, die durch dicht stehende Gehölze führten, und überquerte eine Brücke über einen fast gänzlich zugefrorenen Bach. Unter der dünnen Eisschicht war nur noch ein dünnes Rinnsal zu erblicken. Ihr Blick fiel auf einen Schneeschuhhasen, der sich im vereisten Unterholz versteckte. An jedem anderen Tag hätte die Gegend friedlich auf sie gewirkt. Eine wundervoll idyllische Winterlandschaft. Aber nicht heute Morgen.
Sie bog um eine weitere Kurve, und endlich öffneten sich die Bäume zu einer Lichtung, auf der Graysons Blockhaus stand, rustikal, malerisch mit seinem schneebedeckten steilen Dach und den Eiszapfen, die von den Dachrinnen hingen. Auch hier war eine große Fläche mit Polizeiband abgesperrt wor-

den. Officer eilten geschäftig hin und her, und Selena erkannte einen großen roten Fleck im Schnee, dort, wo Grayson gelegen haben musste. Der Boden um den Fleck herum war zertrampelt, und sie stellte sich vor, wie Pescoli neben ihm in die Knie gegangen war und versucht hatte, ihn zu retten.
Bei dem Gedanken verspürte sie einen schmerzhaften Stich im Herzen.
Nun entdeckte sie auch Pescoli, ein kleines Stück abseits des Tatorts. Sie war bleich, ihre Zähne schienen zu klappern. Haltsuchend lehnte sie sich gegen den Kühlergrill ihres schmutzigen Jeeps.
Wieder schoss ihr das grauenvolle Telefongespräch in den Kopf, das sie vorhin geführt hatten – schreckliche, furchteinflößende Sätze, die sich wohl für immer in ihr Gedächtnis eingebrannt hatten.
»Verdammte Scheiße, wer tut so was?«, platzte es plötzlich aus ihrer Partnerin heraus, die sie ebenfalls erblickt hatte. »Wer?«
»Keine Ahnung –«
»Ich weiß, das ist eine bescheuerte Frage. Er hat so viele Feinde«, antwortete sie sich selbst. »So verdammt viele Feinde, so viele kranke Scheißkerle, die es verdient hätten, in den Knast zu wandern oder Schlimmeres.« Ihre Stimme überschlug sich. »Wie viele Verbrecher hat er eingebuchtet, gegen wie viele hat er ausgesagt, und dann sind da ja auch noch die Familien dieser Spinner oder vielleicht ein Opfer, das die Justiz für nicht konsequent genug hält – was weiß ich?«
Selena sah, wie Deputy Lazlo zu ihnen kam, und sagte beschwichtigend: »Wir werden es herausfinden.«
»Darauf kannst du dich verlassen!«
»Regan, ich denke, du solltest dich ins Krankenhaus bringen lassen«, sagte Lazlo. »Du hast einen Schock erlitten, und du

bist schon eine ganze Weile hier draußen in der Kälte. Es würde nicht schaden, wenn du dich von einem Arzt untersuchen ließest.«

»Es geht mir gut«, fauchte Pescoli, stieß sich von ihrem Jeep ab und blickte dem Deputy fest in die Augen. »Wie oft soll ich das noch sagen?«

Lazlo hob abwehrend die Arme. »Ich versuche nur, dir zu helfen.«

»Ich habe deine Fragen beantwortet, also lass mich jetzt einfach meine Arbeit tun und den verfluchten Killer finden!«

Lazlo blickte zu Alvarez hinüber.

»Ich bringe sie von hier weg«, sagte sie zu dem Deputy, dann wandte sie sich an Pescoli. »Ich weiß, dass du das schon getan hast, aber sei so gut, und erzähl mir alles noch einmal ganz in Ruhe – am Telefon hab ich's einfach nicht genau mitgekriegt. Was zum Teufel ist passiert, und vor allem: Warum bist du hier draußen?«

Pescoli warf Lazlo einen letzten vernichtenden Blick zu, als würde sie ihm die Schuld an allem in die Schuhe schieben, auch wenn der Ärmste nur seinen Job machte.

»Ich wollte mit Grayson reden«, sagte sie mit zusammengebissenen Zähnen und folgte Alvarez zu einer Stelle, wo sie außer Hörweite der restlichen Officer waren und auch Notarzt und Sanitäter nicht behinderten. »Er wusste, dass ich vorbeikommen wollte. Ich habe ihn um ein Gespräch gebeten.«

»Warum?«

»Weil ich überlege, die Kündigung einzureichen«, gab sie zu, dann sagte sie: »Na großartig, sieh mal, wer gerade eingetroffen ist. Der stellvertretende Sheriff. Der große Cort Brewster höchstpersönlich.«

»Du willst kündigen?«, fragte Alvarez fassungslos, dann

schaute sie zu Brewster hinüber. Das war doch absurd. Pescoli *liebte* ihren Job. »Was sagst du da?«
»Santana hat mir einen Antrag gemacht.«
»Wie bitte?« Das wurde ja immer verrückter!
Doch noch bevor ihre Partnerin weitersprechen konnte, bellte der stellvertretende Sheriff: »Wer immer der Scheißkerl sein mag – ich will, dass wir ihn kriegen!« Sein Gesicht war gerötet von der Kälte, und offenbar trug er seine Sonntagskleidung, bereit für den Kirchgang: Unter dem Schal, den er sich um den Hals geschlungen hatte, lugten ein gestärktes weißes Hemd sowie ein Anzugkragen mit Krawatte hervor.
Na dann: Frohe Weihnachten.
»Da ist er nicht der Einzige.« Pescoli konnte es kaum erwarten, sich auf die Jagd nach dem Mörder zu machen. Am liebsten hätte sie ihn eigenhändig umgebracht – egal, wie.
Brewster kam auf sie zu. Ein Muskel an seinem Kinn zuckte. »Berichten Sie mir, was passiert ist.«
»Ich bin hergekommen, um ein paar berufliche Dinge mit dem Sheriff zu besprechen«, sagte Pescoli. Dass sie überlegt hatte zu kündigen, ließ sie aus. Es wäre ihr so vorgekommen, als würde sie Grayson eine weitere Kugel durch die Brust jagen.
»Was für Dinge?«, hakte der stellvertretende Sheriff misstrauisch nach.
»Das ist nicht wichtig«, sagte sie, dann gab sie ihm einen kurzen Abriss der Ereignisse vor dem Blockhaus. »Ich habe Lazlo das Ganze schon zweimal erzählt, und ich werde später noch eine Aussage im Department machen. Gibt es etwas Neues von Grayson?«
»Er ist bereits im Krankenhaus und wird notoperiert«, teilte Brewster ihnen mit grimmigem Gesichtsausdruck mit. »Mehr weiß ich nicht. Der Arzt hat versprochen, mich anzurufen,

sobald er Näheres weiß, außerdem habe ich eine Einheit fürs Krankenhaus abgestellt, die ihn bewachen soll.«

»Glauben Sie, der Mörder wird es noch einmal versuchen?«, fragte Pescoli.

»Man kann nicht vorsichtig genug sein.« Brewster ließ den Blick durch die Gegend schweifen. »Noch wissen wir nicht, mit wem wir es zu tun haben.«

»Mit einem Psychopathen, das liegt doch auf der Hand. Mit einem abgedrehten Psychopathen und seinem hochleistungsfähigen Sturmgewehr.«

Sie spürte, wie Alvarez ihren Unterarm drückte.

»Wissen Sie, welches Kaliber?«, fragte Brewster.

»Nein, noch nicht, aber der Richtung nach zu urteilen, in die er gefallen ist, muss sich der Schütze irgendwo dort oben am Hügel versteckt haben.« Pescoli deutete auf das dichte Waldstück oberhalb von Graysons Blockhaus. »Die Kriminaltechniker suchen erst einmal hier alles ab, in der Hoffnung, die Patrone zu finden. Es müsste eine da sein, denn die Wunde am Kopf war ein Durchschuss.«

»Müsste die denn nicht unter seinem Kopf gelegen haben?«, frage Alvarez.

»Vermutlich schon«, pflichtete Pescoli ihr bei, »aber der Schnee ist so tief, und alles ist voller Blut. So viel Blut ...« Ihre Stimme verklang.

Brewster drehte den Kopf zur Seite und brüllte: »Schafft notfalls einen Metalldetektor herbei!«

»Ich hab was!« Einer der Techniker, die Zentimeter für Zentimeter die Umgebung des Hauses absuchten, zog plötzlich eine Kugel aus dem Schnee bei den Vorderstufen und hielt sie in die Höhe.

»Jetzt brauchen wir nur noch die Hülsen«, murmelte Pescoli.

»Viel Glück.« Brewster blickte mit gefurchten Brauen gen

Himmel, als wollte er abschätzen, wie viel Schnee denn noch fallen und mögliche Spuren zerstören würde. Selbst der Blutfleck auf dem Boden wurde langsam weiß. »Sucht weiter. Ich hoffe, wir stoßen auf Reifenspuren, Fußabdrücke oder etwas in der Art.«

Alvarez betrachtete kopfschüttelnd den steilen Hang mit seiner froststarren Vegetation – Sträucher, Büsche, dicht stehende Kiefern und ein gewaltiger, schneeverkrusteter Baumstumpf. Zwei Ermittler suchten das Gelände ab. »Dort hinauf schafft es kein Fahrzeug.«

»Vielleicht ist er mit Schneeschuhen unterwegs, oder besser noch: auf Skiern. Um schnell wegzukommen.« Pescoli kniff die Augen zusammen. »Gibt es nicht ganz in der Nähe eine ehemalige Holzabfuhrstraße?«, überlegte sie laut. Mit gerunzelter Stirn versuchte sie, sich die Gegend vorzustellen. »Auf jeden Fall irgendeine Zufahrtsstraße«, fügte sie nach kurzem Zögern nachdenklich hinzu.

»Wir werden das überprüfen«, sagte Brewster.

Alvarez' Handy piepte. Sie zog es aus der Tasche, blickte aufs Display, doch sie nahm das Gespräch nicht an. »Die Nummer kenne ich«, sagte sie. »Manny Douglas' Handy.«

»Verdammte Aasgeier«, knurrte Pescoli. Sie war nie ein Freund der Presse gewesen, eine Tatsache, aus der sie kein Hehl machte. Manny Douglas war ein ganz besonders hartnäckiger Reporter, der für den *Mountain Reporter,* die hiesige Lokalzeitung, arbeitete. Schlau bis gerissen, stets gekleidet, als wäre er unmittelbar einem Katalog für Outdoor-Mode entsprungen, hatte sich Manny zum Spezialisten für Serienkiller erklärt und steckte seine Schnüffelnase tiefer in sämtliche Polizeiangelegenheiten, als ihnen lieb war.

»Die Presse könnte uns von Nutzen sein«, erinnerte Brewster Pescoli, diplomatisch wie immer. Nun, wie *fast* immer. Wenn es um seine Töchter ging, konnte von Diplomatie keine Rede sein. »Wir könnten Douglas gut gebrauchen, wenn es darum geht, in der Öffentlichkeit Informationen zu streuen.« Brewster hatte von jeher seinen Spaß daran, den Chef herauszukehren und Pescoli in ihre Schranken zu weisen, doch nun, da Grayson zwischen Leben und Tod schwebte, musste er wirklich Verantwortung übernehmen. Der Gedanke bereitete Pescoli schon jetzt Magenzwicken.

Der neue Befehlshaber blickte erneut gen Himmel. Obwohl es schon nach acht war, drang kein einziger Sonnenstrahl durch die dichte Wolkendecke, die noch immer voller Schnee zu sein schien. »Ich wünschte, es würde wenigstens zwischendurch mal aufhören zu schneien.«

»Da wenden Sie sich besser mal an Petrus.« Pescoli konnte sich die Bemerkung einfach nicht verkneifen.

Brewster, der überzeugte Kirchgänger, warf ihr einen empörten Blick zu. »Es ist Weihnachten«, wies er sie zurecht.

»Erzählen Sie das mal dem Irren, der versucht hat, Grayson unter die Erde zu bringen.«

Alvarez drückte erneut Pescolis Arm, doch sie schüttelte die Hand ihrer Partnerin ab. Sie mochte Brewster nicht sonderlich, und das wusste er. Das ganze Department spürte die Spannung zwischen ihnen. Sie waren wie Öl und Wasser, und Öl und Wasser vertrugen sich nun einmal nicht. Die Tatsache, dass ihre Kids, beide im Teenageralter, miteinander gingen und mit dem Gesetz in Konflikt geraten waren, machte die Sache nicht gerade besser. Das Einzige, das Brewster und Pescoli davon abhielt, sich gegenseitig an die Gurgel zu gehen, war ihre Professionalität, die dafür sorgte, dass sie einander den nötigen Respekt entgegenbrachten. Mehr als dass sie beide leidenschaftliche, fähige Cops waren, verband sie allerdings nicht.

Obwohl es ihr unsäglich schwerfiel, biss sich Pescoli auf die Zunge.

Jetzt war nicht der richtige Zeitpunkt für kleinliche Zankereien.

Sie mussten zusammenarbeiten und den Bastard festnageln, der auf Grayson geschossen hatte. Dazu war es nötig, dass sie ihre privaten Animositäten beiseiteschoben und Vergangenes auf sich beruhen ließen.

Immerhin war Weihnachten, wie Brewster sie erinnert hatte.

Der kranke Irre, der auf Grayson geschossen hatte, würde für seine miese Tat bezahlen, und wenn es das Letzte wäre, wofür Pescoli sorgte.

Kapitel fünf

Alvarez drückte die Beenden-Taste auf ihrem Handy und starrte mit zusammengebissenen Zähnen auf den Computermonitor in ihrer Arbeitszelle. Dort, auf dem Bildschirm, waren Fotos des verwundeten Dan Grayson am Tatort zu sehen – der Angriff auf ihn war ihr neuester Fall. Das an sich war schon merkwürdig, denn sie war Detective bei der Mordkommission, und nach dem letzten Stand der Dinge war Grayson noch nicht tot, auch wenn sein Leben offenbar am seidenen Faden hing.

Ach du lieber Gott.

Ihr Anruf war zwecklos gewesen. Obwohl sie sich der Person am Empfang des Krankenhauses in Missoula als Detective vom Büro des Sheriffs vorgestellt hatte, hatte man sie nicht weiterverbunden. Cort Brewster, stellvertretender Sheriff und somit für das Department verantwortlich, hatte die Belegschaft angewiesen, keinerlei Auskünfte über den Zustand von Dan Grayson herauszugeben, eine Ausnahme bildeten allein enge Familienangehörige. Frustriert stützte Alvarez das Kinn in die Hände.

Sie hörte trippelnde Schritte auf dem Gang. Joelle Fisher, die stets zehn Zentimeter hohe Absätze trug, näherte sich dem Büro. Heute war sie, anders als gestern, nicht allein hier, heute füllte das Geräusch gedämpfter Stimmen, klackernder Tastaturen, klingelnder Telefone und weiterer eiliger Schritte die Räume und Flure. Brewster hatte angeordnet, dass sämtliche

Mitarbeiter anwesend zu sein hatten, und so hatten fast alle Officer und Büroangestellten – ja, sogar der Hausmeister mit seinen Leuten –, die während der Feiertage in der Stadt geblieben waren, ihren Urlaub abgebrochen und sich zu einer kurzfristig einberufenen Personalversammlung zusammengefunden.

Ernüchtert, mit grimmigen Gesichtern, die meisten eher ungläubig, manche zutiefst erschüttert, standen sie Schulter an Schulter zusammen und lauschten schweigend, als Brewster ihnen berichtete, was dem Mann zugestoßen war, der dem County fast ein ganzes Jahrzehnt als Sheriff gedient hatte. Als er fertig war mit seiner Schilderung, ging er dazu über, einen Plan zu umreißen, wie er den Schützen zur Strecke bringen wollte.

»Ich will, dass ihr sämtliche Fälle durchgeht, in denen Grayson einen Verbrecher vor Gericht gebracht hat. Überprüft nicht nur den Täter, sondern auch die Familienmitglieder. Wir müssen außerdem Graysons Familie unter die Lupe nehmen und seine finanzielle Situation, müssen herausfinden, wer von seinem Tod profitieren würde, wem sein Tod von Vorteil wäre. Wenn ihr irgendeinen Verdacht habt, wer einen Groll gegen den Sheriff hegen könnte, dann lasst es mich wissen. Natürlich zählt auch in diesem speziellen Fall jedes Familienmitglied zum Kreis der Verdächtigen.« Brewster, immer noch in Anzug und Krawatte, hatte die Versammlung mit den Worten »Lasst uns Dan Grayson heute Abend in unsere Gebete einschließen« beendet. »Bittet den Herrn, dass er seine schützende Hand über ihn hält und den Täter seiner gerechten Strafe zuführt.«

Alvarez, die selbst ihre mit aller Macht aufwallenden Gefühle niederkämpfen musste, hatte Pescolis Blick aufgefangen. Auch ihre Partnerin blinzelte gegen die Tränen an, das Kinn

entschlossen vorgereckt, die Hände zu Fäusten geballt, die Lippen zusammengepresst.
»Das werden wir«, hatte sie Alvarez zugeflüstert, bevor sich die Versammlung auflöste und sie ihrer Familie erklären musste, warum aus einem gemeinsamen Weihnachtsfest in diesem Jahr nichts werden würde.
Auch wenn sie nicht gerade viel Übung darin hatte, sprach Alvarez tatsächlich ein stummes Gebet, während sie den Gang hinunter zu ihrem Arbeitsplatz ging, dann bekreuzigte sie sich automatisch, wie sie es in ihrer Kindheit gelernt hatte. Ihre Gefühle, Gott und Weihnachten betreffend, waren seit vielen Jahren eher zwiespältig, doch nun, als der Nachmittag in einen frühen Abend überging, beschloss sie, dass sie den Versuch ruhig wagen konnte. Sollte es wirklich einen Gott geben, bat sie ihn lieber um Hilfe. Denn sie konnte alle Hilfe gebrauchen.

»Ich dachte, Weihnachten wäre so wichtig für dich«, ließ sich Jeremy vom Sofa aus vernehmen, als Pescoli endlich die Küche ihres Hauses betrat und die Schlüssel auf den Tisch warf. In Gedanken war sie noch immer beim Tatort, durchlebte wieder und wieder die grauenvollen Momente der Attacke. Sie erinnerte sich kaum daran, wie sie vom Department nach Hause gefahren war, war wie betäubt gewesen.
»Weihnachten im Schoß der Familie, wir alle um den geschmückten Baum versammelt? Ich dachte, du wärst stinksauer, weil wir den Heiligabend bei Lucky und Michelle verbracht haben, und dann bist du nicht mal da, wenn wir uns in aller Herrgottsfrüh aus den Betten quälen und hierherkutschieren! Keine Nachricht, nichts!«
Ihr Sohn hatte sich auf den Polstern der fünfzehn Jahre alten Couch ausgestreckt und nur einen flüchtigen Blick in ihre

Richtung geworfen, so beschäftigt war er mit dem Megagewalt-Videospiel, das auf dem Fernseher im Wohnzimmer lief. Körper wirbelten durch die Luft, Blut spritzte. Vor ihrem inneren Auge sah sie Grayson wie in Zeitlupe zu Boden gehen, seinen Körper, der von der Wucht der Kugel herumgerissen wurde, das Feuerholz, das ihm aus den Armen flog.

»Das wolltest du doch, oder? Dass wir die Feiertage gemeinsam verbringen«, hakte Jeremy nach, während Cisco, ihr kleiner Familienterrier, von seinem gemütlichen Plätzchen zu Jeremys Füßen sprang und schwanzwedelnd auf sie zukam. »Was hast du einen Wirbel deswegen veranstaltet ... verdammt! Das ist doch nicht zu fassen – ich komme einfach nicht zum nächsten Level!« Genervt schleuderte er den Gamecontroller auf den Teppich, dann drehte er tatsächlich den Kopf zur Seite und warf einen Blick in die Küche, wo Cisco kläffend um ihre Füße tanzte, um endlich ihre Aufmerksamkeit zu erregen.

Pescoli reagierte nicht.

Ihr Sohn, ein gutaussehender junger Mann, der Joe so sehr ähnelte, wurde blass. »Heilige Scheiße, Mom! Alles in Ordnung? Um Himmels willen, was ist denn passiert?« Er sprang auf die Füße und durchquerte, das Gesicht zu einer besorgten Grimasse verzogen, eilig das Wohnzimmer, in dem der Weihnachtsbaum gefährlich nah neben dem alten Fernseher stand. Binnen Sekunden schien er sich von einem rüpelhaften Flegel in einen verantwortungsbewussten jungen Mann zu verwandeln. »Mom?«

Sie musste einen grauenvollen Anblick bieten, wurde ihr schlagartig klar. Ihre Jacke hatte sie bei der Spurensicherung gelassen für den Fall, dass die Techniker nachweisen wollten, dass das Blut darauf tatsächlich von Grayson stammte, und obwohl das niemand bezweifelte, konnte es später für eine

korrekte Beweisführung von Bedeutung sein. Vermutlich sah sie noch immer genauso schockiert aus, wie sie sich fühlte.
»Es geht um den Sheriff. Dan. Dan Grayson«, stammelte sie, hob die Hand und schloss für einen kurzen Moment die Augen, nur um die grauenhafte Szene erneut vor sich zu sehen. Grayson, wie er getroffen wurde, wie sein Hut durch die Luft segelte, sein Körper zuckte. »Ich bin heute ganz früh zu seinem Blockhaus gefahren und …« Sie holte tief Luft und versuchte, sich zusammenzureißen. Könnte sie das Geschehene doch nur ändern, wäre sie doch nur ein kleines bisschen früher aufgestanden, hätte weniger Zeit mit Santana im Bett verbracht … Vielleicht hätte sie Grayson retten können, wenn sie eher gekommen wäre, nur ein paar Minuten! Vielleicht würde dann jedoch auch sie in einem Operationssaal liegen und notoperiert werden, würden die Ärzte auch um ihr Leben kämpfen.
In dem kleinen Flur, der zur Treppe an der Rückseite des Hauses führte, öffnete sich die Tür von Biancas Zimmer, und ihre Tochter kam heraus. Sie trug ein rosa Tanktop und eine graue Stretchhose. Ihre von Natur aus dunklen Haare, in die sie ein paar blonde Strähnchen gefärbt hatte, waren zu einem unordentlichen Knoten auf ihrem Kopf zusammengedreht, wie immer hielt sie ihr Handy in der Hand. Sie war barfuß und machte sich nicht die Mühe aufzublicken, während sie mit geübten Fingern eine SMS eingab, als hinge davon das Schicksal dieser Welt ab.
»He!«, rief Jeremy.
Bianca hob den Kopf und erstarrte. Sogar ihre flinken Finger hörten auf zu tippen und schwebten reglos über der Handytastatur. »Mom?«
Pescoli hob die Hand, um weitere Fragen zu unterbinden. »Das ist nicht mein Blut. Mir ist nichts passiert. Ein Hecken-

schütze hat heute Morgen versucht, Dan Grayson abzuknallen, und ich traf gerade rechtzeitig ein, um Zeugin der Tat zu werden. Grayson ist jetzt im Krankenhaus in Missoula …« Sie schüttelte den Kopf, wollte vor ihren Kindern zuversichtlich klingen, aber sie wusste, dass sie ihnen die Wahrheit sagen musste. Ihr Herz zog sich zusammen, und sie hatte Mühe, die richtigen Worte zu finden. »Es wird schwer werden, und wenn er es schafft, wird er eine lange Zeit brauchen, um sich zu erholen. Er wurde zweimal getroffen, einmal in die Brust und einmal in den Kopf, beides sehr kritische Stellen. Mehr weiß ich leider nicht.«

»O mein Gott.« Bianca riss ihre ohnehin großen Augen auf, die sich gleich darauf mit Tränen füllten. »Aber er wird es doch schaffen, oder?«

Pescoli wollte ihrer Tochter nichts vormachen. »Ich hoffe es.«

»Herrgott! Wer tut so was?«, fragte Jeremy aufgebracht. »Und warum?«

Wenn ich das nur wüsste.

Bianca stürmte auf sie zu und schlang die Arme um ihre Mutter.

»Ist ja gut«, log Pescoli und drückte sie an sich. »Was auch immer passiert, alles wird gut.«

»Wird es nicht«, widersprach Jeremy. Sie begegnete seinem Blick über Biancas Schulter hinweg, als er erklärte: »Es war nicht gut, als auf Dad geschossen wurde, und es wird auch jetzt nicht gut werden.«

Sag nichts. Leg dich nicht mit ihm an. Er leidet. Durchlebt noch einmal seinen eigenen Verlust. »Ich wollte damit bloß sagen, dass wir das gemeinsam durchstehen werden, egal, was passiert.«

»Glaubst du das wirklich? Wenn Grayson stirbt, wird doch nichts mehr dasselbe sein.«

»Nein, das stimmt«, pflichtete sie ihm bei. Biancas Tränen tropften auf ihre Schulter. »Es wird nie mehr dasselbe sein.«

Eine knappe Stunde, nachdem sie ihren Kindern erklärt hatte, dass ihre Pläne, die Weihnachtsfeiertage betreffend, verschoben werden mussten, rief Pescoli Santana an. Sie hatte keine Lust, in aller Eile Geschenke auszupacken und schnell ein Festessen in sich reinzuschaufeln, nur um gleich darauf ins Department zurückzukehren. Sobald sich die Lage ein wenig beruhigt hatte, würden sie nachfeiern.

»Aha, rufst du etwa an, um mir mitzuteilen, dass du eine Entscheidung getroffen hast und wir über Silvester nach Las Vegas fliegen?«, scherzte er, überrascht und optimistisch zugleich.

»Ach Gott … nein … ich meine, ich habe mich noch nicht entschieden.« Sie holte tief Luft, um ihr rasendes Herz zu beruhigen. »Hör mal, Santana, es hat einen Übergriff gegeben …« Ihre Kehle schnürte sich zu, und sie konnte nicht weitersprechen.

»Einen Übergriff?« Plötzlich war seine Stimme voller Sorge. »Wovon redest du?«

»Jemand hat versucht, den Sheriff umzubringen.«

»Was? *Grayson?*«

»Heute Morgen wurde bei seinem Blockhaus auf ihn geschossen. Ach verdammt, Nate, ich habe alles mit angesehen …« Mit zitternder Stimme weihte sie ihn ein, Tränen liefen ihr über die Wangen. Sie hoffte, dass sie stärker klang, als sie sich fühlte. »… und sobald es möglich war, bin ich nach Hause gefahren, habe mit den Kindern geredet und mich umgezogen.«

»Ich komme vorbei.«

»Nein, jetzt nicht. Momentan ist alles schon chaotisch genug.

Ich kann nicht mal bei den Kindern bleiben! Man erwartet mich bereits im Büro.«

Sie ging davon aus, dass er ihr widersprechen würde, doch wider Erwarten zeigte er Verständnis. »Geht es dir wenigstens halbwegs gut?«, fragte er mit sanfter Stimme.

»So einigermaßen.« Sie stieß einen langgezogenen Seufzer aus. »Ich werde mich nicht raushalten«, erklärte sie dann mit entschlossener Stimme. »Werde keine Ruhe geben, bis der Mistkerl, der das getan hat, entweder tot ist oder hinter Gittern.«

»Ich weiß.«

Ach, wie sehr sie sich wünschte, sich an ihn zu lehnen, nur für eine Sekunde, seine starken Arme zu spüren, die sie umschlungen hielten und ihr Kraft spendeten! Doch anstatt diesen Wunsch zu formulieren, sagte sie: »Ich muss zurück zur Arbeit.«

Er zögerte, und sie konnte förmlich sehen, wie sich seine Augen verdunkelten. »Ich weiß, tu, was du tun musst. Kann ich dir irgendwie helfen?«

»Ich glaube nicht.«

Nach einem kurzen Augenblick sagte er: »Schade, Regan. Ich würde dich gern unterstützen.«

»Das tust du«, räumte sie mit brennender Kehle ein. »Belassen wir's einfach dabei, okay? Ich rufe dich später an.« Noch bevor er widersprechen konnte, legte sie auf, zog sich um und ließ ihre Kinder mit einem Teller aufgewärmter Dosensuppe, Crackern und ihren Handys vor dem Fernseher sitzen.

Cisco sprang um ihre Füße, als spürte er, dass etwas nicht in Ordnung war. Sie tätschelte sein Köpfchen, dann rief sie: »Bis später!«, und öffnete die Tür zur Garage.

Jeremy warf einen Blick in ihre Richtung. »Bis dann.« Wieder

erinnerte sie sein finsteres Gesicht an Joe und daran, wie sehr sie ihn geliebt hatte, als sie neunzehn gewesen war.
Bianca hob nicht mal den Kopf, murmelte bloß ein abwesendes »Bye«, in Gedanken bei den SMS, die sie in ihr Handy tippte.
Es tut mir leid, dachte Pescoli, die wusste, wie sehr sie die beiden enttäuscht hatte. Dennoch – sie waren alt genug, um zu verstehen, dass Weihnachten dieses Jahr warten musste.

Hattie Graysons Knie drohten nachzugeben. Sie ließ sich auf ihr ungemachtes Bett sinken und hielt sich mit der freien Hand an einem der Bettpfosten fest. »Nein«, flüsterte sie erstickt. Das Telefon ans Ohr gepresst, erklärte sie dem Officer am anderen Ende der Leitung mit zittriger Stimme: »Sie müssen sich irren. Das *kann* gar nicht sein.«
»Ich weiß, dass dies ein Schock für Sie ist, Ms. Grayson, aber es ist leider die Wahrheit. Auf den Sheriff wurde ein Anschlag verübt, bei dem er schwere Verletzungen davongetragen hat«, erklärte Detective Selena Alvarez, deren Stimme so klang, als käme sie vom anderen Ende eines endlosen, hallenden Tunnels. Hattie hörte ihren Herzschlag in ihren Ohren dröhnen, und für einen Augenblick wurde ihr schwarz vor Augen. *Nicht Dan. Bitte, bitte nicht Dan.*
»Aber er wird doch wieder gesund, oder?«, fragte sie verzagt. *Natürlich wird er das. Dan schafft das schon …*
»Momentan kann ich Ihnen leider keine Auskunft bezüglich seines Zustands geben, ich weiß nur, dass es ernst ist. Man hat ihn ins Northern General Hospital in Missoula gebracht.«
»Wie ernst?«
»Sie können das Krankenhaus anrufen. Dort wird man Ihnen nähere Auskunft erteilen«, sagte Alvarez. »Ich bin wirklich nicht befugt, mehr zu sagen.«

»Aber wer …?«, fragte Hattie verwirrt. »*Wer* hat einen Anschlag auf ihn verübt? Und warum?«
»Das wissen wir noch nicht, Ms. Grayson, doch wir arbeiten daran«, versicherte ihr Detective Alvarez.
Hattie legte langsam auf und hörte wie aus weiter Ferne die Stimmen ihrer Zwillinge. Sie mussten im Wohnzimmer sein und stritten offenbar. Mit ihren acht Jahren fingen die beiden erstmals an, sich voneinander zu lösen, unabhängige Persönlichkeiten zu entwickeln. Sie wollten nicht länger die gleiche Kleidung tragen, protestierten nicht mehr, weil man sie in der Schule in verschiedene Klassen gesteckt hatte. Während Mallory begonnen hatte, ein Interesse für Tanz und Kunst zu entwickeln, blieb McKenzie ein Wildfang mit einer Vorliebe für Sport und Pferde.
Genau wie ihr Vater, dachte Hattie und verspürte einen untypischen Stich im Herzen. Bart war nicht ihre erste Wahl unter den Grayson-Brüdern gewesen, aber er war derjenige, den sie geheiratet hatte. Der Einzige, der ihr einen Antrag gemacht hatte. Natürlich hatte die Ehe nicht funktioniert. Nicht einmal die Geburt der Zwillinge hatte etwas daran ändern können.
Und jetzt kämpfte Dan, der Fels in der Brandung, der Unerschütterlichste der ganzen Familie, um sein Leben.
»Mom! Sie macht es schon wieder!«, kreischte Mallory. Hattie riss sich zusammen und trat hinaus in den Flur, wo sie um ein Haar mit Mallory zusammengestoßen wäre, die den kurzen Gang entlanggerast kam, um ihre Schwester zu verpetzen. Sie machte eine Vollbremsung, kam schlitternd zum Stehen und sah ihre Mutter ernst an. »McKenzie schummelt.«
»Wobei?«, fragte Hattie automatisch, dann schüttelte sie den Kopf. Das war doch völlig egal! »Das klären wir später. Hört

mal, Mädchen«, sagte sie, als McKenzie um die Ecke bog, »ich muss euch was sagen. Kommt bitte mit ins Wohnzimmer.«
Sie scheuchte ihre Kinder vor sich her Richtung Sofa, wobei ihr wieder einmal auffiel, wie sehr die zwei ihrem Vater ähnelten. Mit ihrem dunklen, lockigen Haar und den großen Augen war ihre Ähnlichkeit zu den Graysons nicht zu leugnen, sogar die hohen Wangenknochen bildeten sich bereits aus, ein Hinweis auf die indianischen Vorfahren, die in deren Familienbaum zu finden waren. Während Mallory stets Kleider mit passenden Haarschleifen trug und ihre Schuhe für gewöhnlich blitzten, traf man McKenzie inzwischen nie in etwas anderem an als in Jeans, T-Shirts und Cowboystiefeln.
»Schummlerin!«, schimpfte Mallory, deren kurzes Röckchen bei jedem ihrer wütenden Schritte hin- und herschwang. Im Wohnzimmer lagen noch das schillernde Papier und die Bänder der hastig ausgepackten Geschenke. Karten und Würfel eines neuen Spiels waren auf dem Teppich verstreut, geöffnete Schachteln mit Seidenpapier standen kunterbunt durcheinander am Ende des Sofas, unter dem Baum warteten mehrere kunstvoll eingepackte Päckchen – Geschenke für Dan. Hattie brach fast das Herz bei dem Gedanken, dass er im Krankenhaus um sein Leben kämpfte.
Mallory ließ sich auf das abgenutzte Sofa fallen und verschränkte die schmächtigen Arme ungnädig vor der Brust. Sie war immer noch stinksauer auf ihre Schwester. »Sieh doch!«, rief sie und deutete anklagend auf das Spielbrett auf dem Teppich.
McKenzie ließ sich das nicht gefallen. »Ich habe nicht geschummelt, Mom. Sie lügt!«
Mallory schüttelte heftig den Kopf, ihre dunklen Locken flogen, als sie verkündete: »In den Spielregeln steht aber –«
»Bitte, Mädchen«, ging Hattie dazwischen. »Streitet euch

nicht.« Wie sollte sie den beiden beibringen, dass ihr geliebter Onkel schwer verletzt im Krankenhaus lag? Für gewöhnlich hielt sie es für das Beste, die Wahrheit zu sagen, doch heute wollte ihr diese nicht über die Lippen gehen. »Euer Lieblingsonkel ist Opfer eines hinterhältigen Anschlags geworden.« Sollte sie das wirklich sagen? »Es ist Weihnachten«, erinnerte sie die beiden stattdessen. Die Mädchen warfen sich hasserfüllte Blicke zu.

Mallory schmollte. »Aber wir haben gespielt, und sie –«

»Mallory! Das ist mir im Augenblick völlig egal, klar?« Ihr scharfer Ton ließ die Kinder zusammenzucken und ihren Streit vorübergehend vergessen. Erschrocken starrten sie ihre Mutter an. »Wir, ähm, wir werden unsere Pläne etwas ändern müssen. Onkel Dan kann heute nicht zum Abendessen kommen.«

»Ach.« McKenzie war sichtlich enttäuscht. Sie und ihr Onkel hatten sich immer schon sehr nahegestanden.

»Warum nicht?«, wollte Mallory wissen.

»Er ist verwundet worden.«

»Was meinst du damit?« Wieder Mallory.

»Genauere Einzelheiten weiß ich nicht, aber er liegt im Krankenhaus, und ich werde mich auf den Weg zu ihm machen, sobald Nana eintrifft.«

»Ich will auch mit!«, rief McKenzie.

»Ich auch!« Mallory wollte sich nicht ausschließen lassen.

»Heute nicht. Er darf noch keine Besucher empfangen. Aber bald dürft ihr bestimmt mit.«

»Du bist doch auch eine Besucherin.«

»Aber ich möchte mit den Ärzten sprechen.«

»Was ist passiert?«, fragte Mallory.

»Wie ich schon sagte –«

»Er wird doch wieder gesund, oder?«, fiel ihr McKenzie ins

Wort und nickte eifrig, als wollte sie damit eine positive Antwort heraufbeschwören.
Das konnte Hattie nur hoffen. Sie war immer so aufrichtig wie möglich zu ihren Töchtern gewesen, aber heute musste sie vorsichtig sein. Sie wusste nicht, welche Verletzungen Dan tatsächlich davongetragen hatte, auch nicht, ob die Prognosen eher gut oder schlecht standen, also hielt sie es für das Beste, sich mit ihrer Antwort zurückzuhalten. »Wenn ich dort war, werde ich mehr wissen«, sagte sie und blickte auf ihre Armbanduhr. »Kommt, lasst uns aufräumen.« Sie kniete sich auf den Teppich und sammelte die Karten ein, dann blickte sie hoch und fügte hinzu: »He, ihr zwei. Ich habe nicht vor, das allein zu machen. Hopp, hopp.«
»Aber es ist Weihnachten«, beschwerte sich McKenzie.
»Genau deshalb helfe ich euch ja. Sonst müsstet ihr beiden allein aufräumen. Na los jetzt.«
Widerstrebend gaben die beiden Mädchen nach, und keine zehn Minuten später trat Zena, Hatties Mutter, die Arme voller Geschenke, über die Schwelle.
»Frohe Weihnachten!«, rief sie mit ihrer hellen Stimme. »Kommt zu eurer Nana, Mädchen, und nehmt mich erst einmal fest in den Arm!«
Die Zwillinge vergaßen ihren Streit und umarmten sie nicht nur, sondern halfen ihr zudem, die Geschenke unter den kleinen Baum zu legen, darunter auch zwei Pies, eine rot-grüne Götterspeise und ein Teller mit Plätzchen und Süßigkeiten, in Frischhaltefolie eingepackt und mit einer goldenen Schleife verziert.
»Für Dan«, erklärte Zena augenzwinkernd. »Junggesellen! Die können niemals genug kriegen von selbstgemachten Leckereien!«
»Da hast du recht«, pflichtete Hattie ihrer Mutter bei. Sie

wusste, dass es dieser stets ein wenig schwerfiel, über Dan zu sprechen, da er einst mit ihrer älteren Tochter, Hatties Halbschwester Cara, verheiratet gewesen war, auch wenn die Scheidung schon lange zurücklag. Daran änderte auch nichts, dass weder Hattie noch Zena allzu oft etwas von Cara hörten.

»Und was ist mit uns?«, fragte Mallory, die sehnsüchtig den Teller mit Plätzchen beäugte.

»Würde ich euch jemals vergessen?« Zena beugte sich vor und zwickte ihrer Enkelin in die Nase.

»Niemals!«, verkündete McKenzie voller Überzeugung.

»Da hast du recht, aber vermutlich möchte eure Mom, dass ihr mit dem Naschen bis nach dem Essen wartet.« Sie blickte Hattie durch die Ponyfransen ihrer neuen blonden Perücke an. Zena kämpfte seit über einem halben Jahr gegen ihre Krebserkrankung an, und obwohl sie gute Fortschritte machte, wuchs ihr Haar nur langsam nach. Daher hatte sie beschlossen, sich gleich eine ganze Reihe von Perücken zuzulegen, alle in verschiedenen Farben und Schnitten. »Warum soll ich mir nicht ein bisschen Spaß gönnen?«, hatte sie Hattie gefragt. »Die Chemo ist die Hölle, das kann ich dir sagen, und es macht mir Freude zu sehen, wie ich mit roten oder platinblonden Haaren aussehe. Mausbraun mit einem Schuss Grau ist doch stinklangweilig!«

Fast wäre Hattie in Tränen ausgebrochen. Für gewöhnlich war sie nicht so leicht aus der Fassung zu bringen, aber ihre Mutter war so optimistisch, so sprudelnd vor Lebensfreude, und zwar in wirklich jeder Situation, dass sie sich am liebsten bei ihr angelehnt und geweint hätte.

»Mom, ich muss dich um einen großen Gefallen bitten«, sagte sie stattdessen, um eine feste Stimme bemüht, und zog Zena in die Küche, wo sie ihrer Mutter mit gesenkter Stimme von Alvarez' Anruf erzählte. Die Zwillinge waren so mit dem

Auspacken ihrer Geschenke beschäftigt, dass sie nichts davon mitbekamen.

Zena wurde leichenblass und bekreuzigte sich, obwohl sie schon vor über dreißig Jahren aus der katholischen Kirche ausgetreten war. »O mein Gott, du musst zu ihm! Wer um alles in der Welt ist so verrückt, auf Dan zu schießen?«

Hattie war bereits auf dem Weg zur Tür und schlüpfte in ihre Stiefel. »Genau das ist es ja, Mom. Derjenige, der das getan hat, wird vermutlich wirklich nicht ganz dicht sein.« Sie nahm ihre Lieblingsdaunenjacke von der Garderobe über dem Schuhregal und griff nach der Handtasche. Die Schlüssel schon in der Hand, sagte sie den Mädchen, dass sie bald wieder da wäre, dann gab sie den beiden einen Kuss und ging zur Garage. »Danke, Mom«, sagte sie mit belegter Stimme. »Du bist meine Rettung.«

»Gern geschehen. Wann immer du mich brauchst«, sagte ihre Mutter und wedelte ungeduldig mit der Hand, als wollte sie sie verscheuchen. »Los mit dir. Und mach dir keine Sorgen. Die Mädchen und ich bereiten das Abendessen zu und basteln ein Lebkuchenhaus. Hast du dein Handy dabei, Hattie? Damit du mich anrufen und mich auf den neuesten Stand bringen kannst.«

»In meiner Handtasche.«

Zena bemühte sich um ein optimistisches Lächeln. »Grüß Dan und richte ihm gute Besserung von mir aus. Er war derjenige, den du hättest heiraten sollen.«

Kapitel sechs

»Herrgott noch mal! Was zum Teufel ist passiert?« Cade Grayson funkelte Pescoli im Wartebereich vor den Operationssälen des Northern General Hospital an, als wäre sie der Leibhaftige persönlich. Dans jüngerer Bruder war ein typischer Cowboy, hoch aufgeschossen und schlank, mit Dreitagebart und verwaschener Jeans. Eine Sonnenbrille steckte lässig im offenen Kragen seines Arbeitshemds, seinen zerbeulten Stetson und die abgewetzte Jacke hatte er auf eine der durchhängenden Polsterbänke im Wartebereich geworfen.

Am Fenster saß eine Frau und blickte abwesend hinaus, offenbar wartete sie auf Nachrichten, einen geliebten Angehörigen betreffend. Sie strickte, ihre Nadeln klapperten leise, ihr Gesicht war eine Maske der Verzweiflung. Neben ihr saß ein Mann, der eine ganze Generation älter zu sein schien. Angespannt blätterte er durch ein zerlesenes Magazin, ohne wohl auch nur ein Wort der Artikel aufzunehmen, auf die er durch seine randlose Lesebrille hinabstarrte.

Die Aufzugglocke klingelte leise, und zwei Mitarbeiter des Krankenhauses, ein Mann und eine Frau in OP-Kitteln, traten im Eilschritt heraus und tippten einen Code auf der Tastatur vor den OP-Sälen ein. Die breite Tür schwang auf.

Pescoli hatte gehofft, etwas über ihren Boss in Erfahrung bringen zu können, doch bislang war ihr das nicht gelungen. Cade deutete mit dem Zeigefinger auf sie. »Nur damit ich das richtig verstehe: Sie sind am Morgen des ersten Weihnachtstages zu Dans Blockhaus hinausgefahren und just in dem Augenblick eingetroffen, in dem auf ihn *geschossen* wurde?«

Cade war aufgewühlt. Zornig. Es schien, als brauchte er dringend jemanden, auf den er eindreschen konnte, um sich zu beruhigen. Pescoli verstand, dass er wütend war, auch wenn sein Unmut an den Falschen adressiert war. »Wir versuchen, das Ganze zu klären.«

»Glauben Sie, es könnte etwas mit Ihnen zu tun haben? Ich meine, das ist doch wohl mehr als nur ein Zufall, oder nicht?«

Der Gedanke war ihr auch schon öfter als einmal durch den Kopf gegangen, und sie kam nicht umhin, einen Anflug von schlechtem Gewissen zu verspüren. »Wir ziehen sämtliche Möglichkeiten in Erwägung.«

»Verschonen Sie mich mit diesem Cop-Gefasel. Wir wissen doch beide, dass das Schwachsinn ist, oder?« Er deutete auf seinen ältesten Bruder Zed, der neben dem Fenster stand, eine breite Schulter gegen einen Stützpfeiler gelehnt. Zed sagte nicht viel, aber er kaute angespannt auf einem Zahnstocher, der in seinem Mundwinkel steckte, und spähte mit zusammengekniffenen Augen in den Sturm hinaus, der draußen tobte. Der Mann, der das Magazin betrachtet hatte, hob den Kopf und warf ihnen über seine Lesebrille hinweg einen scharfen Blick zu.

»Wer zum Teufel hat auf meinen Bruder geschossen?«, fragte Cade. »Nennen Sie mir einen Namen.«

»Das kann ich nicht. Aber ich werde herausfinden, wer es gewesen ist. Haben Sie eine Idee?«

»Ist das nicht Ihr Job? Sie sind doch die Polizistin!«

»Wie ich schon sagte: Wir arbeiten daran.«

Cade presste die Kiefer zusammen und schüttelte den Kopf. »Dann machen Sie Ihre Arbeit! Finden Sie den Scheißkerl.«
»Lass sie in Ruhe, Cade«, sagte Zed und richtete seine tiefliegenden Augen auf Pescoli. Dann fügte er hinzu: »Er ist nicht gerade ein Fan der Gesetzeshüter.«
»Das habe ich bemerkt«, sagte Pescoli. An Cade gewandt, fügte sie hinzu: »Glauben Sie mir, alle im Büro des Sheriffs räumen dem Fall Dringlichkeitsstufe eins ein. Wir schätzen den Sheriff sehr.«
Cade schien dem etwas hinzufügen zu wollen, doch er überlegte es sich anders und hielt den Mund.
»Selbstverständlich werden wir Sie nach Kräften bei Ihrer Arbeit unterstützen«, bot Zed an.
»Wir könnten bei seinen Feinden beginnen«, schlug Pescoli vor.
»Haben Sie das noch nicht getan?«, fragte Cade. »Verdammt noch mal, Dan ist der Sheriff, und davor hat er als Detective und als Streifenpolizist gearbeitet. Er ist mehr Arschlöchern begegnet, als Sie zählen können!«
Pescoli hob beschwichtigend die Hand. »Ich rede von Feinden innerhalb der Familie, von Freunden, die vielleicht in Wahrheit keine sind. Von allen, mit denen Dan privat zu tun hatte.«
Cades Blick schweifte über ihre Schulter. Er presste die Lippen zusammen, dann murmelte er etwas, was klang wie »Wenn man vom Teufel spricht«, und Pescoli drehte sich um, um zu sehen, was seine Aufmerksamkeit erweckt hatte. Hattie Grayson eilte den Gang herunter auf sie zu. Sie war außer Atem, ihr für gewöhnlich tadellos frisiertes Haar war zerrauft und feucht vom Schnee. »Wie – wie geht es ihm?«, fragte sie Pescoli, ohne Cade zu beachten.

»Nicht gut«, erwiderte dieser an Pescolis Stelle und warf einen weiteren anklagenden Blick in ihre Richtung. »Schusswunde in Brust und Kopf.«
»Aber er wird doch durchkommen, oder?« Bestätigung heischend blickte sie von einem Bruder zum anderen.
»Das ist noch nicht sicher«, erklärte Pescoli und stellte fest, wie grimmig ihre Stimme klang. »Wir warten noch auf den Arzt.«
»O Gott.« Hattie wurde bleich, trotz ihrer von der Kälte geröteten Wangen. Sie holte tief Luft. »Ich kann es einfach nicht glauben. Wer sollte denn auf Dan schießen …?«
Sie schluckte und drängte die Tränen zurück, die ihr in die Augen stiegen, dann schüttelte sie den Kopf, als wolle sie einen bösen Traum vertreiben.
»Wie wäre es mit deiner Schwester?«, schlug Cade mit gefährlich leiser Stimme vor.
»Wie bitte?«
»He!« Big Zed stieß sich von dem Stützpfeiler ab, an dem er gelehnt hatte, und schüttelte den Kopf. »Das hier ist nicht der passende Ort«, ermahnte er seinen Bruder, aber Cade ließ sich nicht beirren. Er wischte Zeds Einwand mit einer schroffen Handbewegung beiseite und sagte: »Cara ist mit Dan umgesprungen, als wäre er eine Marionette!«
»Aber sie ist doch längst –«
»Mit Nolan Banks verheiratet, ich weiß. Das heißt aber nicht, dass sie Dan in Ruhe lässt. Sogar als er angefangen hat, sich mit Akina zu treffen, hat sie sich in sein Leben eingemischt.«
»Er hat Akina *geheiratet*«, stellte Hattie klar.
Cades Augen blitzten, und Pescoli spürte die Spannung zwischen ihnen. »Und wie lange hat die Ehe gehalten?«, fragte Cade. »Zehn Monate? Ein Jahr?«

Hattie schüttelte fassungslos den Kopf.

»Auf jeden Fall nicht sehr lange«, sagte Cade, als sei das Scheitern von Graysons zweiter Ehe irgendwie Hatties Schuld.

»Aber doch nicht wegen Cara«, sagte Hattie, plötzlich gereizt. Sie stand nun direkt vor Cade, weigerte sich, auch nur einen Schritt zurückzuweichen, obgleich klar war, dass ihr seine Nähe ganz und gar nicht behagte. »Wenn ich mich richtig erinnere, ist Akina mit ihrem Highschool-Freund durchgebrannt.«

»Weil Cara immer wieder aufgekreuzt ist und Dan zu nett war, ihr zu sagen, sie solle sich zum Teufel scheren. Vielleicht hing er auch einfach noch zu sehr an ihr.«

Pescoli versuchte, all diese neuen Informationen zu verarbeiten. Grayson hatte sein Privatleben streng abgeschirmt und selbst während seiner Wahl zum Sheriff nur so wenig wie unbedingt nötig an die Öffentlichkeit dringen lassen. Sie hatte gewusst, dass er zweimal verheiratet gewesen war, doch ihr war nicht klar gewesen, dass Hattie eine Schwester von Graysons erster Frau war. Sie hatte gedacht, die beiden würden sich kennen, weil Hattie mit Dans verstorbenem Bruder Bart verheiratet gewesen war.

»Augenblick mal«, schaltete sie sich ein und hob die Hand. »Ihre *Schwester* war –«

»Halbschwester«, korrigierte Hattie rasch. »Dans erste Frau. Ja.« Ihr Blick schweifte von Cade zu Pescoli. »Das ist etwas … kompliziert.«

»Verkorkst«, stellte Cade fest. Seine grauen Augen schleuderten Blitze. »Kommt darauf an, wen Sie fragen.«

»Na schön«, sagte Pescoli zu Cade, griff in ihre Tasche und zog ihren Minirekorder heraus. »Dann frage ich eben als Ersten Sie. Erläutern Sie mir doch bitte die Familienverhältnisse,

und dann verraten Sie mir, wann Sie Ihren Bruder das letzte Mal gesehen oder gesprochen haben.« Sie wies auf die Polsterbank, auf die Cade Jacke und Hut geworfen hatte.
Widerstrebend nahm Cade auf der Kante Platz. »Ich habe gestern am späten Abend mit ihm telefoniert, gegen elf, mit meinem Handy. Aber ich war nicht der Letzte, der ihn vor dem Anschlag gesehen hat.«
»Und wer war es dann?«, fragte Pescoli.
»Sie, Detective. Sie waren die letzte Person, die ihn gesehen hat, bevor auf ihn geschossen wurde.«
Wieder einmal sah Pescoli Dans zuckenden Körper vor sich, als die Kugeln einschlugen, wie einen Film in der Endlosschleife. Cade hatte recht, abgesehen von dem Killer war sie die einzige Zeugin, trotzdem mochte sie Dans jüngeren Bruder nicht.
Sie war noch dabei, auch den anderen Bruder zu vernehmen, als Santana mit großen Schritten über den Krankenhausgang auf sie zugestiefelt kam. Bevor er die Intensivstation erreichte, verstellte ihm ein Deputy, der zu Graysons Sicherheit abgestellt worden war, den Weg.
»Entschuldigen Sie mich einen Augenblick«, sagte sie zu Cade und Zed, als sie sah, dass Santana in ihre Richtung blickte. »Ich bin gleich wieder da.« Sie eilte den Gang entlang zu den beiden Männern. »Ist schon gut«, sagte sie zu dem Wachmann, dann zog sie sich mit Santana in eine Nische neben der Treppe zurück.
»Was machst du denn hier?«, fragte sie.
»Ich musste mich mit eigenen Augen vergewissern, dass es dir gutgeht.«
»Ich habe dir doch gesagt …«
»Manchmal neigst du dazu, die Wahrheit ein wenig zu strapazieren.«

»Unsinn, Santana. Es geht mir gut.«
»Na schön. Ich glaube dir«, sagte er wenig überzeugt. »Und wirf mir jetzt bloß nicht vor, dass ich mir Sorgen um dich mache.«
»Das tue ich doch gar nicht.«
Er warf einen Blick auf ihre unberingte linke Hand. »Es tut mir leid wegen Grayson. Er ist ein guter Kerl.« Er verkniff es sich, »genau wie ich« zu sagen, doch die Worte hingen unausgesprochen zwischen ihnen in der Luft.
»Gib mir einfach etwas Zeit.«
»Und Raum für dich. Jaja, ich weiß.«
Er drehte sich um und ging zu den Aufzügen. Pescoli hätte sich am liebsten in den Hintern getreten. Warum zum Teufel schickte sie ihn bloß immer wieder fort, obwohl sie sich so sehr danach sehnte, bei ihm zu sein?
Weil du Angst hast, dich an ihn zu binden, Angst, dass er dich verlässt, wenn du ihn zu nah an dich heranlässt.
Regan holte tief Luft, dann nahm sie sich zusammen und kehrte zurück auf die Intensivstation, um sich noch einmal Dan Graysons Brüder und anschließend Hattie vorzunehmen. Sie musste sich auf den Fall konzentrieren. Jemand wollte den Sheriff umbringen. Nur weil er ihn nicht gleich beim ersten Mal ins Grab gebracht hatte, bedeutete das nicht, dass er es nicht wieder versuchen würde.

Alvarez hatte den Großteil des Tages gearbeitet, doch sie hatte es nicht über sich gebracht, ins Krankenhaus zu fahren. Stattdessen hatte sie sich gegen sechzehn Uhr ans Steuer ihres Subaru gesetzt und war noch einmal an den Tatort zurückgekehrt, um den Hang hinter Dans Blockhaus abzusuchen, dort, wo sich der Killer aller Wahrscheinlichkeit nach versteckt hatte.

Die Kriminaltechniker hatten das Gebiet mit Metalldetektoren abgesucht und zwei Hülsen in der Nähe eines dicken alten Baumstumpfs gefunden. Jetzt waren überall Fußabdrücke und der Schnee beiseitegeschoben, so dass nur eine dünne Schicht in makellosem Weiß dort lag, wo man die Hülsen entdeckt hatte. Wenn es doch nur endlich aufhören würde zu schneien!

Die Detectives hatten die Gegend ebenfalls gründlich unter die Lupe genommen und waren zu dem Schluss gekommen, dass der Schütze vermutlich – genau wie Pescoli gesagt hatte – auf einer alten Holzabfuhrstraße den Hang hinab zu einem wartenden Fahrzeug gerast war, obwohl der Neuschnee sämtliche verwertbaren Spuren vernichtet hatte. Das Team war immer noch vor Ort, um die Suche so lange fortzusetzen, bis sich irgendein Hinweis, ein Anhaltspunkt ergab, doch bislang hatte es nichts gefunden. Der Hund war auch nicht gesichtet worden.

»Wo bist du, Sturgis?«, fragte sie sich laut und stieß einen Pfiff aus, dann rief sie nach dem Labrador und hörte, wie ihre Stimme durch das tiefverschneite Tal hallte. Sie lauschte, in der Hoffnung, vielleicht ein aufgeregtes Bellen zu vernehmen, doch alles blieb still. *Nicht auch das noch,* dachte sie verdrossen. Sie kannte den Schmerz, den der Verlust eines Tieres mit sich brachte. Erst vor kurzem war der junge Hund, den sie zu sich genommen hatte, verschwunden, und sie war in Panik geraten. Zum Glück war er unversehrt später wieder aufgetaucht. Doch gerade deshalb war sie fest entschlossen, nicht nur Graysons Möchtegern-Killer zu finden, sondern auch seinen Hund.

»Sturgis!«, rief sie wieder. »Bei Fuß, mein Junge!«

Als Antwort löste sich ein Klumpen Schnee von den schwerbeladenen Ästen einer Hemlocktanne. Sie fuhr herum, halb in

der Erwartung, den Labrador durchs Gehölz auf sie zustürmen zu sehen.
Doch so viel Glück hatte sie nicht.
Ihr Handy klingelte, und sie angelte es mit ihren behandschuhten Fingern aus der Tasche. Auf dem Display blinkten O'Keefes Name und seine Telefonnummer auf.
»Hi«, sagte sie lächelnd zur Begrüßung, drehte sich um und kehrte zu Graysons Blockhaus zurück, wobei sie in die Fußstapfen trat, die sie auf dem Hinweg im Schnee hinterlassen hatte.
»Frohe Weihnachten. Ich habe schon den ganzen Tag über versucht, dich zu erreichen.«
»Ich hatte zu tun«, sagte sie und spürte, wie der Wind auffrischte und scharf über ihre Wange strich. Inzwischen war es fast fünf.
»Ich weiß. Es wird überall in den Nachrichten gezeigt. Wo bist du?«
»Noch einmal am Tatort. Ich suche nach irgendeinem Hinweis und nach seinem Hund.« Erneut ließ sie die Augen über die umliegenden Berghänge schweifen. Die Dämmerung senkte sich herab, und es wurde empfindlich kalt. Wo zum Teufel war Sturgis?
»Und, hast du Erfolg?«
»Nada.« Sie fröstelte.
»Sag mir, was ich tun kann.«
Als Privatdetektiv hatte O'Keefe seine eigenen Ermittlungsmethoden und wagte es, wenn nötig, Regeln zu brechen, an die sie als Polizistin sich strikt zu halten hatte.
»Ich kann dir leider keinerlei Befugnisse erteilen«, sagte sie. Offiziell durfte sie ihn nicht in den Fall einspannen, doch was er in seiner Freizeit, ohne ihre Zustimmung tat, stand auf einem anderen Blatt, und das wusste er. »Wo bist du?«

»Bei dir zu Hause. Ich bereite das Abendessen vor.«
»Dann nehme ich alles zurück«, sagte sie. »Du kannst sehr wohl etwas für mich tun. Würdest du bitte den Hund und die Katze füttern?«
»Alles, was dein Herz begehrt«, sagte er mit einem Lachen, das nicht wirklich fröhlich klang. Heute, da Grayson um sein Leben kämpfte, war niemand heiter gestimmt.
»Danke«, sagte sie.
»Ach ja, Selena? Ich sagte: Frohe Weihnachten.«
Ihre Kehle schnürte sich zusammen, und sie spürte, wie Tränen hinter ihren Lidern brannten. Das war typisch für sie: In der einen Minute der knallharte Cop, der keinerlei Gefühle zu haben schien, in der anderen ein solches Weichei. Man musste nur ein bisschen freundlich zu ihr sein. In letzter Zeit erlebte sie häufig dieses Wechselbad der Gefühle. Zu häufig.
»Dir auch frohe Weihnachten, O'Keefe«, erwiderte sie, dann legte sie auf. Sie blickte sich ein letztes Mal in Graysons Haus um, das chaotisch aussah: überall Fingerabdruckpulver, offene Schubladen, umgedrehte Kissen und Polster, und auf dem Küchentisch zwei grün eingepackte Geschenke in roten Tüten, verziert mit goldenen Schleifen und Geschenkkärtchen, auf denen »McKenzie« und »Mallory« stand. Seine Nichten. Sie wusste, dass in jeder Karte ein Scheck steckte, den sie für ihre Collegeausbildung verwenden sollten, da er ihr das einmal erzählt hatte. Allein das war rührend, doch wenn sie erst daran dachte, wie dieser große, liebenswerte Mann losgezogen war, um Weihnachtsgeschenke für die beiden Mädchen zu kaufen, wie er sie verpackte und mit Goldband umwickelte …
Sie sah ihn vor sich, wie er durch die Gänge des Departments schritt, ein großer, stattlicher Mann mit buschigem Schnauz-

bart in Cowboystiefeln und Lederjacke, stets gefolgt von seinem treuen Hund, und als sie einen schmerzhaften Stich im Herzen verspürte, musste sie sich daran erinnern, dass sie nicht in Dan Grayson verliebt war, nie in ihn verliebt gewesen war, dass ihre Schwärmerei für ihn nichts anderes war als Bewunderung und Zuneigung.

Sie liebte O'Keefe. Ihre Gefühle für ihn waren aufrichtig und basierten auf einer gemeinsamen Vergangenheit und einem neuen Anfang.

Oder?

Warum war sie dann emotional derart aufgewühlt?

Vielleicht lag es an den Feiertagen. Weihnachten war die Zeit im Jahr, die sie hasste und fürchtete, da die Feierlichkeiten sie daran erinnerten, was für eine hässliche Wendung ihr Leben genommen hatte, als sie gerade einmal sechzehn gewesen war.

»Du bist darüber hinweg«, rief sie sich in Erinnerung und ließ einen letzten Blick durch das Blockhaus schweifen, das Dan Grayson sein Zuhause nannte – ein abgeschiedenes Refugium für einen allein lebenden Mann. »Einsam wie ein Wolf«, hatte er gescherzt, als ihn Pescoli einmal auf sein abgelegenes Blockhaus angesprochen hatte.

Pescoli ... Wäre sie nur eine Minute später gekommen ... Nein, daran wollte sie nicht denken. Viel wichtiger war die Frage, wer ein Interesse daran haben könnte, Dan zu erschießen.

Konzentrier dich, Selena, konzentrier dich.

Ihre Augen glitten durchs Haus, während sie versuchte, ihre Gefühle im Zaum zu halten, die Räume mit den Augen eines Ermittlers zu betrachten, nicht mit den Augen einer Mitarbeiterin und schon gar nicht mit den Augen einer Frau, die einst meinte, in Sheriff Grayson verliebt zu sein. Bemüht, ihre Emotionen auszuschalten, betrachtete sie den kleinen Teppich, den Sturgis für sich beanspruchte, die Haken, an denen Graysons Angelausrüstung hing, das breite Bett mit der hellbraunen Steppdecke, auf der schwarze Hundehaare zu sehen waren. Es gab nur zwei Fotos, eins davon zeigte Mallory und McKenzie mit ihrem Onkel am See, das andere einen sehr viel jüngeren Grayson, der stolz einen riesigen Bachsaibling präsentierte, der vor ihm im frischen Gras lag. Es war Frühling, die Schuppen des Saiblings glitzerten in der Sonne.

Jemand vom Department hatte bereits sämtliche seiner persönlichen Unterlagen mitgenommen, einschließlich ausstehender Rechnungen und einer Kopie seines Testaments. Das Original lag vermutlich bei einem Anwalt oder Notar.

In einem Schrank im Wohnzimmer stieß sie auf jede Menge Spielsachen: Puppen, Legos und Puzzle, vermutlich von seinen Nichten. Auch Spielkarten waren da, ein Schach- und ein Cribbagespiel sowie eine Schachtel mit Backgammonsteinen. Alvarez fragte sich, wie oft er wohl mit seinen Freunden gespielt haben mochte.

Vor allem, mit welchen Freunden?

Oder eher mit seinen Brüdern?

Soweit sie wusste, war Dan Grayson ein Einzelgänger, um nicht zu sagen, ein Eigenbrötler.

Doch sie kannte ihn ja noch nicht so lange, und der Staubschicht nach zu urteilen, die sich auf den Spielen gebildet hatte, waren sie schon Ewigkeiten nicht mehr benutzt worden. Vielleicht stammten sie noch aus seiner Collegezeit oder aus den Jahren, in denen er verheiratet gewesen war.

Sonst fand sie nichts Interessantes, deshalb ging sie quer durchs Wohnzimmer zurück in die Küche, in der es noch immer schwach nach Kaffee duftete.

Alvarez verließ Graysons Blockhaus, rief erneut den Hund und wartete, doch kein schwarzer Labrador kam aus der umliegenden Wildnis angesprungen. Die letzten Kriminaltechniker, die gerade ihre Ausrüstung zusammengepackt hatten, als sie ins Haus ging, waren verschwunden. Sie ließ die Tür zum Holzschuppen einen Spaltbreit offen stehen, damit Sturgis einen Unterschlupf hatte, sollte er denn zurückkehren, dann flüsterte sie: »Ich komme wieder«, steckte entschlossen die Hände in die Jackentaschen und hastete zu ihrem Subaru.

Kapitel sieben

Sieh dir das mal an«, sagte Sage Zoller eine Stunde später, als sie in Alvarez' Arbeitszelle geschlendert kam. Obwohl es schon fast sieben war, und das am ersten Weihnachtstag, war Alvarez immer noch im Dienst. Und sie war nicht allein. Im Department ging es fast noch geschäftiger zu als an einem normalen Arbeitstag, Stimmen waren zu vernehmen, Telefone und Handys klingelten unablässig, Computer und Fernseher liefen, die alte, überlastete Heizung knackte und rumpelte.

Sage legte einen dünnen Schriftsatz auf Alvarez' Schreibtisch. Irgendein Rechtsdokument. »Sieht aus, als würde seine Ex-Frau den Löwenanteil von Dan Graysons Erbe einstreichen«, erklärte sie. »Und zwar nicht die zweite, sondern die erste Mrs. Grayson alias Cara Grayson Banks.«

»Im Ernst?« Alvarez, die bereits Graysons Anruflisten und Kreditkartenabrechnungen überprüft hatte und nun die Listen der entlassenen Straftäter durchging, die der Sheriff hinter Gitter gebracht hatte, blickte überrascht auf.

»Hm.« Zoller war ein cleverer Nachwuchs-Detective, die oft Überstunden machte. Knapp eins sechzig groß und sportlich, lief sie in ihrer Freizeit Marathon. Ihr Gesicht, umrahmt von kleinen Löckchen, sah aus wie das einer Elfe.

»Ich habe überall nachgefragt, habe sogar Graysons Anwalt vom Festessen weggeholt, auch wenn ihm das nicht viel auszumachen schien. Er gibt an, das Testament sei das letzte Mal vor fünf Jahren geändert worden, *vor* der Hochzeit mit Ehefrau Nummer zwei.« Sie streckte zwei Finger in die Luft, was aussah wie ein Peace-Zeichen. »Akina bekommt also kein Stück vom Kuchen. Laut Anwalt war es zwar vorgesehen, auch sie mit einem Anteil zu bedenken, aber die Ehe war so kurz, dass es nicht mehr dazu gekommen ist.«

»Was ist mit den Nichten? Er ist ganz verrückt nach ihnen.«

»O ja, sie sind erwähnt. Jede von ihnen bekommt einen Collegefonds über zehntausend Dollar, was nicht gerade zu verachten ist. Der Großteil von Graysons Vermögen besteht allerdings aus Immobilien. Sein Blockhaus, sein Anteil an der Grayson-Ranch, die von seinen Brüdern Zedediah und Cade geführt wird, ein Viertel, gehen an Mrs. Grayson *numero uno.*«

Alvarez lehnte sich in ihrem Schreibtischstuhl zurück. »Seltsam.«

»Es wird noch seltsamer. Rate mal, an wen die Ruhestandszahlungen und das Geld aus der Lebensversicherung gehen?«

»Ebenfalls an Cara?«

»Bingo. Sein Rechtsanwalt sagt, Grayson habe sich gleich nach Neujahr mit ihm treffen wollen, um das Testament zu ändern, aber dazu wird es nun wohl erst mal nicht kommen.«

»Wer weiß noch von diesem Termin?«

»Auch danach habe ich mich erkundigt, aber der Anwalt, Cromwell Buckner IV., konnte mir keine Auskunft geben. Mal ehrlich, würdest du dein Kind so nennen?« Sie schüttelte den Kopf. »Wie dem auch sei, der Vierte in der langen Reihe von Cromwells oder Buckners oder wie auch immer, der sich Buck nennt, wusste nicht, mit wem der Sheriff über seine Pläne gesprochen hatte.«

»Grayson ist sehr zurückhaltend, seine Privatangelegenheiten betreffend«, überlegte Alvarez laut. »Vermutlich hat niemand von dem Termin gewusst.«

»Ja, ich weiß, dennoch dachte ich, es bestünde die Chance, dass Joelle von dem Treffen wusste, schließlich legt sie seinen Zeitplan fest – zumindest beruflich –, aber nein, Buck behauptet, Grayson habe den Termin persönlich vereinbart.«

»Dann können wir also davon ausgehen, dass nur die Leute aus der Kanzlei und der Sheriff Kenntnis davon hatten.«

»Könnte ja auch sein, dass das völlig unbedeutend ist«, sagte Zoller.

»Hm.«

»Ich habe die erste Ehefrau bereits überprüft. Ihr Alibi ist wasserdichter als ein Schiffssafe.«

»Wer hat es gegeben?«

»Natürlich der aktuelle Ehemann.«

»Nolan Banks.« Alvarez hatte seinen Namen schon gehört, doch sie wusste nicht viel über den Mann, nur dass Cara und er Kinder hatten.

»Genau der.«

Zollers Handy klingelte. Sie zog es aus der Tasche, blickte aufs Display und lächelte zum ersten Mal an diesem Tag. »Bruno«, formte sie mit den Lippen. »Ich muss drangehen. Er ist sauer auf mich, weil ich das Weihnachtsessen bei seiner Familie verpasse – eine schrecklich steife Angelegenheit im Schoße meiner zukünftigen Schwiegerverwandtschaft. Beim letzten Mal hat jemand angefangen, über meinen Boss zu lästern, was mir gar nicht gefallen hat. Wie schade also, dass ich diesmal nicht dabei sein kann.« Sie drückte sich das Handy ans Ohr und säuselte: »He, Bruno … was gibt's? Jaja … ich weiß. Das geht mir genauso, aber es handelt sich um einen wirklich wichtigen Fall … hm … richte ihnen liebe Grüße von mir aus … ich weiß, sie werden das verstehen …« Sage

schlenderte hinüber zum Gang, um Bruno in Ruhe weiter zu beschwichtigen.
Alvarez warf einen Blick auf die Uhr. Sie war auch nach ihrer zweiten Tatortbesichtigung nicht zum Krankenhaus gefahren. Stattdessen war sie ins Department zurückgekehrt und hatte unablässig an dem Fall gearbeitet. Trotzdem war ihr klar, dass sie sich nicht ewig davor drücken konnte, außerdem *wollte* sie in seiner Nähe sein. Nur mit der Vorstellung, zusammen mit Graysons kleiner Familie um sein Bett zu sitzen und nichts tun zu können, außer abzuwarten und stumm zu beten, konnte sie sich so gar nicht anfreunden.
Also wandte sie ihre Aufmerksamkeit wieder Graysons Letztem Willen zu, auch wenn sie sich dabei vorkam wie ein Voyeur, der sich unbefugt Zutritt zu den ganz persönlichen Bereichen eines anderen Menschen verschaffte. Trotzdem fing sie an zu lesen, selbst wenn der Mann noch nicht einmal tot war, sondern mit aller Kraft um sein Leben kämpfte. Wenn er durchkam – und darum betete sie inständig –, würde sie sich noch schlechter ob dieses Eindringens in seine Privatangelegenheiten fühlen, doch in Anbetracht dessen, dass sie es nur tat, um den feigen Angreifer der Gerechtigkeit zuzuführen, war ihr das momentan schnurzpiepegal.

»Ich bin bald wieder zu Hause, hoffe ich zumindest«, flüsterte Hattie in ihr Handy. Sie stand etwas außerhalb der Intensivstation des Northern General in einem Flur, in dem Telefonieren gestattet war. Nach einem dringend nötigen Gang zu den Toilettenräumen hatte sie ihre Mutter angerufen, um sich nach ihren Töchtern zu erkundigen. »Gib den Mädchen schon mal etwas zu essen. Sollte ich nicht rechtzeitig zur Schlafenszeit zu Hause sein, dann sollen sie ins Bett gehen und sich noch etwas zu lesen aussuchen.«

»Sie fragen nach dir«, sagte Zena, und Hattie bemerkte einen Anflug von Vorwurf in der Stimme ihrer Mutter. »Mallory beschwert sich, weil sie an Weihnachten nicht mit ihrer Mama zusammen sein kann.«

»Ich war doch heute Morgen zu Hause. Wir haben zusammen gefrühstückt, Geschenke ausgepackt …« Warum rechtfertigte sie sich? Zena würde sie ja doch nicht verstehen, würde ihr nicht mal zuhören. Hattie verstand nicht, weshalb sie sie dann überhaupt ermutigt hatte, ins Krankenhaus zu Dan zu fahren. *Er war derjenige, den du hättest heiraten sollen.* Immer wieder ließ sich Zena von ihren Enkelinnen um den Finger wickeln, und Mallory, die kleine Intrigantin, die bereits verkündet hatte, sie wolle später einmal Schauspielerin werden, wusste genau, welche Knöpfe sie bei ihrer Großmutter drücken musste, um ihren Willen durchzusetzen, auch wenn Zena nie verstand, dass sie manipuliert wurde. Heute war da keine Ausnahme.

»Nun, Liebes, sie machen sich natürlich auch Sorgen um ihren Onkel.«

Das sollten sie auch. Hattie trat einen Schritt nach hinten, um einen Mann mit Gehhilfe und seine Frau vorbeizulassen.

»Ich nehme nicht an, dass Cara aufgekreuzt ist?«, fragte Zena.

»Noch nicht, aber ich habe sie angerufen und ihr eine Nachricht hinterlassen.« Was ihr ziemlich seltsam vorgekommen war. »Ich bin mir allerdings nicht sicher, ob ich die richtige Handynummer von ihr habe, zumal mein Anruf direkt an die Mailbox weitergeleitet wurde.«

»Ich habe ihre Handynummer auch nicht hier, nur bei mir zu Hause.«

»Wenn sie nicht zurückruft, probiere ich es eben später noch mal.«

»Wann hast du das letzte Mal mit Cara gesprochen?«

Hattie runzelte nachdenklich die Stirn. »Vor einem Jahr. Ich habe sie an Heiligabend angerufen, um ihr und der Familie frohe Weihnachten zu wünschen.«

»Hm.« Zena klang empört. »Letztes Jahr hat sie mir eine Karte geschickt, eine von diesen vorgedruckten Dingern mit einem Foto von der Familie. Kein persönlicher Gruß. Nichts.«

Hattie stellte sich das Gesicht vor, das ihre Mutter zog, wenn sie über ihre ältere Tochter sprach. Es war gewiss verkniffen, die Lippen verächtlich geschürzt, die Augen blitzend vor gekränktem Stolz, das Kinn vorgereckt. Zena sah sich immer gern als Opfer.

Aber heute ging es nicht um sie. »Ich muss auflegen«, sagte Hattie, als sie durch die Glastür am Ende des Gangs einen Mann in OP-Kittel aus einem der OP-Säle heraustreten sah. Mit grimmigem Gesicht trat er auf Dans Brüder und Detective Pescoli zu. »Ich glaube, der Arzt hat Neuigkeiten wegen Dan.« Noch bevor Zena etwas erwidern konnte, drückte Hattie das Gespräch weg und eilte in den Wartebereich, wo sie gerade noch die letzten Worte des Arztes mitbekam.

»… schweres Schädel-Hirn-Trauma. Momentan können wir nichts mit Bestimmtheit sagen. Er kommt auf die Intensivstation, wo er rund um die Uhr überwacht wird, aber auch das ist keine Garantie.« Der Arzt, ein Neurochirurg namens Kapule, beantwortete ihre Frage und erklärte ihnen ein paar Dinge über dekompressive Kraniektomie, bei der Teile von Dans Schädeldecke entfernt wurden, um dem Druck des anschwellenden Gehirns entgegenzuwirken. Je mehr der Doktor über Blutverlust, Schädel-Hirn-Trauma und Infektionsgefahr redete, desto besorgter wurde Hattie. Und sie war damit nicht allein. Detective Pescoli wirkte ernüchtert, Big Zed furchte tief die Augenbrauen, und selbst Cade schien seinen Zorn vergessen zu haben und wirkte zutiefst erschüttert.

Kurz gesagt: Selbst ein Neurochirurg, der Hirnverletzungen bei Soldaten operierte, die von den Schlachtfeldern in Iran und Afghanistan zurückkehrten, hielt Dans Zustand für kritisch.

»Wir verlegen ihn in etwa einer Stunde aus dem OP auf die Intensivstation im dritten Stock und schließen ihn ans Überwachungssystem an.«

»Wir werden einen Wachtposten aufstellen«, sagte Pescoli, und der Arzt nickte. Er verstand, dass die Cops kein Risiko eingehen wollten. Es befanden sich ohnehin jede Menge Polizisten im Northern General, und Hattie hatte mehrere Streifenwagen und SUVs auf dem Parkplatz gesehen. Offenbar ging man davon aus, dass jemand, der am Weihnachtsmorgen vor dem Haus des Sheriffs ein Attentat verübte, auch vor einem Krankenhaus nicht haltmachen würde.

Dr. Kapules Handy klingelte, und er entfernte sich eilig.

»Dan ist ein Kämpfer«, sagte Zed, als sie allein im Wartebereich waren. Die anderen, einschließlich der strickenden Frau und des älteren Mannes, der die Magazine durchgeblättert hatte, waren gegangen. An ihre Stelle waren eine vierköpfige spanische Familie getreten und eine nervöse Frau mittleren Alters mit ihrer Tochter, doch auch sie hatten das Krankenhaus schon vor einer ganzen Weile verlassen. Graysons OP hatte sich in die Länge gezogen, und obwohl auch Detective Pescoli den Wartebereich wiederholt verlassen hatte, war sie doch stets binnen einer Stunde zurückgekehrt und dann und wann vor die Glastür getreten, um leise etwas per Handy zu besprechen.

»Ich brauche frische Luft«, erklärte Cade und entfernte sich auf steifen Beinen.

Zeds buschige Augenbrauen schossen in die Höhe, und Hattie fühlte sich unwillkürlich an einen Streit mit Cade erinnert, der damit endete, dass er eine ungeduldige Handbewegung machte und ihr mitteilte, er brauche frische Luft. Nach einem Footballspiel der Highschool hatten sie in seinem Pick-up gesessen, um gemeinsam nach Hause zu fahren. Sie dachte daran, wie er die Tür zugeknallt hatte und davongestapft war, an seine dunkle Silhouette – breite Schultern und schmale Hüften vor den grellen Lichtern des Stadions. So hatte er sie vor die Wahl gestellt, entweder auf ihn zu warten oder das Fahrzeug ebenfalls zu verlassen. Hattie hatte sich für Letzteres entschieden, denn sie hatte die Nase voll von seinem Unmut über ihre Beziehung mit Dan, die mehr eine harmlose Highschool-Romanze war als die heiße Affäre, die Cade ihr vorwarf. Es stand ihm nicht zu, ihr deswegen Vorhaltungen zu machen. Doch jetzt, als sie daran dachte, schnürte sich ihre Kehle zusammen – so viel war seitdem zwischen ihnen allen passiert.

»Vielleicht kannst du so was gebrauchen«, sagte Zed, während Cade Jacke und Hut von der Polsterbank nahm. Cade drehte sich um, und Zed zog eine Dose Copenhagen aus der Jackentasche und warf sie seinem Bruder zu, der sie mit seiner freien Hand auffing.

»Nein danke.« Cade warf die Dose zurück. »Ich könnte eher was Stärkeres vertragen.« Er warf Hattie einen wütenden Blick zu, dann stiefelte er in Richtung Aufzüge davon. Über die Schulter sagte er zu Zed: »Ich melde mich schnell bei J. D., vergewissere mich, dass mit der Herde alles okay ist, dann komme ich wieder. Bis gleich.«

Detective Pescoli stieß die Luft aus, als er endlich weg war. »Wir sollten alle für einen Moment in die Cafeteria hinuntergehen, und dann erzählen Sie mir, wer ein Interesse daran haben könnte, Dan zu schaden.« Sie hob die Hand, als wolle sie jegliche Widerrede im Keim ersticken. »Ich weiß, dass wir das schon einmal durchgekaut haben, aber inzwischen hatten Sie ein wenig Zeit, um über diese Frage nachzudenken. Vielleicht ist Ihnen noch etwas eingefallen.«

»Einverstanden«, erklärte Hattie, deren Magen bei dem Wort »Cafeteria« zu knurren begann, wenngleich sie überzeugt war, keinen Bissen hinunterbringen zu können. »Aber Dan ist stets sehr zurückhaltend, er erzählt nur wenig von seinem Job und noch weniger, was ihn persönlich bewegt.«

Zed schritt bereits auf die Aufzüge zu. Er war der Einzige der Grayson-Brüder, mit dem Hattie nichts gehabt hatte. Er hatte sie nie sonderlich gemocht, vermutlich weil sie erst mit Dan, dann mit Cade und zu guter Letzt mit Bart gegangen war, den sie schließlich geheiratet hatte. Er hatte ihr vorgeworfen, sich auf Teufel komm raus in der Familie Grayson einnisten zu wollen, von der es hieß, sie sei ziemlich vermögend. Außerdem ging das Gerücht, sie habe Bart nur aus verletztem Stolz geheiratet, weil sich Dan für ihre Halbschwester Cara entschieden hatte.

Natürlich war all das an den Haaren herbeigezogen, nichts als Klatsch und Tratsch, versuchte sie sich wieder einmal zu überzeugen, als sie mit dem Aufzug ins Untergeschoss fuhren, in dem sich die Cafeteria des Northern General Hospital befand. Ja, es stimmte, während ihrer Zeit auf der Highschool hatte sie für die Grayson-Brüder geschwärmt, aber sie war nicht das einzige Mädchen gewesen, das davon träumte, mit einem der vier gutaussehenden Heißsporne zu gehen. Alle vier Jungen waren ohne Mutter aufgewachsen, die wilden, ungezähmten Söhne von Brett Grayson, einem Rodeostar der Sechziger und Siebziger, der seinen Erfolg in der Rodeoarena dazu genutzt hatte, nicht nur sein Vermögen, sondern auch die geerbte Ranch durch clevere Investitionen zu vergrößern.

Der Grayson-Klan war zwar längst nicht so reich wie die Kennedys, aber für eine Kleinstadt wie Grizzly Falls durchaus wohlhabend. Hattie wusste, dass ihr Interesse für die Jungs nichts mit Geld zu tun hatte, aber natürlich hatte auch sie sich eine solide Basis gewünscht, so wie alle jungen Frauen ihrer Generation. Trotzdem, sich gleich mit dreien von den vier Grayson-Jungs einzulassen, konnte man ihr durchaus als Besessenheit auslegen. Vermutlich hätte sie sogar gegen Zed nichts einzuwenden gehabt – gut genug sah er schließlich aus –, aber er hatte eine dunkle Seite an sich, die sehr viel tiefer ging als Cades Ungezähmtheit.

Sie stellte sich an, orderte einen Salat und einen Teller Tomatencremesuppe, dann trug sie ihr Tablett mit einem unbehaglichen Gefühl zu dem Tisch, an dem Zed bereits das erste von zwei Pastrami-Sandwiches verschlang, während Pescoli in ihren Hähnchen-Nuggets mit Pommes frites stocherte. Sie war eine interessante Frau, groß und langgliedrig, ein sportlicher Typ mit unbändigen roten Locken und durchdringenden Augen, deren Farbe oft von Grün zu Gold wechselte. Sie wirkte ziemlich bodenständig, aber Hattie konnte nicht sagen, ob ihre ungezwungene Art echt oder nur aufgesetzt war. Eines aber wusste sie mit Sicherheit: Detective Pescoli hatte sie nicht in die Cafeteria gebeten, weil sie beim Essen Gesellschaft suchte. Nein, dachte Hattie, dazu war die Frau viel zu professionell, hörte zu, stellte Fragen und hoffte, irgendeine Information aufzuschnappen, und sei sie auch noch so klein, die ihr dabei helfen konnte, den Fall aufzuklären.

Bringen wir's hinter uns, dachte Hattie. Sie hatte nichts zu verbergen. Das Problem war nur, dass sie nicht wusste, wie sie Pescoli helfen konnte. Sie hatte nämlich absolut keine Ahnung, wer daran interessiert sein könnte, Dan Grayson Schaden zuzufügen.

Sie stellte ihr Tablett auf dem Tisch ab, setzte sich und sagte: »Ich weiß, es tut jetzt hier vielleicht nichts zur Sache, aber …« Ihr Blick glitt zu Zed, der sie kauend und nachdenklich beobachtete. »… aber wie du weißt, glaube ich nicht, dass mein Mann sich das Leben genommen hat.«
»Ex-Mann«, korrigierte Zed und griff nach seiner Coke.
Hattie ignorierte seinen Einwand. Er hatte immer schon etwas an sich gehabt, was ihr auf die Nerven gegangen war. An Pescoli gewandt, fuhr sie fort: »Der Punkt ist der, dass Bart bei einem angeblichen Selbstmord ums Leben kam, und nun hat jemand versucht, seinen älteren Bruder umzubringen.« Sie schaute von Pescoli zu Zed. »Kann das tatsächlich ein Zufall sein?«
»Er ist der Sheriff, bringt seit Jahren den Abschaum dieser Gegend hinter Gitter, da stehen die Chancen recht hoch, dass es sich tatsächlich um einen Zufall handelt, würde ich sagen«, knurrte Zed.
»Ich glaube nicht, dass einer von denen auf Rache aus ist«, erklärte Hattie. »Dahinter steckt etwas anderes, vielleicht hat es sogar etwas mit dem Mord an Bart zu tun.«
»Selbstmord«, korrigierte Zed aufs Neue.
»Wie auch immer.«

Cade fuhr direkt zur nächsten Bar, die etwa zwei Meilen vom Krankenhaus entfernt war, doch dann blieb er im Wagen sitzen, die Hände am Lenkrad. Er dachte an seinen Bruder, der auf der Intensivstation an wer weiß wie viele Monitore und Überwachungsgeräte angeschlossen war. Der dort in einem abgedunkelten Raum lag und dem man Teile der Schädeldecke entfernt hatte, um seinem anschwellenden Hirn Raum zu geben – der nicht wusste, dass er vielleicht nie wieder aufwachen würde.

»Verdammte Scheiße«, fluchte Cade. Die Windschutzscheibe beschlug von seinem Atem. Er hatte bereits seinen jüngeren Bruder verloren, der sich eine Schlinge um den Hals gelegt hatte.

Cade war derjenige gewesen, der Bart fand, und jetzt sah er alles ganz genau wieder vor sich: wie er an einem Wintermorgen noch vor Sonnenaufgang zur Scheune ging, das Licht angeknipst und sofort bemerkt hatte, dass mit den Rindern und Pferden etwas nicht stimmte. Irgendetwas war ihnen nicht geheuer. Er drehte sich um, und da sah er den Leichnam seines Bruders, der neben der großen Schiebetür an der Rückseite der Scheune von einem Balken baumelte.

»Nein!«, hatte er geschrien und war über die hundert Jahre alten Bodendielen auf seinen Bruder zugerannt. *Das kann nicht wahr sein! Das darf einfach nicht wahr sein!* Binnen einer Sekunde hatte er die Leiter entdeckt, die sein Bruder offenbar zur Seite getreten hatte, und aufgerichtet. Panisch kletterte er die Metallsprossen hinauf, während er mit einer Hand sein Taschenmesser aus der Hosentasche zog. »Bart! Bart! Das ist doch Wahnsinn!«, stammelte er, während er versuchte, den Strick durchzusäbeln. »Nein, verdammt, komm zu dir, Bart!«

Die Pferde wieherten nervös und schlugen mit den Hufen gegen die Boxenwände, die Rinder schnaubten aufgeregt, als Cade das dicke Seil durchsägte und sein Bruder mit einem dumpfen Aufprall zu Boden stürzte.

»Hilfe!«, brüllte Cade aus voller Lunge und sprang auf die alten Holzdielen, um Barts Puls zu fühlen. Nichts. Keinerlei Anzeichen von Leben, weder am Hals noch an den Handgelenken. Er lauschte, ob sein Bruder noch atmete, obwohl er in Wahrheit wusste, dass dieser seinen letzten Atemzug längst getan hatte. Barts Haut war kalt und bleich, die Augen blicklos. Er musste schon seit Stunden tot sein. Trotzdem versuchte Cade eine Herzmassage, um seinen Bruder wiederzubeleben. Tränen strömten über sein Gesicht ob dieser Sinnlosigkeit, doch er hörte nicht auf.

Erst als Zed laut fluchend die Scheunentür aufstieß und beim Anblick seines toten Bruders seine eigene Trauer herausschrie, stellte er seine Bemühungen ein.

Jetzt, da Dan um sein Leben kämpfte, wurde ihm klar, dass er Barts Tod noch lange nicht verarbeitet hatte. Er kam einfach nicht klar damit, konnte das Ganze aber auch nicht verdrängen, und die Schuldgefühle, die ihn seither plagten, fraßen ihn nun beinahe auf. Sein Herz schmerzte, als stünde es kurz vor einem Infarkt. »*Warum?*«, hatte er geschrien, als er Bart in der Scheune fand, dabei kannte er die Antwort, wusste ganz genau, warum es Bartholomew Carlson Grayson keinen Tag länger auf dieser Erde ausgehalten hatte.

Und Hattie, Barts Ex-Frau, wusste das ebenfalls, egal, wie sehr sie alle anderen zu überzeugen versuchte, Bart sei einem Mord zum Opfer gefallen.

Gerade sie musste es wissen.

Kapitel acht

Pescoli ließ einen Deputy zu Dans Sicherheit vor dem Eingang zur Intensivstation zurück. Während Hattie noch immer im Wartebereich ausharrte, verließ sie das Krankenhaus um kurz nach zwanzig Uhr. »Sie können hier nichts mehr tun«, hatte sie zu Hattie gesagt, aber die Frau hatte nur den Kopf geschüttelt und durch die großen Fenster hinaus in die Dunkelheit gestarrt. Selbst Graysons Brüder waren schon nach Hause gefahren. Sie wollten am nächsten Morgen wiederkommen.

Die Lichtkegel ihrer Scheinwerfer tanzten durch den glitzernden Schnee, als sie über die Landstraße fuhr, die durch die Ausläufer der Bitterroot Mountains nach Grizzly Falls führte. Über ihr blinkten die Sterne, und es war Vollmond.

Sie dachte über Grayson nach, über ihre Arbeit, ihre Kinder und natürlich über Santana. An den Ring, den er ihr geschenkt hatte – mein Gott, war das erst gestern gewesen? – und der noch immer in der kleinen, satinausgeschlagenen Schmuckschachtel lag, ganz unten in ihrer Unterwäscheschublade. *Denk daran, was für ein Leben du führen könntest, wenn du den Ring annimmst*, sagte sie sich, *als Santanas Ehefrau, mit ihm und den Kindern in seinem neuen Haus, als Teilzeit-Detective … Du musst es nur wollen!*

Aber wollte sie das wirklich? Sie fuhr über eine kleine Brücke und sah in der Ferne die Lichter von Grizzly Falls vor sich. Natürlich würde sie ihren Job nicht an den Nagel hängen, auch nicht in Teilzeit arbeiten, zumindest so lange nicht, bis Grayson aus dem Krankenhaus entlassen wurde und sich wieder ganz erholt hatte. Erst anschließend würde sie eine Entscheidung treffen, wie es weitergehen sollte. Santana würde das sicher verstehen.

»Ultimatum«, murmelte sie gereizt vor sich hin und widerstand dem Drang, das Handschuhfach zu öffnen und nach ihren Notfallzigaretten zu tasten. Ein Nikotinschub half in dieser Situation nicht wirklich. Und wenn, dann nur vorübergehend. Stattdessen schaltete sie den Polizeifunk lauter, der knisterte und knackte. Ihr Handy klingelte. Pescoli warf einen Blick aufs Display und erkannte Alvarez' Nummer.

»Was gibt's?«, fragte sie und kniff die Augen vor den blendenden Scheinwerfern eines entgegenkommenden Pick-ups zusammen.

»Ich habe Graysons Testament gelesen. Wenn er es nicht schafft, erbt seine erste Ex-Frau Cara den Großteil seines Besitzes. Sie hat natürlich ein Alibi von ihrem aktuellen Ehemann, und es ist ziemlich unwahrscheinlich, dass sie selbst auf Grayson geschossen hat. Einen Auftragsmord will ich allerdings nicht ausschließen.«

»Wow. Erscheint mir ziemlich weit hergeholt, aber wenn du meinst …«

»Finanziell gesehen profitiert sie von seinem Tod am meisten. Mehr will ich damit nicht sagen.«

Wieder beäugte Pescoli sehnsüchtig das Handschuhfach, abermals widerstand sie der Versuchung. »Was hast du sonst noch?«

»Nun, da wäre noch der politische Aspekt. Bald stehen Wahlen an. Der Sheriff will erneut kandidieren, was ein paar Leuten gegen den Strich zu gehen scheint.«

»Bitte sag jetzt nicht, dass Brewster diesbezügliche Ambitionen hegt«, stöhnte Pescoli und fuhr an einem Schneepflug vorbei, der die Gegenfahrbahn räumte.

»Nicht dass ich wüsste. Ich rede von Cal Moran und Shirley Braddock.«

»Beides gute Cops.« Auch Pescoli war zu Ohren gekommen, dass Cal und Shirley kandidieren wollten, beide waren politisch ambitioniert. Cal war in den Fünfzigern, ein Vater von fünf Kindern, der bereits zwei Enkel hatte. Shirley war unverheiratet, eine passionierte Polizistin, die vermutlich von ihrem Juristenfreund Hans Tobias, der soeben zum stellvertretenden Bezirksstaatsanwalt ernannt worden war, zu diesem Schritt gedrängt wurde. In Pescolis Augen war Hans mit seinen tadellos sitzenden Armani-Anzügen ein wenig überambitioniert. Trotzdem glaubte sie nicht, dass er so weit gehen würde, Dan Grayson ermorden zu lassen, um seiner Freundin den Weg zum Amt des Sheriffs frei zu machen. Nein, der politische Aspekt schied aus.

»Sehr weit hergeholt«, sagte sie deshalb.

»Finde ich auch. Als Nächstes wären da die entlassenen Straftäter.«

»Jetzt kommen wir der Sache näher. Wer könnte dafür in Frage kommen?«

»Da gibt es mehrere Möglichkeiten. Ich bin noch dabei, mit den verschiedenen Bewährungshelfern zu sprechen, aber der Hauptverdächtige in meinen Augen ist Floyd Cranston. Er ist seit zwei Monaten auf freiem Fuß. Grayson hatte ihn wegen versuchten Mordes verknackt: Er ist mit einer Axt auf seine Frau und deren Geliebten losgegangen.«

»Netter Kerl.«

»Und dann ist da noch Maurice Verdago. Hat immer mal wieder wegen häuslicher Gewalt gesessen, bis er irgendwann im Gerichtssaal von Richterin Samuels-Piquard gelandet ist. Als sie ihn verurteilt hat, hat er ihr den Stinkefinger gezeigt und ›Dich kriege ich, du Miststück!‹ geschrien.«

»Wie charmant.« Pescoli hatte Verdago schon immer für eine tickende Zeitbombe gehalten. Sie verabscheute den Kerl, und er schien das Gleiche für sie zu empfinden. Sie hatte Grayson begleitet, als dieser Verdago verhaftete. Er hatte sie mit vor Hass schmalen Augen fixiert, sie eine »Polizistenfotze« genannt und ausgespuckt, als sie ihm die Handschellen anlegte. Sie hielt ihn für einen Frauenhasser, für die Sorte Mann, die nicht ohne eine Frau leben konnten, weil sie jemanden zum Dampfablassen brauchten.

»Er ist tatsächlich wieder draußen?«

»Seit sechs Monaten. Erinnere dich: Er hatte versucht, seinen Schwager umzubringen.«

»Ach ja, jetzt fällt's mir wieder ein.«

Alvarez nickte. »Besitzt ein ganzes Waffenarsenal – einfach alles. Granaten, eine AK-47, ein Schwert, sogar russische Schusswaffen. Hinter Gitter gebracht hat ihn allerdings ein schlichtes Fleischmesser, mit dem er sein Opfer zerhacken wollte. Der Schwager, Ronnie Watkins, hat Geld abgeschöpft von dem Transportunternehmen, das die beiden gerade erst zusammen aufgezogen hatten. Angeblich hat Verdago seit seiner Entlassung keinen Ärger mehr gemacht. Er arbeitet jetzt übrigens als Hausmeister in einem Apartmentblock in Helena.«

Pescoli schnaubte. »Einmal ein Krimineller, immer ein Krimineller. Er war bei der Armee, richtig? Ein Scharfschütze?«

»Hm. In seiner Akte steht, er sei der Hauptverdächtige im Fall Joey Lundeen gewesen. Lundeen, ein Bekannter von ihm, ist damals plötzlich verschwunden – die Ermittlungen wurden eingestellt.«

»Toller Lebenslauf.«

»Nicht nur das, viel wichtiger ist, dass er seinem Zellengenossen gesagt hat, wie sehr er Grayson hasse. Wie ist noch gleich der Name … ja, hier steht's … Gerald Resler.«

»Er wurde ebenfalls entlassen?«

»Resler? Ja. Ist seit drei Jahren ein aufrichtiger Bürger. Verheiratet. Ein Kind.«

»Resler ist mit einem Dosenöffner auf seine Freundin losgegangen.«

»Damals war er neunzehn.«

»Trotzdem …«

»Ich habe ihn gründlich unter die Lupe genommen, aber die Sache mit Grayson ist einfach nicht Reslers Kragenweite.«

»Ich habe den Fall damals bearbeitet«, sagte Pescoli und dachte an den verwahrlosten Jugendlichen mit der schweren Akne, dem rasierten Kopf und den hasserfüllten Augen. »Schwieriger Junge. Und jetzt ist er verheiratet und hat ein Kind?« Sie stieß ungläubig die Luft aus und öffnete schließlich doch das Handschuhfach, um ihre Zigaretten herauszunehmen.

»Er hat zu Gott gefunden.«

»Wie schön für ihn.« Pescoli fischte eine Zigarette aus der Schachtel und tastete nach dem Feuerzeug, dann überlegte sie es sich anders und warf beides auf den Beifahrersitz. Es gab keinen Grund, heute Abend wieder mit dem Rauchen anzufangen. Morgen auch nicht. Besser gar nicht mehr.

»Noch andere Verdächtige?« Sie bog von der Landstraße ab in die lange Zufahrt, die zwischen den dichtstehenden Bäumen hindurch zu ihrem Haus führte. Die Zufahrt war nicht geräumt, eine frische Schneeschicht bedeckte die Reifenspuren von heute Morgen.

»Aber sicher, und zwar jede Menge. Diese hier sind die, die am ehesten in Frage kommen. Lass mich mal nachsehen … Wie wär's mit Edie Gardener?«

»Mein Gott, die hatte ich ganz vergessen.«

»Nun, sie ist wieder draußen. Wurde letztes Frühjahr entlassen und hat einen Mann geheiratet, mit dem sie während ihrer Zeit im Knast eine Brieffreundschaft begonnen hatte.«

»Wenn ich mich richtig erinnere, hat sie ihren Freund umgebracht.« Das stimmte. Edie war die Tochter regierungsfeindlicher Extremisten, die in einer Wohngemeinschaft in der Nähe des Cougar Ridge lebten. Täuschend kleinlaut hatte Edie auf der Anklagebank gesessen, das Gesicht ausdruckslos, das dunkle Haar aus dem Gesicht gekämmt, die Hände im Schoß gefaltet. Hübsch, zierlich, selbstbeherrscht hatte sie die Herzen der Jury gewonnen, ohne ein einziges Wort zu ihrer Verteidigung hervorzubringen. Sie hatte ihrem Anwalt und den Zeugen das Reden überlassen, nur ihre Unschuld hatte sie wiederholt beteuert.

»Notwehr«, rief ihr Alvarez ins Gedächtnis.

»Jemandem eine Kugel in den Rücken zu jagen ist keine Notwehr.«

»Ich bin noch dabei, den Bericht zu lesen. Sie hat behauptet, er habe sie vergewaltigt, und ihre Schwägerin hat das bestätigt.«

»Ich weiß.« Edie hatte Grayson für ihre Verurteilung verantwortlich gemacht. »Hat sie ein Alibi?«

»Keine Ahnung. Im Augenblick ist sie nicht aufzufinden, aber ich habe bei ihrem Bewährungshelfer und ihrem Bruder eine Nachricht hinterlassen. Bislang hat niemand zurückgerufen. Kein Wunder, es ist Weihnachten.«

»Du hast recht. Aber lass uns an der Sache dranbleiben. Schließlich hat sie Erfahrung im Umgang mit Schusswaffen, und da ihre Familie bis an die Zähne bewaffnet ist, hat sie auch Zugang dazu.«

»Vielleicht. Doch um Näheres in Erfahrung zu bringen, müssen wir sie erst einmal finden.«

»Dann tun wir das doch.« Pescoli fuhr über die kleine Brücke über den Bach auf ihr Grundstück. Ihr Haus kam in Sicht, hell erleuchtet von den bunten Lichterketten entlang der Dachrinnen. »Wer kommt sonst noch in Frage?« Sie drückte auf die Fernbedienung für die Garage. Langsam und mit einem lauten Quietschen schwang das Tor auf, während drinnen das Licht aufflackerte.

»Carlos Mendoza.« Alvarez zögerte. »Er wurde vor zehn Tagen entlassen und ist seitdem spurlos verschwunden. Untergetaucht. Vermutlich ist er Richtung Süden unterwegs, zurück nach Guadalajara, aber sicher wissen wir das nicht.«

»Hilf mir mal auf die Sprünge.«

»Bewaffneter Raubüberfall mit einem Sturmfeuergewehr. Abgesehen von einem Mitglied seiner Bande wurde niemand verletzt. Er wurde verhaftet. Vor elf Jahren kam sein Schwager bei einer Schießerei ums Leben, bei der auch ein Cop verletzt wurde, der zum Glück überlebt hat.«

»Lonnie Milton.« Jetzt erinnerte sich Pescoli an den Fall. »Er ist ein paar Monate später in den Ruhestand gegangen.« Sie fuhr in die Garage und drückte wieder auf die Fernbedienung. Das Tor fuhr quietschend herunter.

»Das wäre die engere Auswahl. Bevor ich mich auf den Heimweg mache, will ich noch bei Grayson vorbeischauen. Hast du mit Dans Brüdern gesprochen?«

»Ja, aber dabei ist nichts von Bedeutung herausgekommen. Das Einzige, was mir merkwürdig vorkommt, ist das Verhalten von Hattie, Barts Witwe. Wenn ich es nicht besser wüsste, würde ich schwören, sie hätte mal was mit Cade gehabt.«

»Mit Dan, meinst du«, sagte Alvarez.

Das Garagentor schloss sich mit einem dumpfen Knall. »Nein. Ich spreche von dem jüngeren Grayson, dem Hitzkopf. Mann, war der sauer, und zwar nicht nur auf den, der seinem Bruder das angetan hat, sondern auch auf Hattie. Sie war auch nicht viel besser. Die Luft zwischen den beiden war so dick, dass man sie mit einem Messer hätte zerschneiden können.«

Alvarez schwieg einen Augenblick, dann sagte sie: »Du glaubst also, sie hatte etwas mit Cade, mit Bart natürlich, und vielleicht sogar … mit Dan.«

»Gut möglich.« Pescoli stellte den Motor ab, warf Zigarette und Feuerzeug zurück ins Handschuhfach und griff nach ihrer Laptoptasche. »Ist nur so ein Gefühl.«

»Aber durchaus lohnend, dem auf den Grund zu gehen.«

»Das finde ich auch. Bis morgen!« Sie legte auf und ging durch die Garage ins Haus, wo Cisco mit einem begeisterten Bellen von der Couch hüpfte. Jeremy lag ausgestreckt auf den Polstern, beschäftigt mit einem seiner Ballerspiele. »He, frohe Weihnachten!«

Er blickte tatsächlich auf und drehte sich zu ihr um, den Controller fest in der Hand. »Wie geht's dem Sheriff?«

»Schwebt noch in Lebensgefahr, was vermutlich auch noch eine Weile so bleiben wird.«

»Grayson ist tough, er wird's schon schaffen«, prophezeite Jeremy mit dem Vertrauen und der Unerschütterlichkeit der Jugend. »Hast du den Wichs–, ähm, den Kerl, der auf ihn geschossen hat, schon geschnappt?«

»Noch nicht.«

»Aber das gelingt dir noch. Ganz bestimmt.« Seine Augenbrauen schossen in die Höhe, bis an den Rand seiner Beanie-Mütze, die er momentan Tag und Nacht zu tragen schien.

»Sicher«, erwiderte Pescoli, ließ ihre Laptoptasche auf einen Stuhl vor dem Küchentisch fallen und zog ihre Jacke aus. Cisco tänzelte immer noch wie verrückt um sie herum, also nahm sie sich die Zeit, sich zu bücken und ihn hinter den Ohren zu kraulen. »Hallo, mein Kleiner«, sagte sie zu dem Terrier und wurde mit begeistertem Schwanzwedeln und ein paar weiteren schnellen Kreisen um ihre Füße belohnt. »Ja, ich habe dich auch vermisst.«

»Mom?« Bianca kam aus ihrem Zimmer, barfuß, in Schlafanzughose und einem für ihre zierliche Gestalt viel zu großen Sweatshirt.

»Hi.« Pescoli warf ihrer Tochter ein schwaches Lächeln zu. »Es tut mir leid.«

»Ist schon okay«, sagte Bianca, während Pescoli ihre Jacke über eine Stuhllehne warf.

»Ich wollte Schinken mit Kartoffelauflauf machen, ihr wisst schon, ein richtiges Weihnachtsessen.«

»Musst du nicht.« Jeremy setzte sich auf, ohne die Finger von der Spielsteuerung zu lassen. »Ich habe Cap'n Crunch gegessen.«

»Toll. Zerealien zum Abendessen.«

»Und eine Gatorade getrunken.«

»Hm.« Ihr Blick fiel auf die halbvolle Flasche auf dem Boden, gleich neben einer leeren Schüssel. »Grauenvoll.« Mit hochgezogenen Brauen blickte sie ihre Tochter an. »Was ist mit dir?«

»Ich hab einen Eiweißriegel gegessen.«

»Und dazu eine Gatorade getrunken?«

»Igitt, nein. Eine Pepsi light.«

»Na klar, noch besser. Null Kalorien, null Nährwert.« Pescoli schnitt eine Grimasse und zuckte innerlich zusammen, wenn sie an ihre eigene Kindheit dachte und an all die traditionellen Mahlzeiten, die sie gemeinsam am Esszimmertisch eingenommen hatten, selbstverständlich mit poliertem Silberbesteck. Sogar nachdem ihr Vater sie verlassen hatte, als Pescoli elf gewesen war, hatte ihre Mutter an Weihnachten Jahr für Jahr ein Festessen für sie, ihre drei älteren Schwestern und verschiedenen Tanten, Onkel und Cousins auf den Tisch gestellt. Wenn zu viele Familienmitglieder aufkreuzten, wurde der lange Tisch kurzerhand mit einer Reihe von Klapptischen verlängert, die vom Esszimmer bis ins Wohnzimmer reichte. Der verlockende Duft von Rostbraten und backenden Pies erfüllte das alte Haus, das voller Gelächter war. Es wurde Klavier gespielt, und sobald die Geschenke geöffnet waren, spielten sie verschiedene Würfel- oder Brettspiele … Diese Weihnachtsfeste waren völlig anders gewesen als die, die ihre Kinder erlebten.

»Ich werd's wiedergutmachen«, versprach sie mit einem dicken Kloß in der Kehle. »Das schwöre ich.«

»Wir haben gestern bei Dad groß zu Abend gegessen«, sagte Bianca gleichgültig.

»Michelle hat gekocht?« Pescoli stellte sich Barbie vor, ganz in Pink, mit zehn Zentimeter hohen Riemchensandalen und einem winzigen Spitzenschürzchen, das kaum ihr noch winzigeres Kleidchen bedeckte, wie sie emsig den Weihnachtsschinken bestrich.

Jeremy brach in schallendes Gelächter aus. »Michelle und kochen! Nein, ihre Mutter hat einen Gänsebraten gemacht. Familientradition oder so ähnlich.«

»Total fettig!« Bianca schnitt eine Grimasse und streckte die Zunge raus. »Ich hab versucht, etwas davon zu essen, aber …« Sie schauderte. »Bäh!«

»Ein Proteinriegel schmeckt besser.«

»Viel besser!«, bestätigte Bianca nickend. »Ach ja! Michelle hat mir einen String-Bikini zu Weihnachten geschenkt.«

»Einen Bikini? Im Winter? Und das in Montana?« Pescoli seufzte. Was war nur los mit Luckys Frau?

»Sie musste ihn im Internet bestellen, und stell dir vor: Dazu

hat sie mir einen Gutschein für ein Mädels-Wellness-Wochenende in Phoenix geschenkt!« Biancas blaue Augen leuchteten voller Vorfreude.
»Gehe ich recht in der Annahme, dass sie mit dir fährt?«
»Hm. Wir werden uns den ganzen Tag lang massieren lassen, zur Maniküre und zur Pediküre gehen, und anschließend legen wir uns an den Pool, an einen der *Pools,* wollte ich sagen. Es gibt mehrere. Dad und sie sind Time-Sharing-Eigentümer, und sie sagt, es gibt dort sechs verschiedene Becken!«
»Und wann soll es losgehen?«
»Im Frühjahr.«
»Und was hast du bekommen?«, fragte sie Jeremy.
»Luke hat mir ein neues Gewehr geschenkt.«
»Im Ernst?«
»Ja«, erwiderte Jeremy mit einem breiten Grinsen. »Total abgefahren. Und Flugtickets.«
»Na super.« *Waffen, Kurzreisen in die Sonne, aufreizende Badebekleidung. Zu Weihnachten.* »Nichts könnte den Sinn des Weihnachtsfests treffender widerspiegeln als Waffen und String-Bikinis.«
Bianca verdrehte seufzend die Augen, und Pescoli dachte an die Geschenke, die sie für die Kinder gekauft hatte. Geschenke, die in einer dunklen Ecke ihres Kleiderschranks lagen und darauf warteten, verpackt zu werden. Eine Jeans und eine iPhone-Hülle für Bianca, zwei neue Sweatshirts und ein Videospiel für Jeremy.
»Morgen mache ich Spaghetti«, versprach sie. »Von jetzt an wird der zweite Weihnachtstag unser neuer Familienfeiertag. Dann packen wir die Geschenke aus. Heute Abend sollten wir es einfach gut sein lassen.«
»Wenn das für dich in Ordnung ist«, sagte Jeremy. »Du bist doch diejenige, die so versessen darauf ist, dass wir Weihnach-

ten zusammen verbringen. Ich dachte, Nate würde vorbeikommen.«

»Nein, wir haben das gestern Abend besprochen. Er hielt es für das Beste, wenn heute nur wir drei zusammen feiern.«

»Warum?«

»Wen interessiert's?«, fragte Bianca, die sich nicht unbedingt nach einem zweiten Vater sehnte. Lucky genügte ihr voll und ganz. Anders ihr Bruder. Luke Pescoli war nicht sein leiblicher Vater, und er schien stets auf der Suche nach einem männlichen Vorbild, einer Vaterfigur zu sein.

»Nun, selbst wenn wir etwas ausgemacht hätten, hätte ich absagen müssen wegen dem, was heute früh passiert ist.«

»Willst du Nate morgen Abend einladen?«, fragte Jeremy mit angespanntem Gesicht. Er schwankte hin und her zwischen Sorge um seine Mutter und Misstrauen allen gegenüber, mit denen sie sich traf.

»Vielleicht. Kommt drauf an.« Sie dachte daran, wie Santana im Krankenhaus vorbeigekommen war, nur um gleich darauf wieder zu verschwinden. »Mal sehen, was der morgige Tag bringt.«

Der Mann, der in dem Krankenhausbett lag, konnte unmöglich Dan Grayson sein. Mit geschlossenen Augen lag er unter der frisch gebügelten schneeweißen Bettdecke, bleich, ohne eine Reaktion zu zeigen, angeschlossen an alle möglichen Geräte. Der kräftige, dynamische Sheriff, den Alvarez kannte, war verschwunden, an seine Stelle war ein schwacher Mann getreten, das Gesicht unrasiert, der Schnurrbart noch immer dick, aber irgendwie grauer. Sein Kopf war bandagiert und wirkte doppelt so groß wie sonst, und sie sah das chirurgische Klebeband am Halsausschnitt seines Krankenhaushemdes, das seine bandagierte Brust erahnen ließ.

Stirb nicht, Grayson. Kämpfe. Du kannst diesen Kampf gewinnen, also gib bitte, bitte nicht auf. Sie drängte die Tränen zurück, die ihr unvermittelt in die Augen traten. Jetzt loszuheulen würde auch nicht helfen, außerdem wollte sie gar nicht erst in Erwägung ziehen, dass dieser Mann, den sie so sehr bewunderte, es vielleicht nicht schaffen könnte.

Er war hier in guten Händen, redete sie sich ein, erhielt die beste medizinische Versorgung, die man in diesem Teil von Montana bekommen konnte. Auf der Intensivstation gab es mehrere Betten, abgetrennt durch einen Vorhang, in deren Mitte sich die Schwesternstation befand. Zwei Frauen in Krankenhauskleidung saßen an dem großen, halbrunden Schreibtisch, der aussah, als stamme er von der NASA, während sich eine dritte um den einzigen anderen Patienten kümmerte, eine Frau, deren Bett hinter dem Vorhang Grayson gegenüberstand.

Auf der Intensivstation war es still, abgesehen von den gedämpften Stimmen der Schwestern und dem leisen Piepsen der Computermonitore, auf denen die Vitalwerte der Patienten angezeigt wurden. Der einzige Zugang zu dieser Station war eine Glastür, in die ein Code eingegeben werden musste, den nur einige Zugangsbefugte kannten. Personal und Besucher konnten klingeln und wurden per Summer eingelassen. Außerdem stand ein Wachtposten vor der Tür, im Augenblick Kayan Rule, ein Deputy, den Alvarez kannte und dem sie vertraute.

Hier war Grayson in Sicherheit.

Hier konnte er in aller Ruhe genesen.

Sie blickte in sein blasses Gesicht und fühlt einen Stich im Herzen. Sie liebte diesen Mann. Vertraute ihm. Er war ihr Mentor gewesen, ja. Aber ihre Gefühle für ihn gingen tiefer. Unter anderen Umständen wären sie und er vielleicht ein Liebespaar geworden.

Eine alberne Vorstellung, schalt sie sich, doch wenn sie so in sein regloses Gesicht blickte, kam sie nicht umhin, sich zu fragen, *was, wenn?*

Sie war nicht die Einzige, die für den Mann geschwärmt hatte, der jetzt um sein Leben kämpfte, auch Hattie Grayson hatte definitiv romantische Gefühle für ihn gehegt. Als sie auf den Besucherparkplatz eingebogen war, hatte Alvarez Hattie zu ihrem Wagen eilen sehen. Einen Arm um die Mitte geschlungen, als würde sie ihre Daunenjacke zusammenhalten, die Handtasche fest an sich gepresst, hatte sie sich mit der freien Hand die Tränen von den Wangen gewischt. Sie hatte sehr viel jünger ausgesehen als an jenem unglückseligen Abend, als Alvarez den Fehler gemacht hatte, in Dan Graysons traditionelles Familienessen an Thanksgiving zu platzen. Sie war von Hattie begrüßt worden, der Mutter seiner beiden Nichten, die mit ihrer rüschenbesetzten Schürze und der Perlenkette ausgesehen hatte wie eine Kombination aus Martha Stewart, der berühmtesten Hausfrau Amerikas, und June Cleaver aus der in den späten Fünfzigern, frühen Sechzigern gedrehten Sitcom *Erwachsen müsste man sein.* Heute Abend trug sie Jeans und Pullover und hatte einfach nur eine Jacke übergeworfen. Ihr Haar flatterte um ihren Kopf, als sie zu ihrem Toyota lief, und ihr Gesicht sah frisch, aber gequält aus. Sie stieg ein, zog die Tür hinter sich zu, dann, als sie glaubte, endlich allein zu sein, schloss sie die Finger ums Lenkrad und ließ den Kopf darauf sinken. Ihre Schultern bebten.

Jetzt, da Alvarez klarwurde, wie ernst es tatsächlich um Grayson bestellt war, verstand sie Hatties Hoffnungslosigkeit.

Er war noch lange nicht über den Berg.

Sie berührte die Umrandung seines Bettes, dann nahm sie die Hand rasch wieder weg. Ihre Augen brannten, ihre Kehle

schnürte sich zusammen, und sie reckte entschlossen das Kinn vor. Nein, sie würde nicht zusammenbrechen, nicht in der Öffentlichkeit und auch nicht zu Hause.
Alvarez stand auf und trat hinter dem Vorhang hervor. »Vielen Dank«, sagte sie zu einer der Schwestern, als diese auf einen Knopf an ihrem Hightech-Schreibtisch drückte. Ein Summer ertönte, und die Glastür, welche die Intensivstation von dem Gang zu den anderen Stationen trennte, schwang auf. Die Schwester nickte Alvarez zu und schenkte ihr zum Abschied ein kleines, ermutigendes Lächeln.
Ihre Brust war so eng, dass sie kaum atmen konnte, als sie auf Rule zuging, der vor der Tür saß, eine ungelesene Sportzeitschrift auf dem Schoß.
»Wie geht es ihm?«, fragte er. Alvarez vermisste sein übliches Grinsen und bemerkte die Sorge in seinen dunklen Augen. Der kräftige Afroamerikaner, der einen ganzen Kopf größer war als Alvarez, sah aus, als hätte er jahrelang als Power Forward bei der Profibasketball-Liga NBA gespielt.
»Steht wohl noch auf der Kippe.«
»Irgendeine Prognose?«
Sie schüttelte den Kopf. Die Aufzugtür klingelte, und Manny Douglas trat aus der Kabine. Alvarez' Nackenmuskeln spannten sich an. Der Reporter hatte etwas an sich, was ihr so gar nicht gefiel. Vielleicht war es sein selbstzufriedener Gesichtsausdruck, der den Eindruck erweckte, als wüsste Manny stets mehr als man selbst, vielleicht lag es an der getönten Brille, die seine Augen fast immer verdeckte, vielleicht lag es aber auch einfach nur daran, dass er zu den Reportern zählte, die sie ständig auf dem falschen Fuß erwischten. Wie auch immer, Manny Douglas war da und kam zielstrebig auf sie zu.
»Verfluchter Mist«, flüsterte sie. Sie hatte ihn nie gemocht und würde ihn niemals mögen.

»Was ist denn?« Rule schaute den Gang entlang, dann murmelte er: »Na großartig.« Offenbar schien er ganz ähnlich zu empfinden wie sie.

Wie immer geschniegelt und gebügelt, bekleidet mit Flanellhemd, Baumwollhose und Daunenweste, setzte der Reporter der hiesigen Lokalzeitung ein gezwungenes Lächeln auf, als er auf die beiden zuschritt. Es sah fast so aus, als wollte er lang verschollene Freunde begrüßen.

»Ich übernehme das«, sagte Rule, richtete sich zu voller Größe auf und schien noch gute fünf Zentimeter zusätzlich zu wachsen.

»Detective!«, rief Manny jovial. »Haben Sie etwas über den Zustand des Sheriffs erfahren?«

»Darüber kann ich Ihnen keine Auskunft erteilen«, antwortete Alvarez. »Ich bin mir allerdings sicher, dass morgen eine Pressekonferenz stattfindet.«

»Der Redaktionsschluss ist allerdings schon heute Abend, und meine Leser würden liebend gern erfahren, wie es dem Sheriff geht!« Manny, ein hagerer, hartnäckiger Mann mit einem Mundvoll schiefer Zähne, war eine echte Nervensäge. »Gibt es irgendwelche Hinweise auf den Täter?« Der Lokalreporter hatte bereits ein Aufnahmegerät aus der Westentasche gezogen.

»Sie wissen, dass ich nicht darüber reden darf.«

Rule trat zwischen sie. »Das Krankenhaus ist für die Presse tabu, Douglas.«

»Das weiß ich, aber wir haben doch schon öfter zusammengearbeitet.«

Selena würde sich keinen Honig um den Mund schmieren lassen. »Diesmal nicht, Manny.«

Der Reporter unternahm einen neuerlichen Vorstoß: »Aber Grayson ist der Sheriff von Pinewood County, ein öffentlich gewählter Vertreter unseres Verwaltungsbezirks. Die Leute, die ihm ihre Stimme gegeben haben, haben ein Recht darauf zu erfahren, was mit ihm passiert ist und wie es ihm geht.«

»Sie haben gehört, was der Detective gesagt hat«, entgegnete Rule etwas strenger. »Wir erteilen keine Auskunft über den Sheriff.«

»Ich kann Ihnen nicht mehr sagen als das, was Sie am Empfang erfahren«, fügte Alvarez hinzu.

Manny zögerte kurz, dann schaltete er in einen anderen Gang. »Okay«, sagte er schließlich. »Was können Sie mir über Richterin Samuels-Piquard erzählen?«

Alvarez erstarrte. »Was ist mit ihr?«

»Sie wird vermisst.«

»Vermisst?«, wiederholte Alvarez und dachte an die große, sportliche Frau, deren Urteile für gewöhnlich fair, deren Worte jedoch mitunter ziemlich barsch waren. Mit ihrem kurzen roten Haar und einer Haltung, die keinerlei Widerspruch duldete, war sie eine beeindruckende Frau, deren Zunge so scharf war wie ihr Verstand.

»Sie meinen, sie wird offiziell vermisst? Jemand hat eine Vermisstenanzeige aufgegeben?«, vergewisserte sich Alvarez, nur um sicherzugehen, dass der Reporter nicht ins Blaue hinein schwafelte, um ihr irgendwelche Informationen zu entlocken.

»So geht das Gerücht.«

»Und wer hat es in die Welt gesetzt?«, fragte sie skeptisch. Schon seit Jahren vermutete sie, dass Manny von jemandem aus dem Büro des Sheriffs Informationen zugespielt bekam, dass sie sozusagen einen Maulwurf in den eigenen Reihen hatten. »Wer behauptet, dass …«

»Nichts da, Sie müssen gar nicht erst danach fragen«, wehrte er mit erhobenen Händen ab. »Sie wissen, dass ich niemals meine Quellen preisgebe.«

Rule schnaubte verächtlich, dann verschränkte er abweisend die Arme vor der Brust.

»Das können Sie sich sparen«, fuhr Selena Manny an. »Das hier ist keine Episode aus *Law & Order.*«

»Jaja, ich weiß. Aber auch ich habe gewisse Rechte, genau wie meine Quelle.«

»Ihre Quelle?«

»Ich stütze mich lediglich auf das, was ich gehört habe. Ich dachte, Sie könnten mir eine Bestätigung geben, doch das können Sie offenbar nicht.« Damit trat er den Rückzug zu den Aufzügen an, ein zynisches Grinsen auf den Lippen. »Sieht so aus, als wäre Grayson nicht der Einzige, der kein frohes Weihnachtsfest verlebt.«

Kapitel neun

Hattie warf ihre Schlüssel in die Handtasche und ließ diese auf den Küchentisch fallen, dann ging sie den kurzen Flur hinunter zum Zimmer der Mädchen. Sie öffnete die Tür, warf einen Blick hinein und stellte fest, dass die beiden tief und fest schliefen. Beide hatten rings um sich herum Stofftiere verstreut, auf der Decke und auf dem Fußboden. Sie hauchte ihnen einen Luftkuss zu, dann schloss sie leise die Tür und ging in ihr Schlafzimmer auf der anderen Seite des Flurs.

Ihre Mutter war gerade gefahren, doch zuvor hatte sie sie mit einem Dutzend Fragen bestürmt, sobald Hattie zur Tür hereingekommen war. Hattie hatte keine einzige davon beantworten können.

»Ich könnte über Nacht bleiben«, hatte Zena ernsthaft besorgt angeboten, auch wenn sie bereits zu ihrem Mantel in dem kleinen Garderobenschrank griff. »Diese Situation ist grauenhaft für dich, und du könntest morgen früh ausschlafen. Dich ein bisschen erholen. Ich passe auf die Mädchen auf.«

»Danke, Mom, aber das geht nicht. Ich muss noch Papierkram aufarbeiten, und ich muss mit der Planung für eine Dinnerparty an diesem Wochenende beginnen. Die Zwillinge sind mit Rachels Jungs verabredet.« Rachel McCallister war eine alleinerziehende Mutter, die sich etwas mit Babysitten dazuverdiente. Sie lebte nur sechs Türen weiter im selben

Wohnhaus, was sehr praktisch war. Mit den Jahren waren Hattie und sie gute Freundinnen geworden.

»Das Geld könntest du dir sparen«, sagte Zena leicht verschnupft, zog ihren Mantel über und holte ein Paar rote Lederhandschuhe aus der Tasche.

Das, was ich in dich investiere, ist mit Geld nicht aufzuwiegen, dachte Hattie, denn Zena tat kaum etwas ohne Gegenleistung. »Danke, wir kommen schon zurecht.«

Hattie hatte die Tür hinter ihrer Mutter geschlossen und durch das Fenster zugesehen, wie Zena zu ihrem Cadillac ging und sich hinters Steuer setzte. Ihre Mutter zündete sich eine Zigarette an, obwohl sie offiziell Hattie und vor allem ihren Ärzten verheimlichte, dass sie rauchte. Dann war sie davongefahren. Die Rücklichter ihres Cadillacs blinkten in weihnachtlichem Rot, als sie den großen Wagen auf die Straße lenkte. Sobald sie außer Sichtweite gewesen war, hatte Hattie die Tür verriegelt und die Lichterketten ausgemacht.

Nun knipste sie auch das Flurlicht aus und ging in ihr Schlafzimmer, wo sie sich die Schuhe auszog und sich die Ferse am Bettfußende stieß. Sie dachte an Dan und an ihr eigenes Leben, während sie sich langsam aufs Bett sinken ließ. Tränen traten ihr in die Augen. Wieder einmal. Erneut kämpfte sie dagegen an, wie schon den ganzen Tag über, erneut verlor sie den Kampf.

Ihr Herz war schwer, die Schuldgefühle, die sie nun schon so lange Zeit quälten, wurden übermächtig. Als Bart gestorben war, hatte sie behauptet, dass er nie und nimmer Selbstmord begangen hatte, doch nur Dan hatte ihr zugehört, wenngleich auch er nichts hatte unternehmen können. Der Gerichtsmediziner hatte seinen Tod als Suizid eingestuft, obwohl nirgendwo ein Abschiedsbrief gefunden wurde. Wenn Bart sich wirklich umgebracht hatte, auch wenn sie diesen Gedanken wieder einmal am liebsten nicht zu Ende denken wollte, dann wusste sie, wer dafür verantwortlich zu machen war. Sie war diejenige gewesen, die auf einer Scheidung bestanden hatte, sie hatte ihn dazu gedrängt, und obwohl sie Bart versprochen hatte, dass sie das gemeinsame Sorgerecht für die Zwillinge beantragen würden, war diese Regelung schwierig für alle Beteiligten gewesen. Barts Depressionen wurden immer schlimmer, und vielleicht hätte sie das Unheil heraufziehen sehen müssen, zumindest irgendein Anzeichen, ein Warnsignal … Doch wenn es denn tatsächlich eins gegeben hatte, so hatte sie es nicht bemerkt. Sie hatte nur gewusst, dass Bart wütend auf sie war.

Und dann hatte sie einfach nicht glauben können, dass er sich das Leben genommen hatte.

Das konnte sie immer noch nicht.

Jetzt stand auch Dans Leben auf der Kippe. Eine Träne rollte ihr über die Wange, und sie wischte sie ärgerlich fort. Sie hatte Dan schon immer sehr gemocht, war auf der Highschool mit ihm gegangen. Als er aufs College wechselte, hatten sie beschlossen, sich zu trennen, was Hattie das Herz brach, zumindest hatte sie das geglaubt. Dann hatte sie Cades Aufmerksamkeit erweckt, und da Dan nun fort war, hatte sie sich in den bösen Jungen des Klans verliebt. Während Dan der Fels in der Brandung war, der vernünftige, verantwortungsvolle große Bruder, war Cade der Rebell, der auf Autoritäten spuckte. Sie und Cade hatten sich eine Weile umkreist, und kurz nach ihrem Abschluss stürzten sie sich in eine heiße Affäre. Ihre Liebschaft, wenn man sie denn so nennen konnte, war ziemlich schnell vorüber gewesen, weil Cade auch anderen Frauen schöne Augen machte, Hattie dagegen auf Treue bestand. Sie wollte Cades Liebe und einen Ring, doch er konnte ihr weder das eine noch das andere geben, und eines Tages war er einfach auf sein Motorrad gestiegen und davongebraust, Richtung Westen, wie sie später erfuhr. Er hatte sich jahrelang nicht mehr bei ihr gemeldet, und als er es schließlich doch tat, war es zum Desaster gekommen.

Hattie biss sich auf die Lippe, als sie nun an ihn und ihre unbeständige Beziehung dachte. Sie hatten einander nie gutgetan, hatten nie wirklich zusammengepasst. Sie hatte sich gezwungen, über ihn hinwegzukommen, sich dem Mann zuzuwenden, der sie schon immer geliebt hatte: seinem jüngeren Bruder Bart, dem Nachzügler, der von jeher ein Träumer gewesen war.

Als Bart sie gebeten hatte, ihn zu heiraten, hatte sie nicht nur ja gesagt, sondern darauf bestanden, dass sie so bald wie möglich heirateten. Er, der sich eigentlich eine traditionelle Hochzeit wünschte, hatte ihr schließlich eine kurze Zeremonie auf der Ranch vorgeschlagen. Sie war erleichtert gewesen. Ihr war alles recht, Hauptsache, es ging schnell.

Sie dachte an ihren Hochzeitstag, an den sie sich nur allzu gut erinnerte, doch diese Erinnerungen waren nicht die, die eine strahlende Braut ihr Leben lang begleiten sollten. Damals, vor neun Jahren, hatte sie unter einer Laube gestanden, die die Floristen in dem riesigen Garten auf der Westseite des großen Ranch-Haupthauses errichtet hatten. Es war ein strahlender Tag gewesen, der Junihimmel blau und wolkenlos, die Stockrosen und Akeleien bogen sich in der leichten Brise.

Freunde und Familie, ungefähr vierzig Personen, hatten sich im Garten versammelt, wo die gemieteten weißen Stühle – mit Bouquets aus Rosen, Nelken und Schleierkraut versehen, deren lange blaue und korallenrote Bänder im Wind flatterten – in Reih und Glied auf die Gäste warteten. Alle hatten ein Glas Champagner oder perlenden Cider in den Händen gehalten, um gleich nach der Zeremonie auf Braut und Bräutigam anzustoßen.

Der Offiziant war jemand, den ihre Mutter kannte, ein kleiner Mann mit einer randlosen Brille und einer schweißbedeckten Glatze, die in der Sonne glänzte. Sein Lächeln war gütig, sein Gesicht wettergegerbt, als hätte er seine Jugend in der Sonne verbracht, ein gottesfürchtiger Mann, der gern in der Natur war.

Bart hatte sie innig angesehen, frisch rasiert, groß und gutaussehend in seinem schwarzen Anzug, ein kleines Lächeln auf den Lippen. Er liebte sie. Sie wusste das, hatte es gewusst, lange bevor er diese Worte ausgesprochen hatte. Das musste ihr genügen. Unbedingt.

Sie traf eine kluge Wahl, hatte sie sich wieder und wieder eingeredet. Sie waren Freunde. Ein Liebespaar. Und wenn es im Bett auch nicht ganz so gut lief, wie sie gehofft hatte, konnte sich das durchaus noch ändern. Dafür würde sie schon sorgen.

Dan war Barts Trauzeuge, und Hattie achtete peinlich genau darauf, dass ihr Blick nicht ein einziges Mal in seine Richtung wanderte. Nicht, dass ihr Herz ihr einen Strich durch die Rechnung machte, ausgerechnet an ihrem Hochzeitstag, wo aller Augen auf sie gerichtet waren.

Sie heiratete Bart. Er war ihre Wahl, also stand sie Hand in Hand mit ihm da und stammelte Schwüre, die sie hoffentlich würde halten können. Nein, sie sah Dan nicht an, dachte nicht an Cade, verdrängte die Zweifel, die genau in diesem Moment die Oberhand zu gewinnen drohten.

Es würde schon gutgehen. Sie würde ein gutes Leben haben.

Sie schwor, Bart eine treue Ehefrau zu sein, in guten wie in schlechten Zeiten, vor Gott und ihrem Land, ihrer Mutter und ihrer Schwester Cara, die Hatties Trauzeugin war.

Doch obwohl sie sich größte Mühe gab, an die Zukunft zu glauben, an ihre Ehe, hatte sie das Gefühl, nicht mehr zu sein als eine Figur auf einem Schachbrett, auf dem die Gäste in seltsamer Formation aufgebaut waren. *Es war deine Entscheidung, Hattie,* hatte sie sich eingeredet. *So etwas darfst du nicht denken. Du musst daran glauben. Es wird schon funktionieren. Bart ist ein guter Mann. Ein aufrichtiger Mann. Er wird dir ein treuer, zuverlässiger Ehemann sein und dir alles geben, was du dir wünschst. Außerdem ist er ein Grayson.*

O Gott …

Ihre Hände waren feucht, ihr Herz raste, und sie fühlte Beklommenheit in sich aufsteigen. *Das ist nicht richtig. Du heiratest ihn aus Vernunftgründen und nicht, weil er die Wahl deines Herzens ist. Ja, er liebt dich, aber du weißt, dass du ihn nicht liebst. Nicht so, wie er es verdient.*

In jenem Moment fühlte sie, wie sämtliche Farbe aus ihrem Gesicht wich, doch sie nahm sich fest vor, nicht auf die warnende Stimme in ihrem Innern zu hören. Das durfte sie nicht tun. Also verdrängte sie die aufwallenden Zweifel und redete sich ein, dass ihr Leben nun einmal so aussehen würde. Sie würde eine Grayson sein, und auch wenn die Liebe, die sie für Bart empfand, nicht so tief ging wie die, die sie für Dan empfunden hatte, und auch nicht so leidenschaftlich war wie ihre Liebe zu Cade, so zeugte sie doch von inniger, aufrichtiger Zuneigung. Sie würde dafür sorgen, dass diese Ehe funktionierte. Etwas anderes blieb ihr auch nicht übrig.

Denn sie war schwanger. *Schwanger.* Sie hatte es erst vor zwei Tagen herausgefunden, und sie hatte es bisher niemandem erzählt. Nicht ihrer besten Freundin, nicht ihrer Mutter und ganz bestimmt nicht Bart. Das hier war keine Mussheirat, auch wenn sie keineswegs als Jungfrau in die Ehe ging. Dafür hatte Bart gesorgt. Und nicht erst Bart … Trotzdem. Das hier

war ein geplantes Fest. Auch wenn die Planung keine sechs Wochen in Anspruch genommen hatte.
Ihre Wangen brannten bei dem Gedanken an das neue Leben, das in ihr heranwuchs, und sie hoffte, dass Familie und Freunde ihr Erröten als typisch für eine junge Braut abtaten.
»... und hiermit erkläre ich euch zu Mann und Frau. Meine Damen und Herren, gratulieren Sie Mr. und Mrs. Bartholomew Grayson!«, forderte der Offiziant die Gäste auf, die applaudierten und ihre Gläser auf sie beide erhoben. Dann wandte er sich an Bart und sagte: »Sie dürfen die Braut jetzt küssen.«
Es ist vorbei.
Du bist verheiratet.
Hattie hatte die Augen geschlossen und Bart geküsst. Genau in dem Augenblick drang das Dröhnen eines Motorrads an ihr Ohr. Ihr Herz schlug ein klein wenig schneller, doch sie redete sich ein, dass sie sich das nur einbildete, dass das gar nichts zu bedeuten hatte, dass sie eine verheiratete Frau war, dass ... Doch dann spürte sie, wie sich Barts Muskeln anspannten. Das Dröhnen wurde lauter, und er löste viel zu schnell seine Lippen von ihren.
Als sie sich umdrehten und den schmalen Mittelgang zwischen den Stühlen entlangschritten, sah sie es, das helle Funkeln von Chrom im grellen Sonnenlicht. Mit lautem Getöse kam das schwere Motorrad die Auffahrt heraufgefahren. Vor der Eingangsveranda hielt es an. Kies spritzte unter den Reifen auf.
Hatties Herz machte einen ungewollten Satz beim Anblick von Cade, der nun den Motor abstellte.
»Was zum Teufel macht der denn hier?«, fragte Bart. Ein Muskel zuckte zornig an seinem Kinn.
»Er ist dein Bruder.«

»Der jetzt verflucht noch mal in Kalifornien sein sollte!«
Cade nahm den Helm ab, ließ ihn auf der Harley liegen und schlenderte lässig auf die Gäste zu, die ihn, empört ob dieser Unterbrechung, anstarrten. Sein Haar war länger, als Hattie es erinnerte, und sonnengebleicht, sein Gesicht gebräunt. Auf seiner Wange entdeckte sie eine frische Narbe. Groß und athletisch wie der Rest der Graysons, betrat er den Garten, als gehöre ihm das Anwesen, was, wie sie wusste, in der Tat der Fall war, zumindest gehörte es ihm zu einem Viertel.
»Ich kümmere mich darum«, sagte Dan, Caras schwachen Protest überhörend, und schritt auf seinen Bruder zu.
Zu spät.
Cade, in abgewetzter Jeans und Lederjacke, war bereits bei den Stühlen angekommen, wo ein Kellner mit einem Tablett voller Champagnergläser stand, und sagte: »Jetzt sagt bloß nicht, ich habe die Hochzeit verpasst.« Er grinste schief. In seinen Augen spiegelten sich tausend widerstreitende Gefühle, als er Hattie einen durchdringenden Blick zuwarf.
»Was tust du hier?«, fragte Dan und verstellte ihm den Weg.
»Dasselbe wie du.« Cade blieb stehen. »Ich überbringe dem glücklichen Paar meine besten Wünsche.«
»Unsinn«, murmelte Bart. Er hielt Hatties Hand so fest umklammert, dass er ihr beinahe die Fingerknöchel brach.
»Du solltest jetzt besser gehen«, sagte Dan. »Du kannst ja später wiederkommen.«
»Du bist doch auch hier, Bruder«, entgegnete Cade vielsagend.
Dan hob abwehrend die Hand, als wollte er weitere Widerreden seines dickköpfigen Bruders im Keim ersticken. »Nicht jetzt, Cade. Jetzt ist nicht der richtige Zeitpunkt dafür.«
»Wofür?«, fragte Cade unschuldig, doch er konnte keinem etwas vormachen, am wenigsten seinen Brüdern.

Selbst Zed, der nie ein Fan von Hattie gewesen war, trat Dan zur Seite. »Das willst du doch nicht wirklich tun«, flüsterte er gerade laut genug, dass Hattie es hören konnte.

»Was will ich nicht tun?« Cade ließ sich nicht beirren.

»Es ist vorbei, okay?«, sagte Zed, ein wenig lauter jetzt. »Sie sind verheiratet. Gib's auf.«

»Da ist nichts aufzugeben.« Er machte einen schnellen Schritt um seine Brüder herum, doch Zed fasste ihn am Arm.

»Cade«, flüsterte Hattie verzweifelt, wohl wissend, dass sämtliche Augenpaare in ihre Richtung blickten.

»Was?«

Sie schüttelte so heftig den Kopf, dass sie merkte, wie ihr Schleier verrutschte, und sagte: »Vielen Dank, dass du gekommen bist, Cade.«

Sein Kinn klappte herunter, und für einen kurzen, angespannten Augenblick herrschte Schweigen. Nur das Rauschen des Windes und das Zwitschern der Vögel durchbrachen die Stille. Den Blick noch immer mit ihrem verschränkt, nahm er sich ein volles Glas von dem Tablett, das ihm der verblüffte Kellner entgegenhielt, und hob es in die Höhe.

»Auf Braut und Bräutigam!«, rief er. »Auf dass sie lange glücklich vereint sind.« Er leerte sein Glas in einem Zug, dann warf er es zu Boden. »Viel Glück, Hattie«, fügte er hinzu.

In diesem Moment ließ Bart Hatties Hand los, schoss an dem überraschten Dan vorbei nach vorn, holte aus und ließ die Faust auf Cades Kinn krachen. Cades Kopf schnellte zurück. Er taumelte zur Seite.

»Du Scheißkerl!«, schrie Bart. »Warum kannst du uns nicht einfach in Ruhe lassen?«

Cade ging in die Knie und ballte die Fäuste, doch anstatt wieder aufzustehen und es Bart heimzuzahlen, blieb er eine Se-

kunde im trockenen Gras sitzen und sah seine frischgebackene Schwägerin an.
»Denk über meine Worte nach, Hattie«, sagte er, rappelte sich hoch und klopfte sich die Hände ab, während Zed und Dan den tobenden Bart in Schach hielten. »Du wirst Glück gebrauchen können. Und zwar jede Menge davon.«
Mit gerunzelter Stirn legte sich Hattie jetzt auf den Rücken und blickte zur Decke. Leider hatte Cade recht behalten. Barts Launen waren unvorhersehbar gewesen, schon der winzigste Auslöser rief einen Wutanfall hervor, und seine immer schlimmer werdenden Depressionen trieben ihn oftmals an den Rand der Verzweiflung. Wenn er dagegen zur Abwechslung einmal glücklich war, wurde er gleich euphorisch. Er fand einfach kein Mittelmaß, und genau darin bestand das Problem – ein Problem, das ihr vor ihrer Ehe nicht bewusst gewesen war. Oder hatte sie da schon etwas vermutet? Doch, natürlich. Aber sie hatte beide Augen zugedrückt und sich blind gestellt, war froh gewesen, dass sie verheiratet war.
»Du Dummkopf«, flüsterte sie in das dunkle Zimmer hinein. Wieder dachte sie an den Tod ihres Mannes. Bei seinen Depressionen war es durchaus denkbar, dass er seinem Leben ein Ende gesetzt hatte, trotzdem wollte sie nicht so recht daran glauben. Er geriet schnell in Rage, doch er neigte nicht zu Gewalttätigkeiten. War er wieder einmal am Boden zerstört, wurde er mürrisch und verdrossen, doch Selbstmordgedanken hatte er nie geäußert. Es passte nicht zu ihm, sich das Leben zu nehmen, ohne sich zumindest zu verabschieden oder eine Erklärung für seine Töchter zu hinterlassen. Nein, das glaubte sie einfach nicht!
Obwohl Bart nun schon fast sechs Jahre tot war, erschien es ihr durchaus möglich, dass derjenige, der versucht hatte, Dan umzubringen, auch ihren Mann auf dem Gewissen hatte. Wo-

möglich hatte er ihn auf die Leiter gezwungen und sie ihm anschließend unter den Füßen weggetreten? Sie wusste, dass die anderen dieser Theorie nicht folgten, doch sie würde nicht lockerlassen, jetzt, nach dem Übergriff auf Dan, erst recht nicht. Nach der Scheidung hatte er sich anständig ihr gegenüber verhalten, und während Zed und Cade später meinten, sie wolle sich mit ihrer Mordtheorie nur wichtigmachen, war Dan ihrem Verdacht nachgegangen. Er hatte Hattie nicht nur getröstet, er hatte auch Ermittlungen angestellt und den Gerichtsmediziner zu einem Gespräch unter vier Augen beiseitegenommen. Am Ende hatte er keinen Beweis für ihre Theorie finden können und die Akte schließen müssen. Bart war im Familiengrab beigesetzt worden, für immer als Selbstmörder abgestempelt.

Trotz allem, was die anderen denken mochten, war es ihr bei ihrem Kampf weder um Barts Lebensversicherung gegangen, die wegen des gerichtsmedizinischen Befunds nie ausgezahlt worden war, weshalb die Brüder sie und die Mädchen mit einer kleinen monatlichen Zuwendung unterstützten – wenn die Zwillinge volljährig waren, würde Barts Viertel an der Ranch an sie übergehen –, noch darum, seinen Ruf wiederherzustellen. Zwar wäre es ihr lieber gewesen, ihre Kinder würden ihren Vater nicht als Selbstmörder sehen müssen, aber der eigentliche Grund für ihre Bemühungen war ihr Wunsch nach Gerechtigkeit. Sie verabscheute die Vorstellung, dass jemand Bart ermordet hatte und ungeschoren davonkam, genau wie ihr Blut zu kochen begann bei dem Gedanken, dass jemand versucht hatte, Dan zu töten.

Nein. Das war einfach nicht richtig, und sie würde erst klein beigeben, wenn sie die Wahrheit herausgefunden hatte, der Gerechtigkeit Genüge getan und der Schütze vor Gericht gestellt worden war.

Oder tot. Auch das wäre eine Option. Eine Option, die ihr noch sehr viel besser gefiel.

Er konnte es nicht fassen, dass er ihn nicht richtig getroffen hatte. Grayson war am Leben!

Unbemerkt fuhr er durch die Straßen von Grizzly Falls, zornig genug, um das Krankenhaus von Missoula zu stürmen und dem Scheißkerl den Rest zu geben.

Den ganzen Tag schon wartete er auf die Nachricht, dass Dan Grayson endlich vor seinen Schöpfer getreten war, aber die moderne Medizin vollbrachte anscheinend ein Wunder, so dass der Sheriff dank dieser bescheuerten Polizistin bisher überlebt hatte.

Hab Geduld. Wie stehen die Chancen, dass er durchkommt? Du weißt, dass du ihn in Brust und Kopf getroffen hast. Vermutlich ist es nur eine Frage der Zeit, bis er die Augen für immer zumacht.

Seine behandschuhten Finger schlossen sich um das Lenkrad. Vor einer Ampel, die in den tiefer gelegenen Teil der Stadt führte, bremste er ab. Diese Straße, die parallel zum Fluss verlief, war so alt wie die Stadt selbst. Hier befanden sich die meisten Geschäfte und Restaurants, außerdem das alte Gerichtsgebäude mit seinem beeindruckenden, über zwölf Meter hohen festlich geschmückten Weihnachtsbaum.

Er wartete vor der roten Ampel, trommelte mit den Fingern aufs Lenkrad und widerstand dem Drang, Grayson erneut zu attackieren, wohl wissend, dass dies ein zu großes Risiko darstellte. Er kniff die Augen zusammen und beobachtete eine große Gruppe Fußgänger, alle in Skijacken und mit Wollmützen, die vor ihm die Straße überquerten. Unweigerlich fragte er sich, was sie hier zu suchen hatten, doch dann beschloss er, dass ihn das nichts anging, und konzentrierte sich stattdessen darauf, zu überlegen, wie er vielleicht doch an dem Posten vorbeigelangen könnte, der Grayson bewachte.

Tick. Tick. Tick.

Langsam ging ihm die Zeit aus!

Grayson musste sterben, damit er sich den Nächsten vorknöpfen konnte.

Tuuut!

Eine Hupe gellte. Sein Blick schnellte zur Ampel, die jetzt in hellem Grün erstrahlte. Rasch gab er Gas. Seine Konzentration war dahin. Das war genau das Problem. Er brauchte eine Pause. Und dann, wenn er seine Akkus wieder aufgeladen hatte, würde er sich mit Grayson befassen. Der Sheriff würde nicht lebend aus der Sache herauskommen.

Kapitel zehn

»Du bist tot, Pescoli«, drohte die Stimme, die widerhallte, als käme sie aus einem langen, kurvenreichen Tunnel. Ihr Herz hämmerte gegen ihren Brustkasten. Wo war sie? Im Wald? Um sie herum standen überall Bäume, die Äste zitternd und bebend im Wind, und die Stimme … irgendwie körperlos.

Wo steckst du, du Bastard?

Fröstelnd drehte Pescoli sich um, langsam, und suchte mit weit aufgerissenen Augen das bewaldete Terrain ab, auf dem sich die Bäume in schwindelerregende Höhen reckten, die kahlen Äste eisüberzogen, die Stämme mit der groben Rinde so dick, dass sich nicht nur ein einzelner Mann, sondern gleich eine ganze Armee dahinter verstecken könnte.

»Wo bist du?«, fragte sie und duckte sich, während sie nach ihrer Waffe griff. Die sie nicht fand.

Verdammt!

Das Schulterholster war leer.

»Zähl die Sekunden«, befahl die Stimme.

Sie fuhr herum. Wo zum Teufel steckte der Kerl? Mit den Augen scannte sie jeden Quadratzentimeter der weißen Landschaft, wobei sie die Lider zusammenkneifen musste, so sehr blendete der Schnee. Trotzdem konnte sie nichts entdecken. Ihr Herz raste, ihre Muskeln waren zum Zerreißen gespannt.

Denk nach, Pescoli, denk nach. Du hast schon schlimmer in der Klemme gesessen als jetzt. Halt ihn am Reden. Konzen-

trier dich darauf, wo er stecken könnte. Du hast keine Waffe bei dir, trotzdem kannst du die Oberhand gewinnen. Du bist eine ausgebildete Polizistin, vergiss das nicht!

Adrenalin pumpte durch ihre Blutbahn, als sie schrie: »Was wollen Sie?«

»Fünf!«, rief er. Seine Stimme klang barsch und entschlossen und schien aus allen Richtungen gleichzeitig zu kommen. War er vor ihr, oder versteckte er sich hinter ihr in dem Hemlocktannen-Dickicht? Pirschte sich gar an sie heran?

Sie wirbelte herum, in der Hoffnung, ihn damit zu überraschen, doch sie sah nichts als Bäume, Bäume und nochmals Bäume.

»Wer sind Sie?«, fragte sie. *Komm schon, du Feigling, zeig dich!*

Ihr Atem ging schnell und bildete kleine Wölkchen vor ihrem Mund, als sie sich unter den tiefhängenden Zweig einer Kiefer duckte.

»Vier!«

»Lassen Sie mich in Ruhe!« Sie musste ihm zuvorkommen. Bloß wie, ohne ihre Waffe? Alles, was ihr blieb, waren ihr Verstand und ihre bloßen Hände.

»Drei!«

Aus dem Augenwinkel bemerkte sie eine Bewegung. Wieder wirbelte sie herum. Eine Kiefernnadel streifte ihr Auge, und sie konnte kurz nichts sehen. Wo zur Hölle steckte er?

»Zwei!« Die Stimme kam ihr irgendwie bekannt vor. Gehörte sie etwa dem Sheriff?

»Grayson?«, rief sie, dann fiel ihr ein, dass dieser schwerverletzt im Krankenhaus lag.

Sie blinzelte. Ihre Sicht war verschwommen, daher spitzte sie die Ohren noch mehr. Über das Heulen des Windes hinweg vernahm sie noch ein anderes Geräusch – Gelächter.

Hier draußen? Mitten im Nichts?
Kinderstimmen. Kichern. Rufe.
Nein! Hier draußen konnten keine Kinder sein, schon gar nicht, wenn ein Irrer hinter den Bäumen lauerte!
Als sie wieder klar sehen konnte, entdeckte sie ihn: eine große Gestalt, die sich als pechschwarzer Umriss vor der Lichtpfütze einer Straßenlaterne abzeichnete, welche mitten im Wald stand. Sein Gesicht war verdeckt von dem riesigen Baum, unter dem er stand, doch sie sah sofort, wie durchtrainiert er war. Als er sich bewegte, stellte sie fest, dass er ganz in Weiß gekleidet war, fast so, als trüge er einen Raumanzug.
Oder Tarnkleidung. Wintertarnkleidung. Wie bei der Armee.
Das Schlimmste aber war, dass plötzlich ein kleines Kind auftauchte, keine zehn Meter entfernt, ein kleines Mädchen mit dunklen Locken und einem rosa Jäckchen, das emsig auf den Psychopathen zueilte. In einer Hand hielt es einen Stoffhasen, dessen lange, plüschige Ohren über den Boden schleiften und eine dünne Spur im Schnee hinterließen.
»Nein!«, schrie Pescoli. Das Mädchen war keine drei Jahre alt!
Wo war die Mutter des Kindes?
Ihre Stimme schien den Kerl zu warnen, denn er drehte sich um und nahm sein Gewehr zur Hand, das er sich über den Rücken gehängt hatte. Voller Entsetzen sah sie, wie er es aus der Hülle nahm, anlegte und auf das Kind zielte.
»Nein!«, schrie sie wieder.
Irgendwo im Wald fing ein Hund zu bellen an.
Der Stoffhase des kleinen Mädchens wurde plötzlich lebendig, quiekte und zeigte die Zähne. Die Spur im Schnee färbte sich rot, Blut strömte aus seinen Ohren. Dann schoss der Hase nach oben und biss der Kleinen ins Handgelenk.

Pescoli hörte, wie ihr Herzschlag in ihren Ohren dröhnte, und rief dem Mädchen entsetzt zu: »Lauf weg!«

Der Killer wandte sich von der Kleinen ab und richtete die Gewehrmündung direkt auf Pescoli. Wer war er, und warum tat er das?

»Eins!« Er drückte ab.

Wumm! Wumm! Wumm!

Sie riss die Augen auf.

Stocksteif saß sie in der Dunkelheit und holte tief Luft.

»Was ist denn jetzt los?«, flüsterte sie. Zitternd, mit klappernden Zähnen wurde ihr klar, dass alles nur ein Traum gewesen war. *Ein weiterer grauenvoller Alptraum.*

Die Tür zu ihrem Schlafzimmer öffnete sich.

Die dunkle Silhouette eines Mannes erschien im Türrahmen. Groß. Von hinten angeleuchtet vom Flurlicht. Genau wie das Ungeheuer in ihrem Traum.

Sie warf die Bettdecke zurück und griff nach ihrer Dienstwaffe auf dem Nachttisch, auf einen Schlag hellwach.

»Mom?«

»Um Himmels willen, Jeremy, du hast mich zu Tode erschreckt!«

»Du hast geschrien.«

Sie hob beschwichtigend die Hand. Langsam konnte sie wieder klar denken. Nach einem Alptraum brauchte sie stets einen kurzen Augenblick, um richtig zu sich zu kommen. Was für ein Unsinn, nach ihrer Waffe zu greifen – sie hatte diese stets weggesperrt, seit sie vor über neunzehn Jahren mit Jeremy aus dem Krankenhaus zurückgekehrt war. Sie atmete tief durch und erklärte dann: »Ein böser Traum.«

»Mom, das ist schon der fünfte in einem Monat.«

»Jaja, ich weiß.« Sie nickte und kam sich albern vor. Was war nur los mit ihr? In letzter Zeit hatte sie ständig Alpträume –

bizarre, entsetzliche Träume, aus denen sie stets mit wild pochendem Herzen erwachte. Manchmal stammten Teile dieser Träume aus alten Fällen, an denen sie gearbeitet hatte. Manchmal war sie eine junge Frau mit kleinen Kindern. In einigen Träumen starb Joe in ihren Armen, sprudelte Blut aus einer Wunde, die sie nicht entdecken konnte, Blut, das sich nicht stillen ließ.

Sie fragte sich, ob sie einen Psychologen aufsuchen sollte, doch dann entschied sie sich schnell dagegen. Santanas Ultimatum und der Übergriff auf Grayson machten ihr schon genug zu schaffen.

In ihrem Job hatte sie weiß Gott genügend schreckliche Dinge gesehen, die für die grauenvollen Bilder verantwortlich gemacht werden konnten, die sich immer öfter nachts in ihren Kopf stahlen. Außerdem war sie selbst einmal in die Fänge eines Irren geraten und hatte das Grauen körperlicher und seelischer Gewalt am eigenen Leibe erlebt.

Sie hatte sich sozusagen jeden einzelnen ihrer Alpträume redlich erarbeitet. Regan zog die Beine an und schlang die Arme um ihre Knie. Sie fror noch immer, bibberte innerlich, weshalb sie nach ihrer Bettdecke griff und diese bis zum Kinn hochzog.

»Alles in Ordnung?«, fragte Jeremy von der Tür aus.

»Ja.« Sie strich sich die Haare aus den Augen und warf einen Blick auf den Wecker. *Drei Uhr siebenunddreißig.* Innerlich seufzend dachte sie daran, wie früh sie aufstehen musste. Sie knipste ihre Nachttischlampe an. Als sich ihre Augen ans Licht gewöhnt hatten, betrachtete sie ihren Sohn. Seine Haare waren zerrauft, seine Klamotten zerknittert.

»Ich, ähm, ich nehme an, ich möchte gar nicht wissen, wo du gewesen bist.«

»Das glaube ich auch. Ist besser so.«

Sie wollte widersprechen, doch es war ohnehin zu spät. Sie hätte doch nur eine weitere hitzige Diskussion vom Zaun gebrochen, die zu nichts führte.

Zweifelsohne war er bis in die frühen Morgenstunden bei Heidi gewesen. Er wusste, was sie über Sex, Kondome, Heidis und seine Zukunft dachte, und das alles wieder aufs Tapet zu bringen, würde die ohnehin heikle Situation nur verschärfen.

»Jeremy?«, sagte sie daher nur.

»Ja?«

»Danke.«

»Gern geschehen, Mom. Gute Nacht.« Er schloss leise die Tür, wohl wissend, dass sie alles andere als eine gute Nacht verbringen würde.

Was die Weihnachtsfeiertage betraf, dachte Pescoli, als sie am nächsten Morgen ihren Mantel an den Haken an ihrem Arbeitsplatz hängte, so waren dies die schlimmsten, die sie je erlebt hatte. Von »Feiertagen« konnte keine Rede sein – die letzten vierundzwanzig Stunden nach dem Anschlag auf Grayson waren ein nicht enden wollendes Desaster gewesen. Gestern Abend hatte sie eine Zeitlang mit ihren Kindern zusammengesessen, dann hatte sie fast eine Stunde mit Santana telefoniert und war kurz nach Mitternacht ins Bett gegangen. Schlaf hatte sie nicht viel bekommen, höchstens zwei Stunden, dafür hatte der grauenvolle Alptraum gesorgt. Heute Morgen waren ihre Augen gerötet und fühlten sich an, als sei Sand darin, fast so, als hätte sie einen Kater. Sie konnte noch so viele Augentropfen hineinträufeln – es wurde nicht besser. Pescoli ging in den fast verwaisten Aufenthaltsraum, wo sie sich eine Tasse Kaffee einschenkte. Sie leerte die Glaskanne bis auf den letzten Tropfen und sah zu, wie auch der Satz in

ihre Tasse rutschte. Manchmal setzte sie eine neue Kanne auf, wenn sie sich den letzten Kaffee genommen hatte, doch heute tat sie das nicht.
Sie nahm einen großen Schluck, in der Hoffnung, der Kaffee wäre stark genug, um ihr den Kick zu geben, den sie brauchte, dann ging sie den Flur entlang zu ihrem Arbeitsplatz, zwei Deputys zunickend, die in die entgegengesetzte Richtung schlenderten und sich leise miteinander unterhielten.
Das ganze Gebäude schien die Lautstärke gedämpft zu haben, niemand machte laute Scherze, niemand lachte laut. Zwar klingelten die Telefone und Handys, doch auch dies kam ihr irgendwie leiser vor als sonst.
War wirklich erst ein Tag vergangen, seit sie um die letzte Kurve von Graysons Zufahrt gebogen war und gesehen hatte, wie er, von Kugeln getroffen, zu Boden stürzte? Als sie nun an seinem dunklen Büro vorbeiging und Sturgis' leeres Hundebett in der Ecke sah, hatte sie das Gefühl, das Ganze sei schon vor einer Ewigkeit geschehen. Ihr Herz zog sich schmerzhaft zusammen, und sie musste die Zähne aufeinanderpressen, als sie daran dachte, wie der alte Hund davongeschossen war, um den Schützen zur Strecke zu bringen.
»Verflixt«, murmelte sie und wünschte sich dringend eine Zigarette.
»He!«, rief Alvarez, als Pescoli das Großraumbüro betrat und am Arbeitsplatz ihrer Partnerin vorbeikam. »Brewster ist auf dem Kriegspfad.«
»Wann ist er das nicht?« Egal, ob er nun vorübergehend der amtierende Sheriff war oder nicht, Cort Brewster war ein unangenehmer Zeitgenosse, zumindest Pescolis voreingenommener Sicht nach. »Aber wie dem auch sei, was gibt's?«
»Hast du schon gehört, dass Kathryn Samuels-Piquard vermisst wird?«

»Die Richterin?« Pescoli trat näher und stellte fest, dass auf Alvarez' Bildschirm ein Foto von Samuels-Piquard zu sehen war.

»Ich habe gestern Abend im Krankenhaus davon erfahren. Manny Douglas kreuzte dort auf, mehr als glücklich, die Bombe platzen lassen zu können, also habe ich mich heute Morgen bei Taj Nayak von der Vermisstenabteilung nach ihr erkundigt. Es hat sich herausgestellt, dass Manny recht hat. Samuels-Piquards Sohn hat sie als vermisst gemeldet und angegeben, die Richterin sei zuletzt vor ein paar Tagen gesehen worden, bevor sie in ihr Blockhaus in Urlaub gefahren sei. Sie verbringt dort jedes Jahr die Woche vor Weihnachten, bleibt über Heiligabend und kehrt am Nachmittag des ersten Weihnachtstages nach Hause zurück.«

»Aber diesmal ist sie nicht zurückgekommen?«

»Genau. Die Familie kann sie auf dem Handy nicht erreichen, dabei hat sie das sonst immer an. Brewster hat bereits mehrere Deputys zum Blockhaus geschickt, das kurz vor der Grenze zum nächsten County liegt, ziemlich weit oben in den Bergen.«

»Dann ist sie also noch gar nicht lange verschwunden.«

»Das ist doch egal, vor allem wenn man an das Attentat auf Grayson denkt. Die Angehörigen machen sich Sorgen und haben Brewster angerufen. Er ist ein Freund der Familie.«

»Demnach geht er davon aus, dass die beiden Vorfälle in Zusammenhang stehen?«, fragte Pescoli überrascht.

»Ich weiß nicht, was er denkt, aber alle sind höllisch nervös, und Brewster macht sich Riesensorgen.«

»Dann wollen wir mal hoffen, dass sie einfach vergessen hat, ihrer Familie den üblichen Besuch abzustatten, und dass schlichtweg der Akku leer ist.«

»Ja«, sagte Alvarez, doch sie klang genauso wenig überzeugt, wie Pescoli sich fühlte. »Augenblick ...« Sie schaute auf ihr Handy, das auf ihrem Schreibtisch vibrierte. »O'Keefe hat mir eine SMS geschickt.« Ihre Lippen verzogen sich zu einem kleinen Lächeln. »Wie seltsam, während der Feiertage nur auf elektronischem Wege miteinander zu kommunizieren.«

»Wann triffst du dich mit ihm?«

»Morgen Abend. Gabe kommt auch.« Ihr Lächeln wurde breiter, als sie ihren Sohn erwähnte. »Besser spät als nie, hab ich recht?«

»Das hast du.«

»Detective?« Cort Brewster trat zu ihnen, doch sein Blick war nicht auf Alvarez, sondern auf Pescoli gerichtet. »Ich möchte mit Ihnen reden. In meinem Büro.«

Pescoli stellten sich die Nackenhaare auf. Sie hatte Brewster nie gemocht, und diese Abneigung beruhte auf Gegenseitigkeit. Während er in ihren Augen ein egozentrischer, scheinheiliger Schleimscheißer war, hielt er sie für ein wandelndes Pulverfass und eine grauenhafte Mutter. Pescoli war überzeugt davon, dass er sich hinter seinen ständigen Kirchenbesuchen und seiner ach-so-soliden Ehe versteckte, während er sie wohl zu den Frauen zählte, die völlig ungeeignet waren für eine feste Partnerschaft oder gar eine Ehe.

Als sie nun hinter ihm her in sein Büro ging, wurde ihr klar, dass sie womöglich beide nicht ganz unrecht hatten. Natürlich hatten sie daran zu knacken, dass sich ihre Kinder in der Vergangenheit in ernsthafte Schwierigkeiten manövriert hatten, und Brewster hatte eine Heidenangst davor, dass Jeremy sein kostbares Töchterchen Heidi schwängern könnte. Das wiederum hatte er mit Pescoli gemeinsam, ob er es nun ahnte oder nicht: Sie hatte schreckliche Sorge, dass die liebe, süße Prinzessin schwanger wurde.

Pescoli schnaubte. Sie machten sich gegenseitig Vorwürfe wegen ihrer Kinder, und Brewster machte kein Hehl daraus, dass er Jeremy für einen nichtsnutzigen, kiffenden Loser hielt, wohingegen Heidi in Pescolis Augen ausgebuffter als jede erfahrene Trickbetrügerin war. Brewster und sie stimmten lediglich in einer Sache überein: Beide waren der Ansicht, dass ihre Kinder einander nicht guttaten und sich trennen sollten, was sie dann und wann auch taten, allerdings nur, um sich doch immer wieder in die Arme zu fallen.

»Nehmen Sie Platz«, sagte Brewster und deutete auf einen der Besucherstühle, dann ging er um seinen Schreibtisch herum und setzte sich ihr gegenüber auf seinen Chefsessel. Rechts und links von ihm standen Bücherregale an den Wänden, in denen er seine Dienstauszeichnungen und Fotos von seiner Familie zur Schau stellte. Pescolis Blick fiel auf einen Rahmen mit dem Bild seiner Frau Bess, die er vor über einem Vierteljahrhundert geheiratet hatte, und ihren vier blonden Töchtern. Heidi war die Jüngste und, wie Pescoli zähneknirschend zugeben musste, eine umwerfende Schönheit mit ihrem breiten Lächeln, der Wahnsinnsfigur und ihrer unschuldigen Ausstrahlung. Nur ihre Augen gaben einen Hinweis auf ihre wahre Persönlichkeit. Darin lag etwas Dreistes, Unverfrorenes und gleichzeitig Verschlagenes, als kenne sie ein großes Geheimnis, das sie nur allzu gern mit jemandem teilen wollte.

Pescoli riss den Blick von Brewsters Fotos los und ließ sich auf einen der Stühle fallen. Obwohl es ihr gar nicht behagte, hier vor seinem Schreibtisch zu sitzen, war sie doch froh darüber, dass er sich nicht Graysons Büro unter den Nagel gerissen hatte. Das wäre zu viel für sie gewesen und mit Sicherheit auch für einige ihrer Kollegen.

»Was gibt's?«

Brewster kam direkt zur Sache. »Sie sagten gestern, Sie seien zu Graysons Blockhaus gefahren, um etwas mit ihm zu besprechen.«

»Das ist richtig.«

»Sie haben allerdings nicht gesagt, was.«

»Ich weiß.«

Brewster stützte die Ellbogen auf die Schreibtischplatte und legte die Fingerspitzen aneinander. »Worum sollte es bei dem Gespräch gehen, Pescoli? Und sagen Sie jetzt nicht, das sei nicht von Bedeutung, denn bei diesem Fall ist alles von Bedeutung. Wir versuchen, die Person aufzuspüren, die Grayson ins Krankenhaus befördert hat.«

»Ja, ich weiß ...« Sie hatte nicht vor, sich Brewster gegenüber besonders gesprächig zu geben. Nicht nur, dass sie ihm nie wirklich vertraut hatte, obwohl er seit über zwanzig Jahren ein vorbildlicher Cop war. Nein, sie wollte jetzt, da Grayson im Krankenhaus um sein Leben kämpfte, nicht aufhören zu ermitteln, wollte Brewster nicht den leisesten Hinweis geben, dass sie mit dem Gedanken spielte, dem Department den Rücken zu kehren. Doch lügen konnte sie auch nicht – schließlich handelte es sich um eine offizielle Untersuchung. Also wich sie ihm aus.

»Ich wollte aus verschiedenen Gründen mit ihm reden«, sagte sie und spürte Heidis Augen auf sich, die von ihrem Schulfoto auf sie herabstarrte. »Zunächst einmal wollte ich mich vergewissern, dass ich von nun an wieder fest mit Alvarez zusammenarbeite. Gage und ich waren zwar auch ein recht gutes Team, aber jetzt, da sich Alvarez von ihrer Verletzung erholt hat, möchte ich, dass wir wieder als Partner zusammenarbeiten.«

Brewster runzelte ungläubig die Stirn. »Und sonst? Sie erwähnten verschiedene Gründe.«

»Ich wollte ihn außerdem fragen, ob er Lust hat, an unserem

Familienfestessen teilzunehmen. Schließlich ist er alleinstehend, und da dachte ich, er hätte vielleicht Lust, rüberzukommen.«

»Und Sie wollten deswegen nicht anrufen?«

»Nein.«

Brewster starrte sie an. »Deshalb sind Sie früh am Morgen des ersten Weihnachtstages zu ihm hinausgefahren, gerade rechtzeitig, um zu sehen, wie er sich eine Kugel von einem Heckenschützen einfängt?«

Sie hielt Brewsters ungläubigem Blick stand, sprang auf und beugte sich über seinen breiten Schreibtisch. »Was wollen Sie damit andeuten? Dass ich etwas davon gewusst habe? Dass ich ... was? Daran beteiligt war?« Zorn und Entsetzen stiegen in ihr auf.

»Ich stelle Ihnen lediglich ein paar Fragen, Regan, dieselben Fragen, die Sie mir stellen würden, wäre die Situation umgekehrt.« Er zog eine Augenbraue hoch, als wolle er sie dazu ermutigen zu leugnen, was sie beide wussten.

»Na schön, Sie haben recht ... es tut mir leid«, sagte sie, obwohl ihr die Entschuldigung beinahe im Halse stecken geblieben wäre. Brewster war ein fähiger Polizist, und er war zumindest vorübergehend ihr Boss, ob ihr das nun gefiel oder nicht.

»Sie haben ein Problem mit Gage?«

»Nein.« Sie schüttelte überrascht den Kopf bei der Vorstellung. »Es ist nur so, dass er der oberste Kriminalermittler ist, und das macht die Sache ein wenig steif. Er ist gut, missverstehen Sie mich nicht, aber er und ich harmonieren nicht so gut wie Alvarez und ich. Außerdem hat er Wichtigeres zu tun.«

»Papier hin und her schieben?«

»Die verschiedenen Fälle organisieren und koordinieren. Den Überblick über das behalten, was aktuell passiert. Sicherstellen, dass jeder seinen Job macht. Er hat nicht die Zeit, mit mir durch die Gegend zu hetzen und zu ermitteln.«

»Wir sind momentan knapp besetzt, und unser Budget lässt nicht zu, dass wir weitere Leute einstellen.«

»Alvarez ist wieder da.«

»Ja, prima.« Er lehnte sich auf seinem Stuhl zurück und warf einen Blick aus dem Fenster auf den grauen Tag hinter der Scheibe. »Ich werde mich nicht mit Ihnen streiten. Wir haben genug zu tun.« Sein Gesicht wurde hart, als er ihr wieder seine Aufmerksamkeit zuwandte. »Irgendwelche Fortschritte, potenzielle Täter betreffend?«

»Nur die üblichen Verdächtigen, die aus der Haft entlassenen Straftäter. Bislang haben sie alle ein Alibi.«

»Was ist mit der Familie?«

»So weit sind wir noch nicht.«

»Da geht es ziemlich turbulent zu, nicht wahr? Brüder, die Schwestern heiraten und was sonst noch alles.«

»Keiner hat ein erkennbares Motiv, abgesehen von der ersten Ex-Frau. Cara scheint ein riesiges Erbe einzustreichen, sollte Dan es nicht schaffen, aber ich kann sie mir einfach nicht als Mörderin mit Sturmgewehr vorstellen.«

»Vielleicht ein Auftragskiller?«

Regan schüttelte den Kopf. Auch sie hatte erwogen, dass der Anschlag auf Dan finanzielle Hintergründe hatte, doch dann hatte sie diesen Gedanken verworfen.

»Überprüfen Sie die Frauen – die, die erbt, und die zweite, die deshalb möglicherweise einen Groll gegen Grayson hegt.«

»Wir sind dabei.«

»Und vergessen Sie nicht Graysons Schwägerin, seine Brüder und sämtliche entfernten Cousins, Onkel, Tanten – alle, die vielleicht nicht gut auf Dan zu sprechen sind.«

Hielt er sie etwa für eine Anfängerin? »Selbstverständlich, außerdem nehmen wir alle politischen Gegner unter die Lupe, die er sich während seiner Zeit als Sheriff gemacht haben könnte.«

Brewster räusperte sich. »Wir sind hier in Grizzly Falls, nicht in Las Vegas, Chicago oder in New York, aber bitte, ziehen Sie auch ein politisches Motiv in Betracht.« Damit stand er auf und bedeutete ihr, dass das Gespräch beendet war. »Lassen Sie mich wissen, was die Ex-Frau zu sagen hat, das könnte interessant sein.«

Ausnahmsweise konnte Pescoli ihm nicht widersprechen. »Alvarez und ich treffen uns in einer Stunde mit ihr.«

»Gut.«

Er schien sie loswerden zu wollen, also fragte sie rasch: »Was ist mit Richterin Samuels-Piquard? Ich habe gehört, sie wird vermisst.«

»Ja.« Er trommelte mit den Fingern auf seine Schreibtischplatte, die Stirn in Falten gelegt. »Vielleicht. Vielleicht auch nicht. Ich habe ein paar Leute darauf angesetzt, die Situation zu klären, außerdem arbeite ich mit dem Büro des Sheriffs des angrenzenden Countys zusammen, weil ihr Blockhaus so nah an der Grenze steht. Man kann ja nie wissen. Wir können bloß hoffen, dass das Ganze ein Missverständnis ist und sie bald wieder auftaucht.«

»Richtig. Gibt es sonst noch was?«

»Nein, das war's.« Er wandte sich ab. Sein Handy klingelte, die bekannten Töne der *James-Bond*-Titelmelodie. Er schnaubte und sagte: »Das hab ich meiner Ältesten zu verdanken. Sie kann's nicht lassen, ihren Dad auf die Schippe zu nehmen.«

Als Pescoli sein Büro verließ, hatte sie den unangenehmen Eindruck, dass Brewster am Ende doch ein Mensch sein könnte, eine Vermutung, die sie in der Vergangenheit nicht unterschrieben hätte. Allerdings ließ sich nicht leugnen, dass der Großteil des Bildes, das sie sich vom stellvertretenden Sheriff gemacht hatte, von Heidi und deren Beziehung mit Jeremy herrührte. Vielleicht war Brewster ganz besonders empfindlich, wenn es um seine Jüngste ging, vielleicht war sie sein blinder Fleck, seine Achillesferse – was auch immer. Es bestand die Chance, dachte sie, während sie Joelle auswich, die mit mehreren mit Plastikfolie abgedeckten Tellern eilig durch den Gang Richtung Aufenthaltsraum trippelte, dass Brewster doch nicht der Teufel war, für den sie ihn immer gehalten hatte. Eine kleine Chance zumindest. Eine klitzekleine.

Kapitel elf

Graysons Handy hatte ihr keinerlei Aufschluss gegeben, sondern Alvarez' Kummer nur verstärkt. Keiner von den ein- oder ausgegangenen Anrufen bot irgendwelche Hinweise, doch die Fotos, die sie auf dem kleinen Display betrachtete, brachten ihr sein Privatleben ein wenig näher. Auf manchen dieser Fotos war er selbst zu sehen, doch dann gab es da noch Dutzende Aufnahmen von seinen Nichten, Hatties Zwillingen, ein paar auch von Hattie selbst, außerdem verschiedene Schnappschüsse seiner Brüder auf ihrer Ranch und unzählige von seinem Hund: Sturgis, wie er an einem Holzhaufen schnüffelte. Sturgis, wie er durch einen Bach sprang. Sturgis, zusammengerollt vor dem Kamin. Sturgis auf dem Beifahrersitz von Graysons altem Pick-up. Foto um Foto von dem schwarzen Labrador.

Während sie sich durch die Galerie scrollte, kam sie sich wieder einmal vor wie ein Voyeur, der unbefugt in Graysons Intimsphäre eindrang. Aber irgendwo musste sich doch ein Hinweis verstecken!

»Bist du so weit?«, fragte Pescoli. Alvarez, die gerade ein Foto von Hattie in einem Sommerkleid betrachtete, zuckte zusammen. Graysons Schwägerin saß auf einem großen Felsen irgendwo in den Gebirgsausläufern, ihre beiden Mädchen im Arm, und blinzelte lächelnd in die Kamera.

»Du meinst, um den beiden Frauen einen Besuch abzustatten?« Alvarez schaltete Graysons Handy aus und ließ es in ihre Tasche gleiten. Sie war noch nicht ganz fertig damit und wollte sich später noch einmal genauer damit befassen.

»Ex-Frauen.«

»Nur eine von den beiden ist in seinem Testament erwähnt«, sagte sie und schob ihren Schreibtischstuhl zurück.

»Grayson ist ein vielbeschäftigter Mann, der vermutlich nicht dazu gekommen ist, seinen Letzten Willen auf den neuesten Stand zu bringen.«

Alvarez griff nach ihrer Dienstwaffe, steckte sie in ihr Schulterholster, dann nahm sie ihre Jacke vom Garderobenhaken. »Vielleicht ist Ehe Nummer zwei aber auch von Anfang an nicht gut gelaufen. Und nach der Scheidung hat er sich einfach nicht die Mühe gemacht, auch Ex-Frau Nummer zwei zu bedenken.«

»Normalerweise sorgt man bei einer Scheidung dafür, dass der andere keinen müden Cent bekommt. Vor allem dann, wenn keine Kinder im Spiel sind.«

»Das Ganze ist ohnehin irrelevant«, erinnerte Alvarez ihre Partnerin. »Der Sheriff ist schließlich noch am Leben.«

»Gott sei Dank.«

Zusammen gingen sie zu Pescolis Jeep. Der Wind, der von Kanada her wehte, war eisig.

Pescoli hatte gerade den Motor angelassen, als ein Handy klingelte.

»Das muss deins sein«, sagte Pescoli. »Meins hat einen anderen Klingelton.«

»Meins auch«, sagte Pescoli. »Das gehört Grayson.« Sie zog das Handy aus der Tasche und warf einen Blick aufs Display. Die Nummer war von einer der hiesigen Behörden.

Sie nahm das Gespräch entgegen und sagte: »Apparat Sheriff Grayson, Detective Alvarez.«

»Ich habe gehofft, jemanden zu erreichen«, erklärte eine ernste Männerstimme. »Hier spricht Louie von der Tierauffangstation. Ich habe hier den Hund des Sheriffs.«

»Wirklich?« Alvarez warf Pescoli ein strahlendes Lächeln zu.

»Ja. Den schwarzen Labrador. Wir haben ihn an der Kordell Road aufgelesen, gleich hinter der Brücke über den Cougar Creek. Eine Frau, die in der Gegend wohnt, hat angerufen, weil sie einen Streuner entdeckt hat, und ich habe ihn heute Morgen höchstpersönlich eingefangen. Auf der Marke steht der Name des Sheriffs. Ich weiß, dass er im Krankenhaus liegt, aber ich wollte es trotzdem auf seinem Handy probieren. Da hab ich ja Glück gehabt! Übrigens: Wie geht es ihm?«

»Ich denke, sein Zustand ist stabil«, sagte Alvarez, dann formte sie mit den Lippen »Sturgis«. Pescoli reckte erleichtert den Daumen in die Höhe.

»Mein Gott, man sollte doch annehmen, man sei in seinen eigenen vier Wänden sicher, erst recht am Weihnachtsmorgen«, sagte der Mann.

»Da haben Sie recht«, pflichtete Alvarez ihm bei.

»Wir hier in der Tierauffangstation drücken ihm beide Daumen.«

»Danke. Das tun alle«, erwiderte sie. »Hören Sie, ich sitze gerade mit meiner Partnerin im Auto. Wir könnten einen kurzen Abstecher machen und den Hund abholen. Wenn Sie möchten, sind wir in zehn Minuten da.« Sie warf Pescoli einen Blick zu, die bereits nach einer Wendemöglichkeit Ausschau hielt.

»Das wäre gut«, sagte Louie.

»Sie können ihn ruhig schon bereit machen.«

Louie räusperte sich. »Ich werde … ähm … ich werde die Gebühren erlassen.«

Ach, daran dachte Louie? An Bußgelder und Gebühren?

»Das ist eine gute Idee.« Der Kerl war offenbar keine Leuchte.

»Aber Sie müssen für ihn unterschreiben. Damit alles seine Ordnung hat.«

»Kein Problem.« Sie legte auf. Pescoli hatte ihr Wendemanöver beendet und reihte sich in den Verkehr ein. Obwohl das Gericht im alten Teil der Stadt lag, gleich am Fluss, befanden sich die neueren Gebäude, darunter zahlreiche Bürokomplexe, das Gefängnis und das Department im höher gelegenen Teil, genauer gesagt auf einem großen Hügel namens Boxer Bluff, von dem aus man einen wunderbaren Ausblick über die Altstadt hatte. »Der Hundefänger hat Sturgis in der Nähe der Cougar Creek Bridge aufgelesen.«

»Dann wollen wir ihn mal abholen«, sagte Pescoli mit fester Stimme.

Dan Graysons erste Ex-Frau, die jetzige Mrs. Nolan Banks, war gar nicht erfreut, die beiden Detectives auf ihrer breiten Eingangsveranda stehen zu sehen, zumal sie fast eine halbe Stunde später kamen als angekündigt. Zwar hatten sie angerufen, um sich für die Verspätung zu entschuldigen und zu erklären, was sie aufgehalten hatte, aber trotzdem. Hätten sie nicht erst zu ihr kommen und dann den Hund abholen und beim hiesigen Tierarzt abliefern können, um sicherzugehen, dass ihm auch ja nichts fehlte?

Das Haus der Banks war ein massiver, dreistöckiger Bau aus Zedernholz und Stein am Rand einer Klippe, von dem aus man den kleinen Fluss überblicken konnte, der sich am Grund der tiefen Schlucht entlangschlängelte.

Mrs. Banks öffnete eine der beiden überdimensionalen Flügeltüren, die jeweils mit einer überdimensionalen Girlande aus silbernen Zweigen, transparenten Glaskugeln und riesigen Silberschleifen geschmückt waren. »Ich weiß wirklich nicht, wie ich Ihnen helfen kann«, beharrte sie, ohne die Hand von der Tür zu nehmen, als wollte sie sie ihnen jeden Augenblick vor der Nase zuknallen. Cara Grayson Banks war eine zierliche Frau in einem engen grauen Kleid und einer rosa, engmaschig gestrickten Jacke. Sie hatte kurze Locken und große Augen, die dunkel waren vor Misstrauen.

»Wir möchten Ihnen lediglich ein paar Fragen stellen. Macht es Ihnen etwas aus, wenn wir reinkommen?«, fragte Alvarez.

Mrs. Banks schürzte die Lippen, dann öffnete sie die Tür ein kleines Stück weiter. »Bitte sehr. Warum nicht? Es tut mir unendlich leid wegen Dan, aber –« Sie biss sich auf die Lippe und zuckte die Achseln. »Ich glaube nicht, dass ich Ihnen etwas Neues erzähle, wenn ich Ihnen sage, dass wir kaum Kontakt miteinander haben. Wir sind seit langer Zeit geschieden.«

Sie trat zur Seite, und die beiden Detectives betraten das luftige Foyer, von dem aus eine geschwungene Treppe in die oberen Stockwerke führte. In der Mitte stand ein sechs Meter hoher Weihnachtsbaum voller Lichter, Schleifen und allen möglichen funkelnden Kugeln. Große Räume gingen vom Foyer ab, die allesamt einen fantastischen Blick auf den Baum boten. »Hier entlang, bitte.« Cara führte sie durch einen Flur zur Rückseite des Hauses. Steif ging sie voran, völlig geräuschlos auf ihren Ballerinas. In einem Zimmer, in dem sich träge ein Ventilator unter der Decke drehte, blieb sie stehen und deutete auf eine Sitzgruppe am Kamin.

»Was soll ich hinzufügen? Ich habe bereits ausgesagt, dass Nolan, die Kinder und ich am Weihnachtsmorgen zu Hause waren.« Als Pescoli ihr Aufnahmegerät aus der Tasche zog, fragte sie vorwurfsvoll: »Muss das sein? Ist es wirklich nötig, dass Sie unser Gespräch aufzeichnen?« Sie seufzte, dann fuhr sie fort: »Na schön. In Ordnung. Wen kümmert's?« Sie setzte sich auf die moderne Couch mit Blick auf das breite Fenster, verschränkte die Arme vor der Brust und fragte: »Was möchten Sie wissen?«

»Fangen wir mit dem Finanziellen an.« Pescoli hatte nie zu denen gezählt, die um den heißen Brei herumredeten. »Wissen Sie, dass Sie im Falle des Todes Ihres Ex-Manns den Großteil seines Vermögens erben?«

Sie kniff überrascht die Augen zusammen und legte die flache Hand aufs Herz. »Aber er war mit Akina verheiratet!« Ihre Reaktion wirkte glaubwürdig. Cara schien tatsächlich erstaunt zu sein. »Nein, ja, ähm, ich wusste das – früher. Er hat es mir erzählt, aber das war lange vor unserer Scheidung. Ich bin davon ausgegangen, dass er das Testament geändert hat. Er war nicht glücklich mit der Scheidungsvereinbarung … aber … mein Gott. Wow.« Sie lehnte sich gegen die Polster, und Pescoli fragte sich, ob sie soeben den Wert des Erbes überschlug. »Sind Sie sich da sicher?«

»Es sieht ganz so aus«, antwortete Pescoli. »Allerdings ist der Sheriff noch am Leben.«

»Allerdings … Gott sei Dank«, fügte sie rasch hinzu, doch ihre Wangen leuchteten rosig. Offensichtlich gefiel ihr die Aussicht, das Erbe ihres Ex-Mannes anzutreten – irgendwann einmal.

»Was empfinden Sie für ihn?«, schaltete sich Alvarez in das Gespräch ein. »Haben Sie sich je wieder versöhnt?«

»Natürlich nicht. Ich bin seit Jahren mit Nolan verheiratet.«

»So meinte ich das nicht. Ich wollte lediglich wissen, ob Sie vielleicht mit ihm irgendwann ein wenig … geflirtet haben?«, bohrte Alvarez, und Pescoli sah, dass Caras Wangen ein tiefes Rot annahmen.

»Worauf wollen Sie hinaus?«

»Sie wissen doch, wie das ist«, sagte Alvarez. »Manche Funken erlöschen nie, egal, wie sehr man sich bemüht, sie zu ersticken. Die erste Liebe ist nicht selten die wahre Liebe.«

»Glauben Sie das wirklich?«, fragte Cara, dann wandte sie ihren Blick Pescoli zu. »Was ist mit Ihnen, Detective? Sie waren doch selbst mehrfach verheiratet. Sind Sie auch der Ansicht, dass die erste Liebe die wahre ist?«

Pescoli blieb eine Antwort erspart, da das Rumpeln des herauffahrenden Garagentors Gesellschaft ankündigte.

»Wir haben gehört, Sie und Dan Grayson hätten auch nach der Scheidung ein Faible füreinander gehabt.«

»Wer hat Ihnen das denn erzählt? Dan etwa?« Ungehalten stand sie auf. Das Rumpeln brach mit einem abrupten *Klonk!* ab. Caras Kopf fuhr herum, als sei ihr jetzt erst bewusst geworden, dass jemand nach Hause gekommen war – vermutlich ihr Mann, Mr. Nolan Banks.

»Ich glaube, es gibt nichts weiter zu besprechen.« Sie warf einen empörten Blick auf das Aufnahmegerät. »Und stellen Sie endlich das Ding aus.«

»Wir haben nur noch ein paar weitere Fragen«, ließ sich Alvarez vernehmen.

»Ich habe Ihnen alles gesagt, was ich weiß. Ich war etwa drei Jahre mit Dan verheiratet, davor bin ich achtzehn Monate mit ihm gegangen. Ende der Geschichte. Ich hatte keine Ahnung, dass ich noch in seinem Testament erwähnt werde, außerdem nehme ich an, dass es sich um einen Irrtum handelt. Bitte gehen Sie jetzt.« Damit schritt sie den beiden Detectives voran den Flur entlang Richtung Foyer.

»Was ist mit Ihrer Schwester?«, erkundigte sich Alvarez.

»Hattie? Wir sprechen kaum miteinander.« Cara stand vor dem riesigen Weihnachtsbaum, dessen enorme Höhe sie aussehen ließ wie einen Zwerg.

»Sie scheint ein Auge auf den Sheriff geworfen zu haben.«
»Natürlich hat sie das, sein Nachname ist schließlich Grayson.«
Die Hintertür schwang auf.
»Was soll das heißen?«
»Liebling?«, ertönte eine Stimme von der Rückseite des Hauses, dann erschien ein großgewachsener Mann in einem langen Mantel. »Ach, ich habe mich schon gefragt, wer hier sein könnte.«
»Detective Alvarez und Detective Pescoli«, stellte Cara vor, der es gelungen war, ihre Fassung wiederzufinden, vermutlich weil ihr Mann nach Hause zurückgekehrt war. Ihr Fels in der Brandung. Oder jemand, hinter dem sie sich verstecken konnte. »Sie sind vom Büro des Sheriffs. Sie sind wegen des Attentats –«, sie räusperte sich – »wegen des Attentats auf Dan hier.«
Banks machte ein angemessen betroffenes Gesicht. »Schreckliche Sache«, sagte er, zog seinen Mantel aus und hängte ihn sich über den Arm, dann reichte er erst Alvarez die Hand und anschließend Pescoli. »Nolan Banks.«
Während Alvarez ihre Marke zeigte, musterte Pescoli den Mann. Sie hatte ihn schon mal in der Stadt gesehen, einen Geschäftsmann in dunklem Anzug, tadellos gebügeltem weißem Hemd und gestreifter Krawatte. Sein blondes Haar, das an den Schläfen etwas dünner wurde, war ordentlich geschnitten, sein Gesicht sauber rasiert. Er hatte eine Adlernase und tiefliegende, intelligente Augen. Pescolis Meinung nach wirkte Nolan Banks in einer Kleinstadt wie Grizzly Falls so fehl am Platz wie ein Vollbluthengst bei einer Auktion für Arbeitspferde.
»Nun, was genau wollen Sie von uns? Warum befragen Sie meine Frau?«

»Routine«, antwortete Pescoli. Sollte Cara ihrem Mann doch erklären, warum sie sich mit ihr unterhalten wollten.

»Wie geht es dem Sheriff?«

»Er ist ein Kämpfer«, erwiderte sie, erstaunt über die Sorge in Banks' Gesicht.

»Wir werden für ihn beten.«

Aber sicher doch.

Plötzlich waren eilige Schritte auf der Treppe zu vernehmen, die abrupt verstummten. Pescoli blickte auf und sah ein Mädchen im frühen Teenageralter am Geländer lehnen.

»Oh, das ist unsere Tochter Allison«, erklärte Nolan und lächelte zu dem Mädchen hinauf. »Komm runter, Alli, und sag den Detectives guten Tag.«

»Warum sind sie hier?«, fragte sie misstrauisch, ohne auch nur einen Zentimeter vorwärtszugehen.

»Sie haben ein paar Fragen an deine Mom. Du hast doch sicher gehört, dass auf den Sheriff geschossen wurde.«

»Ja klar, das kommt überall in den Nachrichten.« Etwas ungeduldig warf sie ihre langen, dunklen Haare zurück. »Und was hat meine Mom damit zu tun?« Alli richtete ihren fragenden Blick auf die beiden Detectives.

Ein hübsches Mädchen, dachte Pescoli. *Die Jeans und das enge T-Shirt würden Bianca bestimmt auch gefallen.*

»Das gehört zu unseren Ermittlungen«, erklärte sie. »Wir sprechen mit jedem, der den Sheriff kennt.«

»Und Mom war mit ihm verheiratet«, bemerkte Alli rundheraus.

Cara sah von ihrem Mann zu ihrer Tochter. »Das ist schon lange her, Alli.«

»Ja, ich weiß. Schnee von gestern.« Es schien fast so, als müsste sie sich ein Grinsen verkneifen, als sie endlich die restlichen Stufen hinabsprang. Ihre Stiefel klackerten laut auf dem Holz.

»Genau.« Cara nickte, offenbar froh, dass dies nun klargestellt war.

Seltsam, wunderte sich Pescoli. Cara erschien ihr einfach zu sehr darauf bedacht, jegliche Verbindung zu ihrem Ex-Mann zu leugnen.

»Ich dachte, du wärst Eric«, sagte das Mädchen leicht verdrossen zu seinem Vater. Pescoli entging nicht, dass Allis Stiefel ausgesprochen teuer gewesen sein mussten. Bianca hatte sich genau so ein Paar gewünscht, aber sie hatten Pescolis finanzielle Mittel überstiegen.

»Eric kommt vorbei?«, fragte Cara in missbilligendem Ton.

»Ja.« Allison zuckte die Achseln. »Ich dachte, das wäre okay.«

»Aha. Dachtest du.« Nolans Stimme hatte denselben missbilligenden Ton wie die seiner Frau angenommen. »Der Junge sollte sich einen Job suchen oder wieder zur Schule gehen.«

»Der *Junge* hat einen Job«, schleuderte Alli den beiden entgegen. »Er besucht die Abendschule und hat bereits die Prüfung zum Erlangen der Hochschulreife bestanden.«

»Ich meinte einen richtigen Job«, beharrte Nolan. »Als Aushilfe in Dinos Pizzeria zu arbeiten verspricht nicht gerade eine steile Karriere, genauso wenig wie seine Abendkurse in Taekwondo.«

»Ach nein? Und was war dein erster Job?«, blaffte seine Tochter mit blitzenden Augen. »Du musst gar nicht so große Töne spucken. Hast du dich etwa nicht hochgearbeitet, indem du für irgendeinen reichen Schnösel den Pferdestall ausgemistet hast? Herbert Long hieß er … oder so ähnlich.«

»Alli!«, wies Cara ihre Tochter zurecht.

»Hubert«, korrigierte Banks. »Bradys Vater. Herbert ist sein Cousin … Das reicht. Die Detectives sind nicht hier, um unserem Streit zu folgen.« Er wandte sich wieder Pescoli und

Alvarez zu. »Entschuldigen Sie. Kann ich sonst noch etwas für Sie tun?«

»Nein, im Augenblick haben wir alles, was wir brauchen«, sagte Pescoli und trat mit Alvarez durch die große Doppeltür hinaus in den bemerkenswert windstillen Tag. Die Wolken hingen so tief, dass man fast den Eindruck hatte, sie würden den Boden berühren, und schickten wabernde Nebeltentakel in das Dickicht aus tiefverschneiten Hemlocktannen und Fichten.

Schade nur, sinnierte Alvarez, dass sich irgendwo in dieser friedlichen schneeweißen Landschaft ein Killer verbarg, dessen Motive alles andere als schneeweiß und friedlich waren.

Ein wahres Winterwunderland, dachte auch Pescoli, die perfekte Kulisse für Nolan Banks' riesiges, perfekt eingerichtetes Haus. Pescoli konnte sich gut vorstellen, wie das beeindruckende Gebäude bei Einbruch der Dämmerung aussehen mochte, wenn die Tausenden von kleinen Lichtern, die Dach und Fenster zierten, den umliegenden Wald erhellten. Doch nicht selten trog der äußere Schein, und Pescoli kam nicht umhin, sich zu fragen, welche Risse in der Fassade der Familie Banks wohl klaffen mochten.

Als Alvarez und sie in den Jeep gestiegen waren und die lange, gewundene Zufahrt des Banksschen Anwesens entlang zur Straße fuhren, fragte Pescoli: »Was hattest du für einen Eindruck?«

»Cara Banks kam mir nervös vor.«

»Genau«, bestätigte Pescoli und fummelte an der Heizung, damit die warme Luft den Beschlag von der Windschutzscheibe blasen konnte. »Vielleicht hat sie etwas zu verbergen. He, gib mir doch bitte mal ein paar Taschentücher aus dem Handschuhfach.« Alvarez tat, worum ihre Partnerin sie gebeten hatte, und Pescoli wischte die Scheibe über dem Armaturenbrett ab, eine Hand am Lenkrad. »Schon besser.«

»Funktioniert die Frontheizung nicht?«, erkundigte sich Alvarez.

»Gute Frage. Ich hatte den Wagen deswegen schon in der Werkstatt, aber die Mechaniker konnten nichts finden. Passiert ja auch nicht immer, also kein Grund, sich aufzuregen.« Sie stopfte die Taschentücher in einen der leeren Getränkehalter und wandte sich wieder dem Fall zu. »Das ganze Gespräch mit Cara war irgendwie merkwürdig. So gespreizt. Nicht echt.«

»Glaubst du, das hat etwas mit Grayson zu tun?«

»Schwer zu sagen. Manche Leute reagieren einfach seltsam, wenn Gesetzeshüter auf ihrer Schwelle stehen.«

»Den Eindruck hatte ich nicht«, widersprach Alvarez.

»Hm …« Sie erreichten das Ende der Zufahrt. Pescoli bremste, warf einen Blick nach links und nach rechts, dann drückte sie das Gaspedal durch und bog auf die Landstraße ein. »Was hältst du von der Tochter? Ich sage es ja nicht gern, aber ihr Benehmen erinnert mich stark an Bianca. Sie müssten ungefähr im selben Alter sein.«

»Gehen sie auf dieselbe Schule?«

»Das kann ich mir nicht vorstellen. Mit Sicherheit besuchen sämtliche Nachkommen der Familie Banks die Privatschule in Missoula.«

»Und woher willst du das wissen?«

»Nolan hat noch ältere Kinder, Jungs, einer war in der Grundschule in Jeremys Klasse, doch dann hat er auf die Privatschule gewechselt. Isaiah heißt er, glaube ich. Sein großer Bruder heißt Ezekiel.«

»Biblische Namen.«

»Vielleicht stand die erste Mrs. Nolan aufs Alte Testament.«

»Oder einfach auf die guten alten Zeiten und gute alte Namen«, überlegte Alvarez. »Wohnt sie hier in der Gegend?«
»Keine Ahnung. Das sollten wir überprüfen.«
Alvarez griff bereits nach ihrem Handy, offenbar tippte sie eine Erinnerung ein, dann erledigte sie ein paar Telefonate. Pescoli konzentrierte sich aufs Fahren. Die Landschaft um sie herum änderte sich, bewaldete Hügel wichen schneebedeckten Feldern.
Alvarez' Gespräche waren einseitig, und als sie das letzte beendet hatte, legte sie auf und stieß angewidert die Luft aus.
»Was gibt's?«, erkundigte sich Pescoli.
»Sieht so aus, als sei Verdago abgehauen. Ist heute nicht zur Arbeit erschienen, ohne sich abzumelden, und laut Hausmeister befindet er sich auch nicht in seinem möblierten Zimmer in Helena.«
»Und gestern?«
»Da war sein freier Tag.«
»Verdammt«, sagte Pescoli. »Und wann ist er an Heiligabend nach Hause gefahren?«
»Keine Ahnung.«
»Bei halbwegs gutem Wetter braucht man zweieinhalb bis drei Stunden von Helena bis hierher, vorausgesetzt, es ist nichts los auf der Straße, sonst braucht man nämlich fast vier. Sagen wir also, er hatte ungefähr vier Stunden, bevor auf Grayson geschossen wurde, Feierabend. Dann wäre ihm gerade genug Zeit geblieben, hinzufahren, um den Wagen zu parken, die Ski anzuschnallen und Grayson aufzulauern. Ein durchaus mögliches Szenario, wenn er bis drei, halb vier Uhr morgens gearbeitet hätte.«
»Aber wenn er gar nicht …«, begann Alvarez, dann sagte sie entschlossen: »Ich werde das überprüfen.«
Zum ersten Mal, seit sie gesehen hatte, wie ihr Boss niederge-

schossen worden war, verspürte Pescoli einen Funken Hoffnung. Vielleicht, ganz vielleicht, würden sie den Scheißkerl bald fassen ... Verdago hatte seinem Schwager die Kehle aufgeschlitzt, aber er war ein Scharfschütze. Und er hasste Grayson. Doch was sollte ihn dazu getrieben haben, ausgerechnet jetzt Jagd auf den Sheriff zu machen? Er war schließlich schon vor sechs Monaten aus dem Gefängnis entlassen worden. Gab es einen bestimmten Auslöser für den Übergriff, oder war er einfach nur ein geduldiger Mensch, der auf die passende Gelegenheit gewartet hatte?

»Na los, suchen wir ihn.«

»Brewster hat bereits zwei Detectives auf ihn angesetzt.«

»Gut.« Pescoli rief sich das Bild des Mannes ins Gedächtnis, der jetzt Mitte dreißig sein musste – ein kleiner, muskulöser Kraftprotz. Als sie Verdago das letzte Mal gesehen hatte, war sein Schädel kahlrasiert gewesen, dort, wo einst Haare waren, prangte ein tätowierter Totenkopf. Oberlippe und Wangen zierte ein dicker Walrossbart. »Vielleicht haben wir Glück.«

»Vielleicht.« Alvarez zog nachdenklich ihre dunklen Augenbrauen zusammen.

»Und in der Zwischenzeit konzentrieren wir uns auf Graysons zweite Frau. Wie hieß sie noch gleich? Ach ja, Akina.« Pescoli warf ihrer Partnerin einen Blick zu. »Dann lass uns mal schauen, was sich hinter der Haustür von Mrs. Dan Grayson Nummer zwei verbirgt.«

Kapitel zwölf

»Das Ganze gefällt mir nicht, und zwar absolut nicht«, sagte Cade Grayson, als er den Wasserhahn der Haupttränke im Stall zudrehte. »Dans Zustand ist nach wie vor kritisch, und die Ärzte sagen uns nicht wirklich, was Sache ist.«

»Vielleicht können sie das nicht. So ein Schädel-Hirn-Trauma ist eine komplizierte Sache.« Zed schaufelte Hafer in den Futterbehälter. Sofort vergruben die Pferde ihre samtigen Schnauzen darin.

Für gewöhnlich wirkte der Stall beruhigend auf Cade. Bei dem gedimmten Licht, dem Geruch nach Staub, Pferdeäpfeln und Leder und dem Geräusch der im Stroh scharrenden Hufe fühlte er sich einfach am wohlsten. Dies war der Teil der Ranch, der ihm ein Gefühl der Geborgenheit bot, hier war er zu Hause. Das Zaumzeug baumelte von den Dachbalken, Sättel lagen auf Sägeböcken, auf dem Heuboden über dem Stall stapelten sich die Heuballen, an den Wänden hingen jede Menge Werkzeug und Ausrüstung, die in keinem Pferdestall fehlen durften. Soweit er sich erinnerte, hatte die Gegenwart von Pferden schon immer eine beruhigende Wirkung auf ihn ausgeübt.

Bis gestern. Er hatte die Tiere versorgt, einen alten Westernsong auf den Lippen, als sein Handy geklingelt hatte. Ohne einen Blick aufs Display zu werfen, war er drangegangen. Jemand vom Büro des Sheriffs hatte ihm mitgeteilt, dass auf seinen Bruder ein Mordanschlag verübt worden war.

Seitdem fühlte er sich im Pferdestall alles andere als wohl, musste ständig an diesen alles verändernden Anruf denken.

»Ich fahre ins Krankenhaus«, sagte er zu Zed, als er nun die Leiter zum Heuboden hinaufkletterte.

»In dem Zustand solltest du besser nicht fahren.«

»Sehr komisch.« Cade hievte sich auf die rund hundert Jahre alten Bodendielen und wartete ab, bis sich seine Augen an das dämmrige Licht gewöhnt hatten, dann schnappte er sich einen Heuballen, rief: »Achtung!«, und warf ihn durch die Öffnung nach unten. Danach griff er nach dem nächsten Ballen, der mit einem dumpfen Knall auf dem Boden landete.

»Das ist genug!«, blaffte Zed.

Cade setzte seinen Stiefel auf die oberste Sprosse der Leiter, doch er zögerte, als sein Blick auf das runde Fenster gleich unterhalb des Dachfirsts fiel. Eisüberzogen bildete es eine undurchsichtige Pforte zu dem trüben Tag dahinter. Die Abenddämmerung senkte sich über die Berge, Wolkenschatten jagten über die Hänge.

Eine Erinnerung zuckte vor seinem inneren Auge auf, das Bild einer nackten Frau, die mit dem Gesicht nach unten auf einer Decke lag, der sanft geschwungene Rücken und die runden Pobacken schimmerten bleich im Mondlicht, das durch ebenjenes Fenster fiel. Auf dem Heuboden war es warm, die Hitze des Sommers, gespeichert unter den Dachsparren.

Seine Kehle wurde rauh, als er an den Duft des frisch gemähten Heus dachte, an das Summen der Insekten und das Heulen eines Kojoten, das klagend die Stille der Nacht durchbrach. Sie lag auf der alten Decke, die er sonst auf der Ladefläche seines Pick-ups aufbewahrte. All seine Sinne waren in jener Nacht quicklebendig gewesen, geschärft von der sexuellen Begierde, der Vorfreude auf die leidenschaftliche Vereinigung, die den besonderen Reiz des Verbotenen in sich trug.

In jener Nacht hatte er seinen Verstand einfach ausgeschaltet und sein Gefühl die Oberhand gewinnen lassen. Er wusste, dass es nicht richtig war, was er da tat, doch sämtliche Bedenken waren dahin, sobald er ihren ersten, zögerlichen Kuss gekostet hatte. Ihre zitternden Lippen, tiefrot von ein bisschen zu viel Wein, hatten sich ihm geöffnet, warm, nachgiebig und ach-so-verführerisch.

Sie hatte sich nicht gewehrt, als er unter ihre Bluse griff. Forschend waren seine Finger über ihren Brustkorb geglitten, und dann waren sie beide plötzlich nackt, die Kleider abgestreift von ungeduldigen Händen.

Irgendwo in der Ferne ratterte geräuschvoll ein Zug über die uralten Gleise. Auf dem Heuboden war es heiß, die Augusthitze schweißtreibend. Er beugte sich vor, atmete ihr Parfüm ein, berührte ihre Brüste und spürte, wie sich ihre Brustspitzen unter seinen Fingern aufrichteten.

Sein Schritt wurde eng, sein Schwanz, hart und allzeit bereit, forderte sein Recht.

»Wir sollten das nicht tun«, flüsterte sie. Eins der Pferde wieherte leise.

»Zu spät.« Er schob seinen nackten Körper auf sie, und sie stöhnte und drehte sich langsam um, die Hände zu Fäusten geballt.

»Cade –«

»Pscht – du wirst es nicht bereuen.« Er streichelte ihr mit seinem Schwanz über den Bauch und spürte ihr Verlangen, sah, wie sie ihm die Hüfte entgegenhob. Sie wollte ihn genauso sehr, wie er sie wollte, mit demselben leidenschaftlichen Verlangen.

Als sie nichts erwiderte, schloss er die Augen und versuchte, seine Begierde zu zügeln, doch sein Blut kochte, sein Schwanz pochte, und ihre weiche, weiße Haut war unwiderstehlich.

»Willst du, dass ich aufhöre?«, fragte er gepresst.
Sie zögerte. Dann, endlich, sagte sie: »Nein.«
»Höre ich da ein Aber?«
»Was wir hier tun, ist falsch. Du weißt das, und ich weiß es auch.«
Na und? Wen kümmert's?
»Ich versichere dir, Liebes, daran ist nichts Falsches. Du und ich, das ist schon okay, es ist doch schön, wenn wir uns gut fühlen.«
»Hier geht es nicht darum, dass wir uns gut fühlen, das weißt du ganz genau!« O Gott, gleich würde sie in Tränen ausbrechen.
Er wollte ihr widersprechen, *unbedingt,* obgleich er genau wusste, was sie meinte. Er wollte nur nicht über die Folgen ihres Handelns nachdenken, die sich unweigerlich ergeben würden. Sei's drum, morgen würde ein neuer Tag anbrechen. Aber heute Abend, heute war sie hier. Bereit, warm und willig … er konnte sogar riechen, wie sehr sie ihn begehrte.
»Noch könnte ich aufhören«, räumte er ein und kniff ihr ganz leicht in die Brustwarze, um ihre Lust zu steigern, vermischt mit einem Hauch von Schmerz.
Sie drückte den Rücken durch, wölbte sich ihm entgegen, und er spürte, wie ihr Widerstand brach. Sie war sein.
»Sag mir, dass du mich nicht willst«, flüsterte er.
Ihre Antwort war ein leises Stöhnen. Sie hob die Hüfte noch ein Stück weiter, lud ihn ein, sich in ihr zu versenken.
Er drückte sich an sie. Nahm, auf die Ellbogen gestützt, beide Brüste in die Hände und rieb über ihre steinharten Nippel.
»Ahh«, flüsterte sie bei seiner Berührung. »Cade …«
»Ja?«, hauchte er ihr ins Ohr.

Sie schauderte.
»Was willst du?«
»Alles.« Sie fing an, sich zu bewegen, sich an ihm zu reiben. »Ich ... will ... alles.«
Und das wollte er auch. Die Augen geschlossen, übertrat er die zerbrechliche Grenze der Loyalität, stieß in sie und veränderte damit sein Leben für immer.
Selbst jetzt noch zuckte sein Schwanz bei der Erinnerung, und er wusste binnen eines Herzschlags, dass er – sollte er die Chance bekommen, sein Leben zurückzuspulen – wieder ganz genauso handeln würde.
Verflucht, was war er bloß für ein Scheißkerl! Frustriert fuhr er sich mit den Fingern durchs Haar und versuchte, die lebhafte Erinnerung aus seinem Kopf zu verbannen. Es war vorbei. Aus und vorbei. Das Leben hatte seinen Lauf genommen, hatte sich verändert. Und Bart hatte *sein* Leben verloren.
»Herrgott noch mal«, flüsterte er fast unhörbar.
»He, träumst du, oder was?«, rief Zed von unten.
Wie lange hatte er hier oben auf der Leiter gestanden, gefangen in dem Netz aus Erinnerungen, das ihm stets ein wenig die Luft abzuschnüren schien?
»Bin schon unterwegs!« Eilig trat er den Weg nach unten an, wobei er sich an den beiden Stangen seitlich der Sprossen festhielt und so die Leiter hinabglitt, ohne die Sprossen zu berühren, wie er es als Kind getan hatte. Als seine Stiefel die alten Bodendielen berührten, sah er, dass Zed bereits das Heu in den Futterbehältern verteilt hatte.
»Was zum Teufel hast du da oben gemacht?«, fragte Zed.
»Nichts.«
»Aber sicher doch.«
Cade spürte, wie sein rechter Mundwinkel in die Höhe zuckte. *Wenn du wüsstest, Bruderherz.*

»Bist du fertig?«, fragte er Zed und deutete auf die Futterbehälter, um die sich die Pferde versammelt hatten, die Schnauzen tief ins frische Heu gesenkt.

»Was denkst du denn?« Zed schnaubte, und der rötlich braune Wallach, Seine Majestät, hob den Kopf und blickte Cade neugierig an. Mein Gott, wie sehr er diesen Wallach liebte! Mit seinen zwanzig Jahren hatte Seine Majestät die besten Jahre schon hinter sich, doch das American Quarter Horse hatte noch das gewisse Funkeln in den Augen und liebte es, wie verrückt mit Cade auf dem Rücken übers offene Feld zu galoppieren.

Cade griff nach seinem Hut und stülpte ihn sich auf den Kopf. »Dann kann ich ja abhauen.«

»Mach den Ärzten die Hölle heiß und sag mir Bescheid, sobald es etwas Neues gibt.« Zed hängte die Heugabel an den dafür vorgesehenen Nagel an der Stallwand. Solange Cade denken konnte, hatte sie dort gehangen.

»Das mache ich.« Cade schlüpfte durch die Schiebetür hinaus in die nebelverhangene Dämmerung und sah, wie sein Atem Wölkchen bildete. Die Hände in den Taschen, stapfte er den Pfad aus plattgetrampeltem Schnee entlang und durch ein rostiges Tor, das die Koppel vom Garten des Ranchhauses trennte. Im Haus nahm er seine Schlüssel von einem Haken neben der Hintertür und ging in die Garage.

Er fragte sich, ob er im Krankenhaus Hattie wiedersehen würde, doch dann beschloss er, dass ihm das egal sein konnte. Trotzdem, es wäre besser, wenn sie nicht da war.

Akina Grayson Bellows wusste von gar nichts, genau wie Pescoli vermutet hatte. Die ganze Zeit über – von dem Augenblick an, an dem sie an die Haustür geklopft hatten, bis zu der Minute, in der sie sich verabschiedeten – hatte Graysons

zierliche zweite Ehefrau auf die Uhr gesehen, während sie ihre ein Jahr alte Tochter auf dem Arm hielt.
Mindestens zehn Jahre jünger als Grayson, das glatte schwarze Haar im Nacken geknotet, die mandelförmigen Augen aufgeweckt und interessiert, zeigte sich Akina so offen, ihre Beziehung mit Grayson betreffend, wie Cara verschlossen gewesen war.
»Kommen Sie doch bitte herein«, sagte sie und winkte Alvarez und Pescoli in ihre kleine Doppelhaushälfte, die voller Babyspielzeug und Babyausstattung war. Inmitten des Chaos stand ein kleiner Weihnachtsbaum. Durch den Durchgang zur Küche war der Esstisch zu sehen, der vollgestellt war mit schmutzigem Geschirr. Die Hintertür stand offen und gab den Blick auf zwei überquellende Wäschekörbe frei. Auf dem Fußboden standen zwei Futternäpfe.
Ihre Tochter auf der Hüfte, scheuchte Akina eine weiße Katze von der Couch im Wohnzimmer und machte einen Platz für die beiden Detectives frei. Der Übergriff auf den Sheriff schien ihr aufrichtig leidzutun.
»Ich habe davon gelesen. Wirklich unfassbar. Wenn ich Ihnen irgendwie helfen kann, sagen Sie es mir einfach. Mein Gott, ist das entsetzlich!«
Ihr Handy auf dem Couchtisch piepste. Sie blickte aufs Display, lächelte und sagte: »Einen Augenblick, bitte. Das ist mein Mann. Ich habe schon auf seine SMS gewartet.« Ihre Finger flogen über die Tastatur, während ihr knuffiges Baby fröhlich gluckste.
»So. Sie müssen entschuldigen. Ich habe kurz nach der Scheidung von Dan wieder geheiratet, und das Resultat sehen Sie hier.« Sie kitzelte die Kleine, die noch lauter gluckste, dann nahm sie auf einem Sessel Platz. »Was möchten Sie wissen?«

»Fangen wir beim gestrigen Vormittag an«, schlug Alvarez vor.

»Der erste Weihnachtstag. Wir waren alle hier. Mein Mann, ich, unsere Tochter und sein Sohn Monty. Rick war ebenfalls schon einmal verheiratet, und Monty, er ist sechs, war zu Besuch.«

Aha, dachte Pescoli. Daher also die Nerf-Gun-Verpackungen und die Spielzeuglaster auf dem untersten Brett des vom Boden bis zur Decke reichenden Bücherregals.

Akina wirkte glücklich, als sie weitersprach: »Für unsere Tochter ist es das erste Weihnachtsfest, deshalb ist es auch für uns etwas ganz Besonderes.« Ihre Augen leuchteten vor Stolz auf ihr erstes Kind. Pescoli verspürte einen kleinen Stich, als sie an die Zeit vor neunzehn Jahren dachte und daran, wie sie mit dem kleinen Jeremy das erste Weihnachtsfest verbracht hatten. Joe hatte ihm eine große rote Schleife um das kahle Köpfchen gebunden, ihn unter den Baum gelegt und ein Dutzend Schnappschüsse gemacht, während Jeremy fasziniert die mit Lichtern geschmückte Zweige über ihm betrachtet hatte. Und jetzt … jetzt war Joe tot, und sie schaffte es noch nicht einmal, gemeinsam mit ihren Kindern den Weihnachtsmorgen zu verbringen. *Mildernde Umstände,* rief sie sich ins Gedächtnis, doch das nagende Schuldgefühl wollte nicht weichen.

Währenddessen plauderte Akina, die vor ihrem Mutterschaftsurlaub Buchhalterin gewesen war, über Sachis erstes Weihnachtsfest. Sie konnte sich kaum bremsen vor Begeisterung. Schließlich schwieg sie für einen Augenblick und sagte dann: »Einfach schrecklich, was Dan passiert ist.« Doch ihre Worte klangen so, als sei die Vorstellung, Grayson könnte tatsächlich sterben, etwas völlig Abstraktes für sie.

Sie unterhielten sich fast eine halbe Stunde, aber am Ende hatte Akina ihnen nichts erzählt, was ihnen weitergeholfen hätte. Ihre Ehe mit Dan war zu kurz gewesen, die Beziehung eine stürmische Romanze, die ihr über den Tod ihres Vaters hinweggeholfen hatte. Akina gab rundheraus zu, dass sie eine Vaterfigur gesucht hatte, doch dann waren Dans Job und der Altersunterschied zum Problem geworden. In einem Blockhaus inmitten der einsamen Wälder zu sein, während ihr Ehemann bis zu sechzehn Stunden täglich seiner Arbeit bei der Polizei nachging, war nicht ihre Vorstellung von einem gemeinsamen Leben gewesen.

»Während Dans Abwesenheit habe ich viel Zeit am Computer verbracht und den Kontakt mit meinem jetzigen Ehemann wiederhergestellt«, gab sie zu. »Wir kannten uns von der Highschool, waren damals für kurze Zeit ein Paar, doch dann hatten wir uns aus den Augen verloren. Ich bin nicht stolz darauf, aber so ist es nun einmal passiert.« Ihre dunklen Augen richteten sich auf das Baby, das sich sämtliche Finger einer Hand in den Mund steckte. »Rick und ich fingen an zu kommunizieren. E-Mails, SMS, wir haben auch telefoniert. Dan erfuhr davon, doch das war im Grunde egal, zu der Zeit hatte ich ohnehin schon mit einem Rechtsanwalt gesprochen. Wir ließen uns scheiden, Rick und ich heirateten, und jetzt haben wir Sachi.« Sie lächelte ihr Baby an, und ihre Tochter, die Finger im Mund, grinste zurück. »Ich könnte nicht glücklicher sein«, behauptete Akina erneut, und Pescoli glaubte ihr.

»Was ist mit Dans erster Ehefrau?«

»Oh. Cara.« Akina verdrehte die Augen. Sachi nahm die Finger aus dem Mund und fing an zu quengeln, beruhigte sich jedoch schnell, als Akina ihr einen Schnuller zwischen die Lippen steckte. »Eine seltsame Angelegenheit, wenn Sie mich fragen. Das tun Sie doch, oder?« Sie lächelte, dann stieß sie einen tiefen Seufzer aus. »Sie war schon mit Nolan verheiratet, doch sie rief Dan ständig an. Immer wieder. Er möge bitte vorbeikommen und irgendetwas reparieren. Einmal ging es um einen tropfenden Wasserhahn. Es war nach Feierabend, Nolan war nicht in der Stadt, und Cara konnte keinen Klempner auftreiben, also musste der gute alte Dan zu Hilfe eilen … Ein andermal … Mein Gott, was war da noch? Ach ja, eine Glühbirne ließ sich nicht aus der Fassung drehen. Dan ist sofort zu ihr getrabt, wie ein dressiertes Pony. Ups, Entschuldigung, das wollte ich nicht sagen. Nun, wie dem auch sei, Cara behauptete stets, dass ihr Mann Nolan zwei linke Hände habe, wenn es um praktische häusliche Tätigkeiten ging.« Sie warf Pescoli einen verständnisheischenden Blick von Frau zu Frau zu, dann fuhr sie fort: »Also hat sie angerufen, und ruck, zuck war er weg. Nachdem er ohnehin schon Überstunden gemacht hatte. Ließ *seine* Frau allein zu Hause sitzen. Wieder einmal. Und so ging es immer weiter.« Akina hob die freie Hand, als könnte sie das einfach nicht verstehen. »Mir gefiel das gar nicht. Zuerst war ich eifersüchtig, aber das änderte auch nichts. Dan war Rancher gewesen, bevor er Cop wurde, und er kann alles reparieren. Genau das hat Cara ausgenutzt. *Ihn* hat sie ausgenutzt.«

»Was haben Sie daraufhin getan?«

»Wie ich schon sagte: Ich frischte via Internet den Kontakt mit alten Freunden auf. Rick und ich fanden zusammen, als wir ein Ehemaligentreffen unseres Highschool-Jahrgangs organisierten. Er war geschieden, ich war … unglücklich, und so kam es dazu, dass es zwischen uns erneut gefunkt hat.«

»Machen Sie Cara für das Scheitern Ihrer Ehe mit Dan verantwortlich?«, fragte Alvarez.

»O nein. Ich war mir ohnehin nicht sicher, ob unsere Ehe das Richtige war.« Sie schüttelte den Kopf. »Ich denke, ich gebe nicht einmal Dan die Schuld. Ich mache mich selbst und Rick dafür verantwortlich, aber glauben Sie mir, mich von Dan scheiden zu lassen, war die beste Entscheidung, die ich je getroffen habe.«

»War Dan wütend, als er davon erfuhr?«, bohrte Alvarez.

»Von Rick und mir? ›Erleichtert‹ wäre das treffendere Wort. Natürlich war er aufgebracht, aber nicht wirklich. Er kam mir nicht mal überrascht vor. Im Ernst, unsere Ehe war ein Fehler. Wir beide wussten das.« Für eine Sekunde wirkte sie traurig. »Dan ist ein guter Kerl, und es tut mir aufrichtig leid, was passiert ist. Wissen Sie schon, wer das getan haben könnte?«

»Wir arbeiten daran«, erklärte Pescoli wieder einmal. »Können Sie sich denn vorstellen, wer ein Interesse daran haben könnte, ihn umzubringen?«

»Einer von den Verrückten, die er ins Gefängnis geschickt hat, natürlich.« Akina senkte die Stimme, als fürchte sie, belauscht zu werden. »Manche von denen haben wirklich nicht alle Tassen im Schrank.«

»Denken Sie an jemand Bestimmten?«, fragte Alvarez beiläufig.

»Hm. Er hat nur selten Arbeit mit nach Hause genommen – und damit meine ich auch, dass er nicht mit mir über seine Fälle gesprochen hat. Aber warten Sie«, sagte sie dann, als sei ihr plötzlich etwas eingefallen. »Da gab es tatsächlich einen Kerl, der ihm ganz besonders zusetzte. Er hieß … er hieß … verflixt, ich kann mich nicht an seinen Namen erinnern.« Sie biss sich auf die Lippe und schüttelte nachdenklich den Kopf. »So ähnlich wie Renfro? Nein … Red Neck!« Sie kicherte, dann zog sie die Augenbrauen zusammen. »Gleich hab ich's. Rennick?« Akina sah Pescoli fragend an. »Gleich fällt es mir wieder ein. Es liegt mir schon auf der Zungenspitze!«

»Resler?«, fragte Alvarez.

»Resler! Ja! Das ist es.« Sie wäre fast vom Stuhl gesprungen, als hätte sie soeben die letzte Frage von *Wer wird Millionär?* beantwortet. »Gary Resler!«

»Gerry«, korrigierte Alvarez.

»Ja. So hieß er. Gary. Gerry. Das ist richtig.«

Ihr Handy piepste erneut, und sie warf einen raschen Blick aufs Display. Eine weitere SMS. »Gerry Resler«, wiederholte Akina, als wollte sie sich diesen Namen für immer einprägen. »Jetzt erinnere ich mich. Der Typ war völlig durchgeknallt.« Doch ihre Aufmerksamkeit galt jetzt nicht mehr Dan und seinem potenziellen Mörder, sondern dem Telefon auf dem Couchtisch.

»Was ist mit Nolan Banks?«, fragte Pescoli.

Akina nahm das Handy zur Hand und tippte eine SMS ein. »Dieser Waschlappen? Ein Killer? Dass ich nicht lache.«

»Er könnte sauer gewesen sein, weil Dan sich um seine Frau kümmert«, sagte Pescoli.

Graysons Ex-Frau blickte vom Display auf. »Es gibt sauer, und es gibt *extrem sauer.* Ich glaube nicht, dass Nolan *extrem sauer* werden kann.«

»Was ist mit Graysons Vermögen?«, warf Alvarez ein.

»Welches Vermögen? Seine Rente und sein Anteil an der Familienranch?« Sie legte das Handy zurück auf den Tisch. »Dan Grayson ist kein reicher Mann. Und überhaupt, was sollte Nolan Banks Dans Vermögen kümmern?« Langsam dämmerte es ihr. »Sie glauben, *sie* ist diejenige, die Dan beerben würde? Cara? Das ist der Hammer! Nun, wenn das tatsächlich der Fall sein sollte, ist Dan ein Idiot. Ich fasse es nicht!«

Alvarez stellte ihr eine letzte Frage: »Dachten Sie, Sie würden seinen Anteil an der Ranch erben?«

»Machen Sie Witze?« Akina schüttelte den Kopf. Ihre kleine Tochter fasste nach dem Gummiband, das ihre Haare aus dem

Gesicht hielt. »Ich habe bislang nicht viel darüber nachgedacht, da ich immer davon ausgegangen bin, er würde alles, was er besitzt, seinen Brüdern oder seinen Nichten vererben. Er ist ganz verrückt nach den Mädchen! So«, sagte sie dann und warf erneut einen Blick auf die Uhr. »Jetzt ist es aber wirklich Zeit für Sachis Schläfchen.«

Alvarez und Pescoli standen auf, und Akina begleitete sie zur Tür. »Richten Sie Dan doch bitte gute Besserung von mir aus, sollte er inzwischen wieder aufgewacht sein.«

Kapitel dreizehn

Es tut mir leid, Mr. Grayson, ich kann Ihnen keine Antworten auf Ihre Fragen geben.« Karen Skinner, die Intensivschwester, blickte auf das Diagramm auf ihrem Monitor. »Die Vitalwerte Ihres Bruders sind überraschend stabil angesichts des Schädel-Hirn-Traumas, das er erlitten hat, aber da ist ja auch noch die Brustverletzung. Insgesamt befindet er sich nach wie vor in einem kritischen Zustand.«

Cade wandte den Kopf und sah zu Dan hinüber, der angeschlossen an Dutzende von elektronischen Geräten in seinem Krankenbett lag, dann wandte er sich wieder der Schwester zu. »Wann wird der Arzt nach ihm sehen?«

»Dr. Bennett wird am späteren Nachmittag vorbeischauen. Sie war heute Morgen schon hier. Dr. Kapule hat Spätschicht. Sie können ihn heute Abend sprechen.« Sie bemerkte sein Zögern. »Ich werde veranlassen, dass sie sich telefonisch mit Ihnen in Verbindung setzen.«

»Tun Sie das«, sagte Cade und schaute erneut zu seinem Bruder hinüber. Armer Kerl. Wer würde solche Verletzungen schon überleben? Dan war stark, aber das war einfach zu viel. Er presste die Kiefer aufeinander. Der bewusstlose Mann zwischen den sterilen Laken hatte keinerlei Ähnlichkeit mit seinem Bruder.

Nachdem er zwei Stunden bei Dan gewacht hatte, spürte er, dass es Zeit war zu gehen. Nichts hatte sich verändert. Und es würde sich auch noch eine ganze Zeitlang nichts ändern.

Doch hier, im Krankenhaus, war er zumindest in Sicherheit.
Vor wem?
Er war im Kopf bereits sämtliche Feinde durchgegangen, die sich Dan in seinem Leben gemacht haben könnte – von Football-Rivalen über politische Gegner bis hin zu seinen Arbeitskollegen, doch ihm war niemand eingefallen. Abgesehen von ein paar Straftätern, die Dan hinter Gitter gebracht hatte, und ihren Familien, konnte sich Cade nicht vorstellen, dass jemand eine solche Gewalttat begehen würde.
Und wer immer versucht hatte, seinen Bruder auszuschalten, war ein verdammt guter Schütze, ein Jäger vielleicht, jemand vom Militär oder sogar ein Cop.
Seit gestern Morgen nun drehten sich seine Gedanken im Kreis, wollten einfach nicht zur Ruhe kommen. Was für eine Welt, in der ein Mann nicht einmal am ersten Weihnachtstag in seinen eigenen vier Wänden in Sicherheit war!
Er wandte sich zum Gehen. Die Intensivschwester drückte auf den Summer, um ihm die Glastür zu öffnen, und er betrat den Warteraum und ging an der Polizistin vorbei, die Dan bewachte. Er nickte der Frau zu. Er wusste, dass die Mitarbeiter des Departments, die Schwestern und Ärzte rotierten, und er hoffte nur, dass die Sicherheitsmaßnahmen ausreichten.
Als er das Northern General Hospital verließ, fielen ihm Hatties Beteuerungen ein, jemand habe Bart ermordet, doch Cade hatte nie so recht daran geglaubt. Allzu deutlich erinnerte er Barts Verzweiflung, seine Depressionen. Eines Abends, als er von einem kurzen Abstecher in die Stadt auf die Ranch zurückgekehrt war, hatte er gehört, wie im Wohnzimmer der Fernseher lief. Es war kurz nach Barts Scheidung von Hattie gewesen. Cade war den Flur entlanggegangen, hatte Mantel und Hut abgelegt und Schlüssel und Brieftasche auf einen kleinen Tisch neben der Treppe geworfen. Aus dem Wohn-

zimmer drangen die Geräusche eines Football-Spiels. Es war dunkel im Raum, der große Fernseher die einzige Lichtquelle. Bart saß in seinem Lieblingsledersessel, eine halbleere Flasche Whiskey auf dem Couchtisch, ein leeres Glas auf dem Beistelltisch neben sich, Daddys Revolver, Kaliber .45, in den Händen. Er drehte unablässig den Zylinder, während er das Spiel verfolgte. Auf dem Tisch lag ein dicker gefütterter DIN-A4-Umschlag, adressiert an Bartholomew Grayson. Der Absender war von der Kanzlei, die Bart während seiner Scheidung vertreten hatte.

»Bart?«, hatte Cade misstrauisch gefragt.

»Hi«, hatte sein Bruder erwidert, ohne den Blick vom Fernseher zu wenden.

»Was ist los?«

»Nichts. Ich sehe mir nur das Spiel an.«

»Mit einer Knarre in der Hand.«

Bart hatte geblinzelt und stirnrunzelnd auf seine Hände hinabgeblickt. »Ja. Sieht so aus.«

»Warum?«

Achselzucken.

»Ist die geladen?«

»Glaube schon.«

»Vielleicht solltest du sie dann lieber beiseitelegen.« Cade hatte die Hand ausgestreckt. Endlich hob sein Bruder den Blick. Was Cade in jenem Moment sah, ließ sein Herz gefrieren. Die Augen seines Bruders waren wie tot, abgestorben, das einzige Funkeln darin stammte von den Lichtreflexionen des Fernsehers. Sein Blick war eine stumme Anklage.

»Vielleicht solltest du zur Hölle fahren.«

Cades Hand war noch immer ausgestreckt, die Handfläche nach oben gerichtet, die Finger gespreizt, um die Waffe in Empfang zu nehmen.

Sein Bruder hielt seinem Blick stand.
Cade fühlte, wie die Sekunden verstrichen. Ein Schweißtropfen rann ihm das Rückgrat hinab, während er überlegte, was er nun tun sollte.
»Gib schon her, Bart. Du weißt doch, Whiskey und Schusswaffen sind keine gute Kombination.«
Durchs Fenster fiel das Licht zweier Scheinwerfer. Bart blinzelte. »Wer kommt denn jetzt noch?«
»Dan.«
»Warum?«
»Er dachte, wir vier könnten das Spiel zu Ende schauen und anschließend ein bisschen pokern.«
»Zed ist nicht da. Ist nach Missoula gefahren, um sich mit Sally zu treffen.«
Sally Eberhart war die Witwe eines guten Freundes. Seit seinem Tod vor ein paar Jahren traf sich Zed ab und an mit ihr.
»Dann schauen wir uns das Spiel eben zu dritt an. Komm schon, Bart! Vielleicht können wir Dan diesmal besiegen und uns wenigstens einen Teil von unserem Geld zurückholen.«
Er hörte, wie sich mit einem Quietschen die Hintertür öffnete und gleich darauf wieder zuschlug.
»Bereit, ein bisschen Bares zu verlieren?«, rief Dan fröhlich aus der Küche. Stiefelschritte hallten von den Bodendielen wider und wurden lauter.
Bart fixierte Cade mit zusammengekniffenen Augen. Seine Nasenflügel bebten. »Du bist ein Arschloch.«
»Das hat man mir schon mal gesagt.«
Zögernd reichte Bart seinem Bruder den Revolver. »Ich hatte nicht vor, heute Abend zu pokern.«
»Man kann seine Pläne auch schon mal ändern«, erwiderte Cade und leerte das Magazin, aus dem eine einzige Kugel her-

ausfiel. »Nur damit das klar ist: Russisches Roulette ist keine so gute Idee.«

»Du weißt nicht, wovon du redest«, hatte Bart voller Hass erwidert, dann hatte er die Whiskeyflasche zugeschraubt und sich aus seinem Sessel erhoben. »Aber deine Ideen waren immer schon scheiße.«

Cade sah keinen Grund, ihm zu widersprechen.

Im Stadion brachen die Fans der Seahawks in Jubel aus.

Ohne darauf zu achten, schlurfte Bart aus dem Wohnzimmer.

Cade behielt den Revolver.

Seitdem lag er sicher verwahrt in der untersten Schublade des Nachtschränkchens neben Cades Bett.

Hinter der Familienbibel.

Ein Schwall warmer Luft, vermischt mit dem Duft von Oregano und Tomatensoße, schlug Pescoli entgegen, als sie Dinos Pizzeria betrat. Es war ein langer Tag gewesen. Alvarez und sie waren mehreren Hinweisen nachgegangen, doch sie kamen einfach nicht weiter, die Ermittlungen schienen irgendwie festgefahren zu sein. Graysons Zustand war ebenfalls unverändert. Die Alibis der entlassenen Straftäter waren wasserdicht, zumindest bis jetzt, und die verschwundene Richterin war auch noch nicht aufgetaucht, auch wenn sie nicht wussten, ob ein Zusammenhang zwischen den beiden Fällen bestand.

Pescoli hatte vorhin angerufen und zwei Pizzas vorbestellt, eine mit Schinken und Salami für Jeremy, eine vegetarische für Bianca. So waren ihre Kinder nun einmal – grundverschieden, wie Tag und Nacht. Sie selbst würde sich von jeder Pizza ein Stück abschneiden, dann würden sie sich vor dem Baum versammeln und Geschenke austauschen, und dann wäre Weihnachten auch schon vorüber.

Sie schlängelte sich durch das ungefähr zur Hälfte gefüllte Restaurant. Ein paar Familien drängten sich an den kleineren Tischen in der Nähe des Kamins, und eine Gruppe Teenager, die offenbar genug hatte von Großmutters guter Hausmannskost, schlug sich den Magen mit Pizza voll. In einer Ecke der Pizzeria hatten die Kids gleich mehrere Sitznischen mit Beschlag belegt, lachten, unterhielten sich und – wie könnte es auch anders sein? – verschickten unablässig SMS. Die Hilfskellner kamen kaum nach, die vielen halbleeren Limonadenbecher und Teller mit Pizzarändern abzuräumen.

Pescoli nannte ihre Bestellung, und ein mürrisch dreinblickender Mittzwanziger griff nach ihren beiden Schachteln, die unter den Wärmelampen standen. »Eric« stand auf seinem Namensschild, was Pescoli auf die Idee brachte, dass er der unerwünschte Freund von Allison Banks sein könnte.

Hm.

»Sind Sie ein Freund von Allison Banks?«, fragte sie spontan, als er die beiden flachen Schachteln zur Kasse brachte. Seine dunklen Augen funkelten.

»Ja, ich kenne sie«, erwiderte er misstrauisch.

»Ich dachte, Sie wollten noch bei ihr vorbeischauen.«

»Wer sind Sie …«, fragte er und schaute auf ihren Bestellschein. »… Regan?«

»Um ehrlich zu sein, bin ich ein Detective vom Büro des Sheriffs von Pinewood County.«

Ein Anflug von Panik flackerte in seinen dunklen Augen auf. »Was hat Alli mit den Cops zu schaffen?« Pescoli nahm die Schachteln. »Hat sie etwas ausgefressen?«

»Nein. Wir haben nur ihrer Mutter ein paar Fragen gestellt. Sie war früher einmal mit Sheriff Grayson verheiratet.«

»Und?«

»Auf ihn wurde gestern Morgen geschossen.«

»Ach. Ja.« Er nickte. »Alle reden davon. Irgendein Heckenschütze hat ihn abgeknallt. Aber was hat das mit Alli zu tun?«
»Wie ich schon sagte: Ich habe bloß ihrer Mutter ein paar Fragen gestellt, und Alli hat von Ihnen gesprochen.«
Sein Boss, ein Mann um die siebzig mit einem dicken, grauen Schnurrbart, starrte Eric mit dem scharfen Auge eines Mannes an, der erwartet, dass Bares in seine Kasse fließt.
Mit gesenkter Stimme erklärte Eric: »Alli kann zu der Geschichte nichts sagen.«
»Sie denn?«
»Sind Sie verrückt?« Er blickte über Pescolis Schulter auf das Paar hinter ihr, das ungeduldig von einem Fuß auf den anderen trat. »Was kann ich für Sie tun?«, fragte er. Pescoli nahm ihre Schachteln und ging hinaus auf den Parkplatz. Sie hielt Eric nicht wirklich für verdächtig, konnte sich kaum vorstellen, dass er an einem Attentat auf den Sheriff beteiligt war, doch man musste nicht gerade über den IQ eines Raketentechnikers verfügen, um zu begreifen, dass er ein Problem mit der Polizei hatte. Sie nahm sich vor, sein Führungszeugnis zu überprüfen, um herauszufinden, warum Allison Banks' Freund in Gegenwart eines Cops so nervös wurde.
Nachdem sie die Pizzaschachteln auf dem Beifahrersitz abgestellt hatte, stieg sie ein und fuhr eilig die Straße hinunter Richtung Tierklinik und Hundeheim.
Jordan Eagle, die Tierärztin, hatte Pescolis Jeep schon entdeckt und Sturgis in den Empfangsbereich gebracht. Sein schwarzes Fell glänzte, um seinen Hals war ein flottes rotes Tuch gebunden. Beim Anblick eines vertrauten Gesichts brach Sturgis in freudiges Bellen aus und zerrte an seiner Leine, während er ungestüm mit dem Schwanz wedelte.
Pescoli überkam eine Woge der Erleichterung.
»Er freut sich, Sie zu sehen«, stellte Jordan Eagle fest.

»Das beruht auf Gegenseitigkeit.«
Die Tierärztin, eine schlanke Frau mit kupferfarbener Haut, ausgeprägten, hohen Wangenknochen und glattem schwarzem Haar – ein Hinweis auf ihr indianisches Erbe –, war nur knapp eins sechzig und wog weniger als fünfzig Kilo, trotzdem hatte sie eine ruhige, bestimmte Art, die ihre vierbeinigen Patienten besänftigte, welche nicht selten mehr auf die Waage brachten als sie.
»Ist alles in Ordnung mit ihm?«, erkundigte sich Pescoli.
»Ihm geht's gut«, versicherte Jordan ihr und tätschelte den alten Hund, der an der Schnauze schon grau wurde. »Ihm fehlt seine tägliche Routine, aber körperlich ist er gesund und kräftig. Seine Vitalwerte sind allesamt im Normbereich, er ist weder dehydriert, noch gibt es irgendwelche offensichtlichen Anzeichen dafür, dass er ein Trauma davongetragen hat. Er müsste die Krallen geschnitten bekommen, und ich müsste ihm etwas Zahnstein entfernen, aber dazu muss ich ihn betäuben, daher wollte ich lieber abwarten, was Sheriff Grayson dazu sagt.« Ihr Blick verdüsterte sich. »Wie geht es ihm?«
»Ich kann nur wiedergeben, was die Ärzte dem Department mitgeteilt haben«, sagte Pescoli. »Er ist am Leben und halbwegs stabil, aber er hat einen langen Weg vor sich. Vielleicht gibt das Krankenhaus Ihnen nähere Auskünfte.«
»Das bezweifle ich.« Jordan furchte besorgt die Brauen.
»Ich bin mir sicher, der stellvertretende Sheriff wird eine Pressekonferenz geben«, sagte Pescoli. »Bis dahin wissen wir hoffentlich mehr. So, was bin ich Ihnen schuldig?«
Jordan blickte lächelnd auf den Hund hinab. »Das geht aufs Haus. Grayson ist ein guter Mann, es ist schrecklich, was ihm zugestoßen ist. Außerdem ist dieser Kerl hier« – sie streichelte Sturgis' breiten Kopf – »einer meiner Lieblinge. Ich bin

einfach nur froh, dass es ihm gutgeht nach einer Nacht in dieser Kälte.«

»Das Department würde –«

»Ich weiß, aber nein, danke.« Sie schüttelte den Kopf. Es war offensichtlich, dass die Tierärztin kein Geld von Pescoli annehmen würde, also gab sie es auf. Draußen sprang Sturgis bereitwillig auf den Rücksitz von Pescolis Jeep und spähte während der Fahrt aus dem Fenster.

»Ich wünschte, ich wüsste, was du gesehen hast«, sagte Pescoli und lenkte den Jeep durch Grizzly Falls, vorbei an festlich erstrahlenden Ladenfronten mit Weihnachtsmännern, Engeln und Schneemännern auf den Fensterscheiben. Es folgte die Presbyterianische Kirche mit ihrer hell erleuchteten Krippe. Jetzt, da Weihnachten so gut wie vorüber war, machten all die Dekorationen einen etwas müden Eindruck auf Pescoli, als könnten sie es kaum erwarten, für ein weiteres Jahr eingemottet zu werden. »Das sind zur Abwechslung doch einmal positive Aussichten«, murmelte sie vor sich hin. Sie zählte zu den Leuten, die es kaum erwarten konnten, den aktuellen Kalender zu verbrennen und ins neue Jahr zu starten. Während andere in Melancholie verfielen, sobald sich der nächste Januar näherte, freute sie sich auf die vor ihr liegenden dreihundertfünfundsechzig Tage.

»Du verschleuderst dein Leben«, hatte Santana einmal zu ihr gesagt, als sie nicht zum ersten Mal zugab, was für ein wunderbares Gefühl es war, eine anstrengende Woche hinter sich gebracht zu haben. Sie hatten in seinem Pick-up gesessen, unterwegs zu einem ihrer seltenen Restaurantbesuche, er am Steuer, sie auf dem Beifahrersitz. Es war Herbst, das Wetter schlug langsam um.

»Jetzt verschon mich bitte mit diesen ›Du musst den Augenblick leben‹-Weisheiten. Ich hab's ja kapiert.« Sie trank ihre

Cola light aus und warf die leere Flasche in den Müll, eine Tüte, die er hinter den Fahrersitz gehängt hatte. »So toll ist der Augenblick nun auch wieder nicht.«
»Könnte das mit deinem Beruf als Cop zusammenhängen?«
Sie starrte durch die Windschutzscheibe, auf die dicke Regentropfen platschten. »Ich mag meinen Job. Glaub mir, es ist nicht nur ›die dunkle Kehrseite der Gesellschaft‹, die mich daran reizt. So bin ich nun mal: immer bereit für eine neue Herausforderung.« Sie wischte den Beschlag vom Beifahrerfenster. »So bin ich schon auf die Welt gekommen.«
Santana zog ungläubig eine dunkle Augenbraue in die Höhe, doch er verkniff sich weitere Bemerkungen. Zum Glück. Sie war nicht in der Stimmung für eine Grundsatzdiskussion. Das sollte man besser den großen Philosophen überlassen, und zu denen zählte sie definitiv nicht.
Sie dachte an den Ring, den er ihr geschenkt hatte, und daran, wie es wohl wäre, mit ihm verheiratet zu sein. Mit Sicherheit eine interessante Erfahrung. »Und eine Herausforderung«, sagte sie laut und fing ihren besorgten Blick im Rückspiegel auf. »Beziehungsmuffel«, murmelte sie, wohl wissend, dass sie bald eine Entscheidung treffen musste.
Santana hatte ihr klargemacht, dass er nicht für immer auf sie warten würde. Auch wenn es der Wahrheit entsprach, dass der Anschlag auf Grayson die letzten Reserven des Departments mobilisierte, würde Santana pünktlich eine Antwort erwarten.
Sie fuhr in die Garage, stellte den Motor ab und griff nach den Pizzaschachteln und ihrer Laptop-Tasche. Sturgis drängte sich an ihr vorbei und sprang aus dem Wagen. Mit der Hüfte knallte sie die Tür zu, dann drückte sie die Seitentür auf und betrat das Haus, den alten Labrador dicht auf den Fersen. Als Cisco den Eindringling erblickte, fing er laut an zu kläffen,

sträubte die Nackenhaare und zeigte Sturgis die Zähne. »Aus!«, befahl Pescoli dem kleinen Terrier, der augenblicklich Platz machte. »In diesem Haus pflegen wir alle einen freundschaftlichen Umgang miteinander.«
Cisco war alles andere als besänftigt, und anstatt sie wie sonst freudig tänzelnd zu begrüßen, hüpfte er auf sein Lieblingskissen auf der Couch und knurrte unzufrieden, die Augen fest auf den Labrador gerichtet. »Auch gut«, sagte Pescoli, ließ die Pizzaschachteln auf den Küchentresen gleiten und stellte den Laptop auf dem Tisch ab. Während sie ihren Schal ablegte, rief sie laut: »Ich bin wieder da! Mit Pizza!«
Als niemand erschien, ging sie den kurzen Flur entlang zum Zimmer ihrer Tochter, aus dem Musik drang. Sie klopfte leise an die Tür, dann öffnete sie sie und sah Bianca, nur in BH und Minitanga, vor dem großen Spiegel stehen. Stirnrunzelnd, den Kopf schräg gelegt, musterte sie eine vermeintliche Speckfalte an ihrer schmalen Taille.
»Was machst du da?«, fragte Pescoli. Bianca fuhr sichtlich zusammen.
»Mom!« Blitzschnell griff sie nach einem Kapuzenshirt, das auf ihrem ungemachten Bett lag, und zog es sich über den Kopf. »Kannst du nicht anklopfen?«
»Ich habe angeklopft.«
»Hab ich nicht gehört.«
»Kein Wunder.«
»Du solltest wenigstens warten, bis ich ›Herein!‹ gerufen habe.«
»Zu spät.« Pescoli ging zu Biancas Schreibtisch hinüber, wo zwischen Nagellackfläschchen und Make-up der iPod ihrer Tochter auf der Docking-Station stand. Sie zog Biancas Handy heraus, und die wummernde Musik verstummte augenblicklich.

»He!«
»Was machst du da, vor dem Spiegel?«
»Ich sehe mich an, oder ist das jetzt etwa verboten? Ich fahre mit Michelle in diesen Wellness-Urlaub, und ich möchte sicher sein, dass ich im Bikini gut aussehe. Gib mir mein Handy!«
»Du siehst umwerfend aus.«
»Findest du?«
»Ich *weiß* es.«
»Du hältst mich nicht für fett?«
»Großer Gott!« Sie konnte nicht fassen, was sie da hörte. Bianca war immer schon ein schlankes, durchtrainiertes Mädchen gewesen, das nicht ein Gramm zu viel am Leib hatte. »Natürlich nicht.«
»Das sagst du doch nur, weil du meine Mutter bist. Du musst das sagen. Kann ich jetzt mein Handy zurückhaben?« Sie streckte die Hand aus und wackelte ungeduldig mit den Fingern. Das verdammte Ding vibrierte schon wieder.
Pescoli warf es ihrer Tochter zu. »Vertrau mir, die Models auf dem Laufsteg würden dich um deine Figur beneiden!«
Bianca warf einen Blick auf ihr Handy, dann schaute sie erneut in den Spiegel, immer noch skeptisch. »Bist du dir sicher? Sagst du das wirklich nicht nur, weil du meine Mom bist?«
»Ich sage die Wahrheit«, erklärte Pescoli feierlich und setzte sich auf die Bettkante. Ihr Blick fiel auf einen schimmernden, türkisfarbenen Bikini in einer offenen Schachtel. Du meine Güte, war der winzig!
»Ich dachte nur, ich könnte vielleicht noch besser aussehen«, gab Bianca zu.
»Du siehst großartig aus. Glaub mir. Und genieß es, solange du noch jung bist. Okay?«

Bianca zuckte die Achseln.
»Komm, lass uns zu Abend essen. Pizza. Begründen wir einfach eine neue Tradition.«
»Okay. Keinerlei Weihnachtsfeste mehr.«
»So würde ich das nicht sagen. Eher verspätete Weihnachten oder *unweihnachtliche* Weihnachten. Außerdem habe ich einen Überraschungsgast mitgebracht.«
Bianca verdrehte die Augen. »Also wirklich, Mom. Und sag jetzt nicht, der Überraschungsgast ist Santana.«
Pescoli biss frustriert die Zähne zusammen. In den Augen ihrer Tochter war es in Ordnung, dass Luke während ihrer Ehe fremdgegangen war und schließlich eine sehr viel jüngere Frau geheiratet hatte. Bianca hatte Michelle mit offenen Armen als ihre Stiefmutter willkommen geheißen. Doch hier hörte ihr Verständnis auch schon auf. Wenn es um Santana ging oder um irgendeinen anderen Mann, mit dem sich Pescoli nach ihrer Scheidung getroffen hatte, hatte Bianca kein Hehl aus ihrer Abneigung gemacht. Sie hatte keinen von ihnen leiden können, am allerwenigsten Nate Santana.
Vermutlich spürte sie, dass es mit Santana etwas Ernstes war, weshalb sie sich auf irgendeine Art und Weise bedroht fühlte.
»Es tut mir leid, dass ich dich enttäuschen muss, aber der Überraschungsgast ist Sturgis«, sagte sie und pfiff nach dem Hund.
»Wer?« Einen Augenblick lang wirkte Bianca verwirrt. Dann steckte der Labrador vorsichtig seine Schnauze durch die Tür.
»Oh!« Ihr Gesicht hellte sich auf. »Wir behalten ihn?«
»Er wird unser Gast sein, bis der Sheriff wieder so weit hergestellt ist, dass er sich um ihn kümmern kann.«
»Super!« Bianca wandte sich dem Hund zu und klopfte einladend aufs Bett. »Komm her, mein Junge!«
Sturgis sah Pescoli unsicher an.

Pescoli zupfte die rosa Tagesdecke auf dem Himmelbett ihrer Tochter zurecht. »Vielleicht schüchtert ihn der ganze Mädchenkrempel ein.«

»Komm, Sturgis!« Bianca warf ihrer Mutter einen vernichtenden Blick zu und klopfte erneut aufs Bett. Diesmal trottete der schwarze Labrador mit gesenktem Kopf und bedächtig wedelndem Schwanz ins Zimmer. Nach kurzem Zögern sprang er aufs Bett und versank in den Myriaden von Kissen.

»Ich weiß nicht, ob das eine so gute Idee ist«, gab Pescoli zu bedenken. Als wolle er ihr den Rücken stärken, erschien Cisco auf der Schwelle und kläffte aufmerksamkeitsheischend.

»Du hältst doch nie etwas für eine gute Idee.«

Pescoli war drauf und dran zu widersprechen, doch dann sagte sie stattdessen: »Lass uns einfach daran denken, dass er dem Sheriff gehört und wir schon einen eigenen Hund haben, der ziemlich außer Rand und Band ist.« Cisco begann, eifrig im Flur auf und ab zu laufen. »War er schon draußen?«

»Keine Ahnung.«

»Ich kümmere mich darum. Aber gib in Zukunft ein bisschen besser auf ihn acht, okay?«

Keine Antwort.

Fang jetzt keinen Streit an. Schließlich wollt ihr gleich eine Art unweihnachtliches Nachweihnachtsfest veranstalten.

Regan ließ die beiden Hunde hinaus. Als sie ihr Geschäft verrichtet hatten, wischte sie ihnen die Pfoten ab, dann gab sie ihnen etwas zu fressen – Cisco auf der einen Seite der Küche, Sturgis auf der anderen. Wenigstens hörte Cisco auf zu knurren, während er mit seinem Futter beschäftigt war.

Als die Hunde versorgt waren, ging sie zu der schmalen Treppe an der Rückseite des Hauses, die zu Jeremys Zimmer im Keller führte. Sie klopfte an seine Tür, spürte, wie sie nachgab, und öffnete sie. Der Raum war dunkel, abgesehen von einer Lavalampe, deren gallertartige Klumpen langsam auf und ab glitten und einen unheimlichen Schimmer verbreiteten. »Jer–?«

»Er ist nicht da!«, rief Bianca die Treppe hinunter. »Ich hab ihm gerade eine SMS geschickt.«

»Und wo ist er?«

Bianca warf ihrer Mutter einen wissenden Blick zu. »Was glaubst du denn?«

»Bei Heidi.«

»Du hast es erfasst.«

»Ich dachte, zwischen den beiden wäre es aus.«

»Das war letzte Woche.«

Na großartig. Pescoli hatte gehofft, dass Jeremy nach der letzten Trennung nicht wieder mit Heidi zusammengekommen wäre, dass ihre On-off-Romanze endlich ein Ende gefunden hätte. Ihre einzige Hoffnung war nur, dass einer von beiden endlich erwachsen und Grizzly Falls den Rücken kehren würde. Wann bauten die zwei sich endlich ein eigenes Leben auf? Bislang zeichnete sich nichts in dieser Richtung ab. Heidi war noch auf der Highschool, und Jeremy kämpfte sich durch die Kurse am hiesigen Community College. Er machte einen orientierungslosen Eindruck auf sie, ließ seine Seminare manchmal einfach sausen und arbeitete stattdessen an der Tankstelle, dann wiederum besann er sich und lernte, bis er wieder einmal etwas Neues ausprobierte.

Und während der ganzen Zeit war es ihm nicht gelungen, endgültig mit Heidi Brewster Schluss zu machen. Die Tochter des stellvertretenden Sheriffs schien sein Erdungspunkt zu sein, was Pescoli eine Höllenangst einjagte.

»Ich hab ihm schon getextet, er ist auf dem Weg hierher«, sagte Bianca, als Pescoli die Stufen hinaufstieg.

»Nun, dann lass uns jetzt essen. Die Pizza wird kalt.«

»Ich dachte, du machst Spaghetti.«
»Keine Zeit. Vielleicht morgen.«
Bianca folgte ihrer Mutter in die Küche. »Eigentlich bin ich gar nicht hungrig.«
»Warum nicht?«
»Ich habe schon gegessen.«
»Wann?«, fragte Pescoli.
»Keine Ahnung. Vor ein paar Stunden vielleicht.« Sie beugte sich vor. Ihre Locken fielen ihr ins Gesicht, und sie strich sie zurück und fasste sie mit einem Gummiband zusammen.
»Was hast du denn gegessen?«
Bianca straffte die Schultern. »Einen Proteinriegel und eine Cola light.«
»Schon wieder?« Pescoli stöhnte. »Hör mal, ich bin in Sachen Ernährung wirklich kein gutes Vorbild, deshalb will ich dir heute Abend keinen Vortrag deswegen halten, aber mal ganz unter uns: ein Eiweißriegel und eine kalorienfreie Limo? Das klingt nicht nach einer Mahlzeit. Nicht mal nach einem Snack.«
»Sagtest du nicht gerade, du wolltest mir keinen Vortrag halten?« Genervt öffnete Bianca die Kühlschranktür und nahm eine Flasche Wasser heraus. Sie trank einen großen Schluck direkt aus der Flasche, während Pescoli eine der beiden Pizzas in der Mikrowelle aufwärmte. Beide Hunde warteten ungeduldig, die Augen fest auf die Teller geheftet.
»Das schmeckt euch doch gar nicht«, sagte sie und beäugte skeptisch die dünnen, laffen Peperoni- und Zwiebelscheiben auf der vegetarischen Pizza. *Nicht nur den Hunden wird das nicht schmecken.* »Hier, bitte sehr.«
»Hm«, sagte Bianca wenig begeistert, zog einen Stuhl unter dem Tisch heraus und setzte sich.
»Normalerweise liebst du Dinos Pizza«, sagte Regan und

schob Pizza Nummer zwei mit Schinken und Salami in die Mikrowelle.

»Aber nur in der Pizzeria.«

»Dort war es heute Abend ziemlich ruhig. Eric Ingles hat mich bedient. Ich glaube, er ist mit Jeremy zur Schule gegangen.«

»Hat kurz vor dem Abschluss die Schule geschmissen.« Sie pickte ein Stück Artischocke von ihrer Pizza.

»Woher weißt du das?«

»Er war mit Chris' älterem Bruder befreundet.«

Chris war ihr Ex-Freund.

»Und was weißt du sonst noch so über ihn?«

»Nichts. Wieso?«

»Er kam mir nur ein bisschen nervös vor, weil ich ein Cop bin.«

Bianca schnaubte verächtlich. »Das bildest du dir bloß ein.«

Die Mikrowelle klingelte, und Pescoli nahm die zweite Pizza heraus. In diesem Augenblick hörte sie einen Pick-up die Zufahrt entlangrumpeln. »Sieht so aus, als sei der verlorene Sohn heimgekehrt.«

Weniger als eine Minute später fiel das Licht zweier Scheinwerfer durchs Fenster, und Jeremys Pick-up kam in Sicht. Vor dem Haus hielt er an, und Jeremy sprang hinaus, dann stieg er die Stufen zur Haustür hinauf und stapfte den Schnee von seinen Stiefeln. Cisco gab die Hoffnung auf zufällig herabfallende Pizzastücke auf und rannte zur Tür, um dort seinen Freudentanz aufzuführen.

»He, Kumpel«, begrüßte ihn Jeremy, hob den Terrier hoch und ließ sich von ihm übers Gesicht lecken. »Pizza?«, fragte er mit gerötetem Gesicht. Seine Augen strahlten. »Super!« Er ließ den Hund von seinem Arm springen, schleuderte seine Beanie-Mütze auf einen Beistelltisch und zog seine Jacke aus.

»Ich bin am Verhungern!« Begeistert nahm er seiner Mutter den Teller aus den ausgestreckten Händen und holte sich eine Limo aus dem Kühlschrank.

»Genau auf diese Reaktion hatte ich gehofft«, sagte diese zu ihrer Tochter.

»Die hier« – er ließ einen Finger, der nicht den Flaschenhals seiner Cola umklammerte, über die Pizza kreisen – »gehört mir. Okay? Und zwar ganz.«

»Du bist so ein Neandertaler«, murmelte Bianca mit einem tiefen Seufzer.

»Ach, halt die Klappe«, sagte Jeremy halb im Scherz. Seine gute Laune wirkte fast euphorisch. Du lieber Himmel, er war doch hoffentlich nicht high? Regan wusste, dass er gern mal einen Joint rauchte oder auch zwei – genau wie sie, als sie jung gewesen war. Er beugte sich über den Tisch, die Nase nur wenige Zentimeter von der seiner Schwester entfernt. »War ja nur eine Frage.«

»Hm. Klang eher so, als wolltest du dein Revier markieren. Du weißt schon, wie ein Köter, der in die Küchenecken pinkelt.«

»Schluss damit, keine Zankereien«, schaltete sich Pescoli ein. »Heute ist Weihnachten.«

»Gestern war Weihnachten«, korrigierte Jeremy.

»Mom hatte mal wieder eine ihrer lahmen Ideen. Falls du's noch nicht kapiert hast: Wir zelebrieren hier so eine Art Antiweihnachtsfest.«

»Kein *Anti*weihnachtsfest. Ein *unweihnachtliches* Weihnachtsfest – am zweiten Weihnachtstag, zusätzlich zu den festlichen Festtagen sozusagen.«

»Hä?«

Sie sah Jeremys verständnislosen Blick und winkte ab. »Ich erklär's dir später. Und um deine Frage zu beantworten: Der

Großteil der Pizza mit Schinken und Salami gehört dir. Ich möchte bloß ein, zwei Stücke.«

»Anschließend packen wir Geschenke aus«, ließ sich Bianca vernehmen.

»Gut.« Jeremy schraubte den Verschluss seiner Colaflasche ab und spülte einen großen Bissen Pizza hinunter. »Ich bin nämlich in Feierstimmung.«

Pescoli blickte scharf auf und erstarrte innerlich. Er war gerade bei Heidi gewesen. Es war immer noch Weihnachten … Sie dachte an den Ring, den Santana ihr geschenkt hatte, und spürte, wie ihr mulmig zumute wurde.

»In Feierstimmung?«, flüsterte sie.

»Ich frage ja nur ungern, warum.« Bianca schob ein kaum angerührtes Stück Pizza an den Tellerrand.

»Dann tu's nicht. Aber wenn ihr's wirklich wissen wollt: Ihr seht soeben den frischgebackenen Deputy vom Büro des Sheriffs von Pinewood County vor euch«, erklärte Jeremy voller Stolz.

»Wie bitte?«, wisperte Pescoli erstickt, die das Ganze für einen albernen Scherz hielt. Jeremy riss wieder einen seiner dummen Witze. Oder etwa nicht? Ihr Herz fing laut an zu klopfen. Ihre Ohren rauschten.

»Es handelt sich lediglich um einen zeitbefristeten Job, so lange, bis ich meinen Abschluss in der Tasche habe. Auf jeden Fall bin ich heute ins Department gestiefelt und habe mit Heidis Dad gesprochen. Er hat mich zum Deputy ernannt, könnt ihr euch das vorstellen?« Jeremy strahlte von einem Ohr zum anderen. »Seht ihr? Ich hab euch doch gesagt, dass ich gern Polizist werden würde.«

»Ein Deputy? Aber –«

»Na schön, dann eben *eine Art* Deputy«, fiel er seiner Mutter ins Wort, bevor diese ein lautstarkes »Nein!« verkünden konnte. »Er hatte irgendeine andere Bezeichnung dafür.«

»Ein Volontär? Ein Freiwilliger?«

»Genau.«

Das Rauschen in Pescolis Ohren wurde immer lauter. Ohrenbetäubend. »Ich … ich bin überrascht, dass du nicht zuerst mit mir darüber gesprochen hast.« Sie lehnte sich, Unterstützung suchend, gegen die Anrichte, so wie sie es damals getan hatte, als man ihr beibrachte, dass ihr Mann im Dienst erschossen worden war. Er war natürlich älter gewesen als Jeremy jetzt, doch der Schmerz über den Verlust, wann immer sie daran dachte, saß noch tief. Ganz gleich, wie es um ihre Ehe bestellt gewesen war. Es war einfach die Hölle gewesen. Und jetzt die Vorstellung, dass sein Sohn in seine Fußstapfen treten könnte!

»Ich habe dir davon erzählt, Mom.« Er nahm ein weiteres Stück Pizza, biss gierig hinein, stopfte sich auch noch den Rand in den Mund, dann setzte er wieder die Colaflasche an. »Und zwar schon öfter. Du hast nur nie zugehört. Warst immer zu beschäftigt.«

»Nein, war sie nicht«, widersprach Bianca von ihrem Stuhl am Küchentisch aus, vor dem Cisco eifrig schnuppernd Wache bezogen hatte. »Sie wollte es nur nicht wahrhaben, du Dumpfbacke.«

»Hier geht's nicht darum, was ich wahrhaben will oder nicht.« Ohne den Blick von ihrem Sohn zu wenden, hob Pescoli abwehrend die Hände. »Und bitte keine Beleidigungen.« Sie seufzte. »Ich dachte nur nicht, dass du das ernst meinst.«

»Vielleicht hab ich es auch gar nicht ernst gemeint.« Er schnappte sich die nächsten Pizzastücke. »Aber dann hat jemand versucht, Sheriff Grayson umzubringen.« Jeremy war plötzlich todernst. »Genau wie irgendein Arschloch meinen

Dad umgebracht hat. Es wird Zeit, dass ich etwas tue. Ich will helfen, den Mistkerl zu schnappen.« Bevor Regan widersprechen konnte, fuhr er fort: »Du bist doch diejenige, die mich immer drängt, etwas Vernünftiges zu machen, oder nicht? Ständig willst du, dass ich mir Ziele setze. Genau das habe ich jetzt getan.«

»Aber ausgerechnet Polizeivollzugsdienst?«

»Das ist das, was ich möchte, Mom. Genau wie du. Wie Dad. Also habe ich mich darum bemüht.« Er nahm einen Bissen und grunzte zufrieden. An Bianca gewandt, sagte er: »Von jetzt an kannst du mich Deputy oder Officer nennen.«

»Aber sicher doch. Komm mal wieder auf den Boden.« Biancas Handy vibrierte, und sie fing an, eine SMS einzutippen.

Jeremy hielt dem durchdringenden Blick seiner Mutter stand. »Mach dir keine Sorgen, Mum. Ich werd's schon nicht verkack– … vermasseln. Du wirst schon sehen.« Er schluckte die letzten Pizzahappen hinunter. »Sagtest du nicht, es gäbe Geschenke? Worauf warten wir noch?«

Kapitel vierzehn

Der letzte Mensch, dem Hattie jetzt begegnen wollte, war Cade Grayson, doch es sah ganz so aus, als hätte sie kein Glück. Gerade, als sie das Krankenhaus betrat, stiefelte Cade mit großen Schritten auf die breite Eingangstür des Northern General zu.

Wenn sie gedacht hatte, er würde wortlos an ihr vorbeigehen, wurde sie enttäuscht. Seine Gedanken für sich zu behalten, vor allem, wenn es um sie ging, war nie sein Ding gewesen.

»Wenn das nicht Mrs. Grayson ist«, sagte er und blieb stehen. Hinter ihnen schloss sich die automatische Schiebetür mit einem leisen Zischen und sperrte die Abenddämmerung aus.

»Wie geht es ihm?«, fragte sie ihn und ignorierte das Kribbeln, das sich bei seinem Anblick einstellte.

Sein Blick verdüsterte sich. »Wie zuvor.«

»Hast du mit dem Arzt gesprochen?«

»Noch nicht.« Seine Großspurigkeit war verpufft. »Ich hab's versucht, aber … du weißt ja. Die Schwestern auf der Intensivstation richten den Ärzten aus, dass ich auf einen Rückruf warte.«

»Vielleicht rufen sie nicht an, weil sein Zustand unverändert ist.«

»Kann sein.« Sein Blick schweifte von ihrem Gesicht zu den Kliniktüren. »Kann auch sein, dass ich mich wie ein echter Fiesling benehme.«

»Das kann nicht nur sein, das tust du.«
»Autsch.« Er zuckte tatsächlich zusammen.
»Hör mal, Cade. Ich bin gekommen, weil ich mir Sorgen um deinen Bruder mache, der zufällig mein Schwager ist. Wenn du das für ein Verbrechen hältst, tut es mir leid, dann bin ich tatsächlich schuldig im Sinne der Anklage.« Cades Gesichtsausdruck verfinsterte sich, als Hattie fortfuhr: »Ich weiß nicht, was ich tue, das dich so wütend macht, aber das ist dein Problem, nicht meins. Wenn ich es genau bedenke, dann komme ich zu dem Schluss, dass dein Verhalten mit dem zu tun hat, was zwischen uns passiert ist.«
»Das ist lange her«, sagte er vorsichtig.
»Ja«, pflichtete sie ihm bei. »Sehr lange. Lange genug, dass wir darüber hinweg sein sollten.«
Cade starrte sie an, als könnte er nicht glauben, dass die stets so kontrollierte, höfliche Hattie so etwas zu ihm sagte.
»Ich schätze, das habe ich verdient«, gab er zu.
»Du hast dich wie ein echtes Arschloch benommen, Cade. Es ist *nicht* meine Schuld, dass Bart tot ist, und es ist ganz bestimmt nicht meine Schuld, dass Dan hier liegt. Also hör auf, mich dafür verantwortlich zu machen.«
»Das tue ich nicht.«
»Ach nein«, entgegnete sie mit zusammengebissenen Zähnen.
Die automatische Schiebetür glitt auseinander, und ein älterer Mann mit einem Rollator betrat das Foyer. Um ihm Platz zu machen, trat Hattie einen Schritt auf Cade zu. Sie standen nun so nahe beieinander, dass sie seinen Atem auf ihrer Wange spürte. Rasch ging sie ein Stück zur Seite, dann atmete sie tief durch und sagte: »Eigentlich hatte ich nicht vor, mit dir darüber zu reden, und egal, was du denkst, Dan bedeutet mir sehr viel. Es ist schrecklich, was ihm zugestoßen ist.«

»Ja, das ist es.«
»Ich verspüre einfach das Bedürfnis, herzukommen und nach ihm zu sehen, mich persönlich davon zu überzeugen, dass er gut versorgt wird.« Als Cade nicht antwortete, fuhr sie fort: »Ich weiß auch nicht, warum ich versuche, dir das zu erklären. Du glaubst mir ja doch nicht.« Damit wandte sie sich ab und hielt auf die Glastür zu, hinter der die Gänge zu den einzelnen Stationen abzweigten. Plötzlich spürte sie seine Finger an ihrem Ellbogen.
»Hattie«, sagte er mit so leiser Stimme, dass sie ihn kaum hörte.
Sie riss sich los und wirbelte herum, um ihm direkt ins Gesicht zu sehen. Als er nicht gleich etwas sagte, stieß sie erschöpft hervor: »Das ist so … anstrengend.« Damit trat sie durch die Tür und warf einen letzten Blick auf Cade in der Lobby. Die automatische Schiebetür zum Parkplatz teilte sich. Cade ging hinaus und schlenderte über den rissigen, vom Schnee freigeräumten Asphalt zu seinem Pick-up, der im Licht der Laternen bläulich schimmerte.
Hattie blieb allein zurück, voller widerstreitender Emotionen. Sie wusste nicht, ob sie Cade hassen sollte oder ob ihre Gefühle für ihn ins genaue Gegenteil umschlugen. Doch jetzt war nicht der richtige Zeitpunkt, sich darüber den Kopf zu zerbrechen. Nachdem sie den Großteil des Tages mit der Planung und Vorbereitung diverser Catering-Aufträge verbracht hatte, war sie zum Abendessen nach Hause zurückgekehrt und hatte sich anschließend verpflichtet gefühlt, nach Missoula zu fahren, um sich zu vergewissern, dass Dan zumindest stabil war. Es war anstrengend gewesen, den kleinen Catering-Service aufzubauen, zumal die Erziehung ihrer wilden Zwillinge ihr einiges abverlangte, aber sie hatte sich ein Stück Unabhängigkeit erarbeiten wollen und konnte das Geld gut

gebrauchen. Außerdem waren Kochen und Backen genau die Tätigkeiten, die sie wahrlich perfekt beherrschte. Nun war sie todmüde nach dem langen Tag, und die Begegnung mit Cade hatte nicht gerade zur Erholung beigetragen.

Ihre Mutter war gern bereit gewesen, noch einmal auf die Mädchen aufzupassen und die beiden ins Bett zu bringen. Morgen würde sie es wieder gutmachen, nahm sie sich fest vor, als sie jetzt gedankenverloren den Gang zur Intensivstation entlangeilte.

Vor der Glastür stand wieder ein Deputy, der Dan bewachte. Ein Schauder lief ihr das Rückgrat hinab. Würde der Attentäter es noch einmal versuchen? Am liebsten hätte sie diese Möglichkeit ausgeblendet, aber in den Medien wurde dieselbe Frage gestellt, selbst in den Geschäften erörterten die Leute dieses Thema. Als sie sich am Mittag ein Sandwich gekauft hatte, hatten die beiden älteren Damen vor ihr genau darüber gesprochen, während sie darauf warteten, dass die Bedienung ihre Bestellung fertig machte.

»... kaum zu glauben, dass sie den Täter noch nicht geschnappt haben«, hatte eine der Frauen, die Jeans und einen Weihnachtspullover trug, zu der Bedienung gesagt. »Das ist wirklich entsetzlich! Heutzutage hat scheinbar niemand mehr Respekt vor irgendetwas. Ach ... ich nehme noch einen Eistee. Mit extra Zitrone. Drei Scheiben.«

Ihre Freundin, eine Frau mit einer blonden Frisur im Stil der fünfziger Jahre, hatte zustimmend genickt. »Ich weiß, ich weiß. Einfach schrecklich. Und das am Weihnachtsmorgen! Wo soll das noch hinführen?«

»Vermutlich handelt es sich bei dem Täter um einen ehemaligen Strafgefangenen. Gott weiß, wie viele von denen da draußen herumlaufen! Da gibt der Sheriff natürlich ein ausgezeichnetes Ziel ab.«

Heftig nickend pflichtete Blondie ihrer Freundin bei: »Man sollte doch meinen, die Polizei hätte das im Griff.«
»Möchten Sie auch noch etwas zu trinken?«, fragte die Bedienung dazwischen. Sie war noch keine zwanzig, hatte die Haare zu einem Pferdeschwanz zusammengebunden und trat ungeduldig von einem Fuß auf den anderen.
»Haben Sie Cola light?«, fragte Blondie.
»Pepsi.«
»Das ist auch gut, danke. Ach ja, und ein Glas Wasser, bitte.«
Ihre Freundin nickte. »Für mich auch. Und vergessen Sie nicht die extra Zitrone.«
»Ich bin gleich wieder bei Ihnen«, versprach das Mädchen, an Hattie gewandt, und eilte zur Getränkestation.
Blondie griff in ihre Handtasche und zog ein Döschen heraus, aus dem sie eine Tablette auf ihre Handfläche schüttelte. »Es schockiert mich, dass jemand einfach so auf den Sheriff schießt. Ich meine, die Familie hat doch wahrhaftig schon genug durchgestanden. Sein jüngerer Bruder hat sich vor ein paar Jahren erhängt. Erinnerst du dich? Hat zwei kleine Kinder hinterlassen.«
Hattie fühlte, wie sich ihre Rückenmuskeln verspannten. Am liebsten wäre sie dazwischengegangen und hätte Bart verteidigt, aber sie biss sich auf die Zunge. Es brachte nichts, eine Szene zu machen. Trotzdem beschloss sie, ihr Sandwich und ihren Caesar-Salat lieber zum Mitnehmen zu bestellen.
Jetzt, als sie dem Deputy auf der Station ihren Ausweis zeigte, wünschte sie sich, sie hätten den beiden alten Puten die Meinung gegeigt, aber was hätte das schon gebracht? Sie schob ihre Verärgerung beiseite und wartete darauf, dass der Türsummer ertönte. Es kam ihr wichtig vor, hier zu sein, an Dans Bett Wache zu halten, obwohl sie wusste, dass ihm das auch nicht helfen würde.

Trotzdem hatte er es verdient, dass sich jemand um ihn kümmerte. Jemand, der ihn schätzte. Der ihn aufrichtig mochte.
Und das tat sie.
Das hatte sie immer schon getan.
Zuerst hatte sie sich als Teenager in ihn verliebt, zumindest hatte sie das gedacht, und dann, im Laufe der Jahre, hatten sich ihre Gefühle für ihn in etwas Tieferes verwandelt. Sie berührte die Finger seiner linken Hand, doch er reagierte nicht.
»Hi, Dan«, flüsterte sie und blinzelte die Tränen weg. »Ich bin's, Hattie.« Sie streichelte vorsichtig seine Fingerspitzen und spürte einen Kloß in ihrer Kehle aufsteigen. »Die Mädchen und ich können es gar nicht erwarten, dass du uns endlich wieder besuchst.« Die Worte blieben ihr in der Kehle stecken, und sie fragte sich unweigerlich, ob dieser Tag jemals kommen würde.
Selbstverständlich wird er kommen. Das braucht nur Zeit. Dan ist ein starker Mann. In den besten Jahren. Ein Kämpfer!
Sie hoffte auf ein Zeichen, dass er Fortschritte machte, dass er sie hörte, doch hinter seinen geschlossenen Lidern rührte sich nichts. Kein noch so leichtes Zucken seiner Lippen, keine Bewegung seiner Finger in ihren deutete an, dass er sie wahrnahm.
»Ich wollte bloß, dass du weißt, wie sehr wir alle dich lieben«, flüsterte sie. Und dann, als ihr klarwurde, dass sie nichts weiter für ihn tun konnte, verließ sie schweren Herzens das Gebäude und fuhr durch die kalte Nacht nach Hause.
Er wird wieder gesund werden, redete sie sich unablässig ein, während ihre Reifen über die gefrorene Straße summten. Ihre Scheinwerfer bohrten zwei helle Lichttunnel in die Dunkelheit. Immer wieder gingen ihr dieselben Gedanken durch den

Kopf. *Wer hat versucht, ihn umzubringen?* Und, noch beunruhigender: *Wird er es noch einmal versuchen?*

»Ich kann nicht glauben, dass Sie meinen Sohn eingestellt haben!«, fauchte Pescoli. Sie stand vornübergebeugt vor Cort Brewsters Schreibtisch, die Hände um die Kante geschlossen, und durchbohrte den großen Mann, der ihr gegenüber auf seinem Schreibtischstuhl saß, mit einem wütenden Blick. Aus dem Augenwinkel bemerkte sie Heidis Foto auf dem Regal, dann fiel ihr Blick auf die Karte des Verwaltungsbezirks, die an der Wand hing, bevor er zurück zu Brewsters ordentlich aufgeräumten Schreibtisch wanderte, auf dem ein Bild seiner Frau stand.

Überall diese Fotos!

Jaja, wir wissen es. Brewster ist ein Familienmensch, und er ist stolz darauf.

»He, Augenblick mal. Jeremy hat sich als Freiwilliger gemeldet, und ich war damit einverstanden, ihn als Volontär einzustellen. Er ist kein Deputy, das wissen wir beide, aber hierbei geht es ohnehin nicht um einen Titel. Er möchte für uns arbeiten, und ich habe ja gesagt. Ich dachte, Sie würden sich bei mir bedanken, Pescoli«, unterbrach er ihre Tirade. »Der Junge hat so lange überlegt, was er mit seinem Leben anfangen soll, hat so lange nach etwas gesucht, was ihm Freude macht, und jetzt, wo er Interesse am Polizeiberuf bekundet, rasten Sie aus.«

»Darauf können Sie wetten!«

»Um Himmels willen, Pescoli, was ist bloß los mit Ihnen? Hören Sie auf, ihn zu gängeln, und lassen Sie ihn endlich selbständig werden!«

»Diese Äußerungen stehen Ihnen wohl kaum zu!«, stieß Pescoli zornig hervor.

»Er ist neunzehn Jahre alt, und Sie versuchen noch immer, sein Leben zu bestimmen.«

»Der Junge ist nach wie vor dabei, zu sich selbst zu finden«, stellte Pescoli klar, die sich alle Mühe geben musste, einen Wutanfall zu unterdrücken. »Und jetzt hat er sich die fixe Idee in den Kopf gesetzt, in die Fußstapfen seines Vaters zu treten.«

»Oder in die seiner Mutter.«

»Was wäre, wenn Ihre Tochter zu mir käme und sich zur freiwilligen Hilfskraft melden würde?«, schleuderte sie ihm entgegen. »Wie würden Sie sich dann fühlen?«

Brewster stand auf. Sein Gesicht wurde rot vor Ärger. »Lassen Sie Heidi aus dem Spiel. Meine Töchter haben nichts damit zu tun. Sie lenken doch nur ab, Pescoli. Es geht um Ihren Jungen, der freiwillig zu mir gekommen ist. Ich habe ihn nicht darum gebeten. Er will seinen Teil beitragen, und ich habe ihm mein Okay gegeben. Obwohl ich im Grunde eher ›Halleluja!‹ gerufen haben, denn es wurde wirklich Zeit, dass er mal etwas Vernünftiges auf die Beine stellt.«

»Als würde Sie das etwas angehen.«

»Lassen Sie ihn doch mal seinen Mann stehen!«

»Ich fasse es nicht. Warum sollten ausgerechnet Sie ihm helfen wollen? Sie haben ihn doch nie ausstehen können, haben keine Gelegenheit versäumt, mir unter die Nase zu reiben, was für ein Loser er ist. Nein. Das ergibt einfach keinen Sinn.«

»Ich habe nie behauptet, er wäre ein Loser.«

»Ach nein? Da bin ich aber anderer Meinung. Zumindest haben Sie so etwas angedeutet.«

»Ich glaube lediglich, dass Sie ihn nicht zu dem Mann heranreifen lassen, der er sein könnte. Mit ihm habe ich kein Problem. Mein Problem sind Sie.«

»Dann lassen Sie mein Kind da raus!«

»Nein, das werde ich nicht tun. Ich helfe dem Jungen, und wären Sie nicht so verdammt dickköpfig, Pescoli, würden Sie das auch begreifen.«

»Das geht Sie nichts an, Brewster!«

»Tut es doch, denn Jeremy geht mit meiner Tochter, und wenn er in mein Büro kommt und mich um Hilfe bittet, dann weise ich ihn bestimmt nicht zurück.« Brewster kniff die Augen zusammen und reckte das Kinn vor. Er sah aus, als würde er jeden Moment explodieren – wie immer, wenn sie über ihre Kinder sprachen. Als würde ihm plötzlich bewusst, wo sie waren und wie sehr das Gespräch aus der Kontrolle geraten war, drehte er den Kopf zur Seite und versuchte, sich zu fassen. Er atmete tief durch und beruhigte sich langsam. »Wir sind offenbar vom Kurs abgekommen. Wenden wir uns lieber den momentan wichtigeren Dingen zu.«

»Es geht hier um *meinen* Sohn!«

»Ja, das habe ich schon verstanden, aber lassen Sie mich ausreden.« Brewster hob die Hand, als wollte er sie so davon abhalten, ihm weitere Argumente an den Kopf zu werfen. »Wir reden hier nicht von einem exklusiven Club. Jeremy ist nicht der Einzige, der sich gestern als freiwilliger Helfer gemeldet hat. Informell haben wir etwa ein halbes Dutzend unbescholtener Bürger ›deputiert‹. Falls Sie es vergessen haben sollten: Wir sind nicht nur auf der Suche nach demjenigen, der das Attentat auf den Sheriff verübt hat, wir sind noch dazu unterbesetzt, weil Van Droz noch nicht wieder einsatzfähig ist. Wer weiß, wann sie zurückkommt. Ob sie überhaupt zurückkommt.«

Auch wenn sie es sich wünschte – dem konnte Pescoli nicht widersprechen. Trilby Van Droz war eine der besten Streifenpolizistinnen, und sie hatte gedroht, ihren Job an den Nagel zu hängen, nachdem sie bei einem Einsatz nur haarscharf mit dem Leben davongekommen war. Grayson hatte ihre Kündigung abgelehnt und Van Droz über die Feiertage beurlaubt, damit sie über alles nachdenken und sich ihre Möglichkeiten durch den Kopf gehen lassen konnte.

»Uns fehlen zwei Officer, den Sheriff mitgezählt, und ein paar von uns sind im Urlaub«, fuhr Brewster fort. »Es ist Jahresende, die Leute verreisen über die Feiertage, da ist viel los auf den Straßen, ganz zu schweigen von dem schlechten Wetter und der zunehmenden häuslichen Gewalt, die um diese Zeit immer ungeahnte Ausmaße annimmt. Wir sind unterbesetzt. Völlig unterbesetzt. Da ist es doch nur gut, ein paar zusätzliche Leute zu deputieren. Auch wenn sie nicht offiziell auf der Gehaltsliste stehen, können sie uns doch unterstützen. Ihr Sohn hat sich freiwillig gemeldet. Sie sollten stolz auf ihn sein, anstatt so aus der Haut zu fahren. Genau das ist Ihr Problem: Sie bewahren nie einen kühlen Kopf. Sie sind ein Hitzkopf, Regan, und das kommt bei mir gar nicht gut an. Kommen Sie mal runter, verdammt noch mal.«

Brewster hatte recht, und zwar in vielerlei Hinsicht, und das gefiel ihr gar nicht.

Als würde er spüren, dass sie kapitulierte, fügte er hinzu: »Wie ich schon sagte: Sie sollten mir dankbar sein.«

So weit würde sie nun doch nicht gehen.

»Na schön. Jetzt sollten wir uns besser an den riesigen Berg Arbeit machen, der vor uns liegt. Wir können gern noch einmal darüber reden, wenn wir nicht gerade mitten in einer Krise stecken, aber im Augenblick –«

»Sheriff?«, unterbrach eine Frauenstimme hinter Pescoli. Sie straffte die Schultern und drehte sich um. Sage Zoller steckte ihren Kopf ins Zimmer. »Entschuldigen Sie, ich möchte nicht stören, aber es sieht ganz so aus, als hätte man Richterin Samuels-Piquard gefunden«, sagte sie mit einer Stimme, die darauf schließen ließ, dass es sich dabei um keine positive Nachricht handelte.

»Geht es ihr gut?«, fragte Brewster, aber Zoller schüttelte bereits den Kopf. Ihre dunklen Locken umtanzten ihr Gesicht.

»Sie ist tot, Sir. Wurde in weniger als zwei Meilen Entfernung von dem Blockhaus gefunden, in dem sie ihre Ferien verbrachte. Alles deutet darauf hin, dass sie mit einem Gewehr erschossen wurde.«

»Sie wurde umgebracht?«, fragte Pescoli ungläubig. Die Furcht, die die ganze Zeit über in ihrem Hinterkopf gelauert hatte, verschaffte sich lautstark Gehör.

»Das habe ich befürchtet«, erklärte Brewster nüchtern. »Ich hatte Watershed dorthin geschickt, aber er hat nichts Außergewöhnliches bemerkt. Ich hätte es wissen müssen. Hätte früher reagieren müssen.«

Pescoli begegnete dem Blick des stellvertretenden Sheriffs, und ihr Ärger verrauchte. »Du meine Güte, Cort, das tut mir leid. Ich weiß, dass die Richterin eine Freundin Ihrer Familie war.«

»Die Freundin meiner Frau, um genau zu sein.« Er nickte. »Ich war eng mit ihrem Mann George befreundet, als dieser noch lebte. Wir haben zusammen gedient. Verdammt. Das wird Bess umbringen.« Er griff nach seiner Jacke, die an einem Haken neben der Bürotür hing. »Weiß die Presse schon davon?«

»Das bezweifle ich, aber ich bin mir nicht sicher«, erwiderte Zoller und gab die Tür frei, um ihn vorbeizulassen. »Ich habe den Anruf gerade erst bekommen.«

»Ich muss zu Hause vorbeifahren und mit Bess reden. Anschließend komme ich wieder zurück.«

»Bin schon unterwegs«, sagte Pescoli. »Wie lautet die Adresse vom Blockhaus der Richterin?«

»Es liegt in den Bergen. Irgendwo nördlich des Elk Basin, an der Spangler Road oder so ähnlich.« Brewster blickte Zoller fragend an.

»An der Monarch Lane«, korrigierte Zoller. »Nummer 2700. Laut den Deputys, die schon vor Ort sind, kann man das nicht gerade Straße nennen. Eher eine Sackgasse. Nur ein paar Blockhäuser in der Nähe, sonst nichts.«

Pescoli stürmte bereits aus Brewsters Büro und machte sich auf die Suche nach Alvarez, die wie immer an ihrem Schreibtisch saß, das Telefon am Ohr, einen gerade eingegangenen Bericht über einen älteren Geländewagen auf dem Monitor, der, wie Pescoli sah, auf Wanda Verdago zugelassen war, Maurice' Frau.

»Los geht's«, sagte sie. Ihre Partnerin blickte auf, ohne das Telefon herunterzunehmen. »Kathryn Samuels-Piquards Leiche wurde soeben in den Bergen gefunden.«

»O nein«, sagte Alvarez, dann konzentrierte sie sich wieder auf ihr Telefonat. »Entschuldigung. Ich muss auflegen. Schicken Sie mir den Bericht einfach per E-Mail. Danke!« Sie legte auf, drehte sich auf ihrem Stuhl zu Pescoli um und sprang auf, während sie nach ihrer Jacke, Waffe und Mütze griff.

»Was zum Teufel ist passiert?«, fragte sie, als sie zusammen den Gang entlang zur Hintertür hasteten und Joelle auswichen, die in die Gegenrichtung trippelte. Die blondgelockte Empfangssekretärin machte ein grimmiges Gesicht, genau wie alle anderen seit dem Anschlag auf Grayson. Von ihrer stets so guten Laune war wenig zu spüren, obwohl sie die albernen Stechpalmenohrringe trug, die Pescoli für sie gekauft hatte. Wie in jedem Jahr hatte Joelle darauf bestanden, ihr traditionelles »Weihnachtswichteln« abzuhalten, bei dem jeder

Kollege einen Zettel ziehen und denjenigen, dessen Name darauf stand, beschenken musste. In diesem Jahr hatte Pescoli, die mit Weihnachten so gar nichts am Hut hatte, ausgerechnet die weihnachtswütige Joelle erwischt. Heute, da Grayson im Krankenhaus lag und Richterin Samuels-Piquard tot aufgefunden worden war, kam ihr die Wichtelei noch dämlicher vor als sonst.

Kapitel fünfzehn

Das hätten sie uns auch gleich sagen können«, beschwerte sich Alvarez und stellte ihr Handy ab.

Nervös saß sie auf dem Beifahrersitz von Pescolis Jeep. Sie hatten fast das Blockhaus der Richterin erreicht, als sie die Anweisung bekamen, umzudrehen und einer alten Bergbaustraße zu folgen, die sie näher an den Tatort heranführte. Pescoli schaltete auf Allradantrieb um, und der Jeep nahm die steile, vereiste Strecke in Angriff, auf der bereits die Spur eines anderen Fahrzeugs zu erkennen war.

Während des Großteils der Fahrt hatte Alvarez telefoniert, um den Verbleib von Maurice Verdago herauszufinden. Tatsache war, dass sein Verschwinden so unmittelbar nach den Schüssen auf Grayson mehr als verdächtig wirkte, für Alvarez' Geschmack ein zu großer Zufall, um wirklich ein Zufall zu sein.

Um die Dinge noch komplizierter zu machen, war der Empfang hier in den Ausläufern der Bitterroot Mountains bestenfalls sporadisch, und natürlich waren Verdagos Freunde und Familienangehörige keine große Hilfe gewesen.

Es war höllisch frustrierend.

Während Pescoli sich auf Graysons erste Ex-Frau einzuschießen schien, ging Alvarez immer wieder die Schwerverbrecher durch, die Grayson hinter Gitter gebracht hatte. Viele von denen, die ihre Zeit abgesessen hatten und sich nun wieder auf freiem Fuß befanden, hegten einen tiefen Groll gegen den

Sheriff, genau wie gegen die Richterin, und es gab viele Fälle, die sich in dieser Hinsicht überschnitten. Dan Grayson hatte die Straftäter vor Gericht gebracht, und Richterin Samuels-Piquard hatte sie schuldig gesprochen und verurteilt.
Alvarez spürte, dass sich der Killer unter ihnen verbergen musste. Viele der Ex-Knackis entschieden sich nach ihrer Entlassung für ein anständiges Leben und waren fest entschlossen, nie wieder mit dem Gesetz in Konflikt zu geraten, während andere direkt an ihr altes, kriminelles Leben anknüpften. Es gab aber auch welche, die während ihrer Haftstrafe jeden einzelnen Tag über ihr elendes Schicksal nachgrübelten und andere dafür verantwortlich machten: Zeugen, Familienmitglieder, die sie angeblich verraten hatten, Opfer, die davongekommen waren, Polizisten, denen sie ins Netz gegangen waren. Diese Straftäter waren ein hartgesottenes, übles Trüppchen, das nicht selten auf Rache sann. Sie waren die Verdächtigen, um die sie sich kümmern musste.
Maurice Verdago stand ganz oben auf ihrer Liste, sein plötzliches Verschwinden kam ihr mehr als suspekt vor.
Als hätte er sich in Luft aufgelöst.
Puff.
Einfach so.
Verdächtig. Oberverdächtig.
Pescoli hatte erwähnt, mit Eric Ingles gesprochen zu haben, Allison Banks' nicht ganz koscherem Freund, doch er hatte nichts über die Familie Banks sagen können, außerdem machte Cara Grayson Banks auf sie nicht unbedingt den Eindruck, als würde sie ihrem Ex-Mann einen Killer auf den Hals hetzen. Nein, dachte Alvarez, als Pescoli vor dem mit Polizeiband abgesperrten Bereich anhielt, in dessen Nähe ein verschneiter Wanderweg begann, die Familie Banks war mit Sicherheit nicht in die Sache involviert, schon gar nicht in

den Tod von Richterin Samuels-Piquard. Sie glaubte, dass die beiden Anschläge miteinander in Verbindung standen, doch sie konnte sich beim besten Willen nicht vorstellen, warum jemand aus der Familie Banks ein Interesse haben könnte, die Richterin zu beseitigen.

Nichtsdestotrotz wollte Pescoli die Familie Banks im Auge behalten, und auch Alvarez wollte die Möglichkeit nicht zu hundert Prozent ausschließen, dass sie etwas mit der Sache zu tun haben könnte.

Du hast schon größere Überraschungen erlebt.

Am Ende der alten Bergbaustraße parkte ein SUV des Countys. Hier endete auch die Reifenspur. Pescoli stellte den Motor ab, und sie stiegen aus.

Der Wind hatte sich gelegt, kein Zweig bewegte sich in den umliegenden Wäldern, reglos ragten die schneebedeckten Nadelbäume in die Höhe. Die Stille war beinahe unheimlich, wären da nicht der strahlend blaue Himmel gewesen und die Sonnenstrahlen, die das Weiß zum Glitzern brachten.

Als hätte sie die Gedanken ihrer Partnerin gelesen, sagte Pescoli: »Sieht nicht gerade nach einem Tatort aus, oder?«

»Wie sieht denn ein typischer Tatort aus?«

Pescoli zuckte die Achseln.

Sie legten ihre Schneeschuhe an und wanderten die verbleibende Viertelmeile zum Leichenfundort. Ihre Schritte knirschten im Schnee und störten die Stille. Sie verließen das dichte Gehölz und erklommen einen Felsrücken, von dem aus sie hinunter auf die Stelle blicken konnten, an der die Richterin in den Schnee gestürzt war. Ein Deputy in Uniform, Beau Darville, der noch nicht lange fürs Department arbeitete, beugte sich über die gefrorene Leiche. Eine Sonnenbrille beschattete seine Augen an diesem strahlenden Vormittag, an dem endlich einmal kein Schnee fiel. Er hatte die Zähne so fest zusammengepresst, dass sein Gesicht wie eine starre Grimasse wirkte. Ein zweiter Officer, Deputy Patrice Ferrier, sprach in knapp zwanzig Metern Entfernung mit einem Paar, beide in den Zwanzigern, das, so vermutete Alvarez, das Pech gehabt hatte, den Leichnam zu finden.

»Von hier aus hat man eine freie Schusslinie«, stellte Pescoli fest, bevor sie die letzten fünfzig Meter zu der Stelle zurücklegten, an der Kathryn Samuels-Piquard von dem tödlichen Schuss niedergestreckt worden war.

»Ja«, pflichtete Alvarez ihr bei. Von hier oben wäre es ein Leichtes gewesen, die Richterin mit einem Gewehr abzuknallen, die, den Ski an ihren Füßen nach zu urteilen, eine Langlauftour unternommen hatte.

Die beiden Detectives machten sich bemerkbar. Darville blickte von der Leiche auf, winkte ihnen zu und deutete auf einen Pfad unterhalb des Felsrückens. Vorsichtig gingen sie bergab in Richtung des Trampelpfads im Schnee.

Die tote Richterin lag auf dem Rücken, das Gesicht gen Himmel gewandt. Den Abdrücken im Schnee nach zu urteilen, war ihr gefrorener Leichnam ganz offensichtlich bewegt worden.

»Allmächtiger.« Pescoli schnappte nach Luft. Zum ersten Mal, seit Alvarez sie kannte, wandte ihre Partnerin den Blick von einer Leiche ab, dann riss sie sich zusammen.

»Sieht so aus, als hätte eine Kugel sie direkt ins Gehirn getroffen. Sauberer Schuss«, teilte Darville ihnen mit und zeigte auf ein Loch über dem rechten Auge der Richterin. »Kein Durchschuss. Die Kugel steckt vermutlich noch.« Die Blutflecke im Schnee bestätigten seine Vermutung.

»Haben die beiden Wanderer sie gefunden?«, fragte Alvarez mit einem Blick auf das Paar, das zusammen mit Deputy Ferrier am Rand der Lichtung stand.

»Ja. Sie waren mit ihren Schneeschuhen unterwegs. Liam Maxwell, einundzwanzig, und seine Freundin Raney Gorski. Sie ist zwanzig. Beide sind wohnhaft in Seattle, wo sie die University of Washington besuchen. Sie machen hier Urlaub. Wie ihr euch vorstellen könnt, sind die zwei vollkommen außer sich. Der Mann hat die Neun-eins-eins gewählt. Ferrier und ich wurden zum Tatort geschickt.« Darville warf dem jungen Paar einen mitleidigen Blick zu. »Sie sind bei der Leiche geblieben, bis wir eintrafen.«

Das Blut, das aus der Einschusswunde getreten war, hatte den Schnee ringsherum aufgeweicht und war wieder überfroren. Alvarez kniete sich hin, um besser sehen zu können. Die Mütze der Richterin war verrutscht, saß aber noch auf ihrem Kopf, die roten Locken waren festgefroren, ihre blicklosen Augen gen Himmel gerichtet.

»Die beiden dachten, sie könnten sie vielleicht wiederbeleben, aber …« Darville schüttelte den Kopf. »Da war nichts mehr zu machen. Sie muss schon eine Weile tot sein.«

Pescoli betrachtete die Spuren, die die Ski der Richterin hinterlassen hatten. Stellenweise waren sie schon wieder vollständig mit Neuschnee überdeckt. »Sie kam aus der Richtung ihres Blockhauses«, überlegte sie laut, dann ließ sie den Blick prüfend über die umliegenden Wälder schweifen. »Er könnte überall da oben auf dem Felsrücken gewesen sein. Auf dem Weg hierher haben wir einige passende Stellen entdeckt.«

»Darum haben wir uns noch nicht gekümmert«, gab Darville zu. »Wir wollten erst auf Verstärkung warten.«

»Wir übernehmen den Fall.« Pescoli beschirmte mit der Hand ihre Augen, dann schaute sie auf der Suche nach der Stelle, an welcher der Schütze seinem Opfer aufgelauert haben könnte, nach oben auf den Felsrücken und wieder auf den Pfad, über

den sie gerade gekommen waren. »Sind die Kriminaltechniker und der Gerichtsmediziner unterwegs?«
»Sollten jeden Augenblick eintreffen«, antwortete Darville.
»Keine weiteren Spuren?«, fragte Alvarez. »Wir haben nur eure gesehen.«
»Wir haben auch keine bemerkt, weder von einem Fahrzeug noch Fußabdrücke noch Spuren von Ski.«
»Es müssen welche da sein, es sei denn, jemand hätte ihn mit dem Helikopter eingeflogen«, sagte Pescoli. Ihr Atem produzierte Wölkchen in der eisigen Luft. »Haben wir Hunde? Ist eine Einheit der K-9 auf dem Weg hierher?«
»Noch nicht.«
»Wir könnten eine Hundestaffel wirklich gut gebrauchen.« Pescolis Blick schweifte weiter über die gefrorene Landschaft und blieb erneut an dem bewaldeten Felsrücken hängen.
»Glaubst du wirklich, die Hunde finden etwas?«, fragte Darville.
»Ist zumindest einen Versuch wert.« Pescoli setzte sich Richtung Felsrücken in Bewegung, die Augen auf den Boden geheftet. »Ich sehe mich da oben noch mal um«, sagte sie, dann, an ihre Partnerin gewandt: »Keine Sorge, ich werde den Tatort nicht kontaminieren.«
Alvarez' Interesse galt ohnehin mehr den beiden Zeugen. Sie deutete auf das junge Paar und fragte, an Darville gewandt: »Die beiden haben die Position der Leiche verändert, hab ich recht?«
»Ja.« Darville zuckte die Achseln. »Sie wollten bloß helfen.«
»Ich werde mit ihnen reden«, sagte Alvarez und stapfte durch den Tiefschnee auf das kleine Grüppchen am Rand der Lichtung zu. Trotz ihrer Schneeschuhe sank sie knöcheltief ein. Liam Maxwell hatte den Arm beschützend um die schmalen Schultern seiner Freundin gelegt. Trotzdem schien sie zu zit-

tern, entweder vor Kälte oder wegen des grausigen Funds, den sie gemacht hatten, wenn nicht gar wegen beidem.

»... es ist einfach grauenhaft«, stammelte Raney, die junge Frau, mit schreckgeweiteten Augen, als Alvarez bei ihnen eintraf. Ihre Nase war gerötet, und sie schniefte heftig. Ein paar braune Haarsträhnen lugten unter ihrer dicken Norwegermütze mit den langen, geflochtenen Troddeln hervor.

»Alles wird gut«, beruhigte sie ihr Freund und drückte sie, aber sein Lächeln wirkte gequält und erreichte nicht seine Augen. Er wirkte genauso aufgeregt wie Raney, wenngleich er sich alle Mühe gab, das zu verbergen. Ein rötlicher Zottelbart bedeckte seine untere Gesichtshälfte, eine Skibrille die obere.

»Ich weiß, dass das schwer für Sie ist«, sagte Alvarez. »Würden Sie mir trotzdem erzählen, was passiert ist? Wie sind Sie hierhergekommen? Was haben Sie gesehen?«

»Noch einmal?« Raney wischte sich die Nase mit dem Rücken ihres Handschuhs ab.

»Bitte. Alles.«

»Da gibt es nicht viel zu erzählen«, sagte das Mädchen. »Wir haben unsere neue Ausrüstung ausprobiert, und dann ...« Ihr Blick schweifte hinüber zu dem gefrorenen Leichnam. Alvarez bemerkte, wie sie schauderte.

Maxwell sprang für sie ein. »Wir haben etwas bemerkt, was nicht so recht in diese Gegend zu passen schien, etwas Rotes am Boden. Also sind wir hinübergewandert, um nachzusehen, und haben die Richterin entdeckt. Das Rote im Schnee war ihre Jacke.«

»Woher wussten Sie, dass es sich um die Richterin handelt?«, erkundigte sich Alvarez.

»Ihr Bild ist überall in den Nachrichten«, antwortete er. »Erst gestern Abend haben wir einen Bericht über sie im Fernsehen gesehen.« Er warf Raney einen Blick zu, die bestätigend nickte, und zwar so eifrig, dass die geflochtenen Troddeln an ihrer Mütze auf und ab hüpften.

»Ich … ähm, ich hätte nie gedacht, dass ausgerechnet wir sie finden«, sagte diese. Ihr Kinn zitterte. »Dürfen wir jetzt gehen?«

»Ich habe nur noch ein paar Fragen an Sie, dann dürfen Sie selbstverständlich gehen«, sagte Alvarez. Sie erfuhr, dass die beiden ihre Weihnachtsferien im Blockhaus von Raneys Großeltern verbrachten, das sich etwa drei Meilen nördlich von hier befand. Als sie heute zu ihrer Wanderung aufgebrochen waren, hatten sie keine anderen Spuren außer ihren eigenen im Schnee bemerkt. Ihr Wagen stand seit Ferienbeginn in der Garage.

Was bedeutete, dass sämtliche Reifenspuren, die die Kriminaltechniker womöglich finden würden, von der Polizei stammten oder von dem Fahrzeug des Mörders – vorausgesetzt, er hatte eins benutzt. Aber eins nach dem anderen. Zunächst einmal mussten sie überhaupt irgendwelche Spuren finden und gleichzeitig hoffen, dass sich in den letzten Tagen nicht noch weitere Wanderer in der Gegend aufgehalten hatten.

»Haben Sie während Ihres Aufenthalts irgendetwas Verdächtiges gehört oder gesehen? Einen anderen Wanderer vielleicht?«, erkundigte sich Alvarez.

»Nein«, sagte das Mädchen und schüttelte mit Nachdruck den Kopf.

»Nicht mal einen Post- oder Zeitungsboten«, fügte Maxwell hinzu.

»Genau aus dem Grund sind wir ja hierhergekommen«, erklärte seine Freundin. »Weil wir allein sein wollten. An der

Uni ist das nicht möglich, Tag und Nacht sind Leute um einen herum. Wir ... wir wollten etwas als Paar unternehmen, nur wir beide.« Sie verschränkte ihre behandschuhten Finger mit denen ihres Freundes und biss sich auf die Unterlippe.

»Und Sie haben wirklich niemanden bemerkt, der Ski gelaufen, Schlitten gefahren oder Schneeschuh gewandert ist? Kein Schneemobil, keinen Pick-up-Motor gehört?«, bohrte Alvarez noch einmal nach.

»Nein. Nichts. Nicht bis heute. Bis wir die Richterin ...« Raney schaute erneut zu der Leiche hinüber und verstummte. »Vielleicht war es ja ein Jäger«, fügte sie zaghaft hinzu, nachdem sie die Fassung wiedergewonnen hatte.

»Möglich«, sagte Alvarez, die wusste, dass um diese Jahreszeit die Jagd auf einige Tierarten erlaubt war, Pumas und Wölfe zum Beispiel. »Aber das ist unwahrscheinlich. Der Jäger hätte blind sein müssen, um einen Wolf mit einem Menschen zu verwechseln. Außerdem hätte er einen derartigen Unfall mit Sicherheit sofort gemeldet.«

»Es sei denn, er wollte nicht in Schwierigkeiten geraten«, wandte Maxwell ein. »Viele Leute sind solche Feiglinge.«

»Kein Grund, Spekulationen anzustellen.« Das führte zu nichts, und Alvarez hatte das unangenehme Gefühl, dass ihnen die Zeit davonlief. »Erzählen Sie mir einfach alles, was Ihnen beiden zu den vergangenen Tagen einfällt.«

»Nun ...«, begann Raney, dann berichtete sie, dass Liam und sie am ersten Weihnachtstag von Seattle losgefahren waren. Sie hatten an einer Tankstelle Rast gemacht, um zu tanken und zu essen, dann waren sie durchgefahren zum Blockhaus, wo sie Feuer im Kamin gemacht hatten, sich entspannt, gekocht, Karten und Dame gespielt hatten.

Sie hatten niemanden bemerkt, nur drei Rehe hatten am Vor-

tag neugierig durch die laublosen Bäume zum Blockhaus hinübergespäht.
Schließlich kamen sie zum Ende ihres Berichts, behaupteten steif und fest, dass sie dem nichts hinzuzufügen hätten, und obwohl sie pflichtbewusst sämtliche Fragen beantworteten, mit denen Alvarez sie bombardierte, konnte sie ihnen keine weiteren Informationen entlocken, weil es schlichtweg keine gab.
Alvarez verabschiedete sich von den beiden und kehrte zur Leiche zurück, gerade als Pescoli von ihrem Erkundungsgang eintraf. Sie gab an, mehrere Stellen entdeckt zu haben, an denen der Schütze auf der Lauer gelegen haben könnte, doch Spuren hatte sie keine gefunden. Inzwischen war so viel Schnee gefallen, dass die Landschaft wieder von einer gleichmäßigen weißen Decke überzogen war.
Als der Gerichtsmediziner eintraf und die Zeugen auf ihren Schneeschuhen in Richtung ihres Blockhauses davongestapft waren, beschlossen Alvarez und Pescoli, dass sie genug gesehen hatten. Sie kehrten zu Pescolis Jeep zurück und stiegen ins eiskalte Innere. Sofort beschlugen die Scheiben.
»Vielleicht finden wir etwas beim Blockhaus der Richterin«, überlegte Alvarez und schnallte sich an.
»Was gäbe ich für eine Tasse Kaffee!« Pescoli ließ den Motor an und setzte zurück, wobei sie sorgfältig darauf achtete, nicht den Wagen des Gerichtsmediziners zu touchieren, dann warf sie ihrer Partnerin einen Blick zu. »Wie stehen die Chancen, dass es hier oben einen Coffeeshop gibt?«
»Ungefähr so, wie Santa Claus und seinen Rentieren zu begegnen.«
»Dafür ist es eh zu spät.«
Zum ersten Mal an diesem Tag lächelte Alvarez, obwohl ihr alles andere als froh zumute war. »Ich habe mal gehört,

dass du in jeder größeren Stadt in den USA einen Vierteldollar in die Luft werfen kannst – egal, in welcher –, und er wird keine hundert Meter vom nächsten Starbucks entfernt landen.«

»Ich glaube, dass derjenige, der diese Theorie aufgestellt hat, noch nie in den Bitterroot Mountains war.«

»Ich sagte: ›größere Stadt‹.«

»Ja, ich weiß. Trotzdem wäre eine Tasse Kaffee jetzt wundervoll!« Sie fummelte an der Heizung, die nur kalte Luft gegen die Windschutzscheibe blies. Zwar wurde es so nicht warm, aber wenigstens ging der Beschlag zurück.

»Es soll bald wärmer werden«, sagte Pescoli und lenkte zwischen zwei weiteren Polizeifahrzeugen hindurch, die schräg auf der Straße standen.

»Gut.«

Langsam rollte der Jeep auf der vereisten Bergbaustraße abwärts. »Glaubst du, es handelt sich um denselben Schützen, der versucht hat, Grayson umzubringen?«, fragte Alvarez.

»Daran besteht für mich kein Zweifel«, erwiderte Pescoli. »Wie stehen die Chancen, dass zwei so ähnliche Übergriffe in derart kurzem Abstand von verschiedenen Personen verübt werden? Wer immer die Richterin erschossen hat, ist ein Ass, ein Scharfschütze, was den Kreis der Verdächtigen ein wenig einengen dürfte.«

»Und warum hat es bei Grayson nicht geklappt?«

»Weil ich genau in dem Augenblick aufgetaucht bin, was den Täter abgelenkt hat.«

»Dann bist du also eine Heldin?«, fragte Alvarez, doch der Scherz ging daneben.

»Wohl kaum.« Pescoli spähte mit zusammengekniffenen Augen durch die Windschutzscheibe. Hell fiel das Sonnenlicht durch die Bäume und blendete sie. »Ich wette, dass die Kugel

aus dem Kopf der Richterin zu denen passt, die auf den Sheriff abgefeuert wurden.«
»Sieht so aus, als hegte der Täter nicht nur einen tiefen Groll gegen Grayson, sondern auch gegen die Richterin.« Alvarez warf ihrer Partnerin einen Seitenblick zu. »Und da steckt mit Sicherheit weder Cara Grayson noch sonst wer aus der Familie dahinter.«
Mit schmalen Lippen griff Pescoli nach der Sonnenbrille auf dem Armaturenbrett. »Schätze, du hast recht.« Sie schob sich die Brille auf die Nase und fügte hinzu: »Wenigstens schränkt das den potenziellen Täterkreis noch weiter ein.«
»Aller Wahrscheinlichkeit nach, ja. Wenn wir die Fälle der Straftäter, die der Sheriff vor Gericht gebracht hat, mit denen der Richterin abgleichen, können wir unseren Killer vielleicht herausfiltern.«
»›Vielleicht‹ ist das entscheidende Wort.« Die Heizung fing endlich an, lauwarme Luft ins Wageninnere zu blasen.
»Hier ist die Abzweigung«, sagte Alvarez, die das kaum sichtbare Schild entdeckte, auf dem »Monarch Lane« stand.
Pescoli trat ein wenig zu fest auf die Bremse. Schlitternd bog der Jeep ab.
»Frische Spuren«, stellte Alvarez fest. »Wahrscheinlich von den Deputys, die Brewster hierhergeschickt hat.«
»Haben sie schon einen Bericht geschrieben?«
»Darin stand nur, dass die Richterin nicht geöffnet hat, obwohl ihr Wagen vor der Tür stand.«
»Haben sie das Haus betreten?«
»Ja. Der Sohn, Winston, hat ihnen mitgeteilt, wo der Ersatzschlüssel versteckt ist. Und bevor du fragst: Ja, er lag unter der Fußmatte.«
»Hast du mit den Deputys gesprochen?«, erkundigte sich Pescoli, als das Blockhaus in Sicht kam, ein kastenförmiges

Gebäude mit einem Spitzdach zwischen dicht stehendem Immergrün. Die Fenster waren dunkel, neben der Klarglastür hing ein festlich geschmückter Kranz aus Tannenzweigen.
Sie parkten gute zehn Meter vom Haus entfernt. Verschiedene Fußabdrücke waren zu sehen, und wie der Sohn gesagt hatte, fanden sie den Schlüssel unter der Türmatte, auf der ein Rentiergeweih prangte.
Pescoli sperrte die Tür auf, und sie traten ein.
»Nett hier«, bemerkte Pescoli, was wie gewöhnlich eine arge Untertreibung war. Das Wohnzimmer erstreckte sich von der Front bis zur Rückwand, wo große, vom Boden bis zur Decke reichende Fenster einen atemberaubenden Ausblick auf den See tief unter ihnen boten. Eine Glasschale mit roten und grünen Weihnachtskugeln war der einzige weitere Schmuck, der auf die Festtage hinwies.
Das Blockhaus war spärlich möbliert, ordentlich und staubfrei, ein Schachspiel stand auf dem Couchtisch, ein Backgammon-Brett auf dem Bücherregal neben einem Ledersessel, der genau die richtige Patina hatte.
Die Küche war tadellos aufgeräumt, kein einziger Teller stand in der Spüle. Nur ein einzelnes Platzset auf der Esstheke, die die Küche von einem weiteren gemütlichen Raum mit einem bequemen Stuhl und einer Ottomane trennte, sowie drei Bücher und ein E-Reader auf dem kleinen Glasbeistelltisch wiesen darauf hin, dass sich hier jemand aufgehalten hatte.
Oben auf dem ausgebauten Dachboden befand sich das Schlafzimmer, in dem ein großes Doppelbett und eine Bettcouch unter der Dachschräge standen. Auch hier war alles ordentlich – das Bett gemacht, die Kleidung sorgfältig im Schrank verstaut. Die Medikamente und Vitamine der Richterin lagen in einer Plastikschachtel auf dem Nachttisch, sortiert nach den einzelnen Wochentagen. Dem Inhalt nach zu

urteilen, hatte sie sie zum letzten Mal an Heiligabend eingenommen.
Sie durchstreiften das Haus, suchten das Grundstück ab, doch sie fanden nicht mehr als Handtasche, Laptop, iPad und Handy. Ein rascher Blick auf die eingegangenen Anrufe zeigte ihnen immer wieder dieselbe Nummer an, vermutlich die des Sohnes, Winston, der auch die Vermisstenanzeige aufgegeben hatte. Das Labor würde die Geräte genauestens unter die Lupe nehmen, und Techniker würden E-Mails der Richterin sowie ihre Konten bei den sozialen Netzwerken überprüfen, alles, was sie während der letzten Wochen und Monate auf elektronischem Wege erledigt hatte. Vielleicht würde sich dort ein Hinweis ergeben, irgendetwas, was den Killer mit seinem Opfer in Verbindung brachte.
Draußen entdeckten sie Kathryn Samuels-Piquards Geländewagen, einen neuen Lexus, der in der separaten Garage parkte. Die Schlüssel steckten, Zulassungs- und Versicherungspapiere im Handschuhfach bestätigten, dass das Fahrzeug der Richterin gehörte. Abgesehen von den Schlüsseln, einer Tankquittung und einem leeren Kaffeebecher im Getränkehalter befand sich nichts in dem Wagen. In der Garage bemerkten sie nichts Ungewöhnliches, alles schien sich an Ort und Stelle zu befinden, doch natürlich würde die Spurensicherung auch hier jeden Zentimeter absuchen.
Vielleicht würde das Team auf etwas stoßen.
Sie konnten nur hoffen.
Und die Familie der Richterin überprüfen.
»Sieht nicht so aus, als sei ein Raubüberfall das Motiv«, sagte Alvarez, als sie über die breite Veranda gingen, die die Garage mit dem Haus verband. Sie bogen um die Hausecke und befanden sich nun auf der Rückseite, wo die fantastische Aus-

sicht ihnen beinahe die Sprache verschlug. »Dann wären wir also wieder bei den Mistkerlen, die ihre Strafe abgesessen haben«, stellte sie fest.

»Und bei der Familie.«

»Natürlich. Und bei der Familie.«

»Bei der Vorstellung wird einem gleich warm ums Herz, nicht wahr?« Sie warteten auf die Spurensicherung, obwohl Pescoli davon ausging, dass sie nicht viel finden würden. Sie würden nach Fingerabdrücken suchen, in der unwahrscheinlichen Hoffnung, dass der Mörder das Haus betreten hatte. Pescoli glaubte nicht daran. Haus und Garage waren ordentlich abgeschlossen gewesen.

Doch sie konnte sich täuschen.

»Ich glaube nicht, dass er hier war«, sagte sie und überlegte, welches Motiv der Killer wohl haben mochte, woher er die Richterin kannte. »Ich denke, er hat ihr auf dem Felsrücken aufgelauert.«

»Und wie lange? Wenn er nicht stunden-, um nicht zu sagen, tagelang in der Kälte ausgeharrt hat, muss er zuvor ihren Tagesablauf ausspioniert haben. Ging sein Opfer jeden Tag langlaufen? Oder hatte er einfach nur Glück?« Sie kniff die Augen zusammen und sah sich um, dann nickte sie, als wollte sie sich selbst beipflichten. »Ich wette, der Kerl kannte sie, kannte ihre tägliche Routine oder jemanden, der ihm erzählt hat, dass sie jedes Jahr zum Skifahren hierherkommt.«

»Vielleicht hat er zufällig davon erfahren.«

»Könnte sein, Fakt ist aber, dass niemand bei dieser Eiseskälte auf dem Felsrücken wartet, wenn er nicht mit ziemlicher Sicherheit weiß, dass sie auftaucht.«

»Dann kannte er sie also.«

»Oder sie … vielleicht handelt es sich um eine Frau«, wandte Alvarez gedankenversunken ein.

»Er oder sie könnte auch einen Auftragskiller engagiert haben.«

Motorengeräusche durchdrangen die Stille, und kurze Zeit später tauchte ein Van von der Spurensicherung auf, der neben Pescolis Jeep anhielt.

Pescoli saß Mikhail Slatkin am Steuer sitzen und fühlte sich gleich etwas besser. Slatkin war einer der besten Kriminaltechniker, die sie hatten. Wenn es galt, auch noch den allerkleinsten Hinweis zu finden, war Slatkin genau der Richtige.

Sie sprachen ein paar Minuten mit den Mitgliedern des Teams, dann stiegen sie in den Jeep.

Sie wollten einen kurzen Zwischenstopp beim Department einlegen, um sich ihre E-Mails, eingegangene Hinweise und Berichte vorzunehmen, und dann weiter zum Stadthaus der Richterin fahren, um sich durch Kathryn Samuels-Piquards privates und öffentliches Leben zu wühlen. Vielleicht würden sie dort herausfinden, wer sich ihren Tod so sehr wünschte, dass er ihr eine Kugel in den Kopf gejagt hatte.

Kapitel sechzehn

Als Pescoli zum Department zurückkehrte, rechnete sie nicht damit, ihrem Sohn zu begegnen, doch da war er, in voller Lebensgröße. Er spülte die Kaffeekanne aus, eine Aufgabe, zu der er sich zu Hause niemals herablassen würde. Im Aufenthaltsraum roch es nach verbranntem Kaffee, Chili und Koriander.

»Was hat das zu bedeuten?«, fragte sie und ging auf ihn zu. Er hatte sich rasiert, die Haare gekämmt und trug eine Jeans, die nicht so tief auf seiner Hüfte saß, dass er Gefahr lief, plötzlich mit nacktem Hintern dazustehen. Kaum zu glauben, aber er trug sogar eins von seinen beiden Anzughemden und die Krawatte, die sie ihm zu seinem Highschool-Abschluss gekauft hatte.

»Hab ich dir doch schon gesagt. Ich bin jetzt so was Ähnliches wie ein Deputy.«

»Ich fasse es nicht.«

»Nur weil du's nicht fassen willst.« Er schrubbte die Glaskanne so heftig, dass sie fürchtete, er würde sie zerbrechen. Spülwasser spritzte auf seine Hemdsärmel. »Wie ich ebenfalls schon sagte: Ich will Polizist werden. Wie Dad. Wie du.«

»Ach, Jeremy –«

»Hör auf damit, Mom.« Er drehte sich um und funkelte sie an. Dann fügte er mit gesenkter Stimme hinzu: »Nicht hier.«

Wann zum Teufel war er so groß geworden? Wenn seine Augen vor Zorn blitzten und er entschlossen das Kinn vorreckte, ähnelte er Joe so sehr, und sie musste daran denken, wie oft sie sich in ihrer Ehe gestritten hatten. *Wieder dieses Déjà-vu. Das wird ja langsam zur Gewohnheit. Und zwar keineswegs zu einer angenehmen.*

Sein Gesicht lief rot an, und zu spät wurde ihr klar, dass sie ihn in Verlegenheit brachte. Ach, um Himmels willen. Als ob das irgendwen interessierte. Aber Jeremy blickte verstohlen zu der Gruppe von Tischen hinüber, an denen ein paar Cops saßen und Pause machten, obwohl sich keiner von ihnen für das Gespräch zwischen Mutter und Sohn zu interessieren schien.

Brett Gage, die Lesebrille auf der Nasenspitze, löste ein Sudoku-Rätsel in der Zeitung, während er etwas aß, was aussah wie ein Thunfisch-Sandwich, zwei Streifenpolizisten schoben gerade ihre Stühle zurück, ihre Pause war vorüber. Rhonda Cafferty trank ihre Cola light aus, Shanna von der Notrufzentrale warf die Reste ihres Mittagessens – eine kalorienarme Lasagne – mitsamt Verpackung in den Mülleimer.

»Komm schon, Mom«, sagte Jeremy leise. »Lass mich in Ruhe, okay?« Auf dem Linoleumboden im Gang ertönte das laute Klackern von Highheels. Jeremy drehte sich um. Pescoli brauchte keine ermittlerischen Fähigkeiten, um zu wissen, dass Joelle im Anmarsch war.

»Oh, lass mich das machen!«, flötete die Empfangssekretärin, und noch bevor Jeremy die Kaffeekanne mit frischem Wasser füllen konnte, hatte sie ihn schon beiseitegeschoben. Ihre präweihnachtliche Kleidung, die strikt in Gold, Silber, Rot, Grün, Weiß gehalten war, hatte sie durch einen postweihnachtlichen blauen Anzug ersetzt, dazu trug sie Ohrringe in Form von Schneeflocken. Das Glitzerhaarspray fehlte, genau wie das gewisse Glitzern in ihren Augen, das während der Vorweihnachtszeit seinen Höhepunkt erreichte. Es war nicht zu leugnen – die »joellige« Zeit, wie Pescoli sie nannte, war vorüber.

»Sieh mal einer an«, sagte sie bewundernd und musterte Jeremy von Kopf bis Fuß. »Wie groß du geworden bist!« Dann fügte sie mit einem Blick in Pescolis Richtung hinzu: »Du musst stolz auf ihn sein, Regan!«

Jeremy zog eine dunkle Augenbraue in die Höhe, doch er wagte es nicht, etwas zu sagen.

»Immer«, flunkerte Pescoli. Nun, im Grunde war das gar nicht mal gelogen, sondern nur die halbe Wahrheit. Natürlich war sie stolz auf ihre Kinder, trotzdem war sie manchmal auch unglaublich enttäuscht. Mit dem Stolz war das so eine Sache … er hing von der jeweiligen Situation ab. Sie dachte an den gestrigen Abend, wie erleichtert sie gewesen war, dass er Bianca und ihr beim Pizzaessen Gesellschaft geleistet hatte, aber auch daran, wie enttäuscht sie gewesen war, dass er unterwegs gewesen war, um Gott-weiß-was mit Heidi Brewster anzustellen.

»Das kannst du auch sein!« Joelle übernahm die Kontrolle über den Küchenbereich. Ihr Blick fiel auf ein Päckchen Kaffee im Regal, das sie verächtlich beiseiteschob. »Koffeinfrei? Lieber nicht. Nicht heute, bei all dem Trubel. Jeder muss schließlich seine fünf Sinne beisammenhaben!« Sie füllte den Filter mit koffeinhaltigem Kaffeepulver und warf Pescolis Sohn einen durchdringenden Blick zu. »Nun zu dir. Warum unterstützt du mich nicht vorn am Empfang bei den Telefonanrufen? Der stellvertretende Sheriff gibt gleich eine Pressekonferenz, da werden Vera und ich völlig überfordert sein. Du könntest auch Veras Aufgabe übernehmen und die Leute in die richtige Richtung schicken. Wenn jemand das Department betritt, bist du derjenige, an den sie sich wenden, und keine Sorge, auf dem Schreibtisch liegt ein Plan.« Sie deutete auf die Kaffeekanne, die er immer noch in der Hand hielt. »Nun gib schon her, und dann komm mit mir. Ich gebe dir einen Crashkurs am Empfang und zeige dir, wie alles geht.«

»Sicher … in Ordnung«, stimmte er zu.

»Gib mir nur noch eine Sekunde.« Sie füllte die Kanne mit Wasser und fügte hinzu: »Wir müssen dich nur noch aussehen lassen wie einen Deputy. Du brauchst ein Hemd und einen Hut vom Department. Glaub mir, in ein paar Minuten bist du startklar.« Joelle schaltete eine der beiden Kaffeemaschinen ein, dann wischte sie mit einem Trockentuch den Tresen ab. »Schon erledigt!« Mit einem zufriedenen Lächeln schlug sie das Trockentuch aus und hängte es zurück an den Haken bei der Spüle. »Alles fertig.« Jetzt, da die Küche wieder ihren Vorstellungen entsprach und der Kaffee gurgelnd in die Kanne tropfte, konnte sie beruhigt an ihren Arbeitsplatz am Haupteingang des Departments zurückkehren.

»Hast du nichts zu tun?«, flüsterte Jeremy seiner Mutter zu, während Joelle ihm von der Türschwelle aus mit ihren manikürten Fingern bedeutete, ihr zu folgen. Klackernd verschwand sie aus Pescolis Blickfeld.

»Jede Menge. Und davon Berge.«

»Warum stehst du dann hier herum?«

Fast hätte sie ihm gesagt, er könne sich seine eingebildete Haltung in den Hintern schieben, doch sie beherrschte sich. Zumindest für den Augenblick.

»Okay«, sagte sie warnend. »Aber wir sind mit dem Thema noch nicht durch. Wir reden heute Abend weiter.«

»Wie du willst.« Und damit schob er sie mit einem rebellischen Gesichtsausdruck zur Seite und folgte Joelle den Gang hinunter.

»Jeremy, ich arbeite hier«, zischte sie ihm nach.

»Ich auch, Mom.« Pescoli schickte gerade ein stummes Gebet

zum Himmel, als er kaum hörbar hinzufügte: »Ich weiß nur nicht, was zum Teufel du eigentlich von mir erwartest.«
Die Hände zu Fäusten geballt, bemerkte sie, dass Brett Gage von seinem Sudoku-Rätsel aufblickte, und setzte zu einer Erwiderung an – vergeblich.
»Teenager«, sagte Brett mit einem wissenden Lächeln in die Stille hinein. »Man kann nicht mit ihnen, aber ohne sie kann man auch nicht.«
»Aber man kann sie durchaus auf den Boden zurückholen, zumindest, solange sie noch bei einem wohnen«, sagte sie, und fügte stumm hinzu: *Selbst wenn sie fast zwanzig sind.*
»Tja, Zuckerbrot oder Peitsche, das ist hier die Frage.« Gage nahm seine Zeitung und schlug die Seite um. »Ich persönlich bevorzuge Zuckerbrot. Die Peitsche hat mir nicht geholfen, als ich jung war. Hat mich nur noch aufsässiger gemacht.« Er warf einen Blick auf die Sportseite und kräuselte die Lippen zu einem schiefen Lächeln.
»Soll das ein Ratschlag sein? Soweit ich weiß, hast du doch gar keine Kinder.«
»Ich sag ja nur.«
»Ich komme schon mit Jeremy klar.«
»So wirkte das auf mich zwar nicht, aber he, er ist dein Sohn. Ich habe bloß versucht, dir die Devise eines männlichen Teenagers nahezubringen.«
»Und die wäre?«
»Bloß keine Gelegenheit ungenutzt verstreichen lassen.«
»Darum geht es hier doch gar nicht, und mit irgendwelchen Mädchen hat es auch nichts zu tun.«
»Ist er nicht mit Brewsters Tochter zusammen?«
»Nein … ja … manchmal.« Warum hatte sie sich bloß auf dieses Gespräch eingelassen?
»Und Brewster hat ihn deputiert? Damit wäre dein Sohn

nicht der Erste, der versucht, sich bei einem Mädchen beliebt zu machen, indem er sich bei dessen Vater einschmeichelt.«

Was für eine entsetzliche Vorstellung! So weit würde Jeremy niemals sinken. *Trotzdem hat er sich hinter deinem Rücken an Brewster gewendet.*

Als könnte Gage ihre Gedanken lesen, grinste er und steckte seine große Nase wieder in die Zeitung. Pescoli fiel ein, dass sie aus einem ganz bestimmten Grund in den Aufenthaltsraum gegangen war, und sie öffnete die Kühlschranktür, um die Dose Cola light herauszunehmen, die sie zuvor hineingestellt hatte. Sie war weg. Jemand hatte sich die Dose unter den Nagel gerissen.

»Jetzt klaut schon die Belegschaft vom Büro des Sheriffs! Kann man denn niemandem mehr trauen? Wir sollen das Gesetz aufrechterhalten, nicht brechen!« Pescoli knallte die Kühlschranktür zu und stieß die Luft aus. Sie war genervt, kein Zweifel, und sie reagierte über. Hatte sie sich nicht selbst hin und wieder eine Dose »geborgt«, ohne sie zu ersetzen?

»Rache ist süß«, murmelte Gage und faltete seine Zeitung zusammen.

Seine Bemerkung trug nicht gerade dazu bei, ihre Laune zu verbessern, der Schlafmangel auch nicht. Irgendwie erinnerte sie das Gespräch mit dem obersten Kriminalermittler an ihr Gespräch mit Santana. Gereizt und düsterster Stimmung verließ Pescoli den Aufenthaltsraum.

Erst letzte Woche hatte sie nackt in Nates Bett gelegen und ihm von ihren Problemen mit ihrem Sohn erzählt. Santana hatte ihr zugehört, die Arme um sie geschlungen und sie an sich gezogen. »Lass ihn erwachsen werden, Regan«, hatte er ihr geraten. »Hör auf, gegen das Unvermeidliche anzukämpfen. Um Himmels willen, Jeremy ist ein junger Mann.«

»Unsinn. Neunzehn sind die neuen zwölf.«

»Nur für gluckenhafte Mütter mit ausgeprägtem Kontrollzwang.«

»Sehr nett«, sagte sie und drehte ihm den Rücken zu. Santana hatte leise gelacht, sie wieder zu sich gerollt und sie geküsst. Als seine Hände ihren Körper liebkosten und seine Zunge verführerisch über ihre nackte Haut glitt, war ihr Widerstand geschmolzen, und sie hatte sich ganz auf seine Zärtlichkeiten konzentriert.

Typisch Mann, eine Diskussion mit Sex zu beenden.

Ach, und du hast nichts dazu beigetragen? Genau wie du nie eine Dose Cola light gemopst hast? Gib's zu, Pescoli, du bist weiß Gott keine Heilige.

Voller Selbstzweifel ging sie zu ihrem Arbeitsplatz. Zum ersten Mal fragte sie sich, ob sie als Mutter eher ein Hemmnis statt eine Hilfe für ihren Sohn war. Natürlich war es gut, dass sich Jeremy überhaupt für etwas interessierte und bereit war, dafür etwas zu tun. Zu *arbeiten.* Auch wenn es ihr nicht passte, dass er sich als Wirkungsstätte ausgerechnet *ihren* Arbeitsplatz ausgesucht hatte. Sie konnte es sich einfach nicht leisten, nicht hundertprozentig bei der Sache zu sein – ihr Fokus musste einzig und allein der Suche nach Samuels-Piquards Mörder und Graysons Attentäter gelten.

Die Zeit verstrich, und Jeremys Anwesenheit trug nicht gerade zu einem konzentrierten Arbeiten bei, doch offenbar gab es nichts, was sie daran ändern konnte.

»Dann geht es dir also gut?«, fragte Hattie in ihre Freisprechanlage hinein, während sie ins Zentrum von Grizzly Falls fuhr. Endlich hatte sie ihre Schwester erreichen können. Die Zwillinge auf dem Rücksitz angeschnallt, steuerte sie den Toyota zu Wild Will, einem Restaurant im unteren, alten Teil der Stadt an den Ufern des Grizzly River.

»Mir geht es gut. Uns allen geht es gut«, bestätigte Cara am anderen Ende der drahtlosen Verbindung. »Ich weiß nicht, warum alle so besorgt sind. Dan und ich sind seit einer Ewigkeit geschieden. Ich weiß, das klingt kalt und herzlos, aber so ist es nun einmal.«

Und sonst war wirklich nichts?, fragte sich Hattie, doch sie blieb stumm, während sie über die steile Serpentinenstraße am Boxer Hill Richtung Fluss kurvte.

»Natürlich mache ich mir Sorgen um ihn«, fuhr Cara fort. »Es ist ein furchtbares Gefühl, einfach schrecklich, dass jemand auf ihn geschossen hat.«

Man hat nicht nur einfach »auf ihn geschossen«. Man hat ihn auch getroffen und schwer verwundet. Hattie bremste vor den Schienen am Fuß des Boxer Bluff und wartete darauf, dass der leere Flachlader vor ihr durch die offene Schranke rollte.

»Und dann hat noch jemand die Richterin ermordet, was zutiefst beängstigend ist«, fügte Cara schaudernd hinzu.

»Erst Dan, dann Richterin Samuels-Piquard«, murmelte Hattie.

»Glaubst du, es handelt sich um ein und denselben Täter?«

»Keine Ahnung«, erwiderte Hattie, aber genau dieser Gedanke beschäftigte sie, seit sie etwas früher am Tag die Nachrichten im Fernsehen verfolgt hatte. »Wenn nicht, ist das ein ziemlich großer Zufall, vor allem wenn man das Timing bedenkt.« Der Mord an der Richterin genau wie die Schüsse auf Dan ließen sie ihre Position, Barts Tod betreffend, noch einmal überdenken. War es möglich, dass ihr Ex-Mann, der deprimiert war wegen ihrer Scheidung und des Lebens an sich, tatsächlich Selbstmord begangen hatte?, fragte sie sich zum wohl tausendsten Male. All die Jahre über war sie überzeugt gewesen, dass jemand nachgeholfen und den Tatort entsprechend manipuliert hatte, und nun …

Hattie wusste nicht mehr, wo ihr der Kopf stand. Alles kam ihr plötzlich fragwürdig vor.

»Ich verstehe nicht, warum mich alle anrufen«, sagte Cara. Gerade in diesem Augenblick entdeckte McKenzie von ihrem erhöhten Kindersitz aus eine Mutter, die ihrem Sohn die Tür aufhielt, weil dieser ein riesiges Eis in der Hand trug. Die Eisdiele war nur einen Block vom Bahnübergang entfernt. Eifrig tippte McKenzie mit dem Finger gegen die Scheibe. »Dürfen wir ein Eis haben? Mommy, bitte!«

»Bitte, bitte, bitte«, fiel Mallory mit ein.

»Heute? Es ist doch eiskalt draußen«, erwiderte Hattie automatisch. Sie hatte recht: Schon wieder zogen sich die Wolken über den Bergen zusammen und verhießen noch mehr Schnee.

»Aber ich will ein Eis haben«, quengelte McKenzie.

»Vielleicht nach dem Essen«, vertröstete Hattie sie, dann schimpfte sie leise: »Pscht, Mädchen, still jetzt! Ich telefoniere mit eurer Tante.« Zu Cara sagte sie: »Entschuldigung, ich war kurz abgelenkt. Was hast du gesagt?«

»Nur dass die Polizei hier aufgekreuzt ist und Nolan und mir allerhand Fragen gestellt hat. Als wüsste ich, was Dan heutzutage so treibt! Es war wirklich seltsam, und dann haben sie auch noch Alli in ihr Verhör mit einbezogen.« Cara klang bestürzt. »Zum Glück waren die Jungs nicht da.«

Mit den Jungs meinte sie Nolans Söhne aus seiner ersten Ehe.

»Sind sie denn bei euch?«

»Ja, dieses Jahr haben sie Weihnachten bei uns verbracht. Judith hatte sie an Thanksgiving.« Letzteres klang leicht abfällig. Es war kein Geheimnis, dass Cara und Nolans Ex-Frau nicht gut aufeinander zu sprechen waren, was vermutlich daran lag, dass Cara mit Nolan zusammenkam, bevor dieser sich von seiner Frau getrennt hatte.

»Wenn du mich fragst, ist das Ganze ohnehin eine Farce. Ezekiel ist zweiundzwanzig und Isaiah nur ein paar Jahre jünger. Sie lassen sich bloß hier blicken, um Nolan einen Gefallen zu tun. Ansonsten fahren sie Snowboard, trinken oder stellen weiß Gott was an.« Caras Beziehung zu ihren Stiefsöhnen war von Anfang an schwierig gewesen, zum Teil, weil Judith die zweite Frau ihres Ex-Mannes hasste, zum Teil, weil Cara sie nicht wirklich wie Stief*söhne* behandelt hatte. »So«, sagte sie, um das Thema zu wechseln, »wie geht's Mom?«

»Gut, denke ich. Sie will nach wie vor mein Leben bestimmen und raucht heimlich.«

»Während ihrer Chemotherapie?«, fragte Cara ungläubig. »Ist sie jetzt völlig übergeschnappt? Weiß ihr Arzt davon?«

»Was denkst du denn?« Hattie bremste vor einer Ampel ab und sah einer Frau zu, die, das Handy in der Hand, die Straße überquerte und plötzlich wie angewurzelt genau in der Mitte stehen blieb, um aufs Display zu starren. »Sie weiß nicht, dass ich es weiß.«

»Hast du sie darauf angesprochen?«, fragte Cara.

»Aber sicher. Dutzende Male. Sie leugnet es, und sie achtet strikt darauf, dass ich nicht mitbekomme, wenn sie sich heimlich eine ansteckt. Wie sie immer wieder betont: Es ist ihr Leben.«

»Ich weiß, wie schwer es ist aufzuhören, aber es *ist* möglich.« Cara seufzte laut. »Ich sollte sie mal anrufen.«

Hattie konnte sich lebhaft vorstellen, wie ihre Halbschwester frustriert auf ihrer Unterlippe kaute. Die Ampel sprang auf Grün, und der Fahrer eines Pick-ups, der in die entgegengesetzte Richtung wollte, drückte energisch auf die Hupe, um die Frau mit dem Handy zu verscheuchen, die immer noch mitten auf der Fahrbahn stand. Diese zuckte sichtlich zusammen und flüchtete auf den Gehsteig.

Hattie überquerte die Kreuzung und hielt Ausschau nach einem Parkplatz. Die Innenstadt war heute sehr gut besucht, der Verkehr staute sich vor dem roten Backsteingebäude, in dem das Gericht untergebracht war. Auf der kleinen Grünfläche davor thronte immer noch der festlich geschmückte Weihnachtsbaum.

Jetzt war Cara in ihrem Element. »Mom ist so verdammt schwierig.«

»Ja, ich weiß«, pflichtete Hattie ihr bei. Plötzlich fühlte sie sich ihrer Halbschwester verbunden wie schon seit Jahren nicht mehr, weshalb sie vorschlug: »Warum kommst du nicht mal vorbei? Vielleicht noch vor Silvester? Die Mädchen würden sich freuen, dich zu sehen. Bring Alli, Nolan und die Jungs mit.«

»O Gott … nein! Ich meine, ich komme schon und vielleicht auch mit Alli, vorausgesetzt, ich kann sie von ihrem nichtsnutzigen Freund loseisen, aber glaub mir, Isaiah und Ezekiel werden keine Lust haben. Sie sind sowieso kaum zu Hause. Die zwei sind keine ›Jungs‹ mehr, und Nolan hat *immer* irgendwas zu tun, ist rund um die Uhr beschäftigt.«

Hattie hatte Glück. Trotz der Massen von Leuten, die über die Gehsteige hasteten und den nachweihnachtlichen Schlussverkauf ausnutzten, wurde gerade ein Parkplatz frei. *Gott sei Dank!* Hattie setzte den Blinker und wartete geduldig, bis die ältere Dame am Steuer eines ebenfalls älteren Buick von der Größe Manhattans ausgeparkt hatte.

»Schön, dann eben nur wir zwei und die Mädchen.«

»Ja …« Cara klang nicht sonderlich überzeugt. »Ich, ähm, ich habe ohnehin noch Weihnachtsgeschenke für Mallory und McKenzie. Lass mich nur erst mit Nolan sprechen und einen Blick auf den Kalender werfen, okay?«

»Ihr seid willkommen, wann immer du möchtest. Gib mir einfach kurz Bescheid.« Endlich gondelte das Schlachtschiff davon, und Hattie gab Gas, um in die gewaltige Parklücke zu setzen.

»Weißt du«, sagte Cara, »ich hab darüber nachgedacht, Dan zu besuchen, aber … er liegt auf der Intensivstation, und ich weiß nicht, ob er mir wirklich verziehen hat … wegen Nolan, meine ich … und seit unserer Scheidung … na ja, inzwischen hat er ja eine weitere Ex-Frau. War Akina bei ihm? Obwohl … nein … stopp. Tut mir leid. Was sie macht, ist ihre Sache.«

Wieder drang ein langer, leidgeprüfter Seufzer aus Hatties Ohrhörer. Sie stellte die Automatik auf P. »Ich nehme an, du hast ihn besucht?«, fuhr Cara fort.

»Ja.«

»Wird er durchkommen?«

»Ich hoffe es. Du müsstest seine Ärzte fragen.«

»Die werden mir keine Auskunft geben«, erwiderte Cara vorwurfsvoll. »Bei dir ist das etwas anderes. Du hattest stets eine echte Beziehung zu der Familie, zu Dan, Bart und Cade«, fügte sie mit einem ironischen Ton hinzu, der Hattie innerlich zusammenzucken ließ. »Ich weiß nicht, was dich an den Graysons so sehr fasziniert, aber … na gut. Ich werde mich nicht ans Krankenhaus wenden. Könntest du mich nicht auf dem Laufenden halten? Oh, ich muss auflegen, Alli ruft mich auf der anderen Leitung an.«

Noch bevor Hattie sich verabschieden konnte, hatte ihre Schwester schon die Verbindung unterbrochen.

»Super«, sagte sie zu niemand im Besonderen, nahm ihr Headset ab und stellte den Motor aus. Die Mädchen öffneten bereits ihre Sicherheitsgurte und stemmten sich aus ihren Kindersitzen, für die sie, wie Mallory sich hin und wieder beschwerte, »längst zu groß« waren. »Becky Davis muss nicht in einem Kindersitz sitzen«, hatte sie erst diesen Nachmittag geschimpft.

»Becky Davis hat nicht mal einen«, pflichtete Mallory ihrer Schwester bei.
»Dann muss sie älter sein als ihr.«
»Nein, sie ist in unserer Jahrgangsstufe«, hatte Mallory behauptet und sich widerwillig in ihren verhassten Sitz fallen lassen. Ausnahmsweise einmal war McKenzie ganz einer Meinung mit ihrer Zwillingsschwester gewesen. »Stacy Kendall und Lena haben auch keinen.«
»Und Charlie und Robert schon gar nicht.«
»Nun, sie wohnen auch nicht unter meinem Dach, und solange ihr nicht mindestens fünfunddreißig Kilo wiegt *und* Dr. Lambert ihr Einverständnis gibt, werdet ihr eure Sitze benutzen.«
»Das ist nicht fair«, schmollte Mallory, die Arme vor der Brust verschränkt, und schob die Unterlippe vor.
»Du hast recht: Das Leben ist nicht fair«, erklärte Hattie, als die beiden sich missmutig anschnallten. »Im Augenblick aber ist es Pflicht. So will es das Gesetz. Und ich. Und der Bundesstaat Montana, Widerspruch ist also völlig zwecklos.«
»Ich hasse Kindersitze!«, schimpfte Mallory, und McKenzie stimmte mit ein.
»Ich weiß, ich weiß«, beschwichtigte Hattie.
Mallory hatte ihre schlechte Laune die ganze Fahrt über beibehalten, während McKenzie zunächst sämtliche Klassenkameraden aufzählte, die keinen Kindersitz benötigten, und die Diskussion anschließend vergaß. Stattdessen widmete sie sich mit Begeisterung dem Beschlag, der sich auf der Innenseite ihrer Fensterscheibe bildete.
Jetzt machten sie sich daran, aus dem Wagen zu steigen. Die Mädchen liebten es, zu Wild Will zu gehen, nicht wegen des Essens, da zogen sie ein Menü bei McDonald's vor, sondern wegen der Dekoration.

»Ich will mir Grizz als Erste ansehen!«, rief McKenzie, womit sie den gigantischen, ausgestopften Grizzly meinte, der gleich bei der Eingangstür stand und stets nach der aktuellen Saison gekleidet war. Damit sauste sie auf ihren rosa Cowboy-Stiefelchen davon, ihr offener Mantel bauschte sich wie ein Cape, ihre dunklen Locken hüpften. Blitzschnell war sie schon einige Schritte voraus.

»He! Warte!« Hattie griff nach Mallorys Hand, legte sich den Riemen ihrer Handtasche über die Schulter und rannte los, um ihre zweite Tochter einzuholen. »Langsam, McKenzie! Auf der Straße bleibt ihr an der Hand! Hast du das vergessen? McKenzie!« Bemüht, nicht in Panik auszubrechen, schob sie sich durch die Passanten in ihren dicken Wintermänteln, Mallory hinter sich herziehend. Hoffentlich vergaß McKenzie in ihrem Eifer, stets die Erste zu sein, nicht die Regeln und stürmte einfach über die Straße, auf der dichter Verkehr herrschte. »McKenzie Grayson! Bleib sofort stehen!«

McKenzie warf einen Blick über die Schulter.

Verflixt, sie wusste, dass sie das nicht durfte!

Hattie wäre beinahe über die Leine einer Frau mittleren Alters gestürzt, die einen Windhund spazieren führte, vor dem offenbar keine Straßenlaterne sicher war.

»Passen Sie doch auf!«, rief die Frau, die Nase vor Kälte gerötet.

Hattie ignorierte ihre Warnung und stürmte weiter. »McKenzie!«

Sie hatte sie fast erreicht, als McKenzie, die plötzlich begriff, dass sie sich der Kreuzung näherte, abrupt stehen blieb. Ihre Stiefel rutschten auf dem vereisten Gehweg aus, und schon fiel sie hin, mit fliegenden Armen und Beinen, das Haar im Gesicht, und schlitterte auf die Straße zu, wo sich entlang der Fahrbahn Haufen von Schneematsch türmten.

Hattie machte einen Satz nach vorn. In dem Augenblick griff eine große behandschuhte Hand nach McKenzies Arm. Eine halbe Sekunde später stand sie wieder auf den Füßen.
»Mensch, Mädchen«, sagte Cade zu seiner Nichte, als er sie in seine Arme zog, während Hattie, Mallory im Schlepptau, um ein Haar gegen ihn geprallt wäre.
»Gott sei Dank«, flüsterte sie, als McKenzie, überrascht, dass ihr Onkel scheinbar aus dem Nichts als ihr Schutzengel aufgetaucht war, zu schluchzen anfing, vermutlich eher aus Verlegenheit denn aus Schmerz.
»He, ist schon in Ordnung«, sagte er sanfter, als Hattie je erwartet hätte. Er hatte sich offenbar nicht rasiert, seit sie ihm zum letzten Mal begegnet war, doch das tat seiner Ausstrahlung keinen Abbruch. Sexy war er und ärgerlicherweise schrecklich attraktiv.
»Alles in Ordnung?«, fragte Hattie ihre Tochter und unterdrückte das dringende Verlangen, sie anzuschreien. Ihr Herz raste vor Furcht.
McKenzie schniefte und nickte, gegen die Tränen anblinzelnd, doch sie fing nicht an zu weinen. »Mein Bein tut weh.«
»Schlimm?«, fragte Cade.
»Es geht. Nein … ist schon okay.«
Mallory hätte Zeter und Mordio geschrien, McKenzie dagegen, stoisch wie die Graysons, schien eine hohe Schmerzgrenze zu haben.
»Würde ein Eis helfen?«, fragte Hattie.
McKenzie fing augenblicklich an zu strahlen. »Ja!« Einen kurzen Augenblick später sagte sie zerknirscht: »Es tut mir leid, Mom.«
»Okay, dann gehen wir also zur Eisdiele, aber erst nach dem Essen, und du rennst nicht mehr einfach so davon, als wärst du drei Jahre alt, klar?«

»Ich wollte nicht auf die Straße laufen«, sagte sie und schlug die Augen nieder.
McKenzie hatte vor nichts Angst und war mehr als nur ein wenig sturköpfig. Obwohl sie nicht mehr ganz so impulsiv war wie noch vor einem Jahr, fiel sie doch immer wieder in alte Verhaltensmuster zurück – so wie gerade eben.
Die Fußgängerampel sprang auf Grün, und die Frau mit dem Windhund spazierte an ihnen vorbei. Sie presste die Lippen zusammen, als hätte sie gerade an einer Zitrone gelutscht, und warf Hattie einen Blick zu, der deutlich besagte, dass sie sie für eine lausige Mutter hielt.
War das etwas Neues?
Hattie beschloss, sich weder um die Frau mit dem Windhund noch um die anderen Passanten zu kümmern, die ihnen neugierige Blicke zuwarfen.
»Das war dumm!«, ließ sich Mallory vernehmen.
»Das war nicht dumm«, widersprach Hattie. »Das war … unüberlegt.«
»Dumm.« Mallory reckte ihr kleines Kinn und sagte, an ihren Onkel gewandt: »Sie weiß, dass sie das nicht darf.«
Cade lachte auf. »Nun, wenn sie es nicht wusste, dann weiß sie es mit Sicherheit jetzt.« Er blinzelte McKenzie zu, die sich verlegen abwandte.
»Ich will Grizz sehen!«, beharrte sie.
Mallory verdrehte die Augen.
»Vielleicht würde ich ihn ja auch gern sehen«, sagte Cade.
Hattie hielt abwehrend die Hand hoch. »Du musst nicht –«
»– mitkommen. Ich weiß. Aber ich habe mir noch gar nicht angeschaut, wie der große Junge dieses Jahr ausstaffiert ist.«
Bevor sie protestieren konnte, nahm er Mallorys Hand, und als die Ampel erneut auf Grün sprang, überquerte er die Straße. McKenzie, noch immer verlegen und leicht bockig, um-

klammerte die Finger ihrer Mutter und folgte ihnen. Als sie endlich auf dem Gehsteig vor dem Wild Will standen, hatte sich McKenzies Laune wieder gebessert. »Komm schon!«, rief sie überschwenglich wie immer und zerrte die widerstrebende Hattie hinter sich her, um als Erste vor dem Bären zu stehen.

Zu spät. Cade hielt die Tür auf, und Mallory schoss hindurch, McKenzie drei Schritte dahinter.

»Wow!«, schrie Mallory und klatschte bei Grizz' Anblick in die Hände. Der riesige Grizzly-Bär, das Maul zu einem furchterregenden Zähnefletschen verzogen, stand aufrecht auf seinen Hinterbeinen. Dieses Jahr trug er ein langes weißes Nachthemd mit passender Schlafmütze und hatte eine Brille auf seiner schwarzen Nase. In einer seiner riesigen, ausgestreckten Pranken hielt er eine Ausgabe von *Die Nacht vor Weihnachten.* Hinter dem gewaltigen Grizzly versteckte sich ein kleinerer Bär auf einer kleinen Treppe.

»Ist der süß!«, flüsterte McKenzie.

»Süß?« Cade schaute zu Hattie hinüber. Ihre Blicke trafen sich, und einen Herzschlag lang fühlte sie sich an glücklichere Zeiten erinnert.

An eine Zeit, bevor die Lügen begonnen hatten.

Vor ihrer Ehe.

Vor den Vorwürfen.

Den Schuldzuweisungen.

Vor Barts Tod.

Sie schluckte und wandte sich ab. Es war besser, diese glücklicheren Zeiten zu vergessen.

»Ich weiß nicht, ob ›süß‹ das Wort ist, das ich verwenden würde«, sagte Cade und fasste den Bären erneut ins Auge. »Komisch vielleicht und ein bisschen unheimlich, aber ›süß‹? Tut mir leid, mein Mädchen, das ist ziemlich weit hergeholt.«

»Du bist albern, Onkel Cade«, sagte McKenzie.
»Na klar«, pflichtete er ihr bei, dann schweifte sein Blick wieder zu Hattie.
Das Schweigen zwischen ihnen dehnte sich, wurde unangenehm, peinlich. Mit leiser Stimme sagte sie: »Die Mädchen und ich wollen hier ein frühes Abendessen zu uns nehmen und anschließend Eis essen, wie du vorhin mitbekommen hast. Wenn du dich uns anschließen möchtest – gern.«
»Jaaa!«, jubelte Mallory begeistert.
»Tut mir leid, Prinzessin.« Er schüttelte den Kopf. »Ich kann heute nicht. Ich muss noch euren Onkel Dan im Krankenhaus besuchen.« An Hattie gewandt, fügte er hinzu: »Das Büro des Sheriffs gibt heute Abend eine Pressekonferenz. Ich würde gern daran teilnehmen.« Er bückte sich, um mit Mallory auf Augenhöhe zu sein, und sagte: »Dann nehme ich sozusagen einen Dinner-Voucher.«
»Was ist ein Dinner-Voucher?« Sie beäugte ihn misstrauisch.
»Ein Voucher ist eine Art Gutschein. Das bedeutet, dass Onkel Cade ein andermal mit uns zu Abend essen wird«, erklärte Hattie, der klar war, dass er dieses Versprechen womöglich nicht halten würde.
»Nein!«, protestierte McKenzie.
Wie so häufig in letzter Zeit verschränkte Mallory voller Trotz die Arme vor der Brust. »Wann?«, fragte sie dann. »Wann kommt er zum Abendessen zu uns?«
Hattie zuckte die Achseln. »Das liegt an ihm.«
»Bald«, versprach Cade, der bereits Richtung Tür ging. »Ihr beiden –«, er drohte seinen Nichten spielerisch mit dem Zeigefinger – »werdet eurer Mutter keinen Ärger machen, oder?«
»Nein, machen wir nicht«, versprach McKenzie, doch Mallory gab sich nicht so schnell zufrieden. Sie hatte schon öfter

leere Versprechungen zu hören bekommen, und diese zählte definitiv dazu.

»Er kommt doch sowieso nicht«, beschwerte sie sich, als Hattie ihre Töchter an der Tafel mit den Tagesangeboten vorbeiführte. Sie betraten den großen Restaurantbereich mit seinen Tischen und Sitznischen. Die Wände zierten ausgestopfte Köpfe von Tieren der Region, Wagenräder mit Windlichtern darauf hingen von der Decke. Mallory steuerte auf eine Sitznische zu, die von den starren Glasaugen eines Dickhornschafs bewacht wurde, und sagte: »Onkel Cade ist ein Lügner.«

Wenn du wüsstest, dachte Hattie und glitt auf die Bank ihren Mädchen gegenüber. *Allerdings ist er auch kein größerer Lügner als ich. Ganz bestimmt nicht.*

Kapitel siebzehn

Das Haus der Richterin war vor über hundert Jahren erbaut worden. Hoch oben auf einem Hügel, der den Grizzly River überblickte, stand der zweistöckige viktorianische Bau an einer breiten Straße gegenüber einem Park. Obwohl der Name der Straße eigentlich Hillside Road lautete, wurde sie von den Einheimischen »Kings Row« genannt. Nicht zu Unrecht: Der Ausblick auf die Wasserfälle war von hier aus atemberaubend. Das Haus der Richterin war wie die anderen Häuser entlang der Kings Row mit weißen Lichterketten verziert, von denen einige angesichts der sich rasch herabsenkenden Dämmerung schon leuchteten.

Das Haus war in zwei verschiedenen Grüntönen gestrichen, das obere Stockwerk ein paar Nuancen dunkler, was, so dachte Pescoli, typisch war für die Zeit, in der es erbaut wurde. Genau wie für die anderen Häuser gegenüber des Parks. Die breite Treppe führte zu einer Doppeltür mit ovalen Fenstern darin. Darüber befand sich ein kleiner Balkon. Ein Schild neben der Tür besagte, dass es sich hierbei um ein historisches Gebäude handelte, 1916 erbaut von John Adams Thompson, einem der Gründerväter von Grizzly Falls.

Das Haus war fest verschlossen, was nicht anders zu erwarten gewesen war, doch Pescoli verschaffte sich Zutritt mit einem der Schlüssel, die sie in dem Lexus gefunden hatten, der in der Garage neben dem Blockhaus in den Bergen parkte.

Drinnen war es genauso ordentlich wie im Blockhaus, doch

das Stadthaus enthielt weitaus mehr Gegenstände, die Paraphernalien und Erinnerungen eines ganzen Lebens.
Durch einen Türbogen blickten sie auf einen Raum mit einem alten, gefliesten Ofen in der Mitte nebst einem Stapel Feuerholz in einem Korb davor. Einst hatte er vermutlich als Empfangssalon gedient, jetzt befand sich hier ein Arbeitszimmer. Unter dem großen Fenster stand ein Schreibtisch, ein kleiner Fernseher versteckte sich zwischen den Büchern, die sich in ordentlichen Reihen auf den bis zur Decke reichenden Regalen erstreckten. Alles war vertreten – von Atlanten über juristische Fachliteratur bis hin zu Taschenbüchern mit zerknickten Einbänden und eselsohrigen, zerlesenen Seiten.
Dennoch wurde sie den Eindruck nicht los, dass dieser Raum lange Zeit nicht benutzt worden war, dass der in der Luft hängende Geruch nach kalter Asche und Zigarrenrauch wenig mehr war als ein Nachhall der Erinnerungen.
»Das Zimmer ihres Mannes«, sagte Alvarez, als sie zur rückseitigen Wand hinüberging und die Fotos eines dunkelhaarigen Mannes in Uniform betrachtete, die zwischen Kriegsgegenständen hingen – von gekreuzten Schwertern bis hin zu in Glaskästen ausgestellten, auf Samt befestigten Orden war alles zu finden. »George Piquard« lautete der Name auf den Medaillen.
»Das sieht ja aus wie ein Schrein«, bemerkte Pescoli, doch Alvarez hatte sich bereits abgewandt und durchstreifte die übrigen Räume. Pescoli folgte ihr. Sie stießen auf einen Weihnachtsbaum, dessen Lichter an eine Zeitschaltuhr angeschlossen waren und nun in hellem Glanz erstrahlten. Darunter lagen nicht ausgepackte Geschenke. Offenbar befanden sie sich im Wohnzimmer. Antike Stühle und eine Ledercouch, dazu eine übergroße Ottomane standen vor einem kunstvoll verzierten Marmorkamin, der mit dekorativen Fliesen umrandet

und – da er sich momentan nicht in Gebrauch befand – mit einer Haube abgedeckt war.
Tiffany-Lampen, vermischt mit ein paar modernen Stücken, Weihnachtskerzen und Schalen voller bunter Glaskugeln erinnerten sie daran, dass die Besitzerin dieses Hauses Weihnachten nicht mehr hatte erleben dürfen.
Pescoli verspürte einen Anflug von Traurigkeit, als sie auf die Päckchen mit den großen Schleifen und den darin verborgenen Überraschungen hinabblickte. Ja, Kathryn Samuels-Piquard mochte eine kaltschnäuzige Richterin gewesen sein, die es sich zur persönlichen Aufgabe gemacht hatte, für Gerechtigkeit zu sorgen, doch sie war auch ein Mensch, eine Frau mit Freunden und einer Familie.
»Alles okay?«, fragte Alvarez.
»Ja.« Sie ging die Treppe zu den Schlafzimmern hinauf und verfluchte ihre Dünnhäutigkeit, die ihr neuerdings zu schaffen machte. Sie hatte die Richterin nicht einmal gemocht, und nun war sie traurig über deren Tod. Der Übergriff auf Grayson hatte sie psychisch fertiggemacht, dabei musste sie gerade jetzt absolut tough sein. Natürlich war es nicht unbedingt hilfreich, dass Santana ihr ein Ultimatum gestellt hatte, Bianca sich zu Tode hungerte und Jeremy ein Cop werden wollte. Kein Wunder, dass sie gestresst war und unter haarsträubenden Alpträumen litt. Im Grunde war es ein Wunder, dass sie überhaupt noch funktionierte.
Sie warf einen Blick in das erste Schlafzimmer, dann trat sie zurück in den Flur und rief die Treppe hinunter: »Ich hab noch einen weiteren Computer entdeckt!« Anschließend ging sie in das Zimmer und zu dem begehbaren Kleiderschrank hinüber, in dem die Sachen der Richterin untergebracht waren, sorgfältig gebügelt und aufgehängt, nach Farben sortiert. Ordentlich aufgeräumt, genau wie der Rest des Hauses. Pes-

coli öffnete die Tür zu den anderen drei Räumen, bevor sie wieder hinunter zu Alvarez ging, die in der Küche auf sie wartete.

»Irgendwas Interessantes?«, fragte diese.

»Nicht wirklich«, erwiderte Pescoli. »Ich hätte gedacht, hier liegt vielleicht irgendwo ein Organizer, aber nein. Hast du etwas gefunden?«

»Nur den hier«, sagte Alvarez und deutete auf einen schmalen Papierkalender, der an der Wand neben dem Telefon hing. »Sieh mal, sie hat sogar einen Eintrag gemacht.« Sie deutete auf den fünfzehnten Januar, wo ein Zahnarzttermin eingetragen war.

»Das ist aber auch der einzige.«

Alvarez blätterte durch die Monate. »Hm.«

»Vielleicht ist sie ein bisschen altmodisch und hat keinen elektronischen Organizer. Oder sie ist ein Gewohnheitsmensch«, schlug Pescoli vor.

»Merkwürdig, dass nicht mehr Termine drinstehen. Kathryn Samuels-Piquard war eine vielbeschäftigte Frau. Und vor allem: Wo ist der Kalender von diesem Jahr? Wir haben immer noch Dezember, bis zum einunddreißigsten sind es noch ein paar Tage.«

»Vielleicht wollte sie die Termine von ihrem elektronischen Kalender übertragen, vielleicht hat sie aber auch einfach bei ihrem Zahnarzt angerufen und sich den Termin rasch notiert, weil sie gerade ihr Handy, ihr Tablet oder ihren Laptop nicht zur Hand hatte …«

»Aber wo ist der Kalender von diesem Jahr?«, beharrte Alvarez. »Ich kann mir nicht vorstellen, dass hier keiner hing.«

»Könnte doch sein, dass sie vor ihrer Abreise das Haus aufgeräumt und auch in ihren Unterlagen Klarschiff gemacht hat. Sie ist ein ausgesprochen ordentlicher Mensch.«

»Wir haben noch nicht mal Januar. Niemand wirft seinen Kalender weg, bevor das Jahr zu Ende ist.«

»Die paar Tage …« Pescoli streifte sich Einweghandschuhe über, öffnete eine Küchenschublade und betrachtete das Besteck, das sorgfältig in die dafür vorgesehenen Fächer sortiert war – Gabeln getrennt von Kuchengabeln getrennt von Salatgabeln, Suppenlöffel getrennt von Teelöffeln. Anschließend zog sie die Tür zur Speisekammer auf und ließ den Blick über all die Dosen und Schachteln schweifen, die in ordentlichen Reihen, nach Artikeln sortiert, auf den Regalen standen. Als Nächstes war der Kühlschrank an der Reihe, der, abgesehen von halbleeren Flaschen mit Salatdressing und Mayonnaise, keinerlei Lebensmittel enthielt. Die Glasböden glänzten im Licht der Kühlschrankglühbirne.

»Pedantisch«, murmelte sie vor sich hin.

»Ich nenne das organisiert, nicht pedantisch. Nicht jeder ist ein Chaot«, widersprach Alvarez. »In meiner Küche sieht es genauso aus.«

Pescoli räusperte sich und dachte an ihre eigene vollgestopfte Speisekammer und ihren überquellenden Kleiderschrank, den sie jahrelang nicht durchgesehen hatte, zum Teil aus Zeitmangel, aber auch, weil es ihr im Grunde völlig egal war. »Sortierst du deine Kleidung auch nach der Farbe?«

»Zunächst nach Hosen, Röcken, Blusen, Jacken und so weiter, dann nach Farbe und zum Schluss nach dem jeweiligen Stil.«

»Wahnsinn!«

»He! Das ist gar nicht so ungewöhnlich. Komm schon, das müsstest du doch wissen. Du hast doch deine Nase schon in jede Menge Kleiderschränke gesteckt. Viele von denen waren hervorragend sortiert.«

»Okay, du hast recht.«

»Warum aber sollte sie ihren Kalender vorzeitig wegwerfen? Ein organisierter Mensch tut so etwas nicht.«

»Dann lass uns das verdammte Ding finden.« Pescoli glaubte zwar nicht, dass das wirklich so wichtig war, aber auch ihr gefiel es nicht, wenn irgendetwas nicht stimmig schien. »Wenn sie einen Kalender geführt hat und vorhatte, vor dem einunddreißigsten Dezember in ihr Stadthaus zurückzukehren, dann müsste er doch irgendwo sein.«

»Der Abfall wurde vermutlich noch vor Weihnachten abgeholt. Wenn sie den Kalender tatsächlich entsorgt hat …«

»Warte mal.« Pescoli ging zurück ins Arbeitszimmer und kniete neben dem Ofen nieder, in dessen Feuerkammer schwarze, blättrige Aschestücke lagen.

»Was ist denn?«, fragte Alvarez, die ihr gefolgt war.

»Siehst du die schwarze Asche in der Feuerung? Überleg doch mal, wie ordentlich sie war, wie makellos sauber der Rest des Hauses ist, als hätte sie vor ihrer Abreise noch geputzt.«

»Na und?« Alvarez trat neben sie.

»Ich kann mir nicht vorstellen, dass sie im Heiligtum ihres Mannes oft den Ofen anmacht. Und auf gar keinen Fall würde sie Aschereste im Ofen zurücklassen.« Pescoli öffnete die Glastür. »Diese Asche stammt nicht von Holzscheiten, sondern von Papier.«

»Der Kalender?«

»Wahrscheinlich. Oder ihr Testament. Oder vielleicht einfach nur ein Dokument, das nicht ins Altpapier sollte, auch wenn sie dafür in ihrem Büro einen Schredder hat.«

»Vielleicht kann das Labor etwas finden.«

Pescoli rollte sich auf die Fersen. »Wer immer dieses Feuer gemacht hat, muss in Eile gewesen sein und wollte nicht erst die Haube von dem Kamin im Wohnzimmer nehmen. Trotzdem wollte er sichergehen, dass das Papier, worum immer es sich handeln mochte, komplett vernichtet wird.« Sie kniff nachdenklich die Augen zusammen. »Also, was könnte verbrannt worden sein?«

»Wenn es der Kalender war, und wenn wirklich der Killer den Ofen benutzt hat – was wollte er für immer auslöschen?«

»Eine Verabredung?«

»Du meinst, sie hatte einen Geliebten? Und die Richterin hatte das Date mit ihm in den Kalender eingetragen, weshalb er ihn verbrennen musste?«, fragte Alvarez.

»Vielleicht wollte er nicht, dass ihre Beziehung öffentlich wird. Vielleicht war er verheiratet? Oder mit einer anderen zusammen?«

Alvarez zuckte die Achseln. »Vielleicht stecken auch politische Gründe dahinter.«

Pescoli betrachtete die Orden und anderen militärischen Auszeichnungen an der Wand, dazu die umfangreiche Waffensammlung. »Vielleicht sind wir aber auch völlig auf dem falschen Dampfer, und irgendwer hat einfach nur alte Zeitungen verbrannt.«

»Das Labor soll sich darum kümmern. Lass uns herausfinden, ob die Richterin eine Zugehfrau hatte. Vielleicht kann die uns Näheres sagen, zum Beispiel, ob und wie oft der Ofen in Gebrauch war.« Alvarez sah sich sorgfältig im Zimmer um. »Mir kommt es eher unwahrscheinlich vor, dass die Richterin hier selbst Hand anlegt und die Fußböden wischt oder das Silber poliert.«

»Du hast recht. Vielleicht weiß die Putzfrau etwas.« Gerade als sie zur Tür gingen, klingelte Alvarez' Handy. »Unbekannte Nummer«, sagte sie, dann meldete sie sich: »Detective Selena Alvarez.« Die Person am anderen Ende der Leitung sagte etwas, denn Selena hörte zu und schwieg.

Dann: »Es tut mir leid, Mr. Douglas, aber es ist mir nicht möglich, über den Fall zu sprechen. Heute Abend findet eine Pressekonferenz im Büro des Sheriffs statt, da könnten Sie doch ... Ja, ich verstehe, dennoch bin ich mir sicher, Ihr Herausgeber wird die Deadline ein wenig aufschieben ... Nein, dazu gibt es nichts zu sagen außer: ›Die Ermittlungen laufen.‹« Damit legte sie auf.

»Unser Kumpel Manny ist an der Sache dran«, stellte Pescoli fest.

»Du hast es erfasst.«

»Manche Reporter sind ganz okay, aber Manny zählt definitiv nicht dazu.« Sie schaute durch das ovale Fenster in einer der Türen. »Los geht's. Die Techniker sind da.« Es hatte wieder zu schneien begonnen, draußen war es inzwischen dunkel, die Straßenlaternen warfen ihr wässriges Licht auf den Asphalt. Auch wenn Kathryn Samuels-Piquards Stadthaus nicht der Tatort war, so bestand doch die Chance, dass der Mörder sein Opfer gekannt hatte, dass er womöglich im Haus gewesen war und Spuren hinterlassen hatte.

»Und sie haben Gesellschaft«, stellte Alvarez fest.

Ein Nachrichten-Van des Senders KBTR bog in die Straße ein und bremste vor dem Haus ab. Schneematsch war auf die Buchstaben an der Seite des Transporters gespritzt, doch man konnte sie noch erkennen. Der Fahrer fand einen Parkplatz und stellte das Fahrzeug ab.

Eine Reporterin in einer roten Jacke, schwarzer Hose und schwarzen Stiefeln sprang auf die Straße. Sie war nicht viel größer als eins fünfzig und bestimmt keinen Tag älter als fünfundzwanzig.

»Honey Carlisle«, sagte Alvarez, während Pescoli die Tür öffnete, um das Team von der Spurensicherung hereinzulassen.

»Du kennst sie?« Pescoli konnte das Gesicht nicht zuordnen.
»Trainiert in meinem Fitnessstudio. Kommt von einem Sender in Salt Lake City. War mal Miss Utah oder so was.«
»Und du weißt das, weil das im Fitnessstudio am Schwarzen Brett aushängt.«
»Nein, ich weiß das, weil es mir mein Trainer, Jed, erzählt hat. Er steht auf sie.«
»Selena!«, rief Honey und winkte begeistert mit ihrer behandschuhten Hand, als wäre sie soeben einer lange verschollenen Freundin wiederbegegnet.
»Ihr nennt euch beim Vornamen?«, fragte Pescoli mit hochgezogenen Augenbrauen.
»Wir besuchen mehrere Kickbox- und Stepkurse zusammen, und manchmal treffen wir uns anschließend an der Saftbar.«
»An der *Saftbar?*«, wiederholte Pescoli ungläubig, während Honey über den schneebedeckten Rasen auf sie zustiefelte.
Alvarez ignorierte Pescolis Bemerkung. »Stopp!«, rief sie mit scharfer Stimme und streckte beide Hände aus. »Bleib bitte auf den Wegen.«
»Oh. Okay.« Die Reporterin trat den Rückzug an, während Alvarez die Stufen vor der Eingangstür hinunterstieg, um sie zu begrüßen.
»Ist das etwa ein Tatort?« Honeys große runde Augen wurden noch größer. »Ich dachte, die Richterin ist in den Bergen ermordet worden. O Gott, hat vielleicht noch ein Mord stattgefunden?«
»Nein. Wir sind lediglich vorsichtig. Und respektvoll.«
»Sicher. Ähm, ich brauche ein Interview für die Zehn-Uhr-Nachrichten!« Sie schenkte Pescoli ein strahlendes, Miss-Utah-würdiges Lächeln.
»Da musst du bis nach der Pressekonferenz im Department warten«, erklärte Alvarez mit Nachdruck.

»Wirklich?« Das strahlende Lächeln verblasste.
»Anweisung des stellvertretenden Sheriffs.«
»Cort Brewster, richtig?«
»Er vertritt vorübergehend Dan Grayson«, schaltete sich Pescoli ein, die nun ebenfalls die Stufen hinunterkam.
»Können Sie mir sagen, wie es aktuell um Sheriff Grayson bestellt ist?«, fragte Honey Pescoli munter.
»Auch das kannst du heute Abend unsere Pressesprecherin fragen«, erklärte Alvarez mit fester Stimme, noch bevor Pescoli zu einer Erwiderung ansetzen konnte.
Honey ließ sich nicht so einfach abwimmeln. »Und du willst mir wirklich nichts sagen? Zum Beispiel, wie die Richterin getötet wurde?«
Alvarez schüttelte den Kopf.
»Stehen die beiden Übergriffe – erst auf den Sheriff, dann auf die Richterin – in Zusammenhang?«
Alvarez ließ sich nicht umstimmen. »Frag bitte unsere Pressesprecherin.«
Honey fasste Pescoli ins Visier, die zurückstarrte. Sie musste die Denk-nicht-mal-dran-Haltung in ihren Augen gesehen haben, denn schließlich gab sie auf, drehte sich zu dem kräftigen Mann um, der eine Kamera auf den Schultern trug, und sagte: »Na schön, Ralph. Lass uns ein paar Außenaufnahmen machen. Vom Haus und dem Grundstück. Ich sage ein paar Worte dazu, und dann schneiden wir das mit dem Material von der Pressekonferenz zusammen.«
Sie war ganz offensichtlich enttäuscht, doch dann machte sie ihren Job, stellte sich vors Haus und sprach ins Mikro. Inzwischen fielen dickere Flocken vom Himmel.
Pescoli und Alvarez warteten, bis das Nachrichtenteam abgezogen war, bevor sie mit mehreren Mitgliedern der Spurensicherung sprachen und anschließend zu ihrem Wagen zurück-

kehrten. Gerade als sie die Autotüren öffnen wollten, kam eine Frau in einem langen schwarzen Mantel aus dem Haus zwei Türen weiter geeilt. Sie war groß und spindeldürr, und sie drückte sich einen breitrandigen Hut auf den Kopf, während sie durch die wirbelnden Schneeflocken auf die beiden Detectives zuging.

»Mein Name ist Claudia Dubois, ich wohne gleich dort drüben.« Sie deutete mit ihrem langen Zeigefinger auf das Haus im georgianischen Stil, aus dem sie gerade gekommen war. Das Backsteingebäude mit den großen Fenstern und dem Säulenvorbau war noch aufwendiger beleuchtet als das der Richterin.

Pescoli und Alvarez hatten sich kaum vorgestellt, als sie schon herausplatzte: »Ich kann Ihnen gar nicht sagen, wie bestürzt Barry und ich sind. *Doktor* Baron Dubois, meine ich natürlich. Wir *vergöttern* Kathryn und haben viel Zeit mit ihr und ihrer Familie verbracht, als die Kinder noch klein waren. Als George noch lebte, haben wir oft Karten gespielt oder sind zusammen ins Kino gegangen. Ach Gott, ach Gott. Danach hat sich alles natürlich verändert. Kathryn musste nach vorn schauen. Hat sich bemüht, sich mit anderen Männern zu treffen.«

»War sie aktuell mit jemandem zusammen?«

»Im Augenblick? Ach du liebe Güte, das weiß ich nicht. Sie war diesbezüglich sehr verschlossen.« Claudia Dubois war kaum zu bremsen. »Winston, ihr Sohn, nun, der war immer schon ein seltsamer Junge, sehr zurückgezogen, und jetzt ist er mit dieser grässlichen Frau verheiratet. Kathryn mochte Cecilia nicht besonders, das kann ich Ihnen sagen, aber das ist ja nun ohnehin egal.« Sie blinzelte heftig mit ihren dick getuschten Wimpern. Auch der Lidschatten über ihren grauen Augen war ziemlich dick aufgetragen. »Ach, das ist einfach eine Schande!« Ihr Hut wurde von einer Böe erfasst und drohte wegzufliegen, doch sie drückte ihn sich in letzter Sekunde mit ihrer knochigen Hand aufs Haar.

»Was ist mit ihrer Zugehfrau?«, erkundigte sich Alvarez. »Hatte sie überhaupt eine?«

»Aber ja – Donna. Ein nettes Mädchen.«

»Wohnt Donna hier in der Gegend?«

Claudia, die Hand noch immer am Hut, zuckte die Achseln, als würde sie das nicht interessieren, dann schürzte sie die Lippen und erklärte: »Ich hoffe, Sie schnappen diesen Perversling!«

»Welchen Perversling?«, fragte Alvarez perplex.

»Na den, der ihr nachgestellt hat. Der uns beobachtet. Ich sage Ihnen, das ist ganz schön nervenaufreibend!«

»Von wem reden Sie?«

»Nun, wenn ich wüsste, wie er heißt, hätte ich Ihnen das schon lange gesagt«, bemerkte sie leicht gereizt. »Wir haben ihn gesehen, im Park. Er scheint die Häuser auszuspionieren. Unser Haus. Kathryns Haus. Das der Millers.« Sie deutete auf einen großen Bau mit einem Türmchen. Abgesehen von der Weihnachtsbeleuchtung war darin alles dunkel. »Die Millers sind noch im Urlaub. Skifahren in Utah. Sie sind schon vor Weihnachten aufgebrochen.« Sie schlug entsetzt die Hand vor den Mund. »Ich wette, Velma weiß noch gar nicht, dass Kathryn tot ist, es sei denn, sie hätte es in den Nachrichten gesehen. Ach herrjemine!« Sie schien völlig außer sich zu geraten.

»Dieser Mann, der Stalker«, führte Pescoli sie auf ihre letzte Bemerkung zurück. »Halten Sie ihn für gefährlich? Glauben Sie, er könnte derjenige sein, der die Richterin ermordet hat?« Pescoli nahm sich vor, mit den anderen Anwohnern zu sprechen, vor allem mit den Millers.

»Ich denke, die Möglichkeit besteht durchaus.« Sie warf einen Blick über die Schulter Richtung Park.

»Hat er je mit der Richterin gesprochen, sie ernsthaft belästigt?«, bohrte Pescoli.

»Nein … nicht dass ich wüsste.« Claudia musterte die beiden Detectives durchdringend.

»Ist er jemals an einen von Ihnen herangetreten?«, fragte Alvarez.

»Nein, nein …« Sie biss sich auf die Lippe. »Es ist nur so … Nun, er hat sich einfach seltsam verhalten.«

»Sie denken, er könnte womöglich psychisch gestört sein?«, schlug Alvarez vor.

»Ja, das ist er ganz sicher!«

»War er jemals in Begleitung?«, ließ sich Pescoli vernehmen.

»Er war *immer* allein. Stand unter dem Baum dort drüben. Ja, immer unter der großen Tanne. Und immer hat er hier herübergestarrt.« Sie schauderte sichtlich. »Ich habe Kathryn gewarnt, dass er gefährlich sein könnte, aber sie hat meine Warnung in den Wind geschlagen.«

Pescoli blickte auf die andere Straßenseite, hinter der der Park mit seinen unzähligen, Bäumen, Sträuchern und Laternen begann, zu ebendem Baum, auf den die Frau zeigte. Ihr Herzschlag beschleunigte sich, als ihr der Traum der gestrigen Nacht ins Bewusstsein kam. Sie sah den Angreifer vor sich, ganz in Weiß gekleidet, der unter den Zweigen stand, und auch jetzt war ein kleines Mädchen ganz in der Nähe, dessen Mutter es in einem Kinderwagen vor sich herschob.

Das Bild war dem aus ihrem Traum so ähnlich, dass ihr ein eisiger Schauder den Rücken hinabrieselte.

»Pescoli?«, fragte Alvarez und holte sie in die Gegenwart zurück.

An Claudia gewandt, fragte sie: »Wann haben Sie ihn das letzte Mal gesehen?«
Die dünne Frau dachte nach. »Hm, wann war das? Vergangene Woche, glaube ich, vor Weihnachten, vielleicht am Zweiundzwanzigsten oder Dreiundzwanzigsten ... manchmal ist mein Gedächtnis nicht mehr das beste ... Oh, jetzt hab ich's!« Sie schnippte mit ihren behandschuhten Fingern. »Es war am Zwanzigsten. Ich erinnere mich daran, weil er dort stand, als ich mit dem Wagen zurücksetzte. Ich war auf dem Weg in die Kirche, um ein paar von meinen Kürbisplätzchen für den abendlichen Bibelkreis vorbeizubringen. Und da stand er unter der Tanne, wie immer. Direkt an der Joggingstrecke. Ich glaube, er hat sich diese Stelle ausgesucht, weil er sich dort leicht jemanden schnappen kann, der an ihm vorbeiläuft!«
»Aber sagten Sie nicht, er sei auf die Richterin fixiert gewesen?«
»Auf ihr Haus. Und auf das der Millers und unseres, ja. Ich kann Ihnen nicht sagen, was er wirklich vorhat, ich weiß nur, dass er gefährlich ist, und jetzt ... ach, die arme, arme Kathryn!«
»Wie spät war es, als Sie ihn gesehen haben?«, fragte Pescoli.
»Immer am Abend oder sogar erst am späten Abend«, erwiderte Claudia prompt. »Morgens oder am frühen Nachmittag war er nie da. Nein, nein, immer nur in der Dunkelheit.« Sie nickte selbstbestätigend. »Ich bin erst nach siebzehn Uhr losgefahren, um die Plätzchen zur Kirche zu bringen, aber um diese Jahreszeit wird es ja früh dunkel.«
Alvarez warf Pescoli einen Blick zu, dann fragte sie: »Können Sie ihn beschreiben?«
»Groß, sportlich – mehr ist schwer zu sagen. Er trägt immer

eine Skiausrüstung, so eine dicke Daunenjacke, Sie wissen schon. So ein wuchtiges Ding, tarnweiß, wie die Jäger es tragen.«

Weiß. Tarnweiß. Wie in deinem Traum.

»Die Kapuze hat einen Schirm, daher sind seine Augen stets beschattet. Das ist wirklich unheimlich, kann ich Ihnen sagen, nimmt einem die ganze Festtagsfreude.« Wieder warf Claudia einen raschen Blick zum Park hinüber, wo ein einsamer Jogger über den verschneiten Weg lief.

»Haben Sie ihn je in oder in der Nähe eines Fahrzeugs gesehen?«, fragte Alvarez.

»Aber nein.« Claudia starrte sie an, als hätte sie sie gefragt, ob der Mann vom Jupiter sei.

»Hat er eine Waffe bei sich?«, hakte Pescoli nach und dachte daran, dass der Mann in ihrem Traum ein Sturmgewehr über der Schulter getragen hatte.

»Natürlich hat er das!«

Pescoli starrte sie an. »Was für eine Waffe?«

»Woher soll ich das wissen? *Gesehen* habe ich die Waffe nicht, daher weiß ich nicht, ob es sich um eine Schusswaffe oder ein Messer handelt, ich weiß nur, dass er immer hier steht und unsere Häuser observiert.« Sie lachte auf. »Aber woher soll ich wissen, was er in seinen Taschen hat?«

»Dann *vermuten* Sie also nur, dass er eine Waffe bei sich trägt«, stellte Alvarez klar.

»Das ist doch wohl naheliegend. Wir leben schließlich in *Montana.*«

Das wird ja immer absurder, dachte Pescoli. Trotzdem ... »Würde es Ihnen etwas ausmachen, mit einem Phantombildzeichner zusammenzuarbeiten?«, fragte sie, auch wenn sie inzwischen die Zurechnungsfähigkeit der Frau anzweifelte. Dennoch erinnerte sie all das, was diese von sich gab, so sehr an ihren nächtlichen Alptraum, dass sie der Sache auf den Grund gehen musste.

Das ist ein Zufall.

Mehr nicht.

»Liebend gern!«, rief Claudia, sichtlich erfreut bei dem Gedanken, tatsächlich helfen zu können – vielleicht aber auch, weil sie von den Gesetzeshütern ernst genommen wurde. »Möchten Sie, dass ich zur Polizeistation komme?«

»Zum Büro des Sheriffs«, stellte Pescoli klar.

»Perfekt!« Sie war so aufgeregt, als hätte sie soeben eine Heldentat vollbracht. Trauer und Entsetzen über den Tod ihrer Freundin waren vergessen, zumindest für den Augenblick. »Ich werde Barry mitbringen. Er ist ein kluger Mann, müssen Sie wissen. Ein Doktor. Vielleicht kann er noch etwas hinzufügen!«

»Ihr Ehemann hat den Mann ebenfalls gesehen?«, fragte Pescoli.

»O nein, nie.« Sie schürzte beinahe verächtlich die Lippen. »Es ist wirklich seltsam. Immer, wenn ich diesen Kerl im Park bemerke, rufe ich den Doktor, aber wenn er dann endlich ans Fenster kommt, ist er schon wieder verschwunden.« Sie kniff argwöhnisch die Augen zusammen. »Es ist fast so, als wüsste der Kerl, dass ich ihn bemerkt habe, und würde beschließen, zu verschwinden. *Puff!* Weg ist er, als hätte er sich in Luft aufgelöst!« Sie warf die Hände in die Höhe, und ihr Hut, erfasst von einer plötzlichen Böe, segelte davon. »Verflixt!« Überraschend schnell stürmte sie hinter dem Hut her. Dieser wurde vom Wind gegen einen großen Schneehaufen auf dem Gehsteig gedrückt, so dass sie ihn gerade noch rechtzeitig schnappen konnte.

»Da stimmt etwas nicht«, stellte Alvarez fest, während sie ihr folgten. »Das Ganze ist zu bizarr.«

»Da hast du recht.« Pescoli beschloss, ihrer Partnerin den gestrigen Traum zu verschweigen. Zumindest vorerst. Alvarez war ohnehin eine weitaus größere Realistin als sie. »Dann lass uns mal hören, was *Doktor* Dubois dazu zu sagen hat.«

»Vorausgesetzt, er ist zu Hause«, warf Alvarez ein.

»Und dass es ihn wirklich gibt.«

Pescoli und Alvarez schlossen zu Claudia Dubois auf und begleiteten sie zurück zu ihrem Haus, wo ihr Mann, in Jogginghose und einem Sweatshirt von der Texas A&M University, soeben die Tür öffnete.

Eins zu null für die Wahrheit.

»Claudia?«, fragte er besorgt. Der Doktor war so rund wie seine Frau dünn.

»Ich habe diese beiden Officer drüben bei Kathryns Haus abgefangen, um ihnen von dem Mann zu berichten, der unsere Häuser beobachtet.«

»Liebes«, sagte er sanft und zog seine buschigen grauen Augenbrauen bis über den Rand seiner Hornbrille hoch. »Du weißt doch, dass es diesen Mann nicht gibt. Das hatten wir doch besprochen.« Dann wandte er sich den Detectives zu. »Es tut mir leid«, sagte er mit traurigem Blick. »Ich fürchte, Claudia hat eine ... sehr ausgeprägte Fantasie, und die schreckliche Sache mit Kathryn macht das natürlich nur noch schlimmer.«

»Aber ich habe ihn gesehen, Barry! Du weißt, dass ich ihn gesehen habe. Ich hab's dir doch gesagt!«

»Dürfen wir reinkommen?«, bat Pescoli, und der Mann machte einen Schritt zur Seite, so dass sie ein geräumiges Foyer betreten konnte, das von einem überladenen Kronleuchter erhellt wurde.

Dr. Dubois schloss die Tür hinter ihnen und sagte zu seiner Frau: »Es friert draußen, Liebes. Ich bin mir sicher, die Detectives könnten etwas zum Aufwärmen gebrauchen.« Dann, an Alvarez und Pescoli gewandt: »Vielleicht dürfen wir Ihnen einen Tee oder einen Kaffee anbieten?«

»Ach du meine Güte!«, rief Claudia und hängte ihren Hut an einen Garderobenhaken neben der Tür. »Wo sind denn bloß meine Manieren?« Sie knöpfte ihren Mantel auf und stob davon, vermutlich in Richtung Küche.

Als sie außer Hörweite war, sagte ihr Mann: »Ich weiß nicht, was meine Frau Ihnen erzählt hat, aber neunzig Prozent davon sind reine Erfindung.« Er furchte die Stirn. »Sie leidet unter Halluzinationen und kann mitunter nicht unterscheiden, was Realität ist und was nicht.«

»Dann gibt es also keinen Stalker im Park?«

»Möglich ist das schon, aber ein sportlicher Mann in einer Art Schneetarnanzug?« Wieder schossen seine Augenbrauen bis über seine Brillengläser hinaus. »Den habe ich bislang noch nie gesehen.«

Alvarez und Pescoli schauten sich an.

Und damit sind wir genauso weit wie vorher.

Kapitel achtzehn

Cade wollte nicht an Hattie denken.

Nicht heute Abend.

Nie.

Doch da war sie, so wie er sie in Erinnerung hatte, und spielte gefährliche Spielchen mit seiner Fantasie, während er durch das dichte Schneetreiben zum Krankenhaus in Missoula fuhr. In letzter Zeit schien sie überall dort zu sein, wo er auftauchte, stand da mit ihrer leicht derangierten Frisur, die sonst stets so perfekt saß, den verschmitzten Augen und dem sexy Lächeln.

Er war ein Dummkopf, dachte er und nahm den Fuß vom Gas, als er zu dicht auf einen Chevy Suburban auffuhr, dessen Fahrer offenbar beschlossen hatte, mit knapp dreißig Stundenkilometern unter der Geschwindigkeitsbegrenzung durch das Schneechaos zu kriechen. Cade kroch hinter ihm her und dachte an seine zufällige Begegnung mit Hattie in der Stadt, daran, wie die kleine McKenzie über den Gehsteig gesaust war und wie viel Angst Hattie um ihre Tochter gehabt hatte. Sie war ihm fast panisch erschienen.

Egal, was er sonst über sie denken mochte, Hattie war eine verdammt gute Mutter, das würde selbst er nicht bezweifeln. Aber da hörte es auch schon auf.

Der Chevy bog an der nächsten Ampel ab, und Cade gab wieder Gas. Die Scheibenwischer mussten ganze Arbeit leisten, um die dicken Flocken von der Scheibe zu fegen. Der Verkehr war dicht, eine rote und eine weiße Scheinwerferschlange wanden sich die Straße entlang. Cade versuchte, seine Schwägerin aus seinen Gedanken zu verbannen. *Ex*-Schwägerin, rief er sich ins Gedächtnis. Sie wiederzusehen, hatte all die alten, längst begraben geglaubten Erinnerungen wieder an die Oberfläche geholt.

Die Abfahrt zum Northern General Hospital kam in Sicht, und Cade setzte den Blinker und bog ab. Seit sie Bart geheiratet hatte, hatte er alles darangesetzt, sie aus seiner Erinnerung zu streichen. Nicht mehr daran zu denken, wie es mit ihr gewesen war.

Natürlich hatte das nicht funktioniert, und über die Jahre hatte er sich gezwungen, Distanz zu wahren, ihr aus dem Weg zu gehen, doch das war in den letzten Tagen unmöglich gewesen. Und jetzt spielte ein Lieblingssender auch noch ein Lied aus jenem Sommer, in dem sie ihr Techtelmechtel gehabt hatten!

»Schluss damit«, murmelte er und schaltete das Radio ab. Er hatte seither jede Menge Frauen in sein Bett geholt, aber nie wieder hatte ihm eine davon so viel bedeutet wie Hattie. Er hatte sich eingeredet, das liege nur daran, weil sie für ihn tabu gewesen war, die verbotene Frucht sozusagen, und mit der rebellischen Haltung seiner Jugend war ihm ein Tabubruch gerade recht gewesen, aber es musste mehr dahinterstecken.

Cade bog auf den Parkplatz des Krankenhauses ein und stellte den Motor aus. Er glaubte nicht an Seelenverwandtschaft und all den Mist, mit dem die Traumfabrik Hollywood das amerikanische Publikum fütterte. Aufgewühlt stieg er aus seinem Pick-up, steckte seine Schlüssel ein und joggte auf die große Schiebetür zu. Er war ein Dummkopf, daran bestand kein Zweifel, und er wollte verdammt sein, würde er wieder auf Hattie hereinfallen.

Ihr verfallen.

Mit großen Schritten stiefelte er durch die Eingangshalle, am Empfangsbereich vorbei auf die Tür zu den Gängen zu, und dachte daran, wie sie gestern zwischen diesen beiden Glastüren gestritten hatten. Sie schien es für ihre persönliche Pflicht zu halten, sich um Dan zu kümmern. *So wie sie sich um Bart gekümmert hat.* Und um ihn, verflucht noch mal! Genau das war das Problem – Hattie konnte einfach nicht die Finger von den Grayson-Männern lassen.

Und du? Kannst du die Finger von ihr lassen? Denk mal an das, was du getan hast, kurz vor ihrer Hochzeit mit Bart! Du wusstest, dass sie verlobt war, aber du konntest es nicht lassen. Mit Sicherheit hat Bart es herausgefunden oder sie hat es ihm erzählt. Egal wie, er wusste es, Cade. Dein Bruder wusste, dass du mit seiner Verlobten geschlafen hast, und zwar bis kurz vor der Hochzeit. Dann hat sie Schluss gemacht.

Hätte sie das nicht getan, würdest du vermutlich heute noch versuchen, in ihr Bett zu gelangen. Kein Wunder, dass Bart Depressionen hatte. Kein Wunder, dass er auf diese Leiter gestiegen ist und sich erhängt hat.

Es ist dir ganz recht geschehen, dass ausgerechnet du ihn gefunden hast.

Cade glaubte zwar nicht, dass er allein für den Tod seines Bruders verantwortlich war, aber ganz unschuldig daran war er auch nicht. Genauso wenig wie Hattie.

Die Zähne zusammengepresst, drückte Cade auf den Aufzugknopf und stieg in die Kabine, in der bereits ein gestresst wirkendes Paar mit seinen Kindern stand. Ein Junge von etwa fünf, sechs Jahren hielt einen gelben Smiley-Ballon in der Hand, auf dem »Gute Besserung« stand. Das Mädchen war ein paar Jahre älter und trug einen Teller mit selbstgemachten Keksen bei sich, die den Formen und Farben nach aussahen, als seien sie von Weihnachten übrig geblieben.

»Können wir nicht nach Hause fahren?«, quengelte der kleine Junge und zupfte am Mantel seiner Mutter.
»Noch nicht, Andy. Wir müssen erst noch Großvater besuchen.«
»Aber mir gefällt es hier nicht«, beschwerte sich der Kleine und zog ein unglückliches Gesicht. »Ich hasse das Krankenhaus!«
Da haben wir etwas gemeinsam, dachte Cade, als der Aufzug in der richtigen Etage hielt und er den Gang vor der Intensivstation betrat.

Winston Piquard sah nicht aus wie seine Mutter. Während sie hellhäutig und rothaarig gewesen war und durchdringende blaue Augen hatte, denen im Gerichtssaal nicht die kleinste Kleinigkeit entging, war er ein dunkler Typ, groß und hager, mit dunkelbraunen Augen, deren Farbe, so mutmaßte Pescoli, durch Kontaktlinsen noch unterstrichen wurde.
Mit ihrer rasiermesserscharfen Zunge und ihrem durch und durch geschäftsmäßigen Auftreten hatte die Richterin stets ein wenig herablassend gewirkt, doch dieser Mann, Sachbearbeiter in der Buchhaltung einer kleinen Firma in Missoula, wirkte schüchtern, fast ein wenig verhuscht, obwohl er schon Anfang dreißig war. Vielleicht lag es aber auch daran, dass es kein guter Tag für ihn gewesen war.
In Socken stand er an der Haustür und versperrte Pescoli sowohl den Zutritt als auch die Sicht. Er trug eine Baumwollhose, ein gebügeltes Hemd und eine Daunenweste und schien mehr als nur ein bisschen verstört darüber zu sein, dass die beiden Detectives plötzlich bei ihm vor der Haustür standen.
»Ich habe die schlechte Nachricht schon erhalten«, sagte er, nachdem Alvarez und Pescoli sich vorgestellt und ausgewiesen hatten. Unter dem Vordach der Eingangsveranda

stand ein abgeschmückter Weihnachtsbaum mit vertrockneten Nadeln, zwischen den Zweigen blinkte eine vergessene Kugel.

»Unser Beileid, Mr. Piquard«, sagte Alvarez. »Wir möchten Sie nicht belästigen, aber wir müssen Ihnen ein paar Fragen stellen.«

»Das dachte ich mir.« Ein Muskel zuckte an seiner Schläfe. »Ich weiß nur nicht, was ich Ihnen sagen soll.«

»Haben Sie irgendeine Idee, wer das getan haben könnte?«

»Es könnte jeder gewesen sein, nicht wahr? Sie hat sich auf der Richterbank nicht gerade Freunde gemacht.« Er fuhr sich mit den Fingern durch sein kurzgeschnittenes Haar. »Ich habe ihr geraten, sich zur Ruhe zu setzen, aber sie hat ja nicht auf mich gehört. Sie hat nie auf mich gehört ... auf niemanden. Ich kann es einfach nicht glauben ...« Seine Stimme verklang. Kopfschüttelnd blickte er auf seine Füße, dann schien ihm plötzlich etwas einzufallen. »Sie hätte nicht arbeiten müssen, hatte ausgesorgt, aber ...« Er zuckte die Achseln und starrte auf die Fußmatte. »Sie hat ihre Arbeit geliebt.« Als er aufblickte, hatte er Tränen in den Augen. Er räusperte sich, dann fügte er hinzu: »Es tut mir leid. Wir ... meine Frau und ich, wir waren krank vor Sorge, als sie nicht in die Stadt zurückgekehrt ist und auch unsere Anrufe nicht entgegengenommen hat.« Er schloss die Augen, bemüht, sich zu sammeln.

»Dürfen wir reinkommen?«, fragte Pescoli, als er sich wieder gefasst zu haben schien. »Es wird nicht lange dauern.«

Er trat unruhig von einem Fuß auf den anderen. »Ich weiß nicht. Meine Frau ist schwanger, und ...«

»Wir möchten lediglich denjenigen finden, der Ihrer Mutter das angetan hat, und ihn für den Rest seines Lebens hinter Gitter bringen«, erklärte Pescoli.

»Ja, ich weiß.« Er warf einen Blick über die Schulter zu einer Tür, die ein kleines Stück offen stand, dann nickte er. »Na schön. Warum nicht? Meine Tochter geht gleich ins Bett, es passt also ganz gut ... Ach je, Lily liebt Mom. Sie sind immer ...« Wieder ließ ihn seine Stimme im Stich. Winston Piquard führte sie in das Haus, das aussah wie alle anderen in der Sackgasse, und schloss die Tür hinter ihnen. Er zögerte kurz, bevor er weiterging, und Pescoli sah, wie er sich verstohlen die Tränen aus den Augen wischte.

Umzugskartons in verschiedenen Größen stapelten sich im Flur und im Arbeitszimmer, überall im Wohnzimmer lag Spielzeug verstreut. Der aromatische Duft nach Knoblauch und Tomatensoße ließ Pescolis Magen knurren. Wann hatte sie zum letzten Mal etwas gegessen? Es schien ihr eine Ewigkeit her zu sein. Sie wich einem grellorangefarbenen Plastiklaster aus, der auf dem Teppichboden stand.

»Entschuldigen Sie die Unordnung«, sagte er, »wir ziehen bald um. Gleich nach Neujahr, daher geht momentan alles etwas chaotisch zu.«

»Wohin ziehen Sie denn?«, erkundigte sich Alvarez, als sie in die Küche hinübergingen, wo eine Schüssel Tomatensoße abkühlte. In einem Sieb über der Spüle tropfte Pasta ab. Ein Kleinkind saß in einem Hochstuhl und malte mit emsigen Fingerchen in den Resten seiner Spaghettisoße. Alles andere, so schien es, war auf der unteren Gesichtshälfte des kleinen Mädchens verteilt.

»In die Ranch Hills Estates, genau auf der gegenüberliegenden Seite der Stadt.« Pescoli hatte schon davon gehört, eine neue, gehobene Wohngegend mit großen Grundstücken, Ausblick auf die Berge und einem Golfplatz in der Nähe. »Das hier ist meine Tochter Lily. Sag hallo, Lily.«

»Hallo!«, echote das kleine Mädchen. Es hatte große, blaue

Augen, flauschiges hellbraunes Haar und ein paar Zähnchen, die sichtbar wurden, als es den Mund zu einem breiten Lächeln verzog.

»Cecilia?«, rief Winston einen kurzen Flur entlang, während Lily auf den kleinen Tisch an ihrem Hochstuhl pochte. Sekunden später erschien eine hochschwangere Frau mit einem Wäschekorb in den Händen. »Das hier sind Detective Pescoli und Detective Alvarez. Sie haben ein paar Fragen wegen Mom.«

»Oh«, sagte Cecilia Piquard schlicht und stellte den Wäschekorb auf dem Küchentisch ab, auf dem lauter leere Kisten, Klebeband und schwarze Filzstifte verstreut waren. »Geben Sie mir eine Minute, damit ich ihr die Windeln wechseln und sie zu Bett bringen kann«, bat sie, nahm ein feuchtes Tuch und fing an, der Kleinen Gesicht und Hände abzuputzen. »Wir sind sowieso schon zu spät, was das Abendessen anbelangt. Es ist bald Schlafenszeit. Für Lily, meine ich.«

»Wir können mit Ihrem Mann beginnen«, schlug Alvarez vor. Winston führte sie ins Wohnzimmer, räumte ein paar Stühle frei und bot ihnen einen Platz an. Als sie endlich saßen, ertönten laute »Mommy! Mommy!«-Rufe.

»Das ist jeden Abend dasselbe … es ist ganz normal.« Er zögerte, dann fügte er hinzu: »Das ist aber auch das Einzige, was in letzter Zeit normal ist.«

Ein paar Minuten später erschien Cecilia.

»Es tut mir leid, aber zuerst kommt nun einmal die Pflicht.« Sie nahm eine Tüte mit Spielzeug von einem Schaukelstuhl und ließ sich erschöpft hineinsinken. »Ich denke, wir sollten sie einfach ignorieren.« Sie warf einen Blick Richtung Flur. Langsam beruhigte sich die Kleine. »Entschuldigung. Jetzt bin ich bei Ihnen. Das mit meiner Schwiegermutter ist einfach zu schrecklich. Ich kann mir nicht vorstellen, wer ein Interesse daran hat ...« Schaudernd schlug sie die Hände zusammen. »Wäre sie nur nicht zum Ferienhaus gefahren!«

»Wenn jemand vorhatte, sie umzubringen, wäre sie auch hier nicht in Sicherheit gewesen«, gab Winston zu bedenken.

»Da hast du vermutlich recht.« An Pescoli gewandt, fragte Cecilia: »Haben Sie schon eine Ahnung, wer Kathy so etwas angetan haben könnte?«

»Wir arbeiten daran«, gab Pescoli ihre Standardantwort. »Und wir hoffen, dass Sie uns dabei helfen können. Sie stehen sich nahe, als Familie, meine ich?«

Cecilia nickte. »Kathryn und ich hatten am Anfang unsere Probleme – zwei starke Frauen, wenn Sie wissen, was ich meine. Außerdem war sie der Ansicht, niemand wäre gut genug für ihren einzigen Sohn.« Sie lächelte Winston an.

»Aber das ist Schnee von gestern«, winkte dieser ab.

»Das ist es«, pflichtete seine Frau ihm bei. »Zumindest waren wir immer höflich zueinander, und als Lily auf die Welt kam, war Kathryn völlig vernarrt in die Kleine. Von der Sekunde an, in der Winstons Mutter das Baby zum ersten Mal sah, waren all ihre Vorbehalte mir gegenüber vergessen.«

»Sehen Sie das auch so?«, fragte Alvarez Winston.

Er zuckte die Achseln. »Ich denke schon. Ich hätte nicht gedacht, dass das je passieren würde, aber Mom hat sich total verändert, als Lily geboren wurde.«

»Das Ganze ist so entsetzlich!«, bemerkte Cecilia erneut.

»Hatte sie einen Freund?«, erkundigte sich Alvarez.

Winston zog ein unbehagliches Gesicht. »Ich nehme an, sie hat sich hin und wieder verabredet, aber sie hat uns nie jemanden vorgestellt.« Er überlegte einen Augenblick. »Seit Dads Tod ist sie nie wieder eine ernsthafte Beziehung eingegangen, zumindest nicht, soweit ich weiß.«

»Gab es in letzter Zeit jemanden?«

»Das kann ich Ihnen wirklich nicht sagen«, erwiderte Winston zugeknöpft. »Meine Mutter handhabte ihr Privatleben als das, was es war: privat.«

»Gab es irgendwelche familiären Probleme?«, wagte Pescoli einen weiteren Vorstoß.

»Nein«, entgegnete Winston mit Bestimmtheit.

Cecilia warf ihrem Mann einen Blick zu. Er war aufgestanden und verharrte nun im Durchgang zur Diele. »Da wäre vielleicht Vincent …«

Winston versteifte sich kaum merklich, doch Pescoli war es nicht entgangen. »Was genau meinen Sie damit?«, hakte sie nach.

Als klar war, dass Winston ihre Frage nicht beantworten würde, fuhr Cecilia fort: »Kathryn und ihr Bruder sind nie gut miteinander ausgekommen. Vincent ist nicht gerade karrierebewusst, vielmehr zählt er zu der Sorte Mensch, die immer auf den großen Gewinn wartet. Er ist ein heller Kopf, doch nicht in der Lage, länger als ein Jahr einen Job zu behalten. Winstons Vater hatte ihm Geld geliehen, worüber Kathryn ziemlich sauer war, weil er es nie zurückbezahlt hat.«

»Um was für eine Summe geht es?«, fragte Pescoli.

»Fünfzigtausend Dollar.«

Pescoli stieß einen leisen Pfiff aus, während Winston murmelte: »Musste das sein, Cecilia?«

»Warum hat George Piquard seinem Schwager Geld geliehen, obwohl er wusste, dass das ein Risiko bedeutete?«, ließ sich Alvarez vernehmen.

»Sie waren befreundet. Haben zusammen gedient«, antwortete Cecilia, die sich unbeholfen hochstemmte und zu einem Regal ging, aus dem sie eine große Kiste zog.

»Warte!« Winston eilte zu ihr, doch Cecilia sichtete bereits deren Inhalt. Nach einem kurzen Augenblick holte sie ein langes Päckchen, eingeschlagen in Blisterfolie, heraus.

»Das hat Vincent Winston vor Jahren gegeben, richtig, Schatz?«, fragte sie ihren Mann und wickelte ein Schwert aus.

»Als ich meinen Highschool-Abschluss in der Tasche hatte«, fügte Winston hinzu und warf seiner Frau einen bösen Blick zu. »Mein Dad und er hatten so eins.«

Pescoli betrachtete das Schwert, bemüht, sich die Einzelheiten von Knauf, Klinge und Griff einzuprägen. Auf dem Stichblatt waren feine Einkerbungen. Die Waffe kam ihr bekannt vor. Hatte sie nicht genau so eine im Haus der Richterin gesehen? In George Piquards Arbeitszimmer?

Cecilia ließ sich wieder in ihren Schaukelstuhl sinken. »Ich muss das Schwert von Lily fernhalten.«

»Im neuen Haus werde ich es an die Wand hängen«, verkündete ihr Ehemann leicht bissig. »Weit oben, gleich in der Diele. Da kommt sie nicht dran.«

»Wo ist Vincent jetzt?«

»Er wohnte oben am Spruce Creek, aber ich bin mir nicht sicher, ob er jetzt noch dort lebt. Wir haben seit ein paar Jahren nichts mehr von ihm gehört«, sagte Winston.

»Er hat noch nicht einmal Lily kennengelernt«, fügte Cecilia hinzu.

»Kennt er Sheriff Grayson?«, fragte Alvarez.

Winston starrte seine Frau an. »Cecilia! Siehst du, wohin das führt? Wir wissen doch beide, dass Vincent keiner Fliege etwas zuleide tun kann!«

»Wir versuchen lediglich, uns ein Bild zu machen und herauszufinden, wer Ihre Mutter getötet hat«, erinnerte Pescoli ihn.

Er öffnete den Mund, dann klappte er ihn wieder zu und räusperte sich. »Ja. Das weiß ich. Ich weiß allerdings nicht,

wen Vincent kennt. Vielleicht kannte er Grayson, vielleicht nicht.«
»Haben Sie Vincents Telefonnummer?«, erkundigte sich Alvarez.
»Eine Handynummer, die eventuell noch aktuell ist. Abgesehen von einer Weihnachtskarte letztes Jahr haben wir kein Lebenszeichen von ihm erhalten. Hm …« Winston wurde blass. »Dieses Jahr hat er keine geschickt.« Er griff in seine Hosentasche, zog sein eigenes Handy heraus und scrollte durchs Telefonverzeichnis, dann gab er Alvarez und Pescoli die Nummer.
»Vincent kann es nicht gewesen sein.«
»Was macht Sie da so sicher?«, fragte Alvarez.
Winston schüttelte derart heftig den Kopf, dass das Schwert in seinen Händen zu zittern begann.
»Winston!« Cecilia streckte die Hand danach aus, doch er wickelte es wieder in die Blisterfolie ein.
»Ich hatte das befürchtet«, gestand er.
»Was?«, fragte Pescoli perplex.
»Dass ihr eines Tages irgendein Irrer nach dem Leben trachten würde. Und genau das ist auch passiert. Es war weder Vincent noch jemand aus der Familie, noch einer von ihren Freunden. Es war einer von den Irren, die sie hinter Gitter gebracht hat.«
»Wir ermitteln in alle Richtungen«, erinnerte ihn Alvarez.
»Haben Sie einen bestimmten Irren im Kopf?«, fragte Pescoli, während er das Schwert zurücksteckte, den Deckel schloss und die Kiste wieder im Regal verstaute.
»Sie hat von mehreren dieser widerlichen Spinner und deren Familien Drohbriefe erhalten. Einmal ist eine Frau zu Mom nach Hause gekommen und hat sie ein Miststück und jede Menge andere schlimme Dinge geschimpft. Mom ließ sie ein-

fach festnehmen und eine einstweilige Verfügung gegen sie erwirken.«

»Und wie hieß die Frau?«, erkundigte sich Pescoli.

»Edie Gardener. Das Ganze passierte um die Zeit von Halloween, kurz danach, meine ich. Ich war ziemlich erschrocken, als Mom mir davon erzählte.« Er setzte sich auf die freigeräumte Bank neben dem Fenster und steckte die Hände zwischen die Knie. »Das ist doch einfach … beschissen!«

»Winston! Bitte!«

»Mom ist tot, Cecilia«, blaffte er. Sein Gesicht war plötzlich krebsrot, und zum ersten Mal zeigte er etwas von dem Temperament seiner Mutter. »Beschissen ist das, einfach beschissen!«

»Aber –«, setzte seine Frau an, doch sie verstummte und strich sich über den vorstehenden Bauch. »Okay, Winston, ist ja gut.« Leicht genervt wandte sie sich an die beiden Detectives. »Es ist eine ziemlich stressige Zeit für uns.«

Pescoli nickte verständnisvoll. »Machen wir es so kurz und schmerzlos wie möglich. Hat noch jemand außer Edie Gardener Ihre Mutter bedroht?«, fragte sie dann, an Winston gewandt.

Dans Zustand war nach wie vor unverändert.

Er lag immer noch auf der Intensivstation.

Immer noch im Koma.

Immer noch unter strikter Bewachung.

Immer noch angeschlossen an Maschinen.

Immer noch mit bandagiertem Kopf und bandagierter Brust.

Komm schon, Bruder, du schaffst das.

Cade blickte auf den Mann hinab, zu dem er sein ganzes Leben lang aufgesehen hatte, und versuchte, allein durch Willenskraft zu einer Verbesserung seines Zustands beizutragen.

Er war jetzt seit fast einer Stunde da, hatte so sehr auf ein winziges Zeichen gehofft, dass Dan Fortschritte machte, aber er war enttäuscht worden. Inzwischen war ein weiteres Bett belegt, von einem Mädchen im Teenageralter, so hatte er gehört, das in einen Autounfall verwickelt gewesen war, der ihren Freund das Leben gekostet hatte. Auch sie lag im Koma, wusste nicht einmal, dass ihr Liebster tot war.

Cade konnte sich keinen deprimierenderen Ort vorstellen als diese Intensivstation und musste sich mit aller Kraft zur Geduld zwingen. Die Schwestern, die er zunächst nach dem Zustand seines Bruders gefragt hatte, hatten ihm nichts sagen können, und auch die Ärzte, die zu sprechen er mit Nachdruck verlangt hatte, hatten ihn mit Plattitüden abgespeist. Die ihm nicht halfen. Genauso wenig wie ihr mitleidiges Lächeln und die verständnisvollen Blicke.

»Ihrem Bruder geht es den Umständen entsprechend.«

»Er wird ja noch nicht so lange intensivmedizinisch betreut.«

»In den nächsten Tagen werden wir mehr wissen.«

Niemand hatte ihm die Zusicherungen machen können, die er so dringend brauchte. Auf rationaler Ebene konnte er dies sehr gut nachvollziehen, doch emotional war er frustriert und hatte eine Heidenangst.

Ihm war klar, dass es keine richtige Prognose gab, weil es unmöglich war, eine solche Prognose zu treffen, dass jeder Tag, den Dan überlebte, ein gutes Zeichen war, dass man im Augenblick nicht mehr tun konnte, als einfach abzuwarten. Weitere Operationen waren zumindest nicht geplant.

»Ich komme bald wieder, Dan«, sagte er und verließ mit steifen Schritten den großen, sterilen Bereich des Northern General, in dem sein Bruder um sein Leben kämpfte.

Er würde das durchstehen. Mit der Situation klarkommen. Er hatte den Großteil seiner achtunddreißig Jahre auf einer

Ranch verbracht, wusste, dass Unfälle passierten, manchmal auch tödliche. Trotzdem wollte es ihm nicht gelingen, den Dingen einfach ihren Lauf zu lassen, sich einzureden, dass Dan die bestmögliche medizinische Versorgung bekam, dass die hervorragenden Chirurgen seinen Bruder mit Gottes Hilfe schon durchbringen würden.

Cade musste etwas tun, *irgendetwas*, um Dan zu helfen. Als er aus Missoula hinausfuhr und die Lichter der Stadt im Rückspiegel betrachtete, bevor der dichte Schneevorhang und die zunehmende Entfernung sie verschluckten, dachte er an all die Male, die Dan ihm zu Hilfe geeilt war. Einmal war Dan sogar in einen reißenden Fluss gesprungen, um seinen halb ertrunkenen Bruder Cade in Sicherheit zu bringen. Cade war damals zehn gewesen. Später dann, als er ein Teenager gewesen war, hatte Dan den Mund gehalten, wenn er sich heimlich aus dem Haus gestohlen hatte. Dan war immer sein Retter gewesen. Verdammt, einmal hatte er sogar die Schuld auf sich genommen, als Cade einen Unfall mit Blechschaden hatte, weil er wusste, dass man Cade als Fahranfänger sonst seinen Versicherungsschutz gekündigt hätte. Selbst als sie erwachsen waren, hatte Dan versucht, besänftigend auf seinen impulsiven Bruder einzuwirken. Hatte er Cade nicht davon abgeraten, Hattie nachzustellen? Hatte Dan ihn nicht niedergerungen, ihn in den Schwitzkasten genommen und gesagt, das sei nicht nur absolut albern, weil diese mit Bart verlobt sei, sondern ein Verstoß gegen die Ehre? Dans Worte hatten ihn nicht aufgehalten, nein. Sein Rat, Hattie in Ruhe zu lassen, war auf taube Ohren gestoßen. Bis zum heutigen Tag war es Cade nicht gelungen, sich zurückzunehmen – nicht wenn es um Barts Ex-Frau ging. Doch Dan hatte zumindest versucht, Cade vor sich selber zu schützen.

Immer.

Zwei Jahre älter und Lichtjahre entfernt, wenn es darum ging, erwachsen zu werden, war Dan stets der Fels in der Brandung gewesen, der Starke, der Unerschütterliche, wenigstens für Cade. Als Zweitgeborener hatte Dan die Führungsrolle in der Familie übernommen, worüber Zed gar nicht glücklich gewesen war. Während der Älteste der Grayson-Brüder schon mürrisch zur Welt gekommen war und seine eigenen Probleme mit dem Gesetz hatte, war Dan stets munter und ausgeglichen gewesen. Cade hatte sich seine Rolle als Satansbraten mit jeder einzelnen Narbe verdient, und Bart, der Jüngste, hinkte stets einen Schritt hinter den anderen her, unsicher, orientierungslos.

Jetzt war Bart tot und Dan kaum noch am Leben.

Cade bog etwas zu schnell um eine Straßenecke, und sein Pick-up geriet ins Rutschen, aber er hielt das Lenkrad fest, so dass die Reifen wieder Halt fanden. Angestrengt starrte er durch die Windschutzscheibe. Es kamen ihm nur wenige Fahrzeuge entgegen, ihre Scheinwerfer verbreiteten ein diffuses Licht in der Dunkelheit, doch er fuhr wie ferngesteuert. Die Heizung verströmte gerade genug Wärme, um die Frontscheibe freizuhalten, das Radio blieb abgeschaltet, nur das monotone Geräusch der Reifen, die über den gefrorenen Asphalt surrten, und das beständige Brummen des Motors durchbrachen die nächtliche Stille.

In Grizzly Falls angekommen, hielt er vor dem Black Horse an, einer unter den Einheimischen beliebten Kneipe, bestellte ein Bier und aß ein Hotdog mit viel Chili, dann fuhr er weiter zum Büro des Sheriffs, wo er die Pressekonferenz verfolgte.

Darla Vale, die Pressesprecherin, stand auf einem provisorischen Podest unter dem Vordach des Haupteingangs. Neben ihr unter dem Dach, geschützt vor dem beständig fallenden Schnee, stand der stellvertretende Sheriff in voller Montur, das Gesicht ernst, die Hände in die Seiten gestemmt. Neben Brewster entdeckte Cade die beiden Detectives, die den Fall bearbeiteten. Alvarez, die genauso offiziell wirkte wie Brewster, obwohl sie Zivil trug, und Pescoli, ein Stück größer als ihre Partnerin und leicht derangiert, doch ebenso ernst wie diese.

Im Licht der Außenbeleuchtung gab Vale eine Erklärung ab, die Folgendes besagte: »Das Department nutzt sämtliche ihm zur Verfügung stehende Mittel, um die beiden aktuellen Fälle zu lösen: den Übergriff auf den Sheriff und den Mord an Richterin Kathryn Samuels-Piquard.« Nähere Details gab sie nicht bekannt, antwortete eher ausweichend. Die meisten ihrer Erklärungen begannen mit: »Die Ermittlungen laufen noch«, gefolgt von nur wenigen Informationen. Als ein blonder Reporter nach einem Zusammenhang zwischen den beiden Fällen fragte, wiederholte sie wieder einmal ihre Standardantwort, doch diesmal fügte sie hinzu, dass die Kugel, die die Richterin getötet hatte, in der Ballistik mit denen des Sheriff-Attentats abgeglichen werde. Sobald ein Ergebnis vorliege, versprach die Pressesprecherin, werde die Polizei in der Lage sein, die Verbindung zu bestätigen oder zu negieren.

Die ganze Zeit über sagte Brewster kein Wort.

Die beiden Detectives auch nicht. Offenbar waren sie bloß zur Show da.

Am Ende der Pressekonferenz bat Officer Vale die Öffentlichkeit um Mithilfe bei der Aufklärung der Fälle und nannte die Telefonnummer einer Hotline, unter der das Department sämtliche Hinweise der Bevölkerung entgegennehmen würde.

Cade, halb erfroren, verließ die Konferenz, gerade als diese sich auflöste. Heute hatte er nichts Neues in Erfahrung gebracht. Weder beim Krankenhauspersonal und ganz bestimmt nicht bei diesen Dilettanten, die wie Hühner ohne Köpfe herumflatterten, während sie versuchten, einen Mörder dingfest zu machen.

Vielleicht war seine Ansicht unfair, gefärbt von seiner persönlichen Betroffenheit. Dan war stets so stolz auf seine Belegschaft gewesen, doch im Augenblick konnte Cade diese Meinung nicht teilen.

Missmutig stieg er in seinen Pick-up, überlegte, ob er sich ein weiteres Bier genehmigen sollte, doch dann verwarf er den Gedanken. Ein Bierchen führte zum nächsten, dann zum übernächsten … und wütend und frustriert, wie er war, sollte er lieber alles meiden, was seinen Ärger befeuern könnte.

Er fuhr an der Frozen Flamingo Lounge mit ihrem pinkfarbenen Neonschild und dem fast vollen Parkplatz vorbei, dann aus der Stadt hinaus, wo die Ladenfronten und Vorstadtsiedlungen schneebedeckten Feldern wichen, von der Straße getrennt durch Zäune und Schneeverwehungen.

Während er in die Dunkelheit hinausblickte, fragte er sich wieder einmal, wer der Scheißkerl sein könnte, der seinen Bruder so hinterhältig abgeknallt hatte. Welcher kranke Bastard legte sich kaltblütig auf die Lauer und drückte mit nahezu perfekter Präzision ab, und das gleich zwei Mal?

Sein Magen zog sich zusammen bei dieser Vorstellung, und er stellte fest, dass sich seine Hände so fest ums Lenkrad klammerten, dass die Knöchel weiß hervortraten. Vorsichtig streckte er seine verkrampften Finger.

Es blieb abzuwarten, was die Zukunft brachte, obwohl das für ihn nichts Neues war. Er hatte sich nie groß Gedanken darüber gemacht, war zufrieden damit gewesen, von Tag zu Tag zu leben. Doch das änderte sich nun.

Er würde sich mit Dans Zustand auseinandersetzen müssen,

ob er wollte oder nicht. Würde sein Bruder sich wieder erholen, und wenn ja, wie lange würde das dauern? Sollte Dan nach seiner Genesung und einem Aufenthalt in einer Reha auf die Ranch zurückkehren, dann war das eben so. Notfalls würde er eine Pflegerin einstellen. Wenn Dan mehr Platz brauchte, würde er in die Arbeiterbaracke ziehen, die er ohnehin dem riesigen Haupthaus vorzog, in dem er einst mit seinem Vater, den drei Brüdern und zwei Hunden gelebt hatte. Eine kurze Zeit war auch seine Mutter noch da gewesen, doch daran erinnerte er sich kaum.

Jetzt kam ihm das große, alte Gebäude oft leer vor, leblos, dabei war es früher hier oft so wild zugegangen.

Wieder spürte er, wie sich sein Magen zusammenzog. Seine Nackenmuskeln verspannten sich.

»Reiß dich zusammen«, sagte er laut, als die Zufahrt zur Ranch in Sicht kam. Am Postkasten bremste er ab, kurbelte das Seitenfenster hinunter und nahm die Karten, Briefe, Rechnungen und Reklame heraus, die sich während der vergangenen Tage angesammelt hatten, dann bog er in die lange Zufahrt ein, die zu dem dunklen Haus führte. Er hatte bereits mit Zed gesprochen, um sich zu vergewissern, dass dieser zusammen mit J.D., dem Vorarbeiter, das Vieh versorgt und nach Dans zwei Pferden gesehen hatte, die sie von seinem Blockhaus abgeholt und zur Ranch gebracht hatten.

Zed hatte ihm mitgeteilt, dass er einen Anruf vom Büro des Sheriffs erhalten habe. Dans Hund sei wieder aufgetaucht und jetzt zu Hause bei Detective Pescoli. Gott sei Dank, dachte Cade erleichtert. Der Hund und Dan waren während der letzten Jahre unzertrennlich gewesen. Cade würde ihn gleich morgen früh abholen und sicherstellen, dass Sturgis es gut hatte auf der Ranch, bis er sein Herrchen wieder begrüßen konnte.

Wenn Dan durchkommt. Wofür es keine Garantie gibt.
Rasch wischte er seine inneren Zweifel beiseite.
Er würde nicht darauf hören.
Sein Bruder würde es schon schaffen.

Tick. Tick. Tick.
Die Zeit schritt voran, ob ihm das gefiel oder nicht.
Und Grayson war immer noch am Leben.
Er stapfte durch sein A-Haus, kurz davor, aus der Haut zu fahren nach all den Jahren des Planens, all der Zeit, die er damit zugebracht hatte, dafür zu sorgen, dass alles perfekt lief.
Und alles *war* perfekt, bis dieses Miststück von Detective auftauchte und seine Konzentration störte, so dass sein Schuss nicht so getroffen hatte wie beabsichtigt.
Pech.
Er zog sich nackt aus, ließ die Kälte in der Hütte über seine Haut streichen und tief in die Muskeln dringen, was ihm das Gefühl bescherte, lebendig zu sein. Auch sein Kopf wurde wieder klar.
Anschließend ließ er sich auf den Fußboden sinken und begann mit schnellen Liegestützen, militärisch präzise ausgeführt, den Rücken so gerade wie die Bretter, auf denen seine Mutter ihn nachts hatte schlafen lassen, dicke, zusammengenagelte Eichenbretter ohne den Komfort einer weichen Matratze oder wenigstens einer Decke, so fest und unbeugsam wie sie. Zumindest waren sie glatt gewesen von all den Leibern, die vor ihm darauf die Nacht verbracht hatten, bibbernd vor Kälte, Brüder und Schwestern, Onkel und Tanten, sogar seine Mutter selbst. Als Kind hatte er sich gefragt, wie viele vor ihm auf das Holz gepieselt und ob die Mädchen gar darauf geblutet hatten. Flecken gab es keine. Mutter hatte die Bretter, ursprünglich eine Werkbank mit Schraubstock – eine

Warnung, nur ja gehorsam zu sein –, sauber geschrubbt und anschließend liebevoll mit Öl bestrichen.
Frierend hatte er dort gelegen und zitternd in die Nacht gestarrt, grübelnd, ob je jemand einen Finger, ein Handgelenk oder einen Fuß zwischen die klaffenden Schraubzwingen hatte stecken müssen.
Erst mit Anbrechen der Morgendämmerung war dieses grausige Maul wieder zu dem selten benutzten Schraubstock seines Vaters geworden.
Er hielt die Position. Sein noch nicht aufgewärmter Körper brach in Schweiß aus, seine Muskeln begannen zu zittern, und er biss die Zähne zusammen und zwang sich, durchzuhalten, egal, wie schmerzhaft seine Muskeln brannten.
Alles eine Frage des Willens.
Tick. Tick. Tick.
Die Sekunden verstrichen, dann endlich, als ihm die Schweißtropfen bereits übers Gesicht strömten, lockerte er die Muskeln und ließ sich auf die kalten Holzdielen fallen.
Nackt.
Er schloss die Augen, dachte wieder an die Werkbank und streckte Arme und Beine aus, um das harte Holz an seiner Haut zu spüren und sich an seine Mission zu erinnern.
Sich daran zu erinnern, dass es noch andere gab.
Selbst wenn Grayson durchkam, würde er sterben müssen. Wenn nicht an diesen Wunden, dann eben an neuen.
In der Zwischenzeit konnte er sich auf den Rest konzentrieren. Auf die anderen.
Auf die, die sterben mussten.
Und zwar bald.
Er rappelte sich hoch, trat an seinen Schreibtisch und holte die durchgestrichene Porträtaufnahme der Richterin hervor.
»Zu schade«, flüsterte er ohne ein Quentchen Mitleid. Er

liebte diese Trophäe, aber er wusste, was er damit zu tun hatte. Sorgfältig wischte er das Foto ab, darauf bedacht, sämtliche Fingerabdrücke oder möglichen DNS-Spuren zu beseitigen, dann streifte er ein Paar Latexhandschuhe über, um sicherzugehen, dass er kein Haar, keinen noch so kleinen Hautpartikel hinterließ. Er musste äußerst vorsichtig sein.
Die Detectives und diese Nerds aus dem Labor würden Gott weiß was mit diesem Foto anstellen, und er durfte nicht riskieren, dass eine Spur zu ihm führte.
Über ihn gab es eine Akte, und er war im Fingerabdruckprogramm registriert – er wusste genau, wie das lief, wie sie ihn finden könnten.
Daher würde er dieselbe Vorsicht bei dem Umschlag walten lassen, in dem er das Foto von Grizzly Falls aus verschicken wollte – direkt vor ihrer Nase.
Bei dem Gedanken musste er innerlich grinsen. Es lebe das Chaos!
Zufrieden schob er den gereinigten Umschlag mitsamt Inhalt in eine Plastiktüte, die er in seine Sporttasche steckte. Anschließend ging er noch einmal die Porträtaufnahmen durch. Leider war der Kopf des Sheriffs noch nicht durchgestrichen, weil dieser sich immer noch ans Leben klammerte. »Bald«, versprach er, an das Foto gewandt, als könne Grayson ihn hören.
Er wandte sich den anderen Fotos zu und hielt bei dem von Regan Pescoli inne. Auch sie blickte direkt in die Kamera, nicht ahnend, dass sie fotografiert wurde. Das war das Schöne an Hightech-Handys.
Mit einem einzigen Fingerdruck ließen sie sich zu Kameras umfunktionieren.
Er besaß ein solches Handy.
Detective Regan Pescoli, dachte er, als er die Aufnahme be-

trachtete, war eine Schönheit mit ihrem ausdrucksvollen Gesicht und dem unbändigen rotblonden Haar, das lockig ihr Gesicht umrahmte. Auch wenn er das nur ungern zugab.

»Deine Zeit ist abgelaufen«, sagte er zu dem Foto und spürte, wie sein Blut zu köcheln begann bei der Vorstellung, sie zu erschießen. Ein einziger Schuss nur, direkt zwischen die Augen. Der würde seinen Zweck erfüllen.

Ein Blick auf die Uhr über dem alten Schreibtisch zeigte ihm, dass er sich rasch anziehen und aufbrechen musste. Wie schnell die Stunden, Minuten und Sekunden verstrichen!

All seine Handlungen wurden argwöhnisch beobachtet, da war er sich ganz sicher, also musste er noch mehr aufpassen als sonst, durfte nicht das Risiko eingehen, dass ihm jemand folgte.

Nicht hierher. Nicht in sein ganz privates Reich.

Erneut warf er einen Blick auf die altmodische Uhr, die schon in der Werkstatt seines Vaters gestanden hatte, wo man ihn zwang, sich auszuziehen und nackt zu schlafen, der Ort, der ihm im Rückblick Trost spendete.

Er hatte noch so viel zu erledigen, und wie immer ging ihm die Zeit aus.

Doch nicht nur ihm.

Auch Regan Pescoli.

Ihre Zeit lief ab.

Tick. Tick. Tick.

Kapitel neunzehn

»Das wird unangenehm«, sagte Alvarez zu ihrem Hund, als das Licht zweier Scheinwerfer ins Zimmer fiel. Angespannt versuchte sie, sich zu beruhigen.

Sie war bereit.

Sie würde das schaffen.

Sie würde einen Abend mit ihrem Sohn verbringen, den sie vor über sechzehn Jahren zur Adoption freigegeben hatte.

Alvarez strich den Bund ihres Pullovers glatt und holte tief Luft. O'Keefe würde Gabriel Reeve mitbringen, den Jungen, der ihr leiblicher Sohn war, den Teenager, den sie erst vor kurzem kennengelernt und mit dem sie bislang so wenig Zeit verbracht hatte. Ihre Gefühle für Gabriel waren zweigeteilt, Liebe vermischte sich mit nagenden Schuldgefühlen. Und dann waren da noch seine Adoptiveltern.

Das letzte Mal, als sie Gabriel gesehen hatte, hatte er im Krankenhaus gelegen und sich von seinen Verletzungen erholt, die er davongetragen hatte, nachdem er mit Alvarez, seiner leiblichen Mutter, die er endlich ausfindig gemacht hatte, in die Fänge eines durchgeknallten Psychopathen geraten war.

»Ach, welch ein verwirrtes Netz wir spinnen …«, flüsterte sie.

Zum Glück hatte Gabriel eine Abmachung mit der Staatsanwaltschaft getroffen, zum Teil aufgrund ihrer Bemühungen, und lebte nun wieder auf Bewährung bei seinen Adoptiveltern Dave und Aggie Reeve, anstatt seine Strafe im Jugendgefängnis abzusitzen.

Sie hatte versucht, sich zu beruhigen, sich fest vorgenommen, das Ganze langsam angehen zu lassen. Er war ihr leiblicher Sohn, das ja, und er hatte sie ausfindig gemacht, doch sie lernten sich gerade erst kennen, knüpften die ersten zarten Bande einer Mutter-Sohn-Beziehung. Um alles noch komplizierter zu machen, war Aggie mit O'Keefe verwandt und beäugte Alvarez voller Argwohn, aus Angst, diese könne versuchen, ihr ihren Adoptivsohn streitig zu machen.

Das Motorengeräusch erstarb, kurz darauf knallten Autotüren. Alvarez holte tief Luft. *Auf in den Kampf.* Seit Gabes Entlassung hatte sie mehrere Male mit ihm gesprochen, und er hatte betont, dass es ihm gutgehe, dass er »absolut okay« sei. Sie hatte ihm nicht so recht geglaubt und nachgehakt, doch es schien so, als sei er dank der Wunder der modernen Medizin und den Heilkräften der Jugend nicht nur schon wieder auf den Beinen, sondern laut O'Keefe fast hundertprozentig wiederhergestellt. Zumindest befand er sich nicht mehr unter ärztlicher Aufsicht.

»Gott sei Dank«, flüsterte sie mit angehaltenem Atem und hoffte, dass der vor ihnen liegende Abend kein Reinfall würde.

Ihren Hund interessierte das zwischenmenschliche Drama, das sich womöglich gleich abspielen würde, herzlich wenig. Roscoe, der junge Schäferhundmischling, in dem entweder ein Boxer oder ein Labrador oder vielleicht auch beides mit drinsteckte, war schon unterwegs zur Haustür, schwanzwedelnd, während Mrs. Smith, Alvarez' schwarze Katze mit den weißen Pfötchen und dem weißen Fleck auf der Brust, alarmiert hinter der Couch verschwand und wachsam Richtung Tür spähte.

Noch bevor es läutete, riss sie die Tür auf. O'Keefe und Gabe stiegen gerade die Stufen zur Veranda herauf. Wie erwartet machte ihr Herz bei Dylans Anblick, der wie immer Lederjacke und Jeans trug, einen Satz. Und Gabriel auf seinen zwei Beinen zu sehen, war eine unglaubliche Erleichterung. Mit seiner kupferfarbenen Haut, dem dunklen Haar und den glänzenden braunen Augen war er ein sehr hübscher Junge. Er schien gewachsen zu sein, seit sie ihn das letzte Mal gesehen hatte, auch seine Schultern wirkten breiter.

»Hi«, sagte sie, und noch bevor sie die Tür freigeben konnte, um die beiden hereinzulassen, griff O'Keefe völlig unerwartet in die Tasche und hielt ihr einen Mistelzweig über den Kopf.

»Augenblick mal!«, rief sie. »Es ist doch schon zu spät für –«

»Finde ich nicht.«

Blitzschnell schlang er die Arme um sie, hob sie von den Füßen und wirbelte sie unter der Verandalampe im Kreis, dann küsste er sie leidenschaftlich auf die Lippen.

Für einen kurzen Augenblick schmolzen all ihre Sorgen dahin.

»Wow«, flüsterte Gabe.

»Ja, du hast recht«, pflichtete sie ihm ein wenig atemlos bei, als O'Keefe sie wieder absetzte. »Wow! Was hat das zu bedeuten?«

»Sag du's mir.« O'Keefes Augen waren dunkel wie die Nacht, ein glimmendes Grau, das sie schon immer höllisch sexy gefunden hatte. Sein Kinn war markant und wie aus Stein gemeißelt, überzogen von einem dunklen Bartschatten.

»Völlig unpassend. Unangemessen.« Sie zwinkerte ihrem Sohn zu, der auf der untersten Stufe stand. »Und noch dazu abgedroschen und viel zu spät! Weihnachten ist seit einer Ewigkeit vorbei.«

»Gabe war eingeweiht«, sagte O'Keefe. »Ich hab ihm erzählt, was ich vorhatte.«

»Und du hast nicht versucht, ihn aufzuhalten?«, fragte sie vorwurfsvoll.

Der Junge grinste achselzuckend. »Er wusste, dass du angepisst sein würdest.«
»Nein«, korrigierte O'Keefe. »Ich war mir sicher, du würdest völlig hingerissen sein.«
»Ja, klar. Du hattest sogar Schiss, dass du einen Anpfiff kassieren würdest.«
Alvarez funkelte sie beide erbost an, doch ein Grinsen umspielte ihre Mundwinkel. Drinnen bellte Roscoe ungeduldig, und als sie ein Stück zur Seite trat, zwängte er sich an ihr vorbei und schoss aufgeregt auf die Veranda hinaus, um sich winselnd vor Gabriels Füßen hin und her zu winden.
»He, mein Junge.« Gabes Aufmerksamkeit galt schlagartig dem Hund.
»Bist du verrückt?«, flüsterte sie O'Keefe zu.
Er lachte, ein tiefes, kehliges Lachen. »Kommt drauf an, wen du fragst.«
»Meine Mom sagt, du bist unzurechnungsfähig«, mischte sich Gabe ein.
»Aggie war immer schon sehr direkt«, knurrte O'Keefe und ließ Alvarez los. Sie spähte um seine breiten Schultern und sah, dass Gabe mit Roscoe spielte. Aufgeregt schoss der junge Hund über die Eingangsveranda, nur um gleich darauf aufgeregt kläffend zurückzukehren.
»Schön, dass du hier bist«, sagte sie zu dem Jungen, der für sie, obgleich ihr Sohn, ein Fremder war. »Roscoe fällt scheinbar die Decke auf den Kopf, weil ich so viel arbeiten musste.«
»Den ganzen Tag über ist er allein?«, erkundigte sich der Junge.
»Ich habe jemanden organisiert, der mit ihm spazieren geht, aber das ist natürlich nicht das Gleiche.«
Wie um ihre Worte zu unterstreichen, galoppierte Roscoe erneut über die Veranda und schoss um die Ecke, drehte eine

Runde entlang der Hecke und kehrte wieder zu ihnen zurück. Schnee stob von seinen dicken Pfoten.
»Der ist ja wie besessen«, stellte Gabe fest. »Vielleicht solltest du ihn ›Verrückter Teufel‹ nennen.«
»Diablo Loco?« Sie lachte, und Gabe sah sie an, als sei *sie* verrückt. »Da bleibe ich doch lieber bei Roscoe. Kommt rein, es ist kalt draußen.« Dann rief sie, an den Schäferhundmischling gewandt: »Roscoe! Bei Fuß!« Laut jaulend vor Freude kam er angestürmt und wollte soeben über die Schwelle ins Haus springen, als sie ihn gerade noch bei den Hinterläufen erwischte. »Hiergeblieben!«
»Du hast ihn gerufen«, stellte Gabe fest.
»Das stimmt, aber Roscoe kennt das Procedere, nicht wahr, mein Junge?« Sie trug den winselnden, sich windenden Hund ins Badezimmer, nahm ein Handtuch von einem Haken neben der Tür und fing an, Roscoes dicke Pfoten abzutrocknen. Er gab sich alle Mühe, sich loszumachen, aber sie kannte seine Fluchttaktiken und ließ nicht locker. Erst als seine Pfoten, Beine und der Bauch trocken waren, stellte sie ihn auf den Fußboden. »So, jetzt hast du's geschafft.«
Ohne zu zögern, stürzte Roscoe von dannen. Seine Krallen scharrten über den Fußboden, dann blieb er abrupt vor dem Sofa stehen, unter dem sich Mrs. Smith versteckt hatte, die Ohren aufgestellt, den Schwanz voller Anspannung erhoben. Sie fauchte ihn an, so dass ihre langen, spitzen Zähne sichtbar wurden.
»Sie hasst ihn«, sagte Gabe zu Alvarez, die sich die Hände gewaschen hatte und nun ins Wohnzimmer kam.
»Glaub mir, sie liebt ihn, sie will nur nicht, dass das jemand weiß. Manchmal, wenn ich früh aufstehe und keiner von beiden aufwacht, finde ich sie zusammengerollt auf seinem Bett, neben ihm, Rücken an Rücken, glücklich schlummernd. Das

hier« – Alvarez deutete auf die Katze, die in ihrem Versteck kauerte – »ist alles nur Show.«

Gabe wirkte nicht überzeugt, aber er spielte weiter mit dem Hund, tobte durchs Wohnzimmer, als hätte er nicht gerade erst im Krankenhaus gelegen. Roscoe, noch immer voller Adrenalin, tobte mit. Sein Schwanz wedelte so wild, dass er beinahe die Magazine vom Couchtisch gefegt hätte.

Als er gegen die Stehlampe stieß, die gefährlich zu wackeln begann, sagte Alvarez energisch: »Aus.«

Gabe schnitt eine Grimasse und sagte zerknirscht: »Tut mir leid.«

Alvarez hielt die Lampe fest. »Schon gut. Wenn du draußen ein bisschen mit ihm spielen möchtest, auf dem eingezäunten Grundstück – nur zu. Er muss sich unbedingt auspowern. Nimm das Handtuch mit, damit du ihm nachher die Pfoten abputzen kannst!«

Das ließ sich Gabe nicht zweimal sagen. Er schnappte sich das Handtuch, pfiff nach Roscoe und öffnete die Schiebetür zu Alvarez' kleinem Garten. Der Mischling hüpfte hinaus, Gabriel hängte das Handtuch über eine Stuhllehne, und weg waren sie.

»Was machst du, wenn du keinen Teenager im Haus hast?«, fragte O'Keefe und sah den beiden nach.

»Für gewöhnlich gehe ich mit Roscoe joggen. Jeden Tag. Zumindest habe ich das getan, bevor ich verletzt wurde.«

Sein Gesicht verdüsterte sich, als er an die brutale Attacke dachte, die sie beinahe das Leben gekostet hätte. »Was das anbelangt –«

»Es gibt keinen Grund, davon anzufangen. Nicht heute Abend.« Sie warf einen raschen Blick zu der geschlossenen Schiebetür und sah ihren Sohn unter der Verandalampe stehen. *Denk dran, er ist nicht dein Sohn.* »Mir geht es gut, wirklich. Jeden Tag ein bisschen besser. Roscoe wird sich bald schon anstrengen müssen, um mit mir mitzuhalten.« Bevor er widersprechen konnte, fügte sie hinzu: »Komm, du kannst mir in der Küche helfen. Dich nützlich machen.«

»Und wie?«

»Indem du die Suppe umrührst.«

»Du hast tatsächlich –«

»Ich habe sämige Muschelsuppe bei Wild Will bestellt, fertigen Salat gekauft und die letzten drei Laibe Sauerteigbrot in der Bäckerei ergattert.« Sie stellte den Ofen an, griff in den Kühlschrank und zog eine Tüte »Festtagssalatmischung« heraus – Spinat, Kopfsalat und Mangold –, dazu ein Päckchen getrocknete Preiselbeeren und Haselnüsse, dann gab sie alle Zutaten in eine große Glasschüssel. »So hatte ich mir meine erste Mahlzeit mit Gabe natürlich nicht vorgestellt«, gab sie zu, »aber bei der Arbeit ist die Hölle los, also blieb mir nichts anderes übrig. Als ich herausgefunden hatte, dass Gabe mein Sohn ist, und mir klarwurde, dass ich die Chance bekäme, ihn kennenzulernen, dachte ich, ich könnte ihn in seine Kultur einführen. Vielleicht klingt das in Anbetracht der Umstände absurd, aber ich wollte etwas traditionell Mexikanisches auf den Tisch stellen wie meine Großmutter früher für uns Kinder, vor allem zu Weihnachten. Ich denke, Gabe bekommt bei Aggie und Dave nicht viel von seinem Latino-Erbe vermittelt.«

»Gar nichts.«

»Siehst du. Als Aggie und Dave einverstanden waren, dass ich ein Teil von Gabes Leben sein darf, dachte ich, wir könnten vielleicht eine Ebene finden, die für seine Eltern keine Bedrohung darstellt.«

»Gut möglich.« O'Keefe wirkte nicht überzeugt.

»Zu schade, dass es mit dem traditionell Kochen nicht geklappt hat, zumal das Essen an Weihnachten für mich eine große Bedeutung hatte. An *noche buena,* an Heiligabend, machte *abuela* Flan für uns, Kokos oder Karamell. Das war das Beste. Das Allerbeste. Das Allerallerbeste!«

»Dann war sie also eine gute Köchin.«

»Sie *ist* eine gute Köchin. Bis heute«, sagte sie, obwohl sie ihre Großmutter seit Jahren nicht gesehen hatte. Ein Anflug von Bedauern machte sich in ihrem Herzen bemerkbar.

»Was ist mit deiner Mutter?«

Alvarez schob das Brot in den warmen Ofen. »Sie ist ebenfalls eine gute Köchin, aber ich erinnere mich vor allem auch an die *churros* von meiner Tante Biatriz. Biatriz ist Musikerin. Bei unseren Familienfesten spielt sie immer Klavier, und sie macht eine leicht scharfe Schokoladensoße. Ich glaube, sie nimmt ein bisschen Chili, um ihr das gewisse Etwas zu geben. Leider ist sie nicht bereit, ihr Rezept zu verraten, obwohl sie es jedes Jahr zu Großmutter Rosarita mitgebracht hat. Wir Kinder haben es geliebt, unsere *churros* in diese Schokoladensoße zu tauchen.« Sie lächelte bei der Erinnerung an ihre Brüder und Schwestern, an ihre Cousinen und Cousins … doch dann verblasste ihr Lächeln, als ihr bewusst wurde, dass sie verbotenes Territorium betrat. Sie räusperte sich, zwang sich, die Erinnerungen zu verbannen und erneut zu lächeln. »Glaub mir, die Soße war zum Sterben gut. Heute Abend müssen wir uns leider mit Brownies aus der Bäckerei zufriedengeben.«

»Die uns wunderbar schmecken werden«, versicherte er ihr. »Ein Brownie ist ein Brownie. Latino-Erbe hin oder her.«

»Blödmann!«, neckte sie ihn, dann öffnete sie erneut die Kühlschranktür. »Wie wär's mit was zu trinken? Ich habe Bier da … und eine Flasche Pinot Gris.«

»Bier ist prima.«

Sie reichte ihm eine gekühlte Flasche, dann sah sie nach dem

Brot und warf anschließend einen Blick aus dem Fenster, um sich zu vergewissern, dass Gabe noch immer mit Roscoe spielte. »Die beiden haben wirklich schnell Freundschaft geschlossen«, stellte sie fest.

»Du weißt doch, was man über einen Jungen und seinen Hund sagt: unzertrennlich.«

»Es sei denn, der Hund lebt hier und der Junge in Helena.«

»Vermutlich nervt er Aggie und Dave damit, dass er einen eigenen haben will.«

»Na prima.« Das Letzte, was sie gebrauchen konnte, war, dass Aggie ausflippte wegen irgendetwas, was sie sagte oder tat. Es war schwer genug für Aggie als Adoptivmutter, Gabe zu seiner leiblichen Mutter gehen zu lassen, und tief im Innern verstand Alvarez Aggies Sorge. Vermutlich hätte sie umgekehrt genauso empfunden.

»Apropos Hund: Wie geht's Grayson?«, fragte er, und sie bemerkte, wie ernst er plötzlich dreinblickte. Obwohl sie nie über ihre ambivalenten Gefühle für ihren Chef gesprochen hatten, hatte O'Keefe gespürt, dass zwischen Grayson und ihr eine spezielle Bindung bestand, etwas Tieferes, mit dem sie sich offenbar nicht auseinandersetzen wollte.

»Ich weiß es nicht«, sagte sie zu dem Mann, den sie zu lieben glaubte, dem Mann, den sie *liebte.* »Er kämpft. Ist aber immer noch nicht über den Berg, und ich habe den Eindruck, sein Leben hängt am seidenen Faden.«

»Das tut mir leid.« Er klang so aufrichtig, dass ihr fast das Herz brach. Ihre Blicke begegneten sich, und sie sah die Fragen in ihren Augen, Fragen, die er niemals stellen würde. Das war einfach nicht sein Stil.

»Mit tut es auch leid, und zwar in vielerlei Hinsicht.« Sie beschloss, dass jetzt der richtige Zeitpunkt war, die Karten auf den Tisch zu legen.

»Grayson bedeutet mir viel«, begann sie daher mit zusammengeschnürter Kehle. »Er ist mein Boss und ein herzensguter Mann. Ich habe Respekt vor ihm.« Sie bemerkte, dass O'Keefe die Lippen zusammenpresste, doch sie fuhr fort. Sollte ihre Beziehung mit O'Keefe je eine wirkliche Chance haben, so musste sie ehrlich sein, absolut ehrlich. »Es gab eine Zeit – und die ist noch gar nicht so lange her –, in der ich meinte, es könnte sich mehr zwischen uns entwickeln. Du weißt schon, mehr als eine Arbeitsbeziehung.«

Er sagte kein Wort, rührte auch sein Bier nicht an.

»Aber dann bist du in mein Leben zurückgekehrt.« Sie berührte ihn am Arm und spürte, wie sich seine Muskeln anspannten. »Und alles hat sich verändert. Du hast nie gefragt, aber du hast bestimmt überlegt, was zwischen dem Sheriff und mir wohl gewesen sein könnte. Nun: nichts. Zwischen uns ist nie etwas passiert. Vielleicht war das seine Entscheidung und nicht meine, trotzdem: Ich weiß, wo ich stehe, und das wird sich auch nicht ändern, sollte er je wieder richtig auf die Beine kommen – was ich von ganzem Herzen hoffe.«

Sie stellte sich auf die Zehenspitzen und hauchte O'Keefe einen Kuss auf die Lippen. »Scheinbar habe ich mich in diesen *bastardo* verliebt, der da wieder in mein Leben getreten ist.«

Sein Gesicht entspannte sich ein wenig. »Du musst mir das nicht erzählen, Selena.«

»O doch, das muss ich.« Sie nickte. »Ich hatte zwar nicht geplant, das heute Abend zu tun, hier in der Küche, aber es ist schon gut so.«

»Ich bin froh, dass du es getan hast«, sagte er mit einem Blick auf die Tür. Er stellte das Bier auf die Anrichte, zog sie in seine Arme und drückte seine warmen, hungrigen Lippen auf ihre. Selena schloss die Augen, ließ sich davontragen, schob all die Anspannung, die Kopfschmerzen, die Angst der vergangenen Tage beiseite.

Die Ofenuhr klingelte laut. Selena löste sich aus O'Keefes Armen und kehrte widerstrebend ins Hier und Jetzt zurück. Der heutige Abend, so hatte sie sich fest vorgenommen, sollte dazu dienen, Gabe besser kennenzulernen, da durfte sie sich nicht ablenken lassen. Entschlossen griff sie nach einem Handtuch und zog die warmen Laibe aus dem Ofen.

»Hast du eine Ahnung, wer das getan haben könnte?«, fragte O'Keefe und trank einen großen Schluck Bier.

»Wer auf Grayson geschossen hat, meinst du?«, fragte sie und schnitt die Kruste von dem warmen, duftenden Brot.

»Genau das ist das Problem. Ich kann mir viel zu viele Leute vorstellen, die meinen, noch eine Rechnung mit ihm offen zu haben. Es gibt jede Menge Verdächtige, jede Menge Motive, jede Menge Alibis. Es wird einige Zeit dauern, all das zu überprüfen.«

»Wenn ich irgendwie helfen kann …«

»Du kannst das Brot in Würfel schneiden.«

»Das meinte ich nicht. Ich sprach von den Ermittlungen.«

»Ich weiß.« Sie reichte ihm ein Messer, dann löste sie die Kruste von dem zweiten Laib ab.

Als Privatermittler musste er sich nicht durch den ganzen Paragraphenwust ackern, außerdem war es ihm möglich, so manch eine Vorschrift großzügiger auszulegen, als sie es konnten. Ihrer Ansicht nach war das eine gute Sache, solange der Fall dadurch nicht kompromittiert wurde.

»Ich werde dir Bescheid geben.«

»Ich gehe davon aus, dass die beiden Fälle miteinander zusammenhängen. Grayson und die Richterin, meine ich.«

»Heute fand die Obduktion von Kathryn Samuels-Piquard statt. Ich habe einen Vorabbericht über die Todesursache und werde mir morgen früh als Erstes die Untersuchungsergebnisse aus der Ballistik kommen lassen. Erst dann werden wir mit Sicherheit sagen können, ob es sich bei den Schützen um ein und dieselbe Person handelt. Ich denke schon. Wie stehen die Chancen, dass gleich zwei Durchgeknallte auf Vertreter des Gesetzes ballern? Einen Trittbrettfahrer können wir ausschließen, denn die Richterin wurde zwar vor dem Angriff auf Grayson getötet, aber erst später gefunden.«

O'Keefe zog das Schneidbrett zu sich heran und fing an, das weiche Brot in Würfel zu schneiden. »Kannst du dir vorstellen, dass Grayson und die Richterin auch außerhalb ihres Berufs miteinander zu tun hatten?«

»Du meinst, als Liebespaar?«, fragte sie und stellte sich den Mann vor, mit dem sie zusammengearbeitet hatte, ihren Mentor. Dann dachte sie an die kaltschnäuzige, überaus selbstbewusste Richterin. »Das bezweifle ich. Wenn er sich für eine Frau interessiert hat, dann vermutlich für Hattie Grayson, die Ex-Frau seines verstorbenen Bruders. Sie haben sich kurz vor seinem Selbstmord scheiden lassen.«

»Sie müssen ja nicht unbedingt ein Liebespaar gewesen sein«, überlegte O'Keefe laut, »doch vielleicht gab es eine andere soziale Verbindung. Das ist nicht unwahrscheinlich, die Angriffe könnten durchaus mit ihren Berufen zusammenhängen. Vielleicht haben sie gemeinsam einen Irren in den Knast geschickt, und er oder jemand, der dem Verbrecher nahesteht, sinnt auf Rache. Aber das sind alles nur Vermutungen.«

»Ich weiß.« Natürlich war ihr dieser Gedanke auch schon gekommen, doch bislang hatte sie nichts gefunden, das die beiden Opfer miteinander in Verbindung brachte. »Wir haben mit den Familien gesprochen, sind die Straf- und Vorstrafenregister durchgegangen. Bei der Richterin sind wir noch nicht ganz durch damit.«

Als sie mit dem Brot fertig waren, warf Selena abermals einen Blick durch die Schiebetür. Gabe und Roscoe tobten immer noch durch den Garten. »Die beiden werden völlig verschwitzt sein.« Sie nahm Wassergläser aus dem Schrank. »Eigentlich darf ich gar nicht mit dir über den Fall sprechen.«

»Ich versuche nur, dir eine andere Perspektive zu bieten, aber natürlich hast du recht. Heute Abend ist zudem definitiv nicht der richtige Zeitpunkt dafür.« Er berührte sie an der Schulter, und sie sah zu ihm auf. »Geht es dir wirklich gut?« Sein Blick hielt ihren ein wenig zu lange fest, und sie spürte, wie ihr die Hitze den Nacken emporkroch.

»Ja, mir geht's gut.«

Einer seiner Mundwinkel zuckte in die Höhe, und er zog fragend die Augenbrauen hoch. »Mehr als gut, würde ich sagen.«

»Vergiss es nicht, O'Keefe«, sagte sie grinsend. Sie verstand, dass er heute Nacht nicht hierbleiben konnte, nicht, wenn Gabe bei ihr war. Sie hatten diese Diskussion bereits via SMS geführt und waren nicht zuletzt aufgrund Aggies Drängen übereingekommen, dass er den Jungen am späten Abend zu seiner Familie nach Helena zurückbrachte.

Selena füllte die Suppe in die Teller, gab die Brotwürfel dazu und sagte: »Ich weiß nicht, ob es die Liste der Tatverdächtigen begrenzt und erweitert, sollte sich herausstellen, dass die beiden Fälle tatsächlich miteinander in Zusammenhang stehen, aber ich nehme an, dass Letzteres der Fall sein wird. Da kommt jede Menge Arbeit auf uns zu.«

In dem Moment öffnete sich die Schiebetür, und Gabe, das Gesicht gerötet von der Anstrengung und der kalten Luft, trat ein.

»Vergiss nicht, Roscoe die Pfoten abzuputzen!«

»Ach ja …«

Roscoe machte Anstalten, ins Wohnzimmer zu sprinten, aber Gabe fasste den unbändigen jungen Hund am Halsband und wischte ihm die klatschnassen Pfoten einigermaßen trocken.
»Wie sieht's mit dir aus? Bist du auch nass? Oder brauchst du ein frisches Shirt? Ihr müsst doch ganz schön geschwitzt haben …«
»Nö«, sagte Gabe. »Ich bin nur ein bisschen nass vom Schnee, aber das trocknet schnell.« Die Schneeflocken in seinen Haaren begannen zu schmelzen.
»Okay. Dann komm, wasch deine Hände und hilf beim Tischdecken«, sagte Alvarez zu dem Jungen. »Hier muss jeder mit anfassen.«
Bereitwillig stellte er die Teller auf den Tisch und legte das Besteck daneben, während Selena das Dressing an den Fertigsalat gab. Als O'Keefe die tiefen Teller mit der Suppe aufgetragen hatte, gab sie noch eine kleine Portion Butter und eine Prise getrocknete Petersilie darauf.
»Voilà«, sagte sie, »fast so gut wie selbstgemacht.«
»Vielleicht noch besser«, bemerkte O'Keefe.
Sie lachte. »Nein. *Definitiv* besser.«
»Ist das nicht gemütlich? Wie eine kleine Familie«, sagte er grinsend.
»Das sind wir heute Abend doch auch.« *Heute Abend.* Eine kleine Familie auf Zeit. Trotz des funkelnden Baums mit den roten Kerzen wusste sie, dass dieses anheimelnde Gefühl schon bald wieder vorbei sein würde. Die Realität sah anders aus: Gabriel Reeve war rechtlich gesehen nicht ihr Sohn, und Dylan O'Keefe war nicht ihr Ehemann. Trotzdem würde sie sich durch ihren ausgeprägten Sinn fürs Realistische nicht den Augenblick verderben lassen. Dieses zusammengewürfelte, verspätete Weihnachtsessen fühlte sich gut an, als wäre sie tatsächlich Teil einer merkwürdig zersplitterten Familie.

Sie schaute aus dem Fenster und sah, dass es immer noch dicke Flocken schneite. Alles wirkte so friedlich, das knisternde Feuer im Kamin war warm und behaglich.
Als Kind war sie Teil einer frommen, glücklichen Großfamilie gewesen. Zumindest erinnerte sie so ihre Kindheit und frühe Jugend, bis man ihr als Teenager die Unschuld raubte und all ihre rosigen Zukunftsvisionen sozusagen auf einen Schlag zunichtemachte. Sie war von zu Hause fortgegangen und bis heute nicht zurückgekehrt. Damals hatte sie auch die Freude an Weihnachten verloren. Jahrelang hatte sie die Weihnachtszeit durchgearbeitet, um von den Feierlichkeiten verschont zu bleiben, hatte sich von den anderen abgeschottet und sich eine dicke Schale zugelegt.
Als sie jetzt zusammen an dem kleinen Esstisch vor ihren dampfenden Tellern saßen und Gabe fragte: »Betet ihr nicht vor dem Essen? Meine Mom besteht vor jeder Mahlzeit darauf«, spürte sie, wie diese Schale Risse bekam. Spürte, dass die Beziehung mit O'Keefe ihr die Chance zu einem wirklichen Neubeginn bot.
Trotz der Schrecken und Anforderungen ihres Jobs.
»Deine Mom hat recht, Gabe«, sagte sie. »Wir sollten ebenfalls beten. Aber lass es uns auf die Art und Weise meiner Familie tun, einverstanden? Wir beten zu Unserer Lieben Frau von Guadalupe. Das ist Tradition.« Sie schaute zu O'Keefe hinüber. Ihre Blicke trafen sich, und zum ersten Mal seit einer halben Ewigkeit neigte sie den Kopf zum Gebet.

Kapitel zwanzig

»Also, was zum Teufel ist los mit dir?«, fragte Alvarez ihre Partnerin am nächsten Tag, während sie auf eine der verschlissenen Bänke in einer Sitznische von Shorty's Diner rutschte, einem Vierundzwanzig-Stunden-Restaurant mit Bar, das gerade nah genug am Department lag, dass man schnell mal vorbeischauen konnte, gleichzeitig aber weit genug entfernt war, um nicht die gesamte Belegschaft beim Mittagessen anzutreffen.

Ein langer roter Tresen, der noch aus den 1950er Jahren stammte, zog sich von einer Wand bis zur anderen. Davor reihten sich Barhocker, auf denen hier und da ein Gast saß. Gesprächsfetzen drangen zu ihnen herüber, Fett zischte auf der anderen Seite des großen Durchbruchs, der den Tresenbereich von der Küche trennte.

Inzwischen war gerade mal ein Tag vergangen, seit man Kathryn Samuels-Piquards Leichnam entdeckt hatte, doch es kam ihr vor wie eine Ewigkeit. Abgesehen davon, dass nun feststand, dass die Kugel, die man bei der Obduktion aus ihrem Gehirn entfernt hatte, zu der Kugel von dem Durchschuss bei Grayson passte, hatten sie keine weiteren Erkenntnisse gewonnen.

Zumindest aber wussten sie, dass sie nach ein und derselben Waffe suchten und es vermutlich mit nur einem Attentäter zu tun hatten. Es war zwar möglich, dass dieser einen Komplizen hatte, aber eher unwahrscheinlich.

Je mehr Zeit verstrich, desto aufgeregter wurde Pescoli. Sie wusste, dass ihr irgendetwas entging und dass die Chancen, den Täter zu fassen, mit jeder Minute geringer wurden.

»Was soll mit mir los sein?«, fragte sie zurück, griff geistesabwesend nach der Plastikspeisekarte neben dem Serviettenhalter und warf Alvarez einen genervten Was-soll-die-blöde-Frage-Blick zu. »Du meinst, abgesehen von dem Fall? Oder von der Tatsache, dass meine Kinder mich in den Wahnsinn treiben? Und davon, dass mein Liebesleben ... ach, davon will ich erst gar nicht anfangen.« Sie schlug die Speisekarte auf. Es nagte noch etwas anderes an ihr, etwas, was ihr des Nachts den Schlaf raubte.

»Irgendwann kommt der Durchbruch«, sagte Alvarez und vertiefte sich ihrerseits in die Speisekarte. »Den Fall betreffend, meine ich. Das spüre ich.«

»Mag sein, aber alles, was ich spüre, ist Hunger. Ich könnte futtern wie ein Scheunendrescher. Nein, wie *zwei* Scheunendrescher.«

Wie aufs Stichwort erschien eine eifrige Kellnerin an ihrem Tisch. Sie lächelte breit. Ihr schwarzer Rock lag eng an, glänzende Korkenzieherlöckchen, zurückgehalten von einem breiten rosa Haarband, tanzten um ihr Gesicht. Ihr Namensschild verriet, dass sie Terri hieß. Sie stellte zwei Wassergläser auf den Tisch und fragte: »Darf ich Ihnen etwas zu trinken bringen?«

Automatisch erwiderte Alvarez: »Eistee.«

Pescoli warf ihr einen befremdeten Blick zu. »Draußen friert's«, sagte sie trocken, dann, an die Kellnerin gewandt: »Ich nehme ein Shorty's Famous.«

Terri machte sich nicht die Mühe, die Bestellung zu notieren, sondern erwiderte schlicht: »Bin in ein paar Minuten wieder da!« Sie eilte davon und verschwand durch die Schwingtür in die Küche.

»Du mokierst dich darüber, dass ich einen Eistee bestelle, weil es ›draußen friert‹, und dann nimmst du einen Milchshake?«

»Nicht bloß irgendeinen Milchshake«, korrigierte Pescoli. Der Shorty's-Famous-Shake war ein schwarz-weißer Mix aus Vanilleeis, Milch, Karamellsoße, Schokoladensirup und zerbröselten Oreo-Keksen.

»Du hast recht«, pflichtete Alvarez ihr voller Sarkasmus bei. »Das ist kein Milchshake, das ist eine wahre Kalorienbombe. Was ist mit deiner üblichen Cola light?«

»Ich weiß auch nicht«, gab Pescoli zu. »Mir war einfach mehr nach einem Milchshake. Ist ja kein Grund, gleich eine Staatsaffäre daraus zu machen.«

»Vermutlich nicht. Passt nur so gar nicht zu dir. Jetzt arbeite ich schon seit Jahren mit dir zusammen, und du hast nicht ein einziges Mal einen Milchshake bestellt. Das befeuert meine Theorie, dass mit dir etwas nicht stimmt, nur noch mehr.« Sie verschränkte die Arme auf dem Tisch und musterte ihre Partnerin durchdringend. »Also, worum geht es?«

Pescoli gab klein bei. »Nun, ich denke, du hast recht. Im Augenblick ist mein Leben alles andere als in Butter. Da ist zunächst einmal dieser Fall, den ich nicht lösen kann, dann erschießt irgendwer einen Menschen, mit dem ich zusammenarbeite, und versucht anschließend, meinen Chef umzubringen. Mein Sohn beschließt, Polizist zu werden, während meine Tochter alles daransetzt, sich in eine lebende Barbie zu verwandeln. Hungert sich fast zu Tode, und ja, ich befürchte, sie hat eine ernstzunehmende Essstörung, aber bislang habe ich es vermieden, dieses Thema anzuschneiden.« Es tat gut, Dampf abzulassen, all die Probleme anzusprechen, die seit Tagen an ihr nagten. Plötzlich konnte sie sich gar nicht mehr bremsen. »Und dann ist da noch dieser Trip nach Arizona, den die Kinder mit Lucky und Michelle unternehmen. Gehört zu dem obertollen, um nicht zu sagen, größenwahnsinnigen Weihnachtsgeschenk, das Schusswaffen und vermutlich auch eine Wachsbehandlung mit einschließt – keine Ahnung, was ›Wellness in Phoenix‹ so alles bedeutet. Der Knackpunkt aber ist, dass sich Bianca viel zu fett für den Bikini fühlt, den ihre liebe Stiefmutter ihr geschenkt hat, weshalb sie seitdem konsequent jegliche Nahrungsaufnahme verweigert. Und Jeremy ist total besessen von dem Gewehr, das sein Vater ihm gekauft hat. Er hat es in seinem Pick-up liegen, kutschiert damit die ganze Zeit durch die Gegend. Ich hoffe bei Gott, es ist nicht geladen. Doch wer weiß – ich kenne meinen eigenen Sohn fast gar nicht mehr. Nun, das Gleiche gilt für Bianca. Was zum Teufel denkt sich Lucky bloß dabei?«

»Meinst du das ernst?«

»Verdammt ernst. Und dann ist da noch Santana. Habe ich erwähnt, dass er mir den Fehdehandschuh hingeworfen und mir ein Ultimatum gestellt hat, nachdem er mich gebeten hat, seine Frau zu werden?«

Bevor Alvarez etwas erwidern konnte, erschien die Kellnerin mit ihren Getränken. Pescoli beäugte das große, altmodische Glas mit dem schwarz-weißen Milchshake. Obwohl sie es niemals zugegeben hätte, wunderte sie sich selbst, was sie dazu getrieben hatte, ein Getränk zu bestellen, das ihre tägliche Kalorienzufuhr bei weitem überschreiten würde.

Wer A sagt, muss auch B sagen. Oder C. Oder D.

Alvarez bestellte eine Fischcremesuppe und einen Salat, Pescoli ein Sandwich mit Corned Beef, Emmentaler, Sauerkraut, Ketchup, Mayonnaise, Worcestersauce und Meerrettich, dazu einen Kartoffelsalat.

»Gern«, sagte Terri, warf ihnen ein Lächeln zu und machte auf dem Absatz kehrt, um in die Küche zurückzukehren.

Während Alvarez Zitrone in ihren Eistee drückte, griff Pescoli nach ihrem Milchshake, wirbelte die zähe Masse mit dem Strohhalm durcheinander und nahm einen großen Schluck. Der Shake war sogar noch großartiger, als sein Name versprach.

»Das hättest du mir doch sagen können«, befand Alvarez.

»Das habe ich gerade getan.« Ein weiterer großer Schluck. *Himmlisch!* »Wir hatten in den letzten Tagen nicht gerade viel Zeit, zusammenzusitzen und zu plaudern. Schließlich sind wir ständig bis über beide Ohren mit Arbeit eingedeckt. Und wie läuft's bei dir so?«, erkundigte sie sich und versuchte, nicht allzu sarkastisch zu klingen.

»Jetzt werd doch nicht gleich sauer, bloß weil ich was gesagt habe.« Alvarez rührte ihren Eistee nicht an. »Du warst in letzter Zeit einfach nicht du selbst.«

»Ach, um Himmels willen …«, brauste Pescoli auf, als könnte der Himmel etwas für all das, was in ihrem Leben schieflief. Sie warf einen Blick auf eine Sitznische beim Fenster und entdeckte ein Paar um die siebzig. Sie tranken Kaffee und hielten sich bei der Hand, als wären sie noch genauso verliebt, wie sie es vor fünfzig Jahren gewesen waren – oder wann immer sie sich kennengelernt hatten. Nie in ihrem Leben hatte sie eine so tiefgehende Bindung erfahren. Nein, ihre Beziehungen waren zu Beginn stets megaheiß gewesen, leidenschaftlich, überschwenglich, doch dann, wenn die Dinge nicht so liefen wie geplant, waren sie schnell abgekühlt. Sie vermutete, dass die Auseinandersetzungen und Enttäuschungen eine Menge mit den Männern zu tun hatten, für die sie sich entschied.

Als sie von ihrem Milchshake aufblickte, sah sie, dass Alvarez sie anstarrte. Ihre fast schwarzen Augen wirkten skeptisch.

»Ich wollte nicht meinen Müll bei dir abladen«, räumte sie ein, »aber du hast schließlich gefragt.«

»Das habe ich.« Endlich probierte Alvarez ihren Tee.

»Okay. Tut mir leid. Ich bin in letzter Zeit ein bisschen überempfindlich. Also noch einmal im Ernst: Wie laufen die Dinge bei dir?«

»Mir geht es gut. Zwischen O'Keefe und mir ist alles in Ordnung ... wir sehen uns in letzter Zeit leider nur nicht sehr oft. Gabe und er waren gestern zum Abendessen bei mir.«

»Ist's gut gelaufen?«

»Ja, ich denke schon. Es ist etwas anstrengend, wegen seiner Eltern. Sie sind sich nicht sicher, ob es eine gute Idee ist, dass er sich mit mir trifft, aber wir arbeiten daran.«

Terri kehrte mit ihren Bestellungen zurück. Pescolis Magen knurrte beim Anblick des dick belegten Graubrots.

»Darf es sonst noch etwas sein?«, fragte Terri, und als Alvarez dankend verneinte, wandte sie sich dem nächsten Tisch zu, an dem eine dreiköpfige Familie Platz genommen hatte. So wie es aussah, war der Sohn im Teenageralter nicht gerade begeistert darüber, mit seinen Eltern zu Mittag essen zu müssen. Als Mom und Dad ihre Jacken auszogen und ihn dazu aufforderten, das Gleiche zu tun, bockte er und behielt seine Jacke an. Mit herausfordernd vor der Brust verschränkten Armen saß er da, seine Rollmütze tief ins Gesicht gezogen. Seine Mom setzte ihre eigene Mütze ab. Ihr blondes Haar fiel ihr sanft ums Gesicht, das die ersten Fältchen zeigte. Lächelnd redete sie auf ihren Sohn ein, offenbar in der Absicht, diesen ein wenig aufzumuntern. Dad warf ihm einen strengen Blick zu und nahm die Speisekarte aus dem Ständer. Der Junge knurrte ein paar einsilbige Antworten, die seine Eltern mit Sicherheit zur Weißglut trieben.

Pescoli wusste nur zu gut, wie sich das anfühlte.

Sie griff nach ihrem Sandwich und nahm einen großen Bissen. Die köstliche Mischung aus Käse, Corned Beef und Sauerkraut explodierte förmlich in ihrem Mund.

Mein Gott, schmeckte das gut.
»Dann wirst du Santana also heiraten?«, fragte Alvarez.
»Keine Ahnung«, erwiderte Pescoli aufrichtig und tupfte mit ihrer Serviette etwas Dressing aus dem Mundwinkel. »Ich bin hin- und hergerissen.«
»Warum?«
»Wäre ja nicht mein erstes Mal vor dem Altar.« Sie nahm einen weiteren Bissen und kaute nachdenklich. »Außerdem ist das gar nicht so einfach. Ich habe schließlich Kinder.«
»Die fast erwachsen sind.«
»›Fast‹ ist ein dehnbarer Begriff. Und dann ist da auch noch mein Job. Nicht gerade förderlich für eine Ehe.«
»Santana ist ein großer Junge. Er weiß, worauf er sich einlässt.«
Pescoli nickte. Sie fühlte sich schon besser. Ihr Blutzucker stabilisierte sich, und sie hatte das Gefühl, nicht länger wie ein Dampfkessel kurz vor dem Explodieren zu stehen. »Sein Antrag kommt nur nicht gerade zum passendsten Zeitpunkt.«
»Es gibt keinen passenden Zeitpunkt.«
»Aha, dann bist du also plötzlich Eheberaterin?«
»Ich weiß, dass du mich nicht um Rat gebeten hast, trotzdem habe ich den Eindruck, dass du zumindest ernsthaft über seinen Antrag nachdenkst und eher geneigt bist, schwarzzusehen als positiv zu denken.«
»Und das sagst ausgerechnet du?« Alvarez hielt ihre Gefühle stets sorgfältig unter Verschluss. Privatleben war für sie Privatleben. Sie sprach nicht über Emotionen, und das war Pescoli gerade recht. Während Pescoli eher aus dem Bauch heraus handelte, war Alvarez bedächtiger, rationaler.
»Das habe ich überhört. Und was Jeremy anbetrifft: Um ihn würde ich mir nicht allzu viele Sorgen machen. Ich weiß, das klingt seltsam, aber er macht sich prächtig, seit Joelle ihn un-

ter ihre Fittiche genommen hat. Ich bin ihm ein paarmal im Department über den Weg gelaufen, und er kommt sehr gut mit den ihm übertragenen Aufgaben zurecht. Er erscheint pünktlich zur Arbeit, ist korrekt gekleidet und tut, was man von ihm erwartet. Was willst du mehr?«

»Ich weiß.« Pescoli legte ihr Sandwich zurück auf den Teller. »Vermutlich habe ich mich in ihm getäuscht. Immer wieder habe ich gepredigt, dass er ein Ziel braucht, sich überlegt, was er mit seinem Leben anfangen will – ich hätte nur nie gedacht, dass er sich ausgerechnet für den Polizeidienst entscheidet.«

»Noch ist er kein Cop.«

»Er sollte zum College gehen.«

»Das wird er tun, wenn er tatsächlich seinen Abschluss machen möchte. Da bleibt ihm gar nichts anderes übrig!« Sie pustete über einen Löffel Fischsuppe. »So, und nun gib dir einen Ruck und heirate Santana.«

»Du hast leicht reden.«

»Lass Jeremy im Department arbeiten, nur so kann er herausfinden, was er wirklich will. Das schadet doch nicht. Und was Bianca anbetrifft«, sagte sie, ernster jetzt, »wenn sie wirklich eine Essstörung hat, habt ihr ein Problem. Dann musst du etwas unternehmen, und zwar schnell.«

»Ich weiß«, sagte Pescoli, biss erneut in ihr Sandwich und wunderte sich, dass ein Kind, das von ihr abstammte, dem Essen abschwören konnte. Sie machte sich über ihren Kartoffelsalat her. »Vielen Dank, liebe Kummerkastentante.«

»Gern geschehen.« Alvarez rührte ihre Suppe um. »Denk dran, ich habe einen Master in Psychologie.«

»Nun, das macht dich natürlich zur Expertin.«

Alvarez unterdrückte ein Grinsen. »Absolut.«

»Na schön. Jetzt, da du meine persönlichen Probleme gelöst hast, können wir zu den beruflichen zurückkehren.«

Alvarez nickte. Ihr Lächeln verschwand, ihre Augen blickten finster, über ihrer Nase erschienen kleine Fältchen. »Weil beide Opfer im Gesetzesvollzug arbeiten beziehungsweise arbeiteten, sind wir bislang lediglich die alten Fälle durchgegangen, in der Hoffnung, dort auf eine Verbindung zu stoßen.« Sie sah sich in dem altmodischen Diner um, ließ den Blick über die anderen Kunden schweifen. »Aber was ist, wenn der Mörder uns genau das glauben machen will? Was, wenn es eine Verbindung gibt, von der wir absolut keine Ahnung haben?«

»Zwischen der Richterin und dem Sheriff?«

»Exakt.« Alvarez dachte scharf nach.

»Und was für eine Verbindung schwebt dir da vor?«

»Genau das müssen wir herausfinden.«

»Eine Liebesbeziehung?«

Alvarez zögerte. »Das erscheint mir irgendwie nicht passend«, erwiderte sie kopfschüttelnd, doch Pescoli konnte die Rädchen fast sehen, die sich im Gehirn ihrer Partnerin zu drehen begannen. Dieser Gedanke war Alvarez offenbar nicht neu. »Ich denke nach wie vor, dass Hattie Grayson die einzige Frau ist, für die er sich interessiert hat.«

»Und für dich.«

Ihr Kopf fuhr hoch. »Dass wir uns da einig sind«, sagte sie. »Ich sage es nur einmal, und ich sage es nur dir: Zwischen mir und dem Sheriff ist nie etwas gewesen. Nicht, dass ich nicht davon geträumt hätte, aber es ist einfach nicht passiert. Er hat es nicht dazu kommen lassen, also war das Interesse wohl einseitig.«

»Aha. Und warum nicht die Richterin?«

»Weil nichts darauf hindeutet. Zumindest noch nicht. Und wenn du glaubst, dass Graysons Name auf magische Weise aus der Asche in dem Ofen der Richterin erwächst, bist du schief gewickelt.«

Pescoli rührte mit einem langen Löffel in ihrem Milchshake und zerstampfte einen Eiswürfel. »Trotzdem müssen wir in alle möglichen Richtungen denken.«

»Das tun wir«, pflichtete ihre Partnerin ihr augenscheinlich bestürzt bei. Das Liebesleben des Sheriffs schien einen wunden Punkt bei ihr zu berühren.

Und genau das, dachte Pescoli, war ein weiteres Problem in einem Fall, in dem es ohnehin von Problemen nur so wimmelte.

Hattie nahm all ihren Mut zusammen und machte sich auf den Weg zur Grayson-Ranch. Die Straße war ihr nur allzu vertraut, ihre Erinnerung lebhaft. Mit einem mulmigen Gefühl lenkte sie ihren Toyota über die lange, kurvige Zufahrt zum Haupthaus. Es stand auf einer kleinen Anhöhe am Fuß einer zerklüfteten Bergkette, umgeben von vielen Morgen schneebedeckten Weidelands. Ganz in der Nähe befanden sich mehrere Außengebäude. Diesen Ort hatten die Grayson-Jungs den Großteil ihres Lebens ihr Zuhause genannt.

Sie warf einen Blick auf die Scheune, und ihr Herz zog sich schmerzhaft zusammen bei der Vorstellung, wie Cade Barts Leichnam gefunden hatte, der an einem der Balken baumelte. Vor ihrem inneren Auge sah sie immer noch sein aschfahles Gesicht vor sich, die hervortretenden Augen, die dunklen Male an seinem Hals. *Warum?*, fragte sie sich wieder, doch tief im Herzen wusste sie, dass er sich nicht grundlos erhängt hatte. *Sie* war der Grund für seinen Selbstmord. »Er hat sich nicht umgebracht«, sagte sie laut, bemüht, ihre Worte überzeugt klingen zu lassen, doch das wollte ihr nicht recht gelingen.

Als der Toyota den Hügel hinaufrollte, bemerkte sie mehrere Fahrzeuge, darunter auch Cades Pick-up, die gleich vor der

Garage parkten. Für den Bruchteil einer Sekunde überlegte sie, umzudrehen, doch sie war nicht den ganzen Weg hierhergefahren, nur um jetzt einen Rückzieher zu machen. Außerdem hatte sie den Zwillingen versprochen, einen Termin mit Cade zu vereinbaren, an dem er zu ihnen zu Besuch kommen und mit den beiden spielen sollte. Es war Zeit, dass sie reinen Tisch machten, ein für alle Mal.

In den vergangenen Tagen, seit sie ihn in der Stadt getroffen hatten, hatten McKenzie und Mallory unablässig nach ihrem Onkel gefragt. Es war keine Überraschung, dass sie unter »Onkel-Entzug« litten, hatte Dan doch eine große Rolle in ihrem Leben gespielt.

Hattie parkte neben Cades Dodge, holte tief Luft, dann steckte sie ihre Schlüssel in die Tasche und wappnete sich gegen den eisigen Winterwind, der sie draußen erwartete. Sie zögerte kurz und stapfte dann durch den Schnee zur Haustür. Ihre Tasche fühlte sich an, als sei sie eine ganze Tonne schwer, was an dem dicken Umschlag mit der Wahrheit darin liegen musste. Die Wahrheit wog in der Tat mitunter tonnenschwer.

Cades Hund Shad, ein dreibeiniger gefleckter Jagdhund, fing wüst an zu kläffen, als sie näher kam, doch sobald sie mit ihm sprach, wedelte er begeistert mit dem Schwanz und winselte vor Freude.

»He, Shad«, begrüßte sie ihn. »Was soll denn das Gebell? Du kennst mich doch.« Sie bückte sich und kraulte den alten Hund hinter seinen Hängeohren, als sich plötzlich die Haustür öffnete und Zed, mit Socken, einer neu aussehenden Jeans und einem Montana-Sweatshirt bekleidet, auf der Schwelle erschien.

»Hattie«, sagte er, überrascht, sie vor seiner Tür vorzufinden.

»Hi, Zed.«

»Kann ich was für dich tun?«

»Ja, aber zunächst einmal: Gibt es etwas Neues über Dan?« Vielleicht hatten die Ärzte, die sich der Öffentlichkeit gegenüber eher bedeckt hielten, den Brüdern des Sheriffs Näheres mitgeteilt.
»Sein Zustand ist unverändert.«
»Das tut mir leid.« Sie hatte nichts anderes erwartet, trotzdem hatte sie auf Fortschritte gehofft. »Vermutlich brauchen wir einfach Geduld.«
»Das ist genau das, was die Ärzte sagen.« Er musterte sie von oben bis unten. »Aber du hast nicht den ganzen Weg hierher zurückgelegt, um mich nach Dans Befinden zu fragen.«
»Nein. Ähm, ich wollte Cade sprechen.«
»Jetzt?« Wie immer gab er sich keine Mühe, seine Ablehnung zu verbergen. Er hatte sich nie für sie erwärmen können.
»Ist er hier?« Als Zed nicht gleich antwortete, fügte sie hinzu: »Sein Pick-up parkt dort drüben« und deutete mit dem Daumen auf die zerbeulte Karre.
»Er arbeitet.«
»Wo denn?« Sie ließ nicht locker.
Ein Muskel zuckte an seinem unrasierten Kinn. »Im Maschinenschuppen.«
Hattie wollte sich schon umdrehen, doch dann überlegte sie es sich anders. Sie war hierhergefahren, um reinen Tisch zu machen, warum sollte sie nicht gleich mit Zed anfangen? Auch er war ein Onkel der Mädchen, und sie hatte es satt, wie er sie behandelte. Eine eisige Windböe wehte am Zaun entlang und wirbelte ein paar trockene Blätter über den verharschten Schnee. Entschlossen blickte sie Zed an.
»Habe ich dir etwas getan, Zed?«, fragte sie und sah, wie seine Augen aufblitzten. Als er nicht antwortete, machte sie einen Schritt auf die Haustür zu und sagte: »Du bist immer sehr schroff zu mir und ziemlich herablassend.«

»Bin ich das?«
»Nun stell dich bitte nicht dumm.«
»Tja, vielleicht bin ich genau das. Dumm.«
Der Hund, der die Spannung zwischen den beiden spürte, fing an zu winseln und blickte von Hattie zu Zed. Sein Schwanz zuckte nervös über die alten Verandadielen.
»Es geht nicht um etwas, was du getan hast, Hattie«, sagte Zed endlich, ohne ihrem Blick auszuweichen. »Es geht um *alles*, was du getan hast. Und um das, was du immer noch tust.«
»Zum Beispiel?«
»Willst du dieses Gespräch wirklich führen?«, fragte er, und als sie nicht antwortete, aber auch keinen Rückzieher machte, fuhr er fort: »Na schön. Fangen wir damit an, wie du dich an die Männer hier heranmachst. An die Grayson-Männer. Suchst nach Cade. Sitzt bei Dan im Krankenhaus herum. Allzeit bereit.« Die Abscheu in seiner Stimme war unüberhörbar. »Es kommt mir so vor, als hättest du kein bisschen Stolz, wenn es um meine Brüder geht. Und du gibst einfach nicht auf, oder? Bart ins Grab zu treiben war schlimm genug, aber du kannst dich einfach nicht fernhalten.« Er machte einen Schritt auf sie zu, blickte drohend auf sie herab.
»Ich habe Bart zu gar nichts getrieben! Wie du weißt, bin ich davon überzeugt, dass er ermordet wurde. Und ob es dir gefällt oder nicht – ich bin immer noch Teil dieser Familie.«
»Du magst vielleicht Grayson heißen, aber du und Bart wart geschieden, und zwar auf *dein* Drängen hin. *Du* wolltest nicht mehr mit ihm verheiratet sein. Deine Mädchen sind ein anderes Thema. Sie sind Blutsverwandte, aber du? Du bist nichts als ihr Vormund. Bis sie volljährig sind. Dann nicht mehr.« Sein Gesicht unter dem Bartschatten wurde knallrot. »Im rechtlichen Sinne bist du nicht einmal Barts Witwe. O ja, du

hast einen Riesenwirbel veranstaltet, hast dich bei Dan ausgeheult und behauptet, dass Bart sich nicht selbst getötet hat, aber das alles dient dir doch nur dazu, mit deinen Schuldgefühlen klarzukommen, das wissen wir ja wohl beide!«

»Meine *Schuldgefühle?*« Selbstverständlich steckte mehr als nur ein Quentchen Wahrheit in Zeds Anschuldigungen, trotzdem war Hattie entsetzt, dass er sie für eine solche Heuchlerin hielt. »Ich habe keine Schuldgefühle wegen –«

»Und was für Schuldgefühle du hast!«, donnerte er, die Augen zu Schlitzen zusammengekniffen. »Versuch nicht, das zu leugnen, Hattie. Das macht es nur noch schlimmer. Du, ich, Cade und vielleicht auch Dan wissen, was Bart schlussendlich in den Selbstmord getrieben hat. Du und Cade – das war der Grund. Er wusste von euch beiden. Hat sogar in Frage gestellt, dass er der leibliche Vater seiner beiden Töchter ist. Kannst du dir das vorstellen?«

Sie fühlte sich, als hätte er ihr soeben ein Messer ins Herz gestoßen, das er nun langsam umdrehte.

»Oh, Zed, ich habe nicht –«

»Was hast du nicht? Mit Cade geschlafen, kurz vor der Hochzeit? Nicht davon geträumt, mit Dan zusammen zu sein, als Bart nicht länger im Weg stand und Cade unerreichbar war? Und da soll ich dich nicht für eine Schlampe halten?«

Er funkelte sie so zornig an, dass sie sich kurz fragte, ob er eifersüchtig war, weil sie sich nie für ihn interessiert hatte.

»Nun ... ich habe dich gefragt, was ich dir getan habe, aber ich hatte nicht damit gerechnet, von dir auseinandergenommen zu werden.« Nun flammte auch in ihr der Zorn auf, und sie konnte sich nicht verkneifen, hinzuzufügen: »Wer bist du, dass du dir erlauben kannst, ein Urteil über mich zu fällen? Du hattest jede Menge Frauen, und so manche davon war verheiratet.«

»Ich habe nie mit der einen Schwester geschlafen, während ich mit der anderen verlobt war.«

Hattie holte tief Luft. Am liebsten hätte sie ihm eine Ohrfeige verpasst, doch stattdessen trat sie einen Schritt zurück und ballte die Hände zu Fäusten.

»Wir reden hier nicht über mich, Hattie.«

»Ich bin hergekommen, um … das Kriegsbeil zu begraben. Frieden mit dir und Cade zu schließen, aber jetzt sehe ich ein, dass das ein Fehler war.«

»Da hast du recht.« Zed deutete mit seinem Zeigefinger direkt auf ihre Brust, dann pfiff er nach dem Hund, der sich an seinen Beinen vorbei ins Haus drängte. »Du hast gefragt, was du getan hast, das mich so sauer macht. Nur damit das klar ist, Hattie: Es geht weniger um deine Taten als vielmehr um das, was du bist.«

Kapitel einundzwanzig

Pescoli hängte ihre Jacke an den Haken gleich neben ihrem Aktenschrank. Den ganzen Tag schon kämpfte sie mit Kopfschmerzen. Nach dem Mittagessen hatte der Druck in ihrem Schädel ein klein wenig nachgelassen, was ein gutes Zeichen war. Ein sehr gutes Zeichen sogar, denn sie hatte jetzt wirklich keine Zeit, sich mit einer Migräneattacke herumzuschlagen.

Sie zog ihren Schreibtischstuhl hervor und setzte sich, die Augen bereits auf den Computermonitor geheftet. Draußen auf dem Gang waren laute Stimmen zu vernehmen – einer der Deputys, Kayan Rule, brachte einen Verdächtigen in einen der Vernehmungsräume. Der kahlrasierte Kerl trug Hand- und Fußschellen und blickte mit seinen zornigen, tiefliegenden Augen und wutverzerrten Lippen zu ihr hinüber.

»Ich habe nichts getan!«, rief er aufgebracht. »Das könnt ihr nicht mit mir machen! Ich will einen Anwalt, kapiert? Ich kenne meine Rechte!«

Kayan sagte etwas, was Pescoli nicht hören konnte. Doch was immer er dem Kerl ins Ohr geknurrt hatte, es zeigte Wirkung. Der Glatzkopf verstummte schlagartig.

»Gut«, sagte sie laut und konzentrierte sich wieder auf ihren Bildschirm.

Es ärgerte sie, dass Alvarez mit ihren Fragen zu Pescolis Privatleben und ihren aus dem Hut gezauberten Lösungen ins Schwarze getroffen hatte, doch natürlich war sie nicht hundertprozentig ehrlich ihrer Partnerin gegenüber gewesen. So hatte sie ihr zum Beispiel die Tatsache verschwiegen, dass ihre Nächte voller finsterer Träume waren, die ihr den Schlaf raubten. Genau wie sie verschwiegen hatte, dass sie sich von verborgenen Augen beobachtet fühlte. Sie hatte nie zu Paranoia geneigt, war stets furchtlos gewesen, oft *zu* furchtlos, wie andere kritisierten. Doch in letzter Zeit konnte sie das Gefühl nicht abschütteln, dass jemand all ihre Schritte genau verfolgte.

Erst gestern Abend, als sie zu ihrem Jeep gegangen war und die Fahrertür aufgesperrt hatte, hier, vor dem Department, auf dem hell erleuchteten, geräumten Parkplatz, hatte sie dieses seltsame Kribbeln wieder auf der Haut verspürt. Außer ihr war niemand da gewesen, doch sie spürte genau, wie sie ins Visier genommen wurde. Adrenalin versetzte ihren Körper in Alarmbereitschaft, und sie blickte über die Schulter nach hinten, doch niemand war zu sehen, nur ein paar Fahrzeuge, die im Licht der Laternen bläulich schimmerten. Es war unheimlich still gewesen, in der Seitenstraße herrschte so gut wie kein Verkehr, niemand von ihren Kollegen hastete zu seinem Wagen oder blieb unter dem Vordach des Departments stehen, um sich eine Zigarette anzuzünden. Sie war ganz allein. Einen Augenblick lang musste sie an Claudia Dubois' Behauptung denken, jemand habe das Haus der Richterin vom Park aus beobachtet, ein Mann, gekleidet in winterliche Tarnfarben. Ihre Kehle wurde staubtrocken vor Nervosität, als sie die Tür ihres Jeeps öffnete und sich vergewisserte, dass niemand auf dem Rücksitz oder im Kofferraum lauerte. Die ganze Zeit über kam sie sich vor wie eine Vollidiotin – eine Vollidiotin, die sich vor Angst fast in die Hose machte.

»Reiß dich zusammen«, schimpfte sie leise vor sich hin und

stellte fest, dass ihre Hände leicht zitterten. Der Drang, sich jetzt eine Zigarette anzustecken, wurde nahezu übermächtig, doch sie würde ihm nicht nachgeben. Würde stark sein. Auch wenn es ihr schrecklich schwerfiel.

Der Job ging ihr an die Substanz. Genau wie der Stress über Weihnachten.

Nervös hatte sie nach ihrer Waffe gegriffen. Man konnte ja nie wissen ... nur für alle Fälle.

Hätte Alvarez von Pescolis nächtlichem Schrecken gewusst, hätte sie ihre Partnerin entweder selbst einer Psychoanalyse unterzogen oder sie direkt zu einem Psychiater geschickt.

Dafür bestand allerdings kein Grund, beschloss Pescoli und überprüfte ihre E-Mails in der Hoffnung auf irgendeinen Hinweis, der ihnen den Durchbruch bringen würde. Noch während sie ihren virtuellen Posteingang durchkämmte, kam ihr der Gedanke, dass Alvarez tatsächlich recht hatte mit dem, was sie sagte. Sie musste Jeremy loslassen, den Jungen seinen eigenen Weg gehen, seine eigenen Fehler machen lassen. Umgekehrt musste sie ein strengeres Auge auf ihre Tochter werfen und herausfinden, was wirklich in Bianca vorging, das ihre Selbstwahrnehmung derart durcheinanderbrachte. Unglücklicherweise schien ihr negatives Selbstwertgefühl direkt auf Michelles Kappe zu gehen, die sie immer wieder ermutigte, »fit« zu werden, ihre Figur zu »definieren«. Was hatte sie sich bloß dabei gedacht, Bianca einen Bikini zu schenken, der für eine Zwölfjährige gemacht war?

Leise fluchend beschloss sie, ein Gespräch mit ihrem Ex-Mann und seinem zierlichen Frauchen zu führen. Was sie allerdings wirklich wütend machte, war nicht etwa, dass Michelle ihr Blondchen-Image pflegte, sondern dass sie ganz und gar nicht so dumm war, wie sie tat. Pescolis Ansicht nach war die Frau ihres Ex-Mannes ein absolut ausgebufftes

Schlitzohr. Clever. Gerissen. Mit einer festen Vorstellung davon, wie eine Frau sein sollte. Das war schön und gut, solange diese Vorstellung nicht Biancas Selbstwertgefühl zerstörte.
Und dann war da auch noch Santana.
Sie liebte ihn.
Daran bestand kein Zweifel und auch nicht daran, dass sie liebend gern mit ihm zusammenleben wollte. Sorge bereitete ihr bloß, dass er sie heiraten wollte. Genau das war das Problem. Sie wollte ihn auch heiraten, aber gleichzeitig hatte sie schreckliche Angst davor. Im Grunde ging es nur darum, ihre Ängste beim Schopf zu packen und zu begraben.
Zum Teufel mit möglichen Konsequenzen.
Das Leben war nun mal ein Abenteuer.
Es gab keine Garantien.
Sie knirschte mit den Zähnen. Wenn sie zu Hause war, würde sie einige gewaltige Schritte unternehmen müssen. Doch im Augenblick musste sie einen Mörder finden, und leider war unter ihren E-Mails nichts, das ihr weiterhalf.

So viel zum Thema das Kriegsbeil begraben, dachte Hattie, als sie das Haupthaus verließ. Die Hände tief in den Taschen vergraben, die Handtasche über der Schulter, folgte sie großen Stiefelabdrücken, die zu den Außengebäuden führten. Zed hatte sehr deutlich gemacht, wie er zu ihr stand, und dem gab es nichts hinzuzufügen. Nun, die Abneigung beruhte definitiv auf Gegenseitigkeit. Sie hatte ihn immer für den Schwächsten des Klans gehalten, für einen egozentrischen, stillen Mann, der mehr als nur ein paar dunkle Geheimnisse hütete.
Aber das war ihr egal.
Sollte Zed denken, was er wollte.
Bei Cade war das etwas anderes.
Eine weitere Böe heulte um die Gebäude, dann wurde alles

wieder totenstill. Ein paar Schneeflocken fielen aus dem bleiernen Himmel, der sich über den umliegenden Gipfeln erstreckte. Sie hatte es hier draußen immer geliebt, hatte einst geglaubt, dies sei ihr Zuhause.

Offensichtlich war Zed da anderer Meinung.

Zweifelsohne wurmte es ihn, dass sie als Vormund der Mädchen ein Viertel der Ranch besaß. Nach Barts Tod hatten sie eine Vereinbarung getroffen. Am ersten Tag des Jahres wurde ein Teil der Nettoeinnahmen der Ranch auf ein Konto für Mallory und McKenzie eingezahlt. Hattie rührte das Geld nie an und dachte auch nur daran, wenn die Bank ihr alle Vierteljahre einen elektronischen Kontoauszug schickte.

Als sie zwischen dem Pumpenhaus und dem Getreidesilo entlangschritt, entdeckte sie, dass hinter den Fenstern des Maschinenschuppens Licht brannte. Ihr mulmiges Gefühl meldete sich zurück, und sie fragte sich, ob sie nicht lieber vorher angerufen hätte, Cade gewarnt hätte, dass sie reinen Tisch machen wollte. Aber dann hätte sie womöglich die Nerven verloren, dabei musste sie unbedingt mit ihm reden. Persönlich.

Als sie sich dem langgezogenen Gebäude näherte, vernahm sie von drinnen ein gleichmäßiges Hämmern. »Nur Mut, Hattie«, flüsterte sie, während sie sich unter den langen, wie riesige Reißzähne geformten Eiszapfen hindurchduckte, die von der Regenrinne hingen. Dann öffnete sie die quietschende Schiebetür.

Kaum war die Tür so weit offen, dass sie hindurchschlüpfen konnte, stand sie auch schon in dem gewaltigen Schuppen, in dem ein Traktor, ein Mähdrescher und eine Scheibenegge ihren Platz hatten, außerdem mehrere Anhänger, Viehwagen und Maschinen, deren Funktion sie nicht gleich erkannte. Als sie einen schmalen Gang hinter den Maschinen entlangging,

stiegen ihr der Geruch nach Staub, Öl und Diesel in die Nase.
»Hallo?«, rief sie und fröstelte, denn obgleich der Schuppen beheizt war, war es so kalt, dass ihr Atem zu sehen war. »Cade?«

»He!« Seine Stimme hallte durch den Schuppen. Sie folgte dem Geräusch und fand ihn auf einer Trittleiter, über die offene Motorhaube eines riesigen Traktors gebeugt. Er hatte die Ärmel aufgekrempelt, Schmierfett schwärzte seine Hände und Unterarme, seine Jeans war verschmiert und voller Farbe.

»Probleme?«, fragte sie, als er sich aufrichtete und sich die Haare aus den Augen wischte.

»Das Übliche.« Er zog einen Lappen aus der hinteren Tasche seiner Jeans, kletterte die Sprossen herunter und wischte sich die Finger ab. Sein Mund war zu dem typischen schiefen Grinsen verzogen, Bartstoppeln beschatteten sein Kinn.

»Bloß die alljährliche Wartung. Ach Unsinn, was rede ich da? Ich meine wohl eher die alltägliche Wartung.«

»Aha ...«

Leicht zögernd trat er auf sie zu. »Was gibt's?«

Womit wir beim Thema wären. »Ich wollte dich sprechen. Zed sagte, du bist hier. Er, na ja, er war nicht unbedingt erfreut, mich zu sehen, und hat mir gerade verraten, was er für mich empfindet.«

»Zed kann ziemlich unverblümt sein.«

»So kann man es auch ausdrücken«, sagte sie, dann winkte sie ab. Sie war nicht hier, um mit ihm über seinen ältesten Bruder zu reden. »Im Grunde interessiert mich nicht, was er über mich denkt. Ich bin hergekommen, um mit dir reinen Tisch zu machen, und ich hoffe, wir finden einen Weg, miteinander zurechtzukommen.«

»Tun wir das etwa nicht?«

»Ach, Cade, wir sind nie wirklich miteinander zurechtgekommen.«
»Und warum sollte sich das jetzt ändern, Hattie?«, fragte er skeptisch.
»Wir müssen reden«, fing sie an und fragte sich, wo ihre so perfekt einstudierten Sätze geblieben waren. »Es geht um die Mädchen. Als wir dir neulich durch Zufall auf dem Weg ins Wild Will begegnet sind, waren sie aufrichtig enttäuscht, dass du uns nicht zum Essen begleitet hast.« Er wollte zu einer Erklärung ansetzen, aber sie streckte die Hand aus, um ihn davon abzuhalten. »Und das ist längst nicht alles. Seit Bart tot ist, sind sie auf der Suche nach einer Vaterfigur, und Dan hat sein Bestes getan, um diese Rolle auszufüllen.«
»Und jetzt erwartest du, dass ich … was? Dort weitermache, wo Dan aufgehört hat?«
»Nein.« Sie schüttelte den Kopf und wand sich innerlich. »Es tut mir leid. Das Ganze kommt völlig falsch rüber. Ich sollte vermutlich noch warten, es dir zu sagen, aber ich habe schon so, so lange gewartet, und jetzt, da Zed mir vorgeworfen hat … Ach, Herrgott noch mal.«
Sie fing an zu zittern.
»Hattie?« Er fasste sie am Arm, als wolle er sie stützen, und sie schloss die Augen. Wie sehr sie doch alles vermasselt hatte, ihr Leben, das von Bart …
»Was ist?«, fragte Cade, und als sie die Augen öffnete, sah sie sein Gesicht dicht vor ihrem, spürte seinen warmen Atem auf ihrer Haut. Er sah sie besorgt an. »Was hat Zed dir vorgeworfen?«
Heilige Mutter Gottes, sie war ein solcher Feigling und gleichzeitig ein solcher Dummkopf. »Das ist kompliziert«, sagte sie und spürte seine Finger, die sich immer noch um ihren Oberarm spannten.

»Dann mach's unkompliziert.«

Die Welt erschien ihr für einen Augenblick wie aus den Angeln gehoben. Dutzende von Erinnerungen schossen ihr in den Kopf, Erinnerungen an heißen Sex, an warmen Wind, kühles Wasser auf ihrer Haut, als sie nackt im Weiher schwamm, zusammen mit Cade. Unter dem endlosen Himmel Montanas, wo es nach frischem Gras roch und …

»Hattie?«

Sie blinzelte. *Hör auf, ein solcher Feigling zu sein.* Trotz der Kälte rann ihr der Schweiß übers Rückgrat. »Okay«, sagte sie mit einer Stimme, die sie nicht als ihre eigene erkannte. »Es gibt keine Möglichkeit, es schonender auszudrücken oder sonst wie um den heißen Brei herumzureden.« Sie holte tief Luft, dann stieß sie hervor: »Die Wahrheit ist, dass Bart nicht der leibliche Vater der beiden Mädchen war, Cade.«

Seine dunklen Augen wurden noch dunkler, sein Kinn fiel herab, die Finger um ihren Arm lösten sich. Auf seinem Gesicht spiegelte sich eine Mischung widerstreitender Gefühle. Entsetzen. Ärger. Schuld. *Er weiß es! Verdammt, er hat es die ganze Zeit über gewusst. Zumindest aber hat er die Wahrheit vermutet.*

Die Sekunden dehnten sich. »Sag es, Hattie«, drängte er sie mit leiser, fast drohender Stimme. »Ich will es von dir hören.«

»Gib mir nicht die Schuld daran, Cade. Du steckst da genauso mit drin, denn ja, du bist der Vater der Zwillinge. Es ist passiert, als wir das letzte Mal zusammen waren.«

»Ich fasse es nicht.«

»Ach nein? Du hast es vermutlich längst geahnt, also jetzt fang nicht an, mit dem Finger auf mich zu zeigen. Wir waren beide erwachsen, wussten beide, was wir taten.«

»Du warst verlobt.«

»Richtig. Mit deinem Bruder.«

Er machte einen Schritt zurück. »Verdammt, Hattie, wie konntest du –«

»*Wir,* Cade. Du und ich. Wir haben diese Kinder gemacht. Wie konnten *wir?*«

»Aber du hast sie als Barts Kinder ausgegeben.« Plötzlich war er leichenblass.

»Bart wusste davon.«

»*Was? Er wusste davon?* Herr im Himmel, Hattie. Ihr beide wusstet es und habt ein Geheimnis daraus gemacht?«

»Nein, nein, nein!« Sie schüttelte vehement den Kopf, wütend auf sich selbst, weil sie nicht von Anfang an Klartext geredet hatte. »Er hat herausgefunden, was ich getan habe, aber lange nach der Geburt der Zwillinge. Am Anfang ahnte keiner von uns beiden, dass die Mädchen nicht von ihm waren, obwohl ich wusste, dass diese Möglichkeit durchaus bestand. Wir haben versucht, noch ein Baby zu bekommen, obwohl ich nicht unbedingt dafür war. Herrgott, wir hatten doch schon Zwillinge. Ich hatte alle Hände voll zu tun. Doch Bart bestand darauf. Er wünschte sich einen Sohn. Die Mädchen genügten ihm nicht, daher haben wir es versucht, noch bevor Mallory und McKenzie ein Jahr alt waren. Ein Monat verstrich, dann zwei, schließlich sechs oder sieben, und das erschien ihm merkwürdig, zumal es mit den Zwillingen so schnell geklappt hatte.«

Cade hörte schweigend zu, sah sie einfach nur an. Das einzige Geräusch war der Wind, der um die Ecken des Maschinenschuppens pfiff.

»Aus dem Grund«, fuhr sie mit kaum hörbarer Stimme fort, »haben wir uns kurz vor dem zweiten Geburtstag der Zwillinge einer Reihe von Fruchtbarkeitstests unterzogen, bei denen herauskam, dass Bart … nun, dass Bart keine Kinder zeugen konnte.«

»Er war *unfruchtbar?*«, fragte Cade. »Ist es das, was du mir weismachen willst?«

»Ja.«

»Vielleicht denkst du dir das nur aus.«

»Warum sollte ich?«

»Keine Ahnung. Vielleicht weil es dir ganz gut in den Kram passt. Weil jetzt ich es bin, den du dir an Land ziehen willst.«

»Glaub mir, es gibt andere Möglichkeiten, dich ›an Land zu ziehen‹.«

»Du kommst hier angestürmt, um mir zu verkünden, dass ich Vater bin, und dann erwartest du, dass ich das so mir nichts, dir nichts akzeptiere?«, fragte er ungläubig. Langsam kehrte die Farbe in sein Gesicht zurück. »Das glaubst du doch nicht im Ernst!«

»Dann streitest du also ab, der Vater der Mädchen sein zu können?«

»Ja. Nein. Verdammt noch mal, Hattie, das ist ein ganz schöner Schock für mich.«

»Ha, ha. Du hast es schon die ganze Zeit über geahnt, aber ich wusste, dass du dich dagegen sträuben würdest. Obwohl es offensichtlich ist, dass die Mädchen Graysons sind. Vorsichtshalber habe ich dir allerdings noch ein paar der damaligen Arztberichte mitgebracht.«

»Du bist einfach unglaublich.«

»Das weiß ich.« Sie griff in ihre Handtasche, zog einen Umschlag hervor und legte ihn auf das Schutzblech eines Flachbettaufliegers.

»Was ist das?«, fragte er, ohne den dicken weißen Umschlag an sich zu nehmen. »Was willst du von mir?«

»Nichts«, erwiderte sie kurz und knapp, bemüht, ihren Ärger zu bezähmen. *Denk dran, Hattie, du hast damit angefangen! Du wusstest, dass es nicht leicht werden würde.* »Ich war lediglich der Ansicht, es sei an der Zeit, dass du die Wahrheit erfährst. Wir alle haben diese Woche einen Schock erlitten, wurden daran erinnert, wie begrenzt dieses Leben ist. Ich dachte, du hättest gern Gewissheit.«

»Kommt das nicht neun Jahre zu spät?«, knurrte er. »Verflucht noch mal, Hattie, wenn das wahr ist –«

»Es ist wahr. Glaubst du im Ernst, ich würde meine Kinder bei Zena lassen und mich über die glatten Straßen hierherquälen, um dir einen Bären aufzubinden?« Sie seufzte und riss den Blick von der dunklen Haarsträhne los, die ihm ins Gesicht fiel. »Ich dachte wirklich, du würdest mich besser kennen.«

»Scheint so, als würde ich dich überhaupt nicht kennen.« Er sah sie mit gerunzelter Stirn an. »Dann hast du also nach neun Jahren in einem plötzlichen Anflug von Selbstlosigkeit beschlossen, dass es wichtig für mich ist, zu erfahren, dass ich der Vater der achtjährigen Zwillinge bin, die ich für die Kinder meines Bruders gehalten hatte.«

»So ist es.«

Missmutig warf er die Hände in die Höhe und fragte: »Und jetzt, da ich deine Version der Wahrheit kenne, glaubst du also … ach, ich weiß auch nicht … glaubst du also, dass du und ich und die Mädchen einen auf glückliche Familie machen können? Dass Mallory und McKenzie anfangen, mich Daddy zu nennen?«

»Natürlich nicht.« Sie errötete. »Ich habe den Mädchen nichts gesagt, und ich habe auch nicht die Absicht, es zu tun, zumindest nicht im Moment, es sei denn, du möchtest es.«

Er kniff argwöhnisch die Augen zusammen.

»Keine Sorge, Cade, wie ich schon sagte: Ich will nichts von dir.«

»Ich glaube dir nicht.«

Ihr Herz zog sich zusammen, denn im Grunde hatte er recht: Sie wollte etwas, wenn auch nicht für sich, sondern für die Mädchen. Sie wollte, dass sie ihren Vater kannten, einen Mann, der sie in seine starken Arme zog, wenn sie sich weh getan hatten, der ihnen die Sicherheit und väterliche Liebe gab, die sie so sehr vermissten. Auch sie als Mutter wünschte sich die Unterstützung des Mannes, der ihre Kinder gezeugt hatte, aber darauf konnte sie nicht hoffen.

»Ich habe einen Fehler gemacht«, gab sie zu. »Einen großen Fehler. Ich habe Bart erst von uns erzählt, als wir Probleme hatten, weitere Kinder zu bekommen, und da war er mehr als wütend. Er war völlig außer sich. Und er hatte recht. Ich war *seine* Verlobte, als es passiert ist. Dennoch war er den Mädchen ein guter Vater, war *immer* für die beiden da. Bart liebte die Zwillinge, als wären sie seine leiblichen Kinder. Seine Gefühle für die beiden änderten sich nicht im mindesten.«

»Was war mit seinen Gefühlen für dich?«, fragte Cade, dessen Zorn nahezu greifbar war.

»Er gab mir deutlich zu verstehen, wie er über mich dachte, über das, was ich getan hatte. Warf mir vor, ihn betrogen zu haben, weshalb er mir nicht mehr vertrauen könne. Ich hätte ihn nie geliebt und so weiter und so fort. Ich hatte es verdient, schätze ich, und es gab nicht viel, was ich zu meiner Verteidigung hervorbringen konnte. Es stimmt nicht, dass ich ihn nie geliebt habe, aber das konnte ich noch so oft beteuern – es half nichts. Er hielt sich für meine dritte Wahl – weil ich dich und Dan nicht haben konnte –, und dann beschuldigte er mich, auch mit Zed ins Bett gehen zu wollen.« Sie schauderte bei der Erinnerung an den zornigen Gesichtsausdruck ihres Mannes, den unverhohlenen Abscheu. Sie hatte gedacht, er würde sie schlagen oder anspucken, aber er hatte sich nur umgedreht und die geballte Faust gegen ihre Schlafzimmerwand gedroschen, wo sie ein Loch in der Rigipsplatte hinterließ und ein gerahmtes Familienporträt zu Boden beförderte.

»Er ist aus unserem gemeinsamen Schlafzimmer ausgezogen, und wir haben nie mehr miteinander geschlafen.«

»Wow.« Cade schüttelte den Kopf.

»Tja.« Sie dachte an jene Monate zurück, an die Anspannung im Haus, die zornigen Blicke, Barts üble Laune, seine einsilbigen Antworten auf ihre Fragen. Bart war eiskalt zu ihr gewesen und ließ sie ihren Betrug nicht eine Sekunde vergessen. Sie hatte die Bitte geäußert, eine Eheberatung aufzusuchen, und als er sich weigerte, hatte sie vorgeschlagen, dass sie sich eine vorübergehende Auszeit nahmen, hatte alles getan, um die Kluft zwischen ihnen zu überbrücken. Bart, der immer mutloser wurde, hatte sich geweigert, stattdessen hatte der Zorn über diese Demütigung immer stärker zu brodeln begonnen. Das Zusammensein mit ihm war Tag für Tag unerträglicher geworden, bis Hattie es irgendwann nicht mehr ertragen konnte, sich mit ihm im selben Zimmer aufzuhalten. Während er voll und ganz in seiner neu gefundenen Rolle als Opfer und Märtyrer aufging und anfing, seine Depressionen zu entwickeln, war sie nicht länger bereit gewesen, sich in die Rolle einer modernen Isebel drängen zu lassen.

»Und nachdem du ihm dein Herz ausgeschüttet hattest, weil kein Weg daran vorbeiführte, und er dir die kalte Schulter zeigte, hast du ihn ein paar Monate später verlassen«, schlussfolgerte Cade, ohne den Umschlag zu beachten.

»Im Grunde genommen ja«, gab sie zu, unfähig zu erklären, wie schwierig ihre Ehe geworden war. »Zwischen Bart und mir lief es nie perfekt, doch dass er nicht der leibliche Vater der Mädchen war, machte es noch komplizierter. Ich wollte, dass wir uns zusammenraufen, die Dinge klären, aber dazu sollte es leider nicht kommen.«

»*Du* wolltest, dass ihr euch wieder zusammenrauft?«
»Ja. Aber es war zu spät. Die Wand zwischen uns war unüberwindbar. Er weigerte sich, eine Eheberatung oder einen Psychologen aufzusuchen, obwohl er ganz offensichtlich an einer Depression litt und unsere Ehe in Scherben lag.«
»Also hast du ihn verlassen.«
»Du kannst das drehen und wenden, wie du willst, aber Bart war nicht bereit, an der Ehe zu arbeiten. Obwohl sie noch so klein waren, spürten die Mädchen, dass etwas nicht stimmte, und ich konnte sie nicht länger belügen oder ihnen vormachen, alles sei in Ordnung, deshalb habe ich ihm ein Ultimatum gestellt: Nimm Hilfe in Anspruch, oder wir trennen uns.«
Cade presste die Lippen zusammen, und Hattie dachte schon, er würde sie gleich wieder herunterputzen. Na schön. Auch gut. Sie hatte gesagt, was sie zu sagen hatte, und konnte reinen Gewissens davonfahren. Sie wandte sich schon der großen Schiebetür zu, als er sie aufhielt.
»Ich mache dir keine Vorwürfe«, sagte Cade fast unhörbar.
»Willst du mich auf den Arm nehmen?«
»Nein.« Stirnrunzelnd schaute er zum Schuppendach empor, dann schüttelte er den Kopf, als hätte er in den alten Balken vergeblich nach einer Antwort gesucht. »Ich würde dir liebend gern die Schuld geben, aber das kann ich nicht. Du hast recht«, sagte er gedehnt. An seiner Schläfe zuckte ein Muskel, ganz in der Nähe der dünnen Narbe auf seiner Wange. »Du warst es nicht allein. Ich war auch daran beteiligt. Ich hätte aufhören sollen, als es noch früh genug war, aber ich …« Er stieß die Luft aus, angewidert von sich selbst. »Ich wollte dich einfach so sehr, dass mir Bart egal war. Das ist eine Tatsache. Es war mir egal, dass du mit ihm verlobt warst, dass wir uns aufgeführt haben wie Schauspieler in einem schlech-

ten Film.« Seine Mundwinkel sackten voller Bedauern herab, Reue stand in seinen dunklen Augen. »Du hättest es mir eher sagen können.«
»Und was hätte das geändert?«, fragte sie.
Er musterte sie nachdenklich. »Vielleicht«, sagte er schließlich, »wäre Bart dann noch am Leben.«

Kapitel zweiundzwanzig

Pescoli blickte auf die kleine Uhr, die auf ihrem völlig überfüllten Schreibtisch stand, und redete sich ein, sie könne durchaus fünf Minuten für einen Anruf bei Santana erübrigen. Seit er ihr seinen Antrag gemacht hatte, hatten sie nicht mehr richtig miteinander geredet, hatten sich lediglich eine kurze SMS oder E-Mail geschickt. Auch er war beunruhigt wegen dem, was passiert war, und ihr einziges Thema war Grayson gewesen. Seinen Antrag und das Ultimatum hatte er nicht wieder erwähnt, doch die Zeit verstrich, und früher oder später würde sie ihm eine Antwort geben müssen.

Sie nahm ihr Handy, wählte seine Nummer und wartete, doch er ging nicht dran, so dass sie gezwungen war, eine Nachricht zu hinterlassen. »He, ich bin's. Dachte, wir sollten uns mal wieder treffen. Es ist ja schon, na ja, eine ganze Weile her.« Was nicht ganz stimmte. Er hatte ihr den Ring an Heiligabend geschenkt, und sie hatte ihn kurz im Krankenhaus gesehen, doch es kam ihr vor wie eine Ewigkeit, seit sie das letzte Mal zusammen gewesen waren. »Ruf mich an.« Sie legte auf und starrte auf ihr Handy hinab, fragte sich, warum ihr das Ganze so schwerfiel. Warum hatte sie eine solche Beziehungsphobie entwickelt? Zwei turbulente Ehen hießen doch noch lange nicht, dass eine dritte genauso verlaufen musste. Oder doch?

Trotzdem hatte sie keine Zeit, sich jetzt darüber den Kopf zu zerbrechen. Sie hatte anderes zu erledigen. Sie beschloss, sich ein bisschen die Beine zu vertreten, stand auf und ging zu Alvarez' Arbeitsplatz hinüber.

»Immer noch nichts von Verdago?«, fragte sie, als sie an den blitzblanken Schreibtisch ihrer Partnerin trat. Wie jemand so arbeiten konnte, alles gleich sauber stapelte, abheftete und mit verschiedenfarbigen Aktenreitern versah, war ihr schleierhaft. Auf Alvarez' Schreibtisch lag nur eine einzige aufgeschlagene Akte, neben einem Köcher mit verschiedenen Kugelschreibern und Bleistiften stand eine Flasche Wasser, der Deckel fest verschlossen.

»Nichts.«

Es war fast vier Uhr nachmittags, und draußen wurde es langsam dunkel. Pescoli hatte die letzten Stunden am Telefon verbracht, hatte Hinweise entgegengenommen und Berichte vom Labor angefordert, darunter auch den Bericht über die zusammengetragenen und bereits ausgewerteten Spuren. Fingerabdrücke, Fuß- und Reifenspuren waren analysiert und abgeglichen worden, der vorläufige Obduktionsbefund, die Richterin betreffend, sowie die ballistischen Ergebnisse waren ebenfalls da. Von Telefonlisten bis hin zu Kontoauszügen war alles ausgewertet – trotzdem hatten sie nichts in der Hand, was ihnen einen Hinweis auf den Täter geben konnte.

Genauso erging es ihnen bei Grayson – jede Facette seines Lebens, beruflich und privat, hatten sie unter die Lupe genommen, nur um am Ende mit leeren Händen dazustehen.

Die Verbindung zwischen den beiden Opfern war offensichtlich, trotzdem passte nichts wirklich zusammen. In welchen Fällen hatten Dan Grayson und Kathryn Samuels-Piquard zusammengearbeitet, wer konnte es auf sie abgesehen haben?

Auf gesellschaftlicher Ebene waren sich die beiden gelegentlich bei Wohltätigkeitsveranstaltungen begegnet, aber sie verkehrten nicht wirklich in denselben Kreisen, vor allem, weil Grayson so gut wie kein soziales Leben zu führen schien.
Die beiden hatten gelegentlich miteinander telefoniert, allerdings für gewöhnlich während der Arbeitszeiten, und die sechs Male, bei denen Grayson die Richterin in den letzten zwei Jahren spätabends angerufen hatte, hatte er ihre Unterschrift für einen Durchsuchungsbefehl gebraucht. Bislang hatten sie keinen Hinweis darauf gefunden, dass die Richterin umgekehrt Grayson außerhalb der Bürostunden kontaktiert hatte.
Im Moment war Pescoli noch immer damit beschäftigt, die Familienangehörigen der beiden zu überprüfen, aber Graysons Ex-Frauen und Samuels-Piquards Familie schienen sauber zu sein. Aber da war ja noch Vincent Samuels, der Taugenichts und in letzter Zeit von der Bildfläche verschwundene Bruder der Richterin. Die Adresse oben am Spruce Creek, die Winston ihr genannt hatte, war ebenso wenig aktuell wie die Handynummer. Die ältere Frau am anderen Ende der Leitung hatte ihr mitgeteilt, dass sie die Nummer vor sechs Monaten bekommen hatte.
Demnach war Vincent vom Radar verschwunden.
Trotz des Tods seiner Schwester, über den in sämtlichen Nachrichten berichtet wurde.
Seltsam.
Sehr seltsam.
Selbst wenn sich die Geschwister voneinander entfremdet hatten, hätte Vincent in Erscheinung treten, Kontakt mit seinem Neffen oder einem Anwalt bezüglich des Erbes aufnehmen müssen. Der Tod eines Verwandten lockte für gewöhn-

lich die gesamte Familie aus der Reserve, die Guten genau wie die schwarzen Schafe.

Und dann war da noch der verschwundene Maurice Verdago. Je mehr Zeit verstrich, desto überzeugter war Pescoli, dass er der Täter sein könnte. Sein Hang zu Gewalttätigkeiten hatte ihm ein langes Strafregister eingebracht, und obwohl er nie eines Mordes überführt werden konnte, gab es da den ungeklärten Fall Joey Lundeen. Lundeen war vor fast fünfzehn Jahren verschwunden. Er kannte Verdago, der damals der Hauptverdächtige gewesen war. Pescoli hatte bereits die Akten angefordert.

Als hätte sie ihre Gedanken gelesen, rollte Alvarez mit ihrem Schreibtischstuhl zurück und sagte: »Verdago wird nach wie vor vermisst, niemand von seiner Familie oder näheren Freunden scheint zu wissen, wo er steckt. Ich habe das überprüft.«

»Was ist mit seiner Frau?«

»Die ist nicht gut auf ihn zu sprechen. Scheint so, als hätte sie nichts von seiner Freundin gewusst. Carnie Tibalt. Ihr richtiger Name ist Carnival, und Wanda, die erst jetzt, im Zuge unserer Ermittlungen, von Carnies Existenz erfahren hat, ist hochgegangen wie eine Rakete.«

»Ups«, sagte Pescoli. »Hast du schon mit der Freundin gesprochen?«

»Nur mit Wanda. Ich war die Glückliche, die sie nach Carnie gefragt hat, nachdem sie mir mitteilte, sie habe keine Ahnung, wo sich ihr Mann aufhalte. Aber sie muss ihn bereits in Verdacht gehabt haben, denn sie hat lediglich ›Verfluchtes Miststück!‹ gebrüllt und den Hörer aufgeknallt. Seitdem ist sie nicht mehr ans Telefon gegangen.«

Pescoli musste grinsen. »Carnival …«, sinnierte sie. »Wer tut einem Kind so etwas an?«

»Ich kenne schlimmere Namen.«
»Okay, ich auch«, gab Pescoli zu. »Also, was hat Carnie – Carnival – zu sagen?«
»Nicht viel. Sie geht nämlich auch nicht ans Telefon und ist unter der gemeldeten Adresse nicht anzutreffen.«
»Und bei der Arbeit?«
»Sie ist verschwunden, genau wie Verdago. Hat als Barfrau drüben im Long Branch gejobbt. Hat ihren letzten Gehaltsscheck abgeholt und ist untergetaucht.«
»Wie sieht's mit Fahrzeugen aus? Irgendwomit müssen sie doch unterwegs sein.«
»Vermutlich mit ihrem Wagen. Die Ehefrau hat Verdagos alten Chevy Blazer, der scheidet also aus. Carnie besitzt kein auf sie zugelassenes Fahrzeug, aber laut ihren Kollegen in der Bar fährt sie einen alten Dodge Van. Niemand erinnert sich genau daran, doch die Nummernschilder sind wohl aus Montana. Der Dodge ist weiß, hellgrau oder silber, kommt drauf an, wen man fragt, und hat eine Delle in der Fahrertür. Ist ungefähr zwanzig Jahre alt.«
»Der Wagen ist groß genug, um darin zu übernachten.«
»Dazu muss man ihn allerdings irgendwo abstellen.«
»Richtig, aber Montana ist groß und bietet jede Menge Möglichkeiten, sich zu verstecken. Verdago könnte sich in einer alten Scheune versteckt halten oder den Dodge ganz einfach an einer alten Minenstraße geparkt haben, die im Winter geschlossen ist. Vielleicht kampieren sie dort.«
»Dann brauchen sie immer noch Lebensmittel.«
»So viel Nachschub ist nach so kurzer Zeit nun auch wieder nicht erforderlich«, entgegnete Pescoli, womit sie durchaus recht hatte. Obwohl sie das Gefühl hatte, seit den Schüssen auf Grayson sei eine Ewigkeit vergangen, waren lediglich drei Tage verstrichen. Noch nicht mal eine Woche. Das wusste sie

nur allzu gut, schließlich lief der Countdown für das Ultimatum, das Santana ihr gestellt hatte. Silvester kam immer näher.
»Haben wir eine Fahndungsmeldung nach dem Wagen herausgegeben?«
»Jawohl, Madam, sämtliche Verkehrsüberwachungskameras werden überprüft. Bislang keine Treffer. Wir sind noch dabei, die hier in der Gegend als gestohlen gemeldeten Fahrzeuge zu checken.«
»Hm. All das lässt doch darauf schließen, dass Carnie tatsächlich bei Verdago ist«, schlussfolgerte Pescoli seufzend.
»Zumindest ist sie etwa um dieselbe Zeit verschwunden wie er. Die Möglichkeit besteht also durchaus, würde ich sagen.« Alvarez öffnete ihre Wasserflasche und nahm einen Schluck, dann schraubte sie den Deckel wieder zu und stellte die Flasche zurück auf den Untersetzer.
Von den fünf in letzter Zeit entlassenen Häftlingen, die es auf Grayson abgesehen haben konnten, waren vier von Richterin Samuels-Piquard verurteilt worden. Maurice Verdago hatte versucht, seinen profitgierigen Schwager umzubringen, Floyd Cranston war ein Möchtegern-Axtmörder, und Gerald Resler wollte seine Freundin mit einem Dosenöffner umbringen, doch er war damals von Pescoli festgenommen worden. Edie Gardener mochte vielleicht die Jury auf ihre Seite gezogen haben, die sie eines weitaus geringeren Verbrechens als Mord schuldig gesprochen hatte, nicht aber Richterin Samuels-Piquard. Diese hatte die höchstmögliche Strafe verhängt.
»Was ist mit dem anderen?«, fragte Pescoli.
»Mendoza hat der Richterin nie persönlich gegenübergestanden. Er sitzt in einem mexikanischen Gefängnis, in Juarez, und kämpft gegen seine Auslieferung an. Zur Zeit des Angriffs auf Grayson war er definitiv außer Landes, daher streiche ich ihn zunächst einmal von der Liste. Und was deinen

guten Kumpel Gerald Resler anbetrifft: Er war in der Kirche, um seine Hochzeit vorzubereiten.«

Pescoli hatte Schwierigkeiten zu glauben, dass sich der aknegesichtige Bursche mit dem aufbrausenden Temperament und einem ausgeprägten Hang zu Gewalttätigkeiten tatsächlich verändert hatte. »Der Dosenöffner-König hat zu Gott gefunden?« Sie schnaubte.

»Was ein Aufenthalt im Gefängnis so alles bewirken kann …«

»Das – oder aber ein Kind. Mehrere Leute aus der Gebetsgruppe haben für ihn gebürgt, und solange sich nicht herausstellt, dass er sich einer Sekte von methodistischen Lügnern angeschlossen oder jemanden für die Drecksarbeit angeheuert hat, können wir davon ausgehen, dass er sauber ist.«

»Damit fällt er raus, nehme ich an«, sagte Pescoli über das leise Summen der Gespräche an den anderen Arbeitsplätzen hinweg. In der Nähe piepste ein Handy. Ohne Dan Grayson am Ruder schien sich das Department immer noch in Schieflage zu befinden. Überall herrschte der übliche Betrieb, trotzdem fehlte etwas. Pescoli sah den Gang entlang, an dessen Ende sein jetzt dunkles Büro lag, in dem sonst Sturgis faul auf seinem Hundebett schlief oder Graysons Stetson auf dem Schreibtisch lag, wo er ihn so oft vergaß.

Sie vermisste ihn, angefangen bei seinem buschigen, grau werdenden Schnurrbart bis hin zu dem humorvollen Glitzern in seinen klugen Augen. Ohne Grayson wirkte das Department irgendwie unvollständig, aus dem Konzept gebracht.

Wer weiß, vielleicht würde in diesem Büro schon bald ein anderer sitzen. Der Gedanke verursachte ihr Sodbrennen.

Es schienen Lichtjahre vergangen zu sein, seit sie zu seinem Haus gefahren war in der Absicht, zu kündigen, ein ganzes Leben, seit sie vorgehabt hatte, ihm mitzuteilen, dass sich ihre Lebensumstände bald ändern würden, dass sie sich auf ein gemeinsames Leben mit Santana freute, und Äonen, seit sie mit angesehen hatte, wie sein Körper wie in Zeitlupe zu Boden stürzte und das Feuerholz aus seinen Armen in alle Richtungen flog.

Kein Wunder, dass sie müde und abgespannt war, wenn die Welt derart aus den Fugen geriet.

»Was ist mit Edie Gardener?«, fragte sie jetzt. »Ich nehme nicht an, dass sie aufgetaucht ist.«

»Das Gegenteil ist der Fall: Sie ist definitiv untergetaucht. Wir haben sie noch nicht aufspüren können, aber laut ihrer Schwägerin hält sie sich im Haus ihres neuen Ehemanns versteckt.«

»Wissen wir, wo das ist?«

»Zwanzig Meilen vor der Grenze nach Idaho«, sagte Alvarez. »Die Schwägerin hat mir die Adresse gegeben. Sie war sehr zurückhaltend, vermutlich fürchtet sie, dass ihre Familie sie für eine Verräterin hält, aber sie hatte anscheinend keine Lust auf dieses Versteckspiel. Und was noch interessanter ist: Edies neue Liebe ist ein Ex-Sträfling – noch dazu ein Jäger. Er hat damit geprahlt, einen Elchbullen mit einem einzigen sauberen Schuss zwischen die Augen aus einer Viertelmeile Entfernung erlegt zu haben.«

»Vielleicht steckt gar nichts dahinter.«

»Gut möglich. Trotzdem sollten wir dem nachgehen.« Sie griff bereits nach ihrer Jacke und der Waffe. »Lass uns mal sehen, was Edie und ihr neuer Göttergatte dazu zu sagen haben.«

»Wir treffen uns an meinem Jeep«, sagte Pescoli, griff in ihre Tasche und zog die Schlüssel heraus. »Ich muss nur vorher noch einen kurzen Zwischenstopp einlegen.« Sie warf Alvarez die Schlüssel zu und machte einen Abstecher zu den Waschräumen, wo sie zwei Ibuprofen gegen ihre Kopfschmerzen schluckte und die Toilette aufsuchte.

Seit dem Mittagessen verspürte sie eine leichte Übelkeit, und zunächst hatte sie ihren gereizten Magen dafür verantwortlich gemacht – Corned Beef und Sauerkraut waren nicht gerade leichte Kost –, doch jetzt fragte sie sich, ob sie etwas ausbrütete. Vielleicht hatte sie sich den grippalen Infekt eingefangen, mit dem Bianca die letzte Woche gekämpft hatte.

»Na großartig«, flüsterte sie, wusch sich die Hände und verließ die Waschräume. Jetzt krank zu werden, hatte ihr gerade noch gefehlt.

Auf dem Weg nach draußen wäre sie beinahe mit ihrem Sohn zusammengestoßen. Er trug einen Stapel Kartons, die ihm die Sicht versperrten, weshalb er eine schnelle Entschuldigung murmelte, bevor er seine Mutter erkannte. »Ach, Mom, du bist's.«

»Hast du 'ne Sekunde Zeit für mich?«

»Ich muss erst diese Kartons zu –«

»Es dauert nur eine Sekunde«, beharrte sie, »Alvarez wartet auf mich. Ich wollte bloß sagen … ich habe einen Fehler gemacht.« Die Worte blieben ihr fast in der Kehle stecken, doch als sie ihren Sohn anblickte, frisch rasiert, die Haare gekämmt, in einem gebügelten weißen Hemd mit dem aufgestickten Logo des Departments darauf, spürte sie, wie ihr vor Stolz die Brust schwoll.

»Was meinst du?«

»Ich habe mich in dir getäuscht, mein Junge. Wenn es das ist, was du tun möchtest – meinen Segen hast du.«

»Nenn mich nicht ›mein Junge‹«, flüsterte er.

»He, ich habe mich entschuldigt. Ja, ich habe mich geirrt, und es tut mir leid, aber ich nenne dich so, wie es mir gerade in den Sinn kommt. ›Mein Junge‹ sollte dein geringstes Problem sein, Bärchen.«

Er zuckte zusammen, als er seinen alten Kosenamen hörte.

Schon in der Grundschule hatte er sie angefleht, ihn nicht mehr so zu nennen. »Hör auf damit, Mom. Wag es ja nicht ...«
»Okay, Kürbis.«
»Das wird ja immer schlimmer!« Er blickte sich vorsichtig nach allen Seiten um, ob jemand ihr Gespräch mit angehört hatte.
Sie lachte, zwinkerte ihm zu, dann schoss sie den Gang hinunter und zur Hintertür hinaus.

»Haben Sie nicht das Schild gesehen?«, fragte Edie Gardener, als sie die Tür öffnete und Alvarez und Pescoli auf der durchhängenden Veranda vorfand. Sie trug eine Pyjamahose und ein verwaschenes Sweatshirt, in ihrem Mundwinkel hing eine Zigarette. Die beiden Detectives stellten sich vor und zeigten ihre Marken, was ihr Gegenüber allerdings nur wenig beeindruckte. Edie, eine dünne Frau, die vermutlich keine fünfzig Kilo wog, wirkte trotz ihrer zarten Statur knallhart. Sie hatte ihr braunes Haar auf dem Hinterkopf zu einem Knoten frisiert, der fast so groß war wie ihr Schädel, und noch während sie die beiden Detectives von Kopf bis Fuß musterte, deutete sie auf ein riesiges VORSICHT-BISSIGER-HUND-Schild, das an einem schäbigen Zaun zwischen Carport und Trailer hing. Ein alter Buick stand auf Blöcken unter dem Carport, dessen Dach unter der Schneelast durchhing. Und es schneite immer weiter.
»Sie haben Glück, dass Buster eingesperrt ist.«
Aus dem Inneren des Trailers ertönte ein tiefes, aufgebrachtes Knurren, als hätte Buster seinen Namen gehört und sei nun bereit, sich mit gebleckten Zähnen und triefenden Lefzen aus der Tür zu stürzen, um sie in einzelne Stücke zu zerreißen.
»Sehen Sie?« Sie lächelte, doch ihr Lächeln verschwand genauso schnell, wie es gekommen war.

»Wir würden Ihnen gern ein paar Fragen stellen«, sagte Alvarez.

Edie sah die Detectives an, als seien sie Abschaum. »Ich bin doch nicht verrückt. Ich weiß genau, warum Sie hier sind, und ich sage Ihnen gleich, dass ich nichts damit zu tun habe – weder den Sheriff betreffend noch die Richterin. Ihre dämlichen Fragen können Sie sich damit schenken. Deshalb sind Sie doch hier, oder? Weil ich stinksauer war, dass Grayson mich verknackt hat. Tja, und jetzt noch was ganz Neues: Ich habe damals auch Johnny nicht umgebracht.« Sie drehte den Kopf zur Seite und rief über die Schulter: »He, Art, kannst du den Cops sagen, dass ich bei dir war, als man auf diesen Arsch von Sheriff geschossen hat?«

»Augenblick!«, rief eine dunkle Stimme zurück.

»Jetzt komm schon, Art! Die Damen verlangen nach Antworten.« Fröstelnd schlang Edie einen Arm um ihren Oberkörper, zog aber trotz der Kälte feixend an ihrer Zigarette. Schwere Schritte ertönten, das Knurren und Bellen wurde noch lauter.

»Aus, Buster!«, befahl die Männerstimme, und der Hund verstummte augenblicklich. Art, der über zwei Meter groß sein musste, erschien hinter Edie, die er um gut fünfzig Zentimeter überragte.

»Sie hat recht«, sagte er mit vom Schlaf geschwollenen Augenlidern. Er trug ein offenes Flanellhemd über einem ehedem weißen T-Shirt. »Ich habe gelesen, dass auf den Sheriff geschossen wurde. Am Morgen des ersten Weihnachtstages, hab ich recht? Da waren wir zusammen. Haben Santa Claus gespielt.« Er grinste, erfreut darüber, ein so wunderbares Alibi präsentieren zu können, und entblößte seine schiefen Zähne.

»Kann das sonst noch jemand bestätigen?«, fragte Alvarez.

»Ja. Wir waren im Pfannkuchen-Haus – wie heißt es noch gleich?«
Edie sah zu ihm auf. »Hot Stacks.«
»Ja, das ist es«, pflichtete er ihr nickend bei. »Das Hot Stacks. In Missoula. Vierundzwanzig Stunden am Tag geöffnet.«
»Die Kellnerin, die uns bedient hat, hieß Rose«, fügte Edie ebenfalls grinsend hinzu. »Eine große Blonde mit einem Tattoo auf dem Arm.« Sie deutete auf die Innenseite ihres linken Arms, die Zigarette in der Hand. »Eine Rose. Passend, nicht wahr?«
»Sie haben ein erstaunlich gutes Gedächtnis.« Pescoli war sich nicht sicher, ob sie Edie und ihrem Mann die Geschichte abkaufen sollte. Sie kam ihr einfach zu glatt vor. »Um welche Uhrzeit waren Sie denn dort?«
»Gegen neun«, erklärte Art und sah Edie an, als wollte er sich vergewissern. »Vielleicht war's auch schon zehn.«
»Die Schüsse auf den Sheriff fielen früher«, sagte Alvarez.
»Wir waren zusammen. Hier. Wir haben eine ganze Weile für den Weg gebraucht, aber Sie können sich gern bei Rose oder den anderen Gästen, die dort ihr Weihnachtsfrühstück eingenommen haben, vergewissern«, beharrte Edie. »Denn der liebe Art hat mir endlich einen Ehering geschenkt. Wurde auch langsam Zeit.« Sie streckte ihre linke Hand aus, an der ein mit Diamantsplittern besetzter Ring funkelte. »Ich habe so laut gejubelt, dass es vermutlich noch Petrus im Himmel gehört hat. Da können Sie Rose fragen!«
»Und alle anderen, die im Hot Stacks waren.« Art grinste von einem Ohr zum anderen, so stolz war er auf sich selbst. Das also hatte er gemeint, als er sagte, sie hätten »Santa Claus gespielt«.
»Ich habe gehört, Sie könnten ziemlich gut schießen«, mischte Pescoli sich ein.

»Nicht ›ziemlich gut‹, verdammt gut. Da können Sie jeden fragen.«

»Das mache ich«, versicherte ihm Pescoli.

»Aha, daher weht der Wind«, sagte Edie. »Sie glauben, er hat für mich auf den Sheriff geschossen? Na, das wär doch mal was.« Sie kicherte. »Wie süß. Als würde ich jemanden brauchen, der für mich die Drecksarbeit erledigt. Der war wirklich gut. Aber nun hören Sie mir mal zu: Wenn Art Grayson eine Kugel in den Schädel hätte jagen wollen, dann würde der Sheriff die Radieschen jetzt von unten betrachten, anstatt im Krankenhaus um sein Leben zu kämpfen. Sie sind auf dem Holzweg, Detectives. Egal, wie sehr ich Grayson hasse, und das tue ich, ich würde nichts, aber auch gar nichts tun, was mich zurück ins Gefängnis bringen könnte. Jeder, den er hinter Gitter gebracht hat, empfindet genauso wie ich, davon bin ich überzeugt.«

Sie fröstelte wieder, als ein kräftiger Windstoß durchs Tal fegte. »Ich habe nichts Falsches getan. Was mich betrifft: Ich finde, Grayson hat bekommen, was er verdient hat. Ich hoffe, er stirbt. Auch wenn ich ihn nicht abgeknallt habe.« Sie zog ein letztes Mal an ihrer Zigarette, dann warf sie sie in eine Schneewehe, wo sie zischend erlosch. »Ich denke, wir sind hier fertig.«

Das Scharren sich hektisch bewegender Krallen ertönte, und ein winziger Hund, dem Aussehen nach ein Chihuahua-Mischling, schoss durch Edies Beine. Er bellte und jaulte und bleckte seine hässlichen Zähnchen.

»Das ist Buster?«, fragte Pescoli ungläubig, als Edie den kleinen Kläffer hochnahm.

»Aber nein, das hier ist Fifi.« Sie hielt Pescolis Blick stand und fügte dann grinsend hinzu: »Glauben Sie mir, Sie möchten Buster nicht kennenlernen.«

Als er seinen Namen hörte, fing der Hund im Trailer erneut an zu knurren und wie verrückt zu bellen. Es klang, als sei er groß genug, um Fifi mit einem Bissen zu verspeisen.
»Das wäre wirklich keine gute Idee«, sagte Edie und knallte ihnen die Tür vor der Nase zu.

Er war Vater?
Cade konnte die Wahrheit kaum fassen, doch den Arztbriefen nach zu urteilen, die sie ihm dagelassen hatte, sah es ganz so aus, als würde ihre Geschichte stimmen. Er hatte ihr nachgeschaut, als sie gegangen war, hatte sie nicht aufgehalten, als sie sagte: »So, deshalb bin ich hierhergekommen, um dir mitzuteilen, dass die Mädchen von dir sind, zumindest hast du sie gezeugt. Du hast gewisse Rechte. Ich weiß, dass ich es dir früher hätte mitteilen müssen, aber ich konnte es nicht. Viel mehr gibt es dazu nicht zu sagen.« Sie hatte darauf gewartet, dass er etwas erwiderte, aber das tat er nicht. Wusste nicht, wo er hätte anfangen sollen.
Ihr Gesicht war immer noch knallrot gewesen wegen der Bemerkung, die er über Bart gemacht hatte.
Du hättest es mir früher sagen sollen. Vielleicht wäre Bart dann noch am Leben.
Sie hatte genickt, als er weiterhin schwieg, dann hatte sie sich umgedreht, um die schwere Schiebetür des Maschinenschuppens aufzudrücken, und war hinaus in die Abenddämmerung verschwunden. Erst als sie den Motor angelassen hatte, war wieder Bewegung in ihn gekommen.
»Verflucht noch mal«, flüsterte er, knipste das Licht aus und stapfte, den Kopf voller Bilder von den beiden Mädchen, die er für Barts gehalten hatte, zum Haupthaus. Er hatte nicht bemerkt, dass Zeds Ford nicht mehr an seinem üblichen Fleck parkte, aber das Haus war leer, als er dort ankam.

Er war allein.

Was in Anbetracht der Umstände eine gute Sache war.

Obwohl er voller Schmutz und Schmierfett war, hatte er sich nicht die Mühe gemacht, unter die Dusche zu springen, sondern sich nur einen ordentlichen Schluck Whiskey eingeschenkt und anschließend den Umschlag geöffnet und den Inhalt auf dem alten Holztisch ausgebreitet, der zum Inventar des Hauses gehörte, solange er denken konnte.

Als seine Mutter noch lebte, hatten alle vier Jungs ihre Stammplätze gehabt. Ma und Pa hatten an den Enden des Tisches gesessen, Zed und Dan auf den Stühlen auf der einen Seite, Bart und Cade auf der Bank zur Wand hin.

Bis zum heutigen Tag setzte er sich stets auf diesen Platz, genau wie jetzt. Er blickte auf Barts Platz, der nach Mas Tod seine Initialen ins Holz geritzt hatte.

Mein Gott, war das lange her!

Cade sah über den Tisch hinweg auf Dans Platz schräg gegenüber und erinnerte sich daran, wie sein älterer Bruder zurückgeschaut hatte, um ihm stumme Ratschläge zu erteilen. Cade verspürte einen schmerzhaften Stich, wenn er daran dachte, dass er seinen Bruder, der ihm sein Leben lang ein Vorbild gewesen war, womöglich verlieren würde.

»Verflucht noch mal«, murmelte er wieder, ließ seinen Whiskey im Glas kreisen und starrte in die bernsteinfarbenen Tiefen, unfähig, sich vorzustellen, wie die Welt wohl ohne Dan Grayson aussehen mochte. Gewiss nicht besser. Wenn er die Hände um den Hals des Bastards legen könnte, der seinem Bruder das angetan hatte, würde er ihn, ohne weiter nachzudenken, erwürgen. Er blinzelte, stellte sich Dan auf seinem Stuhl vor, auf dem er so viele Jahre tagtäglich gesessen hatte. Lange schon, bevor sich die Grayson-Brüder in Hattie Dorseys verführerischem Netz verstrickt hatten.

Gib nicht ihr die Schuld, Cade. Sie hat recht: Sie ist nicht allein dafür verantwortlich.
Noch einmal ging er die medizinischen Berichte durch. Barts Spermiogramm hatte ergeben, dass die Wahrscheinlichkeit, Kinder zeugen zu können, gleich null war.
Er glaubte nicht, dass Hattie mit einem weiteren Mann geschlafen hatte, zumal ihre Schuldgefühle, mit ihm zusammen zu sein, sie damals fast verrückt gemacht hatten. Mallory und McKenzie waren seine Töchter – daran bestand kein Zweifel. Aber was bedeutete das nun? Bart war tot, Dan lag im Koma, und Zed verabscheute Hattie. Das war schon immer so gewesen und würde auch immer so bleiben. Die Mädchen brauchten eine Vaterfigur in ihrem Leben.
Er *war* ihr Vater. Ein verdammt schlechter Vater. Eine Rolle, die er nie wirklich hatte spielen wollen. Nicht dass er Hatties Zwerge nicht liebte, das tat er, aber als *Vater?*
Töchter! Gleich zwei davon! Er musste an Tanzstunden denken, an Cheerleader-Gruppen, Softball-Spiele und Jungs mit heißen Autos, Jungs, die ihren Schwanz nicht in der Hose lassen konnten, geile Teenager, wie er einer gewesen war.
O Gott, o Gott! Dass ausgerechnet dir so etwas passieren muss!
Er schob die Arztbriefe zur Seite, nahm seinen Drink und ging ans Fenster, um in die Dunkelheit hinauszustarren. Es schneite. Alles wirkte so still. Friedlich. Ein krasser Gegensatz zu dem Sturm, der in seinem Kopf toste. Er erinnerte die Nacht, in der Hattie zu ihm gekommen war, um mit ihm Schluss zu machen, nur allzu deutlich. Schluchzend hatte sie ihm erklärt, sie sei ein schrecklicher Mensch, und sie schäme sich für das, was sie getan hatten, was sie Bart angetan hatten. Um sie zu trösten, hatte er sie an sich gezogen und ihr versichert, alles werde gut. Er hatte das Parfüm in ihrem Haar ge-

rochen und sie auf die Wange geküsst, hatte das Salz ihrer Tränen geschmeckt, doch sie hatte ihn weggestoßen mit einer Kraft, die ihn überraschte. »Nie wieder«, hatte sie blinzelnd, mit zitternden Lippen hervorgestoßen, »fass mich nie wieder an.«

Er hatte sich daran gehalten. Zwei Stunden später hatte er auf seinem Motorrad gesessen und war Richtung Westen gefahren, dreißig Stundenkilometer schneller als erlaubt, um den Staub von Grizzly Falls, den Schmerz und die Verwirrung, die Hattie Dorsey in seinem Herzen angerichtet hatte, hinter sich zu lassen, und zwar ein für alle Mal. Dennoch hatte er der Versuchung nicht widerstehen können, zur Hochzeit zu erscheinen, wo er sich zum Narren gemacht hatte. Es war ihm immer noch peinlich, wenn er an seinen albernen Auftritt dachte.

Er war ein genauso rebellischer, scharfer Grünschnabel gewesen wie die Jungs, die sich an seine Töchter heranmachen würden.

Grauenvoll.

Er durfte gar nicht daran denken.

Cade nahm erneut einen Schluck Whiskey, ohne ihn groß zu schmecken, dann fiel sein Blick auf sein bleiches, verzerrtes Spiegelbild in der Fensterscheibe.

»Und was hast du jetzt vor, du Scheißkerl?«, fragte er den Mann mit dem Schmierfleck im Gesicht. »Was zum Teufel wirst du jetzt tun?«

Kapitel dreiundzwanzig

Glaubst du Edie?«, fragte Pescoli Alvarez, als sie gemeinsam in die Stadt fuhren und am Fuß des Boxer Bluff die Schienen überquerten. Es war inzwischen dunkel, und der Schnee fiel jetzt so heftig, dass Pescoli die Scheibenwischer auf die schnellste Stufe stellte.

Alvarez warf ihr einen Seitenblick zu. »Ich glaube gar nichts, was aus Edie Gardeners Mund kommt.«

»Sie sagte, wir würden uns auf dem Holzweg befinden, und ich denke, sie hat recht. Vielleicht sollten wir uns besser auf das direkte Umfeld der beiden konzentrieren.«

»Du meinst, auf eine Dreiecksbeziehung, auf einen Erben, der nicht länger abwarten wollte, oder Ähnliches? Damit haben wir uns doch schon befasst, und das Problem ist, wir wissen inzwischen, dass wir es nur mit einem einzigen Täter zu tun haben. Warum wollte er die beiden töten?«

»Sag ich doch: Vielleicht besteht zwischen den beiden eine Verbindung auf persönlicher Ebene.«

»Wofür absolut nichts spricht«, sagte Alvarez. »Absolut gar nichts.«

»Ich weiß, ich weiß.« Pescoli stieß frustriert die Luft aus. Sie hatte den Eindruck, etwas Offensichtliches zu übersehen – wieder einmal. Ungeduldig folgte sie der Straße, die sich den Hang zum neueren Teil von Grizzly Falls hinaufschraubte. Sie hatte Sage Zoller angerufen und den Junior Detective gebeten, ein paar Spuren nachzugehen, unter anderem sollte sie Rose, die Kellnerin aus dem Hot Stacks, dem Pfannkuchen-Haus in Missoula, befragen, und sich noch einmal Edie und ihren Einfaltspinsel von frischgebackenem Ehemann vorknöpfen.

»Wir waren doch schon so weit, dass wir Graysons Ex-Frauen ausgeschlossen haben, oder? Sie kennen Richterin Samuels-Piquard nicht einmal«, rief Alvarez ihr in Erinnerung.

»Ja, ich weiß. Es muss jemand sein, der beide aus dem Weg räumen wollte«, pflichtete Pescoli ihr bei und spürte wieder das Sodbrennen, das sie seit dem Aufwachen heute früh begleitete. »Würdest du mal bitte im Handschuhfach nachsehen, ob da ein Röhrchen mit Säureblockern drin liegt? Ich habe schreckliches Sodbrennen.« Während Alvarez das Handschuhfach durchwühlte, zermarterte sich Pescoli erneut den Kopf wegen eines möglichen persönlichen Zusammenhangs zwischen Grayson und Samuels-Piquard, doch ihr wollte partout nichts einfallen.

»Damit wären wir also wieder am Anfang«, stellte Alvarez fest. Pescoli bremste vor einer umspringenden Ampel. Der Sattelschlepper vor ihnen bog schlitternd um die Kurve und wäre beinahe auf den Gehweg geraten, doch er schaffte es gerade noch. Als es wieder grün wurde, gab Pescoli Gas. Es herrschte relativ wenig Verkehr. Alvarez fand endlich das halbleere Röhrchen mit Säureblockern in Kautablettenform, und als sie den Wagen auf dem Parkplatz vor dem Department abgestellt hatten, nahm Pescoli vier Tabletten.

»Wir wissen immer noch nicht, wer im Haus der Richterin geputzt hat, oder?«, fragte Pescoli.

»Ich arbeite noch dran«, erklärte Alvarez. »Vielleicht weiß die Zugehfrau etwas über das Privatleben der Richterin oder irgendwelche Drohungen, die sie möglicherweise erhalten hat, und kann Licht in den Fall bringen.«

»Was ist mit den Drohbriefen passiert, die der Sohn erwähnt hat?«
Alvarez schaute nachdenklich aus dem Beifahrerfenster. »Ihr Haus und das Büro sind durchsucht worden – aber nichts.«
»Und du glaubst, die Putzfrau weiß etwas davon?«
»Möglich.«
»Dann spüren wir sie auf.« Sie waren gerade ausgestiegen, da klingelte Pescolis Handy. Sie blickte auf den Bildschirm. Unbekannte Nummer. Mein Gott, wie sehr sie das hasste.
»Regan Pescoli«, meldete sie sich.
»Detective!« Sie erkannte, wem die Stimme gehörte, noch bevor er zu Ende gesprochen hatte. »Hier Manny Douglas vom *Mountain Reporter.*«
Verdammt! Wäre sie bloß nicht drangegangen. »Ich *weiß*, wo Sie arbeiten, Manny.«
»Ich dachte, Sie würden gern sehen, was heute in meiner Post war.«
»Wie bitte?«, fragte sie, weil die Verbindung nicht so gut war und der vorbeirauschende Verkehr und der Wind es noch schwerer machten, ihn zu verstehen.
»Ich würde Ihnen das lieber persönlich zeigen. Ich hole mir gerade ganz in der Nähe vom Department einen Kaffee. Kann in weniger als zehn Minuten bei Ihnen sein.«
»Ich habe zu tun«, erwiderte sie automatisch, da sie annahm, er würde nur bluffen, um sich ins Department einzuschleichen und vielleicht an Insider-Informationen zu gelangen.
»Glauben Sie mir, *dafür* sind Sie nicht zu beschäftigt«, sagte er. Er klang so schmierig, dass sie am liebsten aus der Haut gefahren wäre. »Bin gleich da!« Er legte auf, und Pescoli überlegte, ob sie nicht besser draußen auf dem Parkplatz auf ihn warten sollten. Hätte er erst einmal die Türen des Depart-

ments passiert, wäre es verdammt schwer, ihn ohne großes Theater wieder loszuwerden.

»Probleme?«, fragte Alvarez, die gerade die Hintertür öffnete.

Pescoli seufzte und wiederholte das Gespräch, das sie mit Manny geführt hatte. »Ich muss mich erst einmal für diese Begegnung stärken.« Sie machte einen Abstecher zum Aufenthaltsraum und beäugte die Kaffeekanne, dann überlegte sie es sich anders. Kein Grund, noch mehr Sodbrennen zu riskieren.

Zurück an ihrem Schreibtisch, legte sie Jacke und Schulterholster ab und suchte die Telefonnummer von Claudia Dubois heraus, der Nachbarin der Richterin. Egal, ob sie ein bisschen verrückt war oder nicht, sie lebte gleich nebenan.

Pescoli wählte die Nummer. Während sie wartete, dass jemand den Hörer abnahm, musste sie daran denken, wie hartnäckig Claudia darauf bestanden hatte, dass ein Mann im weißen Wintertarnanzug vom Park aus das Haus der Richterin beobachtet hatte. Jemand, von dem Gefahr ausging. Jemand, der böse war.

Wirklichkeit?

Einbildung?

Wer wusste das schon?

Claudia meldete sich nach dem vierten Klingeln. »Hier ist die Residenz von *Doktor* Dubois«, meldete sie sich.

»Detective Pescoli vom Büro des Sheriffs.«

»Oh, ja, Detective! Ich bin ja so froh, dass Sie anrufen!« Sie klang, als sei sie völlig aus dem Häuschen vor Freude über Pescolis Anruf.

»Ich habe mich gefragt«, begann Pescoli und überlegte, ob sie Claudia wirklich für zurechnungsfähig halten sollte, »ob Sie sich an Donnas Nachnamen erinnern können, Sie wissen schon, die Putzfrau von Richterin Samuels-Piquard.«

»Selbstverständlich«, erwiderte Claudia. »Sie heißt Donna Goodwin. Das habe ich Ihnen doch neulich schon gesagt. Sie wohnt am Stadtrand von Missoula, und sie macht bei Kathryn sauber – machte –, genau wie für Velma nebenan.«

»Velma Miller?«

»Ja.« Ihre Stimme klang so, als würde sie Pescoli für äußerst begriffsstutzig halten.

»Sind die Millers wieder zu Hause?«

»Selbstverständlich«, sagte sie wieder. »Sie machen immer nur ein paar Tage Skiurlaub, bloß über Weihnachten. Vor Silvester sind sie stets zurück.«

»Gut zu wissen.« Vorausgesetzt, die Angaben stimmten. Claudias Realitätssinn schien von Tag zu Tag zu schwanken. Aber Pescoli musste noch eine weitere Frage stellen. »Haben Sie den Stalker noch einmal gesehen?«

»Welchen Stalker?«

Ach du liebe Güte.

»Den Mann in Weiß, genauer gesagt, in Wintertarnfarben, den Sie unter dem Baum im Park gesehen haben.«

»Sie meinen den Park auf der anderen Straßenseite?«, fragte sie mit einem Anflug von Besorgnis in der Stimme. »Ich habe Ihnen von ihm erzählt?«

»Ja.«

»Oje. Nun, vielleicht ist mir diesbezüglich ein Fehler unterlaufen. Mein Mann Barry, *Doktor* Baron Dubois, hat mir gesagt, dass ich mich geirrt habe.«

»Und stimmt das denn?«, fragte Pescoli und dachte an den kleinen runden Mann, der so besorgt um seine Frau gewirkt hatte, als sie im Foyer der stattlichen Backsteinvilla mit ihm gesprochen hatten. Versuchte er, seine Frau zu beschützen, wollte nicht, dass andere von ihren Halluzinationen erfuhren, oder hatte er ein anderes Motiv?

»Was stimmt? Ach so, Sie meinen, ob ich mich geirrt habe.« Sie senkte die Stimme zu einem Flüstern. »Natürlich nicht. Der Mann war dort, das sage ich Ihnen, und wenn Sie mich fragen, ist er derjenige, der Kathy umgebracht hat!«

»Vielen Dank, Mrs. Dubois. Sie haben mir wirklich geholfen«, sagte Pescoli, gerade als sie Sage Zoller entdeckte, die ihren Kopf in Pescolis Arbeitszelle steckte. Sie hob die Hand, um ihr zu bedeuten, dass sie das Gespräch gleich beenden würde und Sage warten solle.

»Gern geschehen, Detective, und bitte, schauen Sie ruhig wieder vorbei – jederzeit.« Als sie auflegte, hatte Pescoli noch mehr Fragen als vorher.

»Was gibt's?«, fragte sie Sage.

»Mehreres«, antwortete diese, trat zu Regan an den Schreibtisch und lehnte sich mit der Hüfte dagegen. »Aber eins nach dem anderen. Fangen wir damit an, dass das Labor nichts Brauchbares aus den Ascheresten im Haus der Richterin herausfiltern kann.«

»Das ist schlecht.«

»Ich weiß, aber so ist es nun einmal – keine Chance. Das Einzige, was die Techniker mit Sicherheit sagen können, ist, dass tatsächlich Papier verbrannt wurde.«

»Na großartig.«

»Aber wir waren auch erfolgreich. Es ist mir gelungen, Rose Hellman, die Kellnerin des Hot Stacks, ausfindig zu machen, und sie hat mir bestätigt, dass Edie Gardener, jetzt Mrs. Art Danielson, am Weihnachtsmorgen zusammen mit ihrem Göttergatten gegen zehn, halb elf tatsächlich dort war und dass es ziemlich rührend war, als er ihr den Ring geschenkt hat. Sie ist in lauten Jubel ausgebrochen, und sämtliche Gäste im Restaurant haben mitbekommen, wie er ihr den Ring an den Finger gesteckt, sie geküsst und anschließend herumgewirbelt hat, wobei er mehrere Gläser mit warmem Brombeersirup umgestoßen hat. Alle haben applaudiert.«

»Sie hätten auf Grayson schießen und anschließend nach Missoula fahren können – zeitlich wäre das durchaus zu schaffen gewesen.«

»Sie hätten zwar zunächst auf Ski oder Schneeschuhen den Hang herunter zu ihrem Auto rasen und sich umziehen müssen – Rose sagte, Edie habe einen kurzen Rock mit Seidenstrümpfen getragen –, aber ja, rein theoretisch wäre es möglich.«

Pescoli tippte mit ihrem Bleistift auf die Schreibtischplatte. »Was für einen Wagen fahren die beiden eigentlich?« Sie dachte an den alten Buick ohne Reifen, der im Carport Staub ansammelte, doch sie konnte sich nicht erinnern, ein anderes Fahrzeug gesehen zu haben.

»Ich habe das recherchiert. Er hatte einen Pick-up, einen fetten Dodge, aber den hat er vor sechs Wochen verkauft. Vermutlich, um das Geld für den Ring aufzutreiben. Sie fährt einen zwanzig Jahre alten Honda Civic.«

»Mit einem Skiträger?« Sie wusste, dass das weit hergeholt war, trotzdem sagte sie: »Überprüf das, und befrag auch die Millers, die Nachbarn der Richterin. Sie sind angeblich wieder in der Stadt, und vielleicht können sie uns sagen, ob sich Kathryn Samuels-Piquard mit einem Mann getroffen hat oder ob sie einen Verdächtigen in der Gegend bemerkt haben. Ach ja – und besorg mir doch bitte die Telefonnummer von Donna Goodwin. Sie ist die Putzfrau der Millers und hat auch für die Richterin gearbeitet.«

Sage nickte. Ihre dunklen Locken umtanzten ihr Gesicht.

»Habt ihr sämtliche Handydaten überprüft?«

»Wir sind noch nicht ganz durch, aber eine Nummer ist darunter, die sie ziemlich häufig angerufen hat. Leider ist sie nicht zurückzuverfolgen, gehört zu einem von diesen Wegwerfhandys, gekauft in einem Laden in Spokane, wir versuchen noch, herauszufinden, wer es gekauft hat. Umgekehrt ist sie von dieser Nummer auch angerufen worden.«

»Gib mir Bescheid, wenn du den Besitzer ermittelt hast.«

»*Falls* ich ihn ermitteln kann«, sagte Sage. »Aber sollte mir das tatsächlich gelingen, wirst du die Erste sein, die es erfährt.«

»Mom, ähm, Detective«, sagte Jeremy und klopfte an eine der Wände, die ihren Arbeitsbereich vom Großraumbüro trennten. »Ein Mr. Douglas will dich sprechen. Sagt, er sei von der Zeitung.«

»Das ist er.« Sie warf Sage einen bedeutungsschweren Blick zu, dann sagte sie: »Bring ihn nicht hierher. Ich treffe mich vorn mit ihm.« Sie hatte den Fehler, Manny in ihr kleines Büro zu lassen, nur einmal gemacht. Seine Augen waren überall gewesen, auf ihrem Computerbildschirm, auf ihrem Handy, das sie auf dem Schreibtisch hatte liegen gelassen, auf den Unterlagen, die sich auf ihrem Aktenschrank befanden. Nein, das würde ihr nicht noch einmal passieren.

»Ich melde mich«, versprach Sage und eilte an Jeremy vorbei, der immer noch leicht unbeholfen vor Pescolis Arbeitsplatz stand und ungeduldig von einem Fuß auf den anderen trat.

»Okay, geh'n wir«, sagte Pescoli und folgte ihrem Sohn zum Empfangsbereich, wo Joelle an ihrem Schreibtisch thronte und telefonierte, während Manny Douglas auf der anderen Seite des Empfangstresens vor dem Weihnachtsbaum wartete, der all seinen Glanz verloren hatte. Der Stern auf der Spitze neigte sich gefährlich nach vorn, ein Teil der Dekoration lag bereits auf dem glitzernden Kunstschneeteppich mit seinen ungeöffneten, unechten Geschenken. Angesichts der momentanen Umstände wirkte der weihnachtliche Schmuck irgendwie fehl am Platze, und auch die silberne Buchstabenkette –

FROHE-WEIHNACHTEN-UND-EIN-GUTES-NEUES-JAHR – kam Pescoli in Anbetracht von Sheriff Dan Graysons gegenwärtigem Zustand geschmacklos vor.

Keine Chance, dachte Pescoli, als sie Mannys Blick auffing. Heute trug er Regenbekleidung, die ebenfalls direkt aus einem Katalog für Outdoor-Mode zu stammen schien: eine feste, blaue Gore-Tex-Hose mit passender Kapuzenjacke.

Schnee schmolz auf seinen Schultern, und er hatte seine Brille abgenommen, die in der Wärme beschlagen war. Als sie näher kam, zog er ein Tuch aus einer seiner vielen Taschen und fing an, sie abzuwischen.

Jeremy, der seinen Auftrag erfüllt hatte, stahl sich davon und setzte sich auf einen Stuhl neben Joelles Schreibtisch. Sie hatte ihn unter ihre Fittiche genommen. Joelle war die Person im ganzen Department, deren Arbeit am wenigsten mit den typischen Aufgaben eines Cops zu tun hatte, doch sie deutete mit ihren lackierten Fingern auf Karten und Infoblätter und schenkte Pescolis Ich-will-ein-Cop-sein-wie-mein-Dad-Sohn ein strahlendes Lächeln.

Doch darüber konnte sich Pescoli jetzt keine Gedanken machen.

»Hi«, sagte sie zu dem Reporter und zwang sich zu einem Lächeln. »Was kann ich für Sie tun, Manny?«

Er schnaubte. »Die Frage lautet eher: Was kann *ich* für *Sie* tun?«

»Aha.«

Die Eingangstür öffnete sich, und herein kam ein Paar mittleren Alters, das eilig auf den Empfang zuschritt. Die Frau zitterte sichtlich, ihr Gesicht war gerötet, ihre Lippen wirkten leicht bläulich. Ihr Begleiter steuerte auf Jeremy zu und sagte: »Wir brauchen Hilfe. Unser Wagen ist drei Straßen weiter liegengeblieben, und wir sind von auswärts.«

Manny sah zu, wie Jeremy aufstand, um den beiden zu helfen, dann sagte er: »Es wäre gut, wir gingen irgendwohin, wo wir in Ruhe miteinander reden können.« Wie um seine Worte zu unterstreichen, öffnete sich die Tür erneut, und eine Frau, von Kopf bis Fuß in einen dicken Daunenmantel gehüllt, fragte: »Haben Sie hier eine öffentliche Toilette?«
Manny hatte recht. Hier konnten sie nicht miteinander reden. »Na gut.« Sie führte ihn den Gang entlang, doch nicht zu ihrem Arbeitsplatz, sondern in einen freien Vernehmungsraum. Dort angekommen, deutete sie auf einen Stuhl mit gerader Rückenlehne, dann nahm sie ihm gegenüber Platz. »Was haben Sie für mich?«
Seine Augen glitzerten. »Ich habe etwas Wichtiges, den Fall betreffend, aber dafür will ich es exklusiv haben.«
»Exklusiv?«
»Alles über den Fall Samuels-Piquard.«
»Ich glaube nicht, dass das geht. Wir haben die Öffentlichkeit um Hilfe gebeten, nutzen sämtliche uns zur Verfügung stehenden Medien. Da ist exklusive Berichterstattung ausgeschlossen.« Was für ein Schwachsinn war das denn?
»Dann geben Sie mir ein Extra, einen Vorabbericht oder so was. Rufen Sie mich an, sobald Sie einen Durchbruch erzielt oder irgendwelche neuen Hinweise gefunden haben.«
»Warum sollte ich das tun?«
»Weil ich Ihnen helfen werde. Und zwar sehr.«
»Und wie?«, fragte sie und verschränkte die Arme vor der Brust. »Ich habe keine Zeit für irgendwelchen Unsinn.«
»O ja, das weiß ich.« Er nickte, dann öffnete er den Reißverschluss seiner wasserfesten Jacke und zog einen durchsichtigen Ziploc-Beutel aus einer erstaunlich großen Innentasche. Darin waren zwei Dinge, ein DIN-A4-Umschlag, in Druck-

buchstaben adressiert an Manny Douglas beim *Mountain Reporter,* und ein Foto.

Pescoli wurde es mulmig zumute, als sie erkannte, dass es sich um eine Aufnahme von Richterin Samuels-Piquard handelte, ein Porträtfoto. Als sie das Bild umdrehte, entdeckte sie auf der Rückseite eine schlichte Botschaft, geschrieben mit schwarzer Tinte: WER IST DER NÄCHSTE?

»Das ist Beweismaterial«, erklärte Pescoli ausdruckslos. »Sie müssen es hierlassen.«

»Ich weiß.«

»Und es ist heute eingetroffen, in dem Umschlag?«

»Korrekt.«

»Wer hat es angefasst?«

»In der Redaktion nur der Angestellte, der sich um die Post kümmert, und ich, glaube ich. Sie haben meine Fingerabdrücke in Ihrer Datei, und ich habe Gary, er ist der Angestellte für die Post, gebeten, zu Ihnen zu kommen und seine Fingerabdrücke nehmen zu lassen, damit Sie ihn aus dem Kreis der Verdächtigen ausschließen können.«

»Ich glaube kaum, dass wir darauf etwas finden«, überlegte sie laut, aber vielleicht waren ja doch Hautpartikel oder sogar Speichelspuren vom Täter auf dem Umschlag zurückgeblieben.

Das hier war ihr erster großer Durchbruch.

»Das legt nahe, dass der Mörder noch nicht fertig ist. Dass er vorhat, noch weitere Menschen zu töten.«

Pescoli fühlte sich elend. Manny hatte recht. Was sonst hatte die Nachricht auf der Rückseite des Fotos zu bedeuten? »Was denken Sie?«, fragte sie den Reporter. »Warum hat der Killer ausgerechnet Ihnen den Umschlag geschickt?«

Manny streckte die Hände aus, die Handflächen nach oben gedreht. »Weil ich der Beste bin.«

»Natürlich. Ich hatte das bloß kurz vergessen.«
»Also, was sagen Sie?«, fragte Manny und starrte sie mit erwartungsvoll hochgezogenen Augenbrauen an.
»Okay, einverstanden. Sie bekommen als Erster Bescheid, aber keine Exklusivrechte.«
»Und Sie sollten wissen, dass wir eine Story über das Foto bringen, in der stehen wird, dass wir eng mit dem Department zusammenarbeiten. Vielleicht haben Sie noch etwas, was ich dem hinzufügen kann.«
»Nichts, was Sie nicht von unserer Pressesprecherin erfahren könnten.«
Er seufzte theatralisch. »Darla Vale ist nicht gerade entgegenkommend.«
»Sie meinen, auch sie will Ihnen kein Exklusivinterview geben.«
»So was in der Art.«
»Ich schätze, dann sollten Sie sich mit dem Gedanken anfreunden.«
»Ach, kommen Sie schon, Pescoli, wie du mir, so ich dir – obwohl in diesem Falle eher umgekehrt. Und Sie rufen mich wirklich als Ersten an?«
Sie blickte auf das Foto. Ein Schauder lief ihr das Rückgrat hinab. Mit wem zum Teufel hatten sie es hier zu tun? Welcher Psychopath hatte beschlossen, sie mit diesem Bild zu verhöhnen?
WER IST DER NÄCHSTE?
Eine Frage. Eine Warnung. Dass er noch längst nicht fertig war.
Sie hatte das Gefühl, einen Teufelspakt zu schließen, indem sie hier mit Manny Douglas verhandelte, doch sie schob ihre Bedenken beiseite und nickte. Manny war einfach nur ehrgeizig, und er konnte ihnen vielleicht von Nutzen sein. »Kom-

men Sie mir nur ja nicht bei meinen Ermittlungen in die Quere«, knurrte sie.

Er streckte ihr ergeben die Handflächen entgegen. »Niemals.«

»Gut.«

»Aber ich werde Sie an unsere Abmachung erinnern, dass Sie mir den ersten Anruf versprochen haben.«

Mein Gott, ist der hartnäckig!

»Da bin ich mir sicher, Manny«, sagte sie und beäugte das neue Beweismittel. »Daran hege ich nicht den geringsten Zweifel.«

Hattie stapfte sich den Schnee von den Stiefeln, öffnete die Tür zu ihrem Haus und wurde von einem Wärmeschwall und dem Duft nach etwas Würzigem, Kräftigem empfangen. Ihr Magen knurrte, als sie die Schlüssel in ihre Tasche warf und ihre Jacke auszog.

»Da riecht ja etwas ganz wunderbar«, sagte sie und hörte ihre Mutter in der Küche lachen, ein Lachen, das von einem Hustenanfall abgelöst wurde.

»Das soll es auch. Ich arbeite schon seit Stunden daran!«, rief Zena. Sie kam in die kleine Diele, eine Schürze um die Taille gebunden, einen großen Holzlöffel in der Hand. »Meine Version von Minestrone. Das Rezept habe ich von einer Freundin bekommen, du erinnerst dich doch noch an Tottie, oder? Nun, sie hat das nie so richtig mit den Gewürzen hinbekommen, also habe ich das Ganze optimiert. Oh, oh, jetzt geht's rund!«

»Mommy!«, jubelte Mallory, und die beiden Mädchen kamen aus dem hinteren Schlafzimmer auf sie zugerannt – Mallory in einem enganliegenden Pullover mit Stehkragen, Tutu und Ballettschuhen, McKenzie in Shorts, T-Shirt und Cowboystiefeln.

»Vorsicht, die Herde kommt angaloppiert!«, rief Zena.
»Wie geht es meinen Mädchen?«, fragte Hattie und kniete sich hin. Mit einem Schlag fiel die Erschöpfung von ihr ab, als sie erst einen Zwilling, dann den nächsten umarmte. »Hattet ihr Spaß mit Grandma?«
»Sie hatten einen Wahnsinnsspaß«, erwiderte Zena, »und lass dir bloß nichts anderes einreden.« Sie deutete mit ihrem Kochlöffel erst auf McKenzie, dann auf Mallory. »Haben wir Plätzchen gebacken oder nicht?«
»Ja!«, rief McKenzie. »Lebkuchenmänner!«
»Im Ernst?« Hattie warf ihrer Mutter einen fragenden Blick über die Schulter zu. »Es ist doch schon fast Silvester.«
»Ich hatte noch etwas übriggebliebenen Teig.« Zena zuckte die Achseln. »Den konnte ich doch nicht wegwerfen.«
»Wir haben auch Lebkuchenfrauen gemacht, Mom!«, ergänzte Mallory und warf ihrer Schwester einen besserwisserischen Blick zu. »Nicht nur Männer.« Sie hüpften in die Küche, und Hattie folgte ihnen, um ihr Werk zu begutachten. Tatsächlich, da lagen etwa zwei Dutzend kunterbunt verzierte Lebkuchenmänner und -frauen auf Backrosten, damit die Zuckerglasur trocknen konnte. Sie leuchteten in allen möglichen Farben, bestreut mit Zimtherzen, Hagelzucker und winzigen Schokosplittern.
»Sind sie nicht wunderschön?«, flüsterte McKenzie andächtig.
»Das sind sie. Jeder Einzelne von ihnen.« Hattie sah ihre Mutter an. »Danke.«
»Keine Ursache«, sagte Zena und gab etwas frisch gekochte Pasta in den riesigen Topf voller Suppe, dann öffnete sie den Ofen, aus dem der Duft nach warmem Brot entwich. »Das Abendessen ist gleich fertig. Wascht euch schon mal die Hände, Mädchen!«

Etwas weniger begeistert flitzten die beiden ins Badezimmer. Als sie allein waren, fragte Zena ihre Tochter mit gesenkter Stimme: »Wie ist es gelaufen?«

»Was meinst du?«

»Du hast mir doch erzählt, du wolltest dich bei Cade nach Dan erkundigen.«

»Ach so.«

»Ich weiß, dass mehr dahintersteckte.«

»Und ich weiß nicht, was du damit meinst.«

»Aber sicher weißt du das, Liebling. Das Thema steht immer im Raum, groß wie ein Elefant, den keine von uns erwähnen darf. Ich habe Krebs, und ich weiß nicht, ob ich den Kampf gewinnen werde oder nicht, was ich allerdings weiß, ist, dass ich nicht die Zeit habe, noch länger um den heißen Brei herumzureden.«

Hattie starrte ihre Mutter ungläubig an. Zena *wusste es?* Genau das schien sie mit ihren Worten anzudeuten. Ihr Herz fing an, schneller zu klopfen, als sie fragte: »Welches Thema meinst du?«

»Ach Hattie, hör doch auf. Ich weiß, dass du fasziniert – nein, besessen – von den Grayson-Jungs bist. Das war schon damals auf der Highschool so, wenn nicht gar noch früher. Ich mache dir auch gar keinen Vorwurf daraus. Sie haben alle etwas ganz Besonderes, und ich stand immer schon auf sexy Männer, sonst hätte ich bestimmt nicht fünfmal geheiratet!« Sie rührte die Suppe um. »Als ich in deinem Alter war, war ich mit Caras Vater Richard verheiratet, vielleicht war es auch schon Hank, ich kann mich wirklich nicht mehr genau erinnern. Ich hätte mir nie träumen lassen, dass ich gleich fünfmal ›Ja, ich will‹ sagen würde. Unglaublich. Egal, auf alle Fälle habe ich dir immer schon gesagt, dass Dan der Grayson war, den du hättest heiraten sollen.«

»Ich weiß.«
»Aber Cade war derjenige, der dir am meisten unter die Haut gegangen ist, Liebes. Ich ahnte übrigens, dass Bart zeugungsunfähig war. War nicht schwer zu erraten, als ihr es so lange versucht habt und nichts passiert ist. Dabei warst du doch in null Komma nichts schwanger mit den Zwillingen.«
»Mom, das geht dich nun wirklich nichts an.«
»Nun, ich versuche einfach nur, meinen Job zu machen, und zwar jetzt«, sagte sie und nahm sich einen Löffel, um die Minestrone zu kosten. Dampf stieg von dem kleinen Löffel auf, und sie pustete, bevor sie ihn in den Mund steckte. »Hmmm! Perfekt. Besser als die Suppe von Tottie Juniper, das kann ich dir sagen.« Zena legte den Löffel ins Spülbecken, in dem schon mehrere Schüsseln und Plätzchenausstecher einweichten. »So, und nun frage ich dich noch einmal: Wie ist es mit Cade gelaufen?«
Hattie wollte ihrer Mutter schon eine ausweichende Antwort geben, doch diese sah sie so durchdringend an, dass sie es sich anders überlegte. »Wag es ja nicht, mich mit irgendwelchen Ausflüchten abzuspeisen, Hattie.«
Seufzend verdrehte Hattie die Augen zur Decke. »Es ist so gelaufen, wie du es vermutlich erwartet hast.«
»So schlimm?«
»Schlimmer«, gab Hattie zu und dachte an den Zorn in Cades Augen, den Zorn auf sie, auf sich selbst, der er schließlich seinen Teil zu der ganzen Sache beigetragen hatte. Sie hörte, wie das Rauschen des Wassers im Badezimmer verstummte, und sagte: »Ich erzähl's dir später.«
»Und ich werde dich mit allen mütterlichen Ratschlägen versorgen, die mir so einfallen!«
»Wunderbar«, sagte Hattie, als McKenzie und Mallory frisch gewaschen am Abendbrottisch erschienen, die Gesichter ge-

rötet, die Hände noch feucht. »Lasst uns den Tisch decken, damit Grandma die Suppe auftragen kann.«
Die Mädchen halfen eifrig, und Hattie fragte sich, wie sie wohl reagieren würden, wenn sie die Wahrheit erführen. Mit Sicherheit würde bald alles herauskommen, sie durfte gar nicht daran denken. Die beiden waren jetzt acht, obwohl sie sich mitunter aufführten wie Dreijährige, und die Kinder in der Schule konnten grob sein. Wenn die Eltern zu tratschen begannen und die Kinder davon erfuhren, konnte es durchaus sein, dass Mallory und McKenzie gnadenlos gehänselt wurden. Auch sie wäre Gesprächsthema Nummer eins in Grizzly Falls und Zielscheibe so manches schmutzigen Witzes, doch sie würde damit umgehen können. Ihr kleiner Catering-Service würde nicht darunter leiden, das konnte sie sich nicht vorstellen, doch privat wäre ihr Ruf ruiniert. Auch damit konnte sie umgehen.
Ihre Mädchen allerdings nicht. Sie waren in einem schwierigen Alter – zu jung, um wirklich verstehen zu können, zu alt, um nichts davon mitzubekommen. Sollte sie es ihnen lieber selbst sagen? Sicher. Irgendwann. Sie war sich nur nicht darüber im Klaren, wann der geeignete Zeitpunkt dafür war. Sicherlich würde es zu einem großen Teil davon abhängen, wie Cade damit umging, wie er die Angelegenheit handhaben wollte. Wie er seine Vaterschaft handhaben wollte.
Doch seiner Reaktion am Nachmittag nach zu urteilen, wollte er offenbar am liebsten gar nichts damit zu tun haben.

Kapitel vierundzwanzig

Brewster ging in die Luft, als er das Foto von der Richterin sah. Aufgebracht verlangte er mehr Informationen, als Pescoli ihm geben konnte, dann rief er Manny Douglas beim *Mountain Reporter* an und wechselte anschließend noch ein paar Worte mit dem Herausgeber der Zeitung.

Natürlich brachte auch er nicht mehr in Erfahrung, aber er berief um kurz nach siebzehn Uhr ein Meeting im Konferenzraum ein, an dem alle Detectives und Streifenpolizisten bis auf eine Grundbesetzung an den Telefonen teilzunehmen hatten. Für gewöhnlich war der Konferenzraum Spezialeinheiten und Sondereinsatzkommandos vorbehalten – aber scheinbar bildeten sie inzwischen alle eine Art Sondereinsatzkommando, um den Psychopathen zu schnappen, der es auf Gesetzeshüter abgesehen zu haben schien.

Alvarez holte Pescoli auf dem Weg zu dem großen Raum ein. »Brewster will, dass wir alle auf den neuesten Stand bringen.«

»Perfekt.«

Pescoli hatte die letzte Stunde damit zugebracht, noch einmal die Verdächtigenliste durchzugehen und diejenigen auszusortieren, die solide Alibis hatten oder aber kein handfestes Motiv. Der Kerl, wer immer er sein mochte, war ein Wahnsinniger, ein Irrer, der nach Aufmerksamkeit schrie – nur diesen Schluss ließ die Tatsache zu, dass er sich mit einem Foto der Richterin an die Zeitung gewandt hatte. Außerdem lag ihm daran, die Polizei zu verhöhnen.

Ganz offensichtlich hatte er seine eigene Liste, und die hatte er wohl noch lange nicht abgearbeitet.

Egal, aus welchem Blickwinkel Pescoli die beiden Fälle betrachtete, sie kam immer wieder auf Maurice Verdago zurück, den Ex-Häftling, der wie vom Erdboden verschluckt schien. Er war weder bei seinem Hausmeisterjob in einem Apartmentgebäude in Helena erschienen noch nach Hause zurückgekehrt. Laut Sage Zoller und einem Detective vom Police Department in Helena hatte eine Durchsuchung seiner Wohnung keinen Hinweis auf seinen Verbleib gegeben.

Wo um alles in der Welt konnte er stecken?

Sie hatte sich mehrfach seinen Lebenslauf vorgeknöpft. Verdago war nicht nur bei der Armee gewesen, nein, er hatte auch eine Spezialausbildung zum Scharfschützen erhalten. Er musste der Kerl sein, den sie suchten. Zu Jähzorn neigte er ebenfalls. Es war schon extrem verdächtig, dass er untergetaucht war.

Irgendetwas stimmte da nicht. Ganz und gar nicht.

Wenn sie ihn doch nur ausfindig machen könnten!

»So, alle mal zuhören«, befahl Brewster. Das Stühlescharren verstummte, die Gespräche ebenfalls. Es war kalt im Konferenzraum, und Rebecca O'Day, ein Corporal Deputy, ergriff die Intitiative und machte sich an der Heizung zu schaffen, die hoffentlich bald warm werden würde. Der Konferenzraum mit seinen in düsterem Grau gestrichenen Betonwänden, dem Linoleumboden aus den Siebzigern und den grellen Neonröhren unter der Decke wirkte trostlos.

Brewster nahm in der Mitte des langen Tisches Platz, direkt gegenüber von Pescoli, die zwischen Alvarez und Kayan Rule saß. An einer großen Weißwandtafel hingen Kopien des Fotos, der Nachricht und des Briefumschlags, den sie bekommen hatten. Brewster räusperte sich, um die Aufmerksamkeit der Anwesenden zu erwecken.

»Wir haben es mit einer neuen Situation zu tun. Nicht nur, dass ein Unbekannter am Weihnachtsmorgen auf Sheriff Grayson geschossen und wenige Tage zuvor Richterin Samuels-Piquard aus größerer Entfernung erschossen hat, nein, jetzt schickt er auch noch Nachrichten und Fotos an die Medien, um die Polizei zu verhöhnen und zu verkünden, dass noch mehr Opfer auf seiner Abschussliste stehen. Es ist daher wichtig, dass wir die Sicherheitsmaßnahmen im Krankenhaus verstärken für den Fall, dass der Mörder zu Ende bringen will, was er begonnen hat, dann müssen wir dem Kerl das Handwerk legen. Bevor er noch jemanden zur Strecke bringt. Die Detectives Alvarez und Pescoli leiten die Ermittlungen, und sie werden uns nun einen genaueren Abriss geben.« Er entdeckte Jeremy, der soeben mit einer Kanne Kaffee und einem Tablett voller leerer Tassen den Konferenzraum betrat. Brewster schnippte mit den Fingern, und Jeremy stellte das Tablett mit einem Seitenblick auf seine Mutter ab, dann verteilte er die Tassen zusammen mit Kaffeeweißer und Zucker auf dem Tisch. Die Kanne stellte er genau vor Brewster, der auf die leere Tasse vor ihm deutete. Als hätte er das schon Hunderte Male getan, goss Jeremy dem stellvertretenden Sheriff Kaffee ein.

Pescoli spürte, wie ihr warm wurde, doch sie redete sich ein, das sei doch lächerlich, Jeremy hatte Brewster um den Job gebeten und wollte das so.

Trotzdem ärgerte sie sich darüber. Jeremy wollte in den Polizeiberuf hineinschnuppern, wollte das Department unterstützen, das ja, aber er hatte bestimmt nicht als Aushilfskellner anfangen wollen. Vielleicht hatte das Ganze aber auch sein Gutes, und Jeremy verging die Lust, seine Karriere beim

Büro des Sheriffs von Pinewood County weiterzuverfolgen. War genau das womöglich Brewsters Plan?

»Danke«, sagte Brewster und führte seine Tasse zum Mund, während die anderen Cops sich selbst einschenkten.

Beruhige dich. Jeremy muss seine Lektion lernen. Es ist wichtig, dass er ganz unten anfängt. Im Augenblick ist er eben noch ein kleiner Handlanger.

»Fang du an«, sagte sie zu Alvarez, als sie aufstanden, um die anderen auf den neuesten Stand der Dinge zu bringen.

Jeremy wandte sich zur Tür, aber Brewster hielt ihn zurück. »Du möchtest doch bestimmt bleiben und mitbekommen, wie so etwas funktioniert.« Er deutete auf einen Klappstuhl neben einer riesigen Landkarte, die an einer der Wände hing. Jeremy huschte hinüber zu dem Stuhl und setzte sich, sichtlich verlegen.

Pescoli konzentrierte sich wieder auf den Fall. Alvarez fing an zu reden, erläuterte die laufenden Ermittlungen, beginnend mit den Schüssen auf Grayson bis hin zu diesem Nachmittag, an dem Manny Douglas den Ziploc-Beutel mitsamt Inhalt ins Department gebracht hatte.

Die Officer am Tisch hörten interessiert zu, nippten an ihrem Kaffee, ein oder zwei von ihnen machten sich Notizen. Pete Watershed kaute nachdenklich seinen Kaugummi, Zoller tippte etwas in ihren Tablet-Computer ein. Alle Augen ruhten auf Alvarez.

»... momentan warten wir noch auf die Laborberichte. Vielleicht haben die Techniker etwas auf dem Umschlag gefunden, was uns einen Hinweis auf die Identität des Täters geben kann, vielleicht entdecken wir sogar einen Fingerabdruck. Wir haben zwei Verdächtige im Visier, Maurice Verdago, einen ehemaligen Häftling, der wie vom Erdboden verschluckt ist, und Vincent Samuels, den Bruder der Richterin.«

»Er zählt nicht wirklich zu den Verdächtigen«, korrigierte Pescoli, »aber auch er ist nicht aufzufinden, und wir würden gern wissen, wo er steckt.« Es folgten ein paar Fragen, und zwischen einigen der Officer entbrannte eine Diskussion, aber am Ende verließen alle den Raum, ohne mehr zu wissen als vorher.

Jeremy blieb, um die Kaffeetassen zusammenzuräumen und die Kaugummipapiere einzusammeln, und Pescoli ging zu ihm und sagte: »Wir seh'n uns dann zu Hause, könnte spät werden.«

»Wie spät?«

»Wenn ich das bloß wüsste.«

Pescoli ging gerade Richtung Großraumbüro, als Brewster sie zu sich hereinwinkte. Fast wäre sie gestolpert, als sie sein Büro betrat. Die Wände waren kahl, sein Schreibtisch geleert, Kisten standen in einer Ecke.

»Was ist denn hier los?«

»Ich ziehe in Graysons Büro um«, erklärte er.

Pescoli rutschte das Herz in die Hose. »Wieso? Ist etwas passiert?«, stammelte sie entsetzt. Wenn sich Graysons Zustand verschlechtert hatte, hätte sie doch bestimmt davon erfahren!

»Wenn er zurückkehrt, gehe ich wieder in mein Büro. Fakt ist jedoch, dass es Wochen dauern wird, vermutlich Monate, bis er wieder vollständig genesen ist und seine Arbeit wiederaufnehmen kann. Momentan ist die Lage hier äußerst angespannt, und wir brauchen dringend einen stellvertretenden Sheriff, der dieses Büro nutzen wird.« Er umfasste mit einer Geste den kleinen Raum, den er über ein Jahrzehnt für sich beansprucht hatte. »Aber deshalb habe ich Sie nicht zu mir gebeten«, sagte er und lehnte sich mit der Hüfte gegen die Kante seines Schreibtischs. »Als Alvarez den Fall erläutert und Maurice Verdago erwähnt hat, hatte ich eine kleine Erleuchtung.«

»Keine große?«

Er verzog die Mundwinkel zu einem schiefen Grinsen. »Vielleicht doch. Wussten Sie eigentlich, dass Verdago hier aus der Gegend stammt? Er ist in Grizzly Falls aufgewachsen. Ein aufbrausender Bursche, ständig in Schlägereien verwickelt, die immer brutaler wurden, bis er schließlich auf seinen Schwager losging.«

»Vermutlich sind seine Gewaltattacken schon vorher eskaliert. Wir haben uns einen ungeklärten Fall vorgenommen, vermisste Person, vermutlich tot. Maurice Verdagos Name taucht in der Akte auf.«

»Ach, richtig. Ich erinnere mich. Der Fall Joey ... Langley?«

»Lundeen.«

»Ja, so hieß er.« Brewster schnippte mit den Fingern.

»Ich bin die Akten durchgegangen, doch ich habe keine brauchbaren Hinweise gefunden. Zumindest nicht auf den ersten Blick.«

Brewster runzelte die Stirn. »Ich würde es ihm zutrauen. Verdago war immer schon ein Hitzkopf, und vermutlich hat sich sein Charakter im Gefängnis nicht gerade gebessert.«

»Dann kannten Sie ihn also persönlich?«, fragte Pescoli erstaunt. Das war neu für sie.

»Nein, nein ... er ist jünger als ich, aber mein Bruder kannte ihn, und Sie werden sich wundern: Maurice war damals eng mit Vincent Samuels befreundet.«

Pescoli riss erstaunt die Augen auf. »Mit dem nicht auffindbaren Bruder der Richterin?«

»Soweit ich weiß, haben sie zusammen im Irak gedient.«

Vor ihrem inneren Auge sah sie das Schwert, das Cecilia Piquard in ihrem Wohnzimmer ausgepackt hatte, das Schwert, das identisch war mit dem, das in George Piquards Arbeitszimmer an der Wand hing. »Ich dachte, Vincent Samuels hätte zusammen mit George Piquard gedient.«

»Das ist richtig.«

»Und …?«

Brewster nickte, als würde er ihre nächste Frage vorausahnen, und fügte hinzu: »Auch ich habe mit George gedient. Wir sind alte Freunde. Aber er ist länger bei der Armee geblieben als ich. Damals hat er sich mit dem Mann angefreundet, der später sein Schwager wurde.«

»Und mit Verdago.«

»Ich glaube nicht, dass sich die beiden je sonderlich nahestanden. Verdago hatte immer schon etwas Niederträchtiges an sich.« Er schüttelte den Kopf. »Wissen Sie, jetzt, da ich darüber nachdenke, bin ich mir ziemlich sicher, dass Vincent Kathryn und George miteinander bekannt gemacht hat.« Er zog die Augenbrauen zusammen. »Ich muss Bess danach fragen.«

»Ich dachte, Kathryn sei nicht gut mit ihrem Bruder ausgekommen.«

»Das war erst später.«

»Nachdem er sich Geld von ihrem Ehemann geborgt hatte.«

»Hat er das?« Die Augenbrauen schossen in die Höhe. »Das wusste ich nicht.«

»Angeblich war das der Grund für den Bruch zwischen den Geschwistern.«

»Ich denke, dafür gab es viele Gründe«, sinnierte Brewster. »Bess hat ein paar davon erwähnt, aber ich habe dem nicht viel Bedeutung beigemessen, hielt das Ganze für Tratsch. Bis jetzt.«

»Da Sie gerade Ihre Frau erwähnen«, sagte Pescoli, »ich würde gern mit ihr reden. Sie hat der Richterin nahegestanden, und vielleicht kann sie mir etwas Hilfreiches über das Privatleben ihrer Freundin mitteilen.«

»Selbstverständlich«, erwiderte der stellvertretende Sheriff, doch er runzelte die Stirn und rieb sich nachdenklich den Nacken. »Aber ich muss Sie warnen, das Ganze geht ihr ausgesprochen nahe.«

»Das glaube ich gern. Sie muss am Boden zerstört sein.«

»Das sind wir alle«, pflichtete er ihr bei. »Die Mitglieder unserer Kirchengemeinde und ganz besonders Bess, aber ich werde sie bitten, morgen früh ins Department zu kommen. Ich glaube, da hat sie Zeit.«

»Gut.« Hoffentlich würde Bess Brewster als enge Freundin der Richterin etwas Licht ins Dunkel bringen können. Doch zuvor musste Pescoli noch in andere Richtungen recherchieren. Die Rädchen in ihrem Gehirn drehten sich schneller und schneller. Jetzt hatten sie noch eine andere Verbindung zwischen der Richterin und Verdago – Kathryns Bruder. Es erschien ihr ein bisschen weit hergeholt, trotzdem verfügte Verdago über die nötige kriminelle Energie, die Gelegenheit und die Fähigkeiten, derartige Taten zu begehen.

»Ich glaube, das ist unser Mann«, sagte sie laut.

»Verdago? Gut, dann beweisen Sie es«, sagte Brewster.

»Das werde ich«, versprach sie und wusste tief im Innern, dass sie auf der richtigen Spur war.

»Du weißt, dass das weit hergeholt ist«, sagte Alvarez, als sie fast schon in Helena waren. Die Fahrt von Grizzly Falls hatte über zwei Stunden gedauert, beinahe zweieinhalb, und würde sich vielleicht als völlig sinnloses Unterfangen herausstellen. Obwohl nur wenig Schnee fiel und der Verkehr nicht allzu dicht war, war es die Mühe, Wanda Verdago zu überraschen, womöglich nicht wert, aber wenn sich

Pescoli einmal in etwas verbissen hatte, zog sie die Sache auch durch.

»Auch mit weit hergeholten Schlüssen lassen sich manchmal Fälle lösen«, erwiderte Pescoli und spähte auf der Suche nach der Ausfahrt Richtung Helena mit zusammengekniffenen Augen durch die Windschutzscheibe. Die Sicht war relativ frei, so dass sie in der Ferne schon die Lichter der Stadt vor dem tintenschwarzen Abendhimmel erkennen konnten.

»Ich will ja nur, dass du nicht zu viel Hoffnung in diesen Abstecher setzt.« Alvarez' Handy piepste, und sie nahm das Gespräch an.

»Hier spricht Sage«, meldete sich Zoller am anderen Ende der Leitung. »Ich habe endlich den Anwalt von Richterin Samuels-Piquard ausfindig gemacht und eine Kopie ihres Testaments erhalten. Er war nicht glücklich darüber, dass ich ihn so spät belästigt habe, aber einer seiner Juniorpartner war noch in der Kanzlei, also hat er ihn eine Kopie ziehen und mir per E-Mail schicken lassen.«

»Und?«

»So, wie es zu erwarten war: Fast alles geht an ihren Sohn Winston, außerdem hat sie mehrere tausend Dollar für die College-Ausbildung ihrer Enkel zurückgelegt.«

»Und jetzt kann er sich das schicke, neue Haus in der feinen Gegend leisten«, stellte Alvarez nüchtern fest.

Pescoli warf ihr einen Blick zu. »Das Testament?«

Sie nickte rasch, dann sagte sie ins Telefon: »Was sonst noch?«

»Es gibt eine Liste von Wohltätigkeitsvereinen, denen sie Geld zukommen lässt, außerdem geht etwas an ihr ehemaliges College, an dem sie ihren Abschluss in Rechtswissenschaften gemacht hat. Zusammen noch mal ungefähr hunderttausend Riesen«, sagte Sage.

»Muss schön sein, so viel Geld verteilen zu können«, bemerkte Alvarez. »War's das?«

»Noch nicht. Hier kommt der Hammer: Es sieht so aus, als hätte die Richterin mehr Immobilien besessen, als uns bisher bekannt war. Da ist das Haus in den Bergen oberhalb des Sees, wo sie immer Weihnachten verbringt, aber sie besitzt noch ein anderes, nicht weit davon entfernt. Ich habe die Adresse, dazu eine monatliche Zahlungsanweisung über fünfzehnhundert Dollar Lebensunterhalt für ihren Bruder Vincent Gregory Samuels.«

Alvarez verspürte das vertraute Kribbeln, das sie immer dann überkam, wenn sich die Puzzleteilchen bei einem Fall zusammenfügten.

»Ich habe dir und Pescoli davon per E-Mail eine Kopie geschickt. Das ist alles.«

»Das ist mehr als genug«, erwiderte Alvarez und legte auf.

»War das Sage? Hat sie etwas über das Testament der Richterin in Erfahrung bringen können?«

»Ja, das hat sie.« Alvarez erzählte Pescoli, was sie soeben erfahren hatte, während sie die letzten Meilen zu Wanda Verdagos Apartment zurücklegten.

»Dann steckt Vincent also mit drin. Ich wusste es, spätestens, als es hieß, er sei verschwunden.« Sie lenkte ihren Jeep in eine Wohngegend mit Apartmenthäusern. »Wir müssen jemanden zu seiner Adresse schicken.«

»Ich schreibe Rule eine SMS. Vielleicht kann er es einrichten.« Alvarez war gerade fertig, als Pescoli sagte: »Da sind wir. Jetzt müssen wir nur noch herausfinden, in welchem der Häuser sie wohnt.«

»Gleich hier.« Alvarez deutete auf ein zweistöckiges Gebäude, das eher aussah wie ein Motel aus den Siebzigern als wie ein Wohnhaus. Ein schwach leuchtendes Schild verkündete, dass sie vor den Aspen Grove Apartments standen. Die breite Front ging auf den Parkplatz hinaus, an beiden Enden führten Treppen in den ersten Stock hinauf. Eine Tür, dazu ein großes Fenster auf einer und zwei kleine Fenster auf der anderen Seite bildeten je eine Wohneinheit. Durchschnittswohnungen. Die der Verdagos befand sich im oberen Stockwerk, also parkten sie neben einem schwarzen SUV, dessen Nummernschilder anzeigten, dass er Wanda Verdago gehörte. Als Alvarez aus dem warmen Wageninneren stieg, raubte ihr die eisige Luft fast den Atem. Die Kälte schien fast ungefiltert durch ihre dicke Daunenjacke zu dringen.

Gott sei Dank war der Parkplatz frei von Schnee und Eis, doch der Asphalt war rissig, riesige Schlaglöcher klafften in der Oberfläche. Von den Außenmauern des Gebäudes blätterte die Farbe. Die wenigen kümmerlichen Sträucher ringsum waren tief verschneit.

Pescoli ging voran, als sie die Außentreppe hinaufstiegen und an die Fliegengittertür von Einheit 212 klopften.

Keine Antwort.

Trotzdem hatten sie den Eindruck, es sei jemand zu Hause. Die Vorhänge vor dem großen Fenster, das auf die vordere Veranda im ersten Stock hinausging, waren zugezogen, doch dazwischen befand sich ein kleiner Spalt, gerade groß genug, um das bläuliche Flackern eines Fernsehers hindurchdringen zu lassen.

Pescoli klopfte erneut, diesmal mit mehr Nachdruck.

»Ich komme schon!«, rief eine heisere Stimme von drinnen. Alvarez hörte hastige Schritte.

»Ich hoffe, es gibt keinen Hinterausgang«, sagte sie.

»Vermutlich nur ein Fenster nach hinten hinaus«, sagte Pescoli. »Joe und ich hatten so ein Apartment, als wir frisch verheiratet waren. Ich sag dir, das sah wahrhaftig genauso aus wie diese hier.« Trotzdem rannte Alvarez die Treppe hinunter und hinter das Gebäude, nur um festzustellen, dass ihre Partnerin recht hatte: Es gab tatsächlich nur ein Fenster zu einem kleinen Balkon im ersten Stock. Die untere Etage hatte eine Fenstertür zum Garten.

Perfekt.

Sie flitzte die Stufen wieder hinauf und hörte Pescoli zum dritten Mal an die Apartmenttür klopfen. Als sie oben ankam, hatte ihre Partnerin bereits ihre Marke hervorgezogen. Von drinnen rief eine gereizte Stimme: »Immer langsam mit den jungen Pferden, ja?«

Die Tür öffnete sich, und eine dicke Frau mit zu viel Make-up und zu wenig Kleidung erschien auf der anderen Seite der Fliegengittertür. Ihr weißblondes Haar war zerrauft, ihre Wimperntusche dick und klumpig, glänzender grüner Lidschatten schimmerte auf ihren Augenlidern, der Rest des Gesichts wirkte blass und farblos. Sie kämpfte mit ihrem Morgenmantel, der ihr mindestens zwei Nummern zu klein war. Darunter trug sie ein fast durchsichtiges T-Shirt und Unterwäsche. Noch bevor sie die Tür ganz geöffnet hatte, legte sie schon los: »Was immer Sie mir andrehen wollen, ich kaufe nichts – oh, Mist!« Sie blickte überrascht auf, als sie Alvarez' und Pescolis Dienstmarken sah, und versuchte, den fadenscheinigen Frotteestoff noch enger um ihren Körper zu ziehen. »Was wollen Sie?«

Die beiden Detectives stellten sich schnell vor, und Pescoli fragte die dicke Frau, ob sie Wanda Verdago sei, obwohl sie sie oft genug auf einem Foto gesehen hatten.

»Ja, die bin ich, aber was wollen Sie von mir? Ich habe doch schon mit den Cops gesprochen.«

»Ich weiß, wir haben allerdings noch ein paar Fragen.«

»Über diesen miesen Scheißkerl Maurice?«, fragte sie und

verzog voller Abscheu das Gesicht. »Ich verfluche den Tag, an dem ich ihn kennengelernt habe, diesen Hurensohn.«

»Dürfen wir reinkommen?«

»Nein!«, erwiderte sie automatisch, dann schien sie es sich anders zu überlegen. »Ach, Unsinn. Sicher. Warum nicht? Geben Sie mir nur eine Sekunde, okay?« Und noch bevor die beiden Detectives etwas erwidern konnten, schloss sie schon die Tür und ließ sie auf der überdachten Veranda stehen, die vier identische Wohneinheiten miteinander verband. Ein künstlicher Weihnachtsbaum in einem Plastikkübel zierte den grauen Beton, geschmückt mit bunten Lichtern, die jedoch nicht blinkten.

Ein paar Minuten später kehrte Wanda zurück, die weißblonden Locken mit Clips aus dem Gesicht gehalten. Anstelle ihrer Schlafsachen trug sie eine dunkelblaue Jogginghose und ein gestreiftes Shirt in Größe XXL.

»Kommen Sie rein, und entschuldigen Sie die Unordnung«, sagte sie, hielt ihnen die Tür auf und führte sie durch einen kleinen, engen Flur ins Wohnzimmer, wo ein Flokati-Teppich aus den frühen Siebzigern auf dem Fußboden lag, der so oft shampooniert worden war, dass er einen stumpfen Apricotton angenommen hatte. Die Wohnung roch nach Mikrowellen-Popcorn, ein paar weiße Flöckchen waren auf dem staubigen Tisch zu erkennen, auf dem eine grüne Duftkerze brannte, die den butterigen Geruch jedoch kaum überdeckte.

»Ich habe keine Ahnung, wo er steckt, wenn es das ist, was Sie wissen wollen«, sagte Wanda und sank auf die abgenutzte Couch. Die durchhängenden Polster ließen darauf schließen, dass das ihre Lieblingsstelle war. In einer Ecke des Zimmers befand sich ein Christbaum aus Aluminium, dem Sofa gegenüber stand ein Flachbildfernseher.

»Genau das wüssten wir gern«, gab Pescoli zu.

Wanda schnaubte verächtlich. Als die beiden Polizistinnen in den beiden Sesseln rechts und links des Sofas Platz nahmen, warf sie einen sehnsüchtigen Blick auf den Fernseher, dann nahm sie die Fernbedienung vom Couchtisch und stellte die Spielshow ab.

»Und Sie wissen wirklich nicht, wohin er gegangen sein könnte?«, hakte Alvarez nach.

»Das wüsste ich nur zu gern, aber nein. Allerdings wette ich zehn zu eins, dass er mit dieser Schlampe zusammen ist, Carnie Tibalt.« Sie zog ein Gesicht, als hätte sie soeben in eine Zitrone gebissen. »Ich fasse es nicht. Ich schenke ihm die besten Jahre meines Lebens, warte darauf, dass er aus dem Gefängnis entlassen wird, und was macht er? Vögelt dieses Dreckstück von Kellnerin aus dem Long Branch.«

»Wo könnten die beiden stecken?«, versuchte es Alvarez erneut.

»Wenn ich das wüsste, würde ich sie über den Haufen schießen. Obwohl ich mir extra eine neue Waffe besorgen müsste, denn er hat das Gewehr mitgenommen.«

»Er hat ein Gewehr?«, hakte Pescoli nach.

»Ja, sicher, erst seit ein paar Wochen. Wollte sich selbst ein verfrühtes Weihnachtsgeschenk machen.«

»Wissen Sie, wo er es gekauft hat?«

»Nein, aber mit Sicherheit auf dem Schwarzmarkt. Ein Privatbesitzer mit einer nicht registrierten Waffe, nehme ich an, denn er durfte ja keine mehr haben.«

»Wissen Sie, um was für ein Gewehr es sich handelte?« Pescoli bemühte sich, sich ihre Aufregung nicht anmerken zu lassen.

»Nein.« Sie streckte ihnen ihre fleischigen Handflächen entgegen. »Ich weiß nicht viel über Waffen, und das will ich auch gar nicht. Waffen bedeuten nichts als Probleme.«

»Hatte Maurice Feinde?«, führte Pescoli die Befragung weiter.

Wanda starrte sie an, als wären ihr plötzlich Hörner gewachsen. »Ungefähr eine Million.« Sie schnaubte. »Keine Ahnung, wie viele Leute ihn nicht leiden konnten – unzählige vermutlich –, und wie viele er nicht leiden konnte, ich erinnere mich nur, dass er von seiner persönlichen Liste sprach, dem ›dreckigen halben Dutzend‹. Ja, ›dreckiges halbes Dutzend‹, so nannte er diejenigen, auf die er wirklich sauer war.«

»Hat er je gesagt, um wen es sich dabei handelte?«

»Nein, aber ich wette, die Richterin stand ebenfalls auf seiner Liste. Er hasste sie. Genau wie den Sheriff.« Sie beäugte Pescoli nachdenklich. »Sie mochte er auch nicht gerade gern, aber nehmen Sie es nicht persönlich, Sie befinden sich in guter Gesellschaft.«

»Aha«, sagte Pescoli, dann: »Wer sind seine Freunde, mit wem steckt er zusammen?«

»Mit niemandem. Die meisten seiner ›Freunde‹, wenn man sie denn so nennen kann, sitzen im Knast. Obwohl – ich glaube, Elders ist inzwischen wieder draußen, auch wenn ich nicht glaube, dass das wichtig ist.«

»Elders?«

»Cameron Elders. Aber Maurice hat schon seit Jahren nicht mehr mit Cam gesprochen. Jedes Mal, wenn Maurice draußen war, saß Cam, und umgekehrt. Außerdem hat er sich nicht wirklich für seine ehemaligen Kumpel interessiert.« Sie kniff mit neu erwachtem Zorn die Augen zusammen. »Die einzige Person, die ihn anscheinend kümmert, ist Carnie Tibalt, diese Schlampe! Mann, ich werde stinksauer, wenn ich daran denke, dass er mich für dieses kleine Miststück mit ihren prallen künstlichen Möpsen sitzengelassen hat! Neunundzwanzig ist sie, zumindest behauptet sie das, aber ich wette, sie ist mindestens fünf Jahre älter.« Sie rümpfte die Nase, als hätte sie einen üblen Geruch wahrgenommen. »Jünger als ich, versteht sich von selbst. Wenn ich mir die beiden zusammen vorstelle ... dieser Hurensohn! Ich könnte explodieren!«

Sie meinte es ernst. Ihre bleiche, teigige Haut war während ihres Ausbruchs knallrot geworden.

»Er muss doch noch andere Freunde gehabt haben«, überlegte Pescoli laut.

»Er hatte keine Zeit für sie. War zu beschäftigt damit, Carnie zu bespringen. Ich hoffe, er vögelt sich zu Tode. Alle beide!«

»Was ist mit Vincent Samuels?«, preschte Pescoli vor.

Wanda blickte überrascht auf. »Meinen Sie Vinny? Er kennt jemanden, den er Vinny nennt, aber ich wusste nicht, wie er mit Nachnamen heißt.«

Bingo.

»Haben sie sich regelmäßig getroffen?«

»Keine Ahnung. Vielleicht. Auf alle Fälle hat er den Kerl erwähnt. Vermutlich noch so ein Widerling, der seine Frau betrügt.«

»Vincent Samuels ist nicht verheiratet«, bemerkte Alvarez.

»Cleverer Bursche.« Als würde ihr gerade ein ganz bestimmter Gedanke kommen, ballte sie die linke Hand zur Faust und schob sie vor, so dass sie ihre Knöchel sehen konnten. »Schauen Sie sich das an«, sagte sie und deutete auf den funkelnden Ring an ihrem fleischigen Finger. »Mein Verlobungsring. Fetter Klunker, nicht wahr? Maurice hat geschworen, dass er echt ist, dass er ihn einer alten Trulla abgeknöpft und neu fassen lassen hat, und ich habe ihm das abgekauft – bin ihm voll auf den Leim gegangen. Ist leider ein Zirkonia. Entweder hat

er alles nur erfunden, oder er hat mir den echten Stein wieder abgenommen und heimlich durch den Zirkonia ersetzt, vielleicht war er aber auch einfach so blöd, ein billiges Imitat zu klauen. Ach, Mist, ist ja jetzt eh egal!«
Mit einiger Anstrengung gelang es ihr, den Ring über den Knöchel zu streifen und ihn quer durchs Zimmer in Richtung Küche zu schleudern, wo ein kleiner Esstisch stand. »Das ist es, was ich von diesem Bastard halte! Weg damit! Sollte ich je wieder in seine verlogene Visage blicken, steche ich ihm die Augen aus! Und dann mache ich einen auf Loretta Bobber und schneide ihm seinen verfluchten Schwanz ab!«
»Lorena Bobbitt«, korrigierte Alvarez automatisch.
»Ja, genau die meine ich«, knurrte Wanda. »Maurice kann ganz schön aufbrausend sein, müssen Sie wissen«, fuhr sie nach kurzem Überlegen fort. »Jähzornig. Einmal hat er mich mit einer Kettensäge bedroht … können Sie sich das vorstellen? Eine Kettensäge!« Sie stieß einen langen, überdrüssigen Seufzer aus. »Lorena Bobbitt? In meinen Augen ist sie eine echte Heldin! Geschah ihrem Scheißkerl von Ehemann ganz recht, dass sie ihn entmannt hat, schade, dass sie ihm die Eier nicht gleich mit abgeschnitten hat!« Wanda blickte erneut sehnsüchtig auf die Fernbedienung auf dem Couchtisch, entschied sich dafür, sie liegen zu lassen, und verschränkte beinahe trotzig die Arme unter ihren riesigen Brüsten.
Sie schien sich ein wenig zu beruhigen, und Alvarez beschloss, Wanda aufs eigentliche Thema zurückzuführen. »Haben Sie irgendeine Idee, wo Vinny wohnt? Wo wir ihn finden können?«
»Natürlich nicht. Ich kenne den Mann nicht mal.«
»Und wo wir Maurice finden können, wissen Sie auch nicht? Ganz bestimmt nicht?«

»Ich habe keinen blassen Schimmer«, erwiderte Wanda, »und warum sollte ausgerechnet ich etwas wissen?« Eine Träne kullerte aus ihrem Augenwinkel und verschmierte die klumpige Mascara. »Ich bin doch bloß die fette Kuh, die blöd genug war, ihrem Scheißkerl von Ehemann zu glauben, als er behauptete, er würde sie lieben.«

Kapitel fünfundzwanzig

Ich kann mir einfach nicht vorstellen, warum Maurice ein Schnuckelchen wie Wanda betrügen sollte«, bemerkte Pescoli sarkastisch, als sie vom Parkplatz der Aspen Grove Apartments fuhr und sich Richtung Highway hielt.

»Meiner Meinung nach ist er aber auch nicht gerade ein Prachtstück«, sagte Alvarez. Sie war davon ausgegangen, dass die Fahrt nach Helena nichts bringen würde, aber zu ihrer Überraschung hatten sie ein paar Dinge über Maurice Verdago erfahren, die sehr interessant waren – zum Beispiel seine Freundschaft mit Vincent Samuels. »Rule hat sich noch nicht bei mir gemeldet«, fügte sie hinzu und schickte ihm eine weitere SMS.

»Was schreibst du ihm?«

»Nur, dass er herausfinden soll, ob das zweite Blockhaus der Richterin bewohnt ist. Ich würde Samuels gern befragen.«

Pescoli gähnte. »Sicher. Aber nicht mehr heute. Vor zehn sind wir nicht in Grizzly Falls zurück. Ich habe Jeremy zwar gesagt, dass es spät werden würde, aber nicht, dass ich vorhabe, die ganze Nacht durchzuarbeiten.« Sie setzte den Blinker, dann ordnete sie sich in den stockenden Verkehr auf der Hauptstraße ein. »Ich frage mich, woher Maurice das Gewehr hat.«

»Und ich frage mich, um was für ein Modell es sich handelt.« Alvarez schickte gähnend die SMS ab.

»Es wäre schön gewesen, wenn Wanda etwas von Schusswaffen verstünde«, sagte Pescoli. »Ach ja, mit Cam Elders würde ich auch gern sprechen.«

»Hoffen wir mal, dass er nicht ebenfalls spurlos verschwunden ist.«

»Er muss sich regelmäßig bei seinem Bewährungshelfer melden«, gab Alvarez zu bedenken.

»Es wird von ihm erwartet, aber ob er das wirklich tut, ist hier die Frage.«

»Richtig.« Bei der nächsten sich bietenden Gelegenheit gab Pescoli Gas und überholte einen Pick-up mit Trailer. Alvarez' Handy klingelte.

»Selena Alvarez«, meldete sie sich und richtete den Blick auf die roten Schlusslichter des Wagens vor ihnen.

»Oh, Detective, hi.« Die Stimme am anderen Ende der Leitung war leise, kaum zu verstehen bei dem lauten Brummen des Jeep-Motors. »Hier spricht Cecilia. Cecilia Piquard.«

»Ja, Mrs. Piquard?«

Pescoli warf einen fragenden Blick in Alvarez' Richtung.

»Sie, ähm, Sie haben mich gebeten, Sie anzurufen, sollte mir noch etwas einfallen.«

»Ja?«

»Nun, da wäre noch etwas, aber ich wollte es nicht sagen, als Winston dabei war. Er ist gerade unterwegs, um Windeln und Milch zu besorgen, nur in dem kleinen Laden um die Ecke, deshalb muss ich mich beeilen.«

»Und? Was ist Ihnen noch eingefallen?«

»Win hat Ihnen gesagt, dass es keinen Mann in Kathryns Leben gab, aber das ist nicht richtig. Sie war ziemlich diskret, müssen Sie wissen, hat nie darüber gesprochen, mit wem sie sich verabredet, doch sowohl Vincent als auch ich wussten, dass sie bei einer dieser Internet-Partnerbörsen angemeldet war.«

»Hat sie je einen der Männer erwähnt? Oder haben Sie je einen von ihnen kennengelernt?«

»Oh, nein, nein … nichts dergleichen, aber ein Freund von mir, ein junger Mann, war bei derselben Agentur und ist zufällig auf ihr Profil gestoßen. Ein Zufallstreffer, da man dort keine E-Mail-Adressen oder Telefonnummern hinterlässt. Mein Freund hat sie auf dem Foto erkannt und ihrem Profil entnommen, dass sie Rechtsanwältin ist, nicht Richterin, deshalb hat er es mir gezeigt. Sie war es – wenngleich das eingestellte Bild mindestens zehn Jahre alt sein muss, denn darauf hat sie die Haare noch nicht gefärbt. Das Ganze war irgendwie surreal, und ich weiß, ich hätte es nicht tun dürfen, aber ich habe Winston davon erzählt, weil ich es im Grunde lustig fand. Winston nicht. Er ist an die Decke gegangen. Erst war er stinksauer auf mich – hat mir vorgeworfen, eine Schnüfflerin zu sein –, dann auf seine Mutter. Er ist total ausgeflippt und hat ihr vorgeworfen, dass eine Karrierefrau wie sie sich so etwas nicht leisten könne, was sie sich nur dabei gedacht habe, und wer wisse schon, was für Irre bei solchen Partnerbörsen lauern würden. Sie wäre ein leichtes Opfer und so weiter und so fort. Gerade sie als Richterin gäbe eine hervorragende Beute ab.« Sie zögerte, dann sagte sie ruhiger: »Ich schätze, das hat jemand tatsächlich so gesehen, hab ich recht?«

Alvarez hörte aufmerksam zu, versuchte, die wichtigsten Informationen herauszufiltern und dem Bild hinzuzufügen, das sie sich von der Richterin gemacht hatte. Das Ganze passte nicht zusammen, dennoch bezweifelte Alvarez nicht, dass Cecilia die Wahrheit sagte. »Wissen Sie, bei welcher Partnerbörse sie sich angemeldet hatte?«

»Ich glaube schon, aber ich bin mir nicht hundertprozentig sicher. Wie ich schon sagte: Das war ein absoluter Zufallstreffer. Wir dachten, sie hätte sich nach der Auseinandersetzung mit Winston dort abgemeldet, doch dann, ungefähr drei Monate später, im vergangenen Sommer kurz nach dem Vierten Juli, glaube ich, waren wir alle auf einer Party bei den Jamisons, Freunden der Familie. Sie bekam einen Anruf und ging ins Arbeitszimmer.

Ich musste zur Toilette, die direkt ans Arbeitszimmer angrenzte. Man konnte sie vom Flur oder von dort aus betreten, aber das wusste ich nicht. Erst als ich schon drinnen stand, auf der anderen Seite der Tür, und sie reden hörte, wurde mir das klar. Es ist mir peinlich, aber das, was sie sagte, klang wie Dirty Talk. Als würde sie flirten … auf eine ziemlich anzügliche Art und Weise.«

»Was genau haben Sie gehört?«, fragte Alvarez, deren Puls in die Höhe schnellte.

»Sie sagte: ›Du weißt doch, was mir gefällt …‹, dann folgte eine Pause, als würde sie zuhören, was die Person am anderen Ende der Leitung zu sagen hatte. Nach einem kurzen Augenblick kicherte sie und fügte hinzu: ›… nun, das auch, aber nicht, wenn ich oben liege. Ich bin lieber unterm Sheriff.‹«

»Sind Sie sich da sicher?«

»Genau das habe ich verstanden, und dann gluckste sie leise und hauchte mit kehliger Stimme: ›Bis später‹, dabei war es schon lange nach Mitternacht. Bislang war ich davon ausgegangen, dass sie abends um neun mit einem guten Buch ins Bett ging, aber da sieht man mal wieder, wie sehr man sich in einem Menschen täuschen kann.«

»Was denken Sie, wen sie mit ›dem Sheriff‹ gemeint hat?«, fragte Alvarez. Also doch eine Liebesgeschichte, gerade jetzt, als sie dachten, Maurice Verdago sei der Täter?

»Offenbar hat sie über den Sheriff gesprochen, über wen sonst? Sheriff Grayson. Wenn Sie mich fragen: Irgendwem hat es gar nicht gefallen, dass er ein Techtelmechtel mit Kathy hatte.«

Alvarez' Finger krampften sich um das Telefon. Konnte das stimmen? »Vielleicht war es ja auch genau andersherum.«
»Sie meinen, irgendwem hat es nicht gefallen, dass sie mit Dan Grayson rummachte?«, fragte Cecilia. »Das könnte natürlich auch sein.«
Aber wer sollte sich daran stören? Eine seiner Ex-Frauen? Hattie Grayson, seine Ex-Schwägerin? Hattie schien ein Auge auf ihn geworfen zu haben, aber sie war einfach nicht der Typ für derart brutale, kaltblütige Anschläge ... und Cara und Akina genauso wenig. Und warum sollte sie dann auch den Sheriff umbringen wollen?
»Oh! Das Garagentor geht auf, ich muss auflegen. Winston ist wieder da. Bitte, bitte sagen Sie ihm nicht, dass ich Sie angerufen habe. Er würde ausrasten!«
Noch bevor Alvarez etwas erwidern konnte, legte Cecilia auf. Alvarez ließ das Handy sinken und versuchte, sich Sheriff Grayson mit der Richterin vorzustellen. Konnte das wahr sein? Sie verspürte mehr als nur ein bisschen Enttäuschung, doch den Grund dafür wollte sie lieber nicht analysieren.
»Worum ging es?«, fragte Pescoli neugierig.
»Cecilia Piquard glaubt, mit angehört zu haben, wie sich die Richterin mit Dan Grayson zu einem Rendezvous verabredet hat, mitten in der Nacht.«
»Unsinn. Ich dachte, wir hätten eine Liebesgeschichte als Mordmotiv ausgeschlossen.«
»Das hatten wir«, bestätigte Alvarez, dann wiederholte sie ihr Telefonat mit Cecilia und endete mit: »... und daher vermutet Cecilia, dass die Richterin und der Sheriff eine Affäre haben.«
»Wenn das stimmt, muss irgendjemand Wind davon bekommen haben«, sagte Pescoli. »Es muss doch noch mehr Telefonate, Liebesbriefe oder Textnachrichten gegeben haben, und vielleicht sind auch die durch Zufall belauscht oder abgefan-

gen worden. Womöglich hat sich einer der beiden verplappert. Morgen knöpfen wir uns Bess Brewster vor und unterhalten uns mit der Putzfrau, dieser Donna Goodwin. Und wenn uns das nicht weiterbringt, versuchen wir es bei den Brüdern des Sheriffs.«

»Hoffentlich hat Rule herausgefunden, ob sich Vincent in diesem Blockhaus aufhält, damit wir gleich morgen früh mit ihm reden können«, sagte Alvarez.

Pescoli nickte und starrte hinaus in den Abend. Auf der Gegenfahrbahn näherte sich ein Fahrzeug.

»Glaubst du, bei der Asche im Arbeitszimmerofen handelt es sich um alte Liebesbriefe?«, fragte Alvarez.

»Möglich«, antwortete Pescoli. »Aber wer kann das schon sagen?«

»Warum passiert es bei diesem Fall ständig, dass wir glauben, endlich eine Spur zu haben, so wie jetzt mit Verdago, und dann deutet plötzlich alles in eine ganz andere Richtung? Eine Liebesgeschichte …«

»Nur weil Kathryn Samuels-Piquard ein heimliches Liebesleben hatte, heißt das noch lange nicht, dass sie damit jemanden zu einem Mord animiert hat – auch nicht, wenn der Auserwählte Dan Grayson heißt.«

»Trotzdem könnte es ein Beweggrund sein.«

»Unter Umständen.« Pescoli wirkte nicht überzeugt.

»Ich dachte, du wärst diejenige, die glaubt, dass dem Fall ein persönliches Motiv zugrunde liegt.«

Es fing wieder an zu schneien. Pescoli schaltete die Scheibenwischer ein. »Ich habe so ein Bauchgefühl, Verdago betreffend. Was hat er noch gleich nach der Urteilsverkündung zu der Richterin gesagt?«

»›Du wirst die Quittung schon noch kriegen‹, und dazu hat er ihr den Finger gezeigt.«

»Richtig. Und sein Zellengenosse sagte, er würde Grayson hassen.« Sie runzelte die Stirn. »Er ist unser Mann.«
»Ich denke, wir sollten nach allen Richtungen offen sein.«
»Das sind wir«, sagte Pescoli, doch Alvarez kannte ihre Partnerin. Wenn sie sich einmal etwas in den Kopf gesetzt hatte, vor allem, was einen potenziellen Mörder anbetraf, konnte sie nichts, aber auch gar nichts davon abbringen.

Er hängte seine Kleidung mit der Präzision auf, die jahrelange Übung bei der Armee mit sich bringt. Das Blockhaus war kalt genug, um ihm Gänsehaut zu verursachen, trotzdem trat er nicht ans Feuer, sondern zog sich aus, bis er völlig nackt war. Anschließend ließ er sich zu Boden fallen und fing mit Liegestützen an, absolvierte seine üblichen Einheiten, beugte und streckte die Muskeln, spürte die Belastung, sah, wie ihm der Schweiß von der Nasenspitze auf den kalten Steinboden tropfte.
Er war müde. Erschöpft. Und dennoch zwang er sich weiterzumachen. *Beugen. Strecken. Beugen. Strecken.* Bald schon würde er auf die Probe gestellt werden und sich beweisen müssen. Ein Fehler war ihm bereits unterlaufen, und es machte ihn wahnsinnig, dass Dan Grayson nicht endlich seinen letzten Atemzug tat. Er war sich sicher, dass der Sheriff lebensgefährlich verletzt sein musste. Wäre die verfluchte Pescoli nicht urplötzlich aufgekreuzt und die Sanitäter nicht so schnell vor Ort gewesen …
»Hör auf damit!«, befahl er sich selbst. Seine Stimme durchbrach die Stille in dem kleinen Blockhaus. Negative Gedanken konnte er sich nicht leisten, wenn er durchhalten wollte. Er war auf einem Weg, der nur zu einem einzigen Ende führte.
Als er mit seinen Übungen fertig war, ging er hinaus und

durch eine Schneewehe zu dem Holzstapel. Eiskristalle liebkosten seine nackte Haut und stachen angenehm schmerzhaft in seine Fußsohlen. Eine Windböe rüttelte an den kahlen Zweigen eines jungen Baums und kühlte die Schweißtropfen auf seiner Haut.

Um sich zu beruhigen, atmete er tief durch und erinnerte sich daran, dass es ein voller Erfolg gewesen war, das Foto der Richterin an Manny Douglas zu schicken.

Mit frischen Kräften machte er sich ans Holzhacken und dachte an Grayson, der die Arme voller Feuerholz gehabt hatte. Dachte an den Schuss, der nicht so getroffen hatte wie geplant. Nein, er würde jetzt nicht an seinen Fehler denken, zumal er fest vorhatte, ihn zu korrigieren.

Zurück im Haus, brachte er das Feuer in Gang und wärmte sich. Er gestattete sich einen Drink, streifte Handschuhe über und ging zu seinem Schreibtisch, der ehemaligen Werkbank seines Vaters.

Liebevoll fuhr er mit dem Finger über das alte Holz. Er rückte die Fotos darauf zurecht und versuchte, einen freien Kopf zu bekommen, an die Tage zu denken, die vor ihm lagen. Sein Timing musste absolut präzise sein. Diesmal durfte ihm kein Fehler unterlaufen, sonst …

Nein, daran darfst du nicht denken. Atme tief durch. Zähl bis zehn.

Als seine Zweifel überhandzunehmen drohten, schob er sie entschlossen beiseite.

Miststück Nummer eins ist tot.

Bald wird Miststück Nummer zwei die Radieschen von unten betrachten, und es ist bloß eine Frage der Zeit, bis die anderen dasselbe Schicksal ereilt …

Kapitel sechsundzwanzig

Der Killer *musste* Verdago sein, etwas anderes war gar nicht möglich, überlegte Pescoli, als sie in die Garage fuhr. Die Drohungen, sein Hang zur Gewalttätigkeit, der Zeitpunkt seines Verschwindens – alles führte zu einem einzigen Schluss: schuldig im Sinne der Anklage. Die Vorstellung, dass dieser kranke Irre die Richterin und Grayson auf dem Gewissen hatte, brachte ihr Blut zum Kochen.

Sie stellte den Motor ab, griff nach Laptop und Handtasche, stieg aus und schloss das Garagentor. Sie konnte es kaum erwarten, den Bastard endlich ausfindig zu machen und zurück in den Knast zu schleifen.

Wildes Scharren auf der anderen Seite der Tür verkündete ihr, dass die Hunde sie gehört hatten. Als sie endlich aufsperrte und das Haus betrat, umkreisten sie sie aufmerksamkeitsheischend und ließen erst locker, als sie Laptop und Handtasche auf einen Stuhl am Küchentisch stellte.

»Ist ja gut, ist ja gut«, beruhigte sie die zwei und bückte sich. Sturgis wedelte wie verrückt mit dem Schwanz, während Cisco auf den Hinterbeinen ein kleines Freudentänzchen aufführte. Ja, dachte sie und öffnete ihre Jacke, die Hunde waren begeistert, sie zu sehen. Und ihre Kinder? Eher weniger.

Jeremy lag auf der Couch, den Controller in der Hand. Er sah kaum auf, als sie das Wohnzimmer betrat. Verschwunden war der smarte, emsige Möchtegern-Deputy, den er im Büro des

Sheriffs zum Besten gab, an seine Stelle war wieder ihr Mir-ist-eh-alles-scheißegal-Sohn getreten.
»Hi«, sagte sie. Ihr Blick fiel auf das Gewehr, das an der Couch lehnte. Sein Handy summte. Pescoli sah, dass eine SMS von HEIDI eingegangen war.
»Hi«, murmelte er, ohne die SMS zu beachten, dann fluchte er, weil ihn irgendein virtueller Gegner niedergemetzelt hatte, weshalb sich der gesamte Bildschirm schlagartig blutrot färbte.
»Hattest du einen guten Tag bei der Arbeit?«
»Ja.«
»Tut mir leid, dass du den Kaffeedienst übernehmen musstest.«
Er zuckte die Achseln, als würde ihm das nichts ausmachen.
»Hast du den Eindruck, Brewster würde dich piesacken oder ein Exempel an dir statuieren wollen?«
»Na klar. Er ist ein Arschloch. Reibt mir liebend gern unter die Nase, dass er mein Boss ist. Ich denke, das ist seine Art, mich von Heidi fernzuhalten. Im Department kann ich mich ihm nicht widersetzen, da muss ich tun, was er von mir verlangt.«
»Und willst du es immer noch?«
»Du meinst, ein Cop sein?« Er kräuselte die Lippen. »Ja. Warum nicht?« Er fummelte mit der Fernbedienung herum, als hinge sein Leben davon ab, nahm keine Sekunde die Augen von dem Geschehen auf dem Bildschirm. »Wenn er glaubt, er könnte mich dazu bringen zu kündigen oder mich wie einen Trottel aussehen lassen, hat er sich geschnitten, und früher oder später wird er das kapieren. Ach verdammt! Der Kerl macht mich fertig!«
Für eine Sekunde dachte Pescoli, er würde noch immer von Brewster sprechen, aber dann ging ihr auf, dass er sein Videospiel meinte.

»Wie geht's Heidi?«, fragte sie, womit sie es wagte, mit dem Zeh einen gefährlichen, hochemotionalen Boden zu berühren.

»Sie ist cool.«

Wohl kaum. »Brandheiß« wäre vermutlich die passendere Bezeichnung gewesen.

»Seid ihr noch zusammen?«

Er zögerte, dann warf er seiner Mutter einen Blick über die Schulter zu. »Was geht dich das an?«

Womit sie wieder beim Thema wären. Jeremy, der sich selbst für ach-so-erwachsen hielt, auch wenn er noch immer unter dem Dach seiner Mutter lebte und sich oftmals kindischer aufführte als seine jüngere Schwester. Aber sie war nicht in der Stimmung, mit ihm zu streiten. Nicht jetzt.

»Ich habe nur gefragt«, erklärte sie daher.

»Wir treffen uns, Mom. Gehen miteinander aus, und manchmal sind wir auch allein. Genügt das?« Er warf ihr einen herausfordernden Blick zu, doch sie sprach nicht aus, was sie dachte, hoffte wie immer nur, dass er seinen Verstand nicht gänzlich ausschaltete, wenn er mit Cort Brewsters hübscher Tochter zusammen war. Heidi war sexy. Sogar sehr sexy.

»Na schön«, sagte sie und wechselte das Thema. »Hast du was zu Abend gegessen?«

»Hab zusammen mit Cody ein paar Tacos gegessen.« Eine Pause. »Ach ja, Heidi und Codys Freundin waren auch dabei.«

Natürlich. *Beruhig dich, Regan, er hat recht. Er kann sich treffen, mit wem er will.*

»Was ist mit deiner Schwester?«, fragte sie und warf einen Blick den Flur hinunter Richtung Biancas Zimmer. »Sie ist doch zu Hause, oder?«

»In ihrem Zimmer.« Er blickte Pescoli tatsächlich an. »Ich

habe keine Ahnung, was sie gegessen oder gemacht hat. Das ist doch ihre Sache, Mom!«

»Wenn du meinst.« Heute Abend würde sie sich nicht auf eine Auseinandersetzung einlassen, ganz bestimmt nicht, dazu war es schon viel zu spät, trotzdem würde er sein Gewehr, das verdammte Ding, das Lucky ihm zu Weihnachten geschenkt hatte, wegräumen müssen.

»Ach ja, Jeremy, in meinem Haus werden sämtliche Schusswaffen im Waffenschrank eingeschlossen.«

Wieder warf er ihr einen Blick zu, dann sagte er bedächtig: »Ich weiß. Damals waren wir allerdings noch kleine Kinder, heute besteht kein Grund mehr dazu.«

»Aber sicher doch. Ich bin nicht die ganze Zeit über hier, und du auch nicht. Bianca könnte Besuch von ihren Freundinnen bekommen, und sie fangen an, herumzualbern, und ehe man sichs versieht, wird jemand verletzt. In dem Alter sind sie immer noch Kinder.« *Genau wie du und die meisten deiner Freunde,* dachte sie, doch sie sprach es nicht aus.

»Lass mich in Ruhe.«

»Ich meine es ernst. Außerdem, sollte jemand hier herumschnüffeln und das Gewehr entdecken, ist es ein weiterer Grund, ins Haus einzubrechen.«

»Das Gewehr ist registriert, Mom. Auf meinen Namen.«

»Das bedeutet noch lange nicht, dass man es nicht stehlen und bei einem Verbrechen benutzen kann.«

»Was hier draußen tagtäglich passiert.«

»Wir wohnen ziemlich abgeschieden, das weißt du. Niemand würde einen fremden Wagen in unserer Zufahrt bemerken, da die nächsten Nachbarn eine Viertelmeile entfernt wohnen.«

»Und?«

»Schließ das Gewehr einfach ein.«

»Nein!«, rief er, plötzlich wütend. »Lucky hat recht.« Er warf ihr einen vorwurfsvollen Blick zu. »Du kannst einen wirklich auf die Palme bringen!«

»Ich? Also bitte!« Das musste sie sich nicht anhören, schon gar nicht von ihrem Sohn. »Die Regel in diesem Haus lautet, dass Schusswaffen im Waffenschrank eingeschlossen werden, und zwar getrennt von der Munition. Das ist alles. Halte dich einfach daran.«

»Ich habe das Gewehr doch immer bei mir.«

»Jeremy …«

»Herrgott, Mom. Warum bist du bloß so ein verdammter Korinthenkacker?«

»Ein was?«

»Du bist eine absolute Pedantin, stellst Regeln über Regeln auf, dabei hat kein Mensch Bock, sich daran zu halten, am allerwenigsten du selbst!« Genervt warf er den Controller zu Boden und griff nach seinem Handy. »Und komm mir bloß nicht mit diesem ›Solange du die Beine unter meinem Tisch hast‹-Scheiß. Den habe ich nämlich schon Tausende Male gehört!« Das Gewehr in der einen, das Handy in der anderen Hand, tippte er eine SMS ein, dann drehte er sich um und stapfte die Treppe zu seinem Zimmer hinunter. Sie ließ ihn gehen. Der Waffenschrank stand ebenfalls unten, also wollte sie ihm die Gelegenheit geben, das Gewehr ohne ihren wachsamen Blick einzuschließen.

Obwohl sie später natürlich doch nachsehen würde.

Sturgis folgte Jeremy die Treppe hinunter. Offenbar dachte er, er hätte ebenfalls etwas ausgefressen.

Pescoli seufzte. Unglücklicherweise war etwas dran an Jeremys Argumenten. Sie zählte selbst nicht zu den Menschen, die sich unbedingt an die Regeln hielten, doch genau das erwartete sie von ihren Kindern. Und was Luckys Bemerkung betraf, sie könne einen nur allzu schnell auf die Palme bringen, so war ebenfalls ein Fünkchen Wahrheit daran. Ja, sie hatte ein aufbrausendes Temperament, doch sie setzte alles daran, sich zu zügeln. Was ihr in letzter Zeit nicht immer gelungen war, worauf auch Alvarez sie in aller Deutlichkeit aufmerksam gemacht hatte.

Ja, Mutter zu sein war nicht immer leicht, dachte sie, ging zu Biancas Zimmer und klopfte vorsichtig an.

»Herein!«, ertönte es von drinnen.

»Ich dachte, du schläfst vielleicht schon«, sagte Pescoli und lächelte ihre Tochter liebevoll an.

»Hi, Mom«, erwiderte Bianca. »*Sooo* spät ist es nun auch wieder nicht.« Sie saß vor ihrer Schminkkommode und lackierte sich die Nägel in glitzerndem Knallrosa. Cisco folgte Pescoli ins Zimmer und winselte, weil er aufs Bett wollte. Als er jünger gewesen war, war er mühelos hinaufgesprungen.

»Ist ja gut«, sagte Pescoli, nahm den kleinen Terrier hoch und setzte ihn auf der zerwühlten rosa Bettdecke mit den dazu passenden Kissen ab. »Was gibt's Neues?«, fragte sie ihre Tochter.

»Nichts.« Bianca strich mit dem Pinsel vorsichtig über ihren rechten Zeigefinger.

»Den Dreh habe ich nie ganz rausbekommen«, gab Pescoli zu und ließ sich auf den Rand der Matratze sinken, während Cisco wie verrückt unter einem der Kissen buddelte. Die Matratze gab leicht nach unter ihrem Gewicht. »Die Fingernägel an der rechten Hand zu lackieren, meine ich. Die linke war ein Kinderspiel, aber die rechte? Schwierig.«

»Ach, komm schon, Mom, wann hast du dir denn mal die Nägel lackiert?« Bianca lachte und begegnete dem Blick ihrer Mutter in dem kleinen Spiegel über ihrem Schminktisch.

»Nun, zumindest habe ich es versucht, ziemlich oft sogar, als ich in deinem Alter war oder noch ein bisschen jünger, zusammen mit meinen Schwestern.«

Bianca blies vorsichtig auf ihre feuchten Fingernägel. »War euch das nicht viel zu tussig? Ich meine, ihr wart doch alle eher sportliche Typen …«
»Das stimmt, zumindest ich, aber das heißt noch lange nicht, dass ich nicht hübsch aussehen und zu den angesagten Mädchen gehören wollte.«
»Und du dachtest, mit Nagellack würdest du das hinkriegen?« Bianca zog skeptisch die Augenbrauen in die Höhe.
»Ich dachte, das wäre zumindest hilfreich.«
»Ich kann mir nicht vorstellen, dass du dir je Gedanken um solchen *Mädchenkram* gemacht hast.«
»War auch nur eine kurze Phase.«
»Und, hat dich der Nagellack beliebter gemacht?«
»Um Gottes willen, nein!« Pescoli lachte. »Ich hab mir einfach nicht genügend Zeit genommen und war viel zu ungeduldig, und meine Schwestern hatten bald die Nase voll, mir ständig bei der rechten Hand zu helfen, also habe ich es aufgegeben.«
»Willst du's jetzt lernen?«
Pescoli zögerte, als sie den ernsten Blick in Biancas großen Augen bemerkte. »Ja, gern. Nur nicht heute Abend.«
»Weil du mal wieder zu beschäftigt bist.«
»Ich habe Santana versprochen, mich noch mit ihm zu treffen.«
»Und du bist spät dran. Wieder einmal«, stellte Bianca fest.
»Wow.«
»Arbeit.«
»Was sonst?«
»Ich weiß. Aber ich denke darüber nach, das zu ändern.«
Wieder schossen die Augenbrauen ihrer Tochter ungläubig in die Höhe. »Ich dachte, eher würde die Hölle gefrieren.«
»Als ich am ersten Weihnachtsmorgen zu Dan Grayson ge-

fahren bin, wollte ich mit ihm besprechen, welche Möglichkeiten es gibt, dass ich beruflich kürzertrete, und eventuell meine Kündigung einreichen.«

»Was?« Bianca wirbelte herum, um ihrer Mutter direkt ins Gesicht zu sehen. »Das glaube ich nicht. Du würdest *niemals* aufhören, Mom. Was solltest du ohne deine Arbeit auch anfangen?«

»Mich mehr um dich und deinen Bruder kümmern.«

»Du machst Witze. Jeremy und ich sind doch fast nie zu Hause, und das werden wir auch nicht ändern, bloß weil du plötzlich beschließt, einen auf Hausfrau zu machen. Also echt, Mom. Obwohl, Augenblick mal.« Das Lächeln auf ihrem Gesicht verschwand. »Hat das etwas mit Santana zu tun? Ach Gott, Mom ... Du denkst doch nicht etwa daran ... das ist doch albern. Ich meine, du hast mal davon geredet, bei ihm einzuziehen, aber ich dachte, du hättest deine Meinung geändert.«

»Nicht wirklich.«

»Das wird nicht funktionieren, Mom«, sagte Bianca eilig. »Ich würde das nicht wollen und Jeremy auch nicht. Ich müsste zu Dad und Michelle ziehen ...«

»Würdest du *das* wirklich wollen?«, fragte Pescoli und wappnete sich.

»Ich kenne Nate Santana nicht näher, und ich will ihn auch nicht näher kennenlernen. Es ist schon merkwürdig genug, dass er dein Freund ist.« Der Nagellack war vergessen, als sie mit großen Schritten das Zimmer durchquerte, sich neben Pescoli und Cisco aufs Bett fallen ließ und die Beine anzog. »Bitte, bitte mach keine Dummheit«, flehte sie.

»Glaub mir, Bianca, das versuche ich schon mein ganzes Leben.« Es ärgerte sie, dass die Kinder Michelle nur allzu bereitwillig akzeptiert hatten, als Luke erneut vor den Altar getreten war, doch sobald sie sich mit einem Mann getroffen hatte, hatten sie ihr bittere Vorwürfe gemacht, als fühlten sie sich dadurch bedroht.

»Was hast du zu Abend gegessen?«, wechselte Pescoli das Thema.

»Suppe.«

»Ist das alles?«, wagte sie zu fragen.

»Es hat gereicht.«

»Bianca«, sagte sie. »Was hast du heute gegessen?«

»Das habe ich dir doch schon gesagt.«

»Suppe. War das alles?«

»Ach ja, und einen Eiweißriegel mit Cola light.«

»Sonst noch etwas?«

»Ich hatte keinen Hunger.«

»Im Kühlschrank standen noch Reste von der Pizza und ein Spinatsalat.«

Biancas Blick verfinsterte sich. »Na und?«

»Es hat den Anschein, als würdest du dich absichtlich zu Tode hungern.«

»Unsinn.« Sie stand vom Bett auf und betrachtete sich im Spiegel, dann drehte sie sich um und ließ sich auf den Stuhl vor ihrem Schminktisch fallen.

»Was hast du gestern gegessen?«

»Keine Ahnung.« Als Pescoli schweigend auf ihre Antwort wartete, fügte sie hinzu: »Mom, bitte. Ich erinnere mich nicht.«

»Fang mit dem Frühstück an.«

»Ich weiß es nicht … ich glaub, ich habe einen Energy Drink getrunken.«

»Mehr nicht?« Als sie die Streitlust in den Augen ihrer Tochter auffunkeln sah, sagte sie: »Okay, und zum Mittagessen?«

»Hab ich mir einen Salat gemacht.«

»Mit irgendwelchen eiweißreichen Zutaten?«
»Nein, aber ich habe bei Jana einen Proteinriegel gegessen, und anschließend haben wir bei Joltz einen Kaffee getrunken.«
»Du trinkst Kaffee?« Das war neu. Mein Gott, weshalb verpasste sie so viele grundlegende Dinge im Leben ihrer Kinder? Bislang hatte Bianca doch immer die Nase gerümpft, sobald sie nur in die Nähe einer Kaffeetasse gekommen war.
»Ich hab mir einen Mochaccino bestellt. Mit Schlagsahne und Schokolade. Tonnenweise Kalorien.«
»Und zum Abendessen?«
»Was ist das? Die Spanische Inquisition?«
»So was Ähnliches.«
»Pizza, wenn du's genau wissen willst.« Bevor Pescoli etwas erwidern konnte, fügte sie hinzu: »Mindestens zwei Stücke, vegetarisch, mit ewig viel Käse. Bei Dino. Und anschließend haben wir noch ein Eis bestellt. Also, was soll ich jetzt tun? Ein Esstagebuch für dich anlegen?«
»Das wäre nett, ja.« Pescoli spürte, dass ihre Auseinandersetzung aus den Fugen geriet, und ruderte zurück. »Ich mache mir bloß ein bisschen Sorgen.«
»Ach Mom, hast du kein eigenes Leben?«
»Doch, das habe ich, und es ist so voll, dass es für zwei, drei weitere Leben reicht. Im Grunde bräuchte ich einen Klon. Du, Liebes, spielst eine riesige Rolle in meinem Leben, du und Jeremy seid für mich das Wichtigste.«
»Auch wenn es mir manchmal schwerfällt, das zu glauben«, murmelte sie.
Dem konnte Pescoli nicht widersprechen. Dass ihre Arbeit sie oft stundenlang von zu Hause fernhielt, war schlichtweg eine Tatsache.
»Hör mal«, sagte sie, auch wenn sie sich jetzt nicht wieder zu diesem Thema hinreißen lassen würde, »ich weiß, dass Mäd-

chen in deinem Alter mitunter unzufrieden sind mit ihrem Körper, und ich möchte mich bloß vergewissern, dass bei dir alles okay ist.«

Bianca verdrehte die Augen. »Mom. Ich esse jede Menge! Aber seit ich letztes Jahr Pfeiffersches Drüsenfieber hatte, habe ich einfach nicht mehr so viel Appetit. Das ist doch keine große Sache. Ich finde das sogar gut.«

»Und wieso?«

»Weil die Amerikaner zu fett sind, und ich nicht auch zu fett sein möchte.«

»Du bist doch superschlank!« Das Mädchen war mager, doch es hatte Kurven an den richtigen Stellen. »Ich will mir einfach sicher sein, dass du genügend Nahrung zu dir nimmst, nicht mehr und nicht weniger. Es ist mein Job, mir um dich Sorgen zu machen.«

»Ich dachte, dein Job sei es, die bösen Jungs zu schnappen«, erwiderte ihre Tochter.

»Das auch.«

»Nun, dann hör auf, dich um mich zu sorgen. Ich meine es ernst.« Ihr Handy verkündete, dass eine SMS eingegangen war. Stirnrunzelnd blickte Bianca aufs Display.

»Schlechte Nachrichten?«

»Nein. Bloß … Chris.«

»Ich dachte, zwischen euch wäre es aus.«

»Das ist es auch.« Sie sah ihrer Mutter direkt in die Augen. »Aber manchmal kapiert er das nicht.« Sie schmiss das Handy auf ihren Schminktisch. »Er ist ein solches Arschloch.«

»So solltest du nicht reden.«

»Seltsam, nicht wahr?«, fragte Bianca, und für eine Sekunde klang sie genau wie Michelle. »Weil auch du nicht so reden solltest.«

»Da hast du recht«, sagte Pescoli und stand auf. Es war die

Hölle, wie sie sich immer wieder im Kreis drehten. »Wird es nicht mal wieder Zeit, dass du dich bei Dr. Lambert durchchecken lässt?«

»Wegen des Pfeifferschen Drüsenfiebers?«

»Na, das ist hoffentlich längst ausgestanden. Ich dachte eher an einen Rundum-Check«, sagte Pescoli, die keineswegs davon überzeugt war, dass ihre Tochter nicht doch an einer ernsthaften Essstörung litt. Es war eine Sache, eine schlechte Esserin zu sein, das waren viele Mädchen, gerade im Teenager-Alter, aber es war eine ganz andere Sache, wegen irgendwelcher absurder Vorstellungen, das eigene Idealgewicht betreffend, die Nahrung zu verweigern.

»Mir geht es gut«, beharrte Bianca. »Zumindest ging es mir gut, bis du nach Hause gekommen bist.«

»Genug. Ich habe jetzt nicht die Zeit für so was.« Sie hörte ihre eigenen Worte und zuckte innerlich zusammen. Obwohl sie wusste, dass ihr Streit von diesem Punkt an nur in eine erbitterte Schlacht münden konnte, gefiel ihr die Vorstellung gar nicht, dass sie davor weglief. Bianca funkelte sie immer noch an.

»Wir sprechen morgen darüber«, versprach sie und wurde mit einem melodramatischen Seufzer belohnt.

Bevor ihre Tochter noch etwas hinzufügen konnte, verließ sie Biancas Zimmer, machte einen kurzen Abstecher in ihr eigenes Schlafzimmer und zog sich um. Sie hatte Santana eine SMS geschickt, dass sie später kommen würde, doch inzwischen war es schon richtig spät. Nachdem sie ihre Lippen nachgezogen und einen Hauch Parfüm aufgelegt hatte, nahm sie die Schachtel mit dem Diamantring und lief zur Tür hinaus. Als ihr die kalte Nachtluft entgegenschlug, kehrten ihre Gedanken zu ihrem Fall zurück. Wo mochte Maurice Verdago bloß stecken?

Er musste ganz in der Nähe sein, das spürte sie. Als sie von zu Hause wegfuhr, warf sie mehr als nur einen Blick in den Rückspiegel. »Reiß dich zusammen«, flüsterte sie, doch sie konnte das Gefühl nicht abschütteln, dass jemand jeden ihrer Schritte verfolgte.

Reine Paranoia, schalt sie sich selbst, schob die finsteren Gedanken entschlossen beiseite und drehte das Radio an, doch sie lauschte der Musik nur mit halbem Ohr. Stattdessen erstellte sie im Geist eine Liste mit all den Dingen, die sie erledigen musste, wenn sie morgen früh im Büro war.

Als Erstes würde sie bei Kayan Rule nachfragen, was er über Vincent Samuels in Erfahrung gebracht hatte, dann wollte sie sich Cameron Elders vornehmen. Als Freund von Verdago und On-Off-Häftling musste er einfach etwas wissen. Außerdem sagte ihr ihr Bauch, dass Samuels oder Elders, wenn nicht gar beide, sehr wohl darüber informiert waren, wo sich Maurice Verdago versteckt hielt. Die Putzfrau der Richterin und Brewsters Frau konnte Alvarez übernehmen.

Vielleicht würde sie etwas aus ihnen herausbekommen.

So schnell, wie sich ihre Räder auf den verschneiten Straßen drehten, so schnell drehten sich auch die Rädchen in ihrem Gehirn. Als sie Santanas Haus erreichte, war sie in Gedanken noch immer bei dem Fall, doch das furchteinflößende Gefühl, dass jemand sie beobachtete, war verschwunden. Fast. »Verflixte Paranoia«, murmelte sie, als sie dem freigeschaufelten Weg zu Santanas Haustür folgte.

Sie suchte den Schlüssel, den er ihr gegeben hatte, und öffnete die Tür zu seinem gemütlich-warmen Blockhaus. Drinnen war es dämmrig. Eine weihnachtliche Lichterkette leuchtete, der Fernseher lief leise – ein Nachrichtensender. Im Holzofen knackte ein Feuer, die Scheite glühten rot, lodernde Flammen warfen zuckende Schatten auf die Wände.

Nikita lag neben dem Feuer und klopfte zur Begrüßung gähnend mit dem Schwanz auf den Boden.
Santana lag lang ausgestreckt auf der Couch. Als sie eintrat, öffnete er verschlafen ein Auge. Ein Lächeln trat auf sein bartverschattetes Gesicht. »Hi, Liebling«, sagte er, stützte sich auf einen Ellbogen und grinste schief. Mein Gott, der Kerl war einfach höllisch sexy!
Sie legte ihre Jacke über eine Stuhllehne und hörte, wie er sagte: »Ich hab mich schon gefragt, ob du überhaupt noch auftauchst.« Er streckte sich, die Arme über dem Kopf. Sein langärmeliges T-Shirt rutschte nach oben und entblößte ein kleines Stück von seinem muskulösen Bauch. Ihre Haut fing an zu prickeln, wenn sie daran dachte, wie gestählt sein Körper von der harten Arbeit auf der Ranch war.
Als wüsste er, welche Richtung ihre Gedanken nahmen, verzog er die Lippen zu einem trägen Lächeln. Ja, Leidenschaft gab es jede Menge zwischen ihnen. Das konnte und wollte sie nicht leugnen. »Ich hätte nicht gedacht, dass es so spät werden würde.«
»Das tust du nie.«
»Ich weiß.«
»Ist schon okay«, sagte er und rückte zur Seite, damit sie sich zu ihm setzen konnte. Er schlang seine Arme um ihre Taille. »Ich bin froh, dass du jetzt hier bist.« Seine Stimme war tief und leicht heiser vom Schlafen, und sie leistete keinen Widerstand, als er sie zu sich zog und sie an sich drückte.
»Ich kann nicht bleiben.«
»Sicher kannst du das.«
Seufzend schloss sie die Augen, genoss die Stärke seiner Arme, die Wärme seines Körpers. Das Haus roch nach Holzfeuer, doch ihre Nase nahm nur den Duft seiner Haut wahr,

die leicht nach Seife roch, als sei er gerade erst aus der Dusche getreten.

»Denk jetzt nicht schon wieder an Abschied«, flüsterte er in ihr Haar, und sie wusste, dass dies der Ort war, an den sie gehörte: Sie gehörte zu diesem Mann.

»Na schön«, versprach sie, »aber ich muss trotzdem schon bald wieder aufbrechen. Ich bin bloß gekommen, um dir eine Antwort zu geben.«

Sie spürte, wie sich seine Muskeln anspannten. Mit etwas Mühe zog sie die Ringschatulle aus ihrer Tasche und öffnete sie. Der Ring funkelte im Licht der Flammen. Einen Augenblick lang fragte sie sich, ob sie gerade den größten Fehler ihres Lebens beging, aber da gab es ohnehin schon so viele.

Sie nahm seine Hand in ihre und schloss seine Finger um den Ring mit seinem glitzernden Stein.

»Dann sagst du also nein?« Plötzlich war seine Schläfrigkeit wie weggeblasen.

»Nun, das wäre natürlich eine Möglichkeit, aber ich bezweifle, dass ich den ganzen Weg hierher zurückgelegt hätte, noch dazu mitten in der Nacht, nur um dir eine Absage zu erteilen.«

Er grinste freudig. »Du kleine Hexe!« Dann: »Meinst du das ernst?«

»Ich dachte, es wäre schön, wenn du mich noch einmal fragst, so mit Kniefall und allem Drum und Dran, und mir diesmal den Ring an den Finger steckst.«

Er starrte sie an, als könne er nicht fassen, was sie da sagte.

»Du hast mich schon richtig verstanden, Cowboy«, ermutigte sie ihn. »Du hast gewonnen.«

Santana hielt sie fest und rollte sich mit ihr zusammen auf den Fußboden, dann ging er auf ein Knie und zog sie so zu sich, dass sie einander in die Augen blickten.

»Dann mal los.« Sie fühlte sich merkwürdig schüchtern und verlegen, als sie sich die Haare aus den Augen strich.

Er nahm ihre Hände in seine und fragte sanft: »Regan Pescoli, willst du mich heiraten?«

»Ich kann es kaum erwarten«, flüsterte sie, und ihr Herz, plötzlich wie befreit, nachdem die Last dieser schwierigen Entscheidung von ihr genommen war, machte einen Sprung. »Und nur damit du es weißt, Santana, ich meine es ernst. Diesmal ist es für immer. Und jetzt glaub bloß nicht, du könntest einen Rückzieher machen. Denn sonst müsste ich dich wohl erschießen.«

»Ich mache keinen Rückzieher. Ich will dich nämlich auch für immer.« Und noch bevor sie etwas erwidern konnte, küsste er sie so leidenschaftlich, dass sie wusste, ihre Entscheidung war richtig gewesen. Sämtliche Zweifel, die sie zuvor gequält hatten, verflogen.

»Liebe mich«, flüsterte er ihr ins Ohr.

Draußen heulte der Wind, der Sturm wurde heftiger und ließ kurz das Feuer aufflackern.

Sie spürte, wie ihr Körper auf seinen reagierte, und sie sagte sich, dass sie einander lieben würden bis zum Tod, und sie wünschte sich nichts sehnlicher als einen Schutzengel, der den stets rastlosen Engel des Todes von ihnen fernhielt.

Kapitel siebenundzwanzig

Ich verstehe nicht, aus welchem Grund ich hier bin«, sagte Bess Brewster zum zweiten Mal, seit sie auf einem der Besucherstühle Platz genommen hatte, die in Brewsters neuem Büro standen. In einer Ecke stapelten sich große Kartons, allesamt mit dickem schwarzem Textmarker beschriftet: EIGENTUM VON SHERIFF DANIEL GRAYSON.

Das alles wirkte falsch, beinahe surreal, dachte Alvarez. Sie saß auf dem zweiten Besucherstuhl neben Bess, während Brewster in Graysons altem Chefsessel auf der anderen Seite des Schreibtischs thronte. Alvarez hatte der Gattin des stellvertretenden Sheriffs – nun amtierender Sheriff, wenngleich hoffentlich nur vorübergehend – bereits ein paar einleitende Fragen gestellt, worüber Mrs. Brewster gar nicht erfreut gewesen war.

Bess, schlank und adrett, war Ende vierzig, und obwohl Alvarez ein paar Fältchen um ihre intensiv blauen Augen entdeckte, ihr Kinn nicht mehr ganz so straff war und sich die ersten grauen Strähnchen in ihrem vollen, zu einem strengen Bob geschnittenen blonden Haar zeigten, war sie zweifelsohne in ihrer Jugend eine atemberaubende Schönheit gewesen.

Genau wie ihre Töchter, dachte sie, als ihr Blick über die gerahmten Fotos auf Dans Aktenschrank schweifte, den Brewster seit neuestem für sich beanspruchte. Vier Töchter, alle blond wie ihre Mutter, alle erblühend zu wunderschönen Frauen. In der Mitte stand ein Bild von Heidi, Cort Brewsters jüngster Tochter, diejenige, die er seine »Prinzessin« nannte und die ganz offensichtlich die Hübscheste war. Auf dem Foto trug sie ein langes trägerloses Kleid aus einem glänzenden, eisblauen Stoff und hatte ein glitzerndes Diadem in ihre sonnengesträhnten Haare gesteckt, als sei sie wirklich eine Angehörige des Königshauses – und nicht nur Königin des Highschool-Abschlussballs.

»Ich bin deine Frau, Cort, und nicht irgendeine gemeine Verbrecherin oder Tatverdächtige«, schimpfte Bess aufgebracht. Ihr Rücken war gerade wie ein Stock, auf ihren hohen Wangenknochen zeigten sich zwei rote Flecken.

»Bess, Liebling. Das ist reine Routine. Das weißt du doch. Wir befragen nicht nur Kathys Familie, sondern auch all ihre Freunde.« Er deutete mit dem Daumen auf seine Brust und fügte hinzu: »Selbst ich bin davon nicht ausgenommen, und ich bin der Sheriff.«

Der *stellvertretende* Sheriff, dachte Alvarez.

»Es war schon schlimm genug, vor ein paar Wochen all diese Erklärungen zu deiner Waffe abgeben zu müssen«, beschwerte sich Bess. »So viele Fragen. Als wüsste ich, was damit passiert ist!«

»Mir ist ein Gewehr gestohlen worden«, erklärte Brewster. »Zu Hause. Vermutlich waren es irgendwelche Kids.«

»Aber bestimmt keiner der Jugendlichen, mit denen die Mädchen verkehren!«, fuhr seine Frau empört dazwischen. Sie sah Alvarez an und fügte hinzu: »Jemand ist in den Keller eingebrochen, aber die Tür ließ sich auch nie richtig verschließen.« Ihr Blick wanderte zu ihrem Mann weiter. »Ich hatte dich schon vor Monaten gebeten, das Schloss zu reparieren.«

»Hör auf damit, Bess. Jetzt ist es ja repariert. Außer der Waffe und einem alten Laptop wurde nichts entwendet.«

»Wenn du den Krempel da unten endlich mal aussortieren würdest … du kannst von Glück sagen, dass sie nicht deine College-Sachen mitgenommen haben oder die ganzen Militär-Devotionalien, die du dort verstaut hast. Da mal aufzuräumen, ist schon seit Jahren überfällig, Cort.«

»Schluss jetzt, Bess. Ich werde mich darum kümmern.« An Alvarez gewandt, versicherte er: »Mit Sicherheit waren es Kinder aus der Nachbarschaft. Ich habe das zur Anzeige gebracht.«

»Ist das Gewehr wieder aufgetaucht?«, fragte Alvarez.

»Nein.« Er schüttelte den Kopf. »Ein Remington, .30–06.«

»Dasselbe Kaliber, das bei den Anschlägen auf Grayson und Samuels-Piquard benutzt wurde.«

»Wie bitte?« Bess schnappte nach Luft. »Oh. Nein. Das glauben Sie doch nicht wirklich.« Ihre Augen weiteten sich. »Cort, kann es sein, dass jemand dein Gewehr gestohlen und damit Kathy umgebracht hat?«

»Das ist ziemlich weit hergeholt«, räumte er ein, doch der besorgte Blick in seinen Augen ließ darauf schließen, dass ihm dieser Gedanke auch schon gekommen war.

»Es sind schon seltsamere Dinge passiert«, sagte Alvarez und machte sich eine Notiz.

»Der Gedanke ist schrecklich, dass ein Jugendlicher –«, setzte Brewster an.

»Du weißt nicht, wer bei uns eingebrochen ist, und ich weiß es auch nicht«, fiel ihm Bess ins Wort. »Vielleicht war es gar kein Jugendlicher, sondern ein Krimineller, der nicht davor zurückschreckte, eine unschuldige Frau zu erschießen!«

»Jetzt ziehst du aber voreilige Schlüsse.« An Alvarez gewandt, fügte er hinzu: »Überprüfen Sie das. Ich habe die Anzeige bei Chas Aiken von der Abteilung für Diebstahl und Einbruch erstattet, vor ungefähr fünf Wochen.«

»Am Freitag nach Thanksgiving, um genau zu sein«, stellte Bess klar.

»Du hast recht«, pflichtete er ihr bei.

Seufzend bat Bess: »Lassen Sie uns weitermachen, Detective.«

Auch Brewster wandte sich wieder Alvarez zu. »Ich denke, wir können es kurz machen.« Ein Befehl. Keine Bitte.

»Wir versuchen, etwas mehr über das Privatleben der Richterin herauszufinden«, sagte Alvarez zu Brewsters Frau.

»Und dabei soll ich Ihnen helfen?« Bess warf ihrem Mann einen fragenden Blick zu, dann sagte sie: »Kathy und ich standen uns nahe, doch sie war ein sehr verschlossener Mensch, was ihre persönlichen Angelegenheiten anbetraf. Die ganze Sache ist schrecklich! Wirklich grauenvoll. Ich weiß nur nicht, wie ich Ihnen helfen soll.« Zum dritten oder vierten Mal, seit sie Platz genommen hatten, fuhren ihre Finger an den Kragen ihres Jacketts. Als sie bemerkte, dass sie nervös damit spielte, verschränkte sie rasch die Hände im Schoß und zwang sich zu einem Lächeln.

Diese Befragung behagt ihr gar nicht, dachte Alvarez. »Wissen Sie, ob sich die Richterin mit jemandem getroffen hat?«

»Sie meinen, ob sie einen Freund hatte? Glauben Sie wirklich, ich wüsste das?« Sie warf ihrem Ehemann einen weiteren ungläubigen Blick zu. »Wenn Kathy einen Freund hatte oder mit jemandem ausging, dann wusste ich nichts davon.«

»Sie hatte sich bei einer Internet-Partnerbörse angemeldet.«

»Wirklich? Aha. Sie hat nie einen Mann zu unseren Gemeindetreffen mitgebracht – außer ihrem verstorbenen Ehemann George natürlich.«

»Was können Sie mir über ihre Familie erzählen?«

Bess überlegte kurz. »Ich weiß, dass ihre Eltern tot sind und dass sie und ihr Bruder kaum noch Kontakt haben. Ihr Sohn und die Schwiegertochter standen ihr nahe, obwohl … bei der Schwiegertochter bin ich mir nicht sicher. Cecilia und Winston nehmen nie am Gottesdienst oder an den Bibelkreisen teil, trotz wiederholter Einladungen von unserem Geistlichen und mehreren der Kirchenväter. Cort, hast du nicht auch ein, zwei Mal mit Winston gesprochen?« Sie zog nachdenklich ihre sauber gezupften Augenbrauen zusammen.

Der stellvertretende Sheriff hob abwehrend die Hände. »Vermutlich. An Genaueres kann ich mich allerdings nicht erinnern.«

»Mehr weiß ich nicht über Kathy.« Wieder fuhren Bess' Finger an ihren Jackettkragen. »Wenn es so weit ist, werde ich bei den Beerdigungsvorbereitungen helfen. Ich habe allerdings gehört, der Leichnam ist noch nicht freigegeben.« Sie warf ihrem Mann einen fragenden Blick zu.

»Heute«, erklärte er.

»Oh, das ist gut. Die Kirchendamen organisieren den anschließenden Leichenschmaus. Wir erwarten ziemlich viele Leute.« Sie schien weit mehr an der Zeremonie interessiert zu sein als daran, dass der Tod ihrer Freundin aufgeklärt wurde.

Als hätte sie Alvarez' Gedanken gelesen, runzelte Bess die Stirn und fügte hinzu: »Viele Menschen kannten Kathy und wussten sie zu schätzen. Wir tragen eine große Verantwortung, alles so auszurichten, dass es ihr gerecht wird.«

Alvarez stellte ihr noch ein paar weitere Fragen, doch viel mehr brachte sie nicht in Erfahrung. »Hat sie jemals den Sheriff erwähnt?«, fragte sie abschließend.

»Cort?« Bess wandte sich ihrem Mann zu. »Was soll das? Selbstverständlich hat sie den Sheriff erwähnt, wenn sie mich gefragt hat, wie es uns so geht, was wir vorhaben …«

»Sie meint Grayson«, erklärte Brewster leicht gereizt.

»Oh.« Sie errötete, als sie ihren Fauxpas bemerkte. »Nein, nicht, dass ich mich daran erinnere. Sie kannten sich natürlich, aber wie gut, vermag ich Ihnen nicht zu sagen.«

»Sie hatten keine Liebesbeziehung?«, fragte Alvarez.

»Kathy und Dan? Das kann ich mir nicht vorstellen. Es ist natürlich nicht ausgeschlossen, aber er ist doch nicht einmal ein Mitglied unserer Gemeinde.«

»Und das bedeutet was?«, hakte Alvarez nach.

»Das bedeutet, dass ich mir nicht vorstellen kann, dass Kathy eine Beziehung mit einem Mann eingeht, der kein Kirchenmitglied ist. George, müssen Sie wissen, war ein sehr frommer Mann.« Sie nickte bekräftigend und sah ihren Mann um Unterstützung heischend an, während ihre Finger wieder einmal Richtung Kragen wanderten. »Er war Kirchenältester. Wie Cort.« Sie lächelte stolz, dann fragte sie: »Gibt es sonst noch etwas? Ich habe Heidi versprochen, heute Nachmittag mit ihr shoppen zu gehen. Sie möchte ein paar Weihnachtsgeschenke umtauschen. Mädchen im Teenager-Alter – Sie wissen schon. Leben von Luft und Handys und nach der Devise ›Shoppen bis zum Umfallen‹.«

»Tja, ich denke, wir sind fertig«, sagte Brewster, und Alvarez pflichtete ihm wortlos bei. Wenn Bess Brewster tatsächlich noch etwas Wichtiges über ihre verstorbene Freundin wusste, würde sie es nicht verraten.

»Sollte Ihnen noch irgendetwas einfallen –«, setzte Alvarez an, doch Bess fiel ihr ins Wort: »Wirklich, ich habe Ihnen alles gesagt. Ich kann Ihnen nicht weiterhelfen. Finden Sie ihren Mörder, und sperren Sie ihn ein.« Wieder schaute sie ihren Mann an.

»Das werden wir«, versprach er.

»Oh, darauf vertraue ich«, sagte Bess und fuhr in die Ärmel ihres langen schwarzen Mantels mit dem silbergrauen Nerzbesatz. Toter Nerz. Mrs. Brewster war wohl kein Mitglied der Tierschutzorganisation PETA. Sie griff nach ihrer Handtasche und war schon auf dem Weg zur Tür, noch bevor Cort seinen Stuhl zurückschieben, den Schreibtisch umrunden und ihr behilflich sein konnte. »Selbst wenn es euch nicht gelingt, ihn zu fassen«, sagte sie und blieb stehen, um sich ein Paar schwarze Handschuhe überzustreifen, »wird Gott ihn seiner gerechten Strafe zuführen. Der Tag des Jüngsten Gerichts wird kommen.«

Damit marschierte Bess aus Graysons ehemaligem Büro. Ihre Pumps klackerten im schnellen Stakkato über den Linoleumboden des Gangs, während Brewster sich beeilte, zu ihr aufzuschließen.

Alvarez blieb mit einem merkwürdigen Gefühl zurück, als sei ihr etwas Bedeutsames entgangen. Vielleicht lag es an der unterschwelligen Spannung, die sie zwischen Brewster und seiner Frau gespürt hatte. Dass sie die Befragung ausgerechnet in Graysons früherem Büro durchgeführt hatten, während dieser hilflos in seinem Bett auf der Intensivstation lag, verstärkte Alvarez' seltsames Gefühl nur noch mehr – als sei er bereits unter der Erde.

»Hi, Mrs. Brewster!«, hallte Jeremys Stimme zu ihr herüber, als Alvarez sich umdrehte, um an ihren Arbeitsplatz zurückzukehren.

»Jeremy«, sagte Bess, ohne stehen zu bleiben. Ihre Stimme war so eisig wie der Tag draußen. Bess Brewster war kalt wie ein Fisch und hatte offenbar nicht viel für den Freund ihrer Tochter übrig.

Der stellvertretende Sheriff sagte nichts. Jeremy, für einen Augenblick abgelenkt, bemerkte Alvarez erst in der letzten Sekunde und hätte sie beinahe umgerannt. »Oh, Entschuldigung. Ich wollte gerade in dieses Büro.«

»Dann hat man dich also zum Aufräumen verdonnert?«, mutmaßte Alvarez.
»Die Sachen des Sheriffs sollen eingelagert werden.« Er betrat Dan Graysons Büro und nahm zwei Kisten, dann eilte er an Alvarez vorbei Richtung Lagerraum.
Mit einem tiefen Seufzer kehrte Alvarez in ihre Arbeitszelle zurück und ließ sich auf ihren Schreibtischstuhl sinken.
Kayan Rule hatte ihr eine E-Mail geschickt. Es war ihm nicht gelungen, bis zu dem Blockhaus vorzudringen, in dem sie Vincent Samuels vermuteten – zu viel Schnee und Verkehrsprobleme, mit denen sich der Deputy zuerst befassen musste. Auch gut. Dann würden Pescoli und sie eben später dorthin fahren.
Bislang war der Tag ein Reinfall gewesen. Brewsters Frau hatte ihr nicht mehr Informationen gegeben als Donna Goodwin, die Zugehfrau, mit der sie zuvor gesprochen hatte. Heute früh war Donna gerade bei den Millers fertig gewesen, als Alvarez sie endlich erwischte, doch alles, was sie zu berichten hatte, war lediglich eine Bestätigung dessen, was sie bereits wussten. Donna war eine kleine, stämmige Frau, die auf die fünfzig zuging. Ihr Haar war zu einem Igel geschnitten, der sie männlich wirken ließ, und trotz der Kälte trug sie eine Cargo-Shorts und ein enganliegendes Thermohemd.
Das Problem war, dass sie das Haus der Richterin nur alle zwei Wochen geputzt und kaum ein Wort mit ihrer Arbeitgeberin gewechselt hatte. Sie wusste nichts von deren familiären Problemen oder Liebschaften und bestätigte nur, dass die Richterin einen Kalender gehabt habe, dem Donna allerdings nie besondere Aufmerksamkeit geschenkt hatte. Sie meinte, lediglich Arzttermine darauf gesehen zu haben. Was den Ofen im Arbeitszimmer anbetraf, so war sie überzeugt davon, dass er »blitzsauber« gewesen war, als sie beim letzten Mal – in der

Woche vor Weihnachten – das Haus der Richterin verlassen hatte. Außerdem habe sie »noch nie Asche« darin gesehen, denn Kathryn Samuels-Piquard habe den Ofen »nie benutzt«. Sie wirkte aufrichtig betroffen, als sie ihre Putzutensilien im Kofferraum ihres Wagens verstaute und sich verabschiedete.
Alvarez hatte gehofft, dass Velma Miller die Lücken würde füllen können, doch die kleine, rundliche Nachbarin war ihr auch keine große Hilfe gewesen. Das Gespräch im Salon der Millers hatte eine halbe Stunde gedauert. Velma wollte helfen, doch auch sie wusste, genau wie die anderen Freunde der Richterin, nur wenig über deren Privatleben.
Alvarez fragte Velma, ob sie etwas Außergewöhnliches oder gar Verdächtiges in der Gegend bemerkt habe, und die kleine runde Frau hatte nachdenklich die Stirn in Falten gelegt und anschließend bedächtig den Kopf geschüttelt. »Eigentlich nicht. Ab und an habe ich einen Wagen vor Kathys Haus parken sehen, den ich nicht recht zuordnen konnte, aber wie Sie wissen, war sie beruflich viel beschäftigt und zudem aktives Mitglied der Kirchengemeinde und kannte viele Leute ... ich habe mir nichts dabei gedacht.«
»Erinnern Sie sich, um was für einen Wagen es sich handelte?«
»Ach, nicht genau. Ein kleineres Modell, ein Coupé ... ein heller Beige-Ton mit einem Stich ins Goldene. Ich glaube, man sagt ›Champagner‹ dazu. Aber wie ich schon sagte: Aller Wahrscheinlichkeit nach gehört er einem Arbeitskollegen oder einem anderen Gemeindemitglied.«
»Haben Sie jemanden bemerkt, der sich des Öfteren in der Nähe herumtrieb und das Haus der Richterin beobachtet hat?«
Velma Miller unterdrückte ein Lachen. »Sie haben mit Claudia Dubois gesprochen, hab ich recht? Mitunter geht die Fantasie mit ihr durch. Und zwar ganz gewaltig. Ich habe von

dem Stalker gehört, aber sooft ich auch einen Blick zum Park werfe – und das tue ich ziemlich häufig, weil ich gern hier am Fenster sitze und stricke –, ich habe noch nie einen Mann bemerkt, auf den ihre Beschreibung passt, und auch sonst niemanden, der mir verdächtig erschienen wäre.«

Alvarez trat ans Fenster. Neben dem Schaukelstuhl stand ein Korb mit Wolle und Stricknadeln. Sie spähte durch die Scheibe und sagte: »Mrs. Dubois hat behauptet, er würde immer dort, unter dem Baum da drüben stehen. Vielleicht können Sie ihn aus diesem Blickwinkel nicht sehen, weil die Tanne die Sicht verdeckt?«

»Nun, das kann natürlich sein, aber Sie müssen wissen, dass Claudia … nun, sie ist nicht immer ganz klar im Kopf.«

»Wir haben mit ihrem Ehemann gesprochen.«

»Oh, mit dem *Doktor.*« Nüchtern hatte sie hinzugefügt: »Es ist traurig. Früher einmal war Claudia Dubois die klügste Frau, die ich kannte.«

Alvarez erreichte ihren Arbeitsplatz und riss ihre Gedanken von dem Gespräch mit Velma Miller los, um eine SMS von O'Keefe zu beantworten, mit dem sie sich für den Abend verabredet hatte.

Als sie das Klackern von hohen Absätzen vernahm, drehte sie sich um und sah Joelle den Gang entlangstöckeln. Vor dem Büro des Sheriffs blieb sie stehen und spähte hinein. »Mir gefällt das ganz und gar nicht«, sagte sie zu sich selbst und schüttelte ihren blonden, aufgebauschten Lockenkopf. Dann eilte sie zu Alvarez hinüber und deutete mit ihrem langen, manikürten Fingernagel auf ihre Brust, als wolle sie sie für die neuesten Veränderungen im Department verantwortlich machen. »Sheriff Grayson wird zurückkommen, darauf kannst du dich verlassen. Es dauert halt nur noch eine Weile. Manche Leute hier haben es ganz schön eilig, wenn du weißt, was ich meine!« Damit rauschte sie davon, so aufgebracht, wie Alvarez sie noch nie erlebt hatte. Zum ersten Mal, seit sie diesem Department zugeteilt worden war, war sie exakt derselben Meinung wie die Empfangssekretärin.

Sage Zoller strahlte, als sie zwei Stunden später an Pescolis Schreibtisch trat. »Wer hat noch gleich behauptet, Hartnäckigkeit würde sich nicht bezahlt machen?«

»Was gibt's?«, fragte Pescoli, frustriert wie immer. Ihr Magen knurrte laut, und ihr Nacken schmerzte von der vielen Computerrecherche. Seit Stunden schon ging sie Berichte durch und versuchte, auf diversen Landkarten Versteckmöglichkeiten auszumachen. Auf ihrem Schreibtisch herrschte ein wildes Durcheinander von Akten und Unterlagen, ihr Posteingang quoll über. Eine halbvolle Tasse Kaffee sowie eine riesige Limo-Flasche mit zerkautem Trinkhalm standen neben gerahmten Fotos ihrer Kinder. Sie hatte mitbekommen, dass Rule es nicht zum Blockhaus geschafft hatte, in der sie Vincent Samuels vermuteten, und sie hatte vor, mit Alvarez so schnell wie möglich dorthin zu fahren.

»Ich habe mir diese Partnerbörse vorgeknöpft, Matchmadeinheaven.com, auch wenn man schnell das Gefühl bekommt, dass die Beziehungen, die daraus hervorgehen, nicht gerade im Himmel entstehen. Aber wie dem auch sei, die Leute dort nehmen das Thema Privatsphäre ausgesprochen ernst, das kannst du mir glauben. Es hat ganz schön gedauert, bis ich etwas über die Richterin in Erfahrung gebracht habe. Sie war dort angemeldet, hatte sich aber über ein Jahr nicht mehr eingeloggt. Hätte sie dort einen Treffer gelandet, wäre ihre Seite gelöscht worden, es sieht also eher nicht danach aus.«

Pescoli warf einen Blick auf die Uhr an der Wand. »Und was hat das mit Hartnäckigkeit zu tun?«

»Sieh mal, was ich von Nettie von der Verkehrsüberwachung bekommen habe.« Sie legte ein körniges Foto auf Pescolis Schreibtisch.
Pescoli warf zuerst einen ungeduldigen Blick darauf, doch dann beugte sie sich interessiert vor. Es handelte sich um eine Aufnahme von einer der Verkehrsüberwachungskameras in der Innenstadt. Darauf war ein weißer Van zu sehen, in dem zwei Leute saßen.
»Carnie Tibalts Transporter?«, vermutete sie und spürte, wie ihr Pulsschlag in die Höhe schnellte.
»Sieht ganz so aus, allerdings ist das Nummernschild nicht zu erkennen.«
»Der Fahrer. Volltreffer! Das ist Verdago!« Zum ersten Mal seit Tagen hatte sie das Gefühl, einen Schritt weiter zu kommen. Endlich zahlte sich ihre harte Arbeit aus, zumindest zu einem kleinen Teil. »Wo ist das aufgenommen worden?«, fragte sie.
»Im Norden von Grizzly Falls, an der Kreuzung, von der aus man in die Berge gelangt. Sie sind auf der Landstraße stadtauswärts unterwegs.« Sage verschränkte die Arme vor der Brust und lehnte sich gegen Pescolis Schreibtisch.
»Richtung Elk Basin«, stellte Pescoli fest.
»Und von der Landstraße geht die Sackgasse ab, die zum Blockhaus der Richterin führt.«
»Die Monarch Lane«, sagte Pescoli, aber ihre Gedanken kreisten bereits um etwas anderes. Wenn sich Vincent Samuels in dem zweiten Blockhaus aufhielt, von dessen Existenz sie bloß durch Zufall erfahren hatten, so war es ziemlich wahrscheinlich, dass Maurice Verdago genau dorthin unterwegs war.
»Sieh dir das mal an«, sagte sie zu Zoller, schob ihre halb geleerte Kaffeetasse und die Limo zur Seite und blätterte durch

verschiedene Karten, die sie im Internet gefunden und ausgedruckt hatte. Nachdem sie mit ihren Ermittlungen, Graysons Ex-Frauen betreffend, in einer Sackgasse gelandet waren und nun nach einem potenziellen Liebhaber der Richterin Ausschau hielten, sah sie endlich Licht am Ende des Tunnels.

»Hier«, sagte sie und verspürte einen kleinen Adrenalinkick. Sie deutete auf einen roten Punkt, den sie auf der Karte eingezeichnet hatte. »Die Monarch Lane. Dort befindet sich das Blockhaus der Richterin, dort hat sie jedes Jahr ihren Winterurlaub verbracht.« Sie fuhr mit dem Finger Richtung Norden und hielt bei einem weiteren roten Punkt inne. »Hier hat man die Leiche der Richterin gefunden.«

»Aha.«

»Aber hier drüben …« Der Finger rutschte ein klein wenig nach Westen, »… hier liegt das zweite Blockhaus, in dem wir Vincent Samuels vermuten.«

Die drei Punkte bildeten ein perfektes Dreieck.

»Zugänglich über dieselbe Straße, die Verdago genommen hat.«

»Zusammen mit seiner Freundin.« Pescoli griff nach ihrer Limo und kaute gedankenverloren auf dem Trinkhalm.

»Und wo ist Vincent Samuels?«

»Bei ihnen? Auf der Ladefläche des Transporters? Ist er tot?« Die Möglichkeiten waren schier unendlich, doch Pescoli war mehr und mehr überzeugt davon, dass sie sämtliche Antworten in dem kleinen Blockhaus finden würden. Verdago und seine Freundin mussten einfach dort sein!

»Dann lass uns losfahren und es herausfinden.«

»Aber doch wohl nur mit Verstärkung, oder?«, fragte Sage.

»Du kommst mit Watershed oder Rule oder wer immer gerade zur Verfügung steht, ich hole Alvarez. Es ist wichtig, nicht mit gezückten Waffen dort aufzukreuzen. Ich will sie nicht

aufschrecken. Sollten sie die Überwachungskamera bemerkt haben, werden sie ohnehin kribbelig sein.«
»Richtig.«
»Wir werden behutsam vorgehen, die Lage vor Ort prüfen, und wenn wir sicher sind, dass wir sie haben, rufen wir das Team.« Entschlossen schob Pescoli ihren Stuhl zurück und griff nach Waffe und Schulterholster.
»Willst du dir diese Aktion nicht zuerst vom Sheriff absegnen lassen?«
»Der Sheriff ist im Augenblick nicht verfügbar, soweit ich weiß, liegt er im Krankenhaus.«
Zoller warf ihr einen Blick zu. »Ich habe von –«
»Du hast von Brewster geredet, dem *stellvertretenden* Sheriff, ich weiß, aber auch er ist im Augenblick nicht im Büro. Schon wieder ein Meeting.« Sie rückte ihr Holster zurecht.
»Er ist mehr abwesend als anwesend«, stellte Zoller fest.
»Politische Angelegenheiten.« Darin ging Cort Brewster auf, das wusste Pescoli, er liebte die Macht. Während der wenigen Tage, in denen er nun die Amtsgeschäfte von Dan Grayson ausübte, hatte er sich fast überwiegend seinen administrativen Aufgaben gewidmet, dem Teil des Jobs, den Grayson hasste. Pescoli wünschte sich von ganzem Herzen, dass es Grayson bald wieder besserging, damit man auf seine Rückkehr hoffen konnte.
»Ich suche mir nur schnell einen Partner«, sagte Sage.
»Wohin fahren Sie?«, fragte eine Männerstimme.
Verdammt!
Pescoli ging im Geiste sämtliche Flüche durch, die ihr spontan in den Sinn kamen, als sie Manny Douglas erkannte, der heute wieder seinen typischen Parka und sein stets präsentes schleimiges Lächeln zur Schau trug.
»Wie sind Sie hier reingekommen?«, fragte sie. Die Presse

konnte sie jetzt gar nicht gebrauchen. Nicht wenn sie das Gefühl hatte, unmittelbar vor einem Durchbruch zu stehen.

»*Ich* hab ihn hergebracht«, ertönte Jeremys Stimme vom Gang aus, und Pescolis Laune, die sich gerade ein wenig aufgehellt hatte, setzte zum Sturzflug an.

»Weißt du nicht, dass du das zuerst mit mir abklären musst?«, fragte sie ihren Sohn mühsam beherrscht. Die Situation wäre nicht aufgetreten, hätte Jeremy eine vernünftige Einweisung erhalten. Das Schlimmste daran war allerdings, dass sie genau diese Probleme vorausgesehen hatte, als ihr Sohn seinen Freiwilligenjob beim Department angetreten hatte.

»Beim ersten Mal war's doch auch okay«, brauste Jeremy auf, während sie nach Jacke und Handtasche griff.

»Da bin ich auch nach vorn gekommen, um mich mit ihm zu treffen.« Mein Gott, ihr Sohn konnte so unwahrscheinlich naiv sein! »Du musst mich immer vorab informieren«, erklärte sie ihm. »*Immer.* Gib mir einfach kurz Bescheid. Es könnte sein, dass heikle Unterlagen auf meinem Schreibtisch liegen oder dass gerade jemand bei mir ist. Du kannst nicht einfach irgendwen hier hereinmarschieren lassen.«

»He, he, he!«, protestierte Manny. »Was heißt denn hier ›irgendwen‹? Ich habe darauf bestanden, Sie zu sprechen, und das ist auch gut so. Wie war das noch gleich mit dem ›Sie werde ich als Ersten anrufen‹? Genau das hatten Sie mir versprochen!«

»Ich weiß, was ich versprochen habe«, erwiderte sie schnippisch, während er einen Schritt zurück machte, um sie vorbeizulassen, so dass Manny, Zoller, Jeremy und sie nun ein kleines Grüppchen vor dem Gang bildeten. »Ich werde Sie anrufen, sobald es etwas zu berichten gibt.«

»Klingt nach Sondermeldung.«

»Bestimmt nicht. Noch nicht. Bislang haben wir nichts. Sollte sich das ändern, erfahren Sie als Erster davon.«

»Hm«, schnaubte er, nicht überzeugt.
»Mom!«, sagte Jeremy in dem Augenblick entsetzt. »Was hast du da am Finger … einen *Verlobungsring?*«
Alle starrten auf ihre linke Hand, an der der neue Ring im Licht der Neonröhren funkelte.
»Ähm, ja … ja. Ich wollte heute Abend mit Bianca und dir reden.«
»Aber –«
»*Heute Abend,* Jeremy.«
»Du hast gesagt, du würdest *erst* mit uns reden, bevor du dich zu einem solchen Schritt entschließt«, beklagte er sich. »Aber jetzt sieht es ganz so aus, als hättest du deine Entscheidung schon getroffen – ohne uns.« Er war aufrichtig schockiert.
»Kann es sein, dass Sie Ihre Versprechen öfter brechen, Detective?«, fragte Manny.
»Heute Abend, Jeremy«, wiederholte sie mit fester Stimme. Noch bevor er widersprechen konnte, drängte sie sich an ihm und Manny vorbei und sagte halblaut zu Zoller, die ihr gleich auf den Fersen folgte: »Unauffällig. Keine Sirenen, keine Blinklichter.«
»Wir treffen uns dort«, erwiderte Zoller leise und verschwand den Gang hinunter, während Pescoli zu Alvarez ging.

»Was soll das heißen, ›sie heiratet wieder‹?«, fragte Bianca, und Jeremy wunderte sich wieder einmal darüber, wie blöd seine clevere kleine Schwester manchmal sein konnte. Er hatte sie von ihrer momentan besten Freundin Amy abgeholt, und jetzt fuhren sie zusammen durch den tiefer gelegenen Teil von Grizzly Falls, an den Wasserfällen vorbei, auf der Suche nach einem günstigen Diner oder Take-away.
»Sie muss sich gestern Abend verlobt haben«, erzählte Jeremy weiter, »deshalb wollte sie auch unbedingt noch einmal zu

Santana, diesem Trottel, fahren.« Er ließ den Blick über die Laden- und Restaurantfronten schweifen, die den Gehsteig säumten. »Nichts Passendes dabei. Lass uns mal oben gucken.«

»Du hältst Santana für einen Trottel?«, fragte Bianca, als sie zu der Straße fuhren, die den unteren, direkt am Fluss gelegenen Teil von Grizzly Falls mit dem oberen verband.

»Keine Ahnung.«

»Dafür, dass er schon so alt ist, finde ich ihn eigentlich ziemlich sexy.«

Jeremy stöhnte. »Machst du Witze?«

Bianca schaute aus dem Seitenfenster und sah das Gerichtsgebäude vorbeiziehen.

Jeremy warf ihr einen Seitenblick zu und stellte fest, dass sie grinste. »Oh, du bist ja so lustig!«

»Was nervt dich wirklich, Bruderherz?«

»Ich finde, wir brauchen echt keinen Besserwisser bei uns zu Hause, der uns sagt, wo's langgeht«, erklärte er, obwohl er wusste, dass sie recht hatte: Er war sauer auf seine Mutter, nicht auf Santana – stinksauer, um genau zu sein. Seine Mutter glaubte, sie könne ihm vorschreiben, mit wem er ging. Er kannte ihre Meinung bezüglich der Wahl, die er getroffen hatte, aber sollte sie sich ihre Ratschläge doch sonst wohin stecken! Wie sie ihn heute vor dem anderen Detective und diesem Reporter bloßgestellt hatte, war total scheiße gewesen. Außerdem mochte er Santana nicht besonders. Mit Sicherheit würden sie gleich bei der ersten Gelegenheit aneinandergeraten.

»Vielleicht kommt er uns ja gar nicht in die Quere.«

»Mensch, Bianca, auf welchem Planeten lebst du eigentlich?«

Sie starrte ihn an, als käme *er* vom Jupiter, dann streckte sie die Hand aus und stellte die Heizung höher. Als würde das etwas nutzen.

»Die Heizung ist kaputt, schon vergessen?«, fragte er.
»Dann lass sie reparieren. Es ist schweinekalt hier drinnen.«
»Sobald ich das Geld dafür übrig habe.« Er schaltete einen Gang runter und holperte mit seinem Pick-up über die Eisenbahnschienen am Fuß des Boxer Bluff. O Mann, er brauchte unbedingt neue Stoßdämpfer, aber auch die konnte er sich im Augenblick nicht leisten. Genauso wenig wie die Reparatur der Heizung. Nicht, solange er als Volontär arbeitete – er brauchte einen bezahlten Job und war fast schon versucht, seinen ehemaligen Chef bei der Tankstelle anzurufen, aber er hatte Corky's Gas & Go nicht gerade im Guten verlassen. Er war sich nicht mal sicher, ob er eine Empfehlung für eine andere Stelle bekommen würde. Na schön, dann würde die Instandsetzung seines Wagens eben warten müssen.
Jeremy gab Gas. Die Straße war steil und schlängelte sich in Serpentinen den schroffen Boxer Bluff hinauf. Als Kind hatte er sich vorgestellt, dass sich Felsbrocken lösen und auf ihr Auto stürzen, den alten Explorer seiner Mom mit ihnen darin unter sich begraben würden, aber irgendwann hatte sich seine Furcht gelegt.
»Du machst dir einfach zu viele Gedanken«, sagte Bianca. Ihr Handy summte zum zigtausendsten Male, seit er sie abgeholt hatte. »Das liegt daran, dass sie die einzige Mutter ist, die du hast.«
»Der einzige Elternteil, den ich noch habe«, stellte er klar. »Du hast immer noch Lucky.«
Sie krauste die Nase und schien über seine Worte nachzudenken, während sie die SMS las. »Ja, du hast recht. Ich habe noch Lucky und Michelle.«
»Die zählen nicht. Zumindest für mich nicht.«
Wenn Bianca überrascht war über seine Ablehnung dem Paar

gegenüber, das sie so vergötterte, zeigte sie es nicht. Ihre Finger flogen in Schallgeschwindigkeit über ihre Handy-Tastatur.

»Was gibt's denn so Wichtiges?«

Wieder sah sie ihn an, als stamme er aus einer fremden Galaxie. »Alles. Mein Leben.«

Sie erreichten die Kuppe des Hügels und fuhren am Polizeigebäude vorbei. Er warf einen Blick auf den Parkplatz und stellte fest, dass der Jeep seiner Mutter fort war. Wo sie wohl stecken mochte? Es machte ihm Sorgen, wie übereifrig sie nach dem Mörder der Richterin suchte. Manchmal kam sie ihm viel zu umtriebig vor, und er musste wieder an die Worte von Heidis Vater denken, der Regan Pescoli als »wandelndes Pulverfass« bezeichnet hatte. Nicht, dass er etwas auf Sheriff Brewsters Meinung gab. Der Kerl war ein Riesenarschloch, und es machte Jeremy schwer zu schaffen, dass er ihm so in den Hintern kriechen musste.

Doch eines Tages würde sich das ändern.

Dann wäre er ein Cop und Heidi seine Frau.

Sie hatten bereits darüber gesprochen, dass sie heiraten wollten, auch wenn er wusste, dass das noch in weiter Ferne lag. Heidi drängte ihn zwar, aber er war noch nicht bereit dazu, und egal, für wie dumm und unreif ihn seine Mutter halten mochte, er wusste genau, wie weit er in einer Beziehung gehen durfte, dass er den Bund fürs Leben erst schließen würde, wenn er – anders als sie – mit sich selbst im Reinen war.

Deshalb arrangierte er sich mit Heidis Vater. Zumindest im Augenblick. Selbst wenn Heidi sich beschwerte, dass er sich verändert hatte, seit er fürs Büro des Sheriffs arbeitete, dass er, genau wie ihr Dad, kaum noch für sie da wäre.

Genau davor hatte ihn seine Mom gewarnt. Doch das passierte nun mal, wenn man in den Polizeidienst trat. Heidi sollte sich besser daran gewöhnen, wenn sie eines Tages einen Cop heiraten wollte.

»Wie wär's, wenn wir zu Dixie gehen?«, fragte er Bianca, als er vor einer roten Ampel anhielt, wo ihm das Neonschild des Burger-Ladens ins Auge stach.

Sie textete immer noch wie verrückt und beachtete ihn kaum.

»Glaubst du, die haben vegetarische Burger?«

»Bestimmt.«

»Okay.«

Bianca liebäugelte mit dem Gedanken, auf Fleisch zu verzichten, genau wie sie damit geliebäugelt hatte, Bulimikerin zu werden. Ihre Mutter war ihr auf die Schliche gekommen, und Jeremy hatte Bianca eine Standpauke gehalten, weil das in seinen Augen komplett bekloppt war. Er wusste, dass es sich dabei um eine ernstzunehmende Essstörung handelte, und fand, dass sie so dämlich doch gar nicht sein konnte. Aber jetzt schien Bianca es sich tatsächlich anders zu überlegen, dachte er, als er auf den Parkplatz des Burger-Ladens einbog. Er lächelte, als er Heidi Brewster hinter der großen Fensterscheibe in einer Sitznische entdeckte.

Es konnte doch noch ein guter Abend werden.

Kapitel achtundzwanzig

Langsam, aber sicher verlor Cade die Geduld.

Er bestellte ein Bier an der Bar des Black Horse Saloon und trank es in kleinen Schlucken. Countrymusik drang aus den Lautsprechern, Billardkugeln klapperten auf dem Pool-Tisch in der Ecke, auf mehreren Fernsehschirmen liefen diverse Sportveranstaltungen, doch keine davon erweckte sein Interesse.

Heute Abend versorgten J.D. und Zed die Tiere, deshalb war Cade vor ein paar Stunden nach Missoula gefahren, um nach Dan zu sehen.

Es sah nicht gut aus.

Mit jedem Tag, der verstrich, kamen ihm die für gewöhnlich so munteren Krankenschwestern mutloser vor. Offenbar bestand für Dan kaum noch Hoffnung auf Genesung, zumindest hatte Cade diesen Eindruck gewonnen. Auch der Polizist, der vor der Intensivstation Wache stand, erschien ihm heute grimmiger, vielleicht auch nur gelangweilter. Beides war gar nicht gut.

Niemand konnte ihm die Antworten geben, nach denen er so dringend verlangte, und obwohl die Ärztin, eine Neurologin, mit der er heute gesprochen hatte, bemüht gewesen war, ihm Mut zu machen, hatte Cade etwas in ihren Augen gesehen, was ihn davor warnte, allzu große Wunder zu erwarten.

»Manche Menschen erholen sich von einer solchen Verletzung, wenn auch nicht ganz, so doch zumindest zu einem großen Teil«, hatte sie zu Cade gesagt. »Es gibt aber auch Menschen, die das nicht schaffen. Wir tun, was wir können, und ich habe mich persönlich mit meinen Kollegen im ganzen Land ausgetauscht, die sich mit dieser Art von Trauma befasst haben. Das ist das Positive: Per Computer sind wir mit den besten Krankenhäusern auf der ganzen Welt vernetzt, deshalb kann ich Ihnen versichern, dass Ihr Bruder bei uns die bestmögliche Behandlung erhält.« Sie lächelte und berührte Cade am Arm. »Ich habe gehört, der Sheriff sei ein Kämpfer, also haben Sie ein bisschen Vertrauen«, riet sie ihm, doch im Grunde hatte er eher den Eindruck gehabt, sie würde ihm raten, sich zu wappnen.

Mit hängenden Schultern hatte er das Northern General Hospital verlassen.

Es ist nicht mal eine Woche her, ermahnte er sich, *du musst Geduld haben.* Trotzdem. Silvester näherte sich mit Riesenschritten, und in ein paar Tagen würde es ihm nicht mehr gelingen, seine vermutlich falschen Hoffnungen weiter zu nähren.

Und dann waren da noch Hattie und die Mädchen.

Was für ein Chaos!

Die Barfrau, eine Rothaarige mit einer Tätowierung, die sich aus ihrem offenen Blusenkragen schlängelte, schob ihm ein Schälchen mit Erdnüssen hin. Sie sah so jung aus, dass Cade sich fragte, ob sie überhaupt schon Alkohol ausschenken durfte. Er fing das Schälchen auf, bevor es vom Tresen rutschte, und sie schenkte ihm ein aufreizendes Lächeln. Er nickte ihr zu, um sich zu bedanken, und wandte sich ab.

Es hatte eine Zeit gegeben, in der er jeden noch so subtilen Flirtversuch als Einladung verstanden und entsprechend reagiert hatte. Doch für gewöhnlich war das, was daraus entstand, eher enttäuschend gewesen.

Er war nicht interessiert, dachte er jetzt, trank sein Bier aus und ließ ein großzügiges Trinkgeld auf dem Tresen liegen. Heute Abend würde er sich mit keiner Frau einlassen. Vielleicht nie mehr.

Alvarez teilte keineswegs Pescolis Enthusiasmus, dass sie unmittelbar davorstanden, Verdago zu schnappen und ihm ein Geständnis abzuringen. Nur weil sie ein Fahrzeug entdeckt hatten, das aussah wie das von Carnie Tibalt und das in Richtung des Blockhauses fuhr, in dem sie Vincent Samuels vermuteten, hieß das noch lange nicht, dass sich Maurice Verdago dort versteckt hielt, geschweige denn, dass er tatsächlich den Anschlag auf Grayson verübt und die Richterin erschossen hatte. Außerdem war die Aufnahme des Vans ausgesprochen körnig, das Bild von Fahrer und Beifahrerin völlig unscharf. Sie war sich nicht mal sicher, ob es sich bei der Person neben dem Fahrer tatsächlich um eine Frau handelte, und noch viel weniger, ob diese Frau Carnival Tibalt war.

»Du hast doch gesagt, es gäbe Dutzende von Orten, an denen man sich in diesem Teil von Montana versteckt halten kann. Vielleicht ist Verdago ja gar nicht in Samuels' Blockhaus.«

»Vielleicht.«

»Aber du glaubst, dass er dort ist.«

»Ich hoffe es.« Pescoli stellte die Scheibenwischer an, weil es wieder anfing zu schneien. »Wer nicht wagt, der nicht gewinnt.«

»Aha«, sagte Alvarez, während ihre Partnerin den Jeep Richtung Norden lenkte. »Vielleicht sitzt Verdago am Tisch und spielt Poker mit dem Zodiac-Killer, D.B. Cooper und Jack the Ripper.«

»Lustige Truppe«, bemerkte Pescoli trocken.

»Meister der Flucht«, erklärte Alvarez. »Keiner von ihnen ist je identifiziert, geschweige denn geschnappt worden.«
Pescoli blickte schweigend in den Rückspiegel.
Zoller hatte Pete Watershed mitgenommen, die beiden blieben via Funk und Handy mit ihnen in Kontakt. Mit Sicherheit befände sich auch Manny Douglas in ihrem Kielwasser, mit einigem Abstand, aber fest entschlossen, ebenfalls am Puls des Geschehens zu sein. Hoffentlich kam er ihnen nicht in die Quere. Obwohl Pescoli ihn angewiesen hatte, sich zurückzuhalten, glaubte sie nicht, dass er ihre Order befolgte. Dennoch, der Mann war nicht blöd, es war unwahrscheinlich, dass er den Einsatz auffliegen oder in die Schusslinie geraten würde. *Hoffentlich!*
»Weißt du schon, dass man Brewster neulich ein Gewehr gestohlen hat?«, fragte Alvarez. »Ein Remington .30–60. Dasselbe Kaliber, nach dem wir suchen. Wurde ihm ungefähr zu Thanksgiving bei einem Einbruch entwendet, aus dem Keller. Er hat den Diebstahl zur Anzeige gebracht, das habe ich überprüft.«
»Zufall?« Pescoli furchte die Stirn.
»Vielleicht. Ist eine ziemlich geläufige Waffe.«
»Was zum Teufel hat das zu bedeuten? Bei Brewster wird eingebrochen – ausgerechnet jetzt, kurz vor den Übergriffen?« Pescoli kniff die Augen zusammen. »Das gefällt mir nicht.«
»Mir auch nicht. Deshalb habe ich auch vor, noch ein bisschen tiefer zu graben.«
»Gut.« Die Straße führte in Serpentinen bergauf, durch den Wald, wo die schneebedeckten, eisstarren Koniferen steil in den Himmel ragten wie Messerklingen, die die Dunkelheit durchschnitten. Es war schon nach siebzehn Uhr, und vermutlich würde es wieder ein langer Tag werden.

Hoffentlich nicht zu lange, dachte Alvarez, ihre Verabredung mit O'Keefe im Sinn.

Sie sprachen über den Einbruch in Brewsters Haus, versuchten, einen Zusammenhang herzustellen, und die ganze Zeit über waren Alvarez' Nerven zum Zerreißen gespannt, wenn sie an die bevorstehende Konfrontation dachte. Würden sie Verdago tatsächlich finden? Was, wenn er bis an die Zähne bewaffnet war?

Sie schaute ihre Partnerin an und bemerkte den Ring an ihrer linken Hand. »So, dann hast du also noch vor Ende des Ultimatums kapituliert?«

»Wie bitte?«

»Du bist verlobt«, stellte Alvarez fest.

»Ach so. Ja. Dank meines Sohnes weiß es bereits das ganze Department.« Pescoli warf Alvarez einen Seitenblick zu. »Jetzt sag bitte nicht, du bist sauer auf mich, weil ich es dir nicht persönlich erzählt habe.«

»Ich wollte dir soeben gratulieren.«

»Gut.«

»Obwohl ich schon gern Näheres erfahren würde. Aber du kannst es mir später erzählen, wenn wir nicht gerade mitten in dieser Aktion stecken.«

»Gut. Vielleicht bin ich dann eher in der Stimmung, über Mädchenkram zu plaudern.«

»Unwahrscheinlich.«

Endlich brachte sie Pescoli zum Grinsen, die geschickt das Thema wechselte. »So, ich denke, in ungefähr einer Viertelmeile kommt die Abzweigung.«

»Ja, hier hab ich sie«, erwiderte Alvarez und konzentrierte sich wieder auf das GPS-Gerät, das auf ihren Knien lag. Sie rief Watershed und Zoller, die ungefähr eine Meile hinter ihnen fuhren, an und gab ihre Koordinaten durch. Bald darauf bog der Jeep von der Hauptstraße ab und fuhr auf einer Nebenstraße noch weiter in die Berge hinein. Sie hatten vor, die Fahrzeuge außer Sichtweite des Blockhauses abzustellen und hinzuwandern. Pescoli und Alvarez würden das Gebäude von vorn sichern, Zoller und Watershed von hinten. Zwei weitere Einheiten fuhren in der Gegend Patrouille, sie standen auf Abruf bereit. Alvarez betete, dass sie nicht zum Einsatz kämen und dass die Festnahme von Maurice Verdago schnell und reibungslos verlaufen würde.

Und dann wäre da noch Manny Douglas, der auf eine Story lauerte, begierig darauf, mittendrin zu sein, um alles bis ins kleinste Detail berichten zu können, obwohl Pescoli ihm klare Anweisungen erteilt hatte, sich nicht vom Fleck zu rühren. Aber hatte Manny jemals getan, was sie von ihm verlangten?

»Da sind wir«, sagte Alvarez, die Augen auf ihr GPS-Gerät gerichtet, das mitunter in diesen entlegenen Gegenden ein wenig unzuverlässig war. Doch heute funktionierte es einwandfrei. Wenigstens etwas. Auf der Zufahrt zum Blockhaus entdeckten sie Reifenspuren. »Es ist also tatsächlich jemand hier gefahren, und zwar vor noch nicht allzu langer Zeit.«

»Vielleicht bloß Samuels«, überlegte Pescoli.

Aber Alvarez spürte ihre Aufregung, das Knistern im Wagen, das sich auf sie selbst übertrug.

Pescoli schaute in den Rückspiegel. »Zoller und Watershed sind da.« Sie schloss die Hände fest ums Lenkrad, dann öffnete sie sie wieder, den Blick konzentriert auf die schmale Fahrspur gerichtet, die sich durch das Dickicht aus Tannen, Kiefern und Fichten wand. Kein Licht fiel durch die Bäume, kein Geräusch drang an ihre Ohren, als sie den Reifenabdrücken folgten, die sie zum Blockhaus führten.

»Hoffen wir mal, dass das kein Fehlschuss ist«, sagte sie. Das Ganze kam ihr unüberlegt, undurchdacht vor, genau wie alles in ihrem Leben, ganz gleich, ob beruflich oder privat. Alvarez war sehr viel umsichtiger als sie und hielt sich stets an die Regeln, seit sie damals in San Bernardino eine Festnahme vermasselt hatte. Die Konsequenzen waren katastrophal gewesen.

Vielleicht war sie inzwischen sogar zu vorsichtig.

Trotzdem ließ es sich nicht leugnen, dass ihr ausgesprochen mulmig zumute war. Pescoli schaltete die Scheinwerfer aus und bog um eine letzte Kurve, dann tastete sie nach ihrer Dienstwaffe und dachte an Dan Grayson, der in seinem Krankenhausbett im Northern General noch immer um sein Leben kämpfte.

»Wenn wir noch näher heranfahren, sieht Verdago womöglich die Scheinwerfer.« Pescoli stellte den Wagen ab, Watershed fuhr hinter ihr rechts ran. Wortlos stiegen sie aus ihren allradgetriebenen Fahrzeugen und gingen die Zufahrt entlang, bis das Blockhaus in Sicht kam. Alles war dunkel, bis auf ein Licht hinter einem der Fenster, ein flackernder goldener Fleck, der im Schnee reflektierte. Durch die Bäume konnten sie den See erkennen, der silbern schimmerte, wenn ab und an die Wolken für einen Moment aufrissen und das Mondlicht darauf fiel.

Das rustikale Cottage, nahe am bewaldeten Ufer des Sees gelegen, war klein und quadratisch. Es hatte einen steinernen Kamin und Sprossenfenster und wirkte mit seiner leicht durchhängenden Veranda ein wenig baufällig. Auch das schneebedeckte Dach schien durchzuhängen, trotzdem machte das Blockhaus einen so anheimelnden und gemütlichen Eindruck, als stamme es direkt von einer Weihnachtskarte. *Stille Nacht, heilige Nacht …*

Verdagos Versteck? *Bitte lieber Gott, mach, dass alles glattläuft,* betete Alvarez und entsicherte ihre Waffe.

Der Geruch eines Holzfeuers hing in der kalten Winterluft, und es schneite dicke, schwere Flocken, trotzdem fing Alvarez an zu schwitzen.
Etwa drei Meter von der Veranda entfernt befand sich eine Garage für ein einzelnes Fahrzeug, Reifenspuren führten zum herabgelassenen Tor.
Es war also jemand zu Hause.
Alvarez' Magen krampfte sich zusammen. Aus dem Augenwinkel nahm sie eine Bewegung wahr. Watershed.
Bewaffnet mit Gewehr und seiner Dienstpistole, überprüfte er die Garage und schüttelte den Kopf, um ihr zu bedeuten, dass diese abgeschlossen war. Er streckte seine behandschuhte Hand aus und spreizte die Finger, was heißen sollte, dass er noch fünf Minuten brauchen würde, um auf Position zu gehen und das Haus von hinten zu sichern.
Als er und Zoller zwischen den Bäumen entlang des Ufers verschwunden waren, schaltete Alvarez an ihrem Handy die Stoppuhr ein. Wenn alle auf Position waren, würden sie reingehen, aber diese Minuten des Wartens waren quälend. Ihre Muskeln zuckten nervös.
Genau wie in San Bernardino.
Konnte es sein, dass das hier ein abgekartetes Spiel war? Wurden sie womöglich in eine tödliche Falle gelockt? Ihre Gedanken rasten, und ihr wurde bewusst, was gleich alles schieflaufen konnte.
Ein Schatten huschte am Fenster vorbei.
Irgendetwas stimmte hier nicht, und sie überlegte gerade, ob sie das Ganze abblasen und die Verstärkung rufen, Brewster Bescheid geben sollte, als sie den Fleck sah.
Einen dunkelroten, großen Fleck. Blut, so sah es aus, das in den Schnee neben einer Kiefer gesickert war, ungefähr sechs Meter von der klapprigen Veranda entfernt.

Fast wäre ihr das Herz stehengeblieben. Stumm versuchte sie, Pescolis Aufmerksamkeit zu erwecken, und deutete hektisch auf den großen Fleck.
Es hörte auf zu schneien, die dunklen Wolken trieben schnell am Himmel und gaben eine Lücke vor dem fahlen Wintermond frei. Alvarez kniff die Augen zusammen und sah, dass von dem Fleck eine rote Tropfenspur zur Garage führte. Im Schnee waren Fußabdrücke zu erkennen, teils zugeschneit, teils verweht, die darauf schließen ließen, dass eine, vielleicht auch zwei Personen zu dem Blutfleck gegangen waren. Auch Schleifspuren waren zu sehen.
Hatte jemand eine Leiche weggezerrt?
Hatte Verdago Carnie beseitigt? War sie ihm zur Last geworden? Oder handelte es sich bei der mutmaßlichen Leiche um den verschwundenen Vincent Samuels, den Bruder der Richterin, der das Blockhaus gehörte? Wer sonst könnte dort gelegen haben? Jemand von Verdagos Abschussliste?
Alvarez' Herz hämmerte heftig, ihr Mund war staubtrocken. Irgendetwas war hier definitiv faul, und sie glaubte nicht länger daran, dass die Festnahme ohne Probleme verlaufen würde.
Lautlos schlich sie auf die Veranda, und während Pescoli auf einer Seite der Tür in Stellung ging, drückte sie sich an die andere Wand, so fest, dass sie die Schindeln spürte, die sich durch ihre Jacke drückten.
Gleich würde Pescoli an die Tür klopfen und verkünden, dass die Polizei da war, und die Begegnung würde hoffentlich nicht in einem Schusswechsel enden.
Aber das war unwahrscheinlich.
Ihr Handy klickte leise.
Die fünf Minuten waren vorüber.
Jetzt oder nie!

Pescolis Blick begegnete ihrem, und mit einem Nicken wies sie Alvarez an, Unterstützung anzufordern. Alvarez drückte eine weitere Taste auf ihrem Handy und gab damit den beiden patrouillierenden Einheiten Bescheid, dass sie Hilfe brauchten. Und zwar SOFORT!

Alvarez wappnete sich.

Pescoli hämmerte gegen die Tür. *Wumm! Wumm! Wumm!*, hallte es von den umliegenden Hügeln wider. Noch bevor jemand reagierte, trat sie vom Eingang zurück und drückte sich wieder an die Wand, nur für den Fall, dass Verdago wild um sich schießend aus dem Cottage kam.

Nichts passierte.

Alles blieb still.

Keine panischen Schritte im Hausinnern.

Auch keine panischen Rufe.

Nichts.

Die Tür blieb geschlossen.

Pescoli wartete, die Waffe seitlich auf die Tür gerichtet, genau wie Alvarez.

»Maurice Verdago?«, rief sie wieder. »Machen Sie die Tür auf! Hier spricht Detective Pescoli vom Büro des Sheriffs von Pinewood County! Kommen Sie mit über den Kopf erhobenen Händen heraus!«

Stille, und dann … Schritte.

Alvarez biss die Zähne zusammen. Adrenalin pulste durch ihr Blut, doch die Hand mit der Waffe blieb ruhig.

Eine Sekunde später öffnete sich die Tür, und auf der Schwelle erschien – unbewaffnet – Vincent Samuels.

Seine Augen hinter der Brille waren weit aufgerissen, als er Pescoli mit der Waffe in der Hand erblickte. Seine Kinnlade klappte herunter, und er sah aus, als würde er sich gleich in die Hose machen.

»Was zum Teufel soll das?«, fragte er und riss die Hände in die Höhe. »Nicht schießen! Um Himmels willen, nicht schießen!« Er wirkte, als würde er jeden Augenblick in Ohnmacht fallen, dann rief er: »Es war doch nur ein Elch, wirklich!«

»Ein Elch?«, fragte Alvarez verdutzt. Samuels' Kinn ruckte Richtung Blutfleck.

»Ach, verdammt, ich weiß, dass das Wilderei ist, aber deshalb müssen Sie mich doch nicht gleich umbringen!« Er leckte sich nervös die Lippen. Seine Augen schossen zwischen den beiden Detectives hin und her. Langsam ließ Alvarez die Waffe sinken. »Ich habe einen Elch erlegt. Ja. Außerhalb der Jagdsaison. Ohne Jagdgenehmigung. Aber …« Als sich seine Aufregung etwas legte und er wieder einen klaren Gedanken fassen konnte, veränderte sich sein Gesichtsausdruck. Furcht wich Verwirrung. »Sie … Sie haben gedacht, Maurice sei hier?«

»Ist er das nicht?«

»Nein.« Samuels sah nun noch verwirrter aus als zuvor. »Warum sollte er? Ich habe ihn seit einer Ewigkeit nicht gesehen … Das Letzte, was ich von ihm gehört habe, war, dass man ihn wegen Mordes an seinem Schwager eingebuchtet hat. Kathy … ähm, verzeihen Sie, ich meine natürlich die ehrenwerte Richterin Kathryn Samuels-Piquard, hat Verdago verurteilt. Das hat er mir nie verziehen. Als sei das meine Schuld gewesen.«

»Sie dachten, wir kommen, weil Sie einen Elch erschossen haben?«, stellte Alvarez klar. Ihre Augen schossen zu dem Blutfleck und den Schleifspuren im Schnee.

»Der Kerl ist einfach hier vorbeigewandert, da habe ich ihn abgeknallt. Er hängt in der Garage. Ein Bulle«, fügte er hinzu, als würde das Geschlecht des Tieres eine Rolle spielen.

Pescoli war nicht überzeugt. Die Waffe noch immer auf Samuels gerichtet, fragte sie: »Haben Sie etwas dagegen, wenn wir uns drinnen ein wenig umsehen?«

»Herrgott.« Langsam wirkte er leicht genervt. »Nur zu. Tun Sie sich keinen Zwang an!«

»Runter von der Veranda«, befahl sie. Alvarez hörte die Hintertür auffliegen, während Pescoli, die ausgestreckte Waffe vor sich, vorsichtig das Blockhaus betrat und aus ihrem Blickfeld verschwand. In der Ferne heulten Sirenen.

»Sauber!«, rief eine Männerstimme von drinnen. Watershed. Dann erneut: »Sauber!«

Langsam, den Blick auf Alvarez' gesenkte Waffe gerichtet, nahm Samuels die Hände herunter und sagte zu Alvarez: »Ich weiß nicht, was Sie mir unterstellen, aber glauben Sie mir, Sie irren sich.«

»Tatsächlich?«

»Ich lüge nicht, wenn ich sage, dass ich Maurice nicht gesehen habe. Er ist ein Sträfling, um Himmels willen. Ich verstehe einfach nicht, weshalb Sie hier sind. Hat Kathy Sie geschickt?«

Verwundert wurde Alvarez klar, dass er nichts vom Tod seiner Schwester wusste.

»Das würde ihr ähnlich sehen«, fuhr Samuels verärgert fort. »Eins können Sie mir glauben: Keiner von Ihnen, schon gar nicht Grayson, dieser Schwachkopf, kommt damit durch. Auch ich habe meine Beziehungen … kenne ein paar Leute … Anwälte und … ach du Schande. Was soll das denn?« Er sah über Alvarez' Schulter auf die blauen und roten Lichter, die durch die Dunkelheit zuckten und sich im Schnee der Bäume spiegelten. Motoren dröhnten, das Sirenengeheul wurde immer lauter, Scheinwerfer erschienen auf der kleinen Lichtung vor dem Cottage. »Noch mehr Cops? Was zum Teufel soll ich denn verbrochen haben?«, fragte er entsetzt, dann sachlicher:

»Was hat das zu bedeuten, Detective? In welchen Schlamassel hat sich Maurice hineingeritten?«

»Sie sind schon eine ganze Weile in diesem Blockhaus?«, begann Alvarez.

»Was ist hier los?«, fragte er wieder, dann: »Ja, ich bin seit ein paar Wochen hier, und hier draußen gibt es kein Telefon, keinen Strom – genau wie ich es mag. Kathy denkt, ich habe eine Schraube locker, und wirft mir vor, ich würde mich benehmen wie ein Eremit, allerdings ist es mir völlig egal, was sie denkt. Ich nehme an, sie hat den Durchsuchungsbefehl unterzeichnet, damit ihr in mein Haus hereinplatzen könnt.«

»Kathys Haus, laut Testament«, korrigierte Alvarez automatisch.

»Kathys Haus, aber ich habe den Nießbrauch. Woher wissen Sie, was in Kathys Testament steht? Ich wusste nicht mal, dass sie überhaupt eins gemacht hat! Egal, ich will den Durchsuchungsbefehl sehen, und zwar sofort!«

»Wir haben keinen Durchsuchungsbefehl, Mr. Samuels«, erwiderte Alvarez, die sehr laut sprechen musste, um die Sirenen zu übertönen. Etwas in ihrer Stimme, vielleicht auch ihr ernster Gesichtsausdruck mussten ihn verunsichert haben, denn plötzlich verrauchte sein Zorn.

»Was ist los? Warum sind Sie hier?«

»Es tut mir leid, Ihnen mitteilen zu müssen, dass Ihre Schwester tot ist, Mr. Samuels.«

»Nein … nein …«

»Sie wurde erschossen, gar nicht weit von hier entfernt, ein paar Tage vor Weihnachten.«

»Das kann nicht sein. Das glaube ich nicht. Wer sollte sie erschießen … o Gott … die Frage müsste wohl eher lauten, wer nicht?« Schluckend und blinzelnd versuchte er, ihre Worte einsacken zu lassen und das eben Gehörte zu verdauen. »Verdago?«, stieß er schließlich hervor. »Sie verdächtigen ihn? Und Sie glauben, er hat sich bei *mir* versteckt?« Endlich fügten sich in seinem Kopf die Puzzleteilchen zusammen. Vincent Samuels sackte gegen den Türrahmen. Alvarez streckte die Hand aus, um ihn zu stützen, und half ihm, sich auf die angeknacksten Stufen der Veranda zu setzen. »Nein ... das kann nicht sein. Wir hatten Probleme, Kathy und ich, aber das ... o Gott.« Seine Augen wanderten zu den Polizeiwagen, deren Scheinwerfer die kleine Lichtung in gleißende Helligkeit tauchten. Das Sirenengeheul verstummte abrupt, als die Geländewagen zum Stehen kamen. Türen flogen auf. Aus jedem Fahrzeug sprangen zwei Deputys, die Waffen gezogen, die Türen wie Schilde vor sich.

»Waffen runter!«, schrie Alvarez, ohne den Bruder der Richterin aus den Augen zu lassen.

»Was?«, schrie der erste Deputy, Jan Spitzer, zurück.

»Ich sagte: Waffen runter! Verdago ist nicht hier!«

»Wird auch langsam Zeit, dass Sie das begreifen«, murmelte Samuels und wischte sich mit dem Handrücken die Nase. »Ach du Scheiße ...«

Er blickte über die Einsatzwagen der Polizei hinweg Richtung Wald. Alvarez folgte seinem Blick und entdeckte einen Mann in einem dicken Parka, der durch die verschneite Landschaft auf sie zurannte. Geduckt hastete er von einem Baum zum anderen, als rechnete er damit, dass jeden Augenblick eine Schusssalve auf ihn abgefeuert wurde. Alvarez sah, dass er eine kleine Tasche bei sich trug.

Ihr rutschte das Herz in die Hose, als sie Manny Douglas erkannte. »Bleiben Sie zurück, Manny!«, rief sie ihm zu, dann befahl sie, an Spitzer gewandt: »Sichern Sie die Gegend! Niemand darf sich dem Haus nähern!« Sie entdeckte Spitzers

Partner, der in Richtung des Reporters jagte, und schrie ihm zu: »Sorgen Sie dafür, dass der nicht näher kommt!«
Pescoli trat mit gesenkter Waffe aus dem Haus. Die Enttäuschung stand ihr ins Gesicht geschrieben. »Nichts«, sagte sie.
In dem Augenblick flammte ein grelles Licht in der Dunkelheit auf. Alvarez duckte sich und riss instinktiv ihre Waffe hoch, doch dann erblickte sie den Reporter, die Kamera in der Hand, ein Lächeln auf dem wieselähnlichen Gesicht.
»Bringt ihn von hier weg!«, brüllte sie den Deputys zu, die sich dem Haus näherten.
Manny hob die Hände und trat den Rückzug an. Am nächsten Morgen würde ihr Fiasko am Blockhaus auf der ersten Seite des *Mountain Reporter* stehen, da war sich Alvarez ganz sicher.

Kapitel neunundzwanzig

Vermutlich hätte sie Cade nie gestehen sollen, dass die Mädchen seine Töchter waren und nicht Barts, dachte Hattie, als sie die Hintertür der gewerblichen Küche schloss, die sie für ihren Catering-Service gemietet hatte. Zwei größere Veranstaltungen standen auf ihrer Agenda: das Silvesterdinner für die Robbins, für das sie schon in den letzten drei Jahren gesorgt hatte, und am nächsten Nachmittag die Open-House-Party bei den Knapps. Ihr kleines Unternehmen wuchs langsam, aber stetig, und sie hatte tatsächlich schon überlegt, einen Geschäftspartner mit an Bord zu holen, um mehr Zeit mit den Mädchen verbringen zu können.

Schon vor Wochen hatte sie die Speisenfolge mit ihren Kunden besprochen und die Zutaten besorgt, die nicht verderblich waren. Heute war es bis zur letzten Minute spannend gewesen, da sie den Großteil des Tages damit hatte zubringen müssen, die frischen Lebensmittel für die beiden Veranstaltungen zu kaufen. Morgen würde sie die letzten Vorbereitungen treffen und sich dann ans Kochen machen.

Die Mädchen und sie lebten hauptsächlich von dem Geld, das ihnen die drei Grayson-Brüder monatlich zukommen ließen. Damals, als die Lebensversicherung wegen Barts Suizid nicht zahlte, hatte Dan sich darum gekümmert, dass die kleine Familie seines jüngsten Bruders versorgt war, wofür sie ihm dankbar war, trotzdem reichte es mitunter vorn und hinten nicht, um die monatlichen Rechnungen zu bezahlen. Ihr Catering-Service schloss jene Lücke, doch die Aufträge gingen nicht regelmäßig, sondern eher schubweise ein: Mitunter konnte sie sich vor Arbeit kaum retten, manchmal dagegen gab es fast gar nichts zu tun. Während der lauen Monate verbrachte sie daher so viel Zeit wie möglich mit den Zwillingen, da sie wusste, dass sie von Oktober bis Ende Dezember kaum eine freie Minute haben würde.

Sie rüttelte am Türknauf, um sich zu vergewissern, dass das Schloss wirklich eingerastet war, und sagte sich, sie müsse endlich damit aufhören, sich Gedanken über Cade zu machen. Natürlich hatte sie nicht gewusst, wie er reagieren würde, wenn sie die Bombe platzen ließ, dass er seit acht Jahren Vater war, aber damit, dass er gar nichts dazu sagen und einfach nur schweigen würde, hatte sie nicht gerechnet. Cade war immer aufbrausend und hitzköpfig gewesen, aber in letzter Zeit schien er sich mehr unter Kontrolle zu haben, was mit Sicherheit nicht zuletzt mit Dans kritischem Zustand zusammenhing. Aber doch nicht so. Nicht bis zu dem Punkt, dass er sich gar nicht mit ihr auseinandersetzte.

Seine erste Reaktion im Maschinenschuppen hatte sie nicht überrascht, das Schweigen, das darauf folgte, dagegen schon. Obwohl sie wusste, dass sie Geduld haben musste, dass er dabei war, die Neuigkeit zu verarbeiten, dass sich alles von allein fügen würde, gewann sie doch den Eindruck, sie erlebe gerade die berühmte Ruhe vor dem Sturm.

Er musste es erfahren, rief sie sich vor Augen und sah, wie ihr Atem in der Luft kleine Wölkchen bildete. Sie ging zu ihrem Wagen, der unter einer hellen Straßenlaterne parkte, sorgfältig darauf achtend, den überfrorenen Pfützen auszuweichen, und sah ein kleines Stück entfernt einen Pick-up stehen.

Cades Pick-up.

Als sie daran vorbeiging, bemerkte sie, dass er auf dem Fahrersitz saß, das Gesicht grimmig. Kompromisslos.
Ihr Herz zog sich zusammen.
So gern sie mit ihm reden, ein Zeichen von ihm haben wollte, so war der Gedanke, sich tatsächlich mit ihm auseinandersetzen zu müssen, alles andere als verlockend. Würde er vernünftig sein? Würde er wollen, dass die Dinge so blieben wie bisher? Wollte er eine größere Rolle im Leben der Mädchen spielen? Oder würde er einen stillen Groll hegen und ihr irgendwann den Krieg erklären – wieder einmal?
Er beobachtete, wie sie näher kam, stieg aus der Fahrerkabine – eine große, dunkle Silhouette vor dem hellen Licht der Straßenlaterne.
»Ich habe mich schon gefragt, wann ich wohl etwas von dir hören würde«, sagte sie, all ihren Mut zusammennehmend, und ging auf ihn zu.
»Ich musste über einiges nachdenken.«
Sie nickte. »Ich habe dir ganz schön was aufgebürdet.«
Er lehnte sich gegen die Fahrertür seines Dodge. Hattie konnte sein Gesicht nicht erkennen, das nun im Dunkeln lag, beschattet von seiner Hutkrempe. Auf den Schultern seiner Lammfelljacke sammelte sich Schnee. »Das hast du in der Tat.« Er nickte leicht. »Ich habe mich gefragt, wie wir damit umgehen sollen.«
»Du meinst, wie *du* damit umgehen sollst. Ich habe vor, mein Leben genauso weiterzuführen wie bisher, meine Kinder großzuziehen, mich um mein Geschäft zu kümmern« – sie deutete auf das Gebäude, in dem sich die Küche befand, die sie für ihren Catering-Service gemietet hatte –, »außerdem muss ich mich mit meiner verkorksten Familie auseinandersetzen. Mom hat gesundheitliche Probleme, von meinem Vater habe ich seit Jahren nichts gehört, und plötzlich schickt er

mir eine Weihnachtskarte mit zwei Schecks – für jedes Mädchen einen.« Sie schüttelte den Kopf. »Und dann ist da noch Cara.«

»Ja, Cara.« Er sprach den Namen aus, als hätte er einen schlechten Beigeschmack.

»Ich weiß, dass sie sich Sorgen um Dan macht. Zumindest behauptet sie das.«

Cade schnaubte ungläubig, dann sagte er: »Sie ist deine Schwester, das weiß ich, aber sie ist keine Heilige, also mach dir gar nicht erst die Mühe, dir irgendwelche Entschuldigungen für ihr Verhalten einfallen zu lassen. Sie ist, wer sie ist. Sie hat Dan nie geliebt. Als sie geschieden waren, war es vorbei, zumindest für sie, da sie gleich diesen anderen geheiratet hat. Ende der Geschichte.« Er zuckte mit der Schulter, was so viel sagte wie: Cara Grayson Banks interessierte ihn nicht die Bohne.

»Na gut. Zurück zu dir. Was willst du, Cade?«

Er zögerte nur eine Sekunde. Ihre Blicke trafen sich. In dem Augenblick stellte sie sich ein Leben mit ihm vor, mit den Mädchen, auf der Ranch. McKenzie auf dem Rücken eines Pferdes, Mallory, die ihren Vater zu ihrem nächsten Tanzauftritt einlud, ein Weihnachtsbaum im Foyer, geschmückt mit Lametta und blinkenden Lichtern, Cade und sie …

Das ist absurd. Was dachte sie sich nur dabei? Sie und Cade zusammen – das würde niemals gutgehen! Ja, im Bett hatten sie prima zusammengepasst, noch nie hatte ein Mann sie so erregt wie Cade, obwohl sie das niemals zugeben würde. Außerdem hatten sie einen ähnlichen Humor, trocken und leicht sarkastisch, aber da hörten die Gemeinsamkeiten auch schon auf.

Sex und Spaß machten noch lange keine Beziehung aus.

Kinder aber schon.

»Ich will die Mädchen«, sagte er unvermittelt.
»Wie bitte?«, fragte sie schockiert.
»Nicht die ganze Zeit, aber doch die halbe«, ergänzte er. »Geteiltes Sorgerecht.«
»Nein … ich … warum?« Sie musste sich alle Mühe geben, die Furcht zu beherrschen, die plötzlich mit aller Macht in ihr aufstieg.
»Hast du mir nicht genau deshalb dein Geheimnis enthüllt? Weil du Unterstützung erwartet hast –«
»Ich dachte, ich hätte dir alles erklärt, Cade. Ich dachte, dass wir beide, du und ich, *gemeinsam* überlegen sollten, den Mädchen die Wahrheit zu sagen, sobald sie alt genug sind, um sie zu verstehen.«
»So alt können sie gar nicht werden. Verdammt, ich kapier's nicht.«
»Ich möchte, dass die Mädchen über ihren leiblichen Vater Bescheid wissen; sie sollen wissen, dass sie einen Vater haben und damit einen weiteren Elternteil für den Fall, dass mir mal etwas zustößt. Sie haben bereits den Mann verloren, den sie für ihren Vater halten, und vielleicht verlieren sie bald auch noch ihren Lieblingsonkel.«
Cade zuckte bei ihren Worten zusammen.
»Das Leben ist kurz, Cade. Wir haben keine Ahnung, was uns hinter der nächsten Ecke erwartet, und die Mädchen brauchen außer mir noch jemanden in ihrem Leben, der sich um sie kümmert. Im Moment gibt es nur eine Tante, die sich keinen Pfifferling um sie schert, und eine Großmutter, die gegen ihre Krebserkrankung ankämpft. Sie brauchen dich, Cade, jawohl, und zwar genauso, wie sie mich brauchen.«
»Dann erwartest du also, dass ich mich im Hintergrund halte? Während der nächsten fünf, sechs Jahre so tue, als sei ich ihr Onkel, und dann, wenn sie in der Pubertät und mit Jungs und

Gott weiß was beschäftigt sind, soll ich sie damit überfallen, dass ich ihr Vater bin? Wie stellst du dir das vor, hm? Wenn irgendetwas einen Bruch hervorrufen kann, der so tief reicht, dass er sich nicht mehr reparieren lässt, dann das. Sie sind jetzt acht. Es ist besser, sie erfahren jetzt die Wahrheit und nicht erst, wenn sie auf der Highschool sind. Kinder in dem Alter können wirklich grausam sein, aber zumindest werden sie das Ganze bis dahin verarbeitet haben. Sie werden sich an die Situation gewöhnt haben, genau wie die anderen. Auch der typische Kleinstadt-Klatsch-und-Tratsch wird sich anderen, aktuelleren Themen zugewandt haben, die die Gerüchteküchen zum Brodeln bringen.«

»Und was hast du vor? Willst du zu mir nach Hause kommen und es den beiden verkünden?«

»Ja. Ich bringe etwas zum Abendessen mit.«

»Ich habe das als Scherz gesagt.«

»Ich weiß.«

Sie starrte ihn an. »Ich bin noch nicht so weit.«

»Ich aber«, erwiderte er. »Und wer weiß? Vielleicht sagen sie nur: ›Wir wollen die Nacht bei Daddy verbringen.‹ Dann kannst du sie ins Auto setzen und mit mir zur Ranch fahren lassen.«

Fast hätte sie gelacht. »Das wird ganz sicher nicht passieren. Du hast doch gar keine Erfahrung im Umgang mit Achtjährigen!«

»Ich lerne schnell.«

»Was wirst du tun, wenn Mallory von einem ihrer Alpträume wach wird oder McKenzie einen ihrer verrückten Anfälle kriegt und einfach abhaut?«

»Damit komme ich schon klar.«

Sie schnaubte, voller Sorge, dass sie soeben den größten Fehler ihres Lebens machte. Und das sollte etwas heißen in Anbetracht der unzähligen Schnitzer, die sie sich über die Jahre geleistet hatte.

Cade trat einen Schritt auf sie zu. »Du kannst nicht beides haben, Hattie. Entweder bin ich dabei oder nicht. Du bist diejenige, die mich mit einbezogen hat, also gibt es kein Zurück, egal, ob dir das gefällt oder nicht. Und jetzt werde ich meine Kinder besuchen. Kommst du?« Er stieg in seinen Pick-up, ließ den Motor an und wartete.

Wenigstens raste er nicht in einer Fontäne aus aufspritzendem Kies und Eis davon, dachte sie, als sie ihm voller Unbehagen in ihrem eigenen Auto folgte. Sie stellte den Wagen in der Garage ab, während er auf der Straße parkte, direkt hinter Zenas Caddy. Sie trafen sich vor der Eingangstür.

»Okay«, sagte sie, die Nerven zum Zerreißen gespannt. »Aber heute Abend sagen wir ihnen nichts. Im Augenblick bist du noch *Onkel* Cade.«

Er zögerte.

»Das Ganze wird sie verwirren, also müssen wir es langsam angehen. Es ihnen so leicht wie möglich machen.« Sie konnte förmlich die Fragen der beiden hören.

Was ist mit unserem richtigen Vater?

Wie kannst du mein Onkel und gleichzeitig mein Dad sein?

»Okay, heute Abend nicht«, stimmte er ihr zu, »aber noch bevor das Jahr zu Ende ist, bringen wir das Thema zur Sprache.«

Aha. Offenbar gab es tatsächlich kein Zurück. Cade schien wild entschlossen, seine Rolle als Vater wahrzunehmen, und genau das hatte sie doch gewollt, oder nicht?

Sie gingen hinein, und die Mädchen, die vor dem Fernseher gemalt hatten, blickten auf und jubelten vor Freude. Filz- und Buntstifte flogen durch die Gegend, als sie sich ihrem »Onkel« an den Hals warfen. Er hob sie beide in die Luft

und wirbelte sie herum, dann drückte er sie einmal fest an sich und setzte sie wieder ab. Hattie konnte es kaum mit ansehen, wie sie kicherten und lachten, sich alle Mühe gaben, Cades Aufmerksamkeit zu erwecken, der nicht mal dazu kam, seine Jacke auszuziehen, während sie ihre Mutter komplett ignorierten.
»Noch mal!«, schrie McKenzie und sprang ihm erneut in die Arme. Hattie verspürte einen Kloß in der Kehle. Die Mädchen vergötterten ihn, und das Gefühl beruhte offensichtlich auf Gegenseitigkeit. Ihre Augen brannten. Das hier fühlte sich so richtig an, obwohl es weitreichende Konsequenzen für sie mit sich bringen konnte.
Sie räusperte sich und sagte: »He, Mädchen, lasst euren Onkel in Ruhe«, dann zog sie ihren Mantel aus und stellte ihre Stiefel neben die Eingangstür.
»Er ist nicht unser Onkel«, erklärte Mallory, besserwisserisch wie so oft in letzter Zeit, obwohl sie wusste, wie sehr sie ihre Mutter damit auf die Palme brachte.
»Wie meinst du das?«, fragte Hattie erschrocken.
Zena tauchte aus der Küche auf. Sie trug eine Schürze und eine apricotfarbene Perücke. Ihr Lächeln wirkte aufgesetzt, als sie verkündete: »Ich bin die Übeltäterin!«
»*Du* hast es ihnen schon gesagt?« Hattie war sprachlos.
»Dann stimmt es also?«, fragte Mallory begierig.
»Mom! Was hast du dir dabei gedacht?« Sie wandte sich ihren Töchtern zu und sagte: »Ähm. Ja. Von jetzt an ist Cade euer Daddy.«
»Habt ihr geheiratet?«, fragte McKenzie.
»Nein, und wir werden auch nicht heiraten.«
»Aber wie kann Cade dann unser Daddy sein?« McKenzie verzog nachdenklich das kleine Gesicht.
»Mütter und Väter müssen nicht unbedingt verheiratet sein«,

erklärte Mallory überlegen. »Nevas Eltern sind geschieden, Charlies ebenfalls. Er hat einen neuen Vater.«

»Das ist richtig. Familien können kunterbunt gemischt sein. Seht Tante Cara und mich an: Wir haben verschiedene Väter«, haspelte Hattie verzweifelt und warf Zena einen finsteren Blick zu.

»Was ist mit unserem richtigen Daddy?«, fragte McKenzie.

»Er ist tot, du Dummkopf! Deshalb brauchen wir einen neuen!« Für Mallory lag alles glasklar auf der Hand.

»Mallory, nenn deine Schwester nicht Dummkopf!«, tadelte Hattie ihre Tochter. An Cade gewandt, fügte sie hinzu: »Ähm, sprich du mit den Kindern, ich würde gern ein Wörtchen mit meiner Mutter wechseln.« Sie scheuchte Zena in die Küche, wo ein Topf Bohnensuppe auf dem Herd köchelte und eine Form mit Maisbrot auf einem Rost am Fenster abkühlte. Mit leiser, wütender Stimme sagte sie: »Ich kann nicht glauben, dass du das getan hast!«

»Es ist Zeit, dass die Mädchen wissen, wer ihr Vater ist.«

»Du hattest kein Recht, es ihnen zu sagen, Mom! Es wäre meine Entscheidung gewesen, wann ich den Zeitpunkt für richtig halte!«

Zena griff nach dem Holzlöffel und rührte die Suppe um. »Fast neun Jahre voller Lügen, Hattie, und zumindest ich habe keine Zeit mehr für so was.«

»Das war ein Fehler, Mom.«

»Vielleicht. Du kannst mich selbstsüchtig nennen oder mir vorwerfen, dass ich mich nur wichtigmachen will, das habe ich wohl verdient. Ich möchte diese Welt allerdings in dem Wissen verlassen können, dass es meiner Familie gutgeht.«

Furcht breitete sich in Hattie aus. »Wovon redest du?«, fragte sie, obwohl sie bereits kalte Gewissheit verspürte. Jetzt bemerkte sie, wie Zenas Kinn zitterte, und ihr Blick fiel auf die Taschentücher im Abfall. »Mom? Was ist los?«

»Ich habe heute den Anruf bekommen.« Sie berührte das Handy, das auf dem Küchentresen lag, und holte tief Luft. »Der Tumor ist gewachsen, Liebes.«

»Nein, sag das nicht.«

Doch wie gewöhnlich setzte sich ihre Mutter über ihre Bitte hinweg. »Die Ärzte sagen, sie können nicht mehr viel für mich tun.«

Kapitel dreißig

Sind Sie verrückt geworden?«, brüllte Brewster. Die Adern an seinem Hals traten hervor, sein Gesicht hatte einen ungesund dunklen, fast violetten Ton angenommen. »Was zum Teufel haben Sie sich dabei gedacht, in die Berge zu fahren, um Verdago zu verhaften, allein aufgrund eines Fotos von einer Verkehrsüberwachungskamera? Was für ein bescheuerter Plan!« Er stand über den Schreibtisch des von ihm okkupierten Büros gebeugt, in voller Uniform, ganz offensichtlich darauf aus, Pescoli und Alvarez auf den Besucherstühlen ihm gegenüber zur Schnecke zu machen.

Pescoli wollte sich allerdings nicht von ihm einschüchtern lassen, genauso wenig wie Alvarez. Stattdessen versuchten sie, ihm ihr Vorgehen möglichst ruhig zu erklären. Die Tür von Sheriff Graysons ehemaligem Büro war geschlossen, und der Raum kam ihnen plötzlich seltsam fremd vor, kalt und steril ohne Graysons lockeren Humor, ohne seinen Hund und definitiv ohne das, was er ausstrahlte: Kompetenz, Wärme, Kollegialität, Zuverlässigkeit.

»Es war eine Spur«, beharrte Pescoli.

»Eine weit hergeholte«, hielt Brewster mit zusammengekniffenen Augen dagegen. »Eine sehr weit hergeholte. Sie können doch nicht mal mit Bestimmtheit sagen, dass es sich bei dem Fahrer tatsächlich um Verdago handelt. Die Person auf dem Beifahrersitz ist so gut wie gar nicht zu erkennen, und selbst wenn tatsächlich Verdago und seine Freundin in diesem Van sitzen, könnten sie längst in Kanada oder sonst wo sein – vielleicht unterwegs nach Mexiko! Wie um alles in der Welt sind Sie darauf gekommen, ausgerechnet in dem Cottage von Richterin Samuels-Piquard nach ihm zu suchen? Das war eine völlig überstürzte, unüberlegte Aktion!«

»In dem Cottage, das laut notarieller Verfügung von dem verschwundenen Bruder der Richterin, Vincent Samuels, einem früheren Freund von Verdago, genutzt werden durfte«, stellte Pescoli klar. Am liebsten hätte sie zurückgeschrien, doch sie konnte sich gerade noch beherrschen.

»Und wissen Sie was?«, tobte Brewster weiter, ohne sie zu beachten. »Das Ganze war nicht nur ein Schuss in den Ofen, nein, viel schlimmer, ich habe keine Ahnung, womit Sie Manny Douglas derart aus dem Häuschen gebracht haben, aber morgen wird der *Mountain Reporter* eine Story über acht meiner Officer drucken – *acht* Deputys und Detectives, bezahlt von der öffentlichen Hand, das muss man sich mal vorstellen! –, und mit einem Riesentamtam der Frage nachgehen, was ein solcher Einsatz die Steuerzahler kosten wird. Tausende von Dollars, und für was? Um einen Wilderer dingfest zu machen? Der einzige Grund, dass uns Ihre absurde Aktion nicht noch mehr kostet, ist der, dass sich das Department ein Bein ausreißt, um Vincent Samuels davon abzuhalten, Stunk zu machen. *Vincent Samuels.* Haben Sie vergessen, dass er der Bruder der Richterin ist, ein Hinterbliebener? Er wusste nicht einmal, dass er seine Schwester verloren hatte, und Sie beide stürmen zusammen mit sage und schreibe *sechs* Mann Unterstützung sein Haus. Herrgott noch mal!« Er boxte frustriert in die Luft.

Pescoli hatte ihn noch nie so verärgert gesehen, so außer sich. Sie hatte gedacht, er würde stets einen kühlen Kopf bewahren, es sei denn, es ging um ihren Sohn und seine Tochter.

Wenn sie ihn denn einmal wütend erlebt hatte, war stets Heidi der Anlass gewesen. Beruflich war er durchaus in der Lage, seine Emotionen unter Kontrolle zu behalten.

Doch heute nicht. Heute war er in Rage.

Er warf einen Blick zur Decke, als hoffte er, Gott selbst würde ihm beistehen.

»Samuels spricht davon, sich einen Anwalt zu nehmen und Schmerzensgeld zu verlangen. Es wird schwer sein, dem etwas entgegenzusetzen, und dann wird auch zur Sprache kommen, dass Sie gar keinen Durchsuchungsbefehl hatten, geschweige denn, dass keine Gefahr in Verzug war. Und glauben Sie mir, dabei wird es nicht bleiben. Irgendein übereifriger Anwalt wird sich einen Namen machen wollen und sich auf diesen Fall stürzen, und das Department wird die Konsequenzen tragen müssen!« Er funkelte Pescoli hasserfüllt an. »Das geht auf Ihre Kappe, Pescoli.« Dann schweifte sein Blick zu Alvarez hinüber. »Und Sie, Detective, hätten es besser wissen müssen. Pescoli schießt ständig über ihre Grenzen, bricht sämtliche Regeln, die ihr in die Quere kommen, aber Sie, Sie sind diejenige, von der ich erwarte, dass sie einen kühlen Kopf behält.«

»In diesem Fall stehe ich hinter Pescoli«, erklärte Alvarez mit Nachdruck.

»Dann sind Sie beide Idioten!«

Sein Telefon klingelte, und er entließ sie mit einem energischen Händewedeln.

»Das war vielleicht spaßig«, murmelte Alvarez, als sie an ihre Arbeitsplätze zurückkehrten.

Es war Schichtwechsel, die meisten Officer der Tagschicht waren bereits gegangen, die Leute von der Nachtschicht trafen ein. Noch immer summte das Department vor Geschäftigkeit, Telefone klingelten, die grellen Neonlichter und

Schreibtischlampen sorgten bis tief in die Nacht für Taghelligkeit.
»Vielleicht haben wir zu voreilige Schlüsse gezogen«, gab Alvarez zu bedenken, als sie an Pescolis Schreibtisch ankamen. Sie schloss erschöpft die Lider und schüttelte den Kopf, als könne sie nicht glauben, was sie mit eigenen Augen gesehen hatte. »Ein Elch. Ein gottverdammter Elch.«
»Wäre das nicht so erbärmlich, hätte es fast etwas Komisches«, seufzte Pescoli und krümmte sich innerlich, als sie sich daran erinnerte, wie sie, die Waffe im Anschlag, durch das kleine Blockhaus gestürmt war und die wenigen Räume und Schränke gesichert hatte, sogar den Kriechboden und das Dachgeschoss. Die ganze Zeit über hatte sie gehofft, Maurice Verdago aufzuscheuchen und den Fall endlich abschließen zu können. Sie hatte auch die Garage überprüft, in der tatsächlich der Kadaver eines gewaltigen Elchs von den Dachbalken baumelte. Allein der Anblick des ausgeweideten, gehäuteten Bullen hatte ihr Sodbrennen verursacht. Befeuert von Adrenalin und der Erkenntnis, dass dieser Irrtum die größte Schmach ihres Lebens bedeutete, drohte sich ihr Mageninhalt zu entleeren, dort, an Ort und Stelle.
Zum Glück hatte Manny Douglas *das* nicht auch mit seiner Kamera festgehalten. Wie hatte sie sich nur derart täuschen können? Vincent Samuels, so ein verrückter Einzelgänger er auch sein mochte, hatte keinen blassen Schimmer gehabt, dass man seine Schwester ermordet hatte.
»Du wirst es nicht mehr für komisch halten, wenn du die Story morgen früh in der Zeitung liest«, bemerkte Alvarez trocken. »Ich sehe schon die Schlagzeilen vor mir: POLIZEI AUF DER SUCHE NACH MÖRDER FINDET TOTEN ELCH.«
»Und dazu ein Foto von uns, wie wir dem Bruder der Richte-

rin die Pistolen vor die Brust halten?« Pescoli malte sich die Reaktion der Öffentlichkeit aus und dachte daran, wie jede TV-Station im Umkreis von hundert Meilen diese Geschichte ausschlachten würde. Sie hatte bereits einen Anruf von Honey Carlisle von KBTR weggedrückt und kurz darauf einen von Nia Del Ray, der Reporterin des Konkurrenzsenders KMJC – beide hatten offenbar den Polizeifunk abgehört. Der morgige Zeitungsartikel wäre lediglich die Spitze des Eisbergs.

»Ja«, sagte sie, als sie auf ihren Arbeitsplatz schaute, wo sie ihre riesige Limo mit dem plattgekauten Trinkhalm hatte stehenlassen. »Das wird wahrhaftig großartig.«

Alvarez schaute sie müde an. »Hör mal, ich brauche dringend eine Pause, und die nehme ich mir jetzt. Der Tag hat mich fertiggemacht, und ich treffe mich heute Abend noch mit O'Keefe – zum ersten Mal allein, seit einer halben Ewigkeit. Solltest du mich brauchen – ich lasse mein Handy an.«

»Und ich lasse dich in Ruhe. Ich finde, ich habe dir und den Kollegen für heute genug zugesetzt«, befand Pescoli.

Alvarez warf einen Blick in Richtung von Graysons ehemaligem Büro, dann sagte sie mit gesenkter Stimme zu Pescoli: »O'Keefe hat uns seine Hilfe angeboten, du weißt schon, falls wir mal etwas brauchen, das nicht ganz …«

»… legal ist?«

»Orthodox, wollte ich sagen. Wir können uns jederzeit an ihn wenden.«

Pescoli geriet sofort in Versuchung – es wäre wunderbar, sich nicht an die Regeln halten oder sich mit Widerlingen wie Brewster auseinandersetzen zu müssen. Sie hatte in ihrer Karriere mehr Fehler begangen, als sie erinnern wollte, aber nie war sie derart heruntergeputzt worden wie gerade vom stellvertretenden Sheriff. Brewster war ein Sesselfurzer durch und durch, ein scheinheiliger Fiesling, und nur weil er einen tadellosen Leumund hatte, war er noch lange kein guter Kerl. Im Gegenteil – davon war er meilenweit entfernt. Sie fühlte sich elend, weil sie Alvarez und die anderen Officer in diesen Schlamassel hineingezogen hatte. Sie war so sehr darauf bedacht gewesen, den Bastard festzunageln, der auf Grayson geschossen hatte, dass sie die Hinweise falsch gedeutet hatte. Nun bezahlte sie den Preis dafür.

»Ich glaube, wir sollten uns lieber an die Vorschriften halten«, überlegte sie laut. »Es ist wichtig, dass wir Verdago schnappen, bevor er Gelegenheit findet, noch einmal auf den Sheriff zu schießen oder auf sonst wen – keine Ahnung, wer noch auf seiner Liste steht.«

»Du hältst ihn also nach wie vor für den Täter?« Nach dem Debakel des heutigen Tages klang Alvarez eher skeptisch.

»Hast du eine bessere Idee?«

»Nein.«

»Ich auch nicht«, gab Pescoli zu, und genau das war es, was sie beinahe zum Ausrasten brachte. Nach außen hin sah es danach aus, dass sie versagt hatte, ihr Bauchgefühl dagegen beharrte darauf, dass sie richtiglag, dass Verdago ihr Mann war.

Leider hatte sie keine Ahnung, wo er stecken konnte, da halfen sämtliche Recherchen und Umgebungskarten nichts. Dennoch – Brewster konnte es drehen und wenden, wie er wollte, das Foto aus der Verkehrsüberwachungskamera zeigte Verdago. Darauf hätte Pescoli ihre Marke verwettet.

Ohne Antworten, dafür gequält von Gewissensbissen ob dieser peinlich fehlgeschlagenen Aktion, fuhr sie knapp zwei Stunden später nach Hause. Während sie nachzuvollziehen versuchte, was heute schiefgelaufen war, was sie in den Bericht schreiben sollte, den sie Brewster morgen früh überreichen musste, bemühte sie sich, in Gedanken andere Wege einzuschlagen. Doch jeder dieser Wege, den sie beschritt, jedes neue mögliche Szenario führte unweigerlich zu einer Vollsperrung.

Die Liste der Verdächtigen wurde immer kleiner.

Graysons Brüder lagen nicht im Clinch mit Dan und mit der Richterin schon gar nicht. Cara Banks schien ebenfalls keine feindseligen Gefühle ihrem Ex-Mann gegenüber zu hegen, so dass Pescoli sie im Grunde bereits von der Liste gestrichen hatte. Dass sie einen Auftragskiller engagiert haben sollte, war wirklich an den Haaren herbeigezogen. Vor allem, warum sollte sie auch die Richterin erschießen lassen? Das Gleiche galt für Akina Bellows, Ex-Frau Nummer zwei. Ob die Richterin und Grayson tatsächlich etwas miteinander hatten – das merkwürdige Telefonat, das Cecilia Samuels-Piquard mit angehört hatte, ließ darauf schließen –, konnten sie nicht sagen, und selbst wenn sie eine Affäre gehabt hätten – wer wäre darüber so erbost gewesen, dass er die beiden hätte beseitigen wollen? Ja, die Richterin hatte während der vergangenen Monate ein paarmal im Department angerufen, aber daran war nichts Ungewöhnliches.

Nein, diese Theorie konnte sie getrost begraben.

Blieben also nur noch die Ex-Häftlinge, allen voran der verschwundene Maurice Verdago.

Kopfschmerzen machten sich hinter ihren Augen bemerkbar, und wieder einmal konnte sie sich des Gefühls nicht erwehren, dass ihr irgendetwas entging ... etwas Wichtiges, das direkt vor ihrer Nase baumelte, doch was immer es war, sie vermochte es nicht zu greifen, auch wenn sie sich noch so sehr darauf konzentrierte. Fast hätte sie den Hasen übersehen, der vor ihrem Wagen über die Straße hoppelte, kurz stehen blieb und dann einen flinken Haken schlug, so dass er ihren Reifen um Haaresbreite entkam und in den eisigen Tiefen des verschneiten Winterwalds verschwand.

Reiß dich zusammen! Es wäre schön, wenn du heil zu Hause ankommst!

Resler, Cranston und Gardener hatten alle drei ein wasserdichtes Alibi.

Leise fluchend stellte Pescoli fest, dass ihr Magen schon wieder rebellierte. Zum Glück kam bereits die lange Zufahrt zu ihrem Haus in Sicht. Frische Reifenspuren zeigten an, dass Jeremy zu Hause war. Sie überquerte die einspurige Brücke und bog um die letzte Kurve. Da stand ihr Haus auf der Lichtung. Die Lichterketten an der Regenrinne blinkten, abgesehen von einer, die offenbar den Geist aufgegeben hatte, aber Jeremys Pick-up stand nicht auf seinem üblichen Parkplatz.

Hm.

Eine Sekunde lang hatte sie den Eindruck, jemand würde sie beobachten, dasselbe unheimliche Gefühl, das ihre Haut zum Kribbeln brachte, wenn sie allein war, oder das die Alpträume begleitete, die ihr den Schlaf raubten. War es möglich, dass derjenige, der sie verfolgte, es auf ihre Kinder abgesehen hatte?

Du solltest deine Paranoia wirklich mal behandeln lassen.

Pescoli drückte auf die Fernbedienung für ihre Garage. Das Tor öffnete sich, und sie fuhr hinein, eine Hand an ihrer Waffe. Adrenalin pulste durch ihre Blutbahn. Sie hörte, wie die Hunde im Haus ein wildes Gebell anstimmten, dann ertönte Biancas Stimme: »He! Aus! Wollt ihr wohl still sein? Cisco, du Unruhestifter!« Der kleine Hund hörte nicht auf zu kläffen, während Graysons Labrador schlagartig verstummte.

Pescoli ließ die Waffe im Holster stecken und stieß einen erleichterten Seufzer aus.

Reiß dich zusammen, Pescoli. Du tust niemandem einen Gefallen mit deinen elenden Psychospielchen, am wenigsten dir selbst.

Als sich das Garagentor hinter ihr geschlossen hatte, sperrte sie die Tür zum Haus auf und wurde von beiden Hunden stürmisch begrüßt. Bianca saß am Küchentisch, eine Flasche Limo und eine kleine Tüte Pommes frites vor sich, las auf ihrem neuen E-Reader und tippte gleichzeitig eine SMS auf ihrem Handy.

Zumindest aß sie etwas. »Hi«, sagte sie und blickte tatsächlich auf.

»Hi.« Pescoli ließ ihre Sachen auf einen freien Stuhl fallen und hängte ihre Jacke auf den Garderobenständer neben der Tür. »Was gibt's Neues?«

»Ich *esse*, wie du siehst.«

»Hm.«

Ihre Tochter warf ihr einen bösen Blick zu, schnappte sich eine Fritte und steckte sie zwischen die Zähne.

»Wo ist dein Bruder?«

»Dreimal darfst du raten«, erwiderte Bianca, doch noch bevor ihre Mutter dazu kam, fuhr sie fort: »Er hat heute Abend ›rein zufällig‹ Heidi getroffen, als wir im Dixie-Burger beim Essen waren. Ich denke, das war so geplant.«

»Wie bist du nach Hause gekommen?«

»Oh, die beiden haben mich gebracht. Heidi war schon mit ihren Freundinnen bei Dixie, also haben wir dort gegessen. Anschließend haben sie mich nach Hause gefahren und sind gleich weiter. Wahrscheinlich sind sie bei ihr zu Hause. Sie sagte, sie wolle ihm etwas zeigen.«

Das kann ich mir gut vorstellen, dachte Pescoli, aber sie sprach es nicht aus, obwohl sich ihr Magen zusammenschnürte bei dem Gedanken, dass sich ihr Sohn mit ihrem verhassten – ach nein, mit ihrem vor Zorn auf sie schäumenden – Boss unter einem Dach befand.

»Er ist ziemlich sauer auf dich, musst du wissen«, teilte Bianca ihr mit.

Pescoli stieß ein freudloses Lachen aus. »Da befindet er sich in bester Gesellschaft.« Sie ging zum Kühlschrank hinüber und beschloss, einen Schluck Wein zu trinken, doch als sie die Flasche Chardonnay herausnahm und sich ein Glas einschenkte, machte sich wieder ihr Sodbrennen bemerkbar. »Überflüssig«, murmelte sie, steckte den Korken in die Flasche und stellte sie zurück in den Kühlschrank. »Lass mich raten, warum er sauer auf mich ist. Weil ich ihn bei der Arbeit in Verlegenheit gebracht habe, weil ich ihm aufgetragen habe, sein Gewehr einzuschließen oder weil er meine Einstellung, Heidi betreffend, kennt, oder –«

»Weil du uns nicht gesagt hast, dass du heiraten wirst«, ergänzte Bianca.

»Ach.«

»Ja. ›Ach.‹«

»Ich wollte heute Abend mit euch reden«, sagte sie, »und ich hatte nicht damit gerechnet, Jeremy im Büro über den Weg zu laufen.« Sie begegnete dem neugierigen Blick ihrer Tochter. »Die Dinge sind heute ein wenig aus dem Ruder gelaufen, musst du wissen.«

»Tun sie das nicht ständig?«

Pescoli nickte, kehrte an den Tisch zurück und fügte hinzu: »Ich wollte euch nicht aufregen.«

»Du regst mich nicht auf.« Sie klang, als meinte sie das ernst. »Es ist dein Leben«, fügte sie dann achselzuckend hinzu. »Auf gewisse Weise mag ich Santana sogar, aber Jeremy ist nicht gerade ein Fan von ihm.«

»Ich weiß.«

»Er hat Angst, dass er sich als Vaterfigur wichtigmacht. Du weißt schon, das typische Jungs-Problem.« Sie verdrehte die Augen. Ihr Handy piepte. Ausnahmsweise einmal ignorierte sie es. »Er benimmt sich wie ein Volltrottel. Tut wer-weiß-wie cool und erwachsen, aber in Wirklichkeit hat er doch keine Ahnung.«

»Hast du ihm das gesagt?«, fragte Pescoli.

»Ich bin doch nicht lebensmüde.« Bianca lächelte ihre Mutter an und knüllte die leere Pommes-Tüte zusammen. »Er hält sich für ach-so-clever, für einen knallharten Kerl – ha, ha. Und jetzt mach schon, zeig mir deinen Ring.« Ein wenig verlegen streckte Pescoli die Hand aus. Ihre Tochter quietschte tatsächlich, als sie den Stein berührte. »Mein Gott, der ist ja fantastisch!«

»Dann nehme ich an, dass du einverstanden bist?«

»Hätte ich eine Wahl?«

»Ich bemühe mich, deine Gefühle zu berücksichtigen. Aber nein, vermutlich hättest du keine Wahl.«

»Wirst du eine große Hochzeit feiern? Darf ich deine Trauzeugin sein, und Jeremy führt dich den Mittelgang entlang?«

»Großer Gott, bei der Vorstellung schwirrt mir ja der Kopf! Nein.«

»Warum nicht?«, fragte Bianca enttäuscht. »Was soll das Ganze dann?«

Einen Augenblick lang hatte Pescoli vergessen, wie jung ihre Tochter war. »Wir möchten zusammenleben.«

»Dann sollen wir also in Santanas neues Haus ziehen? Das, das er auf dem Brady-Long-Grundstück baut?«, fragte sie, und Pescoli konnte förmlich sehen, wie sich die Rädchen in ihrem Gehirn drehten. »Soweit ich weiß, ist das Anwesen das größte im ganzen County, oder?«

»Santana gehört nur ein Teil davon, aber ja, vermutlich werden wir in das neue Haus einziehen.«

»Cool!« Sie griff nach ihrem Handy. »Bitte sorg dafür, dass ich ein größeres Zimmer bekomme als Jeremy!« Sie fing an, in Schnellfeuergeschwindigkeit eine SMS einzutippen, und fügte hinzu: »Tiffany Anderson wird so was von neidisch sein!«

»Ja, das ist natürlich wichtig«, sagte Pescoli, trat ans Fenster und starrte nach draußen. Sie überlegte, ob sie Jeremy eine SMS schreiben sollte. Er würde ohnehin erfahren, was für ein fataler Fehler ihr heute unterlaufen war. Nein, entschied sie. Vermutlich war es eh längst zu spät. Sie rieb sich den verspannten Nacken und beschloss, ausgiebig heiß zu duschen. Anschließend wollte sie sich erneut an die Arbeit setzen.

Solange Verdago frei herumlief, würde sie Jagd auf ihn machen. So tickte sie nun mal: Je mehr sie sich dem Abschluss eines Falls näherte, desto mehr wurde sie davon absorbiert. Und in diesem Fall stand der Abschluss unmittelbar bevor … Das fühlte sie mit grimmiger Gewissheit.

Kapitel einunddreißig

Carnie Tibalt hatte es *sooo* satt, in dieser elenden kleinen Hütte zu kampieren, die außer fließendem Wasser keinen Komfort besaß. Was als romantisches Abenteuer begonnen hatte, war inzwischen einfach nur stinklangweilig. Ständig musste Maurice weg, um Gott weiß was zu tun, und sie war hier gefangen, mitten im Nichts, am Ende der Welt, denn er benutzte *ihren* Transporter, weil sich seine bescheuerte Frau weigerte, ihren Chevy herauszurücken.

Wanda, diese Xanthippe.

Was für ein fettes, selbstsüchtiges Weib!

Carnie war ihr nur einmal begegnet, aber Maurice hatte ihr alles über Wanda erzählt, und sie glaubte ihm jedes einzelne Wort. Trotzdem wäre es nett, wenn er endlich die restlichen Unterlagen ausfüllen würde, damit er sich von Wanda scheiden lassen konnte, so wie er es ihr versprochen hatte.

Mit einem selbstgefälligen Lächeln blickte sie auf den prächtigen Ring an ihrer linken Hand hinab. Wie groß der Stein war, der im Schein der Flammen glitzerte und funkelte! Einfach wundervoll. Sie träumte von einer Märchenhochzeit, während draußen der eisige Wind an den Fenstern rüttelte – ein Geräusch, das sie nur allzu schnell in die Realität zurückholte. Sie zog ihren Mantel an und griff nach der Laterne, um mehr Feuerholz in die Hütte zu holen. Hoffentlich würde sie nicht erfrieren.

Draußen vor der Hintertür blickte sie in die dunklen Wälder, die unheilverkündend und bedrohlich auf sie wirkten, obwohl der Schnee alles mit einer makellosen weißen Decke zugehüllt hatte. Als kleines Mädchen hatte sie Schnee für zauberhaft gehalten, aber jetzt kamen ihr die dicken Flocken eher vor wie ein eisiger Vorhang, der ihr die Sicht versperrte.

Wer wusste schon, was unter den Hemlocktannen dort drüben lauerte?

Wölfe?

Pumas?

Oder Schlimmeres?

Mit einem verstohlenen Blick auf den Wald hastete sie zur Garage und stellte wieder einmal fest, dass dieses rustikale Leben inmitten der Elemente nichts für sie war. Sie zog es vor, in einem Super Eight Motel zu übernachten und Drinks am Pool zu schlürfen. Kein Schnee. Kein Wald. Keine verfluchte Abgeschiedenheit, in der nicht mal ihr Handy Empfang hatte, es sei denn, sie stellte sich mitten auf die Zufahrt.

Und das würde sie ganz bestimmt nicht tun, dachte sie und nahm die kleine Axt von der Wand des Anbaus, der ihnen als Garage diente. Wie nervend! Sie stellte die Laterne auf den gefrorenen Boden, schnappte sich ein paar Kiefernscheite und machte sich daran, Feuerholz zu hacken. Das Geräusch des spaltenden Holzes erinnerte sie an brechende Knochen.

Was vermutlich daran lag, dass sie mit Maurice zusammen war.

Offensichtlich war er in etwas Illegales verwickelt, und er war ein ehemaliger Häftling, was für sie ein gewisses Problem darstellte. Hoffentlich ging es bloß um Drogen oder Einbruch … worum genau, wollte er ihr nicht verraten. »Es ist besser, wenn du dich da raushältst, Liebes«, hatte er zu ihr gesagt, also hatte sie es dabei belassen.

Als sie jetzt die kleine Axt schwang und sich dabei den Hintern abfror, wurde ihr bewusst, dass sie vermutlich einen großen Fehler gemacht hatte. Und zwar nicht zum ersten Mal. Sie hatte Maurice gebeten, mit ihr weiterzuziehen, hatte ihm gesagt, dass sie sich langweilte, dass sie ihre Kollegen im Long Branch vermisste, und er war grob geworden, hatte sogar die Faust geballt.

Mann, er sollte es bloß nicht wagen, sie zu schlagen, denn darauf stand sie gar nicht. Das hatte sie einmal erlebt, mit Lenny, hatte sogar einen Zahn eingebüßt, aber dann hatte sie Anzeige erstattet. Maurice beherrschte sich also lieber.

So weit, so gut, dachte sie, während sie das Holz in die Hütte schleppte und, so gut sie konnte, Feuer machte. Sie schichtete das Holz auf, steckte Zündholz in die Lücken und blies in die kleinen Flämmchen, bis sie hell aufflackerten und auch die größeren Scheite langsam zu brennen begannen.

Gerade wollte sie noch mehr Holz hinzufügen, als sie den Motor des alten Vans hörte. Ihr Herz machte einen Satz. Er war wieder da! In derselben Minute waren all ihre Bedenken wie weggewischt, und sie überlegte, ob sie ihm einen heißen Empfang bereiten sollte, nackt bis auf die Stiefel. Da würde er Augen machen!

Schnell zog sie sich aus, Schicht für Schicht, bis sie als Letztes auch ihren BH auf den Kleiderstapel schleuderte, bevor sie in ihre Stiefel stieg. Die waren zwar eher praktisch als sexy, aber für den Augenblick mussten sie genügen. Sie nahm eine verführerische Pose ein, warf das Haar über die Schulter und stemmte eine Hand in die Hüfte, dann verzog sie ihre Lippen zu einem perfekten Schmollmund – wie Pamela Anderson, als sie noch jünger war, in *Baywatch,* war sie damals nicht mit Tommy Lee verheiratet gewesen? – und wartete.

Sie hörte Schritte auf der Veranda.

Ihr Herz fing an zu pochen, ein Lächeln umspielte ihre Lippen. Maurice würde aus allen Wolken fallen!
Die Tür öffnete sich und prallte krachend gegen die Wand.
»He, Baby«, gurrte sie, dann sah sie das Gewehr. »Was –?«
Wumm!
Die Kugel bohrte sich in ihr Gehirn, und Carnie ging zu Boden.

Pescoli tat kein Auge zu.
Sie blickte auf die Digitalanzeige ihres Weckers und zählte die Stunden, während die Hunde friedlich schnarchten und auch Bianca in ihrem Zimmer schlief. Pescoli dachte über den Fall nach und versuchte, sich keine Sorgen zu machen, weil ihr Sohn nicht nach Hause gekommen war. Bilder von Verdago zogen vor ihrem inneren Auge vorbei, und sie dachte an seine Drohungen der Richterin gegenüber, sah Grayson zuckend zu Boden gehen, sah die Asche in Kathryn Samuels-Piquards Holzofen und Wanda Verdagos Apartment vor sich. Der Mund der Frau öffnete und schloss sich unablässig, doch ihre Worte kamen völlig verschliffen heraus. Ein Schwert erschien, wie das an der Wand im Arbeitszimmer von George Piquard, wie das, was Cecilia Piquard vor ihren Augen ausgewickelt hatte, und durchbohrte ihren Sohn … Abrupt setzte sie sich im Bett auf, plötzlich hellwach, und stellte fest, dass sie tatsächlich eingedöst war.
Ihr Herz raste, und sie fühlte sich elend. Es war vier Uhr dreißig, und sie wälzte sich nicht länger im Bett hin und her, sondern beschloss, aufzustehen, egal, welche Hölle dieser Tag für sie bereithalten mochte.
Nachdem sie die verwirrten, gähnenden Hunde hinausgelassen hatte, setzte sie Kaffee auf und nahm sich einen von Biancas Eiweißriegeln, der genauso lecker schmeckte, wie die

Werbung versprach, dann zog sie sich an, legte etwas Make-up auf und hinterließ ihrer Tochter und ihrem verlorenen Sohn eine Nachricht.

»Seid schön brav«, flüsterte sie den Hunden zu, als diese von ihrer kurzen Runde zurückkehrten, und warf einen Blick in Biancas Zimmer. Ihre Tochter schlief tief und fest, die rosa Decke um sich gewickelt wie einen Kokon.

Bianca war in dem fest verschlossenen Haus in Sicherheit, bewacht von zwei Hunden, dachte Pescoli, als sie den heißen Kaffee in ihren To-go-Becher füllte, in die Ärmel ihrer Jacke schlüpfte und aufbrach.

Aus irgendeinem Grund war sie ziemlich aufgekratzt. Vielleicht lag das am Koffein oder am Schlafmangel, aber sie war voller Energie und bereit, den Tag in Angriff zu nehmen, egal, was er bringen würde.

Vor gar nicht langer Zeit hatte man sie als Heldin gefeiert, als sie gemeinsam mit Alvarez mehrere Serienmörder zur Strecke gebracht hatte, doch für den Rest des Jahres – und vermutlich noch eine ganze Weile länger – würde sie nun als Zielscheibe allgemeinen Spottes dienen.

»Na schön, dann ist das eben so«, sagte sie sich laut, als sie um kurz vor fünf auf den Parkplatz vor dem Department einbog. Für gewöhnlich herrschte in diesem Teil der Stadt rege Geschäftigkeit, doch zu dieser frühen Stunde war noch alles ruhig. Auf den wenigen parkenden Fahrzeugen lagen mehrere Zentimeter Schnee, kein Mensch war auf der Straße zu sehen. Ihr Blick fiel auf den Zeitungsständer, und obwohl sie sich innerlich eine Masochistin schimpfte, suchte sie nach etwas Kleingeld. Durch den transparenten Deckel des Ständers entdeckte sie ihr Bild gleich in der Mitte der ersten Seite. Leise fluchend nahm sie sich ein Exemplar der jüngsten Ausgabe des *Mountain Reporter.*

Sie ging ins Gebäude und las dabei die Schlagzeile: DETECTIVES AUF ELCHJAGD.
»Danke, Manny«, sagte sie und überflog den Artikel, der Alvarez und sie in einem extrem unerfreulichen Licht erscheinen ließ.
Kein Wunder, dass sie schon sechzehn Anrufe auf ihrem AB hatte, über die Hälfte von den hiesigen Nachrichtensendern.
Das hast du davon, dass du so eine Idiotin bist und mit Manny Douglas redest.
Sie schob die Gedanken an das gestrige Drama beiseite und versuchte, einen sachlichen Bericht darüber zu schreiben, was sich wirklich im Blockhaus von Vincent Samuels abgespielt hatte. Das Handy behielt sie dabei im Auge, da sie insgeheim auf eine SMS oder einen Anruf von Jeremy hoffte. Drei Stunden später, es war inzwischen nach acht, schickte sie ihm selbst eine SMS, doch er antwortete nicht, so dass sie zu dem Schluss kam, dass er entweder freihatte oder erst für den Nachmittag eingeteilt war. Hoffentlich hätten sich bis dahin die Wogen wegen gestern geglättet.
Die Tagschicht traf ein, die vertrauten Geräusche des Departments drangen an ihre Ohren: Telefonklingeln, Faxgeräte, die Seiten ausspuckten, die alte, rumpelnde Heizung, das Klackern von Joelles Highheels. Handys summten, piepten oder tschilpten, Kaffeeduft waberte durch die Gänge, überall wuselten Leute herum. Brett Gages herzhaftes Lachen ertönte aus der Richtung der Vernehmungsräume, und sie kam nicht umhin, sich zu fragen, ob womöglich sie die Vorlage für die neuesten Bürowitze lieferte.
Jetzt reagierst du aber wirklich paranoid, meldete sich ihre innere Stimme.
Sie stand auf, schenkte sich im Aufenthaltsraum Kaffee nach und redete sich ein, die Blicke der anderen seien nicht hä-

misch, die Zeitung mit ihrem Bild auf der ersten Seite, die auf jedem Schreibtisch zu liegen schien, gar nicht so ungewöhnlich. Die Zeitung las man schließlich jeden Tag.

Trotzdem erschienen ihr die meisten Kollegen ein bisschen zu beschäftigt, wenn sie an ihnen vorbeikam.

»He, Pescoli!«, rief Rick Hanson ihr zu. Er war ein hagerer, großer Mann mit kurzgeschorenen roten Haaren und mitunter ziemlich schwer von Begriff. Er und sein Partner, Dale Connors, saßen am Tisch, tranken eine Tasse Kaffee und lasen den Sportteil, bevor sie wieder auf Streife gingen. »Ich habe gehört, du hast gestern einen großen Fang gemacht.« Hanson grinste breit, erfreut über die Gelegenheit, sie piesacken zu können.

Connors, der gute fünfzig Pfund mehr wog als sein Partner, polierte mit einer Serviette seine Brillengläser und kicherte. »Was gibt's bei dir an Neujahr? Elchsteaks?«

»Oder einen Elchbraten?«, fragte Hanson. »Soll ja auch vorzüglich schmecken. Was dagegen, wenn wir bei dir feiern?«

»Ihr könnt gern kommen. Warum nicht?« Sie würde sich nicht ärgern lassen.

»Hochmut kommt vor dem Fall«, fügte Connors feixend hinzu und setzte seine Brille wieder auf. Sie hatte ihn nie leiden können, aber sie würde ihm nicht die Genugtuung gönnen, dass sie sich von ihm fertigmachen ließ.

Ohne ihm eine Antwort zu geben, marschierte sie aus dem Aufenthaltsraum, mühsam ihre Wut bezähmend.

»Wissen Sie eigentlich, wie spät es ist?« Wanda Verdago war gar nicht erfreut darüber, geweckt zu werden, obwohl es laut Alvarez' Uhr schon nach zehn war. Sie trug denselben viel zu kleinen Bademantel wie zwei Tage zuvor, doch ohne Make-up wirkte sie wesentlich jünger und frischer. »Ich habe keine Ahnung, warum Sie hier sind – ich habe Ihnen doch schon alles gesagt, was ich weiß!«

»Ich möchte nur noch ein paar Details klären«, versicherte Alvarez ihr.

»Hätten Sie nicht anrufen können?«

»Ich war gerade in der Gegend«, log Alvarez und wartete geduldig darauf, dass Wanda endlich die Fliegengittertür öffnete und sie in ihre Wohnung bat, in der sich seit dem letzten Gespräch nicht viel verändert hatte. Alvarez hatte mit Absicht nicht angerufen, weil sie die Reaktion der Frau sehen wollte.

»Ich habe gelesen, dass Sie und Ihre Partnerin bei Ihrer Suche nach Maurice gestern eine ziemliche Schlappe erlitten haben.« Sie ließ sich wieder auf ihre Lieblingsstelle auf der Couch fallen, an deren anderem Ende ein überquellender Wäschekorb stand. »Was wollen Sie wissen?«

»Es geht um Joey Lundeen«, sagte Alvarez, setzte sich Wanda gegenüber in einen der Sessel und sah, wie die fette Frau erstarrte.

Für den Bruchteil einer Sekunde flackerte Furcht in ihren Augen auf, die jedoch genauso schnell wieder verschwunden war. »Joey Lundeen kannte ich nicht.«

»Aber Sie haben gehört, dass er vor rund fünfzehn Jahren spurlos verschwand, habe ich recht? Sie waren damals schon mit Maurice zusammen, kurz nach seiner Zeit bei der Armee.«

»Wir waren verheiratet«, bestätigte sie stirnrunzelnd. »Ja, ich weiß, dass Joey und er Krach hatten. Einen Abend später war Joey verschwunden. Die Polizei kam und hat herumgeschnüffelt, aber sie konnten Maurice nichts nachweisen.« Der Anflug eines Lächelns trat auf ihre blassen Lippen. Sie enthielt Alvarez etwas vor, und darauf schien sie auch noch stolz zu sein.

»Jetzt, da Ihr Ehemann verschwunden und möglicherweise in gleich mehrere Verbrechen verstrickt ist, wird natürlich auch der Fall Joey Lundeen wieder aufgerollt.«

»Ja und?«

»Sollten Sie irgendetwas darüber wissen, wäre nun der richtige Zeitpunkt, es mir mitzuteilen.«

»Und warum sollte ich das tun?«

»Weil es eine Straftat ist, ein Verbrechen zu verschleiern. Sagen wir, wir finden heraus, dass Joey nicht einfach die Gegend verlassen hat, dass er zum Beispiel ermordet wurde, und Sie wussten etwas darüber. Dann sind Sie als Komplizin mit dran.« Das mochte zwar nicht ganz zutreffen, aber es zeigte den gewünschten Effekt. Wanda wandte den Blick ab und fummelte an ihrem Zirkonia, den sie nach dem letzten Besuch der beiden Detectives wieder an ihren Finger gesteckt hatte.

»Es wäre doch eine Schande, wenn Sie für etwas bezahlen müssten, was Maurice getan hat, vor allem jetzt, da er Sie für Carnie Tibalt sitzengelassen hat –«

»Ich bin immer noch mit ihm verheiratet«, fiel ihr Wanda ins Wort, das Gesicht puterrot vor Ärger. »Sie bedeutet ihm nichts, ist für ihn nicht mehr als ein Betthäschen. Ich bin es, die er liebt!« Sie deutete energisch mit dem Daumen auf ihre Brust, wo ihr Bademantel auseinanderklaffte und den Blick auf ihren schlecht sitzenden Schlafanzug freigab.

»Sie haben mit ihm geredet?«

»Nein ... ich ...« Sie schluckte, und wieder traten ihr die Tränen in die Augen.

»Nun, denken Sie darüber nach, Mrs. Verdago. Vielleicht glauben Sie, ihn schützen zu können, aber was ist mit Ihnen? Wäre die Situation umgekehrt und er müsste Sie decken, würde er das für Sie tun? Ich glaube nicht. Was hat er denn je für

Sie getan, außer Sie zu belügen und Ihnen einen falschen Diamanten an den Finger zu stecken?«

Wanda Verdago blinzelte und schniefte. Alvarez legte ihre Karte auf den Couchtisch. »Rufen Sie mich an, falls Sie Ihre Meinung ändern.« Sie stand auf und hatte gerade drei Schritte Richtung Tür gemacht, als Wanda einen herzzerreißenden Schluchzer ausstieß.

»Warten Sie!«, rief sie und ließ ihren Tränen freien Lauf. »Sie haben ja recht. Ich ... ich weiß tatsächlich etwas. Über Joey. Über das, was passiert ist. Aber ich will einen Rechtsanwalt und Straffreiheit, wenn ich aussage. Ich will nicht ins Gefängnis.« Sie schauderte. »Ich habe genügend Episoden von *Law & Order* gesehen. Ich kenne meine Rechte.«

Es war eine Sache, Zielscheibe des Spotts von einem Haufen Idioten zu sein, die nicht erwachsen werden wollten, aber eine ganz andere Sache war es, ihnen beipflichten zu müssen, dass sie sich zum absoluten Narren gemacht hatte.

Was war ihr entgangen? Was, was, was?

Wieder vertiefte sich Pescoli in die Karten von Grizzly Falls und Umgebung, wieder ging sie sämtliche Informationen durch, die sie zusammengetragen hatte. Die Verkehrsüberwachungskamera befand sich an der letzten großen Kreuzung stadtauswärts, die Straße, die Verdago genommen hatte, führte hinauf in die Berge. Wegen der Uhrzeit, zu der das Foto aufgenommen worden war – drei Uhr siebzehn am Morgen –, war sie davon ausgegangen, dass er zu seinem Versteck zurückkehrte. Das war ein Fehler gewesen, wie Brewster so nachdrücklich betont hatte. Pescoli lehnte sich in ihrem Stuhl zurück und dachte nach.

Wenn er sich nicht bei Samuels versteckt hielt, wo dann?

Er hätte in jedes der Blockhäuser einbrechen können, die fast alle nur von Urlaubern genutzt wurden und ansonsten leerstanden. Es gab Hunderte davon. Trotzdem kam ihr das abwegig vor. Warum hatte er Carnie mitgenommen? Wäre sie tatsächlich freiwillig mitgekommen, wenn er vorhatte, eine ganze Serie von Morden zu verüben?

Die Frau besaß kein Vorstrafenregister, war nie mit dem Gesetz in Konflikt geraten. Warum tat sie sich jetzt mit einem Mörder zusammen? Oder hatte er sie entführt? War sie auf ihn hereingefallen?

Ihre Familie hatte früher einmal in der Gegend von Grizzly Falls gelebt, doch jetzt war sie zersplittert. Die Eltern hatten sich getrennt, dann war die Mutter gestorben, der Vater hatte noch einmal geheiratet und lebte jetzt auf Hawaii. Carnival hatte eine Handvoll Cousins und Cousinen in Washington und in Oregon, außerdem einen Onkel in Duluth, Minnesota. Geschwister gab es nicht.

Bislang hatte keiner der Anrufe bei ihren Angehörigen brauchbare Informationen erbracht, doch es sagte so einiges, dass sich im Grunde niemand für Carnivals Verschwinden zu interessieren schien. Traurig.

Rachelle, eine ihrer Cousinen, hatte gesagt: »Das tut mir leid für Carnie, aber sie ist einfach nicht die Hellste.«

»Ich weiß nicht, in welche Geschichte sie da hineingeraten ist, aber ich mache mir keine großen Sorgen um sie«, lauteten die Worte ihres Vaters. »Sie kommt nach ihrer Mutter, landet immer auf den Füßen.«

Nur ihr Onkel, Davis Briscoe, hatte etwas Aufschlussreicheres zu sagen. »Das arme Ding hatte nie eine Chance. Ihre Mutter – meine Schwester Lizzie – hat sich zu Tode gesoffen, und Harvey, nun, er war nicht gerade ein guter Vater. Hoffentlich bleibt er auf Maui oder wo immer er steckt. Ich habe versucht, eine Beziehung zu Carnie aufzubauen, als ich noch in Grizzly Falls lebte, aber dann bekam ich einen Job angeboten und musste nach Washington gehen.«

Plötzlich kam Pescoli ein Gedanke. Sie ging erneut die Grundbucheintragungen und Besitzurkunden in und um Grizzly Falls durch, um zu sehen, ob ein Eintrag auf den Namen Carnival Tibalt vorlag, aber sie konnte nichts entdecken. Das Gleiche galt für Harvey und Lizzie Tibalt. Kein Eintrag.

»Letzter Versuch«, sagte sie und nahm einen Schluck von ihrem inzwischen kalt gewordenen Kaffee. Dann sah sie nach, ob der gute alte Onkel Davis Briscoe irgendwo ein Grundstück oder ein Häuschen besaß. Volltreffer! Er hatte tatsächlich Besitz in Montana, in Pinewood County, in ebenjenen Bergen an derselben Straße stadtauswärts gelegen wie das Blockhaus von Vincent Samuels.

»Hallo«, sagte sie leise und nahm sich erneut die Karten vor. Ihre Laune hatte sich schlagartig gebessert.

Das altvertraute Prickeln überkam sie, wie immer, wenn sie das Gefühl hatte, auf der richtigen Spur zu sein. Gestern hatte ihr Gefühl sie getäuscht, also musste sie heute äußerst vorsichtig sein. Diesmal würde sie kein Desaster riskieren. Sie würde den Ort am helllichten Tag überprüfen. Persönlich. Aus gebührender Entfernung.

Du musst Vorsichtsmaßnahmen treffen. Wenn du recht hast, brauchst du Verstärkung.

Sie ging hinüber zu Alvarez, doch der wie immer picobello aufgeräumte Schreibtisch ihrer Partnerin war verwaist, der Stuhl ordentlich davorgeschoben, auf dem Monitor war nur der Bildschirmschoner zu sehen.

Auch Brewster war nicht da, also rief sie Alvarez auf ihrem Handy an und hinterließ ihr eine Nachricht, bevor sie sich warm einpackte und zu ihrem Jeep ging. Alvarez' Subaru stand nicht auf dem Parkplatz, was ihr seltsam vorkam. Auch

Jeremys Pick-up fehlte. Vielleicht hatte er heute tatsächlich frei, die Freiwilligen wurden nicht jeden Tag zum Dienst eingeteilt. Was Brewster betraf, so war es ihr nach dem gestrigen Anpfiff schnurzpiepegal, wo er steckte. *Soll er bleiben, wo der Pfeffer wächst, dieser arrogante Mistkerl!*
Als sie in ihren Jeep stieg, musste sie daran denken, wie sie sich vor einer knappen Woche vorgenommen hatte, mit Grayson über ihre Kündigung zu sprechen. Wenn sie sich vorstellte, dass sie in Zukunft unter Brewster Dienst tun musste, kam ihr das mit der Kündigung mehr denn je wie eine gute Idee vor. Was für eine wunderbare Vorstellung, Brewster das Schreiben vor seine selbstgerechte Visage zu halten! Sie würde Santana heiraten, sich um ihre Kinder kümmern, bis sie endgültig flügge waren, und vielleicht würde sie sich sogar selbständig machen, bei O'Keefe mit einsteigen, der überlegte, nach Grizzly Falls zu ziehen.
Als sie den Motor anließ, fühlte sie sich schon ein wenig besser. Als Privatdetektivin würde sie sich um all die Regeln und Vorschriften des Polizeidienstes keine Gedanken mehr machen müssen, genauso wenig wie um die strenge Hierarchie, die ihr schon immer ein Stachel im Fleisch gewesen war.
Keine Volltrottel mehr wie Hanson und Connors. Was für eine wunderbare Vorstellung! Pescoli fuhr vom Parkplatz und gab Gas, um es noch bei Grün über die Kreuzung zu schaffen. Geduld. Sie musste geduldig sein.
Zuerst einmal würde sie diesen verfluchten Fall abschließen und Graysons Angreifer schnappen.
Danach konnte sie ihre Kündigung einreichen und Cort Brewster mitteilen, wohin genau er sich diese stecken sollte.

Kapitel zweiunddreißig

»Wanda Verdago ist bereit auszupacken«, verkündete Alvarez. Als sie ins Department zurückkehrte und Brewster in seinem Büro aufsuchte, war es bereits später Vormittag. Die Kartons mit dem persönlichen Besitz des Sheriffs waren weggeschafft worden, Regale und Schränke waren gefüllt mit Brewsters Paraphernalien, nichts deutete mehr darauf hin, dass dies Dan Graysons Büro gewesen war.

Brewster ließ die Hand sinken, mit der er soeben zum Telefonhörer gegriffen hatte. »Sie weiß, wo ihr Mann steckt?«

»Das hat sie bislang nicht zugegeben. Ich habe mit ihr in ihrer Wohnung gesprochen, aber dort hat sie nicht viel gesagt. Nicht ohne Anwalt.«

»Natürlich.«

»Allerdings hat sie sich bereit erklärt, ins Department zu kommen und eine Aussage über das Verschwinden von Joey Lundeen vor fünfzehn Jahren zu machen.«

»Ach du lieber Himmel«, sagte Brewster und kniff leicht die Augen zusammen. »Ich habe mich immer gefragt, was mit dem miesen Kerl wohl passiert ist.«

Alvarez nickte.

»Sie glauben, es handelt sich um Mord?«

»Das werden wir erst erfahren, wenn Mrs. Verdago und ihr Anwalt hier eintreffen. Sie wollen gegen drei Uhr da sein. Sie verlangt einen Deal mit der Staatsanwaltschaft. Immunität.«

»Dann hat sie offenbar etwas Wichtiges zu sagen.«

»Das denke ich auch. Vielleicht weiß sie sogar etwas über die beiden Attentate.«

»Ich werde mit dem Staatsanwalt reden. Ich bin mir sicher, wir werden uns einig.« Er streckte erneut die Hand nach dem Telefonhörer aus, doch Alvarez sagte rasch: »Einen Augenblick noch. Sie sagten, Ihr Bruder kenne Verdago von früher, genau wie Sie.«

»Das ist lange her.«

»Kommt er Ihnen vor wie jemand, der die Übergriffe, mit denen wir es zu tun haben, von langer Hand geplant haben könnte? Gut organisiert? Durchdacht? Akribisch?«

»Worauf wollen Sie hinaus, Alvarez?«

»Ich weiß nicht … Das Ganze kommt mir irgendwie nicht stimmig vor. Warum sollte er sich seine Freundin schnappen, in kurzem Abstand zwei Menschen attackieren und dann untertauchen? Das entspricht nicht dem üblichen Muster.«

»Könnte ein Dutzend Gründe haben. Etwas hat ihn auf die Palme gebracht. Er hatte Langeweile, musste sich etwas beweisen. Wer weiß schon, wie jemand wie Verdago tickt?«

»Hm«, sagte sie, nicht wirklich überzeugt. Alvarez gefielen die losen Enden nicht, und in diesem Fall mit Verdago im Zentrum gab es viele davon.

»War Pescoli bei Ihnen?«, fragte Brewster. »Ich habe sie noch nicht gesehen, aber ich habe gehört, sie sei heute früh schon hier gewesen.«

»Ich habe noch nicht mit ihr gesprochen.« Das war nicht gelogen, auch wenn sie ihm die Nachricht auf ihrer Mailbox verschwieg.

»Nun, wenn Sie sie sehen, halten Sie doch bitte ein Auge auf sie. Sie ist offenbar etwas überdreht und hat Sie in den gestrigen Schlamassel hineingeritten.« Als sie den Mund öffnete, um ihm zu widersprechen, kam er ihr zuvor: »Sparen Sie sich die Mühe, sie in Schutz zu nehmen, das geht ohnehin nur nach hinten los. Sie ist ein wandelndes Pulverfass, Alvarez, und wenn sie noch einmal ein solches Chaos anzettelt ...« Er musste ihre Gedanken gelesen haben, denn seine Hand, die erneut nach dem Telefonhörer griff, blieb in der Luft hängen. »O nein. Sagen Sie nichts.« Dann, als hätte er seine Meinung abrupt geändert: »Na schön, was zum Teufel hat sie jetzt schon wieder vor?«

Die Hütte – man konnte sie nicht wirklich ein Blockhaus nennen – wirkte verlassen.

Pescoli, die oberhalb versteckt Posten bezogen hatte, blickte auf das graue, verwitterte Holzgebäude hinab. Abgesehen von Reifenspuren, die zeigten, dass jemand vor kurzem gekommen und wieder gefahren war, waren keinerlei Anzeichen zu erkennen, dass sich hier jemand aufhielt. Hinter den Fenstern war alles dunkel, aus dem Kamin stieg kein Rauch auf. Der offene Anbau, der scheinbar als Garage diente, war leer, abgesehen von einem Stapel Feuerholz und einem alten Kühlschrank aus den 1960er Jahren.

Sie betrachtete das Haus durchs Fernglas. Umgeben von dichten Wäldern, war der einzige Zugang über die einspurige Zufahrt möglich, die sich durch die Bäume wand und momentan nur aufgrund der Reifenspuren im gut zwanzig Zentimeter tiefen Schnee zu erkennen war. Wer immer diese Spuren hinterlassen hatte, war noch nicht lange fort, dachte Pescoli, denn es hatte sich erst eine dünne Schicht Neuschnee darüber gebildet.

Sie hatte ihren Jeep bei einer stillgelegten Sägemühle etwa eine Meile von der Landstraße entfernt geparkt, dann war sie entlang der Straße zu Fuß weitergegangen, bis sie auf diese Stelle oberhalb der Hütte gestoßen war, von wo aus sie, hinter Gestrüpp verborgen, freie Sicht hatte. Sie hatte eine SMS mit ihrem Aufenthaltsort an Alvarez gesendet, doch bislang keine Antwort von ihrer Partnerin erhalten. Zur Vorsicht hatte sie ihr Handy auf stumm gestellt.

Sie blickte erneut auf die Uhr. Seit über einer Stunde observierte sie die Hütte nun schon, doch nichts hatte sich geändert, außer dass die Temperatur gefallen war und es wieder begonnen hatte, in dicken Flocken zu schneien.

Jetzt oder nie, dachte sie und huschte, angestrengt durch den dichten Schneevorhang spähend, die Ohren gespitzt, von Busch zu Busch auf die Hütte zu. Nein, es deutete tatsächlich nichts darauf hin, dass jemand da war. Vor jedem Fenster hingen grobe, schwarze Vorhänge, die aussahen wie Jutesäcke, die ihr die Sicht versperrten. Kein Wunder, dass sie von ihrem Aussichtspunkt nichts hinter den Fenstern hatte entdecken können! Sie trat zur Haustür und versuchte, sie zu öffnen, doch die Tür war fest verschlossen.

Auf der Rückseite des Hauses befand sich eine verrottete Holztreppe, geschützt von einem Vordach, die zu einer Hintertür mit einem kleinen Sichtfenster darin führte. Auch sie war versperrt. Auf Zehenspitzen spähte Pescoli durch die Glasscheibe und konnte einen Teil des Wohnbereichs und der Küche sehen, aber nicht alles.

Irgendwie musste sie in die Hütte hineingelangen.

Sie sah unter beiden Fußmatten nach, außerdem unter einer vergessenen Stiefelbürste, fand aber keinen Schlüssel.

Das hier war ein Ferienhaus.

Ein Ferienhaus, das offensichtlich so gut wie nie genutzt wurde.

Normalerweise war bei solchen Häusern immer irgendwo ein Schlüssel versteckt.

Vielleicht haben Carnie und Verdago den Schlüssel mitgenommen.

Pescoli überlegte, ob sie einfach in die Hütte einbrechen sollte, zumal sie wusste, dass Brewster nach seiner gestrigen Tirade jegliche offizielle Aktion ihrerseits blockieren würde.

Kurz davor, aufzugeben, ging sie zu dem Anbau hinüber, der als Garage diente, und sah sich gründlich um. Nichts. Sie öffnete sogar den alten Kühlschrank, doch der war leer. Im Gefrierfach lag nichts außer einer alten Eiswürfelschale aus Blech. Sie schloss das Gefrierfach und wollte sich gerade abwenden, als ihr Blick auf ein Stück Metall an der Wand hinter dem Kühlschrank fiel.

Ein Schlüssel.

»Danke«, flüsterte sie und hoffte nur, er würde zu einer der beiden Haustüren passen.

Als Erstes probierte sie es an der Vordertür.

»Passt nicht«, stellte sie fest, ging um die verfallene Hütte herum und steckte den Schlüssel in die Hintertür. Er ließ sich leicht drehen. Ihr Puls beschleunigte sich. Das, was sie hier tat, war nicht mal ansatzweise legal, es sei denn, sie hätte durchs Fenster etwas bemerkt, was auf ein Verbrechen schließen ließ. Trotzdem würde sie jetzt nicht aufgeben. Langsam drückte sie die Tür auf und trat ein. Drinnen war es dunkel und warm, und ein merkwürdiger Geruch hing in der Luft. Der Rauch eines Holzfeuers überdeckte etwas anderes, Strengeres.

Pescoli drückte auf den Lichtschalter neben der Tür. Nichts. Vermutlich hatte Briscoe den Strom abstellen lassen. Sie zückte ihre Taschenlampe, die sie vorsichtshalber eingesteckt hatte, und leuchtete damit in den Teil der Küche, den sie vom Fenster aus nicht hatte einsehen können. Auf dem alten Reso-

paltisch lagen Fotos. Porträtaufnahmen von Menschen, die sie kannte, auch eine Aufnahme von ihr selbst.
Ihre Haut fing an zu kribbeln, als ihr klarwurde, dass sie sich tatsächlich im Versteck des Irren befand, der die Richterin und Grayson auf dem Gewissen hatte. Von hier aus startete der Psychopath offenbar seine kranken Operationen.
Aus dem Wohnzimmer drang der rötliche Schein schwach glühender Kohle. Sie machte einen Schritt darauf zu und ließ den Strahl ihrer Taschenlampe über den schmutzigen Linoleumboden gleiten, bis er plötzlich direkt auf dem reglosen grauen Gesicht einer toten Frau landete. Carnie Tibalt.
Pescoli unterdrückte einen Schrei. Ihr Herz hämmerte wild. Carnie starrte mit leblosen Augen an die Decke. Abgesehen von ihren Stiefeln war sie splitternackt. Auf ihrer Stirn prangte ein hässliches dunkles Loch. Pescoli zog ihren Handschuh aus, bückte sich und tastete nach Carnivals Puls. Nichts.
Maurice hatte Carnie umgebracht?
Sie ließ die Leiche dort liegen, wo sie sie gefunden hatte, dann zog sie die schweren Vorhänge ein kleines Stück zurück, damit sie Brewster weismachen konnte, dass sie die Frau gesehen hatte, bevor sie ins Haus eingedrungen war. Rasch streifte sie ihren Handschuh wieder über, um nirgendwo ihre Fingerabdrücke zu hinterlassen, und überprüfte die restlichen Räume. Im Schlafzimmer, wo alle möglichen Kleidungsstücke auf dem Boden verstreut lagen, war es eiskalt, das Badezimmer so klein, dass sie sich kaum darin umdrehen konnte.
Du darfst das nicht vermasseln, ermahnte sie sich, als sie den Rückzug antrat. Sie hatte nichts berührt außer Carnies Nacken, die Gardine und die beiden Türknäufe, also hatte sie im Grunde nichts getan, um den Fall zu kompromittieren.

Draußen vor der Hütte versuchte sie, Alvarez anzurufen, doch sie hatte keinen Empfang. Ungeduldig stapfte sie ein paar Schritte die Einfahrt hinab und wählte immer wieder, bis sich Alvarez endlich meldete.

»Hier spricht Pescoli!«, rief sie. Plötzlich war ihr kalt bis auf die Knochen. »Ich habe Verdagos Versteck gefunden. Eine Hütte in den Bergen, die Carnie Tibalts Onkel gehört.« Sie ratterte die Adresse herunter. In dem Augenblick vernahm sie das Dröhnen eines Motors.

»Wir sind schon unterwegs«, sagte Alvarez ohne weitere Erklärung.

»Hierher? Ihr seid auf dem Weg *hierher?*«

»Ja!«

Das Motorengeräusch wurde lauter, ein tiefes, bösartiges Knurren, das ganz bestimmt nicht von Alvarez' Subaru stammte. Doch von wem dann?

»Wo seid ihr ungefähr?«, fragte Pescoli und suchte fieberhaft nach einem Versteck. Zwar schneite es heftig, aber ihre Fußabdrücke würden sie verraten. Verdammt! Schnell zog sie sich hinter die umstehenden Bäume zurück.

»Wir sind noch etwa drei, vier Meilen entfernt. In ungefähr fünf Minuten sind wir da.«

»Gebt Gas! Ihr müsst es in zwei Minuten schaffen«, sagte Pescoli hastig. »Sieht so aus, als würde ich Gesellschaft bekommen!« Sie schaltete ihr Handy aus, gerade als der weiße Transporter, der Carnie Tibalt gehörte, um die Kurve bog.

Pescoli zog ihre Waffe aus dem Schulterholster, duckte sich hinter den Stamm einer Hemlocktanne und spähte vorsichtig durch eine Lücke in den Zweigen.

Schnapp ihn dir!, drängte ihre innere Stimme, und ihr Finger spannte sich über dem Abzug ihrer Pistole. Aber sie wollte ihn lebend, wollte, dass er vor Gericht gestellt wurde und den Rest seines elenden Lebens im Gefängnis verbrachte. Er sollte bezahlen für das, was er Dan Grayson, Kathryn Samuels-Piquard und jetzt auch Carnie Tibalt angetan hatte.

Das Motorengeräusch erstarb, und sie trat ein Stück zur Seite, um eine bessere Sicht und, falls nötig, eine freie Schussbahn zu haben. Er fuhr in die Garage. Die Sekunden verstrichen. Pescoli regte sich nicht, atmete kaum, all ihre Sinne waren auf den kleinen Anbau gerichtet.

Komm schon, du Bastard, zeig dich.

Ihr Kinn war steinhart, ihre Muskeln bis zum Zerreißen gespannt. Sie hörte ihren Herzschlag in den Ohren.

Sie sah, wie er aus der Garage trat, gekleidet in einen weißen Tarnanzug, wie man ihn bei der Armee trug, ein Gewehr in der Hand, kaum zu erkennen inmitten der winterlichen Pracht.

Mistkerl!

Wie erstarrt blieb er stehen, als er die Fußabdrücke entdeckte, die rund ums Haus führten.

Ohne zu zögern, schulterte er sein Gewehr und begann mit der Suche.

Pescoli richtete die Waffe auf ihn und schrie: »Polizei! Lassen Sie die Waffe fallen, Verdago! Nehmen Sie die Hände hoch! Über den Kopf! Sofort!«

Sein Kopf fuhr herum in Richtung ihrer Stimme. Er drückte sofort ab.

Wumm! Wumm! Wumm!

Die Bäume um sie herum erzitterten.

Eis splitterte.

Dicke, pudrige Schneewolken fielen von den Bäumen.

Rinde flog von dem Baumstamm, hinter dem sie in Deckung gegangen war. Mein Gott! Sie duckte sich tiefer ins Dickicht, schwer atmend, ihr Herz hämmerte in ihrer Brust. Wo steckte er? Sie hatte seinen weißen Tarnanzug aus den Augen verloren.

Es ist unmittelbar in der Nähe.

Voller Panik flog ihr Blick über die Lichtung, dann suchte sie ihn zwischen den Bäumen, versuchte, seine Fußabdrücke auszumachen, aber die Flocken fielen zu dicht.

Er weiß, wo du bist, aber du kannst ihn nicht sehen. Du bist für ihn leichte Beute, Pescoli! Also beweg dich!

»Sie steckt in Schwierigkeiten!«, rief Alvarez.

»Sie steckt immer in Schwierigkeiten.« Brewster, am Lenkrad seines Geländewagens, drückte aufs Gas. Die Scheibenwischer fegten den Schnee von der Windschutzscheibe, der Funk knisterte. Alvarez hatte den Blick fest auf ihr Tablet gerichtet, während Brewster angestrengt durch die Windschutzscheibe auf die kurvige Straße starrte, die sich durch die Berge schlängelte. »Rufen Sie Verstärkung.«

»Ist schon unterwegs.«

»Gut. Ach, verdammt!«

In einer engen Kurve geriet der Jeep ins Schlittern, streifte den am Straßenrand aufgetürmten, steinhart gefrorenen Schnee und schrammte gefährlich nah an einem steilen Abgrund entlang, an dessen Grund rund dreißig Meter tiefer ein Fluss toste. Auf der anderen Seite der schmalen Straße erhoben sich die Berge, deren Gipfel im dichten Schneetreiben verschwanden.

»So eine Scheiße«, murmelte Brewster mit zusammengebissenen Zähnen, doch es gelang ihm, den Wagen gerade zu ziehen. Kaum fanden die Reifen wieder Halt, drückte er erneut das Gaspedal durch und raste in Richtung der Hütte, die Maurice Verdago als Versteck diente.

»Sie hat ein Riesenglück, dass Sie herausgefunden haben, wo sie steckt.«

»Das war nicht schwer.«

»Ich habe Sie vor ihr gewarnt«, sagte Brewster jetzt. »Ständig verstößt sie gegen die Regeln. Was zum Teufel ist bloß los mit der Frau?« Er bremste kurz ab, dann bog er in die lange Zufahrt ein, die zu der Hütte von Carnie Tibalts Onkel führte. »Sie ist eine Bürde für das gesamte Department, und irgendwann wird sie sich mit ihren aberwitzigen Unternehmungen noch selbst umbringen – wenn sie das jetzt nicht längst getan hat.« Er warf Alvarez einen Seitenblick zu. »Wer weiß, ob sie nicht auch Sie noch mit reinreißt.«

Alvarez ignorierte seine Bemerkung. »So, wir nähern uns der Hütte. Hinter der nächsten Anhöhe müsste sie auftauchen.« Jetzt war wahrhaftig nicht der richtige Zeitpunkt, Pescolis Professionalität in Frage zu stellen.

Kraaach! Ein Gewehrschuss zerriss die Stille.

Alvarez zog scharf die Luft ein. Vor ihrem inneren Auge sah sie ihre Partnerin zuckend zu Boden gehen, getroffen von einer Kugel.

»Los! Beeilen wir uns!« Sie riss ihre Glock aus dem Holster und hatte die Hand schon am Türgriff, als Brewster die Anhöhe passierte und auf die Bremse trat.

Der Jeep schlitterte auf eine Lichtung und kam keine zehn Meter vor der Eingangstür einer kleinen, baufälligen Hütte zum Stehen. Ein Mann mit Gewehr, gekleidet in Wintertarnfarben, warf einen Blick in ihre Richtung, dann stürmte er um die Ecke der Hütte.

»Schnappen wir ihn!« Sie stieß die Autotür auf, als Brewster ihr eine Hand auf den Arm legte.

»Warten Sie auf die Verstärkung. Ich mache das.« Ein Gewehr in der Hand, stieg er aus.

Kommt gar nicht in Frage! Alvarez sprang aus dem Jeep und joggte durch den Schnee um das Haus herum, Brewster sicherte die andere Seite.

Wumm! Wumm! Wumm!

Weitere Schüsse fielen.

Halt durch, Regan!, betete Alvarez, drückte sich flach an die Holzwand und spähte durch die dichte Schneegardine in das Waldstück dahinter.

Plötzlich entdeckte sie den Killer, der das Gewehr anlegte und auf eine Reihe von Bäumen zielte.

»Pescoli!«, schrie Alvarez.

Pescoli hörte ihren Namen und drehte sich gerade noch rechtzeitig um, um den Schützen in Tarnweiß zu sehen, der die Mündung seines Gewehrs direkt auf sie gerichtet hielt.

In dem Augenblick wusste sie, dass sie so gut wie tot war.

Blammm!

Sie warf sich nach vorn in eine Schneewehe und landete hart auf der Schulter, damit rechnend, dass jede Sekunde eine Kugel in ihr Fleisch eindrang.

Doch in der Nanosekunde, bevor sie in die Schneewehe eintauchte, sah sie aus dem Augenwinkel, wie der Körper des Mörders zuckte. Die Waffe flog aus seinen Händen, dann ging er zu Boden.

Keine vierzig Meter von ihr entfernt, das Gewehr angelegt, stand Cort Brewster.

Dieser Scheißkerl von stellvertretendem Sheriff hat dir das Leben gerettet, dachte sie noch, dann prallte sie mit dem Kopf gegen eine Eisplatte, und ihr wurde schwarz vor Augen.

Kapitel dreiunddreißig

Endlich war es vorbei, dachte Pescoli, als sie eine Woche später den soundsovielten Artikel über die Schießerei in den Bergen las. Wieder einmal lobte der Reporter den »kühlen Kopf, die schnellen Reflexe und die Treffsicherheit« von Cort Brewster. Tenor der Lobhudelei war im Grunde folgender: Sollte Dan Grayson je aus dem Koma erwachen, sollte Brewster ihn unbedingt bei den nächsten Wahlen um das Amt des Sheriffs herausfordern.

Vermutlich musste sie Brewster dankbar sein, zumindest dankbarer, als sie es tatsächlich war, aber sie konnte sich des Verdachts nicht erwehren, dass er Verdago weniger aus dem Grund erschossen hatte, sie zu retten, als vielmehr um des Ruhms willen. *Vielleicht ist das aber auch nur Teil deiner ewigen Paranoia, dass alle nur aufgrund der schlechtesten Motive handeln. Könnte es nicht sein, dass nur dein eigener, nicht gerade untadeliger Charakter aus dir spricht?* Egal. Pescoli warf die Zeitung auf einen der Tische im Aufenthaltsraum. Sie war schon früh ins Büro gefahren. Wieder einmal. Sie war froh, wenn es im Department noch relativ ruhig zuging. Ihre Schulter schmerzte nach wie vor von ihrer harten Landung auf dem überfrorenen Schnee, aber zum Glück hatte sie sich nichts gebrochen. Sie hatte lediglich ein paar blaue Flecken davongetragen und Bänder und Sehnen überdehnt, gerissen war Gott sei Dank nichts. Auch die Beule am Kopf tat nicht mehr so weh, allerdings hatte sie sich an nicht gerade viel erinnert, als sie einige Zeit später im Krankenhaus aufgewacht war. »Eine mittelschwere Gehirnerschütterung«, lautete die Diagnose, weshalb sie über Nacht zur Beobachtung im Krankenhaus hatte bleiben müssen. Als sie am nächsten Morgen entlassen wurde, hatte sie sich gleich wieder an die Arbeit gemacht – trotz der gegenteiligen Anweisungen der Ärzte und Santanas Protesten.

»Muss ich dich wirklich mit Gewalt daran hindern?«, hatte Santana gefragt, und sie hatte ihn angelächelt und verschmitzt erwidert: »Wie sexy. Warum nicht?« Er hatte nur den Kopf geschüttelt und gar nichts mehr gesagt.

Zähneknirschend hatte sie fast eine Woche lang eine Schlinge getragen, dann hatte sie das verdammte Ding in den Müll geworfen. Es störte sie nur in ihrer Beweglichkeit. Pescoli war Rechtshänderin, aber erst jetzt wurde ihr klar, was auch ihr linker Arm alles leistete.

Mittlerweile war rein körperlich fast alles beim Alten, das Ziehen und Zwicken in der Schulter nicht mit eingerechnet. Mental sah es anders aus: Die Ereignisse an der Hütte von Carnie Tibalts Onkel erinnerte sie nur lückenhaft, litt an partiellem Gedächtnisverlust, wie er auch für die Opfer von schweren Unfällen typisch war.

Ihr Blick fiel auf die Kaffeekanne, die wieder einmal leer war. Sie überlegte ernsthaft zu verzichten, doch dann riss sie sich zusammen und setzte eine neue Kanne auf. Schließlich war sie ein großes Mädchen. Ein sehr großes Mädchen, denn sie setzte sogar noch eine zweite Kanne auf, als sie sah, dass auch in der anderen keine halbe Tasse mehr war.

Joelle würde frühestens in einer Stunde eintreffen, da vergab sie sich nichts, wenn sie Kaffee kochte, oder?

So sollte sie nicht denken.

Sie sollte überhaupt anders denken.

Positiver.
Sollte zufriedener sein.
Sollte Erleichterung und Dankbarkeit verspüren, nicht nur weil Cort Brewster ihr das Leben gerettet hatte, sondern auch, weil Maurice Verdago tot war und keine weiteren Menschen ins Grab bringen konnte.
Trotzdem war sie irgendwie unruhig. Nervös. Sie kannte das Gefühl. So ging es ihr immer, wenn sie den Eindruck hatte, einen Fall nicht hundertprozentig abgeschlossen zu haben. Außerdem fiel es ihr schwer, sich auf die Arbeit zu konzentrieren. Alles war verändert, seit Grayson nicht mehr da war. Das Department kam ihr fremd vor. Silvester war vorüber, das neue Jahr hatte begonnen, und Jeremy hatte sich für mehrere Abendkurse am Community College angemeldet, was seinen Freiwilligendienst im Büro des Sheriffs auf ein Minimum beschränkte. Das gefiel Jeremy zwar nicht, aber so war es nun einmal. Bianca ging wieder zur Schule und schwor, dass sie »futtere wie ein Scheunendrescher«.
Pescoli war nicht ganz überzeugt, doch sie hatte ihre Tochter genau beobachtet. Gab es ihr Lieblingsessen, haute sie tatsächlich rein, während sie anderes verschmähte. Extrem schlechte Essgewohnheiten, dachte Pescoli, Diät-Schokoriegel und Pfefferminz-Mochaccino im Coffee-Shop.
Weiterhin hatte sie, misstrauisch, wie sie war, ein Auge auf ihre Tochter. Bianca war schlau, doch Pescoli war auch nicht ohne. Wann immer sie zur gleichen Zeit zu Hause war wie Bianca – was selten genug der Fall war –, achtete sie darauf, wann Bianca zur Toilette ging. Doch sollte sie ihre Mahlzeiten wirklich erbrechen, hatte Pescoli davon bislang nichts bemerkt.
Noch während sie darauf wartete, dass der Kaffee durchlief, hörte sie Schritte näher kommen. Kurz darauf betrat Connors

den Aufenthaltsraum und rückte seine Hose unter seinem dicken Bauch zurecht.
»He, hat man dich befördert?«, fragte er, witzig wie immer.
»Na klar«, gab sie zurück. »Von jetzt an ist der Aufenthaltsraum mein Revier.«
»Gut. Ich könnte einen Elch-Burger vertragen!«
»Das ist Schnee von gestern, Connors. Lass dir mal was Neues einfallen.« Sie nahm an, dass er es gewesen war, der Anfang der Woche den Ziploc-Beutel mit Fleisch auf ihren Schreibtisch gelegt hatte. Auf die eine Seite war mit groben Strichen ein Elch gezeichnet gewesen.
Ein toller Witz.
Es wäre dem fetten Klotz nur recht geschehen, wenn sie das Fleisch in ihrer Schreibtischschublade hätte vergammeln lassen, um anschließend Hackfleisch daraus zu machen. Gammelhack in seiner übergroßen Kaffeetasse hätte ihm bestimmt prima gefallen.
»Ziemlich fad hier drinnen«, stellte er fest, während auch er darauf wartete, dass der Kaffee durchlief. Er hatte recht, der Aufenthaltsraum sah in der Tat langweilig aus ohne Joelles weihnachtlichen Dekorationen. »Kein Weihnachtsschnickschnack, keine großen Fälle.«
»Keine Weihnachtsplätzchen«, fügte Pescoli hinzu. Schweigen breitete sich aus und zog sich in die Länge. *Zum Teufel noch mal,* dachte sie. Auch wenn sie momentan nicht so viel zu tun hatte, fehlte ihr doch die Zeit, hier herumzustehen und Smalltalk mit Connors zu halten.
Schließlich riss sie die halbvolle Kanne mit koffeinhaltigem Kaffee aus der Maschine und schenkte sich eine halbe Tasse ein, dann stellte sie die Kanne mit mehr Nachdruck, als nötig gewesen wäre, zurück und stürmte aus dem Aufenthaltsraum.
Mein Gott, war sie schlecht gelaunt, stellte sie fest, während

sie an dem heißen Kaffee nippte und den Gang entlangeilte. Leider brachte ihr auch der erste Schluck nicht die Befriedigung, die sie sich erhofft hatte.

Mach dir nichts vor, sagte sie sich, *du bist hier nicht glücklich. Nicht mehr.* Vor Brewsters Büro verlangsamte sie ihren Schritt und spähte durch die Tür mit dem Glasfenster, die neuerdings immer abgeschlossen war – Brewster schien seinen eigenen Angestellten nicht zu trauen, was Pescoli ganz und gar nicht gefiel. Sie hatte Grayson in der vergangenen Woche zweimal besucht, war sich unbeholfen und albern vorgekommen, als sie seine Hand berührt und ihm erzählt hatte, dass sie den Attentäter gefasst hatten. Sein Zustand war unverändert, doch die Ärzte, deren Worte sie aufgeschnappt hatte, zeigten »verhaltenen Optimismus«, was immer das bedeuten mochte. Der Wachtposten vor dem Eingang zur Intensivstation war abgezogen worden, da nun keiner mehr dem Sheriff nach dem Leben trachtete, doch ohne das vertraute Gesicht eines Kollegen vor der Tür kam ihr das Krankenhaus noch trostloser, noch steriler, noch … hoffnungsloser vor.

Der Blick durch das Türfenster in Brewsters »Thronsaal« ließ ihre Laune noch tiefer sinken. Brewster hatte seine Rolle als amtierender Sheriff viel zu schnell eingenommen – und von »vorübergehend« konnte auch keine Rede sein. Nichts wies mehr darauf hin, dass dieser Raum vor kurzem noch Dan Grayson und seinem treuen schwarzen Labrador gehört hatte, der sich – Cisco sei Dank – gut bei ihr eingelebt hatte.

Wer wusste schon, wie lange der Hund noch bei Pescoli und ihren Kindern bleiben würde? *Und bei Santana,* rief sie sich in Erinnerung. Bald schon würden sie eine große und hoffentlich glückliche Familie sein. Ohne sich dessen bewusst zu sein, drückte sie sich selbst mit der freien Hand die Daumen.

»Der Kaffee ist fertig«, sagte Connors hinter ihr, und als sei ihm plötzlich klar, was für ein Esel er war, fügte er hinzu: »Ich meine ja nur, falls du eine volle Tasse möchtest.«

Sie sah sein verzerrtes Spiegelbild in der Scheibe von Brewsters Bürotür. »Danke.«

Er zögerte, dann biss er sich seitlich auf die Lippe und blickte ebenfalls in Graysons ehemaliges Büro. »Merkwürdig, nicht?« Als sie nicht antwortete, fügte er hinzu: »Ich meine ... es ist so ... anders.«

»Hm.«

Sie sah, dass er noch etwas hinzufügen wollte, doch er überlegte es sich anders, nahm einen Schluck Kaffee und wandte sich zum Gehen.

Pescoli blieb noch einen Augenblick stehen und wollte sich gerade abwenden, als ihr Blick auf das Schwert fiel. Es sah genauso aus wie das, das Vincent Samuels damals Winston Piquard geschenkt hatte, zu seinem Highschool-Abschluss, wenn sie sich recht erinnerte. Ein weiteres Exemplar hing an der Wand im Arbeitszimmer der Richterin, eine Erinnerung an George Piquards Zeit bei der Armee. Und Brewster hatte auch so eins?

Sie hatte das Schwert noch nie bei ihm gesehen, doch sie musste an die Worte denken, die Brewster kurz vor der Pressekonferenz zum Tod von Maurice Verdago zu Darla Vale gesagt hatte: »Ja, ich muss zugeben, dass Bess recht hat – es sammelt sich wirklich zu viel alter Krempel im Keller an. Also habe ich angefangen auszusortieren und bin auf Dinge gestoßen, die ich fast schon vergessen hatte.« Anschließend war Brewster vor die Kameras getreten und hatte laut und deutlich verkündet, dass die Bürger von Grizzly Falls nichts mehr zu befürchten hätten – mit dem »Regiment des Schreckens«, ausgeübt von Maurice Verdago und seiner Komplizin Carnival Tibalt, sei es nun vorbei.

Das Ganze kam Pescoli irgendwie unpassend vor, wie alles in letzter Zeit. Kein Wunder. Sie hatte noch nicht zu ihrer früheren Form zurückgefunden, und dann waren da auch noch ihre nächtlichen Alpträume, die ihr nach wie vor zu schaffen machten. Dass sie ins Visier von Verdago geraten war, in die Mündung seines Gewehrs geblickt hatte, verstärkte ihre Ängste nur noch.

Tatsache war, dass ihr Selbstbewusstsein arg gelitten hatte, um nicht zu sagen, zutiefst erschüttert war. Sie war vorsichtiger, ängstlicher als früher, und sie fühlte sich nach wie vor verfolgt. Ihre Paranoia war mit Verdagos Tod nicht verschwunden – im Gegenteil –, was deutlich zeigte, wie gestresst sie war.

Dem Himmel sei Dank für Brewsters Zielsicherheit. Auch er war einst beim Militär zum Scharfschützen ausgebildet worden.

Er hatte ihr das Leben gerettet.

Das darfst du nicht vergessen, ermahnte sie sich wieder einmal, als sie an ihren Arbeitsplatz zurückkehrte, sich auf ihren Stuhl fallen ließ und an den Schreibtisch rollte. Vielleicht hatte Brewster ja recht, vielleicht war sie eher eine Bürde für das Department denn ein Gewinn.

Es wurde Zeit, dass sie endlich ihr neues Leben mit Santana begann und sich all der Verantwortung, der Sorgen und Ängste, des Drucks entledigte, den die Arbeit als Detective im Büro des Sheriffs von Pinewood County mit sich brachte.

Sie leerte ihre Tasse, ließ ihre verletzte Schulter kreisen, um die verspannten Muskeln zu lockern, dann fing sie an, ihre Kündigung aufzusetzen.

Alvarez war genervt.

Es passte ihr gar nicht, wie Brewster sich aufplusterte. Immerhin war Grayson noch am Leben. Diese Tatsache ließ sich nicht leugnen. Und obwohl sie froh war, dass der Fall endlich abgeschlossen war, machten ihr ein paar Dinge zu schaffen. Lose Enden, die sich einfach nicht zusammenfügen ließen.

Sie war zu Hause, der Hund lag vor ihren Füßen, die Katze huschte durchs Bücherregal. O'Keefe hantierte laut klappernd in der Küche, während sie immer wieder auf ihr Handy schaute, ob ein Anruf oder eine E-Mail von Tydeus Melville Chilcoate eingegangen war. Chilcoate war ein Computergenie und ein begnadeter Hacker, außerdem ein bekennender Regierungsfeind, der mehr als deutlich kundtat, dass er mit dem Büro des Sheriffs nichts am Hut hatte. Noch stärker als seine Antipathie dem Department gegenüber war allerdings sein Hass auf Cort Brewster, der ihn in den vergangenen Jahren wegen Geschwindigkeitsübertretungen und anderer Verkehrsdelikte drangekriegt hatte – eine »Falle«, wie Chilcoate behauptete, und »purer Machtmissbrauch«.

Alvarez hatte sich mit ihm an einem abgelegenen Ort getroffen, in einem alten Steinbruch. Sie hatten in ihren Wagen gesessen, die Fenster heruntergekurbelt, hatten ihre Abmachung ausgehandelt und waren anschließend in verschiedene Richtungen davongefahren. Chilcoate, bedacht darauf, Brewster eins auszuwischen, war schnell mit an Bord gewesen, auch wenn der Deal, den sie mit ihm getroffen hatte, ziemlich grenzwertig war. Ausnahmsweise einmal hatte sie sich weder Pescoli noch O'Keefe anvertraut. Jetzt war sie es, die nicht nach den Regeln spielen würde.

Doch bislang hatte Chilcoate sich noch nicht wieder bei ihr gemeldet.

»Ich dachte, der Fall sei abgeschlossen«, sagte O'Keefe, als er eine Tasse Kräutertee auf den Tisch neben ihren Laptop stellte. Der Duft nach Ingwer und Zitrone füllte die Luft. Selena atmete tief ein.

»Mir kommt das Ganze ein bisschen zu ... perfekt vor – ein besseres Wort fällt mir nicht ein. Ich sitze gerade in Brewsters Büro, als ich den Hilferuf von Pescoli bekomme. Er besteht darauf, mich zu begleiten, anstatt mir einen der Deputys oder einen anderen Detective mitzugeben. Und als wir dort ankommen, knallt er Maurice Verdago ab. Denselben Kerl, der ihm den alten Laptop und das Gewehr aus dem Keller geklaut hat, das 30.–06, zugelassen auf Cort Brewster. Und ausgerechnet damit begeht er sämtliche Anschläge?«
»Brewster hatte das Gewehr als gestohlen gemeldet.«
»Um Thanksgiving herum.«
»Manchmal ergeben sich eben die ungewöhnlichsten Zufälle.«
Lächelnd blickte sie zu O'Keefe auf. Sein dunkles Haar war zerzaust, das Kinn unrasiert, sein Blick leicht schlaftrunken. Er hatte sich nicht die Mühe gemacht, sich anzuziehen, trug nur eine Boxershorts, so dass sie seinen flachen Bauch mit den wohldefinierten Muskeln bewundern konnte, als er sich mit dem Rücken gegen die Frühstückstheke lehnte.
»Versuchst du, mich zu verführen?«, fragte sie, lehnte sich auf ihrem Stuhl zurück und nahm einen Schluck Tee.
Ein schiefes Lächeln trat auf seine Lippen. »Sollte ich das?«
»Immer.«
Er zog einladend eine Augenbraue in die Höhe, doch sie schüttelte den Kopf und sagte bedauernd: »Ich muss ins Büro.«
»Du musst unter die Dusche. Wir könnten doch –«
Lachend unterbrach sie ihn: »Vergiss es.« Mein Gott, wie sehr sie ihn liebte! Eines Tages würde sie ihn heiraten. Diesmal würde sie ihn nicht von der Angel lassen, aber jetzt, in diesem Augenblick, konnte sie sich keine Ablenkung leisten.
»Die Spurensicherung hat auf Verdagos Gewehr – auf dem,

das er Brewster gestohlen hat – seine Fingerabdrücke und die von Brewster gefunden, was nicht anders zu erwarten war, aber …«

»Aber was?«, hakte O'Keefe nach.

»Ach, ich weiß auch nicht. Es erscheint mir so seltsam, dass Brewster anscheinend genau wusste, was Verdago vorhatte. Der Mann ist ein guter Cop, dessen Instinkte für gewöhnlich ins Schwarze treffen, aber diesmal war er einfach zu gut. Als hätte er das Spiel in der Hand.«

»Dann ziehst du also in Erwägung, dass Brewster nicht nur Verdago abgeknallt, sondern auch auf die Richterin und Grayson geschossen hat?«

»Ich weiß, das klingt verrückt, trotzdem …« Sie verstummte frustriert, dann sagte sie: »Anscheinend hat Verdago auch seine eigene Freundin umgebracht, die nur ihre Stiefel und einen Verlobungsring trug.«

»Und?«

»Das ergibt einfach keinen Sinn!« Und genau das ließ die Rädchen in ihrem Gehirn rattern. Carnies Tod. Es passte einfach nicht zu Verdago, auch sie zu erschießen, obwohl er laut Wanda Verdago auch Joey Lundeen während einer Auseinandersetzung getötet hatte. Doch das war ein Unfall gewesen. Verdago hatte einmal zu fest zugeschlagen. Carnie dagegen war aus allernächster Nähe erschossen worden.

Nicht vergessen durfte sie allerdings, dass Maurice Joey Lundeens Leiche irgendwo in der Wildnis abgelegt hatte, wo sie mit Sicherheit kein Mensch finden würde. Vielleicht gab es ja doch einen Grund, warum Verdago Carnie getötet hatte, und Alvarez konnte ihn bloß nicht erkennen.

In der Zwischenzeit hatte Brewster mit dem Staatsanwalt Straffreiheit für Wanda Verdago ausgehandelt. Deputys und Freiwillige hatten begonnen, die Gegend nach Lundeen zu durchkämmen, obwohl die Chancen gleich null standen, dass sie vor der Schneeschmelze im Frühjahr etwas finden würden. Wenn überhaupt etwas von ihm übrig war.

Für die Presse war das eine große Story gewesen, auf die sich alle gestürzt hatten, vorneweg Manny Douglas, der Brewster wieder einmal auf die erste Seite des *Mountain Reporter* brachte.

»Verdago und seine Freundin könnten in Streit geraten sein. Er war ziemlich jähzornig«, gab O'Keefe zu bedenken.

»Und er haut ab, kommt wieder nach Hause und erschießt sie kaltblütig?«

»Vielleicht hatte er etwas getrunken?«

Sie schüttelte den Kopf. »Die Obduktion hat keinerlei Spuren von Alkohol in seinem Blut ergeben.«

»Es sind schon seltsamere Dinge passiert.«

»Mag sein, dass sie sich gestritten haben. Wer weiß das schon? Trotzdem ist es seltsam, dass sie nichts anhatte, abgesehen von den Stiefeln. Sie muss die Tür geöffnet haben und dann – *wumm!* Ein Schuss direkt zwischen die Augen. Mit einem Gewehr.«

»Mit dem Gewehr, das Brewster als gestohlen gemeldet hat«, präzisierte O'Keefe.

»Tja. Und warum haben die Diebe dann nicht auch das Schwert mitgenommen, das er jetzt in Graysons Büro aufgehängt hat?«

»Das klingt so, als würde es dir gar nicht wirklich um Brewster, sondern vielmehr um Grayson gehen.«

Alvarez wandte sich ab. Selbst in ihren Ohren klangen ihre Überlegungen absurd. Alles deutete auf Verdago hin. Hatten sie nicht die Fotos von sechs Personen – Menschen, die Verdago hasste – auf dem Tisch in der Hütte gefunden? In der Mitte hatte das von Cort Brewster gelegen, neben dem von

Regan Pescoli. Alvarez dachte daran, wie sie die Bilder betrachtet hatte. Ein Schauder war ihr über den Rücken gelaufen, und auch Brewster hatte ausgesprochen unbehaglich dreingeblickt.

Er war derjenige gewesen, der die Fotos entdeckt hatte.

Er war vor ihr in die Hütte gegangen, um sicherzugehen, dass Carnie Tibalt nicht drinnen lauerte, bewaffnet bis an die Zähne.

»Ich weiß«, sagte Alvarez. »Das Ganze klingt verrückt. Ich schätze, ich hab's einfach satt, wie er in der Aufmerksamkeit der Presse badet und Manny Douglas und Honey Carlisle von KBTR Interviews gibt.« Sie blies in ihre Teetasse. »Das wäre so … so gar nicht Graysons Stil, denke ich.«

»Dann ist es das, was dir in Wirklichkeit zu schaffen macht.«

»Ja«, gab sie zu und stellte den Laptop aus. »Weißt du was? Ich habe meine Meinung geändert.« Sie stand auf, ging zu ihm und nahm ihn in die Arme. »Ich habe doch noch Zeit, unter die Dusche zu gehen.«

»Es gibt etwas, worüber ich mit dir reden muss«, flüsterte Jeremy seiner Mutter via Handy ins Ohr, die gerade aus dem kleinen Supermarkt in der Nähe des Departments kam, ihre übliche Riesenflasche Limo light in der einen, das Telefon in der anderen Hand.

Gestern Abend hatte es aufgehört zu schneien, die morgendliche Sonne brachte die Schneedecke zum Gleißen. Mit Limo und Schlüsseln jonglierend, das Handy zwischen Wange und Schulter geklemmt, gelang es Pescoli, ihre Sonnenbrille aufzusetzen. Ihre Schulter schmerzte, und beinahe wäre sie ausgerutscht. Limo spritzte auf ihre Jacke, weil der Deckel doch nicht so fest zugeschraubt war, wie sie gedacht hatte.

Fabelhaft.

»Mist. Dann spuck's schon aus«, sagte sie. »Nein, warte, bis ich im Wagen sitze und diese dämliche Flasche abgestellt habe.«

»Mom –«

»Eine Sekunde, Jeremy.« Sie glitt hinters Lenkrad, schraubte den Deckel zu und betrachtete durch die beschlagene Windschutzscheibe die Kunden, die in den Supermarkt hineingingen oder mit vollen Wagen wieder herauskamen.

»Also, was ist los?«, fragte sie dann.

»Ähm, darüber kann ich nicht am Telefon reden.«

»Aber du hast mich doch angerufen!«

»Ich weiß. Ich dachte, wir könnten uns heute noch treffen.«

»Komm doch ins Büro. Du bist sowieso ab vierzehn Uhr eingetragen, oder? Bis dahin sind es nur noch ein paar Stunden.«

»Ja, ähm, nein. Ich komme nicht.«

»Weiß der Sheriff das?«

»Ich habe bei Joelle eine Nachricht hinterlassen.«

»Aha. Und warum kommst du nicht? Ich dachte, das wäre es, was du willst. Besuchst du nicht genau aus dem Grund die Kurse am Community College? Weil du Polizist werden willst?«

Er zögerte, und sie sah vor sich, wie er auf der Innenseite seiner Wange kaute, eine Angewohnheit, in die er immer wieder verfiel, sobald er Stress hatte. »Lass uns später darüber reden.«

»Jeremy?«, fragte sie. Ihr Mutter-Radar gab plötzlich Alarm. »Ist alles in Ordnung?«

»Ich muss bloß mit dir reden.«

»Ja, sicher. Wann und wo?«

»Wie wär's bei Heidi?«

»Du willst dich mit mir in Cort Brewsters Haus treffen?« Es gelang ihr nicht, ihr Entsetzen zu verbergen.

»Ja. Um vier. Und erzähl niemandem etwas davon.«

»Nicht mal dem Sheriff?«

»O Gott, nein! Auf keinen Fall dem Sheriff ... sag einfach nichts. Bis später.«

»Jeremy, ich möchte wirklich nicht –«

Er legte auf, noch bevor sie den Satz zu Ende sprechen konnte.

Sie rührte sich nicht, starrte blind durch die Windschutzscheibe. Ihre Gedanken kreisten um ihren Sohn. Warum um alles in der Welt wollte er sich mit ihr bei Heidi Brewster zu Hause treffen? Würde Heidi da sein? Um vier Uhr nachmittags? Nach Schulschluss?

Panisch rief sie ihn zurück und schickte ihm eine SMS, aber er reagierte nicht. Natürlich nicht.

Es war untypisch für Jeremy, so dramatisch zu tun, das war eher Biancas Stil ... oder Heidis.

Ihr wurde übel bei der Vorstellung, was diese Geheimnistuerei zu bedeuten haben mochte, und das Einzige, was ihr dazu einfiel, war, dass Heidi Brewster schwanger war.

Kapitel vierunddreißig

Alvarez ging Pescoli aus dem Weg.

Ihre Partnerin hatte immer schon etwas gegen Brewster gehabt, und weil sie sich nicht sicher war, wie sich die Dinge entwickeln würden, behielt sie ihren Verdacht lieber für sich. Während sie durch die Hügel zu Chilcoates Haus fuhr, entging ihr nicht die Ironie des Ganzen. Ausnahmsweise einmal war sie sich mit Brewster einig, dass Pescoli tatsächlich ein wandelndes Pulverfass sein würde, sollte sie auch nur den leisesten Verdacht hegen, dass der stellvertretende Sheriff etwas mit den Übergriffen auf Grayson und die Richterin zu tun haben könnte.

Doch warum sollte er?

Zurück zu der uralten Frage nach dem Motiv. Ja, Brewster war ehrgeizig, und ja, er überschritt seine Kompetenzen, eifrig darauf bedacht, nicht länger nur Graysons Stellvertreter zu sein. Der ewige Untersheriff.

*Unter*sheriff. Fast wäre sie von der Straße abgekommen, als ihr ein bizarrer Gedanke durch den Kopf schoss. Augenblick mal … was hatte Cecilia Piquard noch gleich über ihre Schwiegermutter, Richterin Samuels-Piquard, gesagt? Sie habe ein Telefonat mit angehört, in dem es um den Sheriff ging?

… aber nicht, wenn ich oben liege. Ich bin lieber unterm Sheriff.

War es möglich, dass Cecilia etwas missverstanden hatte?

Dass die Richterin über Cort Brewster, den Untersheriff, gesprochen hatte? Den Mann ihrer Freundin Bess? Es wäre schließlich nicht das erste Mal, dass ein Mann die Witwe seines Freundes etwas zu intensiv tröstete …

Chilcoates Blockhaus war so rustikal wie die anderen in der Gegend, aber größer. Inmitten der Berge, umgeben von dichten Wäldern, verfügte es über Elektrizität und fließendes Wasser. Sie nahm an, dass es irgendwo darin einen verborgenen Raum gab, auf dem Dachboden vielleicht oder im Keller, von dem aus er sich in fremde Computer einhackte.

Was genau er da tat, wusste sie nicht, und so sollte es auch bleiben.

Er stand auf der Veranda und rauchte eine Zigarette, als würde er sie schon erwarten. Vermutlich hatte er irgendwo unterwegs einen versteckten Alarm installiert.

»Detective«, sagte er. Er trug eine dicke Brille. Sein ungekämmtes, lockiges Haar und der Bart ließen ihn leicht vertrottelt, wenn nicht gar verwahrlost wirken, doch Alvarez wusste, dass das nur Tarnung war. Der Mann hatte einen rasiermesserscharfen Verstand.

»Haben Sie etwas für mich?«, fragte sie.

»Haben Sie etwa an mir gezweifelt?«, fragte er zurück.

»Nein.«

»Gut. Das wäre auch überflüssig.« Er zog ein letztes Mal an seiner Zigarette, dann führte er sie in ein kleines Wohnzimmer mit einem riesigen Flachbildschirm und einem einzelnen Fernsehsessel. Rings um ihn standen mehrere Beistelltische mit Fernbedienungen und allem möglichen Equipment, das man an den Fernseher anschließen konnte, außerdem vier, fünf Pappteller, auf denen sich Reste von Mahlzeiten befanden. Umweltbewusst konnte man Chilcoate sicher nicht nennen.

»Gleich hier drüben«, sagte er und ging ihr voran einen kurzen Flur entlang, der zu einem Schlafzimmer führte, welches er als Büro nutzte. Darin standen ein PC, mehrere Laptops in unterschiedlichen Größen, Telefone und Funkgeräte. Auch wenn der Raum mit seinen unzähligen Geräten nach technischem Overkill aussah, so war er vermutlich nur die Spitze des elektronischen Eisbergs. Wie Chilcoates eigentliche Zentrale aussehen mochte, wollte sie sich gar nicht erst vorstellen.

»Was haben Sie für mich?«, fragte sie.

»Die Richterin war ausgesprochen sauber«, sagte er, »viel Schmutz konnte ich da nicht finden. Ich habe sämtliche ihrer Computerbewegungen verfolgt, ihre Telefonlisten überprüft und tief gegraben.« Wesentlich tiefer, als es dem Department möglich gewesen war, nahm Alvarez an. »Aber dann bin ich tatsächlich auf eine Schwachstelle gestoßen.« Er zog sich einen Schreibtischstuhl heran und setzte sich, dann nickte er in Richtung eines wackeligen Klappstuhls und bedeutete Alvarez, Platz zu nehmen.

»Und die wäre?«, fragte sie mühsam beherrscht.

»Männer.«

Alvarez zog skeptisch eine Augenbraue in die Höhe.

»Hier ist das Profil der Richterin, das sie auf mehreren Dating-Seiten benutzt hat. Sie nennt sich KC Sam, manchmal auch Kitty Sam oder Sammy Cat. Mitunter geht es da konkret zur Sache, mitunter wird es sogar ein bisschen …«

»… ausgefallener?«

»Hm. So könnte man es auch ausdrücken. Wenngleich das im Grunde nicht weiter interessant ist. Aber das hier ist eher ungewöhnlich.« Er zeigte ihr eine Reihe von E-Mails, gesendet von einer Adresse, die sie noch nie gesehen hatte.

»Woher sind die?«

»Von einem privaten Account auf einem anderen Computer«, sagte er. »Den Sie nicht gefunden haben. Der hier war auf ihren Mann eingetragen, ich vermute, dass er irgendwo versteckt ist. Im Haus einer Freundin? Im Büro eines Kollegen? Irgendwo, wo ihn niemand vermutet.« Er zuckte die Achseln, als fiele das im Grunde nicht ins Gewicht. »Das hier ist ihr neuester Liebhaber.«

Sie blickte auf die E-Mail-Adresse. »CBer43?«

»Ich schätze, die meisten Leute halten ihn für einen Fernfahrer, aber das sind seine richtigen Initialen.«

»Cort Brewster.« Das mulmige Gefühl, das Alvarez begleitet hatte, seit sie begonnen hatte, nach möglichen Motiven des stellvertretenden Sheriffs zu suchen, meldete sich mit aller Macht zurück.

»Dreiundvierzig muss ebenfalls eine Bedeutung haben.«

»Die Zahlen gehören zur Nummer seiner Dienstmarke«, sagte sie.

»Ah … Auch wenn die Leute für gewöhnlich versuchen, ihre Identität zu verschleiern, verwenden sie meist Buchstaben und Ziffern, an die sie sich erinnern können – zu denen sie einen persönlichen Bezug haben. Wollen Sie lesen, was die beiden sich geschrieben haben?«

»Unbedingt.«

»Sie waren nicht besonders schlau, auch wenn sie sich offensichtlich dafür gehalten haben. Das hier ist nichts im Vergleich zu den Dingen, die ich schon zu Gesicht bekommen habe, aber nun ja. Sehen Sie selbst, gleich hier vorn.« Er deutete auf den Bildschirm vor Alvarez' Stuhl, auf dem soeben die E-Mails erschienen – eine scheinbar endlose Reihe von Botschaften über Liebe und Lust, Sexpositionen und Dates bewies klar und deutlich, dass die Richterin und Brewster eine brandheiße Affäre miteinander gehabt hatten.

Schlussendlich hatte »Kitty« »CBer43« zur Scheidung gedrängt, und vermutlich war genau das ihr Fehler gewesen. Cort Brewster wäre niemals bereit, seine Frau Bess, die vier Töchter sowie die Hälfte seines Besitzes aufzugeben und noch dazu Alimente zu bezahlen, nur um Richterin Samuels-Piquards Ehemann zu werden. Nein, er gab lieber den aufrechten Familienvater, Kirchenältesten und momentan amtierenden Sheriff von Pinewood County, davon war Alvarez überzeugt.

Nun sah sie alles vollkommen klar und deutlich vor sich, als hätte man ihr eine dicke schwarze Binde von den Augen genommen, die sie blind gemacht hatte für das, was direkt vor ihr gewesen war. Die treibende Kraft hinter den Übergriffen war nicht Maurice Verdago gewesen. Der ehemalige Häftling war nicht mehr als eine Schachfigur und am Ende das Bauernopfer.

Konnte das wirklich sein?

Warum hätte Verdago bei Brewsters Plan mitmachen sollen?

Sie dachte an Wanda mit ihrem Zirkonia-Ring und daran, dass Verdago beinahe seinen Schwager ermordet hatte, weil dieser Firmenprofite abschöpfte. Nach seiner Entlassung aus dem Gefängnis hatte er als Hausmeister gearbeitet. All das ließ auf die simple Tatsache schließen, dass Maurice Verdago nie genug Bares in der Tasche hatte. Und somit einen perfekten Auftragsmörder abgab.

»Können Sie sich in Bankkonten einhacken?«, fragte sie.

Chilcoate sah sie über den Rand seiner Brille hinweg an, stirnrunzelnd, als hätte sie ihn gefragt, ob er laufen könne. »Das werde ich natürlich nicht zugeben«, sagte er, »aber falls Sie ein bestimmtes Privatkonto bei der First-Credit-Bank in Missoula überprüfen möchten, so kann ich Ihnen gleich sagen, dass da eine Reihe nicht unbeträchtlicher Bewegungen stattgefunden hat. Barabhebungen. Alle unter fünf Riesen, aber insgesamt doch fünfundzwanzig.«

»Tausend? Sie meinen fünfundzwanzigtausend Dollar?«

Er zuckte die Achseln. Ein eisiger Schauder rieselte ihren Rücken hinab. Obwohl fünfundzwanzigtausend eine große Summe waren, war es doch ein lächerlicher Preis für das Leben eines Mannes ... oder einer Frau ... oder beides. Sie dachte an Dan Grayson, der um sein Leben kämpfte, an die Richterin in einer Blutlache im Schnee, an Carnie Tibalt, nackt auf dem Fußboden der heruntergekommenen Hütte. Hatte Verdago wirklich die Schüsse abgegeben? Oder war es Brewster gewesen, der Maurice in die Falle gelockt und ihn als Sündenbock hingestellt hatte?

»Ich brauche diese Informationen«, sagte sie.

»Solange Sie nicht verraten, von wem Sie sie bekommen haben ...« Chilcoate lächelte. »Ich bin gern dabei, wenn es darum geht, Brewster, diesem Widerling, ans Bein zu pinkeln.«

»Mir geht's genauso«, gab Alvarez zu und nickte.

»Es ist eine Schande, dass er bekommen hat, was er wollte.«

Wieder nickte sie, doch sie machte sich ernsthafte Sorgen. Momentan hatte Brewster sein Ziel erreicht, allerdings nur vorübergehend. Sobald Dan genesen war, würde er sich wieder mit dem Posten des Stellvertreters zufriedengeben müssen.

Alvarez fröstelte.

Und was ist, wenn Dan stirbt? Dann ist Brewster da, wo er immer sein wollte.

Und jetzt stand niemand mehr im Krankenhaus Wache.

Es hieß, der Sheriff würde bald von der Intensivstation verlegt werden.

Er wäre angreifbar, verletzlich, jeglicher Attacke schutzlos ausgeliefert.

Aber konnte das wirklich sein? War Cort Brewster tatsächlich ein kaltblütiger Killer? Hatte er einen Anschlag auf das Leben des Sheriffs unternommen, der durch Pescolis überraschendes Auftauchen fehlgeschlagen war? Plante er gar einen zweiten Versuch?

»Schicken Sie mir bitte alles per E-Mail, und zwar von einem Account, den nur jemand wie Sie zurückverfolgen kann«, bat sie Chilcoate.

»Ich weiß nicht, ob –«

»Tun Sie's einfach. So schnell wie möglich. Uns bleibt nicht viel Zeit.«

Brewster hatte den Großteil des Nachmittags in Besprechungen verbracht und auch noch einmal mit der Presse geredet. Er bereitete eindeutig seine Kandidatur um den Posten des Sheriffs bei der nächsten Wahl vor, weshalb Pescoli ohne Schwierigkeiten unbemerkt das Department verlassen konnte.

Den ganzen Tag schon hatte sie sich einzureden versucht, dass ihr Instinkt sie trog, dass Brewster nicht gleich ein schlechter Cop war, nur weil sie ihn nicht leiden konnte.

Er war in Graysons Büro umgezogen. Na und?

Vielleicht war sein Gewehr ja tatsächlich gestohlen worden. Wer wusste das schon?

Er hat dir das Leben gerettet, Pescoli. Du magst ihn nicht. Na schön. Deshalb ist er noch lange kein schlechter Kerl.

Doch trotz allem wurde sie das Gefühl nicht los, das sie bei diesem Fall von Anfang an gequält hatte: dass sie bei ihren Ermittlungen etwas Entscheidendes übersehen hatte, etwas, was mit dem stellvertretenden Sheriff zu tun hatte. Es machte ihr zu schaffen wie ein Splitter direkt unter der Haut, den sie einfach nicht zu fassen bekam.

Es war fast vier, als sie das Department verließ. Auf dem Weg zum Ausgang wappnete sie sich für die Auseinandersetzung mit ihrem Sohn und Heidi Brewster, die ihr unausweichlich bevorstand. *Vielleicht auch mit dem guten alten Cort und seiner geliebten Bess. Womöglich haben die Kinder die beiden dazugebeten, um ihnen die wunderbare Nachricht zu verkünden.*

Bei der Vorstellung, dass Heidi tatsächlich schwanger war, drehte sich Pescoli fast der Magen um. Sie schmeckte die Galle, die ihr die Kehle hinaufstieg.

An Joelles Schreibtisch blieb sie stehen und fragte: »Kommt Brewster heute noch einmal ins Büro?«

Joelle schüttelte den Kopf. »Nein.« Sie blickte von der Schachtel mit roten und rosa Herzchen auf, die sie gerade sortierte. Für den Valentinstag. *Natürlich.*

»Ich glaube, er wollte noch Missoula zu irgendeiner Besprechung. Oder war es ein Presseinterview?« Sie lächelte. »Ich habe ihn gebeten, mal bei unserem Sheriff vorbeizuschauen, und er meinte, das hätte er ohnehin vorgehabt.«

»Heute?«, fragte Pescoli und verspürte einen Anflug von Furcht.

»Hm.« Joelle betrachtete seufzend die Herzen, dann stülpte sie den Deckel auf die Schachtel. »Der momentane Machthaber hat mir untersagt, vor Februar zu dekorieren.« Sie warf Pescoli einen empörten Das-muss-man-sich-mal-vorstellen-Blick zu, dann fügte sie hinzu: »Ich weiß nicht, wie es dir geht, aber ich finde, wir könnten ein bisschen Heiterkeit sehr gut gebrauchen. Alles ist so fürchterlich traurig.«

»Amen«, erwiderte Pescoli, die nicht glaubte, dass sich das in nächster Zeit ändern würde.

Sie winkte Joelle zu, verließ das Department und stieg in ihren Jeep. Auf dem Weg zu Brewsters Haus – dem Haus, das sie nur einmal betreten hatte, als Bess vor Jahren anlässlich Corts Ernennung zum stellvertretenden Sheriff ein Fest gegeben hatte. Es lag am Stadtrand in einer Siedlung aus den 1970ern, hatte eine Garage und ein Souterrain mit großen Fenstern. Wie die meisten Häuser in der Straße bot auch das von Cort und Bess so viel Platz, dass jede der vier Töchter ein eigenes Zimmer hatte. Inzwischen wohnte aber nur noch Heidi zu Hause.

Pescoli bog um die letzte Kurve und sah Jeremys Pick-up am Gehsteig vor dem graugestrichenen Haus der Brewsters parken.

Mach dich auf was gefasst, Pescoli.

Sie wusste genau, was sie zu hören bekommen würde.

»Wir wollen das Baby behalten.«

»Wir werden heiraten, Mom. Wird schon schiefgehen.«

»Ich kann weiter aufs Community College gehen und arbeiten, während sich Heidi um das Baby kümmert und vielleicht noch etwas mit Babysitten dazuverdient.«

»Wir haben uns das alles genau überlegt. Schließlich sind wir erwachsen.«

Wenigstens war Heidi alt genug, dass man Jeremy nicht wegen Unzucht mit Minderjährigen drankriegen konnte. Herrgott, wie hatte es bloß so weit kommen können?

Hinter Jeremys Pick-up hielt sie an und wollte gerade den Motor ausstellen, als ihr Handy klingelte. Alvarez' Name leuchtete auf dem Display auf. Pescoli war halb versucht, den Anruf wegzudrücken, dann aber ging sie doch dran. Noch hatte sie nicht gekündigt.

»Pescoli«, meldete sie sich.

»Ich habe keine Zeit für längere Erklärungen«, stieß Alvarez atemlos hervor, »aber ich glaube, Grayson ist in Gefahr.«

»Du meinst, *zusätzlich* zu seinen Verletzungen?«, fragte sie, bemüht, sich auf das Telefonat zu konzentrieren. Hinter ihr hielt ein weiterer Wagen an.

»Ich glaube, Verdago war ein Bauernopfer.«

»Verdago?« Ein mulmiges Gefühl beschlich sie.

»Brewster steckt hinter alldem. Hör zu, Regan, ich weiß, das klingt verrückt, aber ich habe Beweise. Ich fürchte nur, dass er zu Ende bringen wird, was er begonnen hat – der Sheriff ist in ernsthafter Gefahr!«

»Er hat Verdago erschossen«, gab Pescoli zu bedenken. Soweit sie sich erinnern konnte, war es das erste Mal gewesen, dass ihr Brewster zu Hilfe gekommen war.

»Das ist es ja!«, rief Alvarez. »Nicht um dich zu retten, sondern um ihn zum Schweigen zu bringen!«

»Aber …« Die Erkenntnis traf sie wie ein Blitzschlag, als ihr einfiel, dass Wanda Verdago von der Abschussliste ihres Ehemanns erzählt hatte. »Dreckiges halbes Dutzend« hatte Verdago die betreffenden Personen genannt. Sechs Leute. Nicht sieben. Als sie Davis Briscoes Hütte betreten hatte, hatten sechs Fotos auf dem Tisch gelegen, darunter eins von ihr selbst. Außerdem hatte sie einen Mitarbeiter der Staatsanwaltschaft erkannt, zwei Zeugen, die bei Verdagos Gerichtsverhandlung ausgesagt hatten, Grayson und Brewster.

Sechs Fotos.

Sie sah die Porträtaufnahmen klar und deutlich vor sich.

»Herr im Himmel.« Plötzlich fing der Teil ihres Gehirns, der aus irgendeinem Grund blockiert gewesen war, wieder an zu arbeiten, die Neuronen feuerten wie verrückt.

Sechs Fotos. Ein »dreckiges halbes Dutzend«. Alle auf dem Tisch. Trotzdem hatte Manny Douglas das Foto von Kathryn Samuels-Piquard per Post zugestellt bekommen. Ein siebtes Foto.

Hatte der Killer etwas durcheinandergebracht? Niemals! Verdago hätte sich auf die konzentriert, die ihm geschadet hatten. Sechs Fotos. Nicht sieben.
Brewster. Was hatte Brewster unter dem »dreckigen halben Dutzend« verloren?
Brewster, der es gar nicht abwarten konnte, Graysons Büro für sich zu beanspruchen. Brewster, der unbedingt Sheriff werden wollte.
Nein, das war zu weit hergeholt.
»Ich weiß nicht …«
»Er hatte eine heiße Affäre mit Richterin Samuels-Piquard. Sie hat ihn unter Druck gesetzt, sie zu heiraten. Brewster würde doch niemals sein ach-so-vorbildliches Leben aufgeben!«
»Behauptest du.«
»Wie ich schon sagte: Ich habe Beweise. Vermutlich hat Brewster seinen eigenen Schlüssel benutzt, um ins Haus der Richterin zu gelangen, wo er sämtliche Oberflächen abwischte und alles, was auf ihn hindeuten konnte, im Ofen im Arbeitszimmer verbrannte – einen Kalender, vielleicht auch Liebesbriefe.«
War das möglich? Der stellvertretende Sheriff sollte hinter den Anschlägen stecken?
»Ich weiß nicht …«, hörte sie sich wieder murmeln.
»Vertrau mir, Pescoli! Nur dieses eine Mal!«
Womöglich stimmte Alvarez' Theorie tatsächlich. Ihre Partnerin war stets vorsichtig und eher zurückhaltend. Es passte nicht zu ihr, wilde Schlüsse ohne handfeste Beweise zu ziehen.
Der Fahrer des tiefliegenden Sportwagens hinter ihr drückte auf die Hupe, dann kurvte er um den Jeep herum, Schnee und Matsch aufspritzend.

Pescoli nahm kaum Notiz von ihm, so vertieft war sie in das Gespräch mit Alvarez. Durch die Windschutzscheibe betrachtete sie Brewsters typisch amerikanisches Haus in diesem typisch amerikanischen Stadtviertel. »Hat irgendwer versucht, Brewster zu erreichen? Ich bin jetzt vor seinem Haus.«

»*Wie bitte?* Warum das denn?«

»Längere Geschichte. Es ist wegen Jeremy. Er hat mich gebeten, mich hier mit ihm zu treffen.«

»Sei vorsichtig«, sagte Alvarez warnend. »Wir haben keine Ahnung, was Brewster als Nächstes vorhat, und bislang wissen nur wir beide von meinem Verdacht. Wir dürfen uns nicht verraten, zumal er offenbar ziemlich schießwütig ist.«

»Verstehe. Lass mich hier kurz die Dinge klären, dann mache ich mich auf den Weg. Bis gleich.«

»Nein, warte. Komm lieber nicht hierher. Ich fahre gerade auf den Parkplatz des Krankenhauses«, erklärte Alvarez. »Ich habe vorhin angerufen, und das Personal hat mir versichert, dass bei Grayson alles unverändert ist, aber ich dachte, ich vergewissere mich lieber persönlich. Sobald ich weiß, dass er in Sicherheit ist, lasse ich einen Wachtposten aufstellen. Gib mir fünf Minuten. Wenn ich dich nicht zurückrufe, gibt es Probleme. In dem Fall ruf bitte den Sicherheitsdienst des Krankenhauses an und bestell die Kavallerie ein. Das Department von Missoula befindet sich ganz in der Nähe.«

Sie drückte das Gespräch weg. Verblüfft stellte Pescoli ihre Stoppuhr ein. Ein Auge auf die verstreichenden Minuten und Sekunden gerichtet, betrachtete sie die umliegende Gegend. Es war nichts Ungewöhnliches zu bemerken. Das Haus lag unter einer dicken Schneedecke, Reifenspuren führten zur Garage, die halb unter dem Haus lag. Auf den Stufen, die zur Eingangstür führten, waren Fußabdrücke zu sehen, weitere Fußabdrücke gab es im Garten.

Einen Augenblick fragte sich Pescoli, ob Brewster im Haus war. Ob er nun komplett durchgedreht war und ihr Kind entführt hatte und gefangen hielt.

Jetzt mach mal langsam. Auch wenn Alvarez nicht so schnell ausflippt und sich zu überstürzten Handlungen hinreißen lässt. Wenn sie sagt, sie hat Beweise für ihre Behauptungen, dann hat sie die auch.

Sie stieg aus und wollte gerade die Stufen hinaufsteigen, als die Haustür aufflog und Pescoli Jeremy gegenüberstand. Sein Gesicht war aschfahl, seine Pupillen geweitet, als sei er zutiefst erschüttert.

O Gott.

Dann entdeckte sie Heidi hinter ihm, die plötzlich unglaublich klein wirkte, zerbrechlich. Ihr Gesicht war gerötet, Tränen liefen ihr über die Wangen, ihr Make-up war verschmiert. Jeremy legte ihr schützend einen Arm um die schmalen Schultern.

Pescoli spürte, wie ihr übel wurde. »Hi«, sagte sie.

»Komm rein.« Jeremy gab die Tür frei, und Heidi fing an zu schluchzen.

»Was immer hier los ist, wir werden eine Lösung finden«, versicherte sie den beiden. Zum ersten Mal in ihrem Leben empfand sie Mitleid mit Heidi Brewster. Auch sie war nur ein ganz normaler Teenager, der in Schwierigkeiten steckte.

Sie trat ein, und Jeremy schloss die Tür hinter ihr. Fotos von den Brewster-Mädchen in jedwedem Alter säumten die Wände.

»Wir haben ein ernsthaftes Problem«, begann Jeremy, und Pescoli wappnete sich, obwohl sie diese Neuigkeiten erwartet hatte.

»Das habe ich mir schon gedacht.«

»Es geht um Heidis Dad.«

Heidi schluchzte laut auf, ihre Schultern bebten.

Es ging um Cort Brewster?

»Zeig es ihr«, sagte Jeremy, und Heidi griff in ihre Jackentasche und zog ihr Handy heraus. Sie reichte es Jeremy, der einen Augenblick daran herumspielte, dann drehte er es so um, dass Pescoli das Foto auf dem kleinen Display sehen konnte, ein Foto von Richterin Samuels-Piquard, komplett nackt.

Pescoli rutschte das Herz in die Hose.

»Es gibt noch mehr davon«, sagte Jeremy und rief ein paar weitere Bilder auf, die die Richterin und den stellvertretenden Sheriff in kompromittierenden Stellungen zeigten. »Außerdem ein Video.«

»Sie haben einen Sexfilm gedreht?«, fragte Pescoli, erstaunt über diese unglaubliche Dummheit. Heidi setzte sich auf die unterste Stufe der Treppe, die nach oben führte. Das Gesicht in den Händen vergraben, weinte sie leise vor sich hin.

»Ich … ich fasse es nicht«, flüsterte sie, unterbrochen von Schluchzern. »Das … das …« Sie deutete auf die Kamera. »Das wird Mom umbringen.«

»Sie weiß nichts davon?«, fragte Pescoli, obwohl es auf der Hand lag, dass ihr Sohn und Heidi sich mit dem Beweis für Brewsters Untreue zuerst an sie gewandt hatten.

Laut schniefend sah Heidi zu Jeremy auf. »Ich hätte das alles löschen sollen. Ich habe die Bilder auf einem Computer im Keller entdeckt, sie auf mein Handy geschickt, und dann … dann wurde der Computer von diesem schrecklichen Mann gestohlen, dem Mörder. Ich glaube, er hat Dad erpresst.« Sie schnappte völlig aufgelöst nach Luft. »Mom kommt bald nach Hause. Ich weiß nicht, was ich ihr sagen soll.«

Ich auch nicht, dachte Pescoli. Sie konnte dem Mädchen wohl kaum mitteilen, dass sie seinen Vater für einen Mehrfachmörder hielt. »Hör mal, Jeremy. Lass uns Heidi erst einmal zu uns bringen. Wir hinterlassen Mrs. Brewster einfach eine Nachricht.« Sie bückte sich, um Heidi in die Augen zu sehen. »Es wird dir sicher bald wieder bessergehen und deiner Mom auch.«

»Und … was ist mit meinem Vater?«

»Das müssen wir abwarten. Er ist ein starker Mann.« Das entsprach der Wahrheit. Sie warf einen weiteren Blick auf den Bildschirm und versuchte, den Hintergrund zu erkennen. Wo immer der Film aufgenommen worden war, Pescoli kannte den Ort nicht. »Weißt du, wo das sein könnte? Wo die Bilder und das Video gemacht wurden?«

Heidi nickte. Ihre blonden Haare wippten. »Im Blockhaus in den Bergen.«

»Ihr habt ein Haus in den Bergen?«

»Ja. Ein altes A-Haus. Es hat meinen Großeltern gehört.«

»Weißt du, wo es ist?«

»Sicher.« Heidi blinzelte. »Wieso?«

In dem Augenblick klingelte Pescolis Handy. Sofort ging sie dran.

»Hier ist alles okay«, teilte Alvarez ihr mit. »Graysons Zustand ist unverändert. Der Wachtposten müsste jeden Augenblick eintreffen. Jetzt müssen wir nur noch Brewster finden.«

»Ich glaube, da kann ich dir weiterhelfen«, sagte Pescoli. Jetzt war auch sie sich sicher, dass Verdago, dieser Einfaltspinsel, als Bauernopfer hatte herhalten müssen.

Cort Brewster war der Mörder, aber damit würde er nicht durchkommen.

Das schwor sie sich, so wahr sie Regan Pescoli hieß.

Kapitel fünfunddreißig

Tick. Tick. Tick.

Er spürte, wie ihm die Zeit davonlief.

Es bestand tatsächlich eine Chance, wenn auch eine geringe, dass Grayson durchkam. Trotz der sorgfältigen Planung, trotz all der Risiken, die er auf sich genommen hatte, trotz all der Opfer, die er erbracht hatte, würde der verfluchte Sheriff womöglich überleben. Er hatte die Folgen der Verletzungen recherchiert, die Grayson davongetragen hatte – fatal, doch manchmal, wie im Fall dieses Politikers aus Arizona, erholten sich die Betroffenen beinahe vollständig.

Das durfte nicht geschehen.

Das konnte er nicht zulassen.

Er nahm einen großen Schluck von seinem Drink und spürte sogleich die beruhigende Wirkung des eisgekühlten Wodkas, der seine Kehle hinabrann. In dem großen Ganzkörperspiegel studierte er sein nacktes Konterfei. Immer noch muskulös. Kein Speck. Nur ein bisschen Grau im Haar und ein paar Fältchen in den Augenwinkeln zeigten an, dass der Zahn der Zeit auch an ihm nagte.

Er schwitzte von seinem Training. Seine Muskeln waren aufgewärmt, seine Uniform hing ordentlich gebügelt an der Tür. Er war an seinen Zufluchtsort gekommen, um ein wenig zur Ruhe zu finden. Der Druck, das Amt des Sheriffs auszufüllen, war größer, als er gedacht hatte, doch er vermutete, dass sich das legen würde, sobald sich die Leute daran gewöhnt hatten,

und vor allem, wenn Grayson erst einmal endgültig ausgeschaltet war. Wenn niemand ihm mehr den Posten streitig machen konnte.
Er hatte seine Spuren verwischt, hatte sich mit verschiedenen Leuten in Missoula getroffen, seine Rolle gespielt, bevor er nach Grizzly Falls zurückgekehrt war und einen letzten Abstecher in sein Heiligtum unternommen hatte.
Es war nicht dasselbe ohne seine geliebten Fotos, aber er hatte sie in der Hütte von Verdago lassen müssen, natürlich nachdem er mit aller Sorgfalt Fingerabdrücke und mögliche DNS-Spuren abgewischt hatte. Es war so einfach gewesen, seinen ehemaligen Kumpel von der Armee zum Mitspielen zu bewegen, die Aussicht auf Bares hatte Maurice Verdago schon immer gereizt. Es war ihm sehr zupassgekommen, dass Alvarez herausgefunden hatte, dass Verdago Joey Lundeen kaltgemacht hatte – damit hatte er den Kerl noch mehr unter Druck setzen können.
Der Frau hatte er nicht getraut, also hatte er sie abgeknallt. Allerdings hatte er nicht damit gerechnet, dass sie ihm die Tür öffnen würde wie ein billiges Pornosternchen. Es hatte ihm eine ganz besondere Freude bereitet, den Abzug zu drücken.
Im selben Augenblick, in dem sie ihn erkannte, war sie auch schon zu Boden gegangen, die Augen weit aufgerissen vor Entsetzen.
Bei der Erinnerung leckte er sich die trockenen Lippen.
Als er Verdago befohlen hatte, sich ein Versteck zu suchen, hatte er gedacht, dem Mann würde mehr einfallen, als ausgerechnet eine Hütte zu beziehen, die einem Onkel seiner Freundin gehörte. Dass er diese Carnie überhaupt mitgenommen hatte!
Genau das war das Problem: Maurice hatte schon immer

hauptsächlich mit dem Schwanz gedacht, und das war für einen Mann der sichere Untergang.

Gerade du solltest das wissen, spottete seine innere Stimme, und er dachte an das Video, das er mit »Kitty« gedreht hatte. Die Frau war im Bett eine Wildkatze gewesen, völlig anders als seine frigide Ehefrau, die Sex stets allein aus Fortpflanzungsgründen praktiziert hatte. Als er einmal angeregt hatte, sich ein kleines Stück aus der Kuschelecke herauszuwagen, hatte sie sofort damit begonnen, Bibelverse über Unzucht und Wollust zu zitieren, obwohl sie doch verheiratet waren.

Und das alles ging allein darauf zurück, dass sie bei ihrer Hochzeit im zweiten Monat mit Jane schwanger gewesen war. Für Bess die ultimative Demütigung. Als wenn das irgendwen gekümmert hätte!

Letzten Endes hatte sich das geile kleine Luder nach der Hochzeit als frigide Matrone entpuppt.

Es war ihre Schuld, dass er nach all den Jahren einsamen Masturbierens unter der Dusche etwas mit Kathryn angefangen hatte.

Jahrelang hatte er an der Seite einer Eisgöttin ausgeharrt, ohne sie zu betrügen.

Dabei verstrich das Leben so schnell!

Tick. Tick. Tick.

Er wollte gerade seine Uniform anziehen, als er es hörte. In weiter Ferne. Das Dröhnen eines Motors.

Noch gute zwei Meilen entfernt.

Hm.

Nach einer Weile verhallte das Motorengeräusch, und er beschloss, seinen Wodka auszutrinken. Anschließend würde er in sein richtiges Leben zurückkehren und einen Weg finden, Grayson für immer das Licht auszuschalten. Es gab noch ein

paar weitere Personen, um die er sich würde kümmern müssen, doch sie würden Unfällen zum Opfer fallen.
Bald, dachte er. Sehr bald schon.
Tick. Tick. Tick.

Schneller! Schneller! Schneller!
Sie konnte die Meilen gar nicht schnell genug hinter sich bringen. Mit hämmerndem Herzen, getrieben von unbedingter Entschlossenheit, fuhr Pescoli wie eine Wahnsinnige. Sie überholte Sattelschlepper, schnitt um enge Straßenecken, schoss bei Gelb über die Ampeln und raste mit blinkenden Lichtern hinauf in die Berge.
Wieder einmal.
Sie wollte sich zwingen, ruhig zu bleiben – ohne Erfolg. Die Zeit verstrich, und jede Sekunde, so kam es ihr vor, die sie verschwendete, bot eine weitere Chance für Brewster, verheerenden Schaden anzurichten – sei es, den Sheriff endgültig auszuschalten oder jemand anderen.
Wie hatte sie nur so dumm sein können, ihn für einen anständigen Cop zu halten, wie hatten ihre Instinkte sie derart im Stich lassen können?
Finde dich damit ab, sagte sie sich, während sie sich immer höher den Hang hinaufschraubte. Sie versuchte, Alvarez zu erreichen, aber die ging nicht dran. Pescoli hinterließ ihr eine Nachricht auf dem Anrufbeantworter und fuhr weiter in Richtung von Cort Brewsters Ferienhaus.
Als sie den Abzweig zu dem Holzhaus fand, das einst Brewsters Eltern gehört hatte, überfiel sie eine Art Déjà-vu. Das Haus lag längst nicht so abgelegen wie das Versteck von Maurice Verdago, aber auch nicht gerade an der Hauptstraße. Vor einem von Hand bearbeiteten Pfosten, an dem Schilder mit Pfeilen und den Namen der Familien befestigt

waren, die Ferienhäuser in dieser Gegend besaßen, bremste sie ab.

MILLER

SNYDER

JAMISON

Ganz oben war das vermutlich älteste Schild festgenagelt, auf dem der Name BREWSTER prangte.

Treffer, dachte Pescoli. Adrenalin befeuerte ihr Blut, ihr Herz raste. Sie parkte neben dem Tor vor einem der Häuser, einem Blockhaus, das offensichtlich leerstand. Im Schnee waren keine Reifenspuren oder Fußabdrücke zu entdecken. Sie hinterließ eine weitere Nachricht für Alvarez: »Gehe jetzt zu seinem Grundstück.«

Es machte ihr nichts aus, dass Brewster und einige Kollegen vom Department sie für ein »wandelndes Pulverfass« oder eine »gefährliche Einzelgängerin« hielten. Nicht mehr. Nicht, wenn sie den Verräter im Visier hatte, der auf Grayson geschossen hatte.

Sie schaltete ihr Handy auf stumm, dann griff sie nach ihrer Glock.

Er konnte es sich nicht leisten, noch mehr Zeit zu verschwenden. Man würde ihn in seinem Büro vermissen. Man würde ihm als Ehemann Fragen stellen. Es gab Lücken in seinem Tagesablauf, die er nicht erklären konnte, und Bess hatte ihn schon einmal in Verdacht gehabt, eine Affäre zu haben. Nein, sie war nicht darauf gekommen, um welche Frau es sich dabei handelte, hatte nur allgemeine Anspielungen auf das Thema gemacht.

»Wenn ich es nicht besser wüsste, Cort, würde ich tatsächlich annehmen, dass du dich mit einer anderen Frau eingelassen hast«, hatte sie eines Tages mit einem zittrigen Lächeln bemerkt. »Gut, dass ich weiß, dass du ein starker Mann bist, ein aufrichtiger Christ.«

Genau das war das Problem. Er war ein Mann. Mit Bedürfnissen.

Ein andermal hatte sie gemurrt: »Deine Geliebte hat es dir ja ganz schön angetan, hab ich recht?« Als er nicht geantwortet hatte, hatte sie ihn spielerisch an der Schulter berührt. »Ich rede von deiner Arbeit, Dummerchen. Das weißt du doch, oder?«

Er trank seinen Wodka aus und streckte sich. Er konnte sich eine Scheidung nicht leisten, außerdem wollte er sich gar nicht scheiden lassen. Er wollte nur Sex. Erregung. Und natürlich wollte er Sheriff sein. Nun, vielleicht noch ein bisschen mehr. Er konnte sich sehr gut vorstellen, in ein paar Jahren die politische Spielwiese zu betreten, zunächst Landessenator zu werden und anschließend … wer weiß?

Er lächelte ob seiner Ambitionen, doch er wollte nichts überstürzen. Noch war Dan Grayson am Leben.

Auch das war ein Problem.

Hinter den Bäumen konnte sie Brewsters A-Haus erkennen. Licht flackerte hinter den Fenstern, aus dem Kamin stieg Rauch auf, sein Jeep parkte davor. Er konnte noch nicht allzu lange hier sein, denn sein Wagen war nass und schmutzig, auf der warmen Motorhaube und dem Dach blieb kein Schnee liegen.

Inzwischen war es später Nachmittag, und es wurde langsam dämmrig. Gut. Das würde ihr ein wenig Deckung geben. Vorsichtig ging sie näher heran. Plötzlich hörte sie hinter sich auf der Straße das Dröhnen eines Motors und lächelte.

Sie war nicht allein. Alvarez hatte ihre Nachrichten bekommen.

Sie würde nicht den Vordereingang nehmen, sondern den Hintereingang, dachte sie und schlich um das Haus herum. Ihr Herz schlug heftig gegen ihren Brustkorb, ihre Muskeln waren zum Zerreißen gespannt. Ob Brewster Sprengfallen errichtet oder Stolperdrähte gezogen hatte? Nein, das hier war das A-Haus seiner Familie, nicht das Versteck eines fanatischen Regierungsgegners. Brewster würde seine Töchter niemals einem derartigen Risiko aussetzen.
Sie huschte über die Lichtung, auf der eine alte Schaukel stand, voller Schnee, die rostigen Ketten quietschend im Wind.
Pescoli griff nach dem Knauf der Hintertür und drehte.
Der kalte Metallknauf gab nach.
Jetzt oder nie.

Er fuhr mit den Fingern über das glatte Holz der Werkbank seines Vaters und stellte voller Bedauern fest, dass er nicht länger bleiben konnte. Das Unvermeidliche nicht weiter hinauszögern konnte. Er musste aufbrechen. Der Drink hatte ihn ein wenig benommen gemacht, aber er fühlte sich gut, bereit, es mit der Welt aufzunehmen.
Er ging ins Badezimmer, stellte sich summend vor die Toilette und pinkelte wie ein Hengst, freute sich über den plätschernden, kräftigen Strahl.
Ja, er hatte noch ein paar gute Jahre vor sich, dachte er, als er das Bad verließ.
Im Wohnzimmer stand Regan Pescoli, die Glock direkt auf seinen Kopf gerichtet.
Hätte er sich nicht gerade eben erleichtert, hätte er seine Blase jetzt direkt vor ihr auf den Fußboden entleert.
Sein Gewehr lehnte neben der Hintertür. Seine Pistole steckte in seinem Holster.

Als habe sie seine Gedanken gelesen, sagte sie warnend: »Denken Sie nicht mal dran. Hände über den Kopf und auf den Boden.«

Pescoli starrte auf den nackten Mann vor ihr, rasend vor Zorn, völlig von der Rolle. *Brewster.*

»Um Himmels willen, Pescoli, kann ich mir bitte etwas überziehen?« Sie bemerkte einen Anflug von Panik in seinen Augen. »Was glauben Sie eigentlich, was Sie hier tun? Egal, was Sie mir unterstellen, Sie irren sich! Und Sie betreten unbefugt meinen Grund und Boden!«

»Ich weiß, dass Sie die Richterin ermordet haben«, sagte sie mit ausdrucksloser Stimme. »Ich weiß, dass Sie versucht haben, den Sheriff zu töten, und ich wette meine Rente darauf, dass Sie auch Carnie Tibalt erschossen haben.«

»Wie bitte? Sind Sie verrückt geworden? Sie irren sich! Der einzige Mensch, den ich erschossen habe, war Verdago, und das auch nur, weil er Sie im Visier hatte.«

»Unsinn, Brewster, wir wissen, dass Sie die drei auf dem Gewissen haben. Und nachdem Sie Carnie abgeknallt hatten, haben Sie die Fotos auf den Tisch in Verdagos Versteck gelegt.«

»Sie sind verrückt!«, geiferte er.

»Sie haben sechs Fotos hinterlassen, darunter die von Leuten, die Sie ausschalten wollen. Gegen alle hegte Verdago einen tödlichen Groll. Allerdings haben Sie Ihr eigenes Foto daruntergemischt, um uns zu täuschen – ein Foto mehr als Verdagos ›dreckiges halbes Dutzend‹, aber das konnten Sie ja nicht wissen.«

Er schüttelte vehement den Kopf. »Das ist doch Unsinn!«

»Sie gingen davon aus, dass wir Carnies Tod als Eifersuchts- oder typisches Liebesdrama verbuchen würden, weshalb Sie darauf verzichteten, auch noch ein Foto von ihr hinzuzufügen. Trotzdem geht Ihre Rechnung nicht auf: sieben statt sechs. Verdago wollte sechs Menschen töten, nicht sieben.«

»Ich kann Ihnen helfen, Regan«, stammelte Brewster verzweifelt. »Aber Sie brauchen Hilfe, und zwar dringend.«

»Sie haben das Foto vergessen, das Sie Manny Douglas geschickt haben. Da konnten Sie wohl nicht widerstehen, hm? Hämisch zu frohlocken darüber, wie Sie uns zum Narren halten? Es uns zu beweisen?«

Er blinzelte heftig. »Ich bin unschuldig!«

»Sparen Sie sich das für die Richterin auf. Ach, pardon, die ist ja tot. Weil Sie sie erschossen haben!«

»Sie halten sich für so clever, Pescoli«, blaffte er, »dabei sind Sie ein lausiger Detective.«

»Ein besserer Detective als Sie allemal, Brewster. Und das ist es, was zählt. Hände über den Kopf! *Sofort!* Ich sage es nicht noch einmal. Runter auf den Fußboden, Sie verlogener Drecksack, damit ich Ihnen Handschellen anlegen und Ihnen Ihre Rechte vorlesen kann.«

»Das wird Sie Ihre gottverdammte Marke kosten, Pescoli!«

»Hände über den Kopf! Runter!«, schrie sie und zielte direkt auf sein pechschwarzes Herz. Sie überlegte, ob sie ihm einen richtigen Schrecken einjagen und auf seine Eier zielen sollte, doch sie konzentrierte sich auf seine Brust. Sie würde schießen, wenn er auch nur eine Bewegung machte. Er würde nicht davonkommen. »Runter, Cort Brewster, Sie haben das Recht zu schweigen.«

»Was soll das? Ich bin unschuldig!«, wiederholte er, doch er hielt die Hände hoch in die Luft. Gerade als er auf die Knie gehen wollte, bemerkte sie aus dem Augenwinkel eine Bewegung hinter dem Fenster. Blondes Haar.

Verdammt!

Die Haustür öffnete sich, und Heidi Brewster kam herein.
»Dad? O Gott, Dad, es tut mir so leid!« Sie blickte Pescoli mit vom Weinen geröteten Augen an. »Was tun Sie da?«, schrie sie.
»Raus hier, Heidi!«, befahl Pescoli. Brewster sprang auf, stieß den Couchtisch gegen ihre Schienbeine und stürzte zur Hintertür.
»Dad!«, kreischte Heidi und rannte dem nackten Mann nach, der von der Veranda in den Schnee sprang. »Dad!« Immer wieder geriet sie in Pescolis Schusslinie, die nichts tun konnte, außer den beiden nachzusehen.
»Runter, Heidi!«, befahl sie mit fester Stimme.
»Sie dürfen ihn nicht umbringen! Das dürfen Sie nicht!«, jammerte sie. »Nur weil er eine Affäre hatte!« Sie war jetzt völlig hysterisch, eine Dramaqueen, die endlich ihre Bühne gefunden hatte. Pescoli setzte sich in Bewegung, stieß Heidi zur Seite und rannte Brewster nach, folgte seinen Fußabdrücken im tiefen Schnee zur Vorderseite des Hauses, wo sein Jeep parkte. Dort stand er, die Beine gespreizt, das Gewehr im Anschlag.
Pescoli blieb wie angewurzelt stehen und sah, dass er grinste. Heidi riss die Haustür auf und jammerte: »Daddy, bitte tu's nicht!«
Doch für Brewster, befeuert von Alkohol und Adrenalin, gab es kein Zurück.
»Jetzt bist du dran, Pescoli«, knurrte er. »Wie lange habe ich auf diesen Augenblick gewartet!«
»Lassen Sie die Waffe fallen, Cort. Es ist vorbei!«
»Für dich vielleicht!«
»Wollen Sie mich wirklich vor den Augen Ihrer Tochter erschießen?«
Er zuckte nicht mit der Wimper. Pescoli sah, wie sich sein Finger um den Abzug krümmte.

Automatisch ließ sie sich fallen und rollte sich so ab, dass sie mit ihrer Pistole auf ihn zielte.

Wumm!

Er drückte ab.

Pescoli schoss zurück, doch ihre Kugel flog über seinen Kopf hinweg. Sie zielte wieder, doch noch bevor sie abdrücken konnte, zerriss ein weiterer Schuss die Stille.

Wumm!

Heidi schrie auf. Brewster sackte nach vorn auf die Knie, Blut schoss aus seiner Brust, aus seinem Mund lief blutiger Speichel. Mit ungläubigem Blick hob er den Arm und feuerte wild um sich, dann glitt ihm die Waffe aus der Hand, und er fiel in den Schnee.

Seine Tochter rannte schluchzend zu ihm.

»Zurück!«, schrie Pescoli, die Glock auf Brewsters zuckenden Körper gerichtet.

Heidi hörte nicht auf sie. Völlig von Sinnen vor Entsetzen, ließ sie sich neben den stöhnenden Mann in den Schnee fallen. »Daddy, o Daddy, nein! Nein, nein!« Vorsichtig hob sie seinen Kopf in ihren Schoß und wiegte sich sanft vor und zurück.

In der Ferne heulten Sirenen auf, doch für Cort Brewster kam vermutlich jede Hilfe zu spät. Seine starr gen Himmel gerichteten Augen wurden blicklos.

»Daddy, bitte! Stirb nicht! Du darfst nicht sterben!«, schrie Heidi, dann blickte sie über Pescolis Schulter und kreischte: »Du hast ihn umgebracht! Du hast meinen Dad getötet!«

Pescoli hörte Schritte hinter sich, fuhr herum und entdeckte ihren Sohn, zitternd und kreideweiß. Keine fünf Schritte hinter ihr blieb er stehen, das Gewehr, das Luke ihm zu Weihnachten geschenkt hatte, noch immer im Anschlag.

Epilog

»So, und nach alldem willst du nun nicht mehr kündigen?«, fragte Alvarez eine Woche, nachdem sie Brewster gefasst hatten. Sie aßen bei Wild Will zu Mittag, mit Blick auf die Wasserfälle, denen die Stadt Grizzly Falls ihren Namen zu verdanken hatte. Das Lokal war gut besucht, Kellnerinnen eilten von Tisch zu Tisch, Teller und Besteck klapperten, Gläser klirrten, Gesprächsfetzen schwirrten durch die Luft.

»Ich werde lediglich ein bisschen zurückschrauben. Wenn möglich, reguläre Arbeitszeiten einfordern. Das habe ich Santana versprochen. Und jetzt, da Brewster weg vom Fenster ist, wird das aller Wahrscheinlichkeit nach möglich sein.« Pescoli, halb verhungert wie immer, hatte bereits die Hälfte ihres Chili-Hotdogs verschlungen, während Alvarez in ihrem Wurzelgemüsesalat stocherte.

»Gott sei Dank wusste Brewster nicht, wie viele Personen auf Verdagos Abschussliste standen. Das ›dreckige halbe Dutzend‹. Wir können von Glück sagen, dass Wanda das erwähnt hat, sonst hätten wir uns nie die Frage gestellt, warum es sieben Fotos gab und nicht sechs. Die Bilder stammten von Brewster, der es so aussehen lassen wollte, als wolle Verdago Rache an ihnen nehmen. Brewster glaubte, die Opfer, die er töten wollte, Verdago unterjubeln zu können – und ein paar davon standen ohnehin auf dessen Abschussliste.«

Pescoli musste daran denken, wie Brewster nackt in seinem A-Haus stand und sie davon zu überzeugen versuchte, wie schlau er doch war. »Um ein Haar wäre er damit durchgekommen. Die Richterin, die er abgeknallt hat, weil sie ihn drängte, sich scheiden zu lassen, stand auch auf Verdagos Liste, genau wie Grayson. Brewster wollte schlicht und einfach seinen Job haben, und mich konnte er nun mal nicht leiden. Ich ihn auch nicht, von Anfang an hat mir mein Bauch gesagt, dass mit ihm etwas nicht stimmt. Das wusste er. Meine Kündigung allein hätte ihm nie gereicht, zumal er fürchten musste, dass ich dann als Privatdetektivin arbeiten würde. Nein, er wollte mich unter der Erde sehen.«

»In seinen Augen warst du einfach zu gut.«

»Nicht zu vergessen, dass ich Jeremys Mutter bin.«

Alvarez nickte. »Er hätte dich als Nächste getötet.«

»Ja«, bestätigte Pescoli nüchtern.

Wie durch ein Wunder hatte Brewster überlebt und lag jetzt streng bewacht im Krankenhaus, wo er darauf wartete, dem Haftrichter vorgeführt zu werden. Inzwischen war er aus dem Koma erwacht, doch er würde lange Zeit nicht mehr laufen können, vielleicht nie wieder. Jeremys Kugel hatte sein Rückenmark verletzt.

Die Gerüchteküche brodelte, und es hieß, seine Frau habe ihn verlassen. Als bekannt wurde, dass er nicht nur ein Ehebrecher, sondern auch ein mehrfacher Mörder war, hatte sie mit Heidi Montana verlassen und wohnte jetzt bei ihrer Schwester in Kalifornien, zumindest vorübergehend.

Jeremy und Heidi waren in Kontakt geblieben, doch sie verzieh ihm nicht, dass er auf ihren Vater geschossen hatte. Pescoli hatte tiefes Mitgefühl mit dem Mädchen, trotzdem hoffte sie, dass sich Heidi in einen coolen Surfer oder California Boy verlieben würde, um ihren Sohn und die Tragödie in Grizzly Falls zu vergessen.

Jeremy schien seither entschlossener denn je, Polizist zu werden. Im kommenden Frühjahr wollte er die Polizeischule besuchen und weiterhin als Freiwilliger beim Department arbeiten. Er war wegen der Ereignisse bei Cort Brewsters Ferienhaus eine Art Lokalheld geworden, deshalb hatte man ihm auch wieder seinen alten Job bei Corkys Tankstelle angeboten. Es ging also definitiv bergauf.

Ihre Kinder meckerten nicht mal mehr darüber, dass sie bei Santana einziehen sollten. Sowohl Bianca als auch Jeremy hatten widerstrebend damit begonnen, ihre Sachen zu sortieren, wie Pescoli es ihnen aufgetragen hatte, da sie sich weigerte, all den alten Krempel mitzuschleppen, der auch im neuen Zuhause nur herumstehen würde.

Der Umzug war innerhalb der kommenden zwei Monate geplant, denn jetzt, da sie sich entschieden hatte, Santanas Frau zu werden, wollte sie das nicht länger vor sich herschieben.

Unglücklicherweise war Dan Grayson noch immer nicht aus dem Koma erwacht. Allerdings war er inzwischen so stabil, dass man ihn in eine neurologische Einrichtung in Seattle verlegen wollte, die sich auf Schädel-Hirn-Traumata spezialisiert hatte. Doch momentan lag er nach wie vor im Northern General Hospital in Missoula, weshalb Sturgis auf unbestimmte Zeit bei ihrer Familie bleiben würde.

Cade Grayson hatte ihr angeboten, den Hund zu sich zu nehmen, aber Pescoli hatte den schwarzen Labrador gern um sich. Er hielt Cisco auf Trab, deshalb hatte sie darum gebeten, ihn behalten zu dürfen. Sie hatte erfahren, dass Cade mit der Neuigkeit zu kämpfen hatte, dass er der Vater von Hatties achtjährigen Zwillingen war.

Hattie Grayson. »Du weißt doch, dass Dans Schwägerin nach wie vor der Überzeugung ist, ihr Mann Bart sei ermordet worden?«, sagte sie.

»Immer noch?«, fragte Alvarez erstaunt.

»Sie hat mich angerufen und mich gebeten, mir den Fall noch einmal vorzunehmen.«

Alvarez schob ihren Teller beiseite. »Der Fall ist abgeschlossen, und zwar endgültig.«

»Na ja, wenn ich mal gerade nichts zu tun habe, kann ich vielleicht einen Blick hineinwerfen. Bart war Graysons Bruder, und wenn auch nur der geringste Grund zu der Annahme besteht, dass sie recht hat …«

»Wann bist du denn mal nicht zu beschäftigt?«, fragte Alvarez. »Du hast deinen Job, zwei Kinder und einen Verlobten. Außerdem: Wolltest du nicht kürzertreten?«

»Ich weiß, ich weiß«, winkte Pescoli ab und war versucht, sich ihrer Partnerin anzuvertrauen, aber dann überlegte sie es sich anders. Dafür war später noch genügend Zeit.

Nach dem Mittagessen kehrten sie ins Department zurück. Getreu ihrem Versprechen, ihre Arbeitsstunden zu reduzieren, verließ Pescoli schon am Nachmittag das Büro. Sie konnte sich nicht vorstellen, nicht mehr hier zu arbeiten, sosehr sie Santana auch liebte. Schon gar nicht jetzt, wo feststand, dass Brewster nie mehr zurückkehren würde. Sie war nun einmal der geborene Detective, und für ihren Sohn galt offenbar das Gleiche.

Sie fuhr vom Parkplatz und quer durch die Stadt zur Apotheke. Nachdem sie den Wagen abgestellt hatte, blickte sie sich gründlich um, um sich zu vergewissern, dass sie niemandem begegnete, den sie kannte, dann erledigte sie ihren Einkauf und kehrte nach Hause zurück. Sie wusste, dass die Kinder nicht da sein würden. Jeremy arbeitete, und Bianca war bei Lana, ihrer neuen besten Freundin, ein kräftiges, sportliches Mädchen, das gern Fußball spielte. Obwohl Bianca nach wie vor »darauf achtete«, was sie aß, um in den verfluchten Bikini zu passen, nahm sie inzwischen wieder mehr zu sich.

Trotzdem wollte Pescoli sie weiterhin genauestens beobachten.
Zu Hause angekommen, ließ sie die Hunde raus und warf für Sturgis den Ball, damit er sich im Garten austoben konnte, den kleinen Cisco dicht auf den Fersen. Anschließend gab sie den beiden etwas zu fressen, zog ihren Schlafanzug an und ging ins Bad, wo sie den Schwangerschaftstest auspackte, den sie zuvor gekauft hatte.
»Los geht's«, flüsterte sie und folgte der Gebrauchsanweisung.
Keine fünf Minuten später erhielt sie die Bestätigung dessen, was sie befürchtet hatte: In weniger als acht Monaten würde sie zum dritten Mal Mutter werden, und das ganze Procedere begänne von vorn.
Großartig!

Lisa Jackson bei Knaur

Eine Liste aller Lisa-Jackson-Romane in chronologischer Reihenfolge:

MONTANA-»TO DIE«-REIHE

Detective Regan Pescoli und Detective Selena Alvarez

1. **Der Skorpion (Left to Die)**
Winter in Montana. Ein Psychopath fesselt seine weiblichen Opfer an einen Baum, um sie bei eisiger Kälte erfrieren zu lassen. Seine Nachricht an die Polizei: die Initialen der Toten und ein Stern. Es fehlen noch Buchstaben, um die Botschaft zu entschlüsseln. Dann verschwindet Detective Regan Pescoli …

2. **Der Zorn des Skorpions (Chosen to Die)**
Der »Unglücksstern-Mörder« hält die Polizei in Atem. Ein psychopathischer Killer, der seine Opfer bei eisiger Kälte an einen Baum fesselt und erfrieren lässt. Seine kryptische Nachricht an die Polizei: »Meidet des Skorpions Zorn«. Doch wer ist der Skorpion? Ausgerechnet Detective Regan Pescoli scheint in seine Fänge geraten zu sein. Es herrschen arktische Temperaturen. Eine fieberhafte Spurensuche in der Wildnis nimmt ihren Lauf …

3. **Zwillingsbrut (Born to Die)**
Dasselbe hübsche Gesicht, dieselben blaugrünen Augen, dasselbe rote Haar. Ärztin Kacey Lambert ist schockiert. Die Frau, die gerade mit einem schweren Schädeltrauma und komplizierten Knochenbrüchen in die Klinik einge-

liefert worden ist, ist ihr wie aus dem Gesicht geschnitten. Sie stirbt. Wenige Tage später gibt es zwei weitere Tote, die Kacey verblüffend ähneln. Was geht hier vor sich? Ein Fall für Detective Regan Pescoli und Selena Alvarez. Doch auch die Ärztin stellt auf eigene Faust Nachforschungen an. Gibt es eine Verbindung zwischen ihr und ihren Doppelgängerinnen? Bald wird klar, dass sie selbst in großer Gefahr schwebt und es nur mehr eine Frage der Zeit ist, bis Kacey Opfer eines Wahnsinnigen wird …

4. **Vipernbrut (Afraid to Die)**
Weihnachtszeit in der amerikanischen Kleinstadt Grizzly Falls. Ein perverser Killer zelebriert den Advent auf abstoßende Art und Weise. Er verwandelt seine Mordopfer in Eisskulpturen. Mit grauenhafter Perfektion integriert er seine »Kunstwerke« dann in weihnachtliche Dekorationen. Der »Eismumien-Mörder« macht Schlagzeilen. Als erneut eine gefrorene Frauenleiche auftaucht, macht die Polizei eine schauerliche Entdeckung: Die Tote trägt ein Schmuckstück von Detective Selena Alvarez.

NEW-ORLEANS-REIHE

Detective Rick Bentz und Detective Reuben Montoya

1. **Pain. Bitter sollst du büßen (Hot Blooded)**
Leise spricht die Stimme auf dem Anrufbeantworter ihre Nachricht – doch umso bedrohlicher ist ihre Botschaft. Radiopsychologin Samantha Leeds hat einen gefährlichen Verehrer. Schon bald wird klar, dass eine Verbindung besteht zwischen den Drohungen, die die Psychologin er-

hält, und der unheimlichen Mordserie, die New Orleans erschüttert. Kann Samantha dem finsteren Racheengel entkommen, der ihre dunkelsten Geheimnisse zu kennen scheint? Schutz bietet ihr ein ebenso attraktiver wie mysteriöser Nachbar. Doch darf sie ihm trauen?

2. **Danger (Cold Blooded)**
Ein grausamer Serienkiller versetzt ganz New Orleans in Angst und Schrecken. Er verbrennt, enthauptet oder vergräbt seine Opfer bei lebendigem Leibe. Detective Rick Bentz ermittelt unter Hochdruck. Als die nächste barbarisch entstellte Leiche gefunden wird, ein Heiligenmedaillon in der Hand, kommt dem Detective ein schrecklicher Verdacht: Könnte der katholische Heiligenkalender dem Mörder als Vorbild für diese Ritualverbrechen dienen? Die schöne Olivia, zu der sich der Detective unwiderstehlich hingezogen fühlt, will die Morde in ihren Träumen vorausgesehen haben. Nur wenig später ist sie spurlos verschwunden …

3. **Shiver (Shiver)**
Der Todesschrei ihrer Mutter Faith klingt Abby noch immer in den Ohren, auch wenn es schon zwanzig Jahre her ist, seit diese aus dem Fenster ihres Zimmers in den Tod sprang. Ihre düsteren Erinnerungen erhalten neue Nahrung, als eine unheimliche Mordserie New Orleans erschüttert. Denn alle Morde stehen in einer seltsamen Verbindung zu jener Nervenheilanstalt, in der Abbys Mutter ihrem Leben ein Ende setzte. Dort, versteckt in den Kellergewölben, hat der Killer sich sein Reich geschaffen. Er will die Sünden der Vergangenheit rächen – und Abby wird zur Zielscheibe seines Wahns …

4. **Cry (Absolute Fear)**
Heimlich zweifelt Eve Renner an der Unschuld ihres Adoptivvaters. Der berühmte Arzt steht im Verdacht, seine ärztliche Pflicht verletzt und somit den Tod einer Patientin verschuldet zu haben. Als sich Eves alter Freund Roy mit ihr mitten in der Nacht in einer abgelegenen Fischerhütte treffen will, um angeblich Beweise zu liefern, sagt sie sofort zu. Dort angekommen, findet sie seine grausam entstellte Leiche. Auf Roys Stirn hat der Mörder eine Zahl tätowiert und die Wände mit Blut beschmiert. Völlig schockiert ruft Eve um Hilfe und bemerkt im nächsten Moment ihren Liebhaber, den Staranwalt Cole Dennis, der eine Waffe auf sie richtet und abfeuert …

5. **Angels (Lost Souls)**
Er fühlte sich leer. Hungrig. Voller Verlangen nach dem Kick des Tötens. Es gab keine Umkehr. Er wusste, welche er wollte. Sie hatte es verdient zu sterben. Als Kristi an ihr College in New Orleans zurückkehrt, ist ihr Vater, Detective Rick Bentz, beunruhigt. Vier Studentinnen sind dort spurlos verschwunden. Kristi, die unbedingt Kriminalschriftstellerin werden will, entdeckt eine Sekte, die sich einem mysteriösen Vampir-Kult verschrieben hat. Sie ermittelt auf eigene Faust. Doch bevor sie sich einen Eindruck von dieser dubiosen Gruppe verschaffen kann, ist sie auch schon in den tödlichen Fängen des Killers …

6. **Mercy (Malice)**
Keiner wird dich retten. Keiner wird deine Schreie hören. Jetzt ist der richtige Zeitpunkt. Jetzt wirst du endlich begreifen, was echte Seelenqual ist … Rick Bentz, Detective

vom New Orleans Police Department, zweifelt an seinem Verstand: Gerade hat er seine Ex-Frau Jennifer gesehen – doch die ist seit zwölf Jahren tot! Bald wird klar, dass dies alles zum Plan eines Psychopathen gehört, der Bentz durch einen raffiniert ausgeklügelten Rachefeldzug zu einer Reise in die Vergangenheit zwingen will. Als Bentz' schwangere Frau Olivia spurlos verschwindet, beginnt eine nervenzerreißende Suche, die Bentz um das Liebste in seinem Leben fürchten lässt …

7. **Desire (Devious)**
Der Anblick des Tatorts ist verstörend – selbst für erfahrene Detectives wie Rick Bentz und Reuben Montoya. In der Kirche St. Marguerite ist eine Nonne, bekleidet mit einem vergilbten Brautkleid, erdrosselt worden. Die Tatwaffe: ein Rosenkranz. Die Obduktion ergibt, dass Schwester Camille schwanger war. Schon wenige Tage später stirbt eine weitere Nonne. Auch sie hütete ein Geheimnis. Eine Mordserie, die Detective Bentz an den Rosenkranzmörder erinnert, den er vor zehn Jahren erschossen hatte …

SAN-FRANCISCO-REIHE

Familie Cahill und Detective Anthony Paterno

1. **Dark Silence (If She Only Knew)**
Brutaler Mordanschlag auf einem Highway in San Francisco: Schwer verletzt überlebt Marla Cahill, doch sie kann sich an nichts mehr erinnern. Nicht an ihr Baby, nicht an ihre Beifahrerin, die den Unfall nicht überlebt hat. Und nicht an ihren Ehemann, der sie im Kranken-

haus vehement von der Außenwelt abschottet – nur zu ihrem Besten, wie er behauptet. Doch ist Marla wirklich Marla? Und wem kann die Frau ohne Gedächtnis noch vertrauen, wenn ein wahnsinniger Serienkiller ihr nach dem Leben trachtet?
Als Marlas Erinnerungen langsam und in Bruchstücken zurückkehren, ist es beinahe schon zu spät …

2. **Deadline (Almost Dead)**
In Kalifornien ist eine Serienkillerin am Werk. Die kaltblütige Mörderin ist eine Verwandlungskünstlerin und nennt sich selbst nur Elyse. Ihr erstes Opfer, eine äußerst wohlhabende ältere Dame, stürzt sie über ein Treppengeländer in den Tod. Ihr zweites Opfer, einen jungen Mann, der in einem Pflegeheim sein Dasein fristet, ermordet sie, indem sie eine tödliche Lebensmittelallergie auslöst. Ihr drittes Opfer, eine junge Frau, erschießt sie kaltblütig. Wer sind diese Menschen? Was haben sie getan? Und was verbindet sie?

WEST-COAST-REIHE

1. **Sanft will ich dich töten (Deep Freeze)**
Er wählt seine Opfer mit Bedacht und tötet sie langsam. Doch eigentlich übt er nur – denn das wahre Ziel seiner Obsession ist die berühmte Schauspielerin Jenna Hughes. Bis zu dem Tag, an dem er sie in seiner Gewalt hat, will er seine Kunst perfektioniert haben.
Als Jenna sich vor dem Trubel Hollywoods in einen abgelegenen Ort in den Bergen Oregons zurückzieht, sieht der Killer seine Stunde gekommen. Unablässig beobachtet er sein Opfer, verfolgt jede ihrer Bewegungen – und muss

mit wachsendem Zorn erkennen, dass sie eine neue Liebe und damit einen Beschützer gefunden hat …

2. **Deathkiss (Fatal Burn)**
   Als Shannon Flannery erklärt, sie habe das Gefühl, verfolgt zu werden, nimmt die Polizei sie nicht ernst. Nur von Special Agent Travis Settler erhält sie Unterstützung. Doch dieser ist ihr alles andere als wohlgesinnt, da er in ihrer dunklen Vergangenheit den Grund für die Entführung seiner Adoptivtochter Dani vermutet – deren leibliche Mutter Shannon ist. Erst nach und nach erkennt Travis, dass auch Shannon Opfer ist – und in akuter Lebensgefahr schwebt …

SAVANNAH-REIHE

Detective Pierce Reed und Detective Sylvie Morrisette

1. **Ewig sollst du schlafen (The Morning After)**
   Um sie herum herrscht tiefe Dunkelheit. Ein süßlicher, unangenehmer Geruch nimmt ihr fast den Atem, als die junge Frau aus tiefer Bewusstlosigkeit erwacht. Gedämpft hört sie das Prasseln von Erde und ein grausames Lachen – und erkennt in plötzlicher Panik, dass sie lebendig begraben wird. Sie wird nicht das letzte Opfer des sadistischen Killers bleiben.
   Dessen verstörende Taten sind für die Journalistin Nikki Gillette zunächst nichts weiter als neuer Stoff für die Titelseiten. Sie ahnt noch nicht, dass der Mörder einen kranken Plan verfolgt, in dem sie selbst eine Schlüsselrolle spielt …

STAND ALONE

S – Spur der Angst (Without Mercy)

An der auf Härtefälle spezialisierten Internatsschule Blue Rock Academy gehen grauenvolle Dinge vor sich. Eine Schülerin ist spurlos verschwunden. Und wenig später wird ein Liebespaar mit äußerster Brutalität ermordet. Detective Cooper Trent ermittelt undercover – nicht ahnend, dass er an der Internatsschule seine ehemalige große Liebe Jules wiedertreffen wird, die dort als Lehrerin unterrichtet. Schlagartig sind ihre Gefühle füreinander wieder erwacht, aber auch Misstrauen und Angst vor erneuter Verletzung. Als Jules' aufsässige siebzehnjährige Schwester Shay plötzlich vermisst wird und das Gerücht über einen ominösen Geheimbund den Schulbetrieb in Aufruhr versetzt, müssen die beiden als Team agieren. Dann schneidet ein Blizzard die Schule von der Außenwelt ab. Scharfer Wind und Neuschnee verwandeln die abweisende Bergwelt in ein unüberwindbares Hindernis. Auf sich alleine gestellt, machen sich der Detective und Jules auf die Jagd nach einem eiskalten Killer. Eine Jagd, die Jules' Leben in seinen Grundfesten erschüttern wird …

T – Tödliche Spur (You Don't Want to Know)

Die Geister der Vergangenheit lassen Ava Garrison nicht los. Angeblich ist ihr zweijähriger Sohn Noah vom Bootsanleger gefallen und im Meer ertrunken. Doch auch zwei Jahre nach dem vermeintlichen Unfall und Avas Aufenthalt in der Psychiatrie meint sie, ihren Sohn immer noch sehen und hören zu können. Als sie in das prächtige Herrenhaus auf Church Island zurückkehrt, haben ihre Familie und sämtliche Hausbewohner sie längst als »lästige Irre« abgestempelt. Ihre »Erscheinungen« werden als Kapriolen ihres Geistes abgetan. Nur Austin Dern, ein Farmarbeiter, nimmt sie ernst und hilft ihr, die Vergangenheit zu rekonstruieren. Denn Ava ist fest entschlossen herauszufinden, was an jenem Weihnachtsabend wirklich geschah, als Noah verschwand. Ein Entschluss, der dramatische und hochgefährliche Folgen für sie hat.

Detective Selena Alvarez' persönlichster Fall

Lisa Jackson

Vipernbrut

Thriller

In der Kleinstadt Grizzly Falls, Montana, werden mehrere Frauen vermisst. Eine der Vermissten taucht schließlich auf bizarre Weise wieder auf: nackt eingefroren in einen kunstvoll bearbeiteten Eisblock, integriert in ein Weihnachtskrippenensemble. Schon wenig später stoßen die Detectives auf die nächste Frauenleiche – positioniert als eisige Skulptur in einem Vorgarten. Schauerliches Detail: Die Tote trägt ein Schmuckstück von Selena Alvarez. Der »Eismumien-Mörder« macht Schlagzeilen. Steht die Polizistin im Visier dieses Psychopathen?

Respekt, wer nach diesem Thriller noch gut schläft!

KNAUR

Traue niemandem!

Lisa Jackson

T – Tödliche Spur

Thriller

Church Island –
eine abgeschiedene Insel vor der Küste Washingtons.
Ein prächtiges Herrenhaus –
Wohnsitz einer zerrütteten Familie.
Eine verzweifelte Mutter –
auf der Suche nach ihrem verschwundenen Kind, gefangen in einem Netz aus Lügen, Rache und Hass.

»Bestsellerautorin Lisa Jackson zieht den Leser in eine Welt voller Geheimnisse und Gefahren. Sie spielt mit der schlimmsten Angstvorstellung einer Mutter: dem spurlosen Verschwinden des eigenen Kindes. Diese nervenaufreibende Geschichte wird Sie von der ersten Seite an gefangen nehmen. Ein fesselnder Thriller mit einem Ende, das es in sich hat.«

Publishers Weekly

Hochspannung pur!

Karen Rose

Todeskind

Thriller

»Hast du mich vermisst?« Diesen Satz flüstern die Entführer ihrem Opfer ins Ohr. Wieder und wieder, quälende Stunden lang. Dann gelingt dem jungen Mann die Flucht. Panisch irrt Ford durch tief verschneite Wälder und kommt im Krankenhaus wieder zu sich. Seine Mutter, die Staatsanwältin Daphne Montgomery, ist schockiert, als sie hört, was ihr Sohn wie ein Mantra vor sich hin murmelt. Unmöglich! Das kann, das darf nicht sein! Schlagartig verliert Daphne angesichts des Undenkbaren den Boden unter den Füßen …

»Ein rasanter Thriller, der mich
schlaflose Nächte gekostet hat!«
Lisa Jackson

KNAUR